JOHANNA NICHOLLS

DIE BLÜTE DES EUKALYPTUS

JOHANNA NICHOLLS

DIE BLÜTE DES EUKALYPTUS

ROMAN

DEUTSCH
VON POCIAO

PAGE & TURNER

Die Originalausgabe erschien 2009 unter dem Titel »Ironbark«
bei Simon & Schuster, Australia.

MIX
Papier aus verantwortungsvollen Quellen
FSC® C014496

Verlagsgruppe Random House FSC-DEU-0100
Das FSC®-zertifizierte Papier *Super Snowbright* für dieses Buch
liefert Hellefoss AS, Hokksund, Norwegen.

Page & Turner Bücher erscheinen im
Wilhelm Goldmann Verlag, München,
einem Unternehmen der Verlagsgruppe
Random House GmbH.

1. Auflage

Published by Arrangement with Johanna Nicholls
Dieses Werk wurde vermittelt
durch die Literarische Agentur
Thomas Schlück GmbH, 30827 Garbsen.
Redaktion: Kerstin von Dobschütz
Gesetzt aus der Janson-Antiqua
Druck und Einband: GGP Media GmbH, Pößneck
Printed in Germany
ISBN: 978-3-442-20348-2

www.pageundturner-verlag.de

Für Brian, Nicholas, Niki, Eadie, Gus und Donna

Zum Gedenken an meine Eltern,
Fred und Dorothy Parsons,
meine Freundin Anne Goldie Cousland
und meine deutschen Vorfahren
Johann Heinrich Müller
und Katherina Elisabetha Jung

Die Geschichte des fünften Kontinents ist fast immer pittoresk. Sie liest sich nicht wie Geschichte, denn sie steckt voller Überraschungen und Abenteuer, Widersprüche und Unstimmigkeiten – und doch ist alles wahr, es ist alles passiert.

Mark Twain

ERSTER TEIL

DIE SUCHE

Januar 1837 – Mai 1838

Suche das Ende und lass dich nicht beirren.
Nichts ist so schwer,
doch trägt es dich durch alle Wirren.

Robert Herrick 1591-1674

EINS

Jake Andersen kniff die Augen zusammen. Die letzte Etappe der verlassenen Straße lag im grellen Sonnenlicht vor ihm. Die Landschaft ringsum bestand buchstäblich nur aus Himmel, dessen Blau so intensiv war, dass er dem versengten Grasland das letzte bisschen Farbe raubte. Jake war auf dem Weg nach Hause.

Nach Hause. *Jenny*. Sein Herz schlug vor Sehnsucht nach ihr schneller. Quälende Bilder flimmerten vor seinen Augen ... Jenny, die auf ihn zutanzte ... die wie ein Kind auf einem Schemel stand, um ihm das Halstuch zuzuknoten ... die Glut des Feuers, die auf ihrem Rücken schimmerte, wenn sie neben dem Kamin in der Wanne badete ... ihr aufreizendes Lächeln, wenn sie die Kerze auf ihrem Nachttisch ausblies ... ihr vollkommener Körper, wie der einer nackten Göttin im Dunkeln ...

Die Erinnerung an sie war so lebendig, dass Jake beinahe ihr französisches Parfüm riechen konnte, ein Luxus, der für Jenny wichtiger war als das tägliche Brot.

Er zählte die Monate, Wochen und Tage, seit er aufgebrochen war, um das Vieh nach Süden zu treiben. Jenny erwartete keine Briefe von ihm; sie wusste, dass er das Schreiben wegen seiner dürftigen Schulausbildung scheute. Aber ebenso war ihr bewusst, dass er mit Leib und Seele ihr gehörte. Je länger er mit dem Vieh unterwegs war, umso lebhafter wurden für Jake die Erinnerungen. Er wünschte, er hätte ein kleines Bild von ihr in der Tasche. Eines Tages würde er einen Künstler beauftragen, seine Frau zu malen.

Ein wohliger Schauer durchfuhr ihn, als er an die Stunde seines Aufbruchs zurückdachte. Morgengrauen. Er war einen Moment an der Tür des Schlafzimmers stehen geblieben. Bei Jennys

Anblick, den über den Kopf liegenden Armen, der Wölbung der Brüste unter der zarten Spitze ihres Nachthemds, war ihm der Atem gestockt. Ihr goldenes Haar breitete sich über das Kopfkissen aus wie das einer unter Wasser schwebenden Meerjungfrau.

Durch den Schleier ihres Haars hatte Jenny scherzhaft die rituellen Abschiedsworte gemurmelt: »Wirst du mich immer und ewig lieben, Jakey?«

Seine Antwort war wie immer ernst gemeint. Und nun, auf dem Weg nach Hause, wiederholte er sie stumm. »Bis ans Ende aller Tage und noch darüber hinaus, Jenny.«

Jake wusste, dass er nie aufgebrochen wäre, wenn er sie in dem Moment geküsst hätte. Doch er hatte keine Wahl gehabt. Er hätte es sich nicht leisten können, Ogdens Angebot, eine Rinderherde nach Süden zu treiben, auszuschlagen. An diesen Augenblick, kurz bevor er das Haus verlassen hatte, musste er jetzt denken.

Im Flur hatte er ein leises Flüstern gehört und sich umgedreht.

Auf dem Treppenabsatz stand die kleine Pearl, barfuß in ihrem Nachthemd, die kurzen O-Beinchen fest in den Boden gestemmt. Das blonde Haar rahmte ihr sonniges Lächeln ein, als sie die Arme ausstreckte und einen Schritt nach vorn machte. Jake war gerade noch rechtzeitig hinaufgesprungen, um ihren Sturz aufzufangen.

»Du musst warten, bis du ein großes Mädchen bist, bevor du allein die Treppen hinuntergehst, Prinzessin.«

Er hatte sie auf den Scheitel geküsst, während ihr kleiner Hund Flash ihr das Gesicht leckte. Pearl hatte eine von Jakes langen Haarlocken sanft hinter sein Ohr zurückgesteckt, wie sie es oft tat. Er hatte sie wieder in ihr Kinderzimmer unterm Dach gebracht und versprochen, ihr bei seiner Rückkehr eine neue Puppe mitzubringen …

Jake warf einen Blick auf seine Satteltasche und stellte sich vor, wie sie sich über seine Geschenke freuen würden. Sogar für Jennys Mutter hatte er etwas dabei.

Bei dem Gedanken an Mrs. Tory verdüsterte sich seine Miene. *Um sie gütlich zu stimmen, braucht es mehr als eine Kiste Zuckerpfläumchen. Die alte Hexe lässt mich nie vergessen, dass Jenny unter ihren Möglichkeiten geheiratet hat. Wegen meines »doppelten Makels«, weil Ma und Pa beide Strafgefangene waren. Trotzdem hat sie mir den Gefallen getan, auf meine beiden Hübschen aufzupassen, und deshalb werde ich den Mund halten.*

Während Jake die Sydney Road entlangritt, fragte er sich, wie es Jenny während seiner Abwesenheit ergangen sein mochte. Die Beete in ihrem heiß geliebten Garten hinter der Hütte mussten mittlerweile in voller Blüte stehen. Jake hatte sie mit englischen Blumen bepflanzt, um sie an ihre Jugend in Devon zu erinnern. Er malte sich aus, wie Pearl und Flash im Garten herumtollten und sie mit einem Auge auf das Gartentor schielte, wo sie ihn erwartete.

Während des gesamten Trecks hatte Jake seine Ängste beschwichtigt und sich immer wieder vor Augen geführt, dass er alles für ihre Sicherheit getan hatte. Er hatte Jenny beigebracht, wie sie im Notfall mit der kleinen Taschenpistole umgehen musste. Auf den Eingeborenen Wally, seinen alten Kumpel aus Kindertagen, konnte er sich verlassen; er würde die Farm in Ordnung halten. Und seine Schwiegermutter würde Jenny keine Sekunde aus den Augen lassen.

Jakes Lohn für die langen, einsamen Monate war ein Schuldschein, den er sicherheitshalber in seinem Stiefel versteckt hatte. Er klopfte sich auf die Westentasche, um sich zu vergewissern, dass die Hand voll Münzen und die alte Uhrkette noch da waren, für den Fall, dass ihm ein Buschräuber auflauern sollte.

Er zauste die struppige Mähne des Hengstes, den er nach dem Helden seiner Kindheit, Lord Nelson, getauft hatte.

»Geld, Horatio. Geld regiert die Welt, was? Wir hatten es nicht einfach im letzten Jahr, aber 1837 wird alles besser! Dieses Jahr werden wir reich, du wirst schon sehen!«

Laut ausgesprochen klangen die Worte hohl. Obgleich er fast dreiundzwanzig war, hatte Jake noch nicht herausgefunden, für welche Arbeit er am besten taugte. Was ihn am meisten reizte, war das Preisgeld, das dem Gewinner im Faustkampf winkte, doch zwischen den Wettkämpfen blieb ihm nichts anderes übrig, als seine kleine Farm mit jeder Art von Arbeit über Wasser zu halten, die er ergattern konnte.

Alles, was ich besitze, ist an die verdammte Bank von New South Wales verpfändet – bis auf mein Pferd. Aber was soll's! Solange Jenny bei mir ist, nehme ich es mit der ganzen Welt auf.

Er kratzte sich den stoppeligen rotblonden Bart, den er sich in den letzten Monaten hatte stehen lassen. Bevor er Jenny gegenübertrat, würde er sich rasieren müssen. Wenn er bei früheren Wiedersehen darauf gebrannt hatte, sie zu küssen, war sie ihm ausgewichen. Hatte ihm gesagt, er solle sich erst einmal waschen, ehe er es wagte, sich an ihren Tisch zu setzen. Jake lächelte schief bei der Erinnerung. *Tisch? Jesses, eigentlich will ich sie nur ins Bett kriegen!*

Nicht zum ersten Mal fuhr er angesichts seines Dilemmas innerlich zusammen. Doch Horatio konnte er erzählen, was kein anderer je hören durfte.

»Als Junggeselle lagen mir alle Mädchen im Red Brumby zu Füßen. Das Schlimme ist, dass anständige Frauen anders sind … Im Kampf mit einem Mann schlage ich mich wacker, doch bei ihr verpufft meine Energie wie ein feuchter Feuerwerksknaller in der Guy-Fawkes-Nacht.«

Er sagte sich, dass Jenny genau wissen musste, wie sehr er jeden verdammten Zoll an ihr liebte, doch der Gedanke war kein echter Trost. Seine Leistung in der Nacht vor dem Aufbruch verfolgte ihn immer noch. Er hatte sie mit einer ganz besonderen Erinnerung verlassen wollen, die sie beide durch die vor ihnen liegenden Monate der Trennung tragen sollte, ihr jenen verträumten, befriedigten Ausdruck schenken wollen, den er von anderen Frauen kannte. Einen Blick, den er bei Jenny nie gesehen hatte.

Warum war seine Liebe zu Jenny so ein Problem, wenn er doch so viel davon zu verschenken hatte?

Jake drückte sich den Schlapphut fester in die Stirn, ließ die

Sydney Road hinter sich und trieb Horatio im Galopp nach Hause. Der Wind peitschte sein langes rotgoldenes Haar. Es abzuschneiden war das Einzige, was er rundheraus ablehnte, obwohl es Jenny gefallen hätte. Es war das Markenzeichen der hier geborenen Männer, im Unterschied zu den kahl rasierten Schädeln der Strafgefangenen und den militärischen Kurzhaarschnitten der sogenannten Sterling, die sich rühmten, echte Engländer zu sein. Kein Mensch sollte Jake Andersen je für etwas anderes als einen »Currency Lad« halten, einen von hier.

Bei seinem Ritt durch den Busch lasen Jakes Augen die Landschaft wie eine Karte.

»Die verdammten Kerle in Whitehall bilden sich ein, dass sie von der anderen Seite des Globus aus die ganze Welt beherrschen, Horatio, aber sie können ihre Union Jacks hissen und New South Wales zu britischem Territorium erklären, solange sie wollen. Für mich zählt das nicht. Es ist *mein* Land.«

Bei Feagans Krämerladen in einem schäbigen Dorf namens Bolthole Valley machte Jake Rast, um seinen Tabakbeutel aufzufüllen. Wie immer war der junge Ladenbesitzer Matthew Feagan damit beschäftigt, den neuesten Klatsch und Tratsch zu verbreiten. Er holte kaum Luft, während er die Ware abwog und den Kunden das Wechselgeld herausgab.

»George Hobson hat in ein Wespennest gestochen mit seinen Plänen für die Ironbark Farm. Stammt bestimmt alles von seinem Partner, einem jüdischen Anwalt namens Bloom, der nichts als Flausen im Kopf hat, wenn du mich fragst. Lauter neumodisches Zeug. Er will die Schafe so schlachten, dass sie kurz und schmerzlos sterben! Er will ein Schulhaus für die Sprösslinge der Farmer in Ironbark. Und er will neue Hütten für die Strafgefangenen bauen, die man Hobson zugewiesen hat, damit sie so was wie Privatsphäre haben. Jetzt sagst du nichts mehr, oder?«

Feagan beugte sich zu Jake herüber und senkte vertraulich die Stimme. »Du weißt ja, wie die Deutschen sind. Sie glauben, sie hätten die Welt besser im Griff als wir Briten.«

»Hey! Ich bin einer von hier, Kumpel«, gab Jake automatisch zurück.

»Tja, ist doch fast dasselbe«, setzte Feagan großzügig hinzu. Er reichte Jake seinen Tabak und schenkte ihm ein liebenswürdiges Lächeln. »Soll ich diesmal wieder auf dich setzen?«

Jake drehte sich auf der Türschwelle um. »Was meinst du?«

»Sag bloß, du weißt es noch nicht? Es geht um das höchste Preisgeld, das je in den Kolonien ausgesetzt wurde.«

»Ein Faustkampf? *Wo*?«

Vor dem Laden warf Jake im Geiste eine Münze. Dann beschloss er, einen raschen Abstecher nach Tagalong zu machen, um seinen Kumpel Mac Mackie aufzusuchen. Diese unverhoffte Gelegenheit, zu Geld zu kommen, konnte er sich unmöglich entgehen lassen. Wer hat, dem wird gegeben.

»Du hast dir was zu trinken verdient, Horatio. Und ich würde nicht nein zu einem Albion Ale sagen.«

Jake nahm die Abkürzung durch Ironbark, um ein paar Meilen einzusparen. Die kleine Kapelle auf dem Hügel überblickte eine Schar von ärmlichen Farmen, deren Koppeln von der Dürre gezeichnet waren, und die Schafe sahen aus, als müssten sie sich wieder einmal richtig satt fressen. Die Hütten dieser Siedler waren alt, und das Eisenrindenholz, aus dem sie bestanden, war zu einem ausgebleichten Grau verwittert, doch Jake wusste, dass es widerstandsfähig genug war, um ihre Besitzer zu überdauern.

In der Ferne erstreckte sich das ursprüngliche Anwesen, George Hobsons Ironbark Farm. Das Wohnhaus in der Mitte war von weiß gekalkten Farmgebäuden und Sträflingshütten flankiert. Jake überraschte der Kontrast zwischen der Ironbark Farm und den Farmen der Siedler nicht. Hobsons großes Anwesen wirkte grün und fruchtbar und wurde von einem Netzwerk kleiner Bäche durchzogen. Von Feagans angekündigten »verrückten Veränderungen« keine Spur.

Jake ritt durch den Wald aus Eukalyptusbäumen im Süden

des Dorfs und bog erst ab, als Tagalong in Sicht kam. Er wusste, dass der armselige Flecken von einer bunten Mischung ehemaliger Strafgefangener und wegen guter Führung aus der Haft entlassener Sträflinge, alle irisch-katholischen Glaubens, fast über Nacht aus dem Boden gestampft worden war. Die Siedlung war so neu, dass sie noch auf keiner Karte verzeichnet war; da sie aber an der Kreuzung vier verschiedener Straßen lag, hatte sie gute Aussichten, Besucher aus allen Himmelsrichtungen anzulocken. Zur Sonntagsmesse ebenso wie zum Faustkampf.

Beglückt betrachtete Jake das an einen Baum angebrachte Plakat. Es zeigte einen kräftigen Boxer, der sich den Union Jack auf die Brust hatte tätowieren lassen. Mit einiger Mühe las er den Text. Ein englischer Faustkämpfer namens Bulldog Kane befand sich auf Tournee durch die Kolonien und versprach dem Ersten, der ihn bezwang, eine hohe Prämie. Bisher hatte es noch niemand geschafft, ihn zu schlagen. Das Datum für den Wettkampf in Tagalong war auf den ersten Sonntag des kommenden Monats festgesetzt.

Jake ritt auf die halb fertige Kapelle von Tagalong zu. Die Steinwände öffneten sich auf einer kahlen Wiese gen Himmel; das Ganze wirkte wie eine katholische Oase innerhalb der protestantischen Landschaft.

Das Gesicht mit dem struppigen Bart in der Öffnung, die für das zukünftige Buntglasfenster vorgesehen war, kannte er. Mac Mackie grinste ihm breit zu und schlich sich aus der Kirche, noch während der Klingelbeutel herumging.

Auch Mac war ein Currency, einer von hier, und trug sein Haar lang, doch der Bart war eine Dauereinrichtung. Er winkte Jake, ihm zum Australia Arms zu folgen.

»Ich dachte, es hätte sonntags geschlossen«, sagte Jake.

»Für mich nicht, Kumpel.«

Mac kam mit einem Arm voll Flaschen wieder und führte Jake zu seiner Holzhütte. Es gab nur einen Raum; der Boden bestand aus festgestampftem Lehm, die Innenwände waren mit Zeitungen verkleidet. In einer Ecke stand ein ungemachtes Feldbett. Schmutzige Blechteller stapelten sich auf dem Tisch. Macs Gastfreundschaft war legendär. Er schob die Teller einfach zur Seite, sodass sie scheppernd zu Boden fielen. Dann stellte er die Flaschen auf den Ehrenplatz neben zwei Becher aus Blech und zog mit einer einladenden Handbewegung eine Bank an den Tisch.

Das erste Ale trank Jake gegen den Durst in einem Zug, das zweite genoss er.

»Ahhh! Es gibt kein besseres Bier als Albion Ale. Kalt wie ein Bach im Schnee!«

»Unser Kneipenwirt ist der einzige Protestant im Ort, aber mächtig beliebt«, sagte Mac.

Jake war nicht überrascht. »Kein Wunder, ich bin nämlich hinter sein Geheimnis gekommen. Er hält das Zeug in einem Brunnen in seinem Keller kühl.«

»Typisch für dich, dass du das rausgekriegt hast.« Mac warf Jake seinen typischen weisen Eulenblick zu. »Na los, raus mit der Sprache. Was liegt dir auf der Seele?«

Jake zuckte die Achseln. »Nichts, was sich nicht mit Geld regeln ließe. Wie steht es mit diesem Preisgeld, das Kane ausgesetzt hat? Womit muss ich rechnen?«

Macs erhobene Brauen zeigten, dass Jake ins Schwarze getroffen hatte. »Bulldog Kane ist ein Profi aus dem Londoner East End. Du weißt, was das heißt. Ein richtiger Kämpfertyp, hart wie Stahl und mit allen Wassern gewaschen.«

An der offenen Tür klopfte es. Father Declans Besuch schien Mac nicht zu verwundern. Mac reichte dem Priester einen Becher Whisky und stellte ihn Jake vor.

»Ich gehe davon aus, dass du nicht dem wahren Glauben angehörst, Jakob, stimmt's?« Father Declan schien die Antwort zu kennen, noch ehe er seine Frage gestellt hatte.

»Ma glaubt ja. Sie ist irisch-katholisch. Pa ist norwegisch-lutherisch. Ich selbst bin eher so etwas wie ein Atheist. Ich glaube nur an drei Dinge: an den guten Ruf meiner Frau, Albion Ale und den unfehlbaren Orientierungssinn meines Pferdes. Nichts für ungut, Father.«

»Schon gut, mein Sohn. Ich heiße Dennis.« Er kippte seinen Whisky in einem Zug. »Mac hat mir erzählt, dass du ein ausgezeichneter Kämpfer bist.«

Jake übte sich in Bescheidenheit. »An guten Tagen schlage ich mich nicht übel.«

Father Declan beugte sich vor. »Dann wirst du dich mit Bulldog Kane messen?«

Jake zögerte, als ihm einfiel, dass manchen Religionen Arbeit oder Sport am Sabbat ein Dorn im Auge waren. »Ja, Father. Ist das schlimm?«

»Schlimm? Ich bin der Schiedsrichter! Und wir sammeln Geld für ein Dach auf meiner Kirche. Auf alle Wetten wird eine Abgabe erhoben. Daher sollte man sich lieber nicht lumpen lassen, wenn der Hut herumgeht. Also, trittst du an, mein Junge?«

»Ihr könnt auf mich zählen«, sagte Jake.

Mac füllte erneut Father Declans Becher.

»Ein guter Tropfen, Mac. Aber sonntags? Sieh zu, dass du das bei der nächsten Beichte nicht vergisst. Doch einstweilen wollen wir auf den Kampf im nächsten Monat anstoßen. Ich setze auf dich, Jakob!«

Als Jake am Tor seiner Farm ankam, zeigte sich bereits der erste rosa Schimmer der Morgendämmerung am nächtlichen Himmel – ein unheimlicher Moment. So sah die Generalprobe für den Sonnenaufgang im Busch aus. Currawongs und Kookaburras hatten ihren morgendlichen Gesang noch nicht angestimmt. Im Garten blühten ein paar englische Herbstblumen, doch Jake fiel auf, dass er gejätet werden musste. Und die Rindenholzwände von Wallys *gunyah* lagen am Boden, als hätte ein Sturm sie erst vor Kurzem umgefegt.

Jake nahm Horatio den Sattel ab, führte ihn zur Tränke und

trat durch die Vordertür ins Haus. Seine Geschenke legte er auf den Küchentisch, um sie Jenny beim Frühstück zu überreichen.

Dann seifte er sich das Gesicht ein und rasierte sich vor dem Spiegel den Bart ab.

Schließlich konnte er seinem Verlangen, Jenny mit einem Kuss zu wecken, nicht länger widerstehen und stahl sich leise die Treppe hinauf am Kinderzimmer vorbei, wo Mrs. Troy mit Pearl schlief.

Das eheliche Schlafzimmer war tadellos aufgeräumt, die Vorhänge zugezogen, doch ein Streifen Sonne fiel über den spitzenverzierten Bettüberwurf. Auf dem Kopfkissen lag ein Umschlag. Die Worte des Briefes sackten nur langsam in sein Bewusstsein ein.

Lieber Jakey,
ich verlasse Dich, um ein neues Leben zu beginnen. Ich weiß, wie sehr Du versucht hast, mich glücklich zu machen, aber ich kann nicht mehr so tun, als liebte ich Dich, so wie Du es verdienst. Dies ist die beste Lösung für uns beide. Mach Dir keine Sorgen um Pearl. Ich bin in Begleitung von jemandem, der uns immer beschützen wird.

Deine Jenny

PS: Ich habe Wally nach Hause zu seinen Leuten geschickt – und ihm Flash mitgegeben.

Der Brief war erst vor zwei Tagen datiert worden.

Jake schwankte. Die Beine, auf denen er sonst durch den Boxring tänzelte, waren jetzt nicht mehr im Stande, ihn auch nur einen Schritt weiterzutragen. Er setzte sich auf die Bettkante und vergrub das Gesicht in den Händen. Unzählige Fragen schwirrten ihm durch den Kopf. *Kenne ich den Kerl? Wo bringt er sie hin? Sie haben nur zwei Tage Vorsprung, aber in welche verdammte Richtung?*

In der Hoffnung, seine kleine Prinzessin schlafend zu finden, rannte er ins Kinderzimmer. Pearls Bett war so ordentlich gemacht, als hätte noch nie jemand darin geschlafen. Mrs. Troys Strohmatratze war abgezogen worden.

Er durchwühlte sämtliche Schränke auf der Suche nach einem Hinweis, dass Jenny gezwungen worden war, den Brief zu schreiben, oder dass ein Buschräuber sie entführt hatte. Nur ein einziger Koffer fehlte. Drei leere Bügel hingen als stumme Zeugen dafür da, dass Jenny lediglich ihr bestes Sonntagskleid für sich und ein paar Kleidungsstücke für Pearl mitgenommen hatte.

Die Puppen seiner Tochter saßen in Reih und Glied auf der Spielzeugkiste. Auf ihren bemalten Gesichtern lag ein grausames Lächeln, als machten sie sich über seinen Schmerz lustig.

Und dann sah er ihn. Jennys Ehering. Das kleine Gegenstück zu seinem eigenen mit ihren eingravierten Namen und dem Hochzeitsdatum. Wie versteinert hielt er den Ring in der Handfläche und las die Inschrift. *5. Mai 1833 – Jakob und Jenny – in ewiger Liebe.*

Ewig? Nicht mal vier Jahre hat sie überdauert!

Blind vor Wut schleuderte Jake den Ring durchs Zimmer und schlug mit der Faust gegen die Wand, sodass der Spiegel zerbarst und sein Ebenbild in scharfkantige Splitter zerlegt wurde. Am Fuß der Treppe blieb er plötzlich wie versteinert stehen, als er sich an Jennys Worte nach seinem letzten Versagen im Bett erinnerte. *»Stell mich nicht auf einen Sockel.«*

Jesses! Wusste sie da bereits, dass sie mich verlassen würde? War dieser Mistkerl schon damals Teil ihres Lebens? Die Erinnerung an ihren rituellen Abschied zerriss ihm jetzt das Herz. *»Wirst du mich immer und ewig lieben, Jakey?«*

Jake hatte das Gefühl, als zögen sich die Mauern um ihn herum zusammen. Gestern noch hatte er alles besessen, was ihm wichtig war. Heute – nichts mehr. Jenny hatte geschafft, was keinem Mann jemals gelingen würde: Sie hatte seine Welt zerstört. In diesem Moment schwor er, keiner Frau jemals wieder so viel Macht über sich einzuräumen wie Jenny.

Er schlug die Haustür hinter sich zu und kehrte dem Familienleben für immer den Rücken. Sollte die verdammte Bank von New South Wales seine Farm übernehmen und alles, was ihm gehörte. Draußen im Sonnenschein erschien ihm die ganze Welt plötzlich grau. Aller Farben beraubt. Unwirklich. Zeit und Raum waren zerbrochen.

Er sattelte Horatio und galoppierte nach Parramatta, um Anzeige bei der Polizei zu erstatten. Was, zum Teufel, sollte er angeben? *Vermisst. Eine Frau mit Kind, in Begleitung. Zuletzt gesehen in Begleitung eines Unbekannten.*

Als er Horatios Zügel um das Geländer vor der Polizeistation schlang, bemerkte Jake plötzlich, dass er die Taschenpistole in der Hand hielt. Er hatte Jenny beigebracht, wie sie sich in seiner Abwesenheit schützen konnte. Trotzdem war irgendein Mistkerl unter seinem Schutzschild hindurchgeschlüpft. Jake drückte auf die Feder, sodass die verborgene Klinge heraussprang und die Waffe sich in einen Dolch verwandelte.

»Gott steh dir bei, du Hund, ich werde dich jagen, bis ich dich zur Strecke gebracht habe.«

ZWEI

Keziah Stanley warf einen verstohlenen Blick durch den Eingang ihres *vardo*. Die anderen Wohnwagen bildeten eine Wagenburg um das Roma-Lager am Rand des eigentlichen Dorfes. Gerade brach das erste Tageslicht durch den Dunst. Pferde weideten friedlich am Flussufer. Einzelne Rauchschwaden stiegen aus der Glut der kleinen Feuer, die am vergangenen Abend inmitten der jeweiligen Familienclans gebrannt hatten.

Hinter Keziah erhoben sich die fernen Berge ihres Geburtsortes in der Clywdian Range von North Wales. Vor ihr lag die Cheshire-Route nach Liverpool. Heute war ein Meilenstein erreicht – ihr siebzehnter Geburtstag – der Tag, an dem sie nicht länger unter der Herrschaft ihrer Schwiegermutter Patronella stehen würde.

Letzte Nacht hatte Keziah sich, wie immer mit dem geliebten Gesicht ihres Mannes vor Augen und im Herzen, in den Schlaf geweint. Gem schmachtete als Gefangener in irgendeinem Loch, Gott weiß wo, doch die Erinnerung an ihre Umarmungen war so lebendig, als hätte er die ganze Nacht mit ihr verbracht.

Keziah erstarrte, als sie Gems Eltern im *vardo* nebenan hörte. Anders als Patronella war ihr Schwiegervater mit dem Alter toleranter geworden. Keziah hörte, wie er schlaftrunken mit seiner Frau schimpfte.

»Heute ist ihr Geburtstag. Sei nicht so streng mit der Kleinen, Patronella. Es ist doch ganz natürlich, dass sie Sehnsucht nach unserem Sohn hat. Meine Mutter sagte immer: So wie die Stute nach der Straße, so sehnt sich eine junge Frau nach dem Mann in ihrem Bett.«

»Ja, aber jetzt, da Gem im Gefängnis sitzt, könnte es jeder hergelaufene Kerl sein.«

Keziah tröstete sich damit, dass es die letzte Beleidigung war, die sie ertragen müsste. Heute würde sie auf ihr *baxt* vertrauen und den geliebten *vardo* verlassen, den Gem für sie gebaut hatte, bevor man ihn vor Gericht gestellt hatte. Die Anklage lautete auf Pferdediebstahl, und für ein Mitglied des fahrenden Volkes stand das Urteil bereits fest: schuldig. Dasselbe galt für die Strafe: Deportation nach New South Wales. Keziah wusste, dass er leicht vierzehn Jahre hätte bekommen können oder sogar lebenslänglich. Unschuldig oder nicht, die *milde* Strafe von sieben Jahren war kein Trost für Keziah.

Sie klammerte sich an die Erinnerung, wie Gem aus dem Gerichtssaal geführt worden war und unerschrocken gerufen hatte: »*Keziah! Kein Gericht auf der Welt hat die Macht, mich von dir zu trennen!*«

Sie hatte sich geschworen, seine Worte wahr werden zu lassen. Jetzt schnürte sie ihre Habseligkeiten zu einem Bündel zusammen: die Tarotkarten, Kleider zum Wechseln, einen warmen Schal und mehrere Kopftücher, um ihren Status als verheiratete Roma-Frau deutlich zu machen. Sie trug zwei Röcke und einen roten Unterrock übereinander, um sie nicht schleppen zu müssen, und dazu eine mit ausländischen Goldmünzen gesäumte, bis obenhin zugeknöpfte Männerweste über der Bluse, ein Zeugnis für die Flucht ihrer Vorfahren quer durch Europa.

Sie war schon halb über den offenen Platz zur Straße nach Liverpool, als Patronellas Stimme die Stille des frühen Morgens zerriss. Keziah lief mit großen Schritten weiter, gefolgt von Patronella. Die grauen Zöpfe der älteren Frau tanzten in der Luft, als sie Keziah mit einem triumphierenden Schrei an den Haaren packte.

Keziah kämpfte ihre Angst nieder und konzentrierte sich innerlich auf Gems Gesicht.

»Ich gehe fort, Patronella. Ich gehöre zu Gem, und ich werde ihn finden.«

Patronella ließ einen Schwall von Beschimpfungen los, gegen die Keziah sich nicht zu wehren wusste. Patronella hasste sie, weil sie in ihr eine Rivalin um Gems Liebe sah. Von dem Geschrei aufgeschreckt krochen jetzt Männer, Frauen und Kinder unter den Rädern ihrer *vardos* oder aus den Hecken hervor, wo sie die Nacht verbracht hatten. Die älteren Frauen stachelten Patronella an, Keziah zur Räson zu bringen. Die Männer waren vorsichtiger, aus Respekt vor Gem.

Keziah bemerkte Ivanos prüfenden Blick und schlug ehrfurchtsvoll die Augen nieder. Er war Gems Vater. Sie war ihm unendlich dankbar, als er seine Frau mit ruhiger Stimme zurechtwies.

»Genug! Lass die Kleine ziehen und gib ihr deinen Segen.«

»Segen – von wegen! Mein Gem kann froh sein, dass er sie los ist. Eine unfruchtbare Frau tut keinem Mann gut.«

Keziah zuckte zusammen. Die Anspielung darauf, dass sie als Ehefrau versagt hatte, schmerzte wie ein Stich ins Herz, doch sie blieb stumm.

»Siehst du, was für eine Schlange sie ist? Ihr ist es egal, was aus ihrer Schwiegermutter wird!« Patronella spielte nervös mit den Goldmünzen an ihrer eigenen Weste herum, ohne sich der Ironie der Geste bewusst zu sein.

Jahrelang hatte Keziah ihr Respekt gezollt, jetzt aber verlor sie die Geduld.

»Sei ehrlich! Du hast nur Angst, das Geld zu verlieren, das ich der Familie einbringe.« Sie drückte der Alten eine Silbermünze in die Hand. »Hier! Damit kannst du dein Essen bezahlen, bis eins der Kinder das Tarot lernt und du in demselben Luxus leben kannst wie ich.«

»Pah! Deine Wahrsagerei taugt zu nichts!« Patronella spuckte vor ihr aus. »Nur die leichtgläubigen *gaujo* sind dumm genug, auf deine Lügen hereinzufallen.«

»Ich lüge *niemals*«, schrie Keziah sie an.

»Und ob du das tust, du kleiner Mischling! Dein *gaujo*-Blut hat dich verdorben! Du hast Gem entehrt, genauso wie die Hure Stella deinen Vater.«

Keziahs Wangen flammten auf, als hätte Patronella sie geschlagen. Die Männer erstarrten bei dem Wort »entehrt«. Sanftere Gemüter in der Menge zuckten mitfühlend mit den Schultern bei der grausamen Erinnerung daran, dass Keziah keine echte Roma war.

Jetzt wandte sich die junge Frau an die Menge. »Ich werde nichts auf ihre Beleidigungen erwidern. Sie ist Gems Mutter. Aber ihr alle wisst, wie klar ich die Zukunft sehen kann. Ich werde bis ans Ende der Welt fahren. Ich werde Gem finden und in seinen Armen liegen!« Sie drehte sich zu Patronella um. »Du hingegen wirst deinen Sohn nie wiedersehen.«

Als Patronella mit dem Finger auf Keziah zeigte, hielt die Menge geschlossen den Atem an.

»Wenn du deine Sippe verlässt, werde ich dich und deinen Körper mit meinen Flüchen durchbohren. Du wirst das Kind deines Herzens begraben. Gem wird dich bespucken, und noch bevor der Sommer zu Ende geht und die Mondfinsternis dein Sternzeichen berührt, wirst du deinen Körper für Geld verkaufen wie eine Hure.«

Die Menge wich entsetzt zurück. Keziah stolperte davon und spürte kaum die Steine, die Patronella hinter ihr herwarf. Der körperliche Schmerz war nichts, verglichen mit der jähen Wut, die sie erfasste, als Patronellas letzter vernichtender Fluch in ihren Ohren widerhallte. »*Soll der Teufel in deine Eingeweide fahren!*«

Keziah ging die einsame, von den Rädern der Bauernwagen zerfurchte Landstraße entlang. Ihre Augen konnten sich nicht sattsehen an der leuchtend grünen Schönheit ringsum, den wild wuchernden Blumen und Kräutern, den Schwärmen von Vögeln, die vor den weichen Wolken am Himmel hin und her schossen. Wie immer vertraute sie darauf, dass die Kraft der Natur die Wunden der menschlichen Grausamkeit heilte.

Sie würde mit dem Geld, das sie mit ihren eigenen Händen und ihrem Verstand auf ehrliche Weise verdient hatte, den Ozean überqueren, und das erfüllte sie mit Stolz. Sie würde sich von Patronellas Flüchen nicht einschüchtern lassen.

Seit sie sechs war, wusste Keziah um die besondere Gabe, die sie besaß. In ihren Augen bemaßen sich Tag und Nacht nicht nach dem Fortschreiten der Uhr; die Zeit strömte dahin wie ein Fluss, ein unablässig rauschender Strom, in dem Vergangenheit, Gegenwart und Zukunft zusammenflossen. Sie konnte sich nach Belieben von diesen Wassern tragen lassen, doch manchmal bewegte sie sich auch in Träumen und Visionen. Jetzt suchte sie Trost in einem lebendigen Bild aus ihrer Vergangenheit – Gems geliebtem Gesicht an jenem Herbsttag im Jahr 1831, als er vierzehn geworden war.

Gems goldener Ohrring funkelte in der Sonne, als er sie hinter sich auf den ungesattelten Rücken seines gescheckten Pferdes schwang. Seine Stimme war wie eine zärtliche Berührung.

»Was meinst du, kleine Keziah? Ich will dein Rom sein, wenn du mich haben willst.«

»O ja, Gem, bitte«, flüsterte sie.

Jetzt, da er ihrer sicher sein konnte, wickelte er eine ihrer Haarsträhnen um seine Faust und zog ihr Gesicht bis auf wenige Zentimeter an seinen Mund heran. »Ich habe deinen Schatten geliebt, seit ich dich das erste Mal gesehen habe.«

»Aber da war ich doch erst fünf!«

Er erzählte ihr, dass er lange genug gewartet hatte, und neckte sie dann, indem er ihrem leicht geöffneten Mund auswich.

»Jetzt bist du elf – fast eine Frau. Es wird Zeit, dass wir uns einander versprechen.«

Am gleichen Abend, als Keziah mit ihrer Großmutter in ihrem vardo *lag, hörten sie, wie Gem seine Mutter anschrie, weil sie eine verächtliche Bemerkung über Keziahs* gaujo-*Mutter hatte fallenlassen.*

»Ihr Frauen redet ständig von der Vergangenheit! Ich aber bin ein Mann! Ich nehme nicht die Vergangenheit mit in mein Bett! Du wirst

Keziahs Familie einen guten Brautpreis anbieten, so wie ihre Ehre es verlangt.«

Als Patronella daraufhin in großes Jammern ausbrach und erklärte, eher sterben zu wollen, blieb Gem ungerührt.

»Dann stirbst du eben ohne Enkel! Ich schwöre beim Grab meines Großvaters, wenn Keziah Stanley mich nicht zum Rom bekommt, werde ich bis an mein Lebensende meine Hemden selbst waschen.«

Als Gem mit lebenslanger Ehelosigkeit und Askese drohte, stockte Keziah der Atem.

Doch so viel Patronella auch jammerte, letztlich kapitulierte sie. Keziah fiel ihrer Puri Dai *um den Hals und bedeckte ihr runzliges Gesicht mit einem Schwall von Küssen.*

»So sehr wünschst du ihn dir?« Ihre Großmutter gluckste in sich hinein. »Hör zu, ich werde einen guten Preis für dich aushandeln. Dein Vater hat keinen Sinn für so etwas. Er trinkt lieber ihren Wein, spielt seine Geige und ist froh, wenn er sich aus dem geschäftlichen Teil heraushalten kann.«

Keziah wurde so nervös, dass ihre Großmutter sie rasch beruhigen musste. »Ich bin zwar alt, aber nicht dumm. Ich werde den Preis in die Höhe treiben, allerdings nicht so hoch, dass sie sich auf Nimmerwiedersehen verabschieden. Ich mache Gem zu deinem Rom, du wirst schon sehen.«

Die Magie ihrer Großmutter hatte gewirkt. Jeder wusste, dass Keziah Gem versprochen war. Er brachte sie mit seinen Zärtlichkeiten so weit, dass sie ihm alles gegeben hätte; er aber wollte lieber bis zu ihrer Hochzeitsnacht warten. Dann würden sie noch früh genug entdecken, dass ihre Körper füreinander geschaffen waren.

Keziahs Stolz auf ihren Rom und ihr gemeinsames Leben wäre vollkommen gewesen, hätte nicht jeder Mondzyklus, der ohne das Versprechen auf ihr ersehntes Kind verging, einen Schatten auf ihr Glück geworfen.

Patronella drängte Gem, sich von Keziah scheiden zu lassen und sich eine fruchtbarere Frau zu suchen; er aber wies dieses Ansinnen wütend zurück.

Nach drei Jahren war Keziah endlich schwanger geworden, doch in der Nacht, als man Gem abgeholt hatte, war ihre Welt zerbrochen – in doppelter Hinsicht.

Keziah verdrängte die schmerzliche Erinnerung an ihre Fehlgeburt. Sie zweifelte keine Sekunde daran, dass die Magie ihrer Großmutter sie wieder mit ihrem Helden zusammenführen würde. Wie es hieß, war New South Wales ein riesiges Inselgefängnis. Eine Flucht war unmöglich.

Als Keziah den heruntergekommenen Wohnwagen ihrer Großmutter sah, machte ihr Herz einen Sprung. Jahrelang hatte ihre *Puri Dai* sich hartnäckig geweigert, ihn von ihren Angehörigen in Stand setzen zu lassen. Die Tradition, das wusste Keziah, verlangte, dass dieser *vardo* zusammen mit allen persönlichen Gegenständen ihrer Großmutter nach deren Beerdigung verbrannt würde, um ihre Seele von der Last materiellen Besitzes zu befreien. Im Gegensatz zu den meisten anderen Mitgliedern ihres Volkes fürchtete ihre Großmutter den Tod nicht, der sie bald holen würde, auch wenn Keziah nicht wahrhaben wollte, dass ihre *Puri Dai* jemals sterben könnte.

Ohne zu blinzeln, beobachtete die alte Frau, wie Keziah näher kam. Ihre knotigen Hände lagen gefaltet im Schoß, keine noch so winzige Bewegung zeigte sich, bis auf das Flattern der Fransen an ihrem geblümten Schal im Wind. Um ihren runzligen Hals hing ein silbernes Amulett mit eingravierten Zeichen. Feine Fältchen bedeckten ihr Gesicht wie eine Landkarte, auf der jeder Roma-Weg verzeichnet war, den sie in ihren achtzig Jahren zurückgelegt hatte.

Keziah begegnete dem Blick ihrer Großmutter. Sie kniete zu ihren Füßen nieder, nahm die alten Hände in ihre eigenen und küsste zärtlich beide Handflächen. Nachdem sie ihr auf diese Weise ihre Ehrerbietung entgegengebracht hatte, umfasste die alte Frau Keziahs Gesicht. Die Liebe zwischen ihnen ließ sich nicht in Worte fassen.

Hand in Hand betraten sie den *vardo*. Die *Puri Dai* schenkte Tee aus dem Messingkessel ein, der auf dem winzigen schwarzen Ofen stand. Sie hatte den Tisch mit dem guten blau gemusterten Geschirr und einem schneeweißen, mit Spitzen verzierten Tischtuch gedeckt. Jedes Möbelstück war perfekt auf die Dimensionen ihrer kleinen fahrenden Welt abgestimmt. Keziah sah, dass sie das Bett ihrer Kindheit aus dem Alkoven geholt und aufgestellt hatte, die Decke war zurückgeschlagen.

»Du wusstest, dass ich komme, nicht wahr?«

Die *Puri Dai* nickte. »Eine Schwalbe hat es mir erzählt. Diese Frau mit der Schlangenzunge kann dich nicht daran hindern, Gem zu folgen.«

»Patronella hat mich mit Flüchen überhäuft! Ich werde niemals in der Lage sein, ein gesundes Kind zur Welt zu bringen. Gem wird sich von mir scheiden lassen. Und ich werde als Hure enden.«

»Diese Hexe ist rasend eifersüchtig auf dich, weil Gem dich liebt. Du bist nicht unfruchtbar. Wenn Gott die Zeit für gekommen hält, wird dein Körper neues Leben zeugen.«

Die *Puri Dai* strich Keziah übers Haar und forderte sie auf, den Tee zu trinken und den Kuchen zu essen, den sie für sie gebacken hatte. »Und dann spreche ich mit unseren Ahnen über dich.«

Keziah nahm auf dem Kissen zu Füßen der alten Frau Platz, die reglos dasaß. Das goldene Licht der Kerzen tanzte über ihr schneeweißes Haar, und ihr Gesicht spiegelte nichts als Konzentration, während sie alle Kräfte bündelte, um die Flüche abzuwehren.

»Die alte Hexe Patronella weiß genau, was sie tut. Es ist eine schwierige Sache. Alle unsere Ahnen mussten mithelfen, und es gab hitzige Debatten zwischen ihnen und meinem Sohn, der den Namen des Erzengels trägt.«

Gabriel – nach seinem Tod war der Name zu schmerzhaft für seine Mutter geworden, als dass sie ihn hätte aussprechen können.

»Hat mein Vater mit dir über mich gesprochen?«

»Wer hat dich mehr geliebt als er – abgesehen von Gem?« Sie zeigte theatralisch auf einen leeren Stuhl. »Genau da hat er gesessen und so schön auf seiner Geige gespielt … ein Wunder, dass du ihn nicht gehört hast.«

»Erzähl mir, was er gesagt hat, egal, ob es gut oder schlecht war«, bat Keziah.

»Dein *baxt* liegt nicht in Wales, sondern in New South Wales, Tausende von Meilen entfernt auf der anderen Seite des schrecklichen Meeres.«

»Um Gottes willen! Ich kann doch nicht schwimmen!«

»Das spielt keine Rolle. Es ist dein Schicksal, Gem wiederzufinden.«

Die *Puri Dai* hatte sie von Patronellas Flüchen erlöst. Von allen bis auf einen!

»Das muss deine freie Entscheidung bleiben!« Sie nahm Keziahs Hand. »Wenn du in der Welt der *gaujo* einen falschen Schritt machst, wird er dich auf ewig verfolgen. Ich habe dir beigebracht, wie du dich vor den Tricks der *gaujo* hüten kannst. Aber auch ihre Freundlichkeit ist gefährlich. Nimm dich in Acht vor dem *gaujo* mit der silbernen Zunge. Ich sehe ihn mit einem großen Buch. Er möchte, dass du ihm vorliest.«

Keziah zuckte abschätzig die Schultern. »Das lässt sich leicht umgehen. Ich kenne zwar die Buchstaben, kann aber keine Worte daraus bilden.«

Die *Puri Dai* zog ihre Geldbörse hervor. »Du brauchst ein paar Silbermünzen für deine Reise. Und dies wird dich beschützen, ganz gleich, wo du unterwegs bist, zu Lande und zu Wasser.«

Keziah schreckte vor dem silbernen Amulett zurück, das sie ihr reichte. »Nein, ich werde dir doch nicht deinen Glücksbringer wegnehmen.«

»Ich befehle dir, ihn anzunehmen.« Das runzlige Gesicht der *Puri Dai* wurde sanft. »Das ist der letzte Dienst, den du mir erweisen kannst. Trag es immer bei dir.«

Mit einem erstickten Aufschrei umarmte Keziah sie und strich über die faltigen Wangen. Die Finger der alten Frau legten sich auf Keziahs Lider, eine stumme Aufforderung, zu schlafen, doch sie spürte, dass ihre *Puri Dai* noch eine Warnung vor ihr verbarg.

»Weißt du, was mir in diesem neuen Wales am Ende der Welt bevorsteht?«

»Ich sage dir die Wahrheit. Wenn du aus eigenem freien Willen entscheidest, den letzten Fluch anzunehmen, wird es in deinem Leben *drei* Männer geben.«

»Drei?«

»Ich sehe deutlich einen Mann mit rotgoldenem Haar – einen *gaujo*, wie du noch nie einem begegnet bist.«

Keziah umklammerte das silberne Amulett, während die trockenen Tränen ihr die Kehle zuschnürten.

»Gem ist der einzige Mann, der wichtig für mich ist. Ich will meinen Gem finden und mit ihm vereint sein.«

»Du eigensinniges Ding! Hör auf meine Worte. Die Kräfte meines Amuletts sind begrenzt. Du musst Weisheit lernen, um dein eigenes Leben zu leben. Möge *Del* dich vor dir selbst beschützen. Eine Schönheit wie die deine ist ein Fluch, wenn das Herz allzu offen für die Liebe ist.«

DREI

Es war der 1. Mai, und die Morgendämmerung über dem Weiler unweit des Cheshire-Dorfs Poulton-cum-Spittal war bereits angebrochen. Noch kaum richtig wach erhob sich Daniel Browne ängstlich von der Strohmatratze in der Scheune des Vikars. Er fuhr sich mit den Fingern durchs Haar und trank einen Schluck Wasser aus einem angeschlagenen Porzellankrug. Dann stopfte er sich ein Stück trockenes Brot in die Tasche, schnappte sich die Harke und lief über den Pfad aus zerbrochenen Steinplatten auf das alte Pfarrhaus zu.

Ausgerechnet heute durfte er nicht zu spät mit seinen täglichen Pflichten beginnen. All seine anderen Geburtstage waren unbeachtet und ohne Feier vergangen, doch der neunzehnte war etwas anderes. So viel stand auf dem Spiel, dass seine Hände zitterten, mehr aus Nervosität als wegen der Kälte.

Bei der Arbeit wurde ihm bewusst, wie sehr sein schlaksiger Körper im letzten Jahr gewachsen war. Handgelenke und Knöchel lugten aus den abgetragenen Arbeitskleidern heraus, die er von einem älteren Gärtner geerbt hatte, als der im letzten Winter beim Schneeschippen gestorben war. Die Arbeit vermittelte ihm das Gefühl, irgendetwas zwischen Handlanger und Hungerleider zu sein, doch zumindest verdiente er sich damit sein tägliches Brot und musste nicht im Armenhaus vorsprechen.

Daniel wurde von einer Schar stämmiger Jungs abgelenkt, die auf dem Weg zur Schule an der Trockenmauer entlangrannten und den vertrauten Singsang anstimmten, der unweigerlich mit spöttischem Gelächter endete: »Daniel Browne ist ein Clown! Aus der Schule abgehaun!«

Daniel schluckte die Demütigung herunter, denn er wusste, dass aus ihr nur die Verachtung der Eltern sprach. Er hasste sie alle. Dann betrachtete er seine Hände. Sie waren rau und aufgerissen, trotzdem war er stolz auf seine langen schmalen Finger, die er für einen natürlichen Hinweis darauf hielt, dass er zu etwas Besserem bestimmt war. Die Hände eines Künstlers.

Wer zuletzt lacht, lacht am besten. Eines Tages werden diese dämlichen Dorftrottel Schlange stehen und dafür bezahlen müssen, Daniel Brownes Werk zu sehen. Und dann, wenn ich erst mal berühmt bin, werden sie als Erste Anspruch auf mich erheben – diese Schweinehunde.

Er warf einen Blick auf den Kirchhof, wo seine Mutter in einem nicht gekennzeichneten Armengrab lag. Nur der Vikar erinnerte sich an Mary Ann Browne – sonst interessierte sie niemanden.

Daniel näherte sich dem Pfarrhaus und warf einen Blick durchs offene Fenster ins Arbeitszimmer des Vikars. Auf dem Schreibtisch direkt unter dem Fenster lag ein Stapel Papier unter einem Briefbeschwerer in Gestalt eines wilden Löwen. Unberührtes Papier übte schon lange eine magnetische Anziehungskraft auf Daniel aus. Jetzt brach ihm der Schweiß aus angesichts der Verlockung, die es darstellte. Im Geiste bedeckte er die einzelnen Blätter mit Bildern, die alle darum kämpften, endlich aus seiner Phantasie erlöst zu werden. Würde der Vikar bei seiner Rückkehr überhaupt merken, wenn ein paar Blätter fehlten? Daniel redete sich ein, dass er schon meilenweit weg wäre, bevor der Diebstahl entdeckt würde.

Er streckte eine zitternde Hand nach dem verlockenden Stapel aus, wurde jedoch von der buckligen Gestalt des Vikars gestört, der unerwartet um die Ecke bog.

Als der alte Mann ihm winkte, rannte Daniel hin, in der Erwartung, neue Anweisungen zu erhalten. Umso erstaunter war er, als der Vikar ihn in sein Arbeitszimmer schob und ihm mit einer Handbewegung bedeutete, auf dem gepolsterten Stuhl gegenüber dem Schreibtisch Platz zu nehmen. Daniel blickte sich um, auf der Suche nach dem wunderbaren Kunstbuch mit den Farbtafeln von Gemälden der alten Meister, das der Vikar ihm einmal ausgeliehen hatte. Daniel hatte ihre Werke so aufmerksam studiert, dass sich ihm jedes Detail eingeprägt hatte.

An der Wand hing ein Druck: Moses, der die fliehenden Israeliten zwischen den gewaltigen Wellen hindurchführt, die Gott für sie stillstehen ließ. Der Vikar hatte ihm gesagt, es sei das Rote Meer. Das erschien ihm als gutes Omen für seine eigene Flucht.

Als die Frau des Vikars ihnen eine Kanne Tee brachte und dazu einen Teller voll mit Erdbeermarmelade bestrichenen Brötchen und Kümmelkuchen, verbarg Daniel seine Reaktion. Jetzt, da er fortging, behandelte ihn der Vikar wie einen Gast.

Daniel trank den Tee in kleinen Schlucken und ahmte jede Bewegung des Vikars nach, während er sich an der ungewohnten Kuchengabel versuchte. Ungeduldig wartete er auf das heiß ersehnte Stück Papier, das seine Hoffnung auf Freiheit besiegeln würde. Der Vikar war der einzige gebildete Mensch, den er kannte. Er sollte Daniel die Referenzen ausstellen, die er seinen künftigen Arbeitgebern vorlegen konnte.

»Hatten Sie Zeit, mir ein Zeugnis zu schreiben, Vikar?«

Der alte Mann nickte und nahm einen Umschlag vom Schreibtisch.

»Du bist ein guter und zuverlässiger Arbeiter, Daniel. Das wird dir eine faire Chance auf Arbeit in Chester verschaffen, aber es kann trotzdem schwer für einen Jungen vom Land sein, der sich mit dem Leben in der Stadt nicht auskennt.«

»Ich danke Ihnen, dass Sie mir Grundkenntnisse im Lesen und Schreiben beigebracht haben. Das ist mehr, als die meisten Arbeiter je erwarten dürfen.«

Als Daniel die Hand nach dem Umschlag ausstreckte, legte der Vikar unerwartet drei Münzen dazu, die ihn für ein paar Tage über Wasser halten würden, bis er neue Arbeit gefunden hätte. Diese Geste löste einen Schwall von Schuldgefühlen in Daniel aus, als er sich an seinen versuchten Diebstahl erinnerte. Sie wurden durch die Worte des Vikars noch verstärkt.

»Wir werden uns in diesem Leben vielleicht nicht wiedersehen, Daniel, deshalb erscheint es mir angebracht, dir etwas zu geben, das eine Verbindung zu deiner Vergangenheit darstellt.« Er öffnete einen Mahagonischrank und nahm vorsichtig ein zusammengerolltes Stück Papier heraus, das er auf seinem Schreibtisch ausbreitete.

Daniel berührte das Papier ehrfürchtig. Die Ecken waren ein wenig vergilbt. Die Schwarz-Weiß-Zeichnung zeigte ein hübsches Mädchen mit langen Locken, das in einem schlichten Nachthemd auf einem Bett lag, das Gesicht in einem leichten Winkel dem Betrachter zugewandt. Die Hände waren über der Brust gefaltet wie bei einem Kind, das mitten im Gebet eingeschlafen war.

»Wunderschön«, sagte Daniel ehrfürchtig. »Ist das …«

Der Vikar zögerte. »Mary Ann Browne. Fünfzehn Jahre alt. Deine Mutter.«

Jetzt erst bemerkte Daniel die Initialen und das Datum in der rechten unteren Ecke. »3. Mai 1817, zwei Tage nach meiner Geburt. Sie haben mir erzählt, meine Mutter sei während der Geburt gestorben.«

»Aye, so war es auch, mein Junge. Diese Zeichnung stammt von einem jungen Künstler, der sie im Armenhaus besuchen wollte. Er kam zwei Tage zu spät.«

Daniel konnte sein Grauen nicht verhehlen. »Sie meinen, er hat sie gezeichnet, als sie schon tot war?«

Der Vikar rutschte auf seinem Stuhl hin und her. »Du warst eine Frühgeburt. Deine Mutter war von Hunger geschwächt, als sie hier ankam. Sie starb wenige Stunden nach deiner Geburt.«

Daniels Hand zitterte, als er den Finger auf die Initialen TLH stieß. »Wissen Sie, wer das war?«

»Ich bin kein Experte auf dem Gebiet der Kunst, aber ich weiß, dass ein junger Künstler aus dieser Gegend namens Thomas Linton Hayes nach Süden ging, in die Hauptstadt, und dass seine Bilder in verschiedenen Galerien hängen.« Er warf Daniel einen scharfen Blick zu. »Es gibt keinerlei Beweis dafür, dass er dein Vater ist. Vielleicht war Mary Ann Browne nicht mehr für ihn als eins von vielen Modellen.«

Daniel schob seine zornigen Gedanken beiseite. *Nicht mein Vater? Warum habe ich dann das Gefühl, unbedingt Maler werden zu müssen?* Stattdessen lauschte er aufmerksam der Beschreibung, die der Vikar von dem Künstler gab.

»Ziemlich begabt, aber er machte den Eindruck, ein ausschweifendes Leben zu führen.« Der Vikar griff nach einem unsichtbaren Glas und hob es mit einer raschen Bewegung an den Mund.

Daniels Frage, ob der Künstler das neugeborene Kind hatte sehen wollen, schien dem Vikar peinlich zu sein. Offenbar hatte niemand erwartet, dass der Säugling überlebte, daher hatte der Mann Geld für eine christliche Bestattung hinterlassen.

»Wie anständig von ihm.« Daniel gelang es nicht, seine Bitterkeit zu verbergen. »Aber ich brauche seinen Namen nicht. Ich werde den meiner Mutter so berühmt machen, dass Thomas Linton Hayes es noch bereuen wird, meine Existenz nicht anerkannt zu haben.«

»Richte und werde gerichtet, Daniel«, warnte der Vikar.

»Erzählen Sie mir alles, was Sie über meine Mutter wissen, Sir, ich bitte Sie. Nur Sie erinnern sich an sie.«

»Keine gewöhnliche Farmerstochter. Außergewöhnliche grüne Augen. Ihr Haar umgab sie wie ein Umhang – Maria Magdalena.« Er senkte diskret die Stimme. »Sie hatte diese milchweiße Haut, die bei jungen Künstlern so beliebt ist. Hayes erzählte, dass sie für sein Triptychon von Figuren aus dem griechischen Mythos posiert habe. Und dass Mary Ann seine perfekte Clytië gewesen sei.«

Der Vikar erklärte ihm die alte griechische Sage von der Sterblichen, die so in den heidnischen Gott Apoll verliebt gewesen war, dass sie jeden Tag seinem Sonnenwagen am Himmel nachsah. Als sie an ihrer unerwiderten Liebe starb, bedauerten die Götter sie und verwandelten sie in eine Sonnenwende, eine Pflanze, die mit ihrer Blüte dem Lauf der Sonne folgt.

Daniel rollte das Papier sorgfältig wieder zusammen. »Danke für diesen wertvollen Hinweis.«

Der Vikar ließ Daniel niederknien, gab ihm seinen letzten Segen und überreichte ihm eine Bibel.

»Möge sie dir immer den rechten Weg weisen, mein Junge. Geh mit Gott, und Friede sei mit dir.«

In der Scheune sammelte Daniel hastig seine wenigen Habseligkeiten ein. Dann zog er sich die Stoffmütze über die Ohren, trat in die Sonne hinaus und schwang sein Bündel, als er an dem Meilenstein vorbeikam, der anzeigte, wie weit es bis nach Chester war – und zu seinem neuen Leben.

Als Daniel in Chester an den Rows vorbeischlenderte, kamen sie ihm vor wie eine Explosion von Farben, Geräuschen und Gerüchen, die seine Sinne berauschten. Kuchen und Brot verströmten das Aroma von Zimt und Gewürzen, der Duft der Blumen wehte von den Karren herüber, und die Dienstmädchen genossen mit übermütigem Lachen den ersten Maitag, einen ihrer seltenen freien Tage.

Daniel blieb vor einem Geschäft stehen, dessen Schild ihn in seinen Bann zog. *Kunsthandel und Rahmen – Inh. Maynard Plews.* Im Schaufenster lag das Gemälde einer blau gewandeten Jungfrau Maria mit dem Jesuskind auf dem Arm. Aus ihren jugendlichen Zügen sprach bedingungslose Hingabe. Das Kind hatte mehr Ähnlichkeit mit einem winzigen Erwachsenen als den Säuglingen, die Daniel in seinem Leben gesehen hatte, trotzdem war die Entdeckung ein Augenblick reiner Magie. Auf der gedruckten Karte daneben stand: »Unbekannter Künstler, ca. siebzehntes Jahrhundert.« Und in diesem Augenblick verschmolz das sanfte Gesicht der Jungfrau für immer mit dem seiner toten Mutter.

Er holte tief Luft, um seine Nervosität zu unterdrücken, und betrat die Galerie. Der längliche Raum war menschenleer, die

Wände waren mit Reihen von Gemälden bedeckt. Wie verzaubert rannte er zwischen ihnen hin und her – ein Schmetterling, der sich in einem Gewächshaus voller exotischer Blüten am Pollen berauscht.

Plötzlich merkte Daniel, dass er von einem graubärtigen Mann mit blassen blauen Augen beobachtet wurde, die hinter seinen Brillengläsern glänzten. Der Mann hatte etwas, das Daniel ermunterte, seine Schüchternheit zu überwinden.

»Sir, ich bin gerade erst in Chester angekommen und habe noch keine Arbeit gefunden. Daher könnte ich Ihnen nicht einmal den Rahmen Ihres kleinsten Gemäldes abkaufen.«

Der Mann nickte, als hätte diese Tatsache keinerlei Bedeutung. »Mein Name ist Maynard Plews. Mich interessiert die Meinung aller Besucher – Mäzene, Kunden oder Studenten wie du. Wenn Geld keine Rolle spielte und du ein Bild kaufen wolltest, für welches würdest du dich entscheiden?«

Daniel fühlte sich geschmeichelt, dass man ihn für einen Kunststudenten hielt.

»Es gibt drei. Hätte ich Geld, würde ich sogar aufs Essen verzichten, um alle drei zu besitzen.«

Als er aufgefordert wurde, zu erklären, weshalb sie ihm gefielen, zeigte Daniel auf zwei Porträts, ein Diptychon von einem Mann und einem jungen Mädchen vor dem Hintergrund einer sonnendurchfluteten, olivgrünen Landschaft, die sich nicht im britischen Empire befinden konnte.

Plews' verständnisvoller Blick ermunterte Daniel, seinen Gedanken freien Lauf zu lassen. Ohne nachzudenken, erklärte er, wie man der Anordnung der Landschaft entnehmen konnte, dass es sich bei dem Paar um Mitglieder einer Familie handelte. Aus den Kunstbüchern des Vikars wusste er, dass die reich verzierte Kleidung des Paars aus dem Mittelalter stammen musste. Die Hand auf dem Dolch im Gürtel des Edelmanns war mit Ringen geschmückt – wie die einer Frau. Daniel hatte das Gefühl, dass die schwarzen Augen ihn voller Verachtung anblickten.

»Sehen Sie, wie sich seine Unterlippe kräuselt – er glaubt, sein Wort stehe über dem Gesetz. Er ist der Inbegriff von ... von ...« Daniel kam ins Stottern, als er nach dem richtigen Wort suchte.

»Anmaßung?«, half Maynard Plews nach.

»Aye, aber es ist noch mehr. Der Künstler verrät uns, dass der Edelmann versucht, etwas zu verstecken. Er hat ihn mit lauter kostbaren Gegenständen umgeben, einem Kelch und der Verzierung über dem Familienwappen, und doch scheint er sich nicht wohlzufühlen, als wäre er fehl am Platze.«

Wieder stockte Daniel, aus Angst, seine Worte könnten seine Unwissenheit verraten.

Maynard Plews nickte. »Und was siehst du in der Frau?«

»Feine Kleider, aber sie ist nicht so weltgewandt wie er. Sie betastet ihren Ehering wie eine nervöse junge Braut. Der Künstler hat ihren Blick auf ihn gerichtet, als fürchtete sie sich vor ihm.«

Plötzlich fühlte sich Daniel bloßgestellt. »Aber was weiß ich schon, Sir? Das sind die ersten Gemälde, die ich nicht in einem Buch sehe.«

»Du hast eine natürliche Begabung, Menschen unabhängig von allem luxuriösen Beiwerk zu beurteilen. Der Mann war der uneheliche Spross eines italienischen Edelmanns und wurde später vom legitimen Erben seines Vaters verjagt. Die Braut war ihm bereits als Kind versprochen worden, um zwei Familien miteinander zu verbinden. Ihr Zukünftiger jedoch verschleuderte die Mitgift für seinen Lieblingshöfling, einen hübschen *Knaben*.«

»Das ist eine abscheuliche Sünde vor Gott!«, rief Daniel spontan.

»Vermutlich, aber Fürsten haben ihre eigenen Regeln.«

Hastig wandte sich Daniel dem dritten Bild zu, das ihn angesprochen hatte, einer Landschaft, die der dazugehörigen Karte zufolge die Kolonie New South Wales um 1800 zeigte.

»Diese fremdartigen Bäume und dieser unglaublich blaue Himmel sind im Empire nicht vorstellbar. Es verstößt gegen alle ästhetischen Gesetze – und doch existiert es.«

Maynard Plews musterte Daniel. »Was würdest *du* denn am liebsten malen, mein Junge?«

Daniel spürte, dass seine ganze Zukunft auf dem Spiel stand. Er wusste nicht, was er sagen sollte, aber als die Antwort aus ihm herausbrach, begriff er, dass es die Wahrheit war.

»Die Seele eines Menschen.«

Maynard Plews nickte, als gefiele ihm die Antwort. Daniel forderte sein Glück noch stärker heraus.

»Verzeihen Sie, Sir, ich stehle Ihnen Ihre Zeit.«

»Ach, es gibt ohnehin nicht viel zu tun. Halb Chester ist auf den Beinen, um den ersten Maitag zu feiern, und ich habe nur einen kleinen Auftrag, ich soll ein paar beschädigte Rahmen von vernachlässigten, alten Gemälden reparieren.«

Daniel ergriff die Gelegenheit beim Schopf. »Brauchen Sie Hilfe, Sir? Ich bin ein guter Handwerker. Ich kann einigermaßen lesen und schreiben. Ich werde niemals müde. Ich bin stark. Zuverlässig. Ehrlich.« Rasch zog er das Zeugnis des Vikars aus der Tasche.

Nachdem Maynard Plews es gelesen hatte, deutete er auf eine Tür, die zum Keller führte. Dort würde Daniel eine Kammer mit einem Bett und einen Waschtisch finden. Hinter der Tür hinge ein Arbeitskittel. Dann erklärte ihm der Galerist, dass er jemanden suchte, der im Haus wohnte und so die Bilder bewachen konnte.

»Vikare stellen Dieben bestimmt keine guten Zeugnisse aus!«

In einer halben Stunde hatte Daniel den ganzen Raum gefegt und mit solcher Inbrunst Kisten übereinandergestapelt, dass er sich einbildete, zu sehen, wie sein Arbeitgeber an seinem Schnurrbart zupfte, um ein Lächeln zu verbergen.

Daniel Browne war im siebten Himmel. Er hatte bezahlte Arbeit, einen Platz zum Schlafen, und nach Feierabend konnte er die Kunstwerke studieren, den Pinselstrich der verschiedenen Künstler, ihre Verwendung der Farben und ihre Perspektive vergleichen.

Nachdem Plews am Abend gegangen war, rannte Daniel hinunter zu seinem Quartier. Zuallererst befestigte er das Bild seiner toten Mutter an der Wand.

Sanft berührte er ihr Gesicht. »Warte nur, Mutter. Ich bin auf dem Weg.«

Plötzlich durchfuhr ihn ein Gedanke. Warum war unter den drei Gemälden, für die er auf sein Essen verzichten würde, nicht das der Jungfrau Maria gewesen? Die Antwort kam mit einer Wucht, die ihn ebenso erregte wie erschreckte.

Ich werde die Jungfrau selbst malen und beweisen, dass ich ein größerer Maler bin als mein Vater.

VIER

In den ersten Wochen nach Jennys Verschwinden klapperte Jake alle Siedlungen innerhalb der Reichweite von Penrith, Parramatta und den Dörfern entlang der Coach Road bis nach Sydney Town ab. Das kleine Landhaus von Mrs. Troy in Parramatta war komplett leer geräumt, und irgendwer hatte ein Schild mit der Aufschrift »Zu vermieten« an die Tür genagelt. Ihre Nachbarn erzählten, dass sie ganz plötzlich aufgebrochen war, allein in einer Kutsche. Niemand wusste, wohin. Jake spürte, wie ihm die Bitterkeit aufstieß, wenn er sich die Antwort ausmalte. *Wahrscheinlich bezahlt jetzt Jennys gottverdammter Beschützer die Miete für die alte Vettel, so wie vorher ich. Dummkopf, der ich war.*

Nichts ergab noch einen Sinn. Warum hatte Jenny ihn verlassen, ohne ihm je einen Hinweis darauf zu geben, dass sie unglücklich war? Er hatte nur einen Wunsch, diesem feigen Hund den Hals umzudrehen. Sich zurückzuholen, was ihm gehörte: seine kleine Prinzessin. Und was war mit Jenny? Was würde er empfinden, wenn er sie wiedersah? Darauf hatte er keine Antwort. Tagsüber wurden alle Gefühle von blinder Wut verdrängt. Nachts drängte sich Jenny in seine Träume. Die Visionen von ihr waren so schmerzlich, dass sie ihm den Schlaf raubten und er am nächsten Morgen wie gerädert war.

Im Grunde seines Herzens fühlte er sich erniedrigt, weil sie ihm Hörner aufgesetzt hatte. Doch sein Stolz verbot es ihm, sich irgendwem anzuvertrauen. Er ging sogar seinem alten Andersen-Clan aus dem Weg. Er würde sich eine Maske aufsetzen und der Welt zeigen, dass ihm alles egal war – nur sein Kind wollte er wiederhaben. Er versuchte, den Rest seines Geldes nicht zu vertrinken, da er aber seine Suche nicht unterbrechen konnte, um Arbeit zu finden, war es bald aufgebraucht. Er musste unbedingt den Faustkampf gewinnen, um die Suche finanzieren zu können.

Als er jetzt durch den Busch nach Tagalong ritt und sich seine Chancen auf einen Sieg über Bulldog Kane ausrechnete, fiel ihm seine erste Begegnung mit Jenny ein. An diesem unvergesslichen Tag hatte er Sly Peters in einem Faustkampf auf dem Platz vor dem Woolpack Inn von Parramatta geschlagen.

Jake hatte seinem Gegner einen linken Haken versetzt, der ihn in die Knie zwang und das Publikum aus betrunkenen Männern und ihren lärmenden, schmutzigen Frauen zu stürmischem Beifall verleitete.

Als Jake sie sah, drehte sich die ganze Welt einmal um ihre Achse. Ein umwerfendes blondes Wesen in einer offenen Kutsche. Sie klatschte in die Hände wie ein Kind, und neben ihr saß eine schwarz gekleidete Frau mittleren Alters, deren Gesicht unverhohlene Missbilligung spiegelte.

Die Schönheit der jungen Frau raubte Jake den Atem. Das Gesicht eines Engels. Die Haut so blass, als hätte sie nie die Sonne gesehen. Eine kleine Venus in einem dünnen, pfirsichfarbenen Sommerkleid. Sie war so aufgewühlt von dem Kampf – besser gesagt, von ihm –, dass sie sogar ihren Sonnenschirm vergessen hatte. Die Sonne verwandelte ihr blondes Haar in Gold.

Ihr Anblick spornte Jake an, den Kampf schnell zu Ende zu bringen. Er ließ nicht einmal von Sly Peters ab, als dessen Gesicht bereits von Blut überströmt war. Nachdem er sein Preisgeld in Empfang genommen hatte, entdeckte er, dass die geheimnisvolle junge Frau und ihre Kutsche verschwunden waren. Er machte sich fein und suchte die Straßen von Parramatta ab, entschlossen, sie zu finden. Angelockt von der Musik einer kirchlichen Veranstaltung stolperte er zwei Tage später in seiner Verzweiflung mitten in einen Gemeindesaal. Und da war sie und schlängelte sich bei einer ländlichen Quadrille zwischen zwei Bewunderern hindurch. Als sie Jake zulächelte, wusste er, dass er für immer verloren war.

Bei seiner Ankunft in Tagalong bemerkte Jake, dass es im Ort von Männern nur so wimmelte. Offenbar besaß der Kampf eine magnetische Anziehungskraft.

Mac Mackie erwartete Jake vor seiner Hütte. Zwei Beefsteaks und eine Schale mit Hühnereiern lagen neben dem offenen Feuer bereit. Daneben standen Flaschen mit Albion Ale in einem Eimer mit kühlem Wasser aus dem Bach.

Jake stolzierte ans Feuer und sagte: »Jesses, Mac. Du lässt allmählich nach. Wo bleibt mein Frühstück?«

Er hoffte, dass seine Worte überzeugend klangen, doch der weise Eulenblick, den Mac ihm zuwarf, zeigte, dass er sich keine Sekunde täuschen ließ.

»Setz dich, Jake. Trink erst mal ein Bier. Dann sind wir auf gleicher Höhe.«

Während die Steaks brutzelten und Jake bei ihrem köstlichen Duft bewusst wurde, dass er seit Tagen nichts Richtiges gegessen hatte, trank er sein erstes Ale.

»Ich bin an Kanes Wagen vorbeigekommen; er ist mit Bildern des Union Jack und Geldbündeln bemalt. Aber von Bulldog keine Spur. Hast du ihn schon gesehen?«

»Ja. Im Australia Arms. Ein richtiger Brocken. Ein Schwergewicht. Mit Fäusten so groß wie Schinken.«

»Größe allein bedeutet gar nichts. Wenn er einen schwachen Punkt hat, finde ich ihn, und dann ist er geliefert.«

»Seinetwegen mache ich mir keine Sorgen. Aber wie steht es mit dir? Was gibt's Neues?«

Jake sah ihn mit großen Augen an wie ein Kind. »Nichts Besonderes, mein Freund. Ich bin wieder frei.« Er streckte zwei Finger vom Kopf weg, wie um die unsichtbaren Hörner anzudeuten. »Abgesehen davon, dass Jenny mich betrogen hat und mit Pearl durchgebrannt ist, ging es mir noch nie besser.«

Mac reichte ihm ein zweites Bier und kippte sein eigenes in einem Zug. »Jesses, mein Freund. Das ist es also.«

Mac hockte sich auf einen Baumstumpf gegenüber von Jake.

Eine Weile saßen sie stumm da, doch Jake wusste, dass Mac die Sache nicht einfach auf sich beruhen lassen würde. So war er nun mal.

»Kein Grund, mir was vorzumachen, mein Junge. Ich kenne dich einfach zu lang. Willst du Jenny nun zurück oder nicht?«

»Bist du auf den Kopf gefallen, oder was?«, fauchte Jake ihn an. »Wer denkt schon an Jenny? Ihr dämlicher Verehrer kann sie haben. Jedenfalls so lange, bis ich ihn finde und aus dem Verkehr ziehe. Aber meine kleine Prinzessin gehört mir. Ich hole mir Pearl wieder, so oder so, darauf kannst du Gift nehmen.« Er trank seine Flasche aus und warf Mac einen warnenden Blick zu.

»Falls du noch mehr Beichten hören willst, kannst du dir ja deine eigenen Sünden für den Popen aufsparen.«

Mac rieb sich den Bart. »Na schön. Kommen wir zur Sache. Du siehst ziemlich fit aus – rein äußerlich. Aber was ist mit dem Kopf, was geht darin vor? Bist du im Stande, dich auf Bulldogs Stil einzustellen? Seine Schwachstellen aufzuspüren? Gegen einen so niederträchtigen Kerl wie Kane bist du noch nie angetreten.«

Jakes Stimme war gefährlich ruhig. »Merk dir eins, Mac. Ich brauche das Preisgeld, um Pearl zu finden. Und wenn ich die ganze Nacht und den halben Vormittag brauche – ich werde Bulldog schlagen. Ist deine dämliche Frage damit beantwortet?«

Mac nickte. »Voll und ganz.«

Jake stand auf. »Na, dann los, mal sehen, was der Mistkerl drauf hat.«

Als Jake vor Bulldog Kane stand, erkannte er, dass dessen Karikatur kein Witz gewesen war. Er war massig wie ein Ochse, hatte eine kräftige Brust und einen Hals, so dick wie der Stamm eines Affenbrotbaums. Sie beobachteten, wie Bulldog kurzen Prozess mit dem ersten lokalen Rivalen machte, indem er ihm den Kiefer brach. Keiner aus dem Publikum wollte sich freiwillig der Herausforderung stellen.

»Willst du es dir lieber noch mal überlegen, mein Freund?«, fragte Mac.

Father Declan sah sein Kirchendach in Gefahr. Daher packte er Jake am Arm und führte ihn auf den Ring zu. Bulldog heizte die Menge an und empfing Jake mit einem beleidigenden Zwei-Finger-Gruß.

Die Zuschauer waren ehemalige Sträflinge mit struppigen Bärten, die sich inzwischen als Farmer, Viehzüchter und Schafscherer hier angesiedelt hatten. Nur ein oder zwei Frauen. Die meisten hatten einen irischen Akzent. Alle waren tüchtig mit Grog abgefüllt.

Jake sah, wie Mac durch die Menge wanderte und Wetten annahm. Er zog sein Hemd aus, stopfte sich die Hosenbeine aus Englischleder in die Stiefel und ging mit geballten Fäusten in Kampfstellung.

Father Declan hob die Hand, um die Menge zum Schweigen zu bringen, und rasselte die Regeln herunter.

»Diese Burschen werden sich an die alten Broughton Rules für den Faustkampf halten. In unserem County hat man nichts am Hut mit den neumodischen Londoner Preiskampfregeln.« Nachdem die patriotischen Zuschauer ihre Zustimmung gebrüllt hatten, fuhr er fort: »Den Broughton Rules zufolge sind Schläge mit dem Kopf und Klammergriffe nach wie vor erlaubt!«

Die Menge applaudierte und johlte, doch ein paar aggressive Stimmen forderten auch dazu auf, endlich anzufangen.

Der Priester verlas die übliche Warnung. Kein Angriff, wenn der Gegner zu Boden gegangen ist. Keine Schläge unter die Gürtellinie. Jede Runde dauert so lange, bis einer der Kontrahenten am Boden liegt. Dreißig Sekunden Pause zwischen den einzelnen Runden.

Im Geiste stellte sich Jake vor, dass sein Gegenüber in Wirklichkeit Jennys Verehrer war – und das verschaffte ihm die Gelegenheit, all seiner Wut und Frustration freien Lauf zu lassen und den Gegner windelweich zu prügeln. Doch nach außen hin, bloß um die Zuschauer zu unterhalten, gab er sich so arrogant wie nur möglich.

»Wenn einer der Kontrahenten sich nicht mehr auf den Beinen halten kann, erkläre ich ihn zum Verlierer«, endete Father Declan.

Diese gute Gelegenheit zu einer letzten Stichelei ließ sich Jake nicht entgehen. »Mich brauchen Sie nicht anzusehen, Father! Warnen Sie lieber den verdammten Bulldog!«

Die Menge pfiff durch die Zähne. Der Kampf begann.

Jakes Stil war so unüblich, dass seine seltsame Rechtsausleger-Taktik zu Anfang immer etwas rührend wirkte. Er erweckte Mitgefühl für den Unterlegenen, wenn er sich hin und her bog, um Bulldogs langem Arm auszuweichen. Als er einmal ausrutschte, brach die Menge in Geschrei aus, doch sofort sprang er wieder auf, bis ein mörderischer Schwinger ihn in die Knie zwang und die erste Runde beendet war. Die Zuschauer schienen überzeugt von Bulldogs Überlegenheit.

In der zweiten Runde flog ein überraschtes Raunen durch die Menge, als Jakes geschmeidiges Hin und Her und seine blitzschnellen Schläge bewiesen, dass er mehr zu bieten hatte als ein von seinem Schutzengel bewachter Trunkenbold. Diesmal ging ein verwirrter Bulldog zu Boden.

Ein raffinierter Hagel von Schlägen in der dritten Runde versetzte Bulldog in Rage. Er rammte Jake seinen Kopf so wuchtig in die Brust, dass der sich einmal um sich selbst drehte. Ein paar Sekunden wusste er nicht, wo er war, bis ihm plötzlich ein Bild von Jenny mit dem neugeborenen Baby auf dem Arm durch den Kopf schwirrte. Die Erinnerung an den glücklichsten Tag in seinem Leben war jetzt wie ein Schlag unter die Gürtellinie. *Pearl.* Er rappelte sich wieder auf und nahm erneut Kampfhaltung ein, gerade als der Priester bei achtundzwanzig angekommen war.

Die nächste Runde schien anfänglich an Bulldog zu gehen, bis Jake einen unberechenbaren Schlag losließ, der seinen massigen

Gegner zwar verfehlte, aber völlig aus der Fassung brachte, genauso wie Jake es beabsichtigt hatte. Sekunden später verging dem Mann nach einem linken Haken in den Solarplexus das Grinsen. Bulldog fauchte wie der Blasebalg eines Schmieds. Dann nahm er Jake hinterhältig in den Schwitzkasten, was die Menge zu Begeisterungsstürmen verleitete. Jakes Augen traten hervor, und er stieß ein Geräusch aus, das hoffentlich kein Todesröcheln war. Macs Augen weiteten sich entsetzt, als er begriff, dass Jakes Reaktion nicht gespielt war. Im nächsten Moment sackte Jake so überzeugend zusammen, als hätte er in Bulldogs Armen das Bewusstsein verloren. Der verblüffte Profi ließ ihn zu Boden fallen. Wie ein Affe stand er mit offenem Mund da, in panischer Angst, dass er Jake umgebracht hatte und dessen irische Kumpel ihn jetzt zur Strafe lynchen würden.

Im gleichen Moment sprang Jake auf. Mit einer perfekt kalkulierten Bewegung versetzte er seinem Killer einen linken Schwinger aufs Kinn. Dessen Beine gaben nach, und im nächsten Augenblick lag er lang ausgestreckt am Boden. Ein Schwall von Triumph überwältigte Jake, der von einem Ohr zum anderen grinste.

Father Declan zählte eilig bis dreißig und riss jubelnd seinen Arm in die Höhe. Dann erklärte er den Zuschauern: »Dieser junge Ketzer hat uns freundlicherweise die Hälfte seines Preisgeldes für den Bau unseres Kirchendachs gespendet!«

Die Menge ließ ihn dreimal lautstark hochleben.

Jake konnte sich nicht wirklich daran erinnern, dem Priester an dem Tag, an dem sie über den Kampf gesprochen hatten, ein so großzügiges Angebot gemacht zu haben, wusste jedoch, dass Albion Ale es in sich hatte. Zum Gedenken an seine katholische Mutter wollte er gern etwas spenden, doch nach einer Runde Drinks mit Mac und Father Declan wurde ihm klar, dass es nur allzu leicht wäre, den Schmerz der Erinnerung in Alkohol zu ertränken, bis sein ganzes Geld verprasst war. Daher warf er Mac einen warnenden Blick zu.

Der machte sein Angebot trotzdem. »Du weißt, du kannst jederzeit hier übernachten, mein Freund.«

»Danke, Mac. Aber ich muss los. Ich habe ein Hühnchen mit jemandem zu rupfen, und das kann nicht warten.«

Er tippte sich kurz an die Hutkrempe. »Viel Glück mit dem Kirchendach, Dennis. Als einer, der nicht an Gott glaubt, will ich nicht sagen, bis zum nächsten Kirchenbesuch, aber vermutlich kann Mac die Ehrerweisungen für mich übernehmen.«

Father Declan lächelte, doch seine Augen blieben ernst. »Ich werde dafür beten, dass deine Suche das *rechte* Ende findet, mein Junge.«

Jake versuchte, den beiläufigen Tonfall aufrechtzuerhalten. »Danke, Dennis. Ich fürchte nur, dass Ihre Auffassung von dem, was recht ist, sich von der meinen unterscheidet.«

Dann lenkte er Horatio auf die Straße nach Sydney Town. Das Geld aus dem Gewinn hatte er im Stiefel versteckt. Jetzt, da er zum Hahnrei geworden war, hatte der Ausdruck »Wer hat, dem wird gegeben« einen eher bitteren, ja, sogar leicht verächtlichen Beigeschmack. Doch Jake redete sich ein, dass dieses Geld ihm die Suche erleichtern würde. Im Kopf sah er die Karte der Kolonie deutlich vor sich, von Moreton Bay im Norden bis Port Phillip District im Süden, mitsamt dem Netzwerk von Straßen, die zu jedem einzelnen der neunzehn Counties in der Kolonie führten.

Trotzdem war Sydney Town sein erstes Ziel. Jennys Schönheit würde nicht unbemerkt bleiben. Seine durchgebrannte Frau würde ihn selbst zu dem Mann führen, der weder einen Namen noch ein Gesicht hatte.

FÜNF

Die Silbermünzen im Geldbeutel ihrer Großmutter waren ein großzügiges Geschenk gewesen, und Keziah Stanley wusste, dass sie gerade reichen würden, um ihre Überfahrt nach New South Wales zu bezahlen. Doch da wandte sich das *baxt* gegen sie. Ein Straßendieb schnappte ihr den Beutel weg und flüchtete, wobei nur ein paar kleinere Münzen herausfielen. Sie war gezwungen, ihre Reise aufzuschieben, bis sie genügend Geld zusammengespart hatte, um sich die Fahrkarte leisten zu können. Für eine Roma war es pure Zeitverschwendung, Hilfe beim Gesetz suchen zu wollen.

Doch jetzt, als sie zu Fuß über eine kopfsteingepflasterte Straße wanderte, die sich auf dem Weg nach Liverpool durch ein Dorf schlängelte, war sie überzeugt, sich überall auf der Welt damit durchschlagen zu können, den *gaujo* aus der Hand zu lesen – jedenfalls denen, die es sich leisten konnten, die Tarotkarten nach ihrer Zukunft zu befragen.

»Ich werde das Geld zusammenhaben, noch ehe der Mond wieder abnimmt«, nahm sie sich vor. Ihre Stimmung hob sich beim Anblick eines Schwalbenschwarms, der im Tiefflug über ihren Weg schoss – ein sicheres Zeichen, dass ihre Roma-Ahnen ihr Glück wünschten. Und obendrein ein Beweis dafür, dass sie auf dem richtigen Weg war. Nicht nur nach Liverpool, sondern unterwegs zu Gem.

Um sich ihre wenigen letzten Münzen zu erhalten, ging sie entschlossen an einem Obstkarren vorbei und sammelte die von einem Baum herabgefallenen Früchte ein. *Möglicherweise ein bisschen unreif, aber Hungerleider dürfen nicht wählerisch sein.*

Die Dämmerung senkte sich wie ein weiches Kissen aus Licht herab. Keziah liebte diesen schwachen Glanz der Sonne zwischen Sonnenuntergang und Einbruch der Nacht. Vorsichtig näherte sie sich einem abgelegenen Bauernhof, der etwas von der Straße versetzt war. Die Fenster leuchteten wie die aus einem Kürbis ausgeschnittenen Augenhöhlen am Allerheiligenabend.

Prüfend ließ Keziah den Blick über die Hecken schweifen, die die Weiden des Farmers säumten. Waren sie sicher genug, um dort ihr Nachtlager aufzuschlagen? Ein leichter Abenddunst bedeckte ihr Haar wie ein feuchtes Netz, und sie ertappte sich bei dem Wunsch, die Nacht in einer warmen Scheune verbringen zu dürfen. Trotzdem bahnte sie sich einen Weg an der Hecke entlang, ohne den Bauernhof aus den Augen zu lassen. Die kleinste Bewegung würde ihr auffallen. Für die *gaujo* waren herumstreunende Zigeuner alles andere als willkommene Gäste. Niemals würde sie vergessen, wie die Aussage eines Farmers ihren Vater Gabriel ins Gefängnis gebracht hatte.

Sie nahm das Taschentuch, in das sie die wenigen restlichen Münzen eingeknotet hatte, und schob es in ihr Mieder, wo es sicher war. Dann hüllte sie sich in ihren Schal und streckte sich unter der Hecke aus. Bei dem Gedanken, dass selbst ihre Großmutter es nicht geschafft hatte, den letzten Fluch Patronellas rückgängig zu machen, umklammerte Keziah ihr Amulett und fand ein wenig Trost in der alten Roma-Weisheit: »Auf jedes Pech folgt ein Glück!«

Sie starrte hinauf zu dem beinahe vollkommen runden Gesicht des Mondes und betete zu Shon, seinem weiblichen Geist. Sie kannte die Wahrheit über die Schöpfung schon seit ihrer Kinderzeit. Bei der Entstehung der Welt war Kam, die Sonne, ein großer Zigeunerkönig gewesen. Jeden Tag verfolgte er seine schöne Schwester Shon am Himmel. Aber noch bevor er morgens aufstand, hatte sie es bereits geschafft, über den Horizont zu entwischen, um eine Verbindung mit ihrem eigenen Bruder zu vermeiden. Als er sie schließlich doch einfing, wehrte sie sich so heftig, dass die Erde in Dunkelheit versank. Während dieser ersten Sonnenfinsternis verführte er Shon. Aus der Vereinigung der beiden Geschwister war das Volk der Roma entstanden.

Nach ihrem eigenen Gebet schloss Keziah rasch noch das christliche Vaterunser auf Romani an, als Zugabe sozusagen. »*Moro Dad …*« Als sie zum Amen kam, »*Avali. Tachipen*«, war sie überzeugt, dass sie sowohl die Roma- als auch die *gaujo*-Götter zufrieden gestellt hatte. Man kann nie vorsichtig genug sein.

Das Einschlafen war nicht leicht. Immer wieder kamen ihr ihre frühesten Erinnerungen in den Sinn. Sie war damals erst vier Jahre alt gewesen.

Ihr Roma-Lager lag im Dunkeln, erleuchtet nur von den vielen kleinen Feuern im Zentrum der jeweiligen Familienclans. Ihr Vater Gabriel, damals selbst noch ein halber Junge, war der schönste Mann auf der Welt. Seine dunklen Augen verloren sich in dem Zauber, den er mit seiner Violine beschwor. Sein Liebeslied verführte ihre schöne, junge Mutter, deren goldenes Haar wie feine Gaze durch die Luft flog, als sie aufsprang. Sie winkte Keziah heran und tanzte mit ihr. Keziah war entzückt von den violettblauen Augen ihrer Mutter, die ihr wie ein Spiegelbild ihrer eigenen erschienen.

Vor der nächsten Erinnerung schreckte sie zurück. Es war der Tag, an dem Gabriel einen *hotchiwitchi* mitbrachte, einen wilden Igel, der als Delikatesse für den Kochtopf galt. Den Roma-Gesetzen zufolge war es erlaubt, sich von dem zu ernähren, was das Land hergab. Doch nach *gaujo*-Recht hatte sich das Tier auf dem Grundstück eines Bauern befunden, und ein Richter hatte Gabriel wegen Diebstahls verurteilt. Ins Gefängnis zu kommen galt als Ehre für ihr Volk. Doch innerhalb weniger Monate hatte ihre Mutter das schlimmste Tabu der Roma gebrochen: Sie betrog ihren Mann, während er seine Strafe in *Sturaban* absaß.

Gabriel war als gebrochener Mann aus dem Gefängnis zurückgekehrt. Keziah durchlebte im Geiste noch einmal das Grauen jenes Augenblicks, als sie sah, wie er sein Messer am Rand des Rads wetzte, mit dem er sonst die Scheren und Messer der Dorfbewohner schärfte. Dann hatte er damit auf die Tätowierung auf seinem Arm eingeschlagen, bis das Blut ihren Namen bedeckte – Stella.

Nie wieder sprach er ihren Namen aus.

Als Keziah endlich einschlief, verfolgte sie das lächelnde Gesicht ihrer blutjungen Mutter, selbst als Keziah sie verfluchte. *Soll der Teufel in deine Eingeweide fahren!*

Das Erste, was Keziah beim Aufwachen sah, waren die Fesseln eines kastanienbraunen Wallachs auf der anderen Seite der Hecke. Der Reiter war ihrem Blick entzogen, bis auf die schlammverkrusteten Reitstiefel.

»Ja, was haben wir denn da? Ein hübsches kleines Straßenkind. Du hast dich wohl verirrt, was, Mädchen?«

Keziah sprang auf. Der Reiter war ein selbstbewusster, junger Mann in zerrissener, dreckiger Reitkleidung von erstklassiger Qualität. Seine hohe Stirn und das kurze Haar erinnerten sie an einen römischen Kaiser auf einer alten Münze. Er hatte einen sinnlichen Mund, doch sein Gesicht war aufgeschürft und schmutzig.

»Ganz im Gegenteil«, antwortete sie entschieden. »Ich weiß genau, wo ich hinwill: nach Liverpool. Auf ein Schiff mit Kurs auf Botany Bay.«

»Da hast du aber noch eine Menge Meilen vor dir, Kleines. Schwing dich hinter mich aufs Pferd, dann geht es schneller.«

»Vielen Dank, aber ich gehe lieber zu Fuß.« Keziah schüttelte die Zweige vom Rock, drehte ihm den Rücken zu und stapfte eilig davon.

Der Reiter sprang von seinem Pferd und führte es ein paar Schritte hinter ihr her.

»Ich kann dich bis zum Haus meines Herrn mitnehmen. Die Haushälterin wird dir eine gute Mahlzeit vorsetzen, bevor du weiterziehst.«

Keziah spürte, wie ihre Wangen brannten. Roma-Stolz überstieg den Horizont der *gaujo*.

»Sie meinen es gut, Sir, aber ich bin nicht mittellos und brauche keine Almosen. Ich kann für mich aufkommen.«

»Aber sicher. Ich erkenne eine Dame auf den ersten Blick«, entgegnete der Reiter höflich. »Hast du etwas dagegen, wenn ich dich ein Stück begleite? Ich brauche ein paar freundliche Worte, ehe ich mich dem Zorn meines Masters aussetze. Sein Lieblingspferd hat schlechte Manieren und hat mich abgeworfen.«

Keziah ließ sich nicht täuschen; dieser Mann war nicht der Stallknecht, für den er sich ausgab. Sein arrogantes Verhalten und seine kultivierte Sprechweise entlarvten ihn eindeutig als Edelmann. Hielt er Roma-Frauen etwa für derart leichtgläubig?

»Ganz bestimmt wird Ihr Vater Ihnen verzeihen, wenn er weiß, dass das Pferd Schmerzen hatte.«

Der angebliche Stallknecht lachte kurz auf, als wäre er belustigt, bei einer Lüge ertappt worden zu sein.

Keziah kniete neben dem Pferd nieder und strich ihm über die Fesseln. »Dachte ich mir. Ein Bienenstich.«

Wohl wissend, dass der junge Mann sie aufmerksam beobachtete, zog sie den Stachel heraus und spuckte dann auf die Wunde, um sie zu säubern. In der Nähe fand sie wilden Beinwell und wickelte mithilfe ihres Kopftuchs einige Blätter davon um die Fessel des Pferdes.

»Donnerwetter, das war eine Meisterleistung! Du hast das Pferd meines Vaters versorgt und mir obendrein die perfekte Erklärung geliefert. Darf ich fragen, wie du heißt? Mein Name ist Caleb Morgan.« Er verbeugte sich leicht.

»Keziah Stanley. Mein Vater war der beste Geiger in Wales und den Northern Counties.«

Misstrauisch ließ sie sich von ihm über Pferde ausfragen. Instinktiv spürte sie, dass hinter seinen diskreten Blicken mehr steckte.

Keziah machte sich keine Illusionen, was ihr Aussehen betraf. Es war nützlich, um ihr Zutritt zu feinen Häusern zu verschaffen, deren Bewohnern sie aus den Tarotkarten lesen konnte. Für eine Frau war sie relativ groß, und sie wusste, dass Männer, selbst *gaujo*-Männer, den ungewöhnlichen Gegensatz zwischen ihren orientalischen Zügen – schwarzes Haar, olivbraune Haut – und den keltischen blauen Augen schätzten. Letzteres war das Einzige, was Stella, die Hure, ihr vererbt hatte. Für Keziah war ihr Äußeres weit weniger wichtig als der Stolz auf ihre Fähigkeiten. Als sie Calebs Blick begegnete, tat sie seine Bewunderung achselzuckend ab. Gem fand sie schön, das war alles, was zählte.

»Vielleicht hast du Lust, unserer Haushälterin zur Hand zu gehen, bis dein Schiff zu den Kolonien ausläuft, Miss Stanley? Wir bezahlen unsere Dienstboten sehr gut.«

Trotz der Warnung ihrer Großmutter vor den Tricks der *gaujo* wog sie diese rasch gegen die Vorteile seines Angebots ab. Für kurze Zeit gutes Geld unter dem Dach einer respektablen *gaujo*-Familie zu verdienen, wäre jedenfalls sicherer, als in einer Hafenstadt wie Liverpool, die zweifellos voller betrunkener Seeleute war, mit den Tarotkarten hausieren zu gehen. »Mit ihr zu reden, kann ja nicht schaden«, antwortete sie.

Als sie die Auffahrt eines dreistöckigen georgianischen Hauses erreichten, das in einem kunstvoll angelegten Garten abseits der Straße stand, versuchte Keziah, ihr Staunen zu verbergen. Es war das imposanteste Gebäude, das sie je gesehen hatte. Roma wussten mit dem Luxus, den die *gaujo* für ihre Bequemlichkeit brauchten, nichts anzufangen, trotzdem konnte sie ihre Neugier auf die Schätze, die sich darin befanden, kaum verbergen.

Caleb Morgan führte sie zum Dienstboteneingang auf der Rückseite und winkte einer Haushälterin mittleren Alters. Ihr Gesicht erinnerte Keziah an eine ausgepresste Zitrone.

Caleb verfiel in einen lässigen Befehlston, als er das Wort an sie richtete.

»Das ist Miss Keziah Stanley, Mrs. Wills. Sie ist auf meine Einladung hier. Ein ordentliches Frühstück wäre angebracht. Sie werden mir sicher dankbar sein, dass ich Ihnen ein ehrliches

Dienstmädchen besorgt habe, *falls* Miss Stanley sich entschließen kann, hierzubleiben und für Sie zu arbeiten.« Er drehte sich zu Keziah um. »Es war nett, sich mit Ihnen zu unterhalten. Jetzt habe ich in den Stallungen zu tun.«

Am Nachmittag, nachdem sie ihre Hausmädchenuniform erhalten hatte, entdeckte Keziah in der großen Eingangshalle des Hauses einen ganz anderen Caleb Morgan. Er trug einen feinen Reitdress mit einer diamantenbesetzten Krawattennadel in Form eines Pferdehufs und lief mit großen Sätzen die geschwungene Treppe hinab. Am Fuß angekommen, sah er zu einer schemenhaften Gestalt am oberen Ende der Treppe empor.

Als sie begriff, dass dieser andere Mann ihr neuer Master war, studierte Keziah ihn aufmerksam. Dunkles Haar mit leicht ergrauten Schläfen, kalte Züge, Adlernase: John Morgan war eindeutig ein Mann, dessen Wort Gesetz war. Trotzdem spürte Keziah, dass sein gesellschaftlicher Rang eher Fassade war als angestammtes Recht. Sie registrierte auch, dass Calebs Ton seinem Vater gegenüber eine feine Balance zwischen Respekt und lässiger Vertrautheit wahrte.

»Danke für Ihr Verständnis, Vater. Es ist fabelhaft, wieder zuhause zu sein. Cambridge ist sterbenslangweilig.« An der Tür blieb Caleb einen Augenblick stehen und sagte leise: »Ich hoffe, dass du hier glücklich bist, Keziah.«

Keziah. Zweifellos war dies das letzte Mal, dass sie ihren Vornamen hörte. In Zukunft wäre sie für jedermann im Haus einfach nur Stanley.

Zwar verhehlte Mrs. Wills nicht ihr Misstrauen gegen Keziahs Herkunft, doch sie gab ihr keinen Anlass, an ihrer Arbeit oder ihren Manieren herumzumäkeln, denn sie war stets peinlich sauber, höflich, folgsam und zuverlässig. Trotzdem zählte Mrs. Wills jedes Mal das silberne Besteck nach, wenn Keziah es in der Hand gehabt hatte.

Sie fand sich damit ab. Ganz gleich, wie ehrlich sie war, für die *gaujo* würde sie immer eine Zigeunerin bleiben. Die Warnung ihrer Großmutter, sich nicht in ihren behaglichen Netzen zu verstricken, stets im Ohr, nahm sie sich das Versprechen ab, keinen Tag länger als nötig zu bleiben: nur so lange, bis sie das Geld für die Schiffspassage beisammenhatte. Das Schicksal in Gestalt von Caleb Morgan hatte sie in diesen sicheren Hafen geführt, wo sie jeden Penny ihres Verdiensts für die Reise nach New South Wales zurücklegen konnte, und diesen unerwarteten Vorteil würde sie zu ihren Gunsten nutzen.

Zuerst hatte sie Caleb Morgan für einen gelangweilten jungen Mann gehalten, der seinen ganzen Charme einsetzte, um das zu bekommen, was er wollte. Unter den Dienstboten war es kein Geheimnis, dass der Hausherr seinen Sohn maßlos verwöhnte und sogar Calebs Spielschulden übernahm. Wenn er von seinem Vater sprach, gab sich Caleb stets liebenswürdig, machte jedoch keinen Hehl aus seiner Verachtung für seine junge Stiefmutter Sophie, die noch keine zwanzig Jahre alt war. Offiziell litt sie an Melancholie und war ans Bett gefesselt, doch Caleb hielt es für einen Trick, um Mitgefühl zu wecken.

Keziah hingegen vermutete, dass die tratschenden Dienstboten Recht hatten und die junge Herrin an den Folgen einer Fehlgeburt litt.

Als Mrs. Wills Keziah nach oben beorderte, um die Herrin zu pflegen, nachdem deren Kammerzofe wegen einer Unpässlichkeit ausgefallen war, betrat sie das matt erleuchtete Schlafzimmer mit dem festen Vorsatz, Mitgefühl zu haben.

Sophie Morgan deutete gereizt auf einen kleinen Tisch, auf dem verschiedene Medizinfläschchen und Gefäße aufgereiht waren. »Bring mir die kleine blaue Flasche.«

Schmerz und Schwäche zeichneten das hübsche Gesicht der jungen Frau, doch Keziah zögerte. Sie erkannte die Buchstaben L-D-N-M auf dem handgeschriebenen Etikett. Laudanum! Sie wusste, wie gefährlich diese Gewohnheit war, und wollte die Herrin warnen, es lieber nicht zu nehmen.

Im gleichen Augenblick funkelte Sophie Morgan sie wütend

an. »Worauf wartest du? Bring mir die Flasche. Und dann lass mich in Ruhe.«

Keziah war frustriert, weil sie wusste, dass sie ihr helfen könnte. Sie hatte sich mit dem älteren Gärtner des Hauses angefreundet und besaß alle Kräuter, die man brauchte, um die Gebärmutter nach dem Verlust eines Babys zu reinigen. Schließlich reichte sie ihr die Flasche, machte einen Knicks und verließ das Zimmer.

Am nächsten Morgen hörte Keziah zufällig, wie sich ein Hausmädchen bei Mrs. Wills darüber beschwerte, dass Master Caleb befohlen hatte, ihm »diese Zigeunerin«, so drückte sie es aus, in die Bibliothek zu schicken, wo sie von nun an seine Trophäen polieren sollte – dabei sei das doch ihre Aufgabe!

Prompt nahm Mrs. Wills Keziah ins Gebet. »Wenn ich erfahre, dass du Master Caleb gewisse Gefälligkeiten erweist, fliegst du ohne einen Penny raus, Stanley.«

Keziah hob das Kinn. »Ich bin eine verheiratete Frau und denke nicht daran, meinen Mann zu betrügen.«

»Eine Zigeunerehe! Das zählt gar nichts.«

Keziahs Ton war gefährlich höflich. »Für mich schon, Mrs. Wills.«

Damit eilte sie in die Bibliothek, wo Caleb gelangweilt auf einem Diwan lag, neben ihm auf dem Boden ein unbeachtetes Buch.

»Vier Wände von oben bis unten voller Bücher!« Sie schnappte nach Luft. »Haben Sie die alle gelesen?«

»Liebe Güte, nein. Du liest wohl gern, wie?« Caleb war belustigt, als er sah, wie sie auf die erste Bibliothek in ihrem Leben reagierte.

»Ich mag am liebsten Geschichten.« Sie stockte, hob dann wieder den Kopf. »Wir waren immerzu unterwegs, deshalb habe ich nie richtig lesen gelernt, aber die Buchstaben kenne ich alle.«

Caleb beobachtete sie eine Weile bei der Arbeit, dann wurde er unruhig.

»Erzähl mir von deiner Kindheit«, sagte er. »Ich habe meine zum größten Teil mit einem trotteligen, alten Hauslehrer verbracht. Schrecklich öde. Wie ist es, wenn man als Zigeunerkind in einem Wohnwagen aufwächst?«

»Roma-Kinder«, verbesserte sie höflich, »haben eine herrliche Kindheit, eng verbunden mit der Natur. Jedes Kind hat bestimmte Pflichten. Es sieht vielleicht so aus, als lebten wir völlig wild, aber wir erweisen unseren Eltern und Großeltern absoluten Respekt, und sie geben ihre Fähigkeiten an uns weiter. So habe ich gelernt, mit Pflanzen umzugehen.« Dann setzte sie demonstrativ hinzu: »Deshalb weiß ich auch, dass Ihre Stiefmutter von Laudanum abhängig werden könnte.«

Er reagierte mit träger Gleichgültigkeit. »Ärzte verschreiben ihren Patienten, von zahnenden Babys bis hin zu Schwindsüchtigen, die eine oder andere Opiumtinktur. Einmal habe ich damit meinen Kater vertrieben.«

»Meine Großmutter ist eine große Heilerin, die schon mehreren Menschen das Leben gerettet hat. Sie hat mir alles über Kräuter und das Lesen aus der Hand beigebracht. Ich habe auf Jahrmärkten und in Herrenhäusern gutes Geld für meine Familie verdient. Aber nur bei den *gaujo*.«

»Ich bin ein *gaujo*, also kannst du auch mir aus der Hand lesen. Na los, das ist ein Befehl«, schimpfte er. »Oder muss ich dir erst die Hand versilbern?« Da bemerkte er ihren Ausdruck. »Nein, warte, ich wollte dich nicht beleidigen! Ich frage nur, weil ich seit meiner Kindheit Angst hatte, früh sterben zu müssen.«

Es war eine charmante Lüge, und Keziah schenkte ihm ein Lächeln von der Seite, um ihm zu zeigen, dass sie nicht auf seine Tricks hereinfiel. Dann hockte sie sich bereitwillig neben ihn und studierte die Innenfläche seiner Hand. Sie folgte mit dem Finger den einzelnen Linien und erklärte, dass er schon bald den Ozean überqueren würde. Er sei dazu bestimmt, sich auf ein gefährliches Abenteuer einzulassen. Sie sah ihn mit Schwarzen in der Wüste. Menschen starben.

»Ach, dann stimmt es also, ich werde jung sterben. Hab ich's doch gewusst!« Caleb stieß einen übertriebenen Seufzer aus.

»Nun, egal, ob tot oder lebendig, auf alle Fälle werden Sie ein Held«, antwortete sie fest.

»Und wie steht es mit der Liebe?«, fragte er leise.

»Sie werden große Vermögen erringen und sie wieder verspielen. Viele Frauen lieben und sie wieder verlieren. Doch eine ist – ich weiß das englische Wort nicht.« Ihre Hände krümmten sich wie Krallen. »Sie wird Sie nicht mehr loslassen.«

»Eine Klette! Liebe Güte, Vater wird mich mit irgendeiner grässlichen Erbin verkuppeln. Er besteht darauf, dass ich ihm einen würdigen Nachkommen schenke. Gott weiß, dass Sophie als mögliche Mutter die reinste Katastrophe ist.«

Die Grausamkeit seiner Worte erinnerten sie an ihr eigenes verlorenes Kind. Als sie wieder auf seine Handfläche sah, wurde ihr plötzlich übel, denn sie erkannte darin das Gesicht eines Kindes.

»Das ist alles!« Jäh ließ sie seine Hand fallen, er aber fasste rasch nach der ihren.

»Die Aussicht, ein Held zu werden, gefällt mir außerordentlich, aber viel lieber noch würde ich die Liebe *einer* Frau gewinnen. Was kann ich dir zum Dank anbieten? Sag es. Irgendein Schmuckstück?«

»Dürfte ich ein Buch aus Ihrer Bibliothek ausleihen – eins, das mir beim Lesenlernen hilft?«

Caleb schien überrascht von ihrer Bitte. »Ich will dir etwas Besseres vorschlagen. Wie wäre es, wenn ich dir das Lesen beibringe? Eine Stunde täglich, nachdem du deine Arbeit hier in der Bibliothek beendet hast. Abgemacht?«

»Aber Mrs. Wills beobachtet mich mit Argusaugen! Man nimmt es mir bereits übel, dass ich auf Ihre Anweisung hin für die Bibliothek eingeteilt wurde.«

»Wills ist eine *Dienstbotin*! Ich werde der alten Stänkerin höchstpersönlich erklären, dass es mir Spaß macht, dich zu unterrichten. Was hat es für einen Sinn, Master zu sein, wenn man nicht mal im eigenen Haus seinen Willen durchsetzen kann?«

Keziah empfand eine Welle von Dankbarkeit. »Danke! Ich werde jeden Abend üben.« Plötzlich von Misstrauen gepackt drehte sie sich in der Tür noch einmal um und fragte, warum er das für sie tun wolle.

»Weil ich mich langweile. Und du bist ein Gegenmittel.« Er rief sie noch einmal zurück. »Und wenn wir allein sind, nenn mich Caleb. Das ist ein Befehl.«

Die Lesestunden wurden zum Höhepunkt des Tages für Keziah. Niemals vergaß sie die Warnung ihrer Großmutter vor dem *gaujo* mit dem großen Buch, doch die Verlockung, den magischen Kode des Alphabets zu knacken, um Geschichten lesen zu können, war zu groß. Sie redete sich ein, dass sie bald frei wäre und in See stechen würde, um sich mit Gem zu vereinen. Was schadete es also? Lesen zu können würde ihr gut zu Gesicht stehen in einer Kolonie, von der es hieß, dass die meisten Bewohner gerade mal ihre Initialen kritzeln konnten.

Sie wollte etwas lernen, deshalb ärgerte sie sich, wenn sie Fehler machte, und triumphierte, wenn sie die Hürden zum Erfolg überspringen konnte. Die Bücher versteckte sie unter ihrer Matratze, damit Mrs. Wills keinen Verdacht schöpfte.

Es belustigte sie, zu sehen, wie unverhohlen Caleb versuchte, ihr während der Unterrichtsstunden persönliche Informationen aus der Nase zu ziehen. Sie war immer auf der Hut. *Caleb kann noch so charmant sein, eine Roma wird er damit nicht austricksen.*

»Erzähl mir von deinem Gem. Ihr Zigeuner heiratet verdammt jung, was?«

»Das ist eine alte Tradition der Roma«, korrigierte sie höflich. »Die Kinder bewegen sich frei untereinander. Manchmal werden wir mit acht oder neun versprochen, aber wir haben das Recht, selbst zu wählen. Wer nicht will, kann es sagen. Mein

Mann stammt aus einer guten Sippe – sie hat einen hohen Brautpreis für mich bezahlt.«

»Dann ist es also genau umgekehrt wie bei uns, wo die Braut die Aussteuer mit in die Ehe bringt?«

»Ja, Roma-Frauen sind sehr kostbar«, erwiderte sie stolz.

Als er fragte, warum sie sich für Gem entschieden habe, wurde ihre Stimme ganz weich.

»Er war mein Held. Stark und schön. Er ritt wie der Wind. Keiner konnte meinen Gem im Faustkampf schlagen. Ich wusste schon als Kind, dass wir eines Tages zusammen sein würden. Er ist mein Rom. Mein Mann.«

Sie registrierte, dass Caleb den Blick abwandte, als hätten ihre Worte ihn verstimmt.

»Habt ihr auch in der Kirche geheiratet?«, fragte er listig.

Keziah schnaubte verächtlich. »Eure Kirche bedeutet uns nichts. Als ich dreizehn wurde, sagte mir mein Körper, dass ich eine Frau war.«

Caleb hob eine Augenbraue, doch Keziah fuhr fort.

»Wir zogen unsere schönsten Kleider an, leisteten unsere Schwüre, nahmen uns an der Hand und sprangen zusammen über den Besenstiel, zum Zeichen, dass wir verheiratet waren.«

»Du sagst, dass du dazu bestimmt warst, Gem zu lieben. Du sprichst über das Schicksal wie andere über Gott.«

»*Del* – der Schöpfer – existiert. Aber wir sehen die Dinge anders als ihr. Wir leben mit dem *baxt*, dem Schicksal, Glück oder Geschick. Wenn man an einer Kreuzung den falschen Weg einschlägt, so hat das Schicksal es so bestimmt.«

»Dann war es dir also auch bestimmt, *mir* zu begegnen, Keziah.«

»Natürlich. Und wenn ich Morgan Park wieder verlasse, ist auch das mein Schicksal.«

Keziah zog das Amulett aus ihrem Mieder. »Das wird mich auf meinem Weg nach New South Wales beschützen und mich wieder mit Gem vereinen.«

»Möge es alle Gefahren von dir abwenden.« Caleb zog sie an der Schnur des Amuletts zu sich heran.

Als Keziah die Botschaft in seinen Augen las, machte sie sich von ihm los. Dann fing sie an, eine Trophäe zu polieren, als hinge ihr Leben davon ab.

Caleb wirkte nervös, als er ein schweres Buch aus dem Regal nahm und darin blätterte.

»Wenn du lesen üben willst, dann fang heute Abend mit diesem Abschnitt an. Und morgen erzählst du mir, was du davon hältst.«

Als er es ihr reichte, spürte sie seine Hand auf ihrem Haar.

Das Buch erinnerte Keziah an *Puri Dais* Warnung. Sie versuchte, sich den genauen Wortlaut ins Gedächtnis zurückzurufen. *Nimm dich in Acht vor dem* gaujo *mit der silbernen Zunge. Ich sehe ihn mit einem großen Buch. Er möchte, dass du ihm vorliest!*

Sie blätterte zu der Seite mit dem Titel »Gesang der Gesänge«. Bestimmt würde die *gaujo*-Bibel ihr keinen Schaden zufügen! Doch als sie auf den Abschnitt stieß, den Caleb angekreuzt hatte, weiteten sich ihre Augen ungläubig. Konnte es wirklich sein, dass solche Wörter von einem *gaujo*-Gott stammten?

Zur verabredeten Zeit am nächsten Tag betrat sie die Bibliothek und fand Caleb scheinbar in ein Buch vertieft.

»Nun? Kannst du mir den Absatz vorlesen?«, fragte er kühl.

Keziah wusste genau, worum es im ersten Gesang der Gesänge ging, und reichte ihm die Bibel zurück.

»Ich könnte, aber ich glaube, es wäre besser, wenn Sie es *mir* vorlesen.«

Caleb wirkte verblüfft und warf ihr einen Blick zu, bevor er zu lesen begann. »Mit Küssen seines Mundes bedeckt er mich, süßer als Wein ist seine Liebe …« Schließlich stockte er bei folgender Zeile: »Mein Geliebter ruht wie ein Beutel Myrrhe an meiner Brust …«

Jetzt zwang Keziah ihn, Farbe zu bekennen. »Warum haben Sie ausgerechnet diese Passage aus der Bibel ausgesucht, Caleb?«

»Also wirklich, Keziah. Wer ist hier wohl der Herr und wer die Dienerin?«

Sie beherrschte ihren Zorn, antwortete jedoch hochmütig: »Entschuldigen Sie mich, Sir.«

»Das werde ich ganz sicher nicht tun!« Er versperrte ihr den Weg zur Tür. »Ich möchte, dass du weißt, was ich fühle. Gegen meinen Willen bin ich dabei, mich in dich zu verlieben, Keziah.«

Keziahs Verwirrung grenzte an Panik. Jetzt begriff sie, dass sie aus lauter Arroganz die Warnung ihrer Großmutter in den Wind geschlagen hatte. »Ich hatte nicht die Absicht, Sie irrezuführen. Ich gehöre zu Gem.«

Er wandte sich ab, jedoch nicht rasch genug, um seine zitternde Hand zu verbergen. »Hier haben wir ein naturkundliches Werk mit den wundervollsten Illustrationen der Flora und Fauna in New South Wales. Einige Pflanzen darin haben lateinische Namen, aber ich will sie dir übersetzen.«

Am Ende der Lektion bedankte sich Keziah, doch sie war gereizt. In Calebs Augen verbarg sich eine tiefe Sehnsucht, wie sie sie nur von einem einzigen anderen Mann kannte. Gem.

SECHS

Ich muss sie malen. Dieser Gedanke verfolgte Daniel Browne Tag und Nacht.

In den ersten Wochen seiner Lehrzeit war er fasziniert von jeder Herausforderung, der er sich bei der Restauration der alten Werke gegenübersah. Er liebte seine Arbeit, sehnte sich jedoch nach den Stunden, in denen er frei war, um die Bilder der Muttergottes zu malen, die in seinem Kopf herumgeisterten.

Jeden Sonntag ging er zur Kommunion, doch nicht etwa aus religiösem Eifer. Er besuchte die Kathedrale von Chester und viele andere Kirchen auf der Suche nach ihren Kunstwerken.

Heute war er zum ersten Mal in der St. Michael's Church. Daniel war überwältigt von dem Ritual, den Farben und dem Weihrauch, die ihm wie eine Theatervorstellung erschienen, verglichen mit den bescheidenen protestantischen Gottesdiensten in seinem Dorf. Er bestaunte das große Buntglasfenster mit einer Abbildung von Christi Geburt. Seine Schönheit raubte ihm den Atem. Im unteren Teil war die Jungfrau Maria zu sehen, die Hände zum Gebet gefaltet, der traditionelle himmelblaue Umhang über dem rotbraunen Gewand.

Daniel schaffte es nicht, aus tiefstem Herzen zu einem Gott zu beten, der ihm seine Mutter genommen hatte, doch die sanfte Schönheit der Jungfrau rührte seine Seele, sodass er ihr ein stummes Geständnis anvertrauen konnte.

Es ist nicht das Stigma der unehelichen Geburt, das so schwer auf meinen Schultern liegt, Heilige Muttergottes. Es ist die Gewissheit, dass ich mit meiner ersten Handlung im Leben meine eigene Mutter umgebracht habe. Ich bitte dich um Erlösung von dieser Schuld.

Es kam keine Antwort. Dann lenkte ihn der Anblick eines jungen Mädchens ab. Es kniete an der Altarbank, um die Kommunion entgegenzunehmen. Das dunkle Haar ergoss sich unter der kleinen Pelzkappe bis auf den Rücken. Das Profil war so streng wie das einer Nonne, die ihr Ordensgelübde ablegt. Das knappe russische Jackett konnte die Brüste nicht verbergen, die fast so flach waren wie die eines Jungen, doch von der weichen, weiblichen Schönheit des Gesichts mehr als aufgewogen wurden. Daniel wunderte es nicht, dass sie seine Blicke nicht erwiderte. Dieses Mädchen stand gesellschaftlich viel zu weit über ihm, um einen Lehrling mit farbverschmierten Fingern zur Kenntnis zu nehmen.

Am Ende der Messe eilte Daniel in sein Kellerzimmer und versuchte mühsam, das Gesicht der Jungfrau Maria auf seinem ersten Ölgemälde festzuhalten. Plötzlich wurde seine Konzentration von Schritten in der Galerie unterbrochen. Als er sich vorstellte, einem Dieb Paroli bieten zu müssen, zitterte er vor Angst, griff aber dennoch nach dem Schürhaken aus dem Kamin und stahl sich barfuß die Treppe hinauf. Maynard Plews beäugte Daniels Waffe mit hochgezogenen Brauen.

»Du bist nach der Messe so schnell verschwunden, mein Junge. Bevor ich Gelegenheit hatte, dich für heute Abend zum Essen einzuladen.« Seine Mundwinkel zuckten. »Es besteht keine Gefahr, du kannst die Waffe ruhig ablegen. Vor mir brauchst du dich nicht zu fürchten.«

»Entschuldigen Sie, Sir. Vielen Dank für die freundliche Einladung.«

»Meine Familie wird sich freuen, endlich ein anderes Gesprächsthema zu haben. Sagen wir, halb sieben?«

Daniel war dankbar, aber auch ein wenig verstimmt, weil er nun weniger Zeit für seine Jungfrau Maria haben würde. Nachdem sein Herr sich verabschiedet hatte, vergewisserte er sich noch einmal, dass die Kasse sicher im Panzerschrank eingeschlossen war. Plews wurde zunehmend zerstreuter – nun hatte er ein kleines, mit einem Band verschnürtes Päckchen auf dem Schreibtisch liegen lassen.

Als er wieder vor seiner Leinwand stand, rang er mit den Ölfarben. Die unterschiedlichen Farbnuancen entzückten ihn, doch das Gesicht seiner Jungfrau Maria wirkte steif und leblos.

Während er konzentriert versuchte, ihr einen Hauch von Leben einzuflößen, vergaß er die Zeit. Irgendwann fiel ihm die Einladung zum Essen wieder ein, und er rannte nach oben, um einen Blick auf die Uhr in der Galerie zu werfen.

Das Licht einer Straßenlaterne fiel durchs Schaufenster. Bei dem Anblick am anderen Ende der Galerie blieb er wie angewurzelt stehen.

Die *Jungfrau Maria*. Die Konturen ihrer blauen Robe warfen ein diffuses Licht. Die weichen Züge lagen halb im Schatten. Ein Heiligenschein schwebte über ihrem Scheitel. Seine Augen blinzelten, als er nach einem Gebet suchte, um der Muttergottes seine Dankbarkeit zu bezeugen, weil sie ausgerechnet *ihm* erschienen war. Da öffnete sich ihr Mund, um ihre heilige Botschaft kundzutun.

»Haben Sie vielleicht meinen Vater gesehen?«

»Vater?« Daniel schnappte nach Luft, als er den Cheshire-Akzent der Jungfrau vernahm. Die heilige Erscheinung flackerte auf und verschwand. Jetzt stand ein Mädchen mit einem blauen Kapuzenumhang vor Daniel – dasselbe junge Mädchen, das er am Morgen in der Kirche gesehen hatte.

»Aye, Mr. Plews«, sagte sie errötend. »Ihren Arbeitgeber.«

»Nein, ich meine, ja. Doch. Er kam nach der Kirche vorbei und hat dieses Päckchen vergessen.«

»Gott sei Dank. Vater wusste nicht mehr, wo er es liegen gelassen hatte.«

Sie trat nervös von einem Fuß auf den anderen.

»Vater hat gesagt, Sie kämen zum Abendessen. Kennen Sie den Weg?«

Er nickte und folgte ihrem Blick zu seinen nackten Füßen.

»Ich putze gerade meine Stiefel«, log er.

»Dann gehe ich jetzt lieber wieder.« Das Mädchen schob sich Richtung Tür. »Ich bin Miss Plews. Sara Anne. Meine Freunde nennen mich Saranna.«

Daniel sah ihr nach, wie sie auf der Straße davoneilte und der Wind den Saum ihres blauen Umhangs um die Knöchel bauschte.

Er schloss die Tür der Galerie ab. Das Abendessen im Haus seines Herrn hatte eine ganz neue Bedeutung gewonnen.

Er rannte hinunter in sein Kellerzimmer. Das Gemälde war kalt und leblos, der Muttergottes nicht würdig. Fieberhaft fing er an, Saranna Plews' Gesicht zu skizzieren, und jubelte innerlich. Er hatte seine perfekte Jungfrau Maria gefunden.

Beim Essen saß Daniel Saranna gegenüber und entdeckte, dass ihre Augen genauso blau waren wie der Umhang der Jungfrau Maria. Der Kragen ihrer weißen Spitzenbluse war so hoch, dass er ihren Kopf gerade zu halten schien. Er registrierte, dass ihre Finger ständig mit der Kamee-Brosche am Hals spielten, als stellte sie eine Verbindung zu etwas Lebenswichtigem dar.

Bei jeder ihrer seltenen Bemerkungen errötete sie. Daniel schwor sich, seinen nächsten Lohn für erstklassige Ölfarben auszugeben, um ihr gerecht zu werden. Wer brauchte schon Brot? Die Kunst allein befriedigte den Hunger. Doch als die Jungfrau Maria ihn aufforderte, sich nachzunehmen, ging ihm auf, dass dies seine erste richtige Mahlzeit seit Wochen war.

Daniel spürte, dass Saranna ein romantisches Ding war und ein behütetes Dasein unter dem wachsamen Auge ihrer Tante Georgina führte, der Hausherrin, die ihrem Bruder am anderen Ende der Tafel gegenübersaß. Bald wurde deutlich, dass diese alleinstehende, ältere Frau das Kind nach dem Tod ihrer Mutter großgezogen hatte. Sie zwitscherte wie ein Vogel, doch ihrem scharfen Blick entging nichts.

Nachdem die Puddingschälchen weggeräumt waren, erfand Plews einen Vorwand, um seine Schwester aus dem Zimmer zu lotsen. Saranna war nervös und sah sich um, als suchte sie nach Worten. Daniel genügte es, sie nur anzuschauen, trotzdem brach er schließlich als Erster das Schweigen.

»Ihr Vater erzählte, dass Sie gern zeichnen, Miss Plews.«

Saranna fing an zu stammeln. »Ja, das stimmt. Aber nicht besonders gut. Vater sagt, dass Sie sehr begabt sind. Vielleicht hätten Sie Lust, mir eines Tages Ihre Arbeiten zu zeigen?«

»Mit größtem Vergnügen.« Daniel strich sich eine widerspenstige Haarsträhne aus dem Gesicht, eine Manie, die, wie er sehr wohl wusste, seine Nervosität verriet. »Aber Ihr Vater ...«

»Ihr Vater hätte nicht das Geringste einzuwenden«, fiel ihm Plews, der gerade wieder eintrat, ins Wort. Als Saranna nicht reagierte, drängte er sie. »Daniels Arbeit ist überaus beeindruckend. Es würde ihm bestimmt nichts ausmachen, dir Unterricht zu geben, nicht wahr?«

Zwei Wochen später kam Daniel mitsamt dem Porträt seiner Jungfrau wieder. Die Mitglieder der Familie Plews warfen sich verstohlene Blicke von der Seite zu. Tante Georgina konnte nicht an sich halten. »Das ist sehr gut. Obwohl deine Jungfrau Maria eine geradezu unheimliche Ähnlichkeit mit unserer Saranna hat.«

Maynard Plews tat überrascht. »Aye, tatsächlich, sie hat Recht. Was meinst du, mein Kind?«

Saranna lief puterrot an, als alle drei Augenpaare sich ihr zuwandten, damit sie ihr Urteil kundtat.

Daniel überspielte ihre Verlegenheit, indem er seinen Master fragte: »Gestatten Sie mir, das Bild Ihrer Tochter zu schenken, Sir?«

Plews nickte. Als sie die Arme ausstreckte, um Daniels Geschenk in Empfang zu nehmen, spiegelten sich in ihrem Blick ihre Gefühle wider.

Nach dem Essen erhob sich Plews.

»Ich nehme an, die Damen werden uns entschuldigen, während wir uns im Arbeitszimmer einen Portwein genehmigen.«

Daniel versuchte, es sich in einem Ledersessel bequem zu machen. Er war es nicht gewöhnt, dass man ihn als ebenbürtig behandelte.

Als er den Portwein probierte, hielt er mit seinem Lob nicht zurück. Es entging ihm nicht, dass der Schnurrbart seines Gastgebers daraufhin belustigt zuckte. Sein erster Schluck Likör im Leben entspannte ihn dermaßen, dass er auch die angebotene Zigarre nicht ausschlug.

»Du hast dich in den letzten Monaten tapfer geschlagen, mein Junge, du warst ein guter Lehrling und hast schnell begriffen, wie man ein beschädigtes Bild restauriert.«

»Ich bin sehr dankbar, unter Ihrer fachmännischen Anleitung die Gelegenheit dazu bekommen zu haben.«

»Wer weiß, vielleicht übernimmst du ja eines Tages meine Geschäfte.«

Daniel war wie vom Donner gerührt. »Dieses Ziel übersteigt meine Fähigkeiten bei Weitem, Sir.«

»Bescheidenheit ist eine Zier, wie es so schön heißt, aber du bist doch auch ehrgeizig.«

»Ich versichere Ihnen, Sir …«

»Gegen Ehrgeiz ist nichts einzuwenden.«

»Das will ich nicht abstreiten, Sir, aber ich habe so gut wie keine Ausbildung. Ich wurde in einem Armenhaus geboren und trage den Namen meiner Mutter. Nie könnte ich auch nur ansatzweise darauf hoffen …«

»Unsinn. Viele junge Männer aus bescheidenen Verhältnissen haben ihren Weg gemacht. Ich selbst kam als junger Bursche ohne einen Penny in der Tasche aus Yorkshire. Oder sieh dir unseren Captain James Cook an. Der fing als kleiner Bauernsohn an. Und jetzt haben seine Entdeckungen in der südlichen Hemisphäre ihn zu einem der größten Seefahrer der Welt gemacht.« Er schenkte Daniels Glas noch einmal voll. »Ich habe größte Hochachtung vor Männern, die ihren Weg selbst bestimmen, mein Sohn.«

Daniel nutzte die Gelegenheit, um das Gespräch auf die Kunst zu lenken.

»In Ihren botanischen Werken über New South Wales habe ich eine erstaunliche Fauna und Flora entdeckt, die sich mit keiner anderen auf der Welt vergleichen lässt. Daraufhin habe ich angefangen, mit Farben zu experimentieren, um zu sehen, ob ich den Originalen nahekommen kann.«

Daniel hatte das Gefühl, dass sein Master ihn aufmerksam beobachtete.

»Aye, es gefällt mir, dass du so erpicht aufs Lernen bist, mein Junge. Ich brauchte Jahre, bis ich mich als würdig erwiesen hatte, Sarannas Mutter zu heiraten. Sie schlug andere Heiratsanträge aus und wartete eigensinnig, bis ich so viel verdiente, dass ich ihren Vater zufrieden stellen und ihr ein einigermaßen anständiges Leben bieten konnte. Heute, in meinem Alter wünsche ich mir einen Geschäftspartner. Versteh mich recht. Ich gehöre nicht zu den Leuten, die einem jungen Burschen die Verhältnisse, aus denen er stammt, vorhalten würden. Jedenfalls nicht, solange er ehrenhafte Absichten hat, die in den Hafen der Ehe münden.«

Daniel stockte der Atem. Ehe? Partnerschaft? Gehörten diese Angebote zusammen? Bevor er Zeit zum Antworten hatte, fuhr Plews fort.

»Doch zurück zum Geschäft. Ich würde gern deine Vorstellungen dazu hören, wie man diesen schweren Zeiten am besten begegnet. Finanziell haben wir eine schwierige Phase hinter uns. Seit Napoleon Bonaparte endgültig besiegt wurde, ist das ganze Land von Soldaten und Seeleuten überschwemmt, die Arbeit suchen.«

Daniel hatte Mühe, sich zu konzentrieren. Sein einziger Gedanke kreiste darum, was für eine großartige Chance es wäre, Partner in dieser Galerie zu werden: Hier würde er sich endgültig als Künstler etablieren können.

In den folgenden Wochen jedoch beobachtete Daniel einen bedenklichen Rückgang der Geschäfte. Er vermutete die Gründe für diese Entwicklung nicht allein bei der Nachkriegssituation; sicher wurde sie durch Plews' zunehmende Zerstreutheit begünstigt.

In der Hoffnung, dieser Entwicklung entgegenzuwirken und das Vermögen seines Herrn ebenso zu mehren wie sein eigenes, verbrachte Daniel viele Stunden damit, einen Satz von sechs Landschaften aus dem achtzehnten Jahrhundert fachmännisch zu restaurieren. Der Künstler war jung gestorben und hatte eine begrenzte Zahl von Werken hinterlassen, die inzwischen als recht wertvoll eingestuft wurden. Eins war so wasserfleckig, dass Plews dem Besitzer bereits erklärt hatte, dass seine ursprüngliche Qualität unwiederbringlich verloren war. Als Daniel mit den anderen fünf fertig war, sah er sich das ruinierte Gemälde genauer an. Er wusste, dass es allgemeine Praxis bei Studenten war, die Werke berühmter Künstler zu kopieren; es war eine legitime Methode, die Geheimnisse ihrer Technik zu erlernen.

Ich könnte ja versuchen, den Stil des beschädigten Werks zu reproduzieren. Dabei ließe sich eine Menge lernen. Es ist kein Sujet, das ich mir selbst ausgesucht hätte, aber es wird eine ausgezeichnete Übung sein.

Daniel suchte unter allen leeren Leinwänden nach einer, die seinem Zweck dienlich wäre. Dann machte er sich an die Arbeit, in der Gewissheit, dass niemand ihn stören würde. Sein Herr verbrachte inzwischen die meisten Abende in seinem Arbeitszimmer und studierte die beunruhigenden Geschäftszahlen.

Am Abend von Plews' Geburtstagsfeier kam Daniel etwas zu früh. Unter dem Arm hatte er sein Geschenk: das Porträt seines Herrn, aus dem Gedächtnis gemalt.

Vor der erwarteten Rückkehr ihres Vaters von dem Treffen mit einem Kunden hängte Saranna Daniels Bild an einen Ehrenplatz über dem Kamin, bevor sie geschäftig davoneilte, um Tante Georgina bei den letzten Vorbereitungen zu helfen.

Daniel stand allein vor dem Porträt und war hochzufrieden

mit der Art und Weise, wie gut er die zerfurchten Züge seines Modells, den kurzen grauen Bart und die breiten, vom Alter ausgehöhlten Wangenknochen getroffen hatte. Er war stolz darauf, das Wesentliche seines Charakters eingefangen zu haben, seinen scharfen Yorkshire-Verstand, gemildert von dem aufmerksamen, beinahe wehmütigen Blick der Augen.

Als Plews eintrat, fuhr er zusammen.

»Aye, sehr beeindruckend. Du hast mich bis ins kleinste Detail getroffen, mein Junge. Nicht mal die ständig gerunzelte Stirn aus der letzten Zeit fehlt. Es sind unsichere Zeiten, und wir befinden uns auf rauer See.«

»Ich werde nach Kräften versuchen, Ihnen beim Segeln zur Hand zu gehen, Sir.«

»Aye, mein Junge, das hast du schon getan. Mr. Gordon ist sehr zufrieden mit der Restaurierung seiner Landschaftsbilder. Er hat sogar etwas mehr bezahlt, als ich verlangt habe. Sagte, er hätte nie gedacht, dass du im Stande wärst, das sechste zu retten, nachdem es so schwer beschädigt war.«

Daniel spürte, wie seine Hände eiskalt wurden. »Das sechste?«

»Aye, ich fand es auf der Staffelei in deinem Keller. Das hast du gut gemacht. Abgesehen von der alten Leinwand wirkt es genauso frisch wie die anderen fünf. Eine bemerkenswerte Leistung, Glückwunsch. Unserer Partnerschaft steht nichts mehr im Wege, mein Junge.«

Daniel hätte fast gewankt unter der schweren Hand, die sich auf seine Schulter legte. Seine Gedanken waren in Aufruhr.

Heiliger Strohsack, was soll ich machen? Mr. Plews braucht unbedingt Geld, um die Rechnungen zu bezahlen. Der Besitzer ist begeistert von der Arbeit, und als Sammler glaubt er, dass alle sechs vom gleichen Maler stammen. Ich wollte nichts Unrechtes tun. Muss ich mich offenbaren?

Daniel hörte erst die alte Pendeluhr sieben Mal schlagen und dann sich selbst sagen: »Ihre Anerkennung freut mich, Sir.«

Sarannas Auftritt mit einer doppelstöckigen Geburtstagstorte, die mit sechzig brennenden Kerzen geschmückt war, trug zu der festlichen Stimmung bei, doch als er ihren untrüglich von Liebe erfüllten Blick sah, bekam er plötzlich Kopfschmerzen. Er wusste, was jetzt von ihm erwartet wurde. Ein Heiratsantrag.

Während des Sommers nahm Daniels Nervosität zu. Zwar hatte er keinen direkten Hinweis auf seine Absichten bezüglich Saranna erkennen lassen, doch saß er jetzt regelmäßig mit der Familie in deren Kirchenbank.

In der Öffentlichkeit war er stets freundlich und respektvoll Saranna gegenüber, aber auch entschlossen, alles zu unterlassen, was missdeutet werden könnte. Es war klar, dass Saranna in ihm einen der Helden aus den Romanzen sah, die sie so gern las. Und ebenso klar war es, dass sie nach seiner Liebeserklärung schmachtete.

Als er an diesem Morgen neben ihr in der Kirchenbank saß, sah er, wie sich ihre behandschuhte Hand fast unmerklich auf ihn zubewegte – eine unausgesprochene Einladung, sie zu ergreifen. Stattdessen verschränkte er die Arme und versuchte, sich auf die Predigt zu konzentrieren. Als der alte Vikar die Warnung des Apostel Paulus zum Thema Keuschheit und Ehe zitierte, schienen die Worte direkt auf ihn gemünzt zu sein.

»… es ist gut für den Mann, keine Frau zu berühren. Wegen der Gefahr der Unzucht soll aber jeder seine Frau haben, und jede soll ihren Mann haben … Wenn sie aber nicht enthaltsam leben können, sollen sie heiraten. Es ist besser zu heiraten, als sich in Begierde zu verzehren.«

Aus dem Augenwinkel sah Daniel Saranna erröten.

Er hielt den Atem an. *Eine Ehe mit Saranna würde meine Zukunft als Künstler festigen. Warum zaudere ich, mir diesen Vorteil zu Nutze zu machen? Als ich sie zum ersten Mal sah, brannte ich förmlich darauf, sie zu malen. Ihre Bewunderung schmeichelt mir – niemand hat mich je zuvor so geliebt. Aber ist das genug? Könnte ich mir vorstellen, den Rest meines Lebens mit ihr zu verbringen?*

Nach dem Gottesdienst nahm Tante Georgina die Sache in die Hand. Daniel erhielt die Aufgabe, Saranna nach Hause zu geleiten – zum ersten Mal waren sie ohne Anstandsdame unterwegs. Daniel nutzte die Gelegenheit, um einen Umweg am Treidelpfad neben dem Kanal zu machen. Als sie die Seufzerbrücke erreichten, hörte er nur mit halbem Ohr auf Sarannas Erzählungen von zum Tode verurteilten Häftlingen, die die Brücke auf dem Weg zur letzten Absolution vom Northgate Prison zur St. John's Chapel überquert hatten. Dann überrumpelte er sie. »Ist dir klar, dass ich keinen Vater für das Kirchenregister angeben kann, wenn wir heiraten, Saranna? Die ganze Welt wird erfahren, was du weißt. Ich bin ein uneheliches Kind.«

Saranna wirkte so durcheinander, so rührend, als ihre Angst ans Tageslicht gezerrt wurde, dass Daniel einen Anflug von Zorn empfand.

»Das habe ich mir gedacht! Für dich sind gesellschaftliche Regeln wichtig, aber bitte nimm zur Kenntnis, dass sie für mich keinerlei Bedeutung haben. Ich werde mir aus eigener Kraft einen Namen machen.«

Bevor sie ihre Verlegenheit abstreiten konnte, beschloss Daniel, sich selbst zu prüfen.

Er presste sie unsanft gegen eine Steinmauer. Sein Kuss war rau und entschlossen – zum ersten Mal im Leben küsste er ein Mädchen. Diese Empfindung musste er erforschen. Dass es Saranna deutlich nervös machte, erfüllte ihn mit einem angenehmen Gefühl von Macht.

Als ein Paar mittleren Alters näher kam und die beiden missbilligend musterte, löste sie sich hastig von ihm.

Atemlos fragte sie: »O Daniel, bedeutet dieser Kuss, dass wir …?«

»Es bedeutet nichts weiter, als dass ich dich geküsst habe! Große Künstler halten sich nicht an konventionelle moralische Regeln. Und ich habe die Absicht, ein großer Künstler zu werden. Die Kunst wird stets meine Geliebte sein. Das muss die Frau eines Künstlers akzeptieren.«

Damit ging er weiter, während Saranna kleinlaut folgte.

Schließlich zupfte sie ihn am Ärmel. »Ich verspreche dir, dass ich deine Geliebte respektieren werde, wenn du mich zu deiner Frau machst.«

Daniel nickte, wusste allerdings nicht genau, ob er gewonnen oder verloren hatte.

Die größte Kunstausstellung, die Daniel je gesehen hatte, war voll mit Familien auf einer Führung. Sein Stolz war leicht angekratzt, weil Saranna die Eintrittskarten für sie beide bezahlt hatte. Es war ihm bewusst, dass sie nun hinter ihm hertrottete und ihm mehr Aufmerksamkeit schenkte als den Kunstwerken.

Plötzlich blieb er vor einem Ölgemälde stehen, wie gebannt von der Abbildung einer fast nackten Frau mit langem braunem Haar, die am Boden kniete und die Arme flehend zum Himmel ausstreckte. *Das war ihr Gesicht!*

»Clytië, gemalt von Thomas Linton Hayes. Ein Jahr vor meiner Geburt!«

Sarannas behandschuhte Hand flog zum Mund. »Dieselben Initialen wie auf dem Porträt deiner Mutter! Im Katalog steht, dass er vor zehn Jahren gestorben ist.«

In Daniels Augen standen Tränen. Saranna wurde kreidebleich, so peinlich war ihr das Ganze, doch Daniel scherte sich nicht um die Blicke der anderen, während er das Bild in sich aufnahm.

»Sieh sie dir an. Clytië. Sinnlich und trotzdem unschuldig. Meine Mutter hatte den Mut, nackt, wie Gott sie geschaffen hatte, für einen Künstler zu posieren.« Mit einem Ausdruck milder Verachtung wandte er sich zu seiner Verlobten um. »Und *du*, Saranna?« Daniel lächelte spöttisch, als er ihren verwirrten Ausdruck sah. Dann marschierte er weiter, zufrieden, dass er seine Ansicht deutlich gemacht hatte. *Wenn ich dich heirate, dann zu meinen Bedingungen, kleine Maus.*

Als Daniel von der Bank zur Galerie zurückeilte, schlug die Kirchenuhr Mittag. Ein zunehmend mulmiges Gefühl erfüllte ihn bei dem Gedanken an seinen herannahenden Hochzeitstag am 15. Juli. Er ließ einen Karren vorbeirumpeln und hielt wie angewurzelt inne, als er durch das Schaufenster sah, was sich im Innern der Galerie abspielte.

Wie ein Mime in einem Gebärdenspiel gestikulierte Maynard Plews ungewöhnlich erregt vor zwei Polizeibeamten.

Daniels erster Impuls war, zu fliehen. Der zweite, zu bluffen. Sollte es einen Verdacht hinsichtlich des sechsten Landschaftsbildes geben, was konnten sie ihm schon beweisen? Das Original hatte er verbrannt und die Asche in den Mülleimer geworfen.

Jetzt hatte Plews ihn entdeckt. Als auch die beiden Beamten sich zu ihm umwandten, waren die Würfel gefallen.

»Stimmt etwas nicht, Mr. Plews? Kann ich irgendwie behilflich sein?«, fragte er höflich, als er die Galerie betrat.

»Aye, wenn du Daniel Browne bist«, antwortete der ältere Beamte.

Daniel schluckte. »Der bin ich, Sir.«

»Dann kommst du jetzt mit uns auf die Wache und beantwortest ein paar Fragen. Ein Kunstexperte hat eins der restaurierten Gemälde als Fälschung erkannt. Er behauptet, dein Arbeitgeber habe davon gewusst, als er die Zahlung akzeptierte.«

Als Daniel zu einer Antwort ansetzte, ging Maynard Plews gerade noch rechtzeitig dazwischen. »Mein Lehrling hat nichts mit diesem unglücklichen Versehen zu tun. Ich werde für den Schaden geradestehen.«

Daniel schämte sich dafür, dass sein Master versuchte, ihn vor der Verhaftung zu bewahren.

Als er hinter dem aschfahlen Maynard Plews aus der Galerie eskortiert wurde, begegnete Daniel Sarannas entsetztem Blick. Sie kauerte in einem Hauseingang. Ein bunt gemischtes Publikum hatte sich versammelt und verfolgte genüsslich die Verhaftung zweier angesehener Bürger.

»Nein! Das muss ein Missverständnis sein!«, schrie Saranna.

Plews wirkte niedergeschlagen. »Sag deiner Tante, sie soll meinen Anwalt einschalten, Kind.«

Saranna lief zu Daniel und raunte ihm zu: »Sag mir, dass es nicht wahr ist!«

In seiner Verzweiflung sagte er gar nichts und verlor sie in der Menge rasch aus den Augen.

Bei der Verhandlung saß Daniel neben Plews auf der Anklagebank. Er musterte die Gesichter der Zuschauer, bis er Saranna entdeckte, die im hinteren Teil des Gerichtssaals ihre Tante stützte. Die Angst in ihren Augen erinnerte ihn an Tiere auf dem Weg zur Schlachtbank.

Im Gegensatz zu ihm konzentrierte sich Maynard Plews allein auf den Richter. Er weigerte sich, seiner Familie in die Augen zu sehen, selbst in dem Augenblick, als er sich schuldig bekannte.

Plews wurde vorgeworfen, eine größere Fälschung begangen zu haben, bei der Daniel wissentlich den Anweisungen seines Arbeitgebers Folge geleistet hatte. Alle Beteuerungen seines Herrn, dass sein Lehrling in diese Entscheidung nicht eingeweiht gewesen war, stießen auf taube Ohren.

Als der alte Mann zu vierzehn Jahren in der Strafkolonie New South Wales verurteilt wurde, war Daniel sicher, dass diese Worte seinen eigenen Tod einläuteten. Dann sah der Richter ihm direkt in die Augen, und er zitterte am ganzen Leib.

»Daniel Thomas Browne, das Gericht hat deine Jugend berücksichtigt. Deshalb wirst du lediglich für sieben Jahre in besagte Kolonie deportiert.«

Durch den Lärm im Gerichtssaal hörte er eine dünne Mädchenstimme: »Daniel! Ich werde einen Weg finden, dich wiederzusehen.«

Über den Köpfen der Menge sah Daniel, wie Saranna von ihrer Tante zum Schweigen gebracht wurde. Als ihr plötzlich bewusst wurde, dass die Leute sie anstarrten, ließ sie zu Tode beschämt über ihren Ausbruch den Kopf hängen.

Daniel wandte sich ab. *Wie viel Mut kann man schon von einer Maus erwarten?*

Nebel lag über der Straße. Dunkle Fetzen von Bäumen, die aus dem Dunst lugten, und das Muhen einer Kuh in der Ferne verrieten Daniel, dass man sie über eine verlassene Straße außerhalb von Chester führte.

Er war mit Fußfesseln an eine Reihe von Häftlingen gekettet, die auf dem Weg zu einer schäbigen Gefängnisanlage an der Themse waren. Er wusste, dass sein Master sich irgendwo hinter ihm herschleppte, denn er konnte seinen trockenen Husten hören. Die Verhandlung hatte ihn über Nacht zu einem alten Mann gemacht. Daniel war seinem Blick ausgewichen, weil er wusste, dass er ihn gedeckt hatte, obwohl er von seiner Schuld wusste. Er versuchte, sich einzureden, dass er nur aus Versehen an der Sache beteiligt gewesen war, wurde aber immer wieder von Scham überwältigt, weil er mit seinem Schweigen Plews und Saranna verraten hatte. Durch seine Feigheit hatte er ihrer aller Leben für immer zerstört.

Trotz Sarannas Gefühlsausbruch im Gerichtssaal hatte sie weder ihn noch ihren Vater im Gefängnis besucht. Daniel vermutete, dass sie es nicht einmal versucht hatte, aus Angst, von einer respektablen Person gesehen zu werden.

Verbittert dachte er an die Ironie des Datums: 15. Juli, sein geplanter Hochzeitstag. Nagender Hunger machte ihm am meisten zu schaffen. Seit Tagen hatte er kaum genügend Rationen erhalten, um zu überleben, und inzwischen hatte er einen derartigen Hunger, dass er seine Schuhsohle verschlungen hätte – wären ihm seine Stiefel nicht gestohlen worden. Das Paar, das er trug, hatte er der Leiche eines älteren Mithäftlings ausgezogen.

Die anderen Häftlinge in seiner Reihe machten den Eindruck, als hätten sie jede Hoffnung aufgegeben. Ihre zerlumpten Kleidungsstücke würden ihnen kaum Schutz vor dem Winter bieten können. Eine einzige rebellische Stimme sang ein derbes Lied, als machten sie einen Ausflug.

Die Nebelschwaden waren so dicht, dass Daniel an eine Einbildung glaubte, als er die einsame Gestalt am Straßenrand stehen sah. Die Kapuze ihres blauen Umhangs verhüllte alles, bis auf ihre Augen.

Dann hörte er Plews' Stimme und wusste, dass die Erscheinung echt war. »Geh nach Hause, Mädchen!«, rief er. »Vergiss mich. Für dich bin ich tot.«

Daniel begegnete Sarannas Blick und sah ihren verschüchterten Ausdruck. Dann wandte sie sich ab und verschwand im Nebel.

Die Ketten zwangen ihn weiterzugehen, und in seinem Kopf war nur Platz für einen einzigen Gedanken: *Heilige Muttergottes! Wie soll ich sieben Jahre überleben, ohne zu malen?*

SIEBEN

Jake Andersen spürte, wie sein Herz heftig schlug, als die zahnlose Putzfrau des Hotels Rose and Crown in Sydney Town ihn aufmerksam betrachtete. Nach all den Monaten schien seine Suche nach Jenny und Pearl endlich von Erfolg gekrönt zu sein.

»Aye, bildhübsch war sie. Warten Sie.«

Jake blieb im Foyer zurück. Würde sie mit Jenny zurückkehren? Oder mit Pearl?

Seine Hoffnung schwand, als sie allein zurückkam. Mit einem triumphierenden Grinsen überreichte sie ihm ein elegantes, spitzenbesetztes Taschentuch mit einem eingestickten J in der Ecke. Jake stieg ein Hauch von Jennys französischem Parfüm in die Nase.

»Das hat sie vergessen. War immer elegant gekleidet. Nie hat sie ein Kleid oder einen Hut zwei Mal getragen.«

»War sie mit einem kleinen Mädchen unterwegs?«

»Ein Kind habe ich nie gesehen. Aber sie hatte immer ihren ausländischen Begleiter im Schlepptau.«

Ausländisch. Dieser Hinweis ließ Jake zusammenzucken. »Wann waren sie hier? Und unter welchem Namen?«

»Vor ein paar Wochen. Ich weiß noch, dass sie einen Pelz trug, obwohl es nicht wirklich kalt war. Aber was den Namen angeht – die meisten Frauen wie sie nennen sich Smith, Brown oder Jones.«

Jake bezahlte sie für die Mühe und ging. *Frauen wie sie*. Der achtlose Ausdruck hinterließ einen schalen Nachgeschmack in seinem Mund.

Er kam sich wie der Bauer in einem grausamen Schachspiel

vor, in dem der Mistkerl mit Jenny ihm stets einen Schritt voraus war. Aber wo war seine kleine Prinzessin? Was war mit Pearl geschehen? Er steckte sich Jennys Taschentuch in die Hemdtasche. Die Wärme seines Körpers reaktivierte den Duft und brachte schmerzvolle Erinnerungen mit sich, doch er konnte sich nicht dazu durchringen, es wegzuwerfen, während er durch die George Street zum Watch House ritt.

Nach Jennys Verschwinden hatte Jake mit ihrer und Pearls Beschreibung in allen Polizeirevieren, Militärkasernen, Krankenhäusern, Arztpraxen, Hotels, Herbergen und Droschkenunternehmen der Städte vorgesprochen, durch die er gekommen war. Und er hatte auch die Klatschmäuler nie vergessen – sogar im kleinsten Kaff gab es mindestens eins.

Er hatte zwar kein Bild von Jenny, doch heute hatte sich seine Beschreibung ausgezahlt. Dass sie vor einiger Zeit mit einem reichen Ausländer hier in Sydney Town gewesen war, deutete darauf hin, dass sie vermutlich an einem luxuriösen Ort lebte. Doch das konnte auch die neue Siedlung bei Port Phillip bedeuten, die sie jetzt nach einem gottverfluchten britischen Premier in Melbourne Town umbenannt hatten.

Im Watch House an der George Street hörte sich ein alter Polizeibeamter seine Beschreibung von Jennys zerbrechlicher Figur an und warf einen zynischen Blick auf seine Muskeln.

»Die meisten Frauen machen sich davon, weil ihre Ehemänner sie verprügeln.«

Zum x-ten Mal wiederholte er den abgedroschenen Satz: »Ich schlage meine Frau nicht.«

»Sie sollten der Wahrheit ins Auge sehen, Andersen. Ausgerissene Ehefrauen, weggelaufene Dienstmädchen und ausgesetzte Kinder gibt es in dieser Kolonie wie Sand am Meer. Wenn sie hungrig genug sind und keinen Mann haben, der sie beschützt, landen sie am Ende alle in The Rocks.« Er warf Jake einen prüfenden Blick zu und setzte dann hinzu: »Aye, auch die Kleinen.«

Innerhalb einer Stunde wurde Jake klar, was damit gemeint

war. Auf seinem Weg durch The Rocks, wo er mit Mac Mackie ein Bier trinken wollte, wurde Jake von einem etwa siebenjährigen schmutzigen und barfüßigen Mädchen angesprochen.

»Hey, Mister!«, rief es aus einem Gässchen und leierte die übliche Einladung hinunter. Jake hatte noch nie derart derbe Ausdrücke aus dem Mund eines Kindes gehört. Der tote Ausdruck in den Augen der Kleinen und die Art, wie sie den Rock hob und ihm die nackten Oberschenkel zeigte, ließen keinen Zweifel.

Er schüttelte den Kopf, drückte ihr ein paar Münzen in die Hand und ging mit großen Schritten auf The King's Head in der Argyle Street zu. Einen schrecklichen Augenblick lang hatte er Pearls zutrauliches Lächeln in dem Gesicht der kleinen Prostituierten aufblitzen sehen.

Nach etlichen Runden erzählte Jake Mac, wie frustriert er war, weil seine monatelange Suche nur einen einzigen kleinen Hinweis zu Tage gefördert hatte.

Mac bot ihm seine Hilfe an. »Ich bin fast die ganze Zeit mit der Postkutsche für Rolly Brothers unterwegs. Wenn du eine Bleibe suchst, kannst du in meiner Hütte in Tagalong unterkommen. Und was du zum Leben brauchst, lässt du im Australia Arms auf meinen Namen anschreiben. Der protestantische Wirt wird sich um dich kümmern.«

Jake nickte dankbar. Sie tranken schweigend weiter, bis Jake seine Trostlosigkeit und Verzweiflung nicht länger verbergen konnte.

»Nur für eine Nacht, Mac. Ich muss mich volllaufen lassen. Allein.«

Beide wussten, was das hieß. Mac zuckte die Achseln und brach auf. »Du weißt, wo du mich findest, mein Freund.«

Um zehn Uhr abends machte The Rocks seinem Ruf als *der* Sündenpfuhl des Südpazifiks alle Ehre. Das von Strafgefangenen erbaute Watch House aus Sandstein, in dem Jake sich am Morgen nach Jenny erkundigt hatte, platzte nun wie jeden Samstagabend vor lokalen Streithähnen und ausländischen Seeleuten aus allen Nähten.

Jake grölte betrunken und streitlustig. Drei Polizisten schleiften ihn über die Steinfliesen der winzigen Zelle, und er versuchte vergeblich, den Kopf vor den Schlägen ihrer Knüppel einzuziehen. Als die Eisentür hinter ihm ins Schloss fiel, rüttelte er an den Gittern.

»Ihr seid wohl nicht Manns genug, um es einzeln mit mir aufzunehmen, was?«

Die Zelle lag im Keller, durch ein schmales vergittertes Oberlicht sah man die Passanten draußen in der alkoholisierten Welt vorbeigehen. Jake bemerkte seinen Zellengenossen – einen jamaikanischen Matrosen, der wie ein riesiger Säugling schlafend auf dem Boden lag.

»Weswegen bist du hier, Kumpel?«, fragte er mit verschlafener Stimme.

»Gotteslästerung in der Öffentlichkeit. Was, zum Teufel, geht dich das an?«, entgegnete Jake.

»Gotteslästerung? Dann wirst du mich wohl kaum im Schlaf umbringen«, antwortete der Jamaikaner freundlich, drehte sich um und schnarchte weiter.

Jake begutachtete seine Wunden. Es wurmte ihn, dass er es nicht geschafft hatte, mit drei Polizisten fertigzuwerden, und jetzt blutete. Sie hatten einen doppelten Vorteil gehabt, sie waren nüchtern und obendrein mit Knüppeln bewaffnet gewesen, trotzdem hatte Jakes Ego einen Dämpfer bekommen. Und jedes Mal, wenn ein Uniformierter an der Zelle vorbeikam, schrie er los.

»Ich kann drei von euch erledigen, selbst wenn ihr mir eine Hand auf dem Rücken festbindet!« Er wippte auf den Fersen und erinnerte sich an die tödliche Wucht seiner linken Hand. »Nun ja, zumindest, solange es nicht die linke ist.«

Schließlich lehnte er sich mit dem Rücken an die Wand und glitt zu Boden. Aller Grog der Welt konnte seine Schmerzen nicht lindern – dass Jenny ihn verlassen und mitgenommen hatte, was ihm gehörte. Pearl. Die Worte aus Jennys Abschiedsbrief hallten durch seinen Kopf. *Ich kann nicht mehr so tun, als liebte ich Dich … Ich bin mit jemandem unterwegs, der uns immer beschützen wird.*

Was war er für ein Idiot! Jahrelang war er in Jenny verliebt gewesen und hatte geglaubt, sie wäre glücklich mit ihm, bis dieser elende Fremde sich hinter seinem Rücken an sie herangemacht hatte. Nachdem er sich etwas beruhigt hatte, dachte er daran, wie Jenny und er sich gegenüberstehen würden. Könnte er sie dann wieder bei sich aufnehmen? Seine erste Reaktion war, nein, auf keinen Fall. Aber seine Liebe für Pearl verwirrte ihn. Was, wenn er seine kleine Prinzessin nur um den Preis zurückbekäme, dass er sich bereiterklärte, mit Jennys Verrat zu leben? Würde er seine Frau noch lieben? Liebe? Das Wort ekelte ihn an. Würde er mit ihr schlafen können? Ja. Aber ihr jemals wieder vertrauen? Niemals!

Im tiefsten Innern wusste Jake, dass das Trinken keine Lösung war. Sobald die Wirkung des Grogs nachließe, würde er seine innere Stimme nicht mehr zum Verstummen bringen können, und die sagte ihm immer wieder, dass er nur noch ein Schatten des Mannes war, der er einmal gewesen war. Jenes seligen Schwachkopfs, der sich für einen König hielt, weil er Jenny und die Kleine hatte.

Jake rüttelte den Schwarzen wach. »Weißt du, was einen Mann fertigmacht, Kumpel? Das Gewissen. Aber ich habe keins! Ich könnte den Mann, der mir meine Frau weggenommen hat, umbringen und deswegen keine einzige schlaflose Nacht verbringen.«

Der Jamaikaner lächelte ihm verständnisvoll zu und schüttelte die Hand, die Jake ihm anbot.

Jake hockte sich in einer Ecke der Zelle nieder und behielt die Tür im Auge. Es wäre nicht das erste Mal, dass man ihn im Schlaf überrumpelte und verprügelte. Er tastete nach seiner Hemdtasche. Jennys Taschentuch duftete immer noch schwach, aber dafür, dass seine kleine Pearl jemals existiert hatte, besaß er keinen eindeutigen Beweis.

Nachdem er seine Entlassung aus dem Watch House einen ganzen Tag lang gefeiert hatte, torkelte Jake die Bent Street hinauf. Das Blut aus der Wunde an der Schädeldecke rann über seine Hemdbrust. Oben auf dem Hügel blieb er stehen und versuchte, zum Hafen hinabzusehen. Im Norden lagen zwei Frachtschiffe vor Anker, eins hatte die gelbe Flagge gehisst, ein Zeichen für Fieber an Bord. Noch vor Anbruch der Morgendämmerung würde das Rum Hospital vor neu eingetroffenen, kranken Strafgefangenen aus allen Nähten platzen, und diejenigen, die man nicht unterbringen konnte, lägen auf der Rasenfläche davor verstreut.

Ich lasse mich nicht von irgendeinem verdammten Arzt abwimmeln, schwor sich Jake.

Geräuschvoll polterte er durch einen leeren Korridor, der von wenigen Deckenlampen erleuchtet war. Auf halbem Weg wurde er von einem stämmigen, graubärtigen Arzt aufgehalten, an dessen wiegendem Gang Jake einen Seemann erkannte.

»Nicht so laut, Mann. Lassen Sie den Kranken und Sterbenden ihre verdiente Ruhe!«

Jake war nicht so betrunken, dass er das rollende R eines Schotten nicht erkannt hätte.

»Ich bin Dr. Ross. Setzen Sie sich. Ihr Name?«

»Jakob Andersen. Jake.«

»Wohnort?«

Mit einem Mal wurde Jake misstrauisch. »Keinen. Wozu wollen Sie das wissen?«

»Für den Fall, dass Sie sterben. Wohin sollen wir Ihre sterblichen Überreste schicken?«

Jake war beinahe wieder nüchtern. »Jesses! Ist meine Wunde so schlimm?«

»Schlimm genug!«, lautete die knappe Antwort. »Könnt ihr

englischen Hitzköpfe euch denn nicht mal für fünf Minuten aus Scherereien heraushalten?«

»Ich bin hier geboren«, antwortete Jake. »Hey, was machen Sie mit dem verdammten Ding da?«

Dr. Ross fummelte mit einem gefährlich aussehenden Gerät an Jakes Wunde herum. »Halten Sie still. Oder wollen Sie, dass ich Ihnen das Hirn aussteche?«

Jake senkte den Kopf wie befohlen. Er kniff ein Auge zu und beobachtete mit dem anderen den Arzt, der zufrieden brummte, als er etwas herauszog. Es schmerzte dermaßen, dass Jake glaubte, es müsse tief im Kieferknochen gesteckt haben.

»Sieh mal einer an, was haben wir denn da?« Dr. Ross hielt eine Glasscherbe in die Luft und betrachtete sie mit sachkundigem Interesse. »Der Form nach zu urteilen, würde ich sagen, dass sie vom Hals einer Rumflasche stammt. Und aus der Größe der Schnittwunde möchte ich schließen, dass Ihr Trinkkumpan Ihnen eins übergebraten hat, mein Junge. Sie stinken, als hätten Sie sich seit Tagen mit Grog abgefüllt.«

»Falsch«, verteidigte sich Jake umgehend. »Heute ist mein erster Tag nach der Entlassung aus dem Watch House. Ich wollte nur in aller Ruhe was trinken. Und plötzlich fliegt mir eine Flasche gegen den Kopf, noch ehe ich Zeit habe, dem Kerl eine zu verpassen. Lustig war es nicht gerade, Doc.«

»Dann wollen wir mal sehen, ob ich Sie mit ein paar Stichen erheitern kann«, sagte der Arzt und tupfte die Wunde mit einem Desinfektionsmittel ab. »Anschließend können Sie wieder nach Hause. Wir haben kein einziges Bett mehr frei. Gerade ist ein Schiff mit einer Ladung kranker Sträflinge eingelaufen. Kranke wie Sie, die noch gehen können, müssen zusehen, wo sie eine Bleibe finden.«

»Ich brauche kein Bett, Doc. Flicken Sie mich wieder zusammen, damit ich zurück kann, um den Kampf zu Ende zu führen.«

Nachdem Dr. Ross vergeblich nach einer Krankenschwester gerufen hatte, wandte er sich ärgerlich wieder Jake zu.

»Zuchthäusler, die meiste Zeit betrunken. Die Behörden halten uns verdammt knapp. Ein Wunder, dass die armen Schweine überhaupt überleben.«

Jake lächelte. »Sind Sie schon lange hier, Doc?«

»Sieben Monate zu lang.«

»Sie kamen als Arzt mit einem Strafgefangenentransport, stimmt's?«

»Stimmt«, entgegnete Dr. Ross. Er schob einen Faden durch das Öhr einer langen Nadel ein und musterte aufmerksam Jakes Schädel.

Der war besorgt. »Sie haben so was doch schon mal gemacht, nicht wahr, Doc?«

»Aye. Ich habe meine Karriere auf einem Kriegsschiff Seiner Majestät begonnen, wo ich Seeleute zusammengeflickt und ihnen die Gliedmaßen amputiert habe, bis sie uns nach Napoleons Abdankung den Lohn halbiert haben.«

Rasch und geschickt wickelte der Arzt einen Verband um seinen Kopf. Er war so lang, dass Jake das Gefühl hatte, für einen Kostümball mit einem indischen Turban ausstaffiert zu werden.

»Gefällt es Ihnen hier? Wollen Sie bleiben?« Jake gab sich Mühe, zwanglos zu klingen – die meisten Neuankömmlinge, die ihm über den Weg liefen, schimpften auf sein Geburtsland, sodass er sich stets in der Defensive sah.

»Ehrlich gesagt, bin ich nicht abgeneigt. An die Hitze muss man sich gewöhnen, aber das Land ist überwältigend. Groß genug jedenfalls, um sich darin zu verlieren.«

»Sie wollen Ihre Spuren verwischen, was, Doc? So wie alle, die hierherkommen.«

Dr. Ross warf ihm einen Blick über seine Brille hinweg zu. »Sie sind nicht so betrunken, wie es den Anschein hat, mein Junge.«

»Wir Currency Lads wissen, wie wir Neuankömmlinge einzuschätzen haben. Die armen Schweine, die die Briten in Ketten herschicken, sind durchaus nicht nur miese Verbrecher. Trotzdem bekommen wir mehr Snobs, verarmte Edelleute, besserwisserische Johnnies, Schnorrer und Faulenzer, als wir verdient hätten. Die eine Hälfte kommt in Ketten, die andere kommt her, um auf uns hinabzusehen und sich mehr Land unter den Nagel zu reißen, als sie zuhause je gehabt haben. Aber glauben Sie mir, Doc, in diesem Land trennt sich die Spreu vom Weizen sehr schnell.«

»Ganz schön lange Rede«, sagte Dr. Ross, befestigte den Verband mit einer Nadel und setzte ironisch hinzu: »Ich nehme an, dass Sie für mich auch schon eine passende Schublade gefunden haben?«

Jake dachte kurz nach. »Meiner Meinung nach hätten Sie das Zeug, es durchzustehen.«

»Ich will es als Kompliment auffassen. Das Problem ist nur, dass mir Sydney Town nicht besonders gefällt. Zu viel Bestechung, Korruption, Inkompetenz und bösartiger Tratsch.«

»Da haben Sie Recht! Vermutlich wäre eine Praxis im Busch genau das Richtige für Sie. Ich kann Ihnen nicht versprechen, dass es dort keinen Tratsch gibt – die ganze Kolonie lebt davon –, aber wenn Sie mehr oder weniger nüchtern bleiben, könnten Sie fordern, was Sie wollen, wo immer Sie Ihr Schild hinhängen.«

»Hätten Sie einen Vorschlag, in welche Richtung ich gehen sollte?«

»O ja. Gehen Sie in den Süden, etwas ins Landesinnere. Wunderbare Landschaft um Goulburn, Gunning, Berrima und Kaffs wie Tagalong und Ironbark.«

Dr. Ross wusch sich die Hände. »Sie können auf meinen Rat hören oder es bleiben lassen, ganz wie Sie wollen. Aber wenn jemand trinkt, um sich zu zerstören, ist das reine Dummheit. Er ruiniert seine Gesundheit und sein Leben.«

Jake gluckste überrascht. »Sie nehmen aber auch kein Blatt vor den Mund, was, Doc?«

Wie ein Seemann, der einen Befehl ausgibt, sagte Dr. Ross: »Es gibt zwei eiserne Regeln im Leben. Wenn man betrunken ist, sollte man sich weder prügeln noch mit einer Frau ins Bett gehen.«

»Da haben Sie allerdings Recht, Doc. Lassen Sie sich blicken, wenn Sie in den Süden kommen, ich gebe Ihnen einen aus. Sie mögen doch Whisky, stimmt's?«

Dr. Ross lachte und winkte ab. »Scotch. Und jetzt machen Sie, dass Sie rauskommen. Ab zur nächsten Prügelei, wie ich Sie einschätze.«

Jakes Stimmung schlug um. »Nein, Doc. Irgendwo da draußen treibt sich ein Halunke herum, der nur darauf wartet, dass ich ihn kriege. Niemand stiehlt Jake Andersen seine Frau und sein kleines Mädchen – und kommt mit dem Leben davon!«

Dr. Ross nickte bedächtig, als hätte er nicht den geringsten Zweifel an der Drohung.

ACHT

Einmal Zigeuner, immer ein Dieb!«, zischte Mrs. Wills dem Butler zu.

Keziah erstarrte beim Decken des Frühstückstisches für die Hausangestellten. Sie wusste, dass diese Beleidigung für ihre Ohren bestimmt war.

Der Butler hatte Mrs. Wills gerade eröffnet, dass sie ihre Vorbereitungen *ohne* Stanley bewältigen müsste. Keziah hätte an diesem Nachmittag eigentlich wie jeden Monat einen halben Tag frei gehabt. Da es der Tag vor dem großen Ball der Morgans war und jede Hand gebraucht wurde, hatte Mrs. Wills ihr verboten, sich frei zu nehmen. Und jetzt war ihre Anweisung von dem jungen Master Caleb aufgehoben worden!

»Was sind denn das für Zustände, wenn die Haushälterin von zwei Herren im Haus widersprüchliche Anweisungen erhält.«

Der Butler verließ sie mit einer Warnung. »Das geht uns nichts an.«

Keziah ging mit neuem Tatendrang an die Arbeit, sie war fest entschlossen, noch vor der Mittagspause mit dem vollen Tagespensum fertig zu werden, damit die anderen Dienstboten im Haus sich nicht darüber beschweren konnten, ihre Arbeit miterledigen zu müssen. Beim Silberputzen stellte sie sich die prächtigen Ballkleider und Juwelen am morgigen Kostümball vor.

Offiziell wurde mit dem Maskenball der 18. Juni gefeiert, Waterloo, der Jahrestag des Sieges von Duke Wellington über Napoleon, doch beim Personal war es kein Geheimnis, dass John Morgan hoffte, seine junge Gattin mit diesem Ball aus ihrer Melancholie reißen zu können. Zweifellos wäre die Herrin des Hauses wütend gewesen, hätte sie gewusst, dass sie von einer jungen Zigeunerin bemitleidet wurde, doch Keziah konnte nichts dagegen tun. Trotz aller Launen und Wutausbrüche hatte sie das Gefühl, dass Sophies tiefe Traurigkeit ein Widerhall ihrer eigenen war. Wenn sie nur die Möglichkeit hätte, sie zu heilen, doch diese Hoffnung war aussichtslos.

Als sie mit ihrer Arbeit fertig war, lief Keziah die Treppen zum Dachgeschoss hinauf. Ihre Stube war so winzig, dass sie nicht gezwungen wurde, sie mit irgendwem zu teilen. Sie legte ihre verhasste Uniform und die gestärkte Haube ab und zog ihre bunten Roma-Kleider an. Jetzt fühlte sie sich wieder frei. Doch der Gedanke, dass sie ihren Sieg Calebs Einschreiten verdankte, warf einen beunruhigenden Schatten auf ihre Freiheit. Sie schnürte die Stiefel zu und lief so schnell die Treppen hinunter, dass sich ihr roter Unterrock bauschte und sie das Gefühl hatte, durch die Luft zu schweben.

Da Caleb ihr gestattet hatte, durch die Parkanlagen zu spazieren, die den anderen Bediensteten verboten waren, lief sie den von Lavendelbeeten gesäumten Pfad entlang durch den süß duftenden Küchengarten und winkte dem alten Gärtner zu. In der Mitte gab es Beete mit kugelförmigen roten Rosensträuchern. Der Wind peitschte ihr von allen Richtungen ins Haar.

»Endlich frei!«, schrie sie ihm entgegen.

Sie fühlte sich wie ein Kind in einem verzauberten Garten, und als sie um die Ecke bog, stockte ihr vor lauter Bewunderung der Atem. Von dichten rosafarbenen Kletterrosen umrankt wölbte sich eine kleine Holzbrücke über einen künstlichen See. Goldkarpfen funkelten in allen Farben des Regenbogens.

Die Brücke führte zu einer von Menschenhand geschaffenen Insel mit einem aberwitzigen Garten und einem kleinen heidnischen Tempel aus moosgrünem Marmor, dessen Kuppel von kannelierten Säulen getragen wurde. Es war der perfekte Schutz für einen Tisch, der auf drei Seiten von einem runden Steinsitz umgeben war.

Ehrfürchtig blieb sie davor stehen. *Mi-duvel!* Es war noch viel schöner, als Caleb behauptet hatte.

Ein junges Mädchen in einem griechischen Gewand mit nacktem Oberkörper stand von Bäumen umgeben vor ihr. Der Jagdhund aus Marmor zu Füßen der Statue wirkte so echt, dass Keziah meinte, sie könnte ihn bellen hören.

Als sie den kleinen Tempel betrat, sprach sie hastig ein Gebet für den Gott, dem er geweiht war, und konzentrierte sich dann auf ihr Problem. Trotz der Warnung ihrer *Puri Dai* hatte sie sich im Spinnennetz der Welt der *gaujo* verfangen.

Woche für Woche war sie nachlässiger geworden, wenn es darum ging, ihre alten Roma-Rituale zu praktizieren. Wenn sie ihre Wäsche wusch, unterschied sie nicht mehr zwischen den oberen und unteren Kleidungsstücken. Sie nahm willentlich an den Gebeten im Haushalt der *gaujo* teil, vernachlässigte aber ihre eigenen Roma-Gebete. Sie erfand billige Ausreden – zum Beispiel, dass sie zu müde sei nach dem langen Arbeitstag und ihren Leseübungen am Abend. Jetzt aber musste sie sich der Realität stellen. Sie hatte sich verführen lassen von einem weichen Bett, fertigen Mahlzeiten und der Aussicht auf einen anständigen Lohn. Die Wahrheit war, dass sich ihre Freude am Lesenlernen mit ihrer heimlichen Freundschaft zu Caleb vermischt hatte.

Verträumt stand sie da und beobachtete, wie das abnehmende Licht den Garten in dunkle Schatten hüllte.

Dann setzte sie sich neben die Statue und entzifferte im Schein des aufgehenden Mondes die Buchstaben auf dem Sockel. A-R-T-E-M-I-S. Die griechische Göttin der Jagd und des Mondes.

Sie blickte zu dem Gesicht aus Marmor auf und sagte höflich: »Verzeih mir, aber ich habe meinen eigenen Glauben.«

Keziah betete zu Shon, dem Geist des Mondes. »Ich bitte dich, führe mich zu meinem Liebsten, zu Gem.«

Sie schloss die Augen und überließ sich der kostbaren Erinnerung an ihre Hochzeitsnacht.

Der blecherne Rhythmus, den die betrunkenen Gäste vor ihrem vardo *auf Kesseln erzeugt hatten, war verstummt. Sie waren allein. Keziah stellte verblüfft fest, dass Gems jungenhaftes Draufgängertum verflogen war. Er war sehr nervös, und ihr wurde bewusst, dass sie auf ihre weiblichen Instinkte zurückgreifen musste.*

»Wir werden es uns gegenseitig beibringen, mein Rom«, flüsterte sie. »Zeig mir, wie ich dich dazu bringe, mich für immer zu lieben. Nichts kann falsch laufen, mein Gem. Niemals!«

Beide waren bereit, ihre eigene Unbeholfenheit zuzugeben und den anderen rückhaltlos zu bewundern, bis sie endlich den Zauber ihrer Körper und den Rhythmus entdeckten, der sie vereinte.

Keziah erlebte mit geschlossenen Augen erneut die Liebe mit Gem, das wilde Hin und Her zwischen seiner Zärtlichkeit und seiner Leidenschaft, die so schnell in Eifersucht umschlagen konnte. Doch die siebenjährige Haftstrafe lastete schwer auf ihr. Würde ihre Liebe die Probe von Zeit und Raum bestehen?

»Ach, Liebster, vergiss mich nicht«, flüsterte sie, von Sehnsucht überwältigt.

»Wie könnte man dich je vergessen, Keziah?«

Caleb kam mit einer Champagnerflasche, zwei Gläsern und einem schiefen Lächeln auf sie zu. Er war wie immer elegant gekleidet, nur der Haarwirbel auf seinem Hinterkopf ließ sich nicht zähmen.

»Ich wusste, dass ich dich hier finden würde. Es gibt etwas zu feiern. Ich habe es endlich geschafft, von Cambridge gefeuert zu werden. Willst du immer noch nach Botany Bay?«

Keziah nickte verwirrt. »Ja, bald.«

Sie fühlte sich nackt, als hätte er sie beim Liebesakt mit Gem ertappt.

»Dann feiern wir jetzt unseren Abschied, Keziah.« Caleb schenkte den Champagner ein und stieß mit ihr an. »Auf deine glückliche Wiedervereinigung mit Gem.«

»Sie sind sehr großzügig, Caleb.«

»Ein Gentleman weiß, wann er verloren hat. Darf ich mir ein

Sonett von John Donne ausborgen? Von meinem Herzen für dein Herz.«

Keziahs Augen waren feucht, als er die letzten Worte rezitierte:

»… But since this god produced a destiny
And that vice-nature, custom, lets it be;
I must love her, that loves not me …«

»Hören Sie auf, Caleb!«, bat sie.

»Kann sich dein Herz bereitfinden, mir einen Abschiedskuss zu geben?«, fragte er leise. »Nur einen Kuss zwischen zwei Freunden? Nicht mehr, ich verspreche es dir. Einen Kuss, damit wir einander nicht vergessen?«

Aus einem Impuls heraus beugte sich Keziah vor. Seine Lippen spielten mit ihrem Mund und machten sie sanft gefügig. Keziah schloss die Augen und sah Gems lächelndes Gesicht vor sich, doch es war Calebs Stimme, die plötzlich flüsterte: »Keziah, was hast du mit mir gemacht?«

Ihr Schrei ging in der Heftigkeit seines Kusses unter. In ihrer Panik sah sie einen Augenblick lang das Verlangen in seinen Augen. Ein verhängnisvoller Fehler, denn mit einem Mal spürte sie, wie ihr Körper seine Leidenschaft erwiderte.

Ihre Sehnsucht nach Gem kämpfte mit Calebs sanfter, leidenschaftlicher Begierde.

»Ja! Jetzt gehörst du *mir*«, flüsterte Caleb ihr in den Mund.

Sie war verloren.

Im Morgengrauen erwachte Keziah nackt in einem Wirrwarr von schweißgetränkten Laken auf ihrem Bett. Neben ihr schlief Caleb, sein Kopf ruhte auf ihrer Schulter, seine Hand auf ihrer Brust.

Sie fühlte sich heiß und fiebrig und versuchte verzweifelt, die Erinnerung an die letzte Nacht aus ihrem Kopf zu vertreiben. Es war furchtbar.

Ihre Scham schlug plötzlich um in ein Gefühl von Furcht, als sich ein Schatten in der Ecke des Zimmers bewegte und Mrs. Wills leise zur Tür hinausglitt.

Von Panik erfüllt, rüttelte Keziah Caleb wach. »Du musst sofort hier weg!«

Der Schlaf hatte ihn erfrischt und seine Lust keineswegs gemindert, doch Keziah versteckte ihren Körper vor seinem Blick unter dem Laken. »Geh jetzt!«

Verschlafen antwortete er: »Du siehst aus, als wäre dir heiß. Hast du Fieber? Soll ich jemanden schicken, um nach dir zu sehen?«

Die Angst übermannte sie. »Nein! Oder willst du, dass die ganze Welt erfährt, was ich getan habe? Geh endlich!«

Caleb zog sich hastig an, und als er an der Tür stand, flüsterte er: »Mein Gott, bist du schön! Ich komme später wieder.«

Keziah lag im Bett und starrte an die Decke. Tränen liefen ihr über das Gesicht und vermengten sich mit dem Schweiß, der aus all ihren Poren sickerte.

Den ganzen Tag fühlte sie sich wie ein Schiff, das im Sturm hin und her geworfen wurde. Sie schwankte zwischen fiebrigem Schlaf und dem noch größeren Schmerz, in der zunehmenden Dunkelheit zu erwachen und daran erinnert zu werden, was sie getan hatte. Vage meinte sie mitbekommen zu haben, wie ein Dienstmädchen einen Blick durch den Türspalt geworfen und gesagt hatte: »Stanley ist krank. Sie kann uns heute Abend nicht helfen.«

Von unten hörte sie schnelle Schritte, besorgte Fragen und strenge Anweisungen.

Das gesamte Personal hätte mit dem Ball alle Hände voll zu tun. Keiner würde die Zeit aufbringen können, um nach ihr zu sehen.

Dann klopfte es an der Tür, und Caleb trat ein. Er trug einen eleganten Abendanzug und eine goldene Maske, die er nach oben geschoben hatte. Er brachte ein Tablett mit zwei Weingläsern und einem Teller mit Delikatessen. Keziah war verwirrt, als sie auf dem Tablett auch eine filigrane Silbervase mit einem Kräutersträußchen sah. In der Mitte steckte eine einzige rote Tulpe. Sie wusste, dass es große Mode war, jungen Damen auf diese Weise eine versteckte Liebeserklärung zu machen.

Das Lächeln in Calebs Augen verriet ihr, dass auch er die Bedeutung der roten Tulpe kannte.

»Zu Diensten, Ma'am«, sagte er mit einer übertriebenen Verbeugung. »Der Wein wird dich in den Schlaf wiegen. Es ist meine Schuld, dass du krank geworden bist. Ich habe dich letzte Nacht nicht schlafen lassen.«

»Es ist alles meine Schuld! Mir ist nicht nach Wein. Und du bist schließlich auch nur ein Mann.«

Zuerst schien er über ihre Ehrlichkeit verblüfft, dann von ihrer Verzweiflung betroffen. »Nicht weinen!«

Keziah schob sich die zerzauste Haarmähne aus dem Gesicht. Dann winkte sie ihn weg.

»Geh mit den reichen Erbinnen tanzen, die dein Vater für dich ausgesucht hat.«

»Ehrlich gesagt, würde ich viel lieber hier bei dir bleiben.«

»Das ist nett gemeint, aber du lügst«, sagte sie verzweifelt. »Bitte geh.«

Er beugte sich ihrem Willen, erzählte ihr aber noch, dass er noch einmal kurz nach Cambridge müsse und danach nach Manchester wolle, um den Familienanwalt zu überreden, ihm seinen Anteil am Erbe seiner Mutter auszubezahlen. Er sagte, er habe große Pläne für sie beide, ging jedoch nicht ins Detail. Einen Augenblick gab er sich arrogant, im nächsten todernst. Schließlich zwang er ihr das Versprechen ab, auf ihn zu warten.

»Bitte, Keziah, versteh, dass ich dir das, was du verdienst, nicht geben kann. Vater würde mich auf der Stelle enterben, wenn ich eine Zigeunerin heirate. Aber du kannst jederzeit auf meinen Schutz bauen. Ich werde für dich sorgen. Niemand kann mich daran hindern, dich zu lieben. Nicht einmal du selbst!«

Caleb hielt ihr Gesicht in seinen Händen und küsste sie wie eine Prinzessin.

»Ich breche im Morgengrauen auf – umso schneller kann ich wieder bei dir sein.« Dann war er fort.

Erst da entdeckte Keziah den kleinen Samtbeutel neben dem Blumengebinde. Als sie die Schnur aufzog, fiel eine Reihe von Goldmünzen heraus.

Sie erinnerte sich an Patronellas Fluch und erschauerte. *Noch bevor der Sommer zu Ende geht und die Mondfinsternis dein Sternzeichen berührt, wirst du deinen Körper für Geld verkaufen wie eine Hure.*

Es waren nur noch wenige Wochen bis zur Mondfinsternis. Patronellas Prophezeiung hatte sich erfüllt, und das hier war der Lohn für ihre Dienste. Keziah wurde nun bewusst, dass sie nicht besser war als ihre Mutter: Stella, die Hure.

Sie starrte auf die Goldmünzen und wurde von einem weiteren schrecklichen Gedanken heimgesucht. Als sie mit dreizehn ihre erste Blutung hatte und zur Frau wurde, hatte ihre *Puri Dai* sie gelehrt, wie man die Mondphasen errechnet, um zu wissen, wann der Eisprung stattfindet. Und als sie sich verzweifelt ein Kind von Gem gewünscht hatte, hatte sie sich jedes Mal vor der monatlichen Blutung gefürchtet. Jetzt aber konnte sie es kaum erwarten, um sicher zu sein, dass Caleb Morgan sie nicht geschwängert hatte. Sie hatte sich immer nur nach ihrem Mann Gem gesehnt und trotzdem Ehebruch begangen. Würde das nun ihr ganzes Leben verändern?

Nach drei Wochen war Caleb immer noch nicht zurückgekehrt. Auch ihre Blutung blieb aus. Die inneren Qualen nahmen Keziah jegliche Kraft, obendrein musste sie sich vor den Argusaugen der Haushälterin in Acht nehmen. Mrs. Wills hatte es sich zur Aufgabe gemacht, die Laken der unverheirateten Dienstmädchen zu untersuchen, um sicherzugehen, dass sie nicht schwanger waren. Diese Verletzung der Privatsphäre empörte Keziah, die übrigen Mädchen nahmen sie jedoch hin, erleichtert, wenn sie wieder einmal den Folgen eines kurzen Schäferstündchens im Stall entkommen waren.

Keziah betrachtete den zunehmenden Mond und überdachte verzweifelt die Möglichkeiten, die sie hatte. Als sie zwei Wochen über die Zeit war, geriet sie in Panik und verkroch sich in ihre Dachstube. Sie schloss die Augen, um den Schmerz auszuhalten, und schnitt sich in den Arm, um ihre monatliche Blutung vorzutäuschen. Später bestätigte Mrs. Wills den Beweis auf ihrem Laken. Keziah spürte einen Anflug von Dankbarkeit, weil ihre List ihr genügend Zeit verschafft hatte, um nächste Woche, bevor sie sich heimlich nach Liverpool aufmachte, noch ihren Lohn für das letzte Vierteljahr in Empfang zu nehmen.

Doch diese Galgenfrist war von kurzer Dauer. Als sie sich am gleichen Abend auszog, um ins Bett zu gehen, klopfte es an ihrer Tür. Warum suchte sie Mrs. Wills zu so später Stunde auf, wenn alle bereits schliefen?

Das strenge Lächeln der Haushälterin verunsicherte sie noch mehr als ihre Beleidigungen.

»Du hältst dich wohl für besonders schlau, Stanley, aber mich kannst du mit deinen Zigeunertricks nicht reinlegen. Der Master will dich in seinem Herrenzimmer sehen. Lass ihn nicht warten, wenn du weißt, was gut für dich ist.«

Keziah zog sich hastig an und eilte nach unten, völlig darauf gefasst, sofort entlassen zu werden.

Das Zimmer war nur spärlich beleuchtet. John Morgan saß an seinem Schreibtisch und bemerkte sie zunächst nicht. Er war soeben von einem Empfang zurückgekehrt, sein Abendanzug war mit mehreren Kriegsorden seines Regiments geschmückt. Seine Augen lagen im Schatten, doch die untere Hälfte des Gesichts wurde vom grünlichen Licht der Tischlampe erhellt. Keziah staunte über das leichte Lächeln, das um seine Mundwinkel spielte, als er sie schließlich aufforderte, Platz zu nehmen.

Sie war auf der Hut. In all den Monaten, seit sie im Haus arbeitete, hatte der Master keine zehn Worte mit ihr gewechselt.

»Wills hat mir berichtet, dass sie dich ›erwischt‹ hat. Keine Angst, mein Kind. Ich bin nicht ein Mann, der ein Dienstmädchen auf die Straße setzt, weil der junge Caleb seinen Spaß mit ihm hat.« Er sah ihr in die Augen, und sein Blick war nicht unfreundlich. »Es wäre nicht das erste Mal, dass ich die Zeche bezahle, nachdem mein Sohn wieder einmal Unfug angestellt hat.«

Keziah fühlte sich erniedrigt, als sie erfuhr, dass sie nur eine von vielen war, die Calebs Charme erlegen waren, trotzdem zwang sie sich, so zu tun, als machte es ihr nichts aus.

»Die Angelegenheiten Ihres Sohns gehen mich nichts an, Sir.«

»Ach, komm schon. In diesem Haus gibt es keine Geheimnisse. Mrs. Wills hat euch beide schon vor Monaten zusammen im Bett erwischt.« Er zuckte tolerant die Achseln. »Ah, junges Blut ...«

»Mein Lohn steht mir zu. Morgen gehe ich«, sagte sie stolz. »So wie ich es von Anfang an vorhatte.«

»Soso. Ich hätte da einen sehr viel besseren Vorschlag für dich, Keziah.«

Unwillkürlich zuckte sie zusammen. Nur Caleb hatte sie mit ihrem Vornamen angesprochen, und das auch bloß dann, wenn sie allein waren.

John Morgan wählte seine Worte mit Bedacht. »Jetzt, da mein Sohn Cambridge verlassen hat, sind meine Gattin und ich der Meinung, dass er eine neue Ablenkung braucht. Ihr beide könnt euch weiterhin diskret miteinander amüsieren, unseren Segen habt ihr. Du bist eine kräftige und gesunde Frau. Allerdings hat dir die Natur nun einen ihrer kleinen Streiche gespielt. Aber keine Angst, du sollst für deine Unannehmlichkeiten reich entlohnt werden.«

Unbekümmert zeigte er auf etwas, das wie eine juristische Urkunde aussah.

»Ich will es dir vorlesen. Kurz gesagt, würde es all unsere Probleme lösen. Was für ein junges Ding wie dich eine Last wäre, wird meiner Frau eine Freude sein. Sie würde nur allzu gern ein eigenes Kind haben, das sie verhätscheln kann. Du musst bloß hier auf der gestrichelten Linie dein Zeichen hinterlassen. Und mit einem einzigen Federstrich bist du alle Sorgen los.«

Keziah schreckte zusammen, ihre Hände waren feucht. Sein Ton duldete keine Widerrede. Aber sie brauchte Zeit, um das ganze Ausmaß seines Plans zu begreifen. *Und welche Rolle spielte Caleb in dem Ganzen?*

»Ich würde das Dokument lieber selbst lesen, Sir.«

Er machte ein überraschtes Gesicht, reichte ihr aber die Urkunde. Keziah las den Vertrag langsam und versuchte, die ungewohnten, wiederkehrenden Phrasen zu verstehen, während sie sich den Kopf zerbrach, wie sie um eine Unterschrift herumkam. Die kalten juristischen Formulierungen untermauerten die unausweichliche Wahrheit. Der Anwalt der Familie hatte alles bedacht. Man würde sie in einem Nachbardorf unterbringen, wo Caleb sie besuchen konnte, bis sie ein *lebendes* Kind zur Welt gebracht hatte. Sie musste jeden Anspruch auf das Kind aufgeben. Nach Unterzeichnung würde sie die Hälfte einer großzügigen Summe erhalten, nach der Geburt die andere.

Keziah versuchte, ihren Zorn zu verbergen. *Man will mir das Kind sofort nach der Geburt wegnehmen, ohne dass ich es auch nur sehen darf. Er behandelt mich wie eine Hündin mit einem ungewollten Wurf Welpen.*

John Morgan tauchte die Feder in das Tintenfass und hielt sie ihr entgegen. Sie nahm sie nicht an.

»Mit diesem Plan wärst du eine relativ wohlhabende Frau, Keziah Stanley. Bestimmt hat dir Caleb im Überschwang der Gefühle versprochen, dich mit nach Nordamerika zu nehmen, aber in Wahrheit ist er sogar darauf angewiesen, dass ich für seine Spielschulden aufkomme. Du wirst sehen, dass Caleb seiner Spielzeuge schnell überdrüssig wird. In einigen Monaten, wenn Gras über diese kleine Affäre gewachsen ist, wird er so weit sein, standesgemäß zu heiraten. Und du kannst in New South Wales das Leben einer reichen Frau führen.«

Er warf ihr einen wissenden Blick zu. »Dein Pferdediebmann muss ja nicht unbedingt erfahren, wie du zu dem unerwarteten Glück gekommen bist. Ist unser Plan nicht schlau?«

Unser Plan. Keziah zog die Schultern hoch, hin und her gerissen zwischen Wut, Erniedrigung und Schock, während ihr das ganze Ausmaß von Calebs Verrat bewusst wurde. Nur Caleb wusste von Gem. Das war es also, was er mit seinen großen Plänen für sie gemeint hatte. Er steckte mit seinem Vater unter einer Decke!

Der Gedanke, ihr Kind aufzugeben, erinnerte sie ungewollt an das Bild ihrer eigenen *gaujo*-Mutter, die sie als Kind im Stich gelassen hatte.

Keziah versuchte, Zeit zu schinden. »Würde es denn Ihrer Gattin nichts ausmachen, ein Zigeunerkind aufzuziehen, Sir?«

Er lächelte väterlich. »Das mit dem Kind war ihre Idee. Du kannst sicher sein, dass mein Enkelkind eine gute Erziehung genießen und unseren Namen tragen wird. Schließlich fließt unser Morgan-Blut in seinen Adern, verstehst du?«

Keziah biss die Zähne zusammen. *Du arrogantes Schwein. Ihr Morgans wart vor nicht allzu langer Zeit selbst noch Bauern. Ich aber kann meine Vorfahren über Jahrhunderte hinweg zurückverfolgen, sie waren Roma-Könige in Ägypten und Indien.*

Vor lauter unterdrückter Wut schlug ihr das Herz bis zum Hals. Er war so höflich, so vernünftig, dass sie Lust hatte, ihm den Brieföffner, der in ihrer unmittelbaren Nähe lag, ins Herz zu stoßen. Stattdessen zwang sie sich, Zustimmung zu heucheln, und griff auf eine uralte Roma-List zurück.

»Es ist sehr großzügig von Ihnen, einem armen Zigeunermädchen das Leben leichter machen zu wollen, Sir. Ihr Plan ist in jeder Hinsicht fair, trotzdem würde ich gern vorher die Einzelheiten mit Ihrem Sohn besprechen.«

Augenblicklich erkannte sie ihren Fehler. Der Master tat die Bitte als irrelevant ab.

»Das geht nicht. Im Moment reist er im ganzen Land herum, von einem Pferderennen zum anderen. Zerbrich dir nicht den hübschen Kopf über die Einzelheiten. Wir sind keine Schurken, liebes Kind. Es wird dir an nichts mangeln.«

John Morgan rieb Daumen und Zeigefinger, als wollte er sie daran erinnern, wie viel schmutziges Geld sie erwartete.

Keziah überlegte, ob sie ihn um den Lohn bitten sollte, der ihr noch zustand, doch das hätte ihn nur vor ihrer Flucht gewarnt. Dieses Geld war jetzt verloren. Stattdessen zeigte sie mit dem Finger auf eine Zeile.

»Wann bekomme ich die erste Rate?«, fragte sie kühl.

Als Antwort holte John Morgan einen Beutel mit Goldmünzen aus der Schublade und legte ihn auf den Schreibtisch.

Keziah verstand den Ausdruck in seinen Augen. Für ihn war sie nicht mehr als eine geldgierige Zigeunerin, die für dreißig Silberlinge ihr Kind verkaufte.

Bedächtig wog sie den Beutel in der Hand, wobei sie ihm in die Augen sah, dann ergriff sie die Feder und setzte ihren Namen unter das Dokument.

Als Keziah sich auf der stockdunklen Hintertreppe zu ihrer Dachstube hinauftastete, war es im Haus völlig still. Sie durchwühlte den Schrank nach ihren wenigen Habseligkeiten und warf sie in eine alte Reisetasche, die sie aus einem Haufen ausrangierter Sachen gerettet hatte.

Sie riss sich die Hausmädchenuniform vom Leib und zog hastig ihre eigenen Kleider an. Als sie den kleinen Samtbeutel mit den Münzen sah, den Caleb ihr gegeben hatte, erinnerte er sie an das Versprechen, auf ihn zu warten, und sie erstarrte. Jetzt, da sie die Wahrheit kannte, konnte sie Calebs Gesicht nicht mehr von dem seines Vaters John Morgan trennen. Vater und Sohn waren für immer zu einem verhassten Symbol der Macht verschmolzen.

Mit ihrer Tasche stolperte sie über den Rasen von Morgan Park auf den Dienstboteneingang zu. Ihr Kleid war so feucht wie eine zweite Haut, ihre Sicht vom Schweiß geblendet, der ihr in die Augen lief. Ihr ganzer Körper roch nach Angst.

Am Straßenrand blieb sie stehen, lehnte sich an einen Baum,

um aus dem Saft, der unter der Rinde des Stammes floss, Kraft zu schöpfen, und dachte nach.

Welche Optionen hatte sie? Das Wichtigste war, den Plan der Morgans zu vereiteln, die sie als Zuchtstute für Sophie Morgan missbrauchen wollten. Wenn aber ihre Schande bekannt wurde, wäre sie in den Augen ihres Volkes eine Ausgestoßene. Gem würde ihr niemals verzeihen.

Es gab nur eine Lösung. Sie würde die Geburt des Kindes verhindern, und zwar mithilfe einer alten Überlieferung ihres Volkes. Wenn sie das Grab eines Kindes aufsuchte und der Schatten seines Grabsteins auf sie fiel, würde die »Unannehmlichkeit« ihren Körper verlassen.

Keziah wischte sich mit dem Rocksaum über das Gesicht und ging schnellen Schrittes die menschenverlassene Straße entlang.

Vom Kamm eines Hügels aus blickte sie auf den Turm einer normannischen Kirche in der Ferne. Sie betete zu *Del*, dass die Sonne, die noch darum kämpfte, durch den grauen Wolkenhimmel zu brechen, stark genug wäre, um den Schatten auf sie zu werfen, den sie für ihre Erlösung so dringend brauchte.

Die steinerne Kirche lag auf einem Hügel hoch über dem Dorf, das zu dieser frühen Stunde noch menschenleer war, wenn man vom Karren eines Bauers neben dem Wirtshaus absah.

Sie vergewisserte sich, dass niemand sie sehen konnte, und folgte dem Pfad zu einem verwahrlosten Friedhof, dessen verwitterte Grabsteine halb im hohen Gras versanken.

Ein altes, an einem Pfosten angebundenes Schaf versuchte, die Stelle um sich herum abzugrasen. Sie klopfte ihm auf den wolligen Rücken und ging auf der Suche nach einem geeigneten Grab weiter.

Auf allen Friedhöfen stieß man auf traurige Beweise für Kinder, die bei der Geburt gestorben oder vorzeitig von einer Seuche dahingerafft worden waren. Viele ruhten in namenlosen Armengräbern, doch Keziah wusste, dass liebende Eltern sich oft hoffnungslos verschuldeten, um ihrem verstorbenen Kind einen Grabstein kaufen zu können.

Sie brauchte nicht lange, um ein Grab zu finden, das von einem geflügelten Engel aus Stein bewacht wurde. Mühsam entzifferte sie die Inschrift. *Hier ruht unser geliebter Sohn Georgie Simmons, drei Jahre alt. Möge Gott ihm seine ewige Ruhe schenken. 21. März 1818.*

Keziah sprach ein Gebet für Georgies Seele, prüfte den Stand der Sonne und warf einen Blick auf die römischen Ziffern der Turmuhr. Es konnte nicht mehr lange dauern, bis der Schatten des Grabsteins auf sie fiele.

Während sie auf das Läuten der Kirchenuhr wartete, lief es ihr eiskalt über den Rücken. Es war plötzlich völlig still geworden, sogar das Zwitschern der Vögel war verstummt. Sie war wie gelähmt, während der Schatten langsam auf sie zukroch.

Und dann sah sie ihn. Ein *mulo*! Der Geist des dreijährigen Jungen löste sich aus dem Schatten des Grabsteins. Keziah starrte auf seine blonden Locken und die tiefblauen Augen in dem blassen Gesicht. Er war barfuß und trug Sommerkleidung.

»*Mi-duvel!*«, flüsterte sie erschrocken. »Warum schickst du mir diesen *mulo*?«

Der kleine Geist streckte wortlos die Hand aus, um ihr etwas kleines Rotes zu geben. *O Gott, nein! Er kommt auf mich zu!*

Von Panik ergriffen wich sie zurück und wurde dann von einem starken Schwindel überwältigt. Es fühlte sich an, als würde sie jeden Augenblick in Ohnmacht fallen.

Als Keziah wieder zu sich kam, war sie allein, und dann bemerkte sie, dass sie außerhalb der Reichweite des Schattens bewusstlos geworden war. Neben ihrer ausgestreckten Hand lag ein rotes Band – das traditionelle Symbol, das ein Roma um den Hals eines Neugeborenen legte, wenn er seine Vaterschaft anerkannte.

Das Schicksal hatte sie auf einen Pfad geführt, den sie nicht gewollt hatte. Es war nicht der Geist des toten Kindes gewesen, sondern der ihres Ungeborenen, der seine stumme Bitte vorgetragen hatte. *Lass zu, dass ich geboren werde.*

In dem Geisterkind hatte sie Caleb Morgans Gesichtszüge erkannt. Dasselbe blonde Haar mit dem Wirbel auf dem Hinterkopf, dieselbe hohe Stirn, dieselbe Nase und dasselbe Kinn. Nur die Augen waren so violettblau wie diejenigen, die sie selbst von ihrer Mutter geerbt hatte. Noch wenige Augenblicke zuvor war sie fest entschlossen gewesen, das ungewollte Kind loszuwerden, doch jetzt, nachdem sie sein kleines Gesicht gesehen hatte, brachte sie es nicht mehr fertig, seinem Leben ein Ende zu setzen.

Während sie das schmale rote Bändchen in der Hand hielt, schossen ihr schreckliche Gedanken durch den Kopf. Sie hörte die Warnung ihrer Großmutter. *Wenn du in der Welt der* gaujo *einen falschen Schritt machst, wird er dich auf ewig verfolgen.*

Keziah hatte ihr Ungeborenes in ein auswegloses Labyrinth geführt. Sie kniete auf dem Friedhof nieder, löste sich aus der Gegenwart und bat ihre Ahnen um Rat. Wie konnte sie die Existenz dieses Kindes vor Gem verbergen? Die Ahnen schwiegen. Ein grausiger Gedanke durchfuhr sie. War sie in ihren Augen bereits eine *mahrime*, eine Ausgestoßene?

Dann aber rüttelten sie die Gefahren der Gegenwart wieder wach. Die Zeit lief ihr davon. John Morgan würde sie ausfindig machen, wenn sie sich nicht beeilte. Die Arroganz der Morgans würde niemals zulassen, dass eine schmutzige Zigeunerin ihn austrickste.

Im Hafen von Liverpool herrschte hektische Betriebsamkeit. Die Seeleute riefen in einem halben Dutzend ausländischer Sprachen durcheinander, während sie von einer Schänke zur nächsten zogen.

Nachdem sie stundenlang durch die Docks gewandert war, auf der Suche nach einem Schiff, das nach New South Wales auslief, hatte das *baxt* schließlich ein Einsehen mit ihr, und sie ergatterte eine stornierte Passage auf der Harlequin, einem Auswandererschiff, das während der abendlichen Flut auslaufen würde.

Wohlige Erleichterung durchströmte ihren Körper, als sie dem

Mann das Geld reichte. Er bat sie um ihren Namen für die Passagierliste, und sie zögerte. Roma-Frauen behielten ihre Mädchennamen nach der Heirat, doch jetzt musste sie Stanley durch Gems Nachnamen ersetzen.

»Mrs. Smith, Witwe«, antwortete sie. Sie vertraute darauf, dass diese List nicht nur die Versuche der Morgans vereiteln würde, sie in den wenigen Stunden vor dem Auslaufen der Harlequin, sondern auch in Zukunft aufzuspüren. Normalerweise wurden nur die Namen der Passagiere festgehalten, die eine Kabine hatten. Als eine von neunzig Auswanderern, die auf dem Zwischendeck reisten, hoffte sie, einer offiziellen Erfassung aus dem Weg gehen zu können.

Keziah haderte mit sich, weil sie gezwungen war, einen Teil des Geldes, das ihr John Morgan gegeben hatte, für die Überfahrt auszugeben.

»Es geht nicht anders«, sagte sie sich und seufzte. Dann nähte sie Calebs Münzen in den Saum ihrer einzigen Anschaffung, eines langen schwarzen Kleides, das sie als Witwe identifizieren würde und ihren Bauch, der sich während der Reise immer mehr wölben würde, verstecken sollte.

Und als sie sich noch ein letztes Mal in der Welt umsah, die bald für immer verloren wäre, spürte sie einen Kloß im Hals. Dies waren vermutlich ihre letzten Stunden auf englischem Boden, und obwohl sie sich in erster Linie als Roma fühlte und erst danach als Waliserin, konnte sie die Tränen, die ihre Sicht trübten, nicht unterdrücken.

Sie sah am Masttop der Harlequin vorbei, die sie nach New South Wales bringen würde, und fragte sich, wie, um Himmels willen, sie in jenem gottverlassenen Land Gem wiederfinden sollte. Und wenn sie ihn fand, wie würde sie die Worte finden, ihn um Vergebung zu bitten? Die Geschichte hatte sich wiederholt. Genau wie ihre schändliche Mutter hatte auch Keziah das Unverzeihliche getan – sie hatte ihren Rom betrogen, während dieser im Gefängnis saß.

Egal, was ich anstellen muss, um zu überleben, ich werde dich finden, Gem, und wieder in deinen Armen liegen.

Als sie an sein geliebtes Gesicht dachte, schmeckte sie das Salz ihrer Tränen, die ihr über das Gesicht liefen.

Sie legte die Hände auf ihren flachen Bauch und sprach die Wahrheit laut aus.

»Ich will dich nicht, du kleiner Kerl. Aber ich weiß, dass du da drin bist. Also sind wir beide – du und ich – vorerst aneinander gebunden.«

NEUN

Die zerklüftete Landschaft kam Jake Andersen in seinem verwirrten Geisteszustand derart fremd vor, dass er das Gefühl hatte, er könnte genauso gut auf dem Mond sein. Trotzdem hatte er die vage Vermutung, dass er sich irgendwo südlich des Wollondilly River befand.

Seit vier Tagen hatte Jake keine Spur von menschlichem Leben gesehen, jetzt hallte das ferne Geräusch von Picken und Vorschlaghämmern durch die tiefe Schlucht. Wahrscheinlich schlug eine Kolonie von Strafgefangenen eine neue Straße in den Busch.

Sein leerer Magen machte ihm zu schaffen. Er hatte nichts gegessen oder getrunken, außer Grog. Jetzt sehnte er sich nach dem Geschmack von Wasser.

Bei dem Gedanken an Grog tauchten Fragmente frischer Erinnerungen auf ... wie er in einem »geliehenen« Boot über den Neapan River zur Farm seiner Eltern gerudert war ... wie er seinen Vater mit Grog abgefüllt hatte, bis er sternhagelvoll war ... wie sie lärmend auf die Geburt seines achten Bruders angestoßen hatten ... das norwegische *skol* ... und der wütende irische Akzent seiner Mutter, als sie das Teufelszeug entdeckt hatte. »Geh nach Hause zu deiner Jenny, du besoffener Nichtsnutz!«

Jake hatte ihnen nicht beichten können, dass Jenny durchgebrannt war. Er hatte seiner Mutter gesagt, sie solle seinen Namen aus ihrer verdammten Familienbibel streichen. »Du kannst allen sagen, Jake Andersen wäre tot.«

Jetzt taten ihm seine Abschiedsworte leid, aber er wusste, dass seine Ma niemals klein beigeben würde. Und er auch nicht. Also konnte er genauso gut sechs Fuß tief in der Erde liegen. *Tote bitten nicht um Hilfe.*

Er erinnerte sich vage, dass er später nach der Verwüstung irgendeiner Kneipe wegen Landstreicherei und Ruhestörung eingebuchtet worden war. Nach seiner Entlassung hatte er ein paar Flaschen Rum in seine Satteltasche gepackt, war in den Busch hinausgeritten und hatte sich derart betrunken, dass er sich am Ende mit den Sternen auf der Milchstraße gestritten hatte. Heute Morgen war er dann wieder aufgewacht, angeekelt von sich selbst.

Als er unterhalb der Straße einen Bach rauschen hörte, lehnte er sich im Sattel nach hinten, um den Halt zu bewahren, als Horatio im Zickzack den steilen Hang hinabkletterte. Jake hoffte, dass es Trinkwasser war.

Eureka. Er grinste erleichtert beim Anblick eines Billabongs neben dem Bach. Dann nahm er Horatio den Sattel ab, damit er bequemer trinken konnte. Doch als er sich selbst hinabbeugte, um seinen Durst zu stillen, kam ihm ein schrecklicher Gedanke. Vor Jahren waren in Wiradjuri ein paar Wasserlöcher vergiftet worden. *Was, wenn dieses darunter war? Nun, das werde ich ja bald wissen.*

Nachdem er ausgiebig getrunken hatte, füllte Jake eine leere Rumflasche mit Wasser. Dann riss er sich die übel riechenden Kleider vom Leib, sprang mit ihnen in das kalte Wasserloch und tauchte sauber und relativ nüchtern wieder auf. Allein bei dem Gedanken, die beiden restlichen Rumflaschen Grog zu leeren, wurde ihm schlecht.

Während Jake auf die fernen Geräusche der Straßenbauarbeiten zuritt, spürte er, wie mühelos sich sein Körper Horatios Schritt anpasste. Es war bereits ein heißer Tag. Keine Frage, in diesem Sommer konnten sie mit einer Bullenhitze rechnen. Er hatte die Zeitorientierung verloren, doch den Wildblumen und den roten Blattspitzen der Eukalyptusbäume nach zu urteilen, Vorboten des Frühlings, musste es Mitte Oktober sein. Zum ersten Mal seit Wochen nahm er das Land um sich herum wieder bewusst wahr.

Die grenzenlose Weite des Wiradjuri-Gebiets war eine Männerwelt. Sie hatte viele Gesichter. Schroffe Felsen türmten sich über tiefe, von Bächen übersäte Schluchten, die man hören, doch nur selten sehen konnte. Mit einem Mal wurde das monotone Olivbraun der knorrigen Eukalyptusbäume von den strahlenden Farben kreischender, vorbeifliegender Papageien und Kakadus zerrissen. Für Jake barg dieses Land Schätze, die wertvoller waren als Gold, so etwa die Kalksteinhöhlen voller Stalagmiten, die nur wenige weiße Männer kannten – und Jake hatte keine Eile, diese Geheimnisse preiszugeben.

Er ritt durch eine Lücke im Gestrüpp und gelangte zu einer Lichtung. Riesige Bäume lagen dort wie gefallene Soldaten auf dem Schlachtfeld. Hier musste vor Kurzem ein Buschfeuer gewütet haben. Nur wenige standen noch aufrecht, verkohlte Stämme von Ironbark- und Bloodwood-Eukalyptus, an denen schon wieder Unmengen von minzgrünen Blättern ausschlugen – für Jake der Beweis dafür, dass kein Waldbrand die Natur jemals gänzlich vernichten konnte.

Als Jake eine Pause machte, um sich zu erleichtern, fiel sein Blick auf etwas Weißes, das er zunächst für Tierknochen hielt. Doch als er genauer hinsah, ging ihm auf, was es war.

Ein von der Sonne ausgebleichter Menschenschädel. Aus einer der leeren Augenhöhlen krabbelte ein schwarzer Käfer heraus. Im Unterholz lag ein Skelett, die Arme wie zu einem Kreuz ausgestreckt, die Beine leicht gespreizt, als hätte es trotz der Fußfesseln versucht, vor dem Tod davonzulaufen.

»Verflixt und zugenäht. Du armer Teufel!« Jakes Stimme war heiser vor Anstrengung, als er seit Tagen zum ersten Mal wieder sprach. Er kniete neben dem entlaufenen Strafgefangenen nieder und fragte sich, wie weit er es von seiner Strafkolonie wohl geschafft hatte. Offensichtlich war ihm ein einsamer Tod lieber gewesen, als Nacht für Nacht in der erstickenden Hitze dieser fahrbaren Häftlingshütten eingesperrt zu bleiben, die so eng waren, dass höchstens ein Toter horizontal Platz darin hatte.

Jake begann, Steine zu sammeln, doch dann zögerte er, den toten Mann zu begraben. Kein Name. Nichts von Wert, das er ihm ins Grab legen konnte. Irgendwie schien es nicht richtig zu sein.

Aus einem Impuls heraus streifte er seinen goldenen Trauring vom Finger und las die Inschrift auf der Innenseite. *5. Mai 1833 – Jakob und Jenny – in ewiger Liebe*. Dasselbe wie auf dem anderen Ring, den Jenny zurückgelassen hatte. Trotzig warf er seinen Ehering auf das frei liegende Grab.

»Was soll ich noch damit?«, murmelte er. Dann bedeckte er das Skelett mit Steinen und legte die Fußfesseln am Kopf des Grabes ab, bevor er wieder auf sein Pferd stieg.

Nach ein paar Meilen erreichte er eine Allee mit riesigen Eukalyptusbäumen, die sich so tief über die Straße wölbten, dass sie den Himmel verbargen.

Jetzt konnte er auch die Vorschlaghämmer und Picken deutlich hören. Als er um eine Kurve kam, erwartete ihn ein hässlicher Anblick, der ihm nur allzu vertraut war.

Eine Gruppe von etwa dreißig ausgemergelten Strafgefangenen schlug auf einen Sandsteinfelsen unter der sengenden Sonne ein, angetrieben von der Muskete eines Soldaten. Die meisten hatten kahl geschorene Köpfe. Alle trugen mit Nummern oder schwarzen Pfeilen markierte, von der Sonne gebleichte Häftlingskleidung. Mützen oder geknotete Taschentücher schützten ihre Schädel vor der Sonne. Mit ihren aneinandergeketteten Beinen sahen sie aus wie eine seltene Spezies menschlicher Tausendfüßler.

Die Szene erinnerte Jake daran, dass ihn nur eine Generation von diesen Strafgefangenen trennte. Isaac Andersen war als Kriegsgefangener hierhergekommen, nachdem die britische Marine ein dänisch-norwegisches Schiff aufgebracht hatte, das mit Napoleon verbündet gewesen war. Pa behauptete, er hätte Glück gehabt, seine Strafe während der einigermaßen menschlichen Ära von Gouverneur Lachlan Macquarie abgesessen zu haben, der ihn begnadigt und ihm ein Stück Land zugewiesen hatte. Pa hatte es mit viel Mühe urbar gemacht, und Mas Fruchtbarkeit hatte für den Nachschub von kostenlosen Landarbeitern gesorgt.

Jake konnte nie ohne ein nettes Wort an einer Gruppe von Strafgefangenen vorbeigehen.

»Morgen, Jungs. Was für ein Mist, in dieser Hitze für Ihre Majestät schuften zu müssen, was?« In den Flüchen und dem Gelächter erkannte Jake ein halbes Dutzend verschiedener Akzente: Cockney, Irisch, Schottisch, Gälisch und andere Dialekte, die kaum noch Ähnlichkeit mit der englischen Sprache hatten, so wie er sie kannte.

Der einzige Soldat vor Ort sah kaum älter aus als Jake und machte einen etwas dümmlichen Eindruck. Er schwitzte in seiner wollenen Winteruniform mit der brandneuen, blauen Kosakenhose. Die Fliegen raubten ihm den Verstand, ständig schlug er mit dem Zweig eines Eukalyptusbaumes nach ihnen.

Vielleicht hat man den armen Kerl ja hierher strafversetzt. Beim Militär ist alles möglich.

»Die haben dich wohl ans Ende der Welt verbannt, wie?«, fragte Jake.

Der Soldat warf ihm einen mürrischen Blick zu. »Der Unteroffizier ist ins Lager geritten, um Wasser und Proviant zu holen, zumindest hat er das gesagt. In Wirklichkeit hat er wahrscheinlich irgendwo ein Schäferstündchen eingeplant. Die halten uns hier draußen ganz schön knapp. Egal, worum es geht: Wasser, anständige Feuerwaffen, Nahrung, Grog.«

»Und Frauen?«, sagte Jake.

»Frauen?«, schnaubte der Soldat. »Hab seit Monaten keine zu Gesicht bekommen.«

Jake schnallte seine Satteltasche los. »Wie wär's mit einem Schluck Rum? Besser im Magen als in der Flasche, was?«

Der Soldat nahm einen kräftigen Schluck, und Jake ermunterte ihn zu einem zweiten.

»Spül ihn mit einem weiteren runter. Darf ich deinen Männern etwas Wasser zu trinken geben?«

Der Soldat nickte. Das Wasser aus dem Billabong in Jakes Flasche war noch kühl. Er sagte den Häftlingen, dass sie die Flasche herumgehen lassen sollten. Jeder trank gierig, ehe sein Nachbar sie ihm aus der Hand riss.

Die Kerle sehen so wüst aus, dass sie glatt als Affenhorde durchgehen könnten, dachte Jake. Nur der allerletzte in der Schlange unterschied sich von ihnen – er war jung, sah gut aus, hatte wilde schwarze Locken und ebenso dunkle Augen. Auf der linken Brust prangte eine Gefängnistätowierung in Form eines Herzens mit dem Buchstaben K. Trotz seines ausgezehrten Körpers wirkte er groß und agil, mit kräftigen Muskeln. Jake erkannte den durchtrainierten Körper eines Faustkämpfers.

Die Wasserflasche war leer, bevor sie ihn erreichte.

»Danke, Kamerad«, sagte der Mann achselzuckend. »Zumindest war es gut gemeint.«

Jake fiel die ungewöhnliche Bezeichnung Kamerad auf und auch, dass seine Stimme einen leichten walisischen Akzent besaß und einen anderen, noch fremderen, den er nicht einordnen konnte.

Der Soldat saß weiter im Schatten und trank seinen Rum, sodass Jake das Risiko einging. Er nahm die letzte Rumflasche aus der Satteltasche und kauerte sich neben den jungen Strafgefangenen.

»Tu mir den Gefallen und trink sie für mich aus, Kumpel«, sagte Jake. »Ich habe einen mächtigen Kater.« Dann reichte er ihm die Hand. »Ich heiße Jake. Und so wie du aussiehst, habe ich das Gefühl, dass wir einiges gemein haben. Hast schon einige Faustkämpfe hinter dir, was?«

Der Mann zögerte überrascht, dann nahm er die Flasche und die Hand an.

»Ich heiße Gem. Von zwanzig Kämpfen habe ich neunzehn gewonnen. Und den einen nur deshalb verloren, weil ich im Schlamm ausgerutscht bin.«

Gem seufzte anerkennend, als er den Rum im Magen spürte.

»Bist du schon lange in der Kolonie?«, fragte Jake.

»Zu lange. Der Richter hat mich verdonnert, diese Straße hier zu bauen, nachdem ich aus einer Hölle namens Gideon Park ausgebüxt war. Kennst du es?«

Jake nickte. »Und ob. Es liegt im gleichen County wie Ironbark oder Tagalong. Kannst von Glück sagen, dass du da weg bist. Der Ruf von Gideon Park stinkt zum Himmel.«

»Das ist noch untertrieben.« Gem war auf seine zurückhaltende Art neugierig. »Könnte es sein, dass auch du mal einer von uns warst?«

»Mein Pa. Jetzt ist er begnadigt. Ich bin genauso hier zuhause wie die Kängurus.«

»Dann hast du den Kängurus das Boxen beigebracht.«

Jake lachte zum ersten Mal seit Wochen laut los. Der junge Mann gefiel ihm.

»Ich bin zwar einer von hier, aber lass dich davon nicht täuschen. Gesessen habe ich auch. Mein dämlicher Boss wollte mich nicht auszahlen, da habe ich ihn bewusstlos geschlagen. Nur war der Kerl mit dem Richter befreundet. Ich habe meine Zeit abgesessen. Und auf einen Nachschlag kann ich gern verzichten.«

»Das habe ich meiner Frau auch gesagt«, erwiderte Gem und zog die Schultern hoch. »Und trotzdem bin ich hier und schufte für William IV.«

»Nein, tust du nicht. Gott hat ihn zu sich geholt – das habe ich vom Stadtausrufer von Parramatta persönlich gehört, als ich das letzte Mal aus dem Watch House kam. Jetzt haben wir eine junge Königin – Victoria, ein echter Hingucker. Tja, Kumpel, ich kann nur hoffen, dass du nicht wieder nach Gideon Park zurückmusst.«

Gem nahm einen letzten Schluck aus der Rumflasche. »Vielleicht versuche ich mich als Buschräuber.«

Jake schüttelte den Kopf. »Das ist eine Sackgasse. Bleib beim Faustkampf, und du wirst reich. Diese Kolonie wimmelt nur so von Dummköpfen, die auf alles wetten, was sich bewegt.«

Der Soldat schien es eilig zu haben, die Männer wieder ans Arbeiten zu bringen, also stand Jake auf.

»Ich würde dich gern mal kämpfen sehen, Kumpel«, sagte Jake. »Aber ich warne dich. Wenn du dich mit mir anlegst, ziehst du den Kürzeren.«

Gem grinste zuversichtlich. »Darauf würde ich nicht wetten, Kamerad.«

Jake schlenderte zu dem Soldaten, um noch ein Schwätzchen mit ihm zu halten. Der Rum hatte seine Zunge gelockert, und er erzählte ihm freimütig, dass er viel lieber Farmer wäre als Soldat. Daraufhin gab Jake ihm einen guten Rat.

»Eines Tages werden euch Briten die Häftlinge ausgehen. Ihr überschüttet uns ja jetzt schon mit freien Siedlern. Besorg dir ein Stück Land, so lange noch welches zu haben ist.«

»Dieses Land ist ein Tollhaus. Die Jahreszeiten stehen kopf, das System stinkt, ihr Cornstalker sprecht nicht mal anständiges Englisch, und eure Witze verstehe ich auch nicht.«

»Ich kann weder am Wetter noch am System etwas ändern. Aber wenn du dich an unseren Sinn für Humor gewöhnst, wirst du es schon packen. Ansonsten gehst du durch die Hölle, Kumpel.«

Jake stieg auf sein Pferd und sah mit einem Blick über die Schulter, wie Gem spöttisch salutierte.

Auf dem Weg nach Goulburn fühlte er sich benommen und von der Sonne geblendet, als wäre er soeben aus einem langen dunklen Tunnel der Verzweiflung aufgetaucht.

»Ich darf nicht noch mehr Zeit damit vergeuden, mich selbst zu bemitleiden, Horatio. Ich muss einen klaren Kopf bekommen. Mir eine sichere Stellung suchen. Wie wäre es mit Rolly Brothers? Mac meint, sie würden sich neben den großen Kutschenunternehmen behaupten wollen. Und die Bosse wären fair, soweit man das von Bossen überhaupt sagen kann.«

Dann legte er vor Horatio ein Gelübde ab.

»Sobald ich wieder auf dem Damm bin, werde ich meine Pearl

suchen, und wenn ich dabei umkomme. Aber ab jetzt gibt es für mich nur noch Frauen, die ich für eine Nacht kaufen kann. Keine Frau der Welt wird Jake Andersen jemals wieder reinlegen!«

In Rolly Brothers' Kutschenstation außerhalb von Goulburn redete Jake auf den englischen Leiter ein und versuchte, ihn von vier Dingen zu überzeugen: dass er ein Kutscher von unschätzbarem Wert war, dass er nur einen Blick auf einen Gaul werfen musste, um zu wissen, was er für ein Temperament hätte, dass er sich in der Kolonie auskannte wie in seiner Westentasche und während der Arbeit keinen Tropfen trank.

Jake verließ das Büro mit einem breiten Grinsen, bemühte sich aber trotzdem um Lässigkeit, als Mac ihm auf den Rücken klopfte, um ihn zu beglückwünschen.

»Wann geht es los?«

»Wenn du das nächste Mal nach Sydney Town fährst, soll ich auf dem Kutschbock neben dir Platz nehmen und lernen, die Zügel zu halten. Danach bekomme ich meine eigene Kutsche auf einer neuen Route nach Liverpool, Campbelltown, Cowpastures, Goulburn, Gunning und was weiß ich sonst noch. Ich bin mit von der Partie.«

»Prima, Kumpel. Ich breche am Mittwoch auf, also lass uns kurz rüber nach Bolthole Valley reiten. Ich sorge für die Drinks, bis du deinen ersten Lohn kriegst.«

»Ich werde mehr als einen Drink brauchen«, entgegnete Jake. »Und eine Frau für die Nacht habe ich schon ewig nicht mehr gehabt.«

Als Jake Macs Überraschung bemerkte, fügte er hastig hinzu: »Ich habe nur gesagt, dass ich die *anständigen* Frauen aufgeben will – die anderen nicht!«

Jake kannte Bolthole Valley von Kindheit an. Er wusste, dass der Ort einen offiziellen Namen besaß, den niemand benutzte. Die kleine, achtbare Bevölkerung wurde regelmäßig von Herumtreibern, entflohenen Strafgefangenen, Halsabschneidern auf der Flucht vor dem Gesetz oder einem feindlichen Kugelhagel überrollt.

Nach Jennys Verschwinden hatte Jake eine Vermisstenanzeige beim örtlichen Constable und in Feagans Krämerladen aufgegeben, aber außer einer Menge Gerüchte keine brauchbaren Hinweise erhalten.

Während Jake mit Mac in das Dorf hineinritt, schoss es ihm durch den Kopf, dass es sich seit seiner Jugend kaum verändert hatte. Das nördliche Ende der Siedlung schlängelte sich um einen kargen Hügel herum und mündete in die Sydney Road. Auf der Hauptstraße gab es neben Feagans Krämerladen noch eine Bäckerei, eine Gemischtwarenhandlung, Mietställe, einen Tischler, der gleichzeitig als Sargmacher und Steinmetz fungierte und für die Grabsteine sorgte, sowie jede Menge Grog-Kneipen, so hastig errichtet, dass es so aussah, als würden sie beim nächsten Westwind einstürzen wie Kartenhäuser. Die beiden doppelstöckigen Gebäude an den Enden der Straße waren seit jeher als House of the Four Sisters und Red Brumby bekannt.

Mac bestellte im The Shanty with No Name die Drinks, schob Jake etwas Geld über den Tisch und ging auf den Ausgang zu.

»Ich schau mal kurz im Red Brumby vorbei. Du kennst mich ja. Ich brauche nicht lange und weiß, dass du ein Nachtmensch bist. Wir treffen uns zum Frühstück wieder.« Damit verschwand er durch die Tür.

Jake hatte aus seiner Junggesellenzeit noch eine Menge lustvoller Erinnerungen ans Red Brumby, entschied sich aber trotzdem dagegen, seiner Vergangenheit einen Besuch abzustatten. Während er sein erstes Albion Ale trank, betrachtete er die Redwoodfassade des Bordells auf der anderen Straßenseite, des House of the Four Sisters.

Es wirkte durchaus respektabel mit seinen stets verschlossenen Fensterläden, den Geranien an den Fenstern und der Haustür, die immer offen stand – außer am Sonntag, wenn die Freier den Hintereingang benutzten. Durch die Ritzen in den Holzbrettern drang rotes Licht, und aus Madam Fleurs Bar kam Gelächter.

Es war interessant zu beobachten, wie sich die Männer hineinstahlen und wie anders sie das Etablissement verließen. Mit stolzem Gang. Manche kamen gar nicht mehr heraus, das waren die Nachtschwärmer.

In seiner Jugend hatte Jake alles, was er über Frauen wusste, von Viehtreibern, Schafzüchtern und alten Knastbrüdern aus den Kneipen erfahren. Obwohl sein Vater einen Jungen nach dem anderen und zwischendrin auch eine Tochter zeugte, hatte er Jake nicht erzählt, wie die Menschen sich fortpflanzten.

Um seine Jungfräulichkeit loszuwerden, hatte er an seinem achtzehnten Geburtstag ein Mädchen aus dem Red Brumby bezahlt. Die Sache hatte ihm solchen Spaß gemacht, dass er sie fortsetzte.

Er wusste, dass es nur zwei Arten von Frauen gab – anständige und »Huren«. Ehrbare Menschen zogen einen klaren Strich zwischen beiden, doch Jake fragte sich, ob Frauen diese Trennlinie jemals überwinden konnten. Waren alle »Huren« automatisch schlecht? Konnte eine »Hure« ein neues Leben beginnen und ihre Selbstachtung wiedergewinnen? War Jenny nun bis ans Ende ihres Lebens verdammt? Jake schlug sich diesen Gedanken aus dem Kopf und redete sich ein, dass es ihm gleichgültig sei.

Trotzdem wand er sich innerlich vor Schmerz, als er sich daran erinnerte, wie er mit neunzehn gewesen war – er war so in Jenny verknallt gewesen, dass er nie gedacht hätte, ihre alles verzehrende Liebe könnte eines Tages erlöschen. Er musste nur zärtlich sein und ihr Zeit lassen, um die natürliche Angst zu überwinden, die anständige Frauen vor den Bedürfnissen des Mannes hatten – vor der körperlichen Vereinigung. Zu seinem Entsetzen hatte er feststellen müssen, dass seine Erfahrungen im Red Brumby für seine Hochzeitsnacht nicht gerade von Vorteil waren.

Er bezahlte den hausgebrannten Grog, für den The Shanty

with No Name berüchtigt war, und kehrte zu seinem Platz zurück. Verstohlen betrat ein Mann durch die Hintertür die Kneipe und setzte sich in eine Ecke. Jake konnte einen Polizeispitzel auf eine Meile Entfernung riechen. Der hier hatte einen verschlagenen Blick, einen herabhängenden Schnurrbart und Strähnen von fettigem rotblondem Haar über der Stirn. Der Wirt sprach ihn mit Mr. Evans an und wollte ihm einen Grog ausgeben – was jedoch abgelehnt wurde.

Jake kannte Gilbert Evans nur von dem, was die Leute über ihn erzählten. Der mächtigste Großgrundbesitzer von Ironbark war zugleich auch Laienprediger von Bolthole und selbst ernannter Abstinenzler. Was also hatte er hier verloren?

Die Antwort kam prompt. Ein Mann, ganz in Schwarz bis auf ein rotes Hemd, betrat von zwei Leibwächtern flankiert die Schenke. Bevor er auf den Tisch zuging, an dem Evans saß, gab er ihnen ein Zeichen, ihn allein zu lassen.

Jake kannte den Aufseher von Gideon Park mehr vom Hörensagen her als vom Sehen. Es war bekannt, dass er stolz auf den Spitznamen war, den seine irischen Strafgefangenen ihm gegeben hatten – der Teufel in Person.

Er hatte ein rotes Gesicht mit klaren Zügen und einen spitz zulaufenden, schwarzen Bart. Sein Profil erinnerte an den Pik-König. Jake hatte gelernt, am Akzent zu erkennen, woher ein Siedler stammte, doch die Ausdrucksweise dieses Mannes gab ihm keinerlei Hinweise. Er konnte von überall her sein.

Einer seiner Leibwächter brachte ihm eine Flasche Grog und verdrückte sich anschließend wieder an den Tresen.

»Scheißfusel«, sagte der Aufseher verächtlich, kippte aber trotzdem ein Glas hinunter. Dann schob er ein Bündel Scheine über den Tisch, die Evans verstohlen einsteckte.

Der Aufseher war belustigt. »Ich soll Ihnen von Madam Fleur ausrichten, dass das Geschäft diese Woche ziemlich flau war.«

»Wer's glaubt, wird selig.« Dann fragte Evans leise: »Haben Sie die Neue getestet?«

»Ganz schön teuer. Aber sie ist ihr Geld wert. Sie mag es derb. Konnte gar nicht genug von mir kriegen.«

Damit wusste Jake jetzt, dass die Gerüchte der Wahrheit entsprachen – Madam Fleur führte das Bordell für Evans. Jake empfand einen Hauch von Mitleid für die armen Frauen, die dort anschafften. Indem sie sich mit zweibeinigen Dreckskerlen wie dem Aufseher einließen, schützten sie die anständigen Frauen vor ihnen. Dafür hatten sie eine bessere Bezahlung verdient.

Er trank aus und schlenderte hinüber zum House of the Four Sisters.

Die Mädchen räkelten sich mehr oder weniger bekleidet in dem dunklen Salon. Manche strahlten, als sie ihn sahen. Jake hoffte, dass er einigermaßen passabel aussah. Er hatte im Bach gebadet und das saubere Hemd gebügelt, das er sich von Mac für das Vorstellungsgespräch bei Rolly Brothers ausgeliehen hatte. Frauen, selbst wenn sie Huren waren, verdienten ein Mindestmaß an Respekt.

Er zupfte an dem roten Halstuch, das sich plötzlich zu eng anfühlte, und nahm seinen Hut ab.

»Guten Abend, Ladys. Sagt mal, ist es euch etwa zu heiß?«

Die Mädchen kicherten, als hätte er etwas besonders Kluges von sich gegeben. Das mutigste, ein junges Ding mit strähnig blondem Haar, gluckste: »Mir kann's gar nicht heiß genug sein! Ich bin Suzanne, Kleiner.«

Jake war von der Frau, die das Etablissement leitete, überrascht. Auf den ersten Blick hätte man sie für eine nichtkonformistische Matrone halten können, die in die Kirche ging. Bei näherem Hinsehen entpuppte sie sich als ganz anders. Sie führte ihn in ein Separee und quetschte ihre ausladenden Hüften in einen Sessel neben ihm. Dann setzte sie ihm ein Albion Ale auf Kosten des Hauses vor und musterte ihn eingehend, während sie ihm die Hausregeln erklärte. Sobald er seine Wahl getroffen hatte, würde er bezahlen.

»Meine Mädels hier sind alle sauber. Nicht wie die da drüben in dem fürchterlichen Red Brumby!«

Sie neigte den Kopf, um sich sein Anliegen anzuhören. »Eine Frau für eine ganze Nacht?« Sie strahlte und tätschelte sein Knie. »Man sieht dir an, dass du ein Gentleman bist.«

»Das weiß ich nicht, Ma'am.«

Madam Fleur eilte davon, um einen neuen Kunden zu begrüßen, und Jake sah sich die Mädchen an, die zwischen den Lichtern der Lampen umherschwirrten. Sein Blick blieb an einer Rothaarigen hängen, die in einem gelben, mit einem schwarzen Drachen bestickten chinesischen Umhang die Treppe herunterstakste. Sie sah viel jünger als die anderen aus, aber der erfahrene Ausdruck in ihren umschatteten, blauen Augen überraschte ihn. Ihr Mund glich einer reifen Pflaume, ihr Gesicht war derart frisch, dass sie kein Rouge brauchte wie die anderen Mädchen, die ihn mit den rosafarbenen Flecken auf den Wangen immer an Porzellanpuppen erinnerten. Das rote Haar fiel ihr wirr über die Schultern, was darauf schließen ließ, dass sie viel zu tun hatte und nicht dazu kam, sich zwischen den einzelnen Freiern zu frisieren.

Er registrierte die blauen Ringe an ihren Knöcheln – ein untrügliches Zeichen dafür, dass sie eine Ausreißerin war, die noch vor Kurzem in einer Strafkolonie gearbeitet hatte.

Er wandte sich Madam Fleur zu und nickte diskret in Richtung des Mädchens.

Madam Fleur schien ein wenig überrascht von seiner Wahl. »Sie kostet das Doppelte.«

»Ist schon recht.« Mit dem Hut in der Hand ging Jake auf das Mädchen mit dem gelben Umhang zu.

»Guten Abend. Ich heiße Jakob Andersen. Jake. Bist du zufällig frei für die ganze Nacht?«

Sie nickte lächelnd. »Für dich schon, *chéri*. Ich heiße Lily Pompadour und komm aus dem schönen Paris.«

Jake war der französische Akzent nicht vertraut, da aber seine Mutter in Dublin aufgewachsen war, konnte er den irischen Akzent auf eine Meile Entfernung erkennen. Trotzdem spielte er mit.

»Ein französisches Mädel, wie? Es ist mir eine Ehre, dich kennen zu lernen, Miss Lily. Darf ich dich zu einem Drink einladen?«

Er war keineswegs erstaunt, als sie eine Flasche französischen Champagner auf ihr Zimmer bestellte. Madam Fleur hatte ihre Mädchen gut instruiert.

Am Fuß der Treppe bot er Lily seinen Arm an, eine Geste, die sie leicht aus der Fassung brachte, doch sie nahm sich schnell zusammen. »Du bist ja ein richtiger Kavalier, *chéri*!«

»Hoffentlich nicht so sehr, dass ich dich enttäusche, Miss Lily.«

Ihr Lächeln war entwaffnend, doch als sie die Tür hinter ihnen zuschnappen ließ und ihm die Hand unter das Hemd steckte, um seine Brust zu streicheln, erkannte er ihre Professionalität.

»Vielleicht lassen wir uns heute Nacht alle beide überraschen, *chéri*?«

Ihr spärlich beleuchtetes Zimmer war rot und golden tapeziert und verfügte über ein großes, breites Messingbett. Als sie hinter einem nur halb geschlossenen chinesischen Wandschirm ein dünnes Nichts aus schwarzer Spitze überstreifte, hatte er einen guten Blick auf ihren milchweißen Körper. Und als sie sich ihm anschließend in voller Pracht präsentierte, stützte sie sich mit einer Hand auf den Wandschirm.

Jake hatte das Hemd ausgezogen und den Gürtel aufgeschnallt. »Ich habe heute Morgen gebadet, trotzdem wirst du wahrscheinlich gewisse Teile waschen wollen, um sicherzugehen.«

Lily nickte, und Jake genoss die Berührung ihrer kühlen Finger. Dann reichte sie ihm zu seiner Verblüffung ein Seil und eine Peitsche. »Du bist so großzügig, dass du eine besondere Behandlung verdienst.«

Er winkte verächtlich ab. »Das ist nicht mein Geschmack, Schätzchen, aber wenn du mich schon fragst, würde ich mir gern etwas anderes von dir erbitten.«

Einen Augenblick lang zitterte Lilys gekünsteltes Lächeln. »Dein Vergnügen ist auch meins, *chéri*.«

»Jake. Danke, aber ich zahle nicht, um mir irgendwelches Gesülze anzuhören. Ich möchte, dass du ehrlich bist. Mir macht es immer Spaß, mit einer Frau zu schlafen.« Plötzlich fühlte er sich verlegen. »Das Problem ist, dass ich gerne lernen würde, was eine Frau glücklich macht – beim Geschlechtsakt.«

Lily starrte ihn an. Mit einem Mal war ihr französischer Akzent verschwunden. »In einer Nacht?«

»Lieber Himmel, nein. Ich erwarte keine Wunder. Ich habe gerade eine Arbeit als Kutscher bekommen, also werde ich alle paar Wochen durch Bolthole kommen. Wenn ich dich dann besuche, würdest du ...?«

»Ich werde ehrlich sein, Jake, und ich verspreche dir, dass du jede einzelne Minute von dem, was ich dir beibringen werde, genießen wirst.« Sie nahm ihn an der Hand und führte ihn zum Bett. »Lektion Nummer eins«, sagte sie sanft.

Während sich Jake im Halbdunkel des nächsten Morgens anzog, musterte er Lily Pompadours schlafendes Gesicht. Ihre Arme lagen über ihrem Kopf auf dem Kissen, es erinnerte ihn schmerzhaft an den Morgen, als er Jenny zum letzten Mal gesehen hatte. Er schob die Erinnerung beiseite.

Als ihm einer seiner schweren Reitstiefel aus der Hand fiel, weckte sie der Krach auf. Sie wälzte sich auf den Bauch und warf ihm unter ihrer zerzausten Mähne einen frechen Blick von der Seite zu.

Ihre Stimme war eine frivole Einladung. »Wirst du zurückkommen, Jake, und mehr wollen?«

Er zog sich den linken Stiefel an. Im Moment war er leer, aber das würde sich ändern, sobald er seinen ersten Scheck von Rolly Brothers bekommen und Mac sein Geld zurückgezahlt hätte.

»Na schön, Schätzchen. Wie lautet dein Urteil?«

»Wenn ich dir sagen würde, dass du kein Problem hast, würdest du nicht zurückkommen. Das wiederum wäre schlecht fürs Geschäft.«

»Du hast versprochen, ehrlich zu sein, hast du es schon vergessen?«

»Bin ich ja. Das erste Mal warst du so aufgeregt, dass du zu schnell gekommen bist. Das passiert öfter, als du dir vorstellen kannst. Aber nachdem du dich an meinen Körper gewöhnt hattest, warst du sehr gut, sehr stark. Das nächste Mal bringe ich dir ein paar Tricks bei. Zum Beispiel, wie du deine Lust zügelst und eine Frau verrückt machst.«

Sie winkte ihm lässig zum Abschied zu. »Was meinst du, ist das nicht ein zweites Mal wert, Jake?«

Sein knappes Lachen klang nervös. »Versuch mal, mich aufzuhalten, Lily.«

Als er über die Straße auf The Shanty with No Name zuschritt, sah er, dass Mac bereits das Bier fürs Frühstück bestellt hatte. Und eins konnte man Jake nicht nachsagen: dass er ein kaltes Albion Ale warm werden ließ.

Einen Tag bevor Macs Postkutsche nach Sydney Town aufbrechen sollte, lenkte Jake Horatio zu dem Wegweiser, auf dem »Ironbark – 1 Meile« stand. Er wusste, dass das Dorf tatsächlich eine Buschmannsmeile von der Sydney Road entfernt lag. Als er beim letzten Mal durch Ironbark gekommen war, hatte er sich auf dem Weg nach Tagalong befunden, um sich mit Mac über den Kampf gegen Bulldog Kane zu beraten. Damals war er frohen Mutes gewesen, weil er davon ausging, dass er Jenny bald wieder in den Armen halten würde. Das schien ihm nun eine Ewigkeit her zu sein. Jetzt war er auf der Suche nach seiner durchgebrannten Frau. Kleine Orte hatten ein langes Gedächtnis.

Vor ihm auf der Sydney Road stand ein mit Kisten beladener Wagen. Der Fahrer mit seinen hängenden Schultern sah aus wie der typische Neuankömmling, der sich im Busch verirrt hat. Er saß über eine Landkarte gebeugt da und fluchte lautstark.

Jake ritt auf ihn zu, um ihm zu helfen, und grinste, als er ihn erkannte. Kein Zweifel, es war der Arzt, der ihn im Rum Hospital wieder zusammengeflickt hatte.

Ohne ihn wiederzuerkennen, sagte Dr. Ross: »Wären Sie so freundlich, mir zu zeigen, wie ich zu Barnes' Farm gelange, Sir? Diese Karte ist zu nichts nutze, verdammt, außer um einen in die Irre zu führen.«

Auch Jake tat anfangs so, als wäre er ihm unbekannt. »Kinderleicht. Folgen Sie der Straße, bis Sie zu einem Eukalyptusbaum kommen. Dann überqueren Sie eine wacklige Brücke und biegen nach links ab, Sie können sie nicht verfehlen.«

»Danke sehr. Aber wie, zum Teufel, erkenne ich einen Eukalyptusbaum?«

»Der weiße Stamm sieht aus, als hätten Kinder ihn bekritzelt. Erinnern Sie sich nicht an mich, Doc?«

Der Highlander runzelte die Stirn. »Aye, Sie sind doch der Kerl, der in The Rocks von einer fliegenden Flasche erwischt wurde. Ich bin überrascht, dass Sie sich an mich erinnern können. Sternhagelvoll wie Sie waren.«

»Schuldig im Sinne der Anklage, aber Sie haben gute Arbeit geleistet. Ich bin kerngesund. Kann ich Ihnen einen Drink anbieten, Doc?«, fragte Jake und kramte in seiner Satteltasche nach der Whiskyflasche.

»Tausend Dank, aber ich bin unterwegs, um mir ein Grundstück anzusehen, das zum Verkauf steht. Die Barnes' Farm. Ich habe gehört, dass man hier in der Gegend dringend einen Arzt sucht.«

»Der letzte hat zu tief ins Glas geschaut und sich am Ende zu Tode gesoffen. Die Farm ist nicht die schlechteste, aber sie hat einen merkwürdigen Ruf. Es soll darin spuken. Barnes hatte die Angewohnheit, seine Frau zu verprügeln. 1825 ist er von uns gegangen, nachdem ein Strafgefangener, der Barnes' Frau zu Hilfe kommen wollte, ihm mit einem Hackebeil den Schädel gespalten hat. Wenn Sie Ihre Karten richtig ausspielen, können Sie die Farm für einen Apfel und ein Ei kaufen. Das heißt, wenn Sie keine Angst vor dem Gespensterkram haben.«

Dr. Ross verzog den Mund. »Nein. Blanker Unsinn. Danke für den Hinweis, Mr. …?«

»Ich heiße Jake. Viel Glück, Doc. Wenn's mich mal wieder erwischt, weiß ich, wohin.«

»Dann nehme ich an, dass ich Sie von nun an öfters sehen werde. Wie hoch ist die Wahrscheinlichkeit, dass man sich in diesen Breiten zweimal hintereinander über den Weg läuft?«

»Sie sind nicht mehr in England, Doc. Hier gibt es nur fünfundfünfzigtausend von uns Weißen – die Hälfte davon sind Strafgefangene –, und wir sind über die ganze Kolonie verstreut, von Morgan Bay bis Port Phillip. Zudem gibt es kaum Straßen. Sie werden sehen, dass wir uns ständig über den Weg laufen, ob es Ihnen passt oder nicht.«

Jake war sich der Ironie seiner Worte bewusst. *Und warum, zum Teufel, kann ich dann meine eigene Frau nicht finden?*

ZEHN

Keziah Stanley lag im Dunkeln in ihrer Koje auf der Harlequin und tat vor Aufregung kein Auge zu. Tagelang, wann immer Wind und Wetter es zuließen, waren sie so nah an der Küste gesegelt, dass sie gelegentlich den östlichen Rand des australischen Kontinents hatten sehen können. An Bord ging das Gerücht um, dass schon am nächsten Morgen die Felsen von Port Jackson in Sicht kämen!

Nach vierzehn Wochen auf hoher See hatte Keziah ihre neue Identität als Witwe Mrs. Smith verinnerlicht. Sie achtete sorgsam darauf, ihre Vergangenheit und ihre Pläne für die Zukunft vor allen anderen zu verbergen, damit die Morgans sie nicht finden konnten. Tag für Tag, bei Regen, Hagel oder Sonnenschein, war sie an Deck geblieben, nicht nur, um der stickigen Luft im Innern des Schiffes und den anderen Mitreisenden aus dem Weg zu gehen, sondern auch, um ihre morgendliche Übelkeit als Seekrankheit auszugeben.

Keziah betrachtete die Gestalten in den Reihen von Kojen, die den Schiffsrumpf säumten. Zwischen den einzelnen Kojen gab es einen halben Meter Platz, und sie waren so schmal, dass man sich kaum darin umdrehen konnte. Nach einem Leben in Freiheit auf offener Straße war es eine Qual, mit dreißig *gaujo*-Einwanderern auf den beengten Raum in ihrer Abteilung begrenzt zu sein und sich genötigt zu sehen, in dem wuselnden Durcheinander zu essen und sich zu waschen. Sie musste sich den Platz nicht nur mit Frauen und kränkelnden Kindern teilen, sondern auch mit gesunden Ehemännern, die des Nachts auf ihre ehelichen Rechte pochten.

Sie hatte ihre Ration längst aufgegessen, doch das Kind in ihrem Bauch erinnerte sie daran, dass sie dringend eine Möglichkeit finden musste, ihre Hungerattacken in Schach zu halten. Wie lange war es noch bis zur Morgendämmerung?

Im Dunkeln zog sie vorsichtig ihren Schal über ihren dicken Bauch. Aber die Brüste, die gegen das enge Mieder pressten, ließen sich nicht verbergen.

Keziah seufzte. Könnte der Vater dieses Kindes doch nur Gem sein!

Als sie an der Kombüse vorbeikam, sah sie, dass der Koch noch fest schlief. Sie stibitzte ein Stück Käse und einen Kanten altbackenes Brot und stieg an Deck.

Dort hielt sie sich an der Reling des schlingernden Schiffes fest und blickte auf den Horizont. Die ersten Anzeichen der Morgendämmerung brachten eine Brise mit sich, die durch ihr Haar und über ihr Gesicht fuhr und ihre Lebensgeister weckte. Voller Bewunderung beobachtete sie, wie geschickt ein Matrose zum Krähennest hinaufkletterte. Andere sangen Shantys, während sie fachmännisch die Segel setzten, um die morgendliche Brise zu nutzen.

Mit einem Mal kam ein triumphierender Schrei aus dem Mastkorb. »Land ahoi!« Die tropische Sonne brannte auf sie hernieder, und Keziah schnappte nach Luft, als die Harlequin langsam in den überraschend großen Hafen einlief. Zugleich wurde sie unbarmherzig daran erinnert, dass der November hier am Ende der Welt Frühling bedeutete und heißer war als die vielen Hochsommer, die sie von Wales kannte.

Beim Anblick der Inseln, die wie treibende Juwelen mitten im Hafen lagen, hielt sie den Atem an. Auf Backbord sandte eine davon, die wie eine von Bäumen bedeckte Pyramide aussah, ein Warnlicht an die Schiffe aus. Ein Seemann erklärte es ihr.

»Das müsste Pinchgut sein, Ma'am. Noch vor Kurzem baumelten auf dem höchsten Punkt der Insel Gefangene, die Essen gestohlen hatten, an einem Galgen. Um andere abzuschrecken«, setzte er leise hinzu. »Die guten alten Zeiten, wie man so schön sagt. Mittlerweile sollen die Behörden etwas zivilisierter sein. Heute ketten sie die armen Schweine unter der sengenden Sonne bei lebendigem Leib aneinander.«

Als ihre Knie nachzugeben drohten, klammerte sich Keziah erneut an die Reling. Was, wenn Gem dasselbe Schicksal widerfahren war?

»Hinter Sydney Cove liegt eine große Insel, ein paar Meilen den Parramatta River abwärts. Die Schwarzen hier nennen sie Biloela, die anderen Cockatoo Island. Dort bauen sie ein Gefängnis für die Schwerverbrecher – angeblich ist es zu hundert Prozent ausbruchsicher.«

Cockatoo Island. Ein schöner Name, doch er erfüllte Keziah mit Grausen. Galt Gem vielleicht als Schwerverbrecher? Sie suchte die südliche Bucht nach irgendeinem Anzeichen von Regierungsgebäuden ab. Wo, um Himmels willen, sollte sie mit ihrer Suche beginnen?

Der Seemann zeigte auf einige Sandsteinbauten – Fort Macquarie, Dawes Point Barracks und das alte Government House. Ahnte er etwa den Grund für ihre Neugier?

»Dort drüben ist der Sitz der Verwaltung für die Strafgefangenen. Der richtige Ort für alle, die einen Verwandten oder Bekannten suchen.« Seine Worte klangen tröstlich. »Nicht wenige vorbildliche Bürger dieser Kolonie waren einst Strafgefangene. Australien gibt vielen eine zweite Chance. Haben Sie die Häuser da drüben gesehen, die der begnadigte Samuel Terry gebaut hat? Er stiftet viel Geld für diverse gute Zwecke oder religiöse Anliegen. Er ist inzwischen der reichste Mann in der Kolonie.«

Keziah dankte ihm mit einem Lächeln. *Eines Tages wird mein Gem wie Samuel Terry sein. Vielleicht nicht reich, aber besser als das – ein freier Mann!*

Als ein Schwarm von blau, smaragdgrün, rot und gold gefärbten Regenbogen-Papageien über sie hinwegschoss, stieß Keziah einen Freudenschrei aus. Der phantastisch hohe Himmel war wie die Kuppel in einem Märchenschloss, seine Farben ein exaktes Spiegelbild des blauen Hafens. Die Luft war von exotischen Düften geschwängert, sodass Keziah wie berauscht war, bis ihr bewusst wurde, dass sich Gem bei diesem Anblick vermutlich gefragt hatte, ob er jemals freikäme, um diese Welt wieder zu verlassen.

»Mir ist es egal, wo ich lebe, Gem«, flüsterte sie, »Hauptsache, ich kann bei dir sein.«

Dann erinnerte sie sich an die Wölbung unter ihrem Kleid und fügte leise hinzu: »Dich hatte ich schon ganz vergessen. Aber du bist ein Problem, um das ich mich ein andermal kümmern werde.«

Keziah nahm ihre Reisetasche und eilte den Kai hinunter, Richtung The Rocks, ein Viertel, das sich auf der westlichen Seite von Sydney Cove erstreckte. Sie wusste, dass sie jeden Penny zweimal umdrehen musste, ehe sie ihn ausgab, trotzdem würde es sich lohnen, ein paar Münzen für eine sichere Bleibe auszugeben. Wenn ihr das Geld ausging, konnte sie immer noch den *gaujo* aus der Hand lesen.

Ihr Zimmer in einer Privatpension auf dem höchsten Punkt von The Rocks war spartanisch eingerichtet, aber erstaunlich sauber. Jetzt konnte sie sich selbst und ihre Kleider zum ersten Mal seit dem Aufbruch aus England wieder so waschen, wie es den Sitten der Roma entsprach.

Das Allerschönste war der Blick über die Dächer der armseligen Mietsbaracken unterhalb. Das Fenster ging auf den wolkenlosen Himmel und einen großen Teil des belebten Hafens hinaus, wo ständig Schiffe ein- und ausliefen.

Australien. Keziah betrachtete ihre neue Welt mit den Augen einer Roma. Trotz des von Menschenhand geschaffenen Elends, das sich in den Gassen unter ihr zusammendrängte, war die weite Landschaft, die an den Hafen grenzte, von einer eigenartigen, verschwenderischen Schönheit. Die Vitalität, die hier in der Luft hing, schien jedem, der den Mut besaß, die Gelegenheit beim Schopf zu packen, eine herrliche Zukunft zu verheißen.

Mit The Rocks im Rücken ging sie durch einen vergleichsweise zivilisierten Teil der George Street, in dem es eine Vielzahl von kleinen Ständen mit exotischen, tropischen Früchten und englischem Gemüse bis hin zu Spirituosengeschäften, Wirtshäusern, eleganten Ausstattern, Antiquitätenläden und Pfandhäusern gab. Keziah wusste, dass es sich bei dem vielen Silber und Schmuck, die in Sydney Town öffentlich verkauft wurden, um in England gestohlene Waren handelte, die man hier viel sicherer als in der Heimat wieder abstoßen konnte. Was für eine verkehrte Welt – hier herrschten völlig andere Moralvorstellungen und gesellschaftliche Gepflogenheiten als zuhause, und es gab jede Menge Möglichkeiten, das Gesetz zu seinen Gunsten auszulegen!

Als sie ein paar regenbogenfarbene Papageien entdeckte, die in Käfigen an Ladeneingängen hingen und jämmerlich kreischten, hätte sie sie am liebsten gekauft und freigelassen, doch sie musste ihr Geld zusammenhalten.

Elegant gekleidete Frauen schlenderten am Arm von Militäroffizieren vorbei, die in ihren roten Serge-Uniformen schwitzten und deren englische Haut unter den Husarenmützen rosig glänzte.

Aneinandergekettete, kahlköpfige Strafgefangene zogen vorbei, von Soldaten bewacht. Dunkelhäutige Eingeborene rauchten ihre Pfeifen und schienen jedes weggeworfene europäische Kleidungsstück aufzutragen, das ihnen in die Hände fiel.

Doch Keziah hatte keine Zeit für die Verlockungen dieser fremden Welt. Sie wollte Gem finden, ehe ihr Bauch zu dick und ihr Ehebruch offenkundig wurde.

Ungeduldig wartete sie in der Verwaltung für Strafgefangene, bis man sie endlich empfing. Der blasierte Beamte hatte einen schmutzigen Kragen und achtete mehr auf ihre Brüste, als ihr bei ihrer Suche behilflich zu sein.

»Besagter Sträfling, Gem Smith, ist das Ihr Ehemann, Madam?«

War es für sie besser, mit Ja oder mit Nein zu antworten? Sie fasste einen schnellen Entschluss. »Ein naher Verwandter. Ich wäre Ihnen sehr dankbar, wenn Sie in Ihrer Akte nachsehen könnten – wie heißt es noch, im Strafgefangenenregister?«

Der Beamte schlug ein dickes Registerbuch auf. »Ihr Smith' vermehrt euch aber auch wie die Karnickel.«

Keziah war so wütend, dass sie ihm am liebsten das Lächeln aus dem Gesicht geschlagen hätte, doch es war nicht klug, sich ihn zum Feind zu machen, daher versuchte sie lieber, ihm zu helfen.

»Er heißt Gem, G-E-M. Zwanzig Jahre alt. Geboren in Wales. So viele Smith', auf die diese Beschreibung passt, dürfte es eigentlich nicht geben, oder?«

Der Beamte fuhr mit seinem schmutzigen Fingernagel über eine Liste. »Na, hier haben wir einen Jem Smith, mit J. Alter: einundzwanzig. Haar: schwarz. Augen: dunkelbraun. Hautfarbe: dunkel. Größe: eins achtzig – großer Kerl! Kann weder schreiben noch lesen. Verurteilt in Glamorgan Assizes. Geburtsort: Llangadfan, Wales. Religion: keine. Vergehen: Pferdediebstahl. Strafe: sieben Jahre. Anmerkungen: kräftig, sieht aus wie ein Zigeuner, Herztätowierung mit einem K auf der linken Brust, das wären wohl Sie, was?«, grinste der Mann süffisant.

Keziah ging nicht darauf ein. »Wo ist er jetzt?«

»Hier steht, dass er einem gewissen Julian Jonstone Esquire in Gideon Park zugewiesen wurde, in der Nähe des Lake Incognito.«

»Wären Sie so nett, mir auf Ihrer Karte zu zeigen, wo das liegt?«

Der Beamte folgte dicht hinter ihr, als er sie zur Karte an der Wand begleitete. Keziah versuchte, nicht einzuatmen. Der Mann roch, als hätte er seit einem Jahr nicht mehr gebadet.

Die Karte verwirrte sie. Sie hatte die Umrisse einer Insel erwartet, sah aber nur einen einzigen Streifen von blauem Meer auf der unteren rechten Seite.

»Das kann doch nicht eine Karte von Australien sein.«

»Lieber Himmel, nein, das ist nur die Ostküste, die Kolonie New South Wales.«

Er zog einen groben Kreis mit dem Finger. »Ganz England würde in diesen kleinen Teil von Australien hineinpassen.«

Keziah war von der Größe dieses neuen Landes überwältigt, löcherte ihn aber trotzdem weiter mit Fragen nach Gems Verbleib.

Er tippte mit dem Finger auf die Karte. »Könnte sein, dass Lake Incognito gar nicht mehr da ist. Er hat die Gewohnheit, alle paar Jahre wieder zu verschwinden.«

Sie kehrte zum Tisch zurück, um den erlösenden Abstand zwischen ihnen wiederherzustellen.

»Das Risiko gehe ich ein. Würden Sie so freundlich sein, mir zu zeigen, wie ich zur nächsten Postkutschenstation komme.«

Der Beamte hatte es nicht eilig, sich von ihren Brüsten zu verabschieden.

»Das wird nicht viel nützen, gute Frau. Hier steht, Jem Smith sei abgekommen.«

Keziah hasste es, ihre Unwissenheit zu offenbaren. »Heißt das, dass er verlegt wurde?«

»Dass er ausgebüxt ist.« Er las die Akte laut vor. »Wurde im März wieder eingefangen, in Ketten gelegt und einer Strafkolonie zugeteilt, die eine Straße durch den Busch baut. Sollte eigentlich wieder nach Gideon Park zurück, ist aber diesen Monat erneut ausgerissen. Wahrscheinlich schlägt er sich mittlerweile als Buschräuber durch. Das ist das, was wir zuhause als Wegelagerer bezeichnen.«

Einen Moment glaubte Keziah, sie würde vor Schreck in Ohnmacht fallen. Sie schwankte und hielt sich am Tischrand fest. Der Beamte zwinkerte ihr zu.

»Am besten, Sie warten ab. Die Trooper werden ihn schon schnappen. Falls sie ihn nicht vorher über den Haufen schießen.«

Keziah trat in die Hitze hinaus und hatte das Gefühl, in einen Backofen geraten zu sein. Als das Kind in ihrem Bauch eine unerwartet heftige Bewegung machte, musste sie würgen. Würde sie noch eine Fehlgeburt haben? Sie hatte nicht die Kraft, sich jetzt darüber den Kopf zu zerbrechen.

Sie setzte sich neben der Hafenmauer auf den Boden und vergrub den Kopf in den Händen.

Es war, als wäre sie vor eine Wand gelaufen. Wie sollte sie in dieser verkehrten Welt überleben? Sie konnte lesen, aber nur sehr langsam. Sie konnte ihren Namen und das Alphabet schreiben. Ihr Kräuterwissen wäre hier begrenzt – sie hatte keine Ahnung, welche Pflanzen in diesem sandigen Boden wuchsen. In Sydney Town würde sie sich mit ihren Tarot-Kenntnissen über Wasser halten können. Doch was nutzte ihr das, wenn Gem sich meilenweit entfernt als Bandit im Busch herumtrieb? Er konnte überall sein, ohne auch nur zu ahnen, dass sie hier war.

Plötzlich kam ihr ein Gedanke, und sie stand abrupt auf. »Gem kennt mich besser als jeder andere. Er weiß, dass ich zu ihm gehöre und ihm bis ans Ende der Welt folgen würde.« Sie sah sich verbittert um. »Und genau da bin ich nun!«

Entschlossen stieg sie die Treppen zu ihrer Pension hinauf. Als sie fast oben angelangt war, schöpfte sie neuen Mut angesichts eines Schwarms von weißen Papageien, die sich auf einem Baum niederließen. Ihre schwefelgelben Kämme waren fächerförmig ausgebreitet wie die Blüten seltener Blumen, während sie laut durcheinanderkreischten.

Diese Papageien halten zusammen wie eine Familie. Gem ist die einzige Familie, die ich noch auf dieser Welt habe.

In dieser Nacht wälzte sich Keziah im Schlaf herum, während sie versuchte, die Reste eines Albtraums abzuschütteln, in dem der beunruhigende Umriss eines ihr fremden Baumes die Kulisse für eine Reihe von gewalttätigen Bildern darstellte. Dann ergoss sich rotes Blut aus dem Baumstamm und floss über die Erde.

»*Mi-duvel!* Welche Grausamkeiten stehen uns wohl bevor? Möge *Del* dich beschützen, Gem.«

Doch kein Gebet war stark genug, um das Bild dieses entsetzlichen Baums aus ihrem Kopf zu vertreiben. Keziah klammerte sich an ihr Amulett und die Worte ihrer Großmutter, dass sie nichts zu fürchten hätte, so lange sie das schützende Amulett trug. Ein nagendes Gefühl im Magen erinnerte sie daran, dass sie seit Stunden nichts gegessen hatte. Sie stieg aus dem Bett.

»Na schön, ich weiß, dass du Hunger hast, mein Kleiner. Es ist meine Schuld, dass du unterwegs bist, nicht deine.«

Sie tunkte trockenes Brot in Wasser, damit es weich wurde, und aß es zusammen mit einer saftigen Birne. Der dunkle, samtene Himmel war mit mehr Sternen übersät, als sie je im Leben gesehen hatte. Die verrückten Muster hatten fast nichts gemein mit den Konstellationen, die sie als Kind gelernt hatte.

Keziah fuhr sich mit der Hand über den Bauch und sprach zu dem kleinen Leben in ihrem Leib.

»Der morgige Tag wird uns die Antwort bringen und uns den Weg zeigen, den wir einschlagen müssen.«

ELF

Der ferne metallische Klang eines Eisenstabes, der gegen einen Triangel geschlagen wurde, weckte bei Daniel Browne einen vertrauten Anflug von Wut, obwohl es in Gideon Park das Zeichen für die Mittagspause war.

Erschöpft ließ er sich im Schatten eines Eukalyptusbaums nieder, verschlang den Inhalt seines Blechnapfs und überließ den leeren Teller einem Schwarm von Schmeißfliegen. Wie üblich sah auch die heutige mickrige Ration wässrigen Eintopfs so aus, als sei sie voller Maden, doch nach einem Jahr konnte Daniel sein Essen herunterwürgen, ohne dass ihm die Galle hochkam. Das Abendessen in dem kleinen Speisesaal für die Strafgefangenen war noch widerlicher.

Daniel hielt stets Abstand zu seinen Mitgefangenen, denn er wusste, wie sehr sie ihn verachteten. Ihre kehligen Laute wurden von grobem Gelächter unterbrochen, als einer ihn als »affigen Dreckskerl« beschimpfte, »der allein geht – und allein schläft«.

Daniel versuchte, ihre Schmähungen zu ignorieren. Sollen sie sich mit ihren Sträflingsbräuten amüsieren. Er hatte gesehen, wie Männer ihre Kumpel für einen verbotenen Schluck Rum denunzierten. *Diese Arschlöcher glauben, dass ich niemandem Loyalität schulde. Sie haben Recht! Solange ich weder einen Freund noch einen Vertrauten habe, kann mich auch niemand verraten.*

Trotzdem musste er sich fragen, wie lange es dauern würde, bis auch ihm nichts anderes übrig bliebe, als seine Seele zu verkaufen.

Nach seiner Verlegung nach Gideon Park hatte sich Daniel einen verzweifelten Überlebensplan ausgedacht. Theoretisch war er ganz einfach. Er würde arbeiten, bis er umfiel, und sich nicht beklagen, damit der Aufseher nicht den geringsten Anlass fand, ihn auszupeitschen.

Doch Daniel hatte bald eingesehen, dass er keine sieben Jahre Hunger aushalten würde und auch nicht die nie endende Angst, als Nächster der Peitsche zum Opfer zu fallen. Die einzige Hoffnung, dieser Hölle zu entkommen, war Saranna Plews. Jeden Tag wartete er mit weniger Hoffnung auf einen Brief von ihr, auch wenn er wusste, dass ein Schiff Monate brauchte, um ihn zu bringen. Ein katholischer Priester, Father Declan, hatte den verzweifelten Brief abgeschickt, den er ihr nach seiner Ankunft geschrieben hatte. Der ursprüngliche Rat des Gottesmannes hatte Daniel große Hoffnung gemacht. Wenn seine Verlobte aus freien Stücken in die Kolonie kam und bei dem Gouverneur den Antrag stellte, ihn heiraten zu dürfen, standen die Chancen, dass man Daniel aus Gideon Park entließ und er rechtmäßig seiner Frau zugeteilt wurde, nicht schlecht. Die Behörden waren der Meinung, dass verheiratete Strafgefangene das Ungleichgewicht zwischen Männern und Frauen in der Kolonie verringern würden. Die Ehe galt als Gegengift gegen die wild um sich greifende Unzucht und andere Abscheulichkeiten.

Daniel ritzte für jede Woche einen Strich in seine Zellenwand. Er klammerte sich an die Erinnerung an Saranna, an ihr Versprechen im Gerichtssaal, ihm zu folgen. Trotzdem konnte er diese andere Erinnerung nicht loswerden – wie er aus Chester abgeführt worden war und Saranna sich abgewandt hatte. Ob sie es sich anders überlegt hatte? Allmählich verhärtete sich sein Herz gegen sie. *Diese Maus interessiert sich mehr für das, was die Gesellschaft über sie denkt, als für mein Schicksal.*

Er sah seine Mitgefangenen an. Für sie empfand er nichts. Sie waren bloß Objekte, die er malte, wann immer es ihm gelang, etwas Papier aufzutreiben und ein paar Kohlestückchen aus der Asche eines Feuers zu retten. Die meisten hatten brutale Gesichtszüge, bis auf einen. Er blickte hinüber zu Will Martens. Mit seinen fünfzehn Jahren war der jüngste Neuankömmling rasch zur Zielscheibe für die grausamen Scherze der älteren Strafgefangenen geworden, doch ebenso schnell lernte er die Kunst des Überlebens. Daniel musterte seinen schlanken, knabenhaften Körper. Trotz seiner Fußfesseln hatte Will zum Vergnügen seiner Peiniger spontan angefangen, zu den Klängen von *Nancy Dawson* zu tanzen, das ein Seemann auf seiner Hornpipe spielte. Und als er den Refrain zum zweiten Mal anstimmte, »*Her easy mien, her shape so neat. She foots, she strips, she looks so sweet. Her every motion so complete, I die for Nancy Dawson!*«, klatschten sogar die abgebrühtesten Peiniger im Takt, um ihn anzuspornen.

Daniel wusste, dass Will versuchte, seine Aufmerksamkeit zu wecken, doch er weigerte sich, Wills arrogantes Grinsen zu erwidern. *Der Junge ist ein Dummkopf. Er folgt mir wie ein Hündchen. Besser, er sieht sich woanders nach einem Helden um, der ihn beschützt.*

Als Daniel den Aufseher auf seinem schwarzen Hengst sah, verbarg er seine wütenden Gedanken hinter einer ausdruckslosen Miene. *Kein Zweifel,* du *hast den Bauch voll. Deine Missgeburt von Frau hat dir ein ordentliches Essen vorgesetzt. Schweinefleisch und Wein, bezahlt von dem Geld, das die Regierung für unsere Rationen bestimmt hat.*

Gerüchten zufolge hatte der Mann unzählige Namen, darunter auch Iago und James, doch war er allgemein bekannt unter dem Titel, den er sich erworben hatte, als er einen irischen Jungen zu fünfzig Peitschenhieben verurteilt hatte. Mit seinem letzten Atemzug hatte das sterbende Opfer ihm zugerufen: »Gott ist mein Zeuge, du bist der Teufel in Person!« Seitdem trug der Aufseher diesen Titel voller Stolz.

Daniel ging in Habachtstellung wie alle anderen auch – selbst die härtesten Burschen zogen den Schwanz vor dem Aufseher ein. Trotzdem wurde sein Blick von den sinnlichen Zügen des Mannes angezogen, dem glänzenden Haar und dem Bart, die so dicht und schwarz wie die Mähne seines Pferdes waren. Daniel wusste aus Erfahrung, dass seine Stimme am gefährlichsten war, wenn sie sanft und sarkastisch daherkam.

»Wie ich sehe, macht ihr Schlappschwänze euch einen schönen Lenz. Habe ich nicht gesagt, dass ihr die Baumstümpfe ausgraben sollt? Bis morgen habt ihr den Boden umgegraben, um die Saat auszustreuen.«

Ängstliches, zustimmendes Murmeln folgte. Der Teufel in Person seufzte, als trüge er die Last der ganzen Welt auf seinen breiten Schultern.

»Ihr werdet die ganze Nacht schuften«, drohte er gelassen. »Und keinen Schluck Wasser bekommen, bis ihr fertig mit der Arbeit seid.« Er drehte sich um und sah Daniel direkt an. »Du, Daniel Browne, sorgst mir dafür, dass diese Lahmärsche meine Befehle befolgen.«

Daniel zuckte zusammen und murmelte irgendetwas, um seine Einwilligung kundzutun. Im Innern aber war er erschrocken. *Warum ausgerechnet ich? Er weiß doch, wie sehr diese Männer mich hassen. Möglich, dass er es als Zeichen seiner Gunst ansieht, aber ohne sie hätte ich es viel leichter, unter diesen brutalen Typen zu überleben.*

Als der Teufel in Person weiterritt, merkte Daniel, dass die Männer ihn anstarrten. Manche hatten längst jede Spur von Menschlichkeit abgelegt. Und da sie notgedrungen ihren Hass auf den Aufseher verbergen mussten, richteten sie ihre Wut nun ganz offen gegen ihn.

Ohne sie eines Blickes zu würdigen, drängte sich Daniel an ihnen vorbei zu seinem Arbeitsplatz. Verzweifelt betrachtete er seine Künstlerhände. Sie waren rau und voller Schwielen, die Fingernägel waren abgebrochen und mit blutigen Rändern versehen, die Handflächen geschwollen, nachdem er wochenlang mit einer so gut wie unbrauchbaren Hacke die gewaltigen Wurzeln der Bäume ausgegraben hatte. Jetzt schwang er seine Axt in einem Rhythmus, der ihn von dem Schmerz im Rücken ablenkte, während frische

Rinnsale von Schweiß an Brust und Beinen hinabströmten und die alten Schweißflecken auf seiner Hose verdunkelten.

Als er hörte, wie jemand unruhig seinen Namen flüsterte, sah Daniel gereizt auf und erblickte Will Martens' freches Gesicht. Er stand auf einen Spaten gestützt da, als machte er Ferien in der Sonne.

»Bist du taub? Du hast doch gehört, was der Aufseher gesagt hat. Halt also den Mund und mach dich an die Arbeit.«

Will kam etwas näher, um zu verbergen, dass er mit ihm sprach. »Wir treffen uns heute Abend. Ich habe einen Plan, der dich ganz sicher interessieren dürfte.«

»Du hast einen Plan? Du redest zu viel. Das wird dich noch das Leben kosten.«

Will nahm verstohlen einen Pfirsich aus der Tasche und reichte ihn Daniel. Es war der erste Pfirsich, den Daniel in diesem Jahr sah. Den letzten hatte er in Plews' Haus probiert. Saranna hatte ihn mit Stückchen der saftigen Frucht gefüttert. Aus ihren Augen hatte ihr ganzes Herz gesprochen, als sie zitierte: »Süßes dem Süßen …«

»Na los, iss schon«, drängte Will. »Er ist nicht vergiftet.«

Daniel warf einen misstrauischen Blick auf den Pfirsich, doch dann überwältigte ihn der Hunger, und er biss genüsslich in das saftige Fleisch.

Will musterte ihn selbstgefällig. »Ich habe einen kleinen Nebenverdienst. Stehe Schmiere für zwei Ausreißer, die zu den Waffen gegriffen haben. Ich komme immer vor dem Morgengrauen zurück, sodass der Teufel in Person nichts davon mitbekommt.«

»Dann bist du ein noch größerer Dummkopf, als ich dachte. Ihm entgeht nämlich gar nichts.«

Will ließ sich nicht beirren. »Die Jungs bezahlen mich mit Essen und ein paar Münzen. Ich will leben. In Freiheit. Etwas Besseres gibt es nicht!«

»Du bist ein Narr. Mach endlich, dass du an die Arbeit kommst. Ich werde für deinen dummen Fluchtplan nicht Kopf und Kragen riskieren.«

»Nicht mal, wenn du dir dann neues Zeichenpapier kaufen könntest?«, grinste Will.

Es ärgerte Daniel, dass der andere sich über seine Kunst lustig machte. »Halt die Klappe. Ich komme schon zurecht.«

Will schob ab, und Daniel legte sich noch stärker ins Zeug, obwohl sein schrumpfender Magen sich anfühlte, als nagte eine Ratte an ihm.

Ein paar Tage später, als sich Daniel nach einem schweren Arbeitstag erschöpft zu seiner Hütte schleppte, hörte er das unverwechselbare Geräusch, bei dem ihm jedes Mal das Blut in den Adern gefror. Peitschenhiebe.

Er wusste, was los war. Die Jonstones waren noch nicht vom Gouverneurs-Ball in Parramatta zurück. Bis zu ihrer Ankunft hatte der Aufseher das Sagen. Das Gesetz sah vor, dass er Gefangene, die gegen die Regeln verstießen, dem Richter vorführen musste, doch der Teufel in Person genoss seine Macht und ließ sie illegal auspeitschen. In Jonstones Abwesenheit war er das einzige Gesetz.

Je näher Daniel kam, umso deutlicher hörte er das Echo der rhythmischen Peitschenhiebe, die durch den Busch hallten. Die Angst, dass auch er eines Tages der Peitsche zum Opfer fallen könnte, machte ihn krank. Wie üblich hatte sich auf Befehl des Aufsehers eine Gruppe von Gefangenen versammelt, um dem Vorgang beizuwohnen, eine Abschreckungsmaßnahme. Doch dieses Mal stimmte etwas nicht. Man hörte niemanden schreien. Und wenn das Opfer nicht Gott um Gnade anflehte oder bewusstlos am Pfahl hing, dann musste es tot sein.

Durch eine Lücke im Gestrüpp erkannte Daniel, dass der Gefangene noch jung war, er stand mit gespreizten Beinen da und trotzte den gleichmäßigen Schlägen der Lederriemen. Sein Haar war feucht, der Körper schweißüberströmt. Obwohl die Wunden am Rücken heftig bluteten, gab er keinen Laut von sich.

Die versammelten Männer wichen vor dem Blut zurück.

Daniel trat noch etwas näher und sah die durchbohrenden schwarzen Augen des Gefangenen und den olivfarbenen Körper mit dem tätowierten K auf der Brust. Wer, wenn nicht Gem Smith, würde seine Zähne so blecken, als hieße er jeden Peitschenhieb willkommen? Daniel konnte sein unheimliches Grinsen nicht ertragen und blieb hinter den letzten Gefangenen stehen.

Der Teufel in Person saß mit versteinertem Gesicht auf seinem Pferd und musste sich damit abfinden, was allen Anwesenden klar war. Er könnte warten, bis er schwarz wurde, niemals würde der Zigeuner um Gnade betteln.

Schließlich befahl die verhasste, sanfte Stimme dem Auspeitscher, aufzuhören. »Sein Schweigen langweilt mich.«

Daniel versuchte, nicht aufzufallen, als Will sich anschickte, den Gefangenen vom Pfahl loszubinden. Gem war fest entschlossen, ohne Hilfe aufrecht zu gehen. Er warf dem Aufseher ein unverschämt charmantes Lächeln zu.

»Habe Sie wohl nicht unterhalten können, Mr. Iago?«

Daniel war vom Mut des Zigeuners schockiert.

Der Teufel in Person erstarrte, gab sich jedoch keine Blöße.

»Du hast zwei Stunden, um deine Wunden zu lecken, danach gehst du wieder an die Arbeit, Gypsy. Das ist der Preis dafür, dass du aus Gideon Park getürmt bist.« Dann wandte er sich den versammelten Männern zu. »Dasselbe gilt für euch, ihr faulen Hunde. Los, an die Arbeit!«

Wie Ameisen, deren Haufen man zerstört hat, stoben die Männer in alle Richtungen davon, nur Daniel nicht. Er zog sich ein wenig hinter das Gestrüpp zurück und beobachtete das Ganze. Einen Moment war er versucht, aus der Deckung zu kommen und Gem zu Hilfe zu eilen, doch dann hätte er seine eiserne Regel verletzt – sich niemals irgendwo einzumischen. Also blieb er in seinem Versteck.

Er sah, dass man Gem im Schatten eines Baumes auf dem Bauch hatte liegen lassen. Will Martens eilte mit Wasser und einer Schale Salz zu ihm.

»Ganz schön tapfer, das muss man dir lassen«, sagte Will, während er mit einem Schwamm vorsichtig die blutigen Striemen auf Gems Rücken benetzte. »Ist wohl das erste Mal, dass du ausgepeitscht wurdest, was?«

Gems Stimme war dunkel vor Hass. »Das erste und auch letzte Mal, das kannst du mir glauben, Kamerad.«

»Beiß die Zähne zusammen. Ich kippe dir jetzt Salz auf die Wunden, das wird ganz schön wehtun. Es verhindert nicht, dass sich Narben bilden, aber es sorgt dafür, dass sie sich nicht entzünden.«

Daniel beobachtete, wie Gem seine Beherrschung aufgab und leise stöhnte, als Will Salz auf seinen Wunden verteilte.

»Deine Hände sind so sanft wie die einer Frau, Martens.«

»Täusch dich nicht«, entgegnete Will hastig. »Mag sein, dass ich zierlich bin wie ein Mädchen, aber ich kann besser reiten und schießen als die meisten von euch. Ich bin keine Sträflingsbraut!«

Gem lachte ironisch. »Keine Sorge. Ich stehe nicht auf Jungs. Ich habe nur Augen für meine wahre Liebe.«

»Bist du verheiratet?«

»Auf ewig. Mit einem Roma-Mädchen, dessen Haar so schwarz glänzt wie die Federn einer Amsel. Und seine Augen leuchten so blau, dass man sein Leben dafür hergeben würde.« Er grinste vor Schmerz. »Du machst deine Sache hervorragend. Du hast etwas gut bei mir.«

Daniel fiel Will Martens' ungewöhnliche Zurückhaltung auf. »Es ist nicht gerade der richtige Zeitpunkt, um dich um einen Gefallen zu bitten, aber vielleicht könntest du mir irgendwann ein paar von deinen Faustkämpfertricks beibringen und mir zeigen, wie ich mit Männern fertigwerde, die größer sind als ich.« Will zuckte die Achseln. »Das wären praktisch fast alle hier in der Kolonie!«

Gem reichte dem Jungen die Hand. »Wird mir ein Vergnügen sein, Kamerad. Du kannst dich auf mich verlassen.«

Als er sich aufsetzte, um einen Schluck Wasser zu trinken, stöhnte er.

»Am besten gehe ich wieder an die Arbeit. Ich will nicht, dass der Teufel in Person glaubt, er hätte mich kleingekriegt!«

Daniel beobachtete, wie Gem sich entschlossen wieder an die Arbeit schleppte, und schämte sich, dass er es nicht selbst fertiggebracht hatte, dem furchtlosen Zigeuner zu helfen. Er schlich sich zu dem Versteck, wo er sein Zeichenpapier aufbewahrte, um die Szene, die er gerade gesehen hatte, festzuhalten. Sein glühender Schaffensdrang versprach ein großartiges Kunstwerk.

Am nächsten Tag stellte Daniel überrascht fest, dass man ihm eine weitaus angenehmere Arbeit zugeteilt hatte – er sollte ein Stück Garten pflegen, das in der Nähe des zweistöckigen, georgianischen Sandsteinhauses lag, dem Landsitz der Jonstones.

Er war dankbar für die seltene Gelegenheit, allein in einer so friedlichen Umgebung sein zu dürfen. Die Blumenbeete erschienen ihm wie ein Stückchen England, das man hierher verpflanzt hatte. Plötzlich wurde die heitere Stille von der lärmenden Ankunft der schlammverkrusteten Familienkutsche unterbrochen. Sie kam direkt vor dem vorderen Portikus zum Stehen, wo Julian Jonstone und seine blasse, gebrechliche Frau ausstiegen. Man munkelte, sie seien Cousins, und tatsächlich erkannte Daniel eine gewisse Ähnlichkeit in ihren Gesichtern. Ohne stehen zu bleiben, wies der Master eine dafür zuständige Gouvernante an, seine Tochter Victoria in ihr Zimmer zu tragen.

Die rege Betriebsamkeit, die dann folgte, faszinierte Daniel. Unzählige Diener eilten herbei, um Kisten voller exotischer Früchte mit verführerischen Aromen abzuladen. Andere schleppten Rinder- und Lammhälften aus dem Kühlraum in die Küche – Nahrungsmittel, die Daniel nur noch aus seiner Erinnerung kannte.

Dann traf eine zweite Kutsche ein, deren Dach sich unter den zahllosen Gepäckstücken bog. Drei junge Männer sprangen heraus und luden Kästen ab, die offensichtlich Musikinstrumente enthielten. Einer der Männer trug ein Cello, so vorsichtig wie ein Vater sein Kind.

Musiker! Die Aussicht auf ein Fest war aufregend – prächtige Kleider, Tanz, ein Blick auf die Welt draußen, den er zu Kunst machen konnte. Er wollte unbedingt nahe genug heran, um das Ganze zu beobachten. Aber wenn man ihn dabei erwischte, wie er seine Herren bespitzelte, würde man ihn auspeitschen. Bei diesem Gedanken brach ihm der Angstschweiß aus, trotzdem arbeitete er weiter.

Als Nächstes kam die schönste Kutsche, die er jemals gesehen hatte. Kutscher und Diener trugen eine blaue, mit Gold besetzte Livree und weiße Perücken unter dem Dreispitz, ziemlich ausgefallen mitten im abgelegenen Busch, deren Pracht jedoch nicht einmal von der feinen Staubschicht, die sie von Kopf bis Fuß bedeckte, gemindert werden konnte.

Daniel überkam ein Gefühl von Ehrfurcht, als er das halb von Schlamm bedeckte Wappen auf der Kutschentür entdeckte. Jeder wusste, dass die Jonstones in den höchsten gesellschaftlichen Kreisen von Sydney Town verkehrten. Ob in dieser Kutsche etwa der Gouverneur saß?

Es war eine noch aufregendere Person. Die junge Frau, die ausstieg, faszinierte ihn. Ihr Seidenkleid glänzte, als sie sich wie die Puppe einer Spieluhr um die eigene Achse drehte.

Daniel hatte seine Augen darin geschult, sich die Einzelheiten eines Gesichts, das er malen wollte, genau einzuprägen, und in seinem ganzen Leben hatte er etwas so Wunderschönes wie diese Frau noch nicht gesehen.

Als spürte sie die Intensität seiner Augen, drehte sie sich um, und als sich ihre Blicke trafen, lächelte sie verstohlen und wissend. Anschließend trat sie am Arm ihres Begleiters, eines elegant gekleideten, jungen Gentlemans, ins Haus.

Trotz des Risikos, entdeckt zu werden, lief Daniel zu seinem Versteck und begann, sie zu zeichnen. Er brannte darauf, sie erneut zu sehen, um ihre Schönheit zu studieren. Er war sicher, dass er ihre koketten Augen und ihren herausfordernd roten Schmollmund eingefangen hatte. Nur mit der Nase kam er nicht zurecht. War die Nasenspitze leicht nach oben gebogen gewesen? Und an der komplizierten Anordnung ihrer glänzend schwarzen Locken stimmte auch etwas nicht.

Die Stimme eines Soprans, der ein deutsches Liebeslied sang, flirrte durch die Nachtluft. Sie klang so verlockend wie der Gesang der Loreley. Ein alter Seebär hatte Daniel erzählt, dass sie eine Zauberin gewesen war, die die Schiffe ins Verderben gelockt hatte. Um besser sehen zu können, kletterte er auf einen Apfelbaum und zerkratzte sich das Bein, doch das blutende Knie war ein geringer Preis für einen privilegierten Blick in den Ballsaal. Tanzende Paare wirbelten an den offenen Balkontüren vorbei wie die Muster eines Kaleidoskops.

Als die zierliche Schönheit, die er am Morgen gesehen hatte, plötzlich auf die Terrasse hinaustrat und mit einem schwarzen Spitzenfächer wedelte, der ihm so filigran wie das Netz einer Spinne erschien, stockte ihm der Atem. Sie setzte sich auf einen Stuhl, um die kühle Brise zu genießen, und nippte an ihrem gläsernen Pokal.

Ihr Haar war kunstvoll zu einem Knoten auf dem Kopf hochgesteckt und mit Federn und einem juwelenbesetzten Haarkamm geschmückt; eine einzelne lange Locke hatte sich gelöst und fiel ihr über die Wange. Über dem mit Spitze besetzten Halsausschnitt eines Ballkleids aus schwarzer Seide, dessen Mieder und Rock mit goldenen und violetten Blumen bestickt waren, erhoben sich runde, schneeweiße Schultern. Daniel beobachtete entzückt, wie sie schmollend den Mund verzog und anschließend mit einem nervösen Rascheln ihres Rockes auf den Rasen zuging. Und dann kam sie geradewegs auf den Apfelbaum zu. Nur noch ein paar Schritte, und sie hätte ihn entdeckt.

»Was haben wir denn da?«, neckte sie ihn lächelnd. »Einen jungen Mann, der sich auf einem Baum versteckt. Ich habe dich heute Morgen im Garten gesehen. Du hast mich die ganze Zeit angestarrt. Wie heißt du?«

»Daniel Browne, Ma'am. Bitte, Sie dürfen nicht mit mir sprechen. Es würde dem Master nicht gefallen.«

»Unsinn. Mir sagt niemand, was ich zu tun habe.« Sie trank ihr Glas aus, Daniel vermutete, dass sie ein wenig beschwipst war.

Dann ließ sie es achtlos auf den Rasen fallen. Ohne den Blick von ihm abzuwenden, zupfte sie an dem Ausschnitt, um ihn zu vergrößern, und stützte die Ellbogen auf die niedrige Steinmauer, die sie voneinander trennte. Die obere Kurve ihrer Brüste war im Mondlicht so klar, dass Daniel das Schönheitsmal sah, das die Natur ihr an die denkbar verführerischste Stelle gesetzt hatte.

»Gefällt dir mein Kleid? Es kommt aus Frankreich«, sagte sie.

»Nur halb so sehr wie die Frau, die ...« Er verstummte, erschrocken über seine Dreistigkeit.

»Die Frau, die es trägt?« Ihr Lachen war ansteckend. »Liebe Güte, wie galant!«

Daniel lächelte trotz seiner Nervosität. Zwischen ihnen lag ein sicherer Abstand, aber er hatte den Verdacht, dass sie den ungewohnten Flirt mit einem Fremden genoss. Ob sie ahnte, dass er ein Strafgefangener war?

Sie hob einen Apfel auf, der auf ihre Seite der Mauer gefallen war, und spielte damit wie ein Kind mit einem Ball. Ihre Stimme erinnerte an das Schnurren einer Katze.

»Magst du verbotene Früchte? Der Apfel, den Eva Adam anbot, war wie der hier.«

Die Anspielung war unmissverständlich, und Daniel witterte die Gefahr. »Bitte, Ma'am, Sie sollten wieder reingehen. Ich muss in meine Hütte zurück.«

»Bist du etwa kein freier Mann, Daniel Browne?«

Daniel wollte weglaufen, doch er hatte Angst, sie zu kränken.

»Ich bin Master Jonstone zugeteilt, Ma'am«, gestand er.

»*Oh, là, là!* Ein Strafgefangener. Darauf wäre ich nie gekommen. Du hast ein hübsches Gesicht. Und drückst dich aus wie ein

Gentleman.« Sie kicherte. »Was hast du denn angestellt, dass es dich hierher verschlagen hat?«

»Ich bin unschuldig, Ma'am«, sagte Daniel hastig. Er hatte es schon so oft wiederholt, dass er hoffte, es eines Tages selbst zu glauben.

»Du bist ja rot geworden, Daniel, wie süß«, zog sie ihn auf.

»Bitte verzeihen Sie, meine Dame, aber ich muss jetzt wirklich gehen!«

Als ein Gentleman auf die Terrasse heraustrat, blieb Daniel beinahe vor Schreck das Herz stehen. Julian Jonstone! In seiner Panik sprang er von dem Baum herunter und verschwand im Busch. Und als er einen Blick zurückwarf, sah er, wie die junge Frau sich bei Jonstone einhakte und ihren Gastgeber ansah wie einen Ritter, der zu ihrer Rettung geeilt war.

»Wie dumm von mir, Julian. War ich etwa in Gefahr, was meinst du?«

Daniel war außer Atem, als er sich in der Dunkelheit auf seine Pritsche warf. Hellwach lag er da und ließ jede Einzelheit des Abends noch einmal Revue passieren, jede Kurve ihres Körpers, jeden Winkel ihres vollkommenen Gesichts. Hätte er nur Farben und Pinsel, um sie zu verewigen. Eine namenlose Frau mit dem Gesicht eines frechen Engels und dem Körper der schönen Helena. Männer würden ihr Leben und ihr Königreich aufs Spiel setzen, um sie zu besitzen.

Daniel war verwirrt. Obwohl sie ihn körperlich nicht reizte, war sie derart aufregend, dass er es insgeheim kaum erwarten konnte, ihre Schönheit für die Nachwelt festzuhalten.

Die Morgendämmerung brachte wie immer Veränderungen, die außerhalb seiner Kontrolle lagen. Daniel wurde zu einer abgelegenen Weide geschickt, um dort Baumstümpfe auszugraben.

Eukalyptusbäume. Verdammt zäh. Das Pech ist mir treu. Ich kann nur hoffen, dass die anderen kräftig genug sind, um die schweren Dinger herauszuziehen.

Der Teufel in Person ritt auf seinem Paradehengst vorbei und drohte ihm mit dem Finger.

»Damit du lernst, deinen Herren nicht hinterherzuspionieren, Daniel Browne. Der Master hat nichts für freche Strafgefangene übrig, die seine reizenden Ehrengäste erschrecken!«

»Ich würde einer Dame niemals etwas antun, Sir. Und wenn ich sie erschreckt haben sollte, so tut es mir sehr leid.«

Daniel erwartete, dass seine Verteidigung auf Verachtung stieß. Wieso lächelte der Aufseher dann?

»Ich glaube dir, Daniel. Damen von Rang sind nicht nach deinem Geschmack, nicht wahr?«

Der Teufel in Person lachte kurz auf, und Daniel war verwirrt. Andere Strafgefangene waren für weit geringere Verstöße ausgepeitscht worden. Warum war er so nachsichtig mit ihm?

Der Aufseher hatte das Gesicht abgewandt, als er plötzlich beiläufig fragte: »Du bist doch mit einem gewissen Maynard Plews hierher gebracht worden, stimmt's? Warst du nicht sein Komplize?«

Daniel lief rot an und antwortete wie aus der Pistole geschossen: »Ich war unschuldig, Sir.«

»Natürlich, das seid ihr ja alle! Trotzdem, vielleicht interessiert es dich. Plews war den Kalkbrennöfen von Newcastle zugeteilt worden. Aber offenbar vertrug er es nicht, jeden Tag halbwegs unter Wasser zu verbringen. Er ist ersoffen. Manche meinen, freiwillig.«

Als der Aufseher weg war, wurde Daniel von widersprüchlichen Emotionen überwältigt. Schock und Traurigkeit lähmten ihn, seine Schuldgefühle flammten wieder auf, weil er mit dazu beigetragen hatte, das Leben des alten Mannes zu verkürzen. Dann erfüllte ihn plötzlich Scham, die einem unerwarteten Gefühl der Erleichterung entsprang. Jetzt war niemand mehr am Leben, der ihn hätte verraten können! Doch plötzlich fiel ihm etwas ein, das ihn erstarren ließ. Verfügte jetzt vielleicht der Teufel in Person über diese Macht?

Erst als er den riesigen Baumstumpf sah, der so tief im Boden steckte, dass man hätte meinen können, seine Wurzeln reichten bis in die Tiefen der Hölle, wurde ihm das wahre Ausmaß seiner Strafe bewusst. Und außer ihm war niemand mehr dieser Aufgabe zugeteilt worden.

Er kochte vor Wut. Die kleine Hexe hatte ihn verführt, sich mit ihr zu unterhalten. Sie hatte mit ihm gespielt wie ein Kätzchen mit einem Wollknäuel. In seiner Frustration richtete sich seine Wut gegen Saranna. Sie hatte versprochen, ihm bis ans Ende der Welt zu folgen. Wo blieb sie dann nur? Er schwang seine Hacke und schlug mit voller Wucht gegen den Baumstamm.

Frauen – diesen Schlampen darf man einfach nicht über den Weg trauen.

ZWÖLF

Jake Andersen stieß einen leisen Fluch aus, als er die Namen und Zielorte der fünf Passagiere las, die auf seiner Liste standen. Er wollte alles richtig machen auf seiner ersten Fahrt für Rolly Brothers. Trotzdem wusste er, dass es ein harter Kampf würde. *Jesses! Anständige Frauen sind in dieser Kolonie so knapp wie Wasser in der Wüste. Was für ein Glück! Bei fünf Passagieren kriege ich zwei davon ab. Eine alte Jungfer und eine Witwe. Und beide frisch mit dem Schiff aus England. Bestimmt sind sie zimperlich wie sonst was. Und mit so was muss ich mich jetzt wochenlang rumschlagen!*

Jake warf einen Blick auf die Uhr über dem Eingang zum White Horse Tavern. Sechs. Höchste Zeit, dass die Postkutsche aufbrach. Doch bislang war nur einer seiner Fahrgäste erschienen. Durchs Fenster sah er, wie sich Dr. Fergus O'Flaherty aus Irland in der Kneipe der Kutschenstation einen Schluck aus seinem silbernen Flachmann genehmigte: für unterwegs. Seine Whiskykiste hatte Jake bereits auf dem Dach der Kutsche vertäut, doch von diesem Passagier waren keine Unannehmlichkeiten zu befürchten – der Doc war ein echter Gentleman, der den Hut vor jeder Frau zog, die vorbeikam.

Jake sah noch einmal aufmerksam nach dem Pferdegespann, er konnte es kaum abwarten, endlich loszufahren. Größe und Glanz von Sydney Town ließen ihn kalt. Im Vergleich zu englischen Städten mochte es nur ein Tropfen im Ozean sein, trotzdem war ihm die Stadt nach wie vor zu groß.

Er blies sich in die Handflächen, um sie zu wärmen, und warf einen Blick auf den Verkehr in der George Street, der Hauptverkehrsader, die in die Stadt hinein und hinaus führte. Es gab schlichte Kaleschen, Vierspänner, Droschken, flotte Einspänner, Wagen und Karren, die mit landwirtschaftlichen Produkten aus Windsor und Parramatta beladen waren. Es war Markttag, überall wurden Stände mit Gemüse und Obst aufgebaut. In den Straßen wimmelte es von Männern. Die einzigen Frauen waren abgehärtete Farmersfrauen oder müde, hüftschwingende Weibsbilder, die in Jake nur einen potenziellen Kunden sahen.

Eine junge Frau blieb stehen und versuchte ihr Glück. Das strähnige Haar fiel ihr über die nackten Schultern, und sie stank nach Gin, doch ihre Stimme war hoffnungsvoll. »Worauf hättest du Lust, Kleiner?«

Jake tippte sich an den Hut. »Danke, aber ich kann es mir nicht leisten, meine Pferde allein zu lassen.«

Sie tauchte in der Menge unter, als hätte es sie nie gegeben.

Jake spürte einen Kloß im Hals, als er sich an das erinnerte, was der Constable über durchgebrannte Frauen gesagt hatte, die am Ende ihre Körper in den Straßen von The Rocks verkauften. Würde Jennys Verehrer sie verlassen, wenn er sie satthatte? Jake fragte sich, was er machen würde, sollte Jenny jemals so tief sinken. Die Antwort wollte er lieber nicht wissen.

In diesem Augenblick blieb eine anständige Frau vor ihm stehen, und Jake wusste sofort, das würde Ärger geben. Trotzdem nahm er den Hut ab und versuchte, es sich nicht gleich mit ihr zu verderben.

»Ich bin Ihr Kutscher, Jake Andersen. Sie sind bestimmt Mrs. Smith oder Saranna Plews, nicht wahr?«

»Miss Plews, Andersen«, korrigierte sie ihn kühl mit tadellosem britischem Akzent.

»Ganz recht, Ma'am«, antwortete Jake. *Eine dieser Neuankömmlinge, die auf uns Einheimische herabsehen.* Er würde sich von dieser eingebildeten Gans nicht aus der Ruhe bringen lassen.

»Da Sie eine Ewigkeit in der Kutsche eingepfercht sein werden, sollten Sie sich lieber noch ein bisschen die Beine vertreten, bevor wir uns auf den Weg machen, Miss Plews.«

Ihre behandschuhte Hand flog erschrocken zum Mund. Augenblicklich bemerkte Jake seinen Fehler – die verbotene Anspielung auf den weiblichen Unterleib. *Du hast noch eine Menge zu lernen, Mädchen. Aber wenn du in Ironbark ankommst, werden dich die Jungs dort schon zurechtstutzen.*

Miss Plews hatte eine große Reisetasche dabei. Jake bot an, sie auf dem Dach der Kutsche mit dem Gepäck der übrigen Passagiere zu verstauen, doch sie drückte sie an ihre Brust und trippelte in die Schenke.

»Wie Sie wünschen, Gnädigste«, murmelte er leise. »Jeder wird denken, dass du die Kronjuwelen darin versteckt hast.« Er sah nach rechts und nach links die Straße entlang. *Wo, zum Teufel, stecken bloß die anderen?*

Zwei Betrunkene torkelten auf ihn zu. Jake erkannte in dem groben Stoff ihrer Anzüge ein Produkt der Frauenstrafkolonie von Parramatta. Kein Zweifel, die Kerle stammten von hier.

»Wir sind die Brüder Crooke und wollen nach Goulburn. Ist das unsere Kutsche, Kumpel?«

»Ich mag ein Bier genauso sehr wie jeder andere«, antwortete Jake vertraulich. »Daher möchte ich euch warnen. Wir haben zwei Frauen dabei, die nicht besonders gut auf Grog zu sprechen sind – beides Nonnen.«

Die Brüder bekreuzigten sich. »Um Himmels willen! Mit Nonnen wollen wir nichts zu tun haben!«

»Umso besser!« Jake zeigte auf die Schenke. »Geht schnell da rein; der Mann am Schalter wird euch Plätze in einer anderen Kutsche besorgen – eine, die nur Männer mitnimmt!«

Jetzt fehlt bloß noch die Witwe, Mrs. Smith. Wo bleibt sie nur? Ihre Tasche ist bereits auf dem Dach, also kann ich unmöglich ohne sie abfahren.

Plötzlich kam eine junge Frau mit wirbelnden Röcken auf die Kutsche zugelaufen. »Jesses!«, murmelte Jake leise. »Was haben wir denn da?«

Er erhaschte einen flüchtigen Blick auf die hübschen Fußknöchel unter dem roten Unterrock. Beim Laufen hielt sie den albernen kleinen Hut fest, dessen Krempe mit einer Feder geschmückt war. Trotz des Schals konnte jeder sehen, dass die rote Bluse über den Brüsten spannte. Atemlos bahnte sie sich einen Weg durch die Menschenmenge und stieß schließlich buchstäblich mit ihm zusammen. Als sie sprach, klang es wie ein melodischer Singsang.

»Danke vielmals, dass Sie gewartet haben. Man hat mir eine falsche Auskunft gegeben. Und als ich zurücklief, schrie jemand: ›Haltet den Dieb‹. Ich kann Ihnen sagen, da war was los! Und dann musste ich einem Polizisten noch auf die Schnelle erklären, wo ich hinwollte.«

Ihr Lachen war fröhlich und offen, ganz anders als das höfliche Kichern wohlerzogener englischer Mädchen. Die meisten von ihnen schützten ihre blasse Haut vor Sommersprossen, doch die olivbraune Haut der Witwe schien Sonne gewöhnt zu sein.

»Sie müssen Mrs. Smith sein, richtig? Ich bin Ihr Kutscher, Jake Andersen. Jake.«

»Sehr erfreut, Sie kennen zu lernen, Mr. Andersen. Ich kann es kaum erwarten, mit der Reise zu beginnen. Bitte stören Sie sich nicht an meinen Fragen. Ich bin erst seit drei Tagen hier. Die Kolonie ist eine völlig neue Welt für mich.«

Ein plötzlicher Windstoß fegte ihr den albernen Hut vom Kopf auf die viel befahrene, zweispurige Straße, und Jake flitzte hinterher. Geschickt schlängelte er sich zwischen Pferden und Karren hindurch, um den Hut zu retten, ehe er in der Gosse landete. Dann kam er zwischen den Kutschen wieder zurück und überreichte ihn ihr.

Die blauen Augen der Witwe Smith strahlten ihn an, unter einer flatternden Mähne von schwarzem Haar, das der Wind in alle Richtungen blies. Jake verlor ein wenig seine Fassung. *Jesses, in diesem schwarzen Dschungel könnte man sich glatt für ein paar Wochen verirren.*

Als er der Witwe in die Augen blickte, hatte er das Gefühl, in einen tiefen Brunnen zu fallen. Dann rief er sich hastig ins Gedächtnis zurück, was er sich vorgenommen hatte. *Keine anständige Frau auf der Welt könnte mich jemals wieder in Versuchung führen. Ich bin zufrieden, wenn ich Lily Pompadour für alles bezahle, was ich brauche.*

Es begann zu regnen, und im Nu wimmelte es auf der George Street von schlammbespritzten Kutschen und Männern mit Regenschirmen. Obwohl Jake oft auf Horatio durch diese Straße geritten war, wäre es etwas anderes, im Regen eine Kutsche durch die vielen betrunkenen Fußgänger und Fahrer zu manövrieren. Seine Passagiere hatten sich unter dem Vordach der Schenke versammelt. *Dr. O'Flaherty ist angenehm betrunken, Miss Plews unruhig und nervös, und die Witwe Smith schaut sich um wie ein Kind auf einem Jahrmarkt.*

Gerade als Jake seine Passagiere bitten wollte, einzusteigen, wurde er von einem Kerl mit verschlagenem Gesicht angesprochen. Jake hatte beobachtet, wie er sich zuvor mit einem anderen Kutscher unterhalten hatte.

Jake warf einen Blick auf den Mantel des Mannes. Der Schein des Pfandleihers hing noch am Kragen. *Kein Zweifel, der Kerl hat Dreck am Stecken.*

»Könnte ich dich auf ein Wort sprechen, alter Schwede?« Der Mann hatte einen unruhigen Blick und einen hundertprozentig reinen Cockney-Akzent. »Hast du vielleicht eine gewisse Keziah Stanley unter deinen Passagieren gehabt? Sieht ein bisschen wie eine Zigeunerin aus und ist erst vor Kurzem aus dem alten Kontinent angekommen.«

Jake horchte auf. »Wer will denn das wissen?«

»Ein Gentleman aus England. Vornehme Familie. Jede Menge Knete. Würde sich lohnen.« Der Mann klimperte mit den Münzen in seiner Tasche, um sein Anliegen zu unterstreichen.

Jake registrierte, wie sich Mrs. Smith zu Tode erschrocken hinter der Tür der Schenke versteckte.

»Nie gehört«, entgegnete Jake. »Und jetzt zieh Leine, ich habe zu tun.«

Als der Spitzel außer Sicht war, warf Mrs. Smith Jake ein ängstliches Lächeln zu. *Das ist es also. Eine anständige Frau auf der Flucht vor einem Kerl mit Geld.*

»Alles einsteigen, es geht los«, rief Jake und legte eine breite Holzplanke auf den Gehsteig, damit seine Passagiere nicht mit ihren Stiefeln durch den Schlamm treten mussten. Die Witwe stieg als Letzte ein. Jakes Blick blieb erneut an dem gebauschten Unterrock und den anmutigen Knöcheln hängen. *Keine Angst, ich schaue nur.*

DREIZEHN

Mi-duvel! Gott sei Dank bin ich wieder unterwegs.

Als die Kutsche durch das Toll Gate am Ende der Parramatta Road fuhr, berührte Keziah ihr silbernes Amulett unter der Bluse und dankte ihren Ahnen. Offensichtlich hatten sie sie davor bewahrt, von dem Cockney-Spitzel entdeckt zu werden, den ihr die Morgans auf den Hals gehetzt hatten. Hatte Jake Andersen ihre Panik bemerkt und sie gedeckt? Auch bei ihm bedankte sie sich im Geiste. Für alle Fälle.

Wie aufregend das alles war! Sie reiste zum ersten Mal in einer Pferdekutsche, und mit jeder Meile kam sie Gem näher. Natürlich würde eine Kutsche niemals so gemütlich sein wie ihr *vardo*. Bei jedem Schlagloch flog Dr. O'Flaherty gegen sie, und der Regen spritzte manchmal durch das offene Fenster hinein. Glasfenster wären binnen fünf Minuten zerborsten auf diesen rauen Straßen, doch Keziah wollte die Tuchblenden nicht hinunterziehen. Lieber wurde sie ein wenig nass, als die außergewöhnliche Landschaft zu verpassen.

Sie versuchte, Saranna Plews' stumme Missbilligung zu übersehen, mit der diese den roten Unterrock unter Keziahs schwarzem Trauerkleid beäugte. Keziah schlang den Schal über die Brust, um die rote Bluse zu verstecken, und lächelte zaghaft, woraufhin die andere Frau sich abwandte und entschlossen aus dem Fenster blickte.

Die Abweisung überraschte Keziah nicht, aber Dr. O'Flaherty, der neben ihr saß, zwinkerte ihr freundlich zu. »Sollte ich an Ihrer Schulter einnicken, dann schieben Sie mich einfach wieder in meine Ecke.« Er nahm einen Schluck aus seinem Flachmann, drückte sich die Melone in die Stirn und schlief augenblicklich ein.

Keziah machte sich im Geiste Notizen über ihre Mitreisenden, als läse sie ihnen aus der Hand.

Der Doktor ist Alkoholiker, aber harmlos. Saranna Plews hat einen feinen Chester-Akzent. Erstklassige Reiseausstattung. Teure Lederstiefel, allerdings sind die Absätze abgelaufen. Das und das Loch in ihren Handschuhen zeugen von vornehmer Herkunft, aber auch Armut. Warum berührt sie ständig diese Kamee-Brosche? Plötzlich hatte sie eine Eingebung. *Ah, ein Andenken an ihre verstorbene Mutter.*

Je tiefer die Kutsche ins Landesinnere vorstieß, desto sicherer fühlte sich Keziah in der Weite der Landschaft. Die Wahrscheinlichkeit, dass die Spitzel der Morgans sie hier fanden, war gering. Niemand wusste, wie sie hieß oder was sie heimlich mitbrachte. Jetzt war sie Mrs. Smith. Eine Witwe, unterwegs in den Süden, wo sie Gem vermutete. Und als sie an ihn dachte, berührte sie den filigranen Goldring, den er ihr an ihrem Hochzeitstag geschenkt hatte.

Die seltsame Schönheit des Landes überwältigte sie. Die weiß getünchten Dörfer, an denen sie gelegentlich vorbeikamen, hätten aus irgendeiner ländlichen Gegend in England stammen können. Abgelegene Buschhütten, deren Holzbalken von Sonne, Wind und Regen ausgebleicht waren, standen wie robustes Unkraut in dieser fremden Erde. Der Busch selbst flog als verwischte, endlose Folge von seltsamen Bäumen vorbei, die nichts mit den ihr namentlich bekannten englischen Bäumen und Pflanzen gemein hatten.

Jedes Mal, wenn sie einem einsamen Reiter begegneten, rief Jake Andersen ihm einen Gruß zu. Als sie eine barfüßige schwarze Familie sah mit einem Kind, das sich an den Rücken seiner Mutter klammerte, empfand Keziah eine Welle der Zuneigung. Wurden solche Frauen von den *gaujo* auch wie minderwertige Wesen behandelt, so wie die Roma in England?

Sie umfasste erneut das kostbare Amulett ihrer Großmutter,

das sie unter der Bluse trug. Eines Tages würde sie sich stolz und offen zu ihrer Herkunft bekennen können.

Tagelang waren sie Straßen gefolgt, die so neu aussahen, als wären sie erst am Morgen durch den Busch geschlagen worden. Am oberen Kamm eines steilen Hügels verlangsamte die Kutsche ihre Fahrt, und Jake rief: »Hey, Herrschaften! Schauen Sie mal da rechts rüber! Wetten, dass Sie auf dem alten Kontinent noch nie so was gesehen haben?«

Die Kutsche kam zum Stehen. Jake Andersen hatte nicht übertrieben. Von riesigen Eukalyptusbäumen gesäumt, breitete sich ein weites Panorama unter ihnen aus.

Keziah stieg aus der Kutsche und rannte bis zum Rand der Klippen. Sie hatte das Gefühl, ein Adler zu sein, der aus seinem Horst hinabsah. Die violetten, orangefarbenen und olivgrünen Wellen von Bergen in der Ferne glichen einem riesigen gewebten Teppich. Unter ihnen lag eine weite Ebene, in der es von winzig wirkenden Tieren mit langen, wie Säbel gebogenen Schwänzen wimmelte. Sie sprangen durch das Tal wie auf Federn und verschwanden im dichten Schatten des Buschs. Keziah breitete die Arme aus, als wollte sie die Szenerie umarmen.

»Die Götter haben dieses Land gesegnet!«

Plötzlich merkte sie, dass Jake Andersen sie neugierig beobachtete. Was war bloß mit ihm los? Lächelte er denn nie? Sie ignorierte die Warnung ihrer Großmutter. Wenn sie eine schlechte Wahl traf, würde sie sich im Leben mit drei Männern einlassen, von denen einer rotgoldenes Haar hätte. *Nun, mit Caleb Morgan habe ich tatsächlich einen verheerenden Fehler begangen. Und Jake Andersen hat rotgoldenes Haar. Doch nach allem, was ich gesehen habe, wimmelt diese Kolonie nur so von Männern mit keltischen Zügen.*

Jake Andersen faszinierte sie. Er war der erste Currency Lad, mit dem sie sich unterhalten hatte. Er drückte sich anders aus als jeder Engländer, dem sie je begegnet war, und sah auch anders aus. Er war ein einsilbiger Mensch, jedes Wort zählte. Sein Blick schien zu sagen, dass er niemanden für besser oder schlechter als sich selbst hielt. *Er ist nicht unbedingt arrogant, aber er duldet nicht, dass die Engländer sein Land kritisieren.*

Und jetzt beobachtete er sie.

»Recht so!«, sagte er. »Sie müssen zu Fuß da runter, es ist sicherer so. Der Hang ist ganz schön steil.«

Keziah trat zu ihm zurück. »Warum ketten Sie diesen Baumstamm an die Kutsche?«

»Na, damit sie nicht zu schnell wird und irgendwo zerschellt. Dann müssten Sie den ganzen Weg auf dem Rücken eines Ponys zurücklegen.«

Dann gab er den übrigen Passagieren ein Zeichen. »Auf geht's. Lassen Sie sich Zeit. Nicht, dass sich jemand die Knochen bricht. Hier gibt es weit und breit keinen anständigen Arzt.« Dann bemerkte er seinen Fauxpas und setzte rasch hinzu: »Nichts für ungut, Doc.«

O'Flaherty lachte. »Keine Sorge, mein Junge.«

Keziah hob den Rock an und ging vorsichtig voran. Als sie sah, wie sich Saranna Plews an Dr. O'Flahertys Arm klammerte, musste sie schmunzeln. Mittlerweile war er so voll wie eine Haubitze. Wer führte da wen?

Voller Bewunderung beobachtete sie, wie Jake sein Pferdegespann fachmännisch die steile Böschung hinunterführte.

Doch als er unten angekommen war, winkte er ab. »Das war gar nichts.«

Saranna Plews zog es vor, sich allein auf einen Baumstamm zu setzen, also nahm Keziah neben dem Doktor Platz.

»Ein Glück, dass wir einen Buschexperten wie Jake Andersen dabei haben. Ich weiß nicht, wie es Ihnen geht, Doc, aber ich bin am Verdursten. Vermutlich gibt es nichts Erfrischenderes im Busch als Tee.«

O'Flaherty nickte und holte seinen Flachmann heraus, nachdem er an seinen Durst erinnert worden war.

Mittlerweile hatte Jake wie üblich mühelos ein Feuer angezündet und eine Blechkanne mit Wasser für Tee darauf gestellt.

»Ich mache Ihnen was ganz Besonderes. Pfannkuchen. Unschlagbar!«

»Darf ich zusehen?« Ungebeten kauerte sich Keziah neben Jake. Der warf ihr einen misstrauischen Blick zu, sagte jedoch nichts.

»Hier, machen Sie sich ein wenig nützlich. Werfen Sie die Rosinen hinein, aber erst, wenn ich es Ihnen sage.«

Die Pfannkuchen waren ein Erfolg, und die Stille unter den Passagieren wurde nur von ihrem genüsslichen Schlürfen des Tees und Vogelzwitschern unterbrochen. Keziah fiel auf, dass Jake immer gebührenden Abstand von der übrigen Gruppe hielt, als wüsste er, was Saranna Plews von jungen Australiern hielt, die nicht wussten, »wo ihr Platz ist«.

»Am nächsten Halt gibt es eine Poststation. Wenn Sie die Chance nutzen wollen, um ein paar Zeilen zu schreiben ...«

Gehorsam zog sich Saranna zurück. An ihrer Miene erkannte Keziah, dass sie einen Liebesbrief schrieb. War ihr Verlobter ein Farmer? Ein Beamter? Oder ein Strafgefangener?

Kurz darauf überreichte Saranna Jake nervös den Brief. »Wie viel wird es kosten, ihn so weit zu schicken?«

Jake warf einen Blick auf den Umschlag. »Gideon Park ist hier in der Kolonie nicht weit, Miss. Nur etwa hundert Meilen südlich von hier.«

Gideon Park. Keziah spürte, wie ihr Herz bei diesen Worten heftig schlug. Gem war nicht mehr weit.

»Kostet Sie gar nichts«, fuhr Jake fort. »Der Empfänger muss den Postmeister bezahlen.«

»Oje. Dann kann es sein, dass er ihn nie erhält.«

Als Saranna errötete, war Keziah überzeugt, dass ihr Verlobter ein Strafgefangener war. *Vielleicht haben wir mehr gemeinsam, als sie ahnt, aber sie würde lieber sterben, als sich irgendwem anzuvertrauen. Wie schrecklich es sein muss, eine Dame aus der Mittelschicht zu sein.*

Während des nächsten Reiseabschnitts setzten Hitze und Fliegen ihren Nerven zu; alle waren gereizt. Keziah atmete erleichtert auf, als Jake den Kopf durch das Fenster steckte und sich den rauen Schnurrbart kratzte.

»Zeit, dass Sie sich ein bisschen die ... Füße vertreten«, sagte er dieses Mal vorsichtig. »Wir werden erst mitten in der Nacht den nächsten Gasthof erreichen. Ich koche Ihnen einen Tee, um Sie wach zu halten.«

Keziah bemerkte, wie ihre beiden Mitreisenden die Einsamkeit suchten, nachdem sie so lange in der engen Kutsche zusammengepfercht gewesen waren. Sie hätten jetzt genug Zeit, um sich zu entspannen, während Jake Andersen in der Asche seines Feuers das Buschbrot aufwärmte.

Nachdem er Saranna und ihr Tee eingeschenkt hatte, verdrückte sich Jake Andersen zu O'Flaherty, um mit ihm zu plaudern. Keziah aber entging nicht, dass er sich immer wieder zu ihr umsah, während sie gierig ihr Buschbrot verschlang.

O'Flaherty kippte sich einen ordentlichen Schuss »Medizin« in seinen Teebecher. »Sagen Sie, mein Junge, wie viele Iren mögen hier in der Kolonie leben?«

»Wie viele Sterne gibt es am Himmel?«, gab Jake die Frage zurück. »Von drei Strafgefangenen ist einer Ire. Gleich und gleich gesellt sich gern, das gilt auch für die Siedler. In Tagalong gibt es mehr Iren als Eukalyptusbäume. In Kelso und Bathurst wimmelt es von Schotten. Eine Gegend in der Bathurst-Ebene heißt Little Cornwall. Und die Engländer sind natürlich *überall*!«

Er blickte über die Schulter in Keziahs Richtung und fügte hastig hinzu: »Das soll keine Beleidigung sein. Ich hatte ganz vergessen, dass Sie Engländerin sind.«

Sie lächelte ihn an. »Waliserin, um genau zu sein.«

O'Flaherty ließ nicht locker. »Ich gehe davon aus, dass ich keine Probleme haben werde, in der Kolonie Whisky zu bekommen.«

»Nein, höchstens Wasser!«, versicherte ihm Jake. »In der

Winston Road in Irishtown gibt es eine Schenke namens The Wheelbarrow, da wirft der Wirt alle Betrunkenen hinaus, bevor die königliche Postkutsche aus Parramatta eintrifft, damit die ehrbaren Bürger nicht allzu sehr erschrecken.«

Keziah kicherte belustigt, sodass Jake Andersen ihr einen Blick zuwarf.

Als er höflicherweise ein paar Schritte von den Damen wegschlenderte, um seine Pfeife zu rauchen, beobachtete Keziah ihn ganz offen. Der Bart und das lange Haar ließen nur wenig von seinem Gesicht erkennen, abgesehen von den stahlgrauen Augen und dem fein geschwungenen Mund. Sie war neugierig. Wie sähe er wohl rasiert aus? Dann schweifte ihr Blick über den geschmeidigen, kräftigen Körper und die breiten Schultern. Die Männer hier waren eine Spezies für sich. Jake Andersen bewegte sich, als gehörte ihm die Welt.

Und trotzdem erstarrte er, als sie aufstand, den Rock hob und auf ihn zuging. Warnend hob er die Hand. »Setzen Sie sich bloß nicht auf den hohlen Stamm! Ich habe gerade den Kopf einer Schlange darin gesehen.«

Mi-duvel! Keziah trat ein paar Schritte zurück. »Giftig?«, fragte sie.

»Tödlich«, antwortete er gelassen. »Aber nur, wenn sie beißt.«

Keziah lachte nervös. »In diesem Land gibt es so viel zu lernen. Stört Sie meine Fragerei?«

Offenbar wollte Jake vermeiden, ihr in die Augen zu sehen. »Ich denke, dass man so am schnellsten lernt.«

Keziah nahm ihn beim Wort und wich nicht mehr von seiner Seite, emsig darauf bedacht, Antworten auf ihre brennenden Fragen zu erhalten. »Was war das für ein merkwürdiges Tier, das wir heute Morgen gesehen haben? Wie viele Arten von Eukalyptusbäumen gibt es? Wie bringen Kängurus ihre Kinder zur Welt? Sie nennen sie Joey? Was für ein süßer Name. So nennen wir die Zirkusclowns zuhause. Was ist ein Opossum?«

Jake warf ihr einen seltsamen Blick zu. Keziah fragte sich, ob sie vielleicht zu weit gegangen war. Er schien leicht irritiert von ihren Fragen. Doch als ein Schwarm von Papageien über sie hinwegflog und eine regenbogenfarbene Feder vom Himmel fiel, fing Jake sie hastig für sie auf.

Keziah lachte entzückt und steckte sie neben die Straußenfeder an ihren Hut.

Da aber Jake nach wie vor ihrem Blick auswich, schlug sie eine andere Richtung ein. »Was ist das Wichtigste, was ein neuer Siedler wissen sollte, Mr. Andersen?«

Einen Augenblick lang wirkte er verblüfft. »Ich vermute, dass man hier nur überlebt, wenn man unseren komischen Sinn für Humor versteht.«

Sie beugte sich vor, als wartete sie auf eine Erklärung. »Warum? Was macht Sie so anders als wir?«

Er dachte kurz nach. »Mal sehen, wie Sie reagieren. 1830 erwischten die Trooper eine Bande von entflohenen Sträflingen, die sich als Buschräuber herumgetrieben hatten. Die Bande war unter dem Namen Ribbon Gang bekannt, weil sie ihre Hüte mit Bändern geschmückt hatte. Es waren Helden oder Verbrecher, je nachdem, wie man es sehen will. In Bathurst errichtete man einen Galgen auf der Straße, an dem man zehn von ihnen gleichzeitig aufknüpfen wollte, aber nicht einmal die Sterbesakramente des Priesters konnten einem der Verurteilten Gottesfurcht einflößen. Der Kerl schrie: ›Meine alte Mutter hat mir immer gesagt, ich würde wie ein braver Soldat mit meinen Stiefeln an den Füßen sterben, und jetzt muss ich sie Lügen strafen!‹«

»Und dann?«, fragte Keziah und hielt den Atem an.

Jake machte eine wirkungsvolle Pause. »Dann hat er seine Stiefel abgestreift und ist barfuß in die Ewigkeit eingegangen!«

Keziah starrte ihn an. »Sie wollen sagen, er hat sich noch in seinem letzten Stündlein über den Tod und die Welt lustig gemacht!«

Jake grinste. »Sie haben es erfasst! Ich glaube, dass Sie hier ganz gut zurechtkommen werden, Mrs. Smith. Und jetzt steigen Sie bitte wieder ein. Noch ehe ein Lamm zweimal mit dem Schwanz schlagen kann, geht es weiter.«

Am nächsten Tag verdunkelte sich der Himmel von einer Minute auf die andere, und es begann wie aus Kübeln zu schütten. Der Wind peitschte so heftig gegen die Kutsche, als wollte er sie von der Straße fegen. Keziah kauerte unter ihrer Regenhaut und beobachtete, wie sich die Bäume bogen. Die Äste schienen vor Schmerz zu ächzen, wenn sie von ihrem Stamm gerissen wurden und in den Busch krachten. Sie war von der Macht des Windes fasziniert, Saranna jedoch stand die Angst ins Gesicht geschrieben. Trotzdem brachte sie ein schwaches, nervöses Lächeln zu Stande, als sich ihre Blicke trafen.

Keziahs Lächeln hingegen war aufrichtig. Die lange Zeit, in der sie gemeinsam in der Enge der Kutsche eingeschlossen gewesen waren, hatte die Klassenunterschiede wie die Schalen einer Zwiebel gelöst und zu Tage gefördert, wer sie wirklich waren. Saranna und sie hatten beide die Welt umsegelt, um den Mann zu finden, den sie liebten. Beide hatten kaum Geld und kämpften, auf sich allein gestellt, ums Überleben.

Als sie den nächsten Gasthof erreichten, schubste Keziah Saranna sanft zu einem einfachen Tisch, der durch ein Netz vor den Fliegenschwärmen geschützt war. Da sie Sarannas prekäre finanzielle Lage ahnte, flüsterte sie ihr ermutigend zu: »Jake sagt, das Essen hier ist umsonst.«

Dr. O'Flaherty war in gesprächiger Stimmung. »Na, wie gefällt Ihnen der australische Busch, Miss Plews?«

Sarannas Antwort war höflich, aber abschätzig. »Schwer zu vergleichen mit Englands üppiger grüner Schönheit. Ich fürchte, die Bäume hier in der Kolonie sehen alle gleich aus.«

»Wenn man einen Baum gesehen hat, kennt man alle, meinen Sie?«

Keziah konnte ihren Missmut nicht länger für sich behalten. »Ist das alles, was Sie sehen? Jeder Tag bringt doch eine neue

Art von Schönheit ans Licht. Spüren Sie es nicht in Ihrem Blut? Dieses Land hat Feuer im Bauch!«

Saranna wirkte überrascht und blickte sich fragend um.

Keziah sah, wie Jakes Mund zuckte, als wäre er zum ersten Mal belustigt.

»Sie werden auch noch dahinterkommen. Hier ist alles anders. Die Bäume, das Wetter, die Tiere – sogar die Art, wie wir denken und sprechen.«

O'Flaherty goss Whisky in seinen Teebecher und sagte: »Ich habe gehört, dass die Jungs von hier glauben, der Matrose wäre genauso viel wert wie sein Kapitän. Vermutlich haben Sie nicht viel für uns übrig, die wir zuhause geboren sind, wie?«

»Da haben Sie halbwegs Recht. Aber wir stutzen die Briten nur dann zurecht, wenn sie es nicht anders verdienen. Sie, Doc, brauchen sich keine Sorgen zu machen.«

O'Flaherty gluckste. »Manchmal zahlt es sich doch aus, Ire zu sein.«

Keziah wurde bewusst, dass es das erste Mal war, dass sie Jake Andersen entspannt lachen sah. Hinterließ die Reise etwa auch bei ihm Spuren?

Als Saranna schüchtern fragte, was mit den Strafgefangenen geschah, die ihre Strafe abgesessen hatten, horchte auch Keziah auf.

»Wenn sie begnadigt wurden, heißen sie Freigelassene, ansonsten sind es Entlassene oder ehemalige Sträflinge – aber alle kommen frei! Sie können Geschworene werden oder Polizisten. Manche ehemalige Strafgefangene haben ein Vermögen gemacht und speisen am Tisch des Gouverneurs. Die Briten haben ihr eigenes Verständnis von Gerechtigkeit, aber wir handhaben eben vieles anders – zum Guten *und* zum Schlechten.«

Damit schlenderte Jake davon. Keziah lief ihm nach, um ihm eine persönliche Frage zu stellen.

»Im letzten Gasthaus habe ich eine Zeitung gesehen, aber ich kann nicht besonders gut lesen. Wurde über irgendwelche

Buschräuber berichtet?« Sie interessierte sich nur für einen Buschräuber, Gem. Verständlicherweise missdeutete Jake Andersen ihre Sorge.

»Sie brauchen keine Angst zu haben, Mrs. Smith. Ich trage immer eine geladene Schrotflinte bei mir.«

Eigentlich sollte der Gasthof eine kleine Oase der Bequemlichkeit sein, doch es gab Probleme, weil eine Kutsche der Konkurrenz vor ihnen angekommen war und es nun an Zimmern fehlte. Als Jake Andersen loszog, um die Pferde zu versorgen, hörte Keziah, wie die Frau des Wirtes sich bei Saranna Plews dafür entschuldigte, dass sie ihr Zimmer mit Mrs. Smith teilen müsse.

»Ich glaube nicht, dass Mrs. Smith diejenige ist, für die sie sich ausgibt. Ich kenne ihre Sorte aus der alten Heimat. Bestimmt ist sie eine Zigeunerin. Ich rate Ihnen, verstecken Sie Ihr Geld unter der Matratze. Sie wissen doch, Zigeuner stehlen wie die Raben.«

Wütend stolzierte Keziah davon. Als sie an der Rolly-Brothers-Kutsche vorbeikam, spürte sie, wie das Baby aus lauter Solidarität gegen ihren Bauch trat.

Jake Andersen hatte es sich unter der Kutsche zum Schlafen gemütlich gemacht. Er blickte beunruhigt auf, als sie ihn durch die Räder ansprach.

»Ich will mich bei Ihnen für Ihre Geduld bedanken. Als ich in dieses Land kam, hatte ich die schrecklichsten Geschichten über Kopfjäger und Menschenfresser gehört. Jetzt aber wird mir klar, dass dieses Land seine eigene Schönheit besitzt. Ich könnte hier Jahre leben und nur an der Oberfläche seines Zaubers kratzen. Gute Nacht, Mr. Andersen.«

»Jake«, berichtigte er sie. Dann fragte er, ob ihr Bett in Ordnung sei.

Keziah nickte bloß und ging weiter in Richtung Stall. Dort baute sie sich ein Lager aus Stroh und legte ihren Schal darauf. Trinkwasser gab es hier nicht. Gerade als sie überlegte, ob das Wasser in der Tränke sauber genug wäre, um sich darin Gesicht und Hände zu waschen, entdeckte sie Saranna Plews, die nervös hinter ihr stand.

»Um Gottes willen, Mrs. Smith! Was machen Sie hier?«

»Ich habe entschieden, dort zu schlafen, wo ich willkommen bin. Eine Stute und ihr Fohlen sind gute Bettgefährten«, erwiderte Keziah bestimmt.

Saranna errötete verlegen. »Was die Frau des Wirts gesagt hat, war unrecht. Ich teile mir das Zimmer gern mit Ihnen, Mrs. Smith.« Als Keziah zögerte, fügte sie hastig hinzu: »Verzeihen Sie mir. Ich war nicht besonders freundlich zu Ihnen. Dabei sind wir beide Fremde in einer fremden Welt.«

Saranna streckte ihr die Hand entgegen, und Keziah lächelte. Dann gingen sie zusammen zur Herberge zurück.

Sie zogen sich bis auf die Unterwäsche aus und wuschen sich mit einem Schwamm am Waschbecken. Wie Kinder konnten sie ihr Kichern nicht unterdrücken, als sie sich in das bucklige Bett fallen ließen, dessen Matratze zur Mitte hin nachgab. Keziah warf einen Blick auf die Tür. Sie hatte kein Schloss.

»Es ist bestimmt sicherer, wenn wir den Rat der Wirtin befolgen und unsere Geldbörsen unter der Matratze verstecken. An der Theke saß ein Mann, der aussah, als könnte er einem für einen Penny den Hals aufschlitzen.«

Saranna riss die Augen vor Schreck auf, woraufhin Keziah einen Stuhl unter die Türklinke zwängte.

»Keine Angst. Wenn das nicht hilft, bin ich sicher, dass Jake Andersen uns im Nu zu Hilfe käme. Dr. O'Flaherty hat mir erzählt, dass Jake ein Faustkämpfer ist.«

»Ach, wirklich?« Sarannas Stimme klang, als gehörte Jake einer seltenen Spezies aus dem Zoo an.

Die jungen Frauen lagen im Bett und beobachteten, wie die flackernde Kerze Schatten auf die Wände des Zimmers warf. Keziah blies sie aus. Und dann vertraute Saranna sich ihr in der Dunkelheit an.

»Ist das nicht ulkig? Ich habe in meinem ganzen Leben noch nie das Bett mit jemandem geteilt. Ich war ein Einzelkind.«

Keziah spürte, wie Saranna versuchte, die Kluft zwischen ihnen zu überwinden, indem sie ihr freiwillig von ihrem Leben erzählte. Dass ihre Mutter bei ihrer Geburt gestorben und sie bei ihrem Vater und ihrer älteren Tante aufgewachsen war. Dass ihr Zukünftiger im Kunstgeschäft ihres Vaters gearbeitet hatte und es pleitegegangen war, sodass »mein Verlobter gezwungen war, sein Glück in der Kolonie zu versuchen«.

Doch ihr Zögern verriet, dass mehr hinter der Geschichte steckte.

»Tante Georgina hat den Schock über den Verkauf unseres Hauses nie verwunden. Als sie starb, hatte ich gerade noch genügend Geld, um ihr Begräbnis und meine Schiffspassage zu bezahlen. Dann kam ich in Sydney Town an und erfuhr, dass mein Vater nur wenige Monate zuvor gestorben war. Es war ein schrecklicher Schlag.« Mit zitternder Stimme fuhr sie fort: »Ein Pfarrer hat mir in Ironbark Arbeit verschafft, bis ich wieder bei meinem Liebsten sein kann.«

Auch wenn Saranna den Namen ihres Liebsten nicht nannte, so sprach sie doch voller Zärtlichkeit von ihm. Keziah hatte ein schlechtes Gewissen, weil sie ihr keine Details über ihr eigenes Leben erzählen konnte, aber sie musste eine falsche Fährte legen, um Caleb Morgan zu entkommen.

»Ihr Verlobter kann sich glücklich schätzen, Ihr Herz erobert zu haben«, sagte sie aufrichtig.

»Ich würde ihn auf der Stelle heiraten, wenn ich nur könnte.«

Keziah konnte sich den wahren Grund für den Aufschub denken. Wie Gem war auch Sarannas Verlobter in Ketten nach Australien gekommen.

Nachdem Saranna eingeschlafen war, dachte Keziah über das Misstrauen der Wirtin nach. Obwohl ihre Roma-Weste mit den bestickten Münzen in der Reisetasche versteckt war, hatte die Frau Keziahs Herkunft erahnt. Das könnte ihr auch bei anderen passieren. Daher beschloss sie, dass es an der Zeit war, sich eine abstruse Zigeunergeschichte auszudenken. Vor langer Zeit hatte sie in Manchester einmal einer Schauspielerin aus der Hand gelesen und strickte nun aus dem aufregenden Leben dieser Frau eine Legende für Mrs. Smith.

Nach dem Frühstück saß Jake Andersen unter einem dichten Eukalyptusbaum und rauchte seine Pfeife. O'Flaherty war einmal mehr in gesprächiger Stimmung. Mittlerweile kippte er seinen Schuss Whisky ganz offen in den Tee, ohne so zu tun, als sei es Medizin.

»Ich fahre nach Melbourne Town, Miss Plews nach Ironbark. Und wo wollen Sie hin, Mrs. Smith?«

Keziah holte tief Luft und begann mit ihrer Geschichte. »Ich bin nach Australien gekommen, um in einem Theaterstück mitzuspielen.«

Saranna spitzte die Ohren. »Wirklich? Erzählen Sie, Mrs. Smith. Ich liebe das Theater.«

»Mein geliebter verstorbener Mann und ich sind am Theater groß geworden. Wir waren Schauspieler im Ensemble von King William, dem Theatre Royal in der Drury Lane. Wir traten in einem neuen Stück auf, das in ganz London für Aufsehen sorgte, und Mr. Barnett Levey engagierte uns, um es hier in Sydney Town in seinem neuen Theater aufzuführen. Nach dem unerwarteten Tod meines Mannes war ich wie gelähmt. Doch dann kam ich zu dem Schluss, dass ich Mr. Levey nicht im Stich lassen konnte. *The show must go on*, wissen Sie. Also bin ich hergekommen, um mir ein neues Leben aufzubauen.«

»Wie mutig von Ihnen. Wie heißt denn das Stück?«, fragte Saranna ehrfürchtig.

Saranna und O'Flaherty hatten den Schwindel für bare Münze genommen, doch Keziah sah, dass Jake nicht darauf reingefallen war. *Dem macht so leicht niemand etwas vor.*

»Das Geheimnis der Zigeunerin«, sagte Keziah und nahm die

münzenbestickte Weste aus der Tasche. »Ich spiele eine Roma. Ich versuche gerade, mein Zigeunerkostüm etwas abzutragen, damit das Ganze authentischer wirkt.«

O'Flaherty hob anerkennend den Flachmann. »Ich habe keinen Zweifel, Mrs. Smith, dass Sie das Publikum mit Ihrer Aufführung begeistern werden.«

Keziah reagierte auf sein Kompliment, indem sie huldvoll den Kopf senkte, um ihr Grinsen zu verstecken. *Wenn Sie wüssten, was für eine Aufführung ich Ihnen gerade geboten habe.*

Und als Saranna sich mit Tränen in den Augen vorbeugte, spürte Keziah einen Stich von Gewissensbissen.

»Sie sind eine sehr tapfere Frau. Sollten wir uns nicht wiedersehen, wünsche ich Ihnen alles Gute für Ihr neues Leben in der Kolonie, Mrs. Smith.«

Keziah atmete erleichtert auf, als sie die Reise fortsetzten. Sie hasste es, zu lügen. Und trotzdem hatte sie in ihre Geschichte mehr Lügen gepackt, als sie in den gesamten ersten siebzehn Jahren ihres Lebens von sich gegeben hatte. *Um diesem ungewollten Kind das Leben zu retten, bin ich zu der »Zigeunerbetrügerin« geworden, die ich niemals sein wollte.*

Mit einem Ruck kam die Kutsche zum Stehen. Wieder führte Jake seine Passagiere zum Rand eines Felsens und zeigte stolz auf den dramatischen Bergpass vor ihnen – Blackman's Leap.

Trotz der imposanten Schönheit der Szene fuhr Keziah unwillkürlich zusammen.

Jake kniff besorgt die Augen zusammen. »Was haben Sie denn?«

»Nichts«, log Keziah. »Aber er macht mir eine Gänsehaut.«

VIERZEHN

Jake Andersen verfluchte sich. Er lag bereits einen ganzen Tag hinter seinem Zeitplan zurück. Am Stand der Sonne schätzte er grob, dass sie noch vier Stunden Tageslicht hätten, um das Dorf hinter Blackman's Leap zu erreichen. Er wusste nicht, wie lange genau sie brauchen würden, denn diese Rolly-Brother-Route war neu und er legte sie zum ersten Mal mit der Kutsche zurück statt hoch zu Ross, aber eins stand fest: Nur ein Dummkopf würde es wagen, den Pass nach Einbruch der Nacht zu überqueren.

Er hielt die Kutsche vor einer kürzlich eröffneten Herberge an, deren Holz noch nicht verwittert war. Sie stand am Rand einer wilden Buschebene und bildete einen seltsamen Kontrast zu dem smaragdgrünen Gras. Ein starker Wind rüttelte an dem schwankenden Schild, das mit zwei verschnörkelten Emblemen auf den Namen hinwies: Shamrock and Thistle Inn.

Es war die letzte Gelegenheit, vor der Überquerung des Passes frische Pferde zu bekommen. Mac Mackie hatte ihn bereits gewarnt. Der Wirt Fingal Mulley besaß nicht den allerbesten Ruf, daher untersuchte Jake die Pferde, die im Stall standen, besonders sorgfältig, verschränkte dann die Arme und blickte auf seinen beleibten Gastgeber herab.

»Da Sie neu im Geschäft sind, Fingal, will ich Tacheles reden. Bei Rolly Brothers besteht man darauf, nur die besten Pferde zu bekommen. Wir befahren diese Route zwar zum ersten Mal, aber wir sind dabei, zu expandieren, und zwar rasend schnell. Wenn Sie uns als Kunden behalten wollen, sollten Sie sich Ihre besten Gäule nicht für die Konkurrenz aufsparen. In Zukunft bekomme ich sie.«

Fingal Mulley war so emsig bedacht, ihn zufrieden zu stellen, dass er wie ein Korken im Wasser um ihn herumhüpfte.

»Ich versichere Ihnen, dass ich die besten Pferde weit und breit anbiete, Mr. Andersen.«

»Ach ja? Nun, ich sehe, dass die drei da ihr Geschirr tragen, seit Captain Cook ein kleiner Junge war.«

»Niemals! Sie sind absolut zuverlässig. Ich schwöre auf die Bibel.«

»Die Bibel nützt uns wenig, wenn die Gäule nicht gleich stark ziehen«, erwiderte Jake. »Wie steht es mit dem Leittier? Wie erfahren ist es?«

»Beim Grab meiner Mutter, Mr. Andersen. Ich schwöre, dass ich Ihnen alles erstatte, falls Sie nicht zufrieden sind.«

Jake nickte zögernd. Nach seiner Erfahrung waren Männer, die auf die Bibel und auf Gräber schworen, in den meisten Fällen Betrüger.

Seine drei Fahrgäste standen vor der Herberge, bereit, wieder einzusteigen. Als er auf den Weg zu den Ställen an ihnen vorbeikam, stellte er belustigt fest, wie sehr sie sich verändert hatten, seit sie Sydney Town verlassen hatten. Seine Buschmahlzeiten und die Landschaft hatten bereits Spuren hinterlassen. Als er das letzte Mal angehalten hatte, um Tee zu kochen, hatte sich die affektierte Miss Plews gierig auf das Buschbrot gestürzt, kaum dass er es aus dem Feuer genommen hatte, und es dann mit kleinen Bissen verspeist. O'Flaherty hatte seine Ration mithilfe seines Flachmanns verschlungen. Und die Witwe Smith legte einen bemerkenswerten Appetit an den Tag. *Jesses, kann das Mädchen essen. Wo packt sie das bloß alles hin?*

Jake sah, dass die Witwe schon wieder in eine Frucht biss. *Na, solange sie den Mund voll hat, kann sie wenigstens nicht reden. Warum musste ich ihr auch sagen, dass man fragen muss, um was zu lernen? Ich bin selbst schuld. Sie hat mich beim Wort genommen. Hätte ich doch bloß von vorneherein abgeblockt.*

Die Witwe sah auf, und Jake wandte den Blick hastig von ihr

ab. Er war schon einmal kopfüber in einen Brunnen gefallen. *Jenny*. Eine anständige Frau im Leben eines Mannes ist eine zu viel. Plötzlich wurde ihm die Ironie seiner Lage bewusst. Er hatte der Witwe geholfen, sich vor einem Kerl in England zu verstecken, während Jenny offenbar fest entschlossen war, sich vor ihm zu verstecken.

»Es geht gleich weiter«, rief er und ging in Richtung Stall.

Er wollte das Geschirr der Pferde noch einmal unter die Lupe nehmen. Irgendetwas stimmte nicht. Das Leittier, ein Fuchs, schnaubte und stampfte auf. Jake fuhr herum. Warum tat er das? War er vor einer Schlange zurückgeschreckt?

Hinter ihm stand die Witwe Smith. Trotz ihres albernen, mit der Feder geschmückten Hütchens war ihr Blick ernst, ihr Ton vertraulich.

»Dieser Fuchs hat etwas, Mr. Andersen.«

Jake war nicht gerade erbaut darüber, dass jemand seine Pferdekenntnisse in Zweifel zog. *Da glaubt also ein englisches Mädchen von Pferden mehr zu verstehen als ein Currency Lad, der im Sattel groß geworden ist, was? Das wollen wir doch mal sehen.*

»Nun, er ist ordnungsgemäß angeschirrt. Die Beschläge sind einwandfrei. Ich kann nichts erkennen, und eins können Sie mir glauben, mir entgeht nichts.«

»Ich erwarte nicht, dass Sie mir glauben, aber als kleines Mädchen brachte mir mein Vater bei, wie man die Gedanken der Pferde liest.« Sie sagte es ganz höflich, ließ aber keinen Zweifel daran, dass sie keinen Zentimeter von ihrer Behauptung abrücken würde.

Jake bemerkte, dass die anderen Passagiere die Ohren gespitzt hatten, und beschloss, sich ein wenig über sie lustig zu machen.

»Sie meinen also, dass er krank ist?«

»Nicht krank. Er hat Angst. Ich kann seine Angst riechen!«

Gereizt sah Jake, wie O'Flaherty die Stirn runzelte und Saranna Plews mit offenem Mund dastand.

Verdammt, jetzt werden sie auch noch nervös.

»In Ordnung, Mrs. Smith, nur um Sie zufrieden zu stellen.« Noch einmal sah er sich den Fuchs genau an, doch es war die Witwe, die das Tier schließlich beruhigte. Trotz seiner Verstimmung musste Jake ihr Anerkennung zollen.

Er versicherte ihr, dass er sein Handwerk beherrschte und sich in der Gegend auskannte wie in seiner Westentasche. Hoffentlich klang es überzeugend. Er war diese neue Strecke schon auf Horatio geritten. Dass er sie noch nie mit der Kutsche befahren hatte, behielt er für sich.

»Also, meine Damen, Doc. Bitte steigen Sie ein. Wir haben noch drei Stunden Tageslicht, um den Pass zu überqueren. Decken Sie sich gut zu. Da oben ist es kälter als in den Armen einer alten Jungfer!«

Kaum war ihm der Satz über die Lippen gekommen, verfluchte sich Jake für seine lose Zunge. Er versuchte, seinen Ausrutscher auszubügeln, indem er Miss Plews beim Einsteigen half. Zum ersten Mal lächelte sie ihn an. Vielleicht war sie doch nicht so zimperlich, wie er gedacht hatte.

Die Witwe zögerte. Jake folgte ihrem Blick zu O'Flaherty, der es sich auf ihren beiden Plätzen gemütlich gemacht hatte und bereits unter seinem Hut schnarchte. Sie drehte sich zu Jake um.

»Es wäre schade, ihn zu wecken. Würde es Ihnen etwas ausmachen, wenn ich mich neben Sie auf den Kutschbock setze?«

Jake war nicht gerade erfreut, noch mehr Fragen beantworten zu müssen, vor allem angesichts seiner schlechten Laune, andererseits konnte man von einer anständigen Frau kaum erwarten, dass sie einen Betrunkenen auf den Schoß nahm.

»Nur zu, aber sagen Sie mir nicht, wie ich meine Kutsche lenken soll.«

»Wir fühlen uns alle sehr sicher in Ihren Händen, Mr. Andersen.«

Jake sah sie scharf an, um herauszufinden, ob ihr Lob boshaft gemeint war, doch sie schenkte ihm ein derart entwaffnendes

Lächeln, dass er sich einredete, sie müsse es wohl ernst gemeint haben.

Sie griff nach der Fußstütze, um sich hinaufzuschwingen.

»Erlauben Sie?«, sagte Jake und hob sie in einem Wirbel von Röcken, unter denen der rote Unterrock und ihre Knöchel aufblitzten, mühelos auf den Kutschbock. Ein komischer Gedanke schoss ihm durch den Kopf. Es war die erste anständige Frau, die er seit Jennys Verschwinden in den Armen gehalten hatte.

»Zu Ihrer eigenen Sicherheit schnalle ich Sie am besten an. Kurz vor dem Pass wird es ziemlich holprig.«

Zu seiner Überraschung schlang sie sich hastig den Schal um den Bauch wie ein Schutzschild. »Nein! Ich bin mein Leben lang ohne Sattel geritten und noch nie abgeworfen worden. Ich werde mich mit beiden Händen festhalten.«

»Tun Sie das. Nicht, dass Sie hinterher fallen, wenn Ihnen der Hut vom Kopf fliegt.«

Wie ein artiges Kind nahm sie den Hut ab und legte ihn unter den Sitz. Dann lachte sie erwartungsvoll, während der Wind ihr in die Haare fuhr.

Jake griff nach den Zügeln und spornte sein Gespann an. *Was für ein Haar! Jesses, diese Frau wird mir noch Scherereien machen. Was bin ich froh, wenn ich das hinter mir habe. So wie sie aussieht, wird sie nicht lange Witwe bleiben, bei den zahllosen Männern in diesem Land, die eine Frau suchen.*

Keziah saß zum ersten Mal im Leben auf dem Kutschbock; sie war aufgeregt, wollte Jake jedoch nicht mit all den Fragen behelligen, die ihr durch den Kopf schossen.

Die tanzenden Schatten des Buschlands hatten etwas derart Magisches, dass sie ein Kribbeln im Rücken spürte. Als sich das Kind in ihrem Bauch regte, empfand sie ein neues fremdes Gefühl. Kameradschaft. Im Guten wie im Schlechten war es Teil ihres großartigen Abenteuers.

Die Dunkelheit senkte sich mit einer Geschwindigkeit über sie herab, die ihr, die an das weiche englische Zwielicht gewohnt war, völlig fremd war. Die Petroleumlampen auf beiden Seiten der Kutsche warfen kleine Lichtkegel auf die Straße, sodass man den Eindruck hatte, raue Umrisse griffen nach ihnen, während sie zwischen Flecken von Mondlicht hindurchfuhren.

Keziah entging es nicht, dass Jake Andersen ständig zu ihr herüberschielte. Der Ausdruck in seinen Augen sagte ihr, dass ihn eine Frau so sehr enttäuscht hatte, dass er nun keiner mehr traute.

Dass er den Pferden kein einziges Mal die Peitsche gegeben hatte, beeindruckte sie. Sie mochte die Art, wie er die Zügel hielt, so locker, dass die Pferde beim kleinsten Zug reagierten. Er hatte schöne Hände, kräftig, aber schmal. Hände, die stark genug waren zum Kämpfen, doch bestimmt konnten sie sehr zärtlich sein. Erschrocken verscheuchte sie diese Gedanken.

Als sie eine scharfe Kurve nahmen und eine Lichtung erreichten, brachte Jake die Pferde zum Stehen. Im Licht der Lampen erkannten sie einen seltsamen Schatten – die Straße war von einem Haufen dicker Äste blockiert.

»Jesses!«, sagte Jake leise. »Eine Falle. Die Bande von One Eye. Schreien Sie nicht. Bleiben Sie ganz ruhig sitzen.«

Er nahm ihre Hand, behielt jedoch die ganze Zeit die Straße im Blick.

Vor ihnen warteten drei Buschräuber auf ihren Pferden. Drei Pistolen zielten auf Jakes Kopf – zwei davon hielt der Anführer der Bande in den Händen. Der dritte Buschräuber richtete sein Gewehr lässig Richtung Mond.

»Halt! Überfall!« Die gebieterische Stimme eines Mannes mittleren Alters gehörte dem Anführer, der seinen Kumpeln anschließend befahl, abzusitzen. Im Schein des Mondes wirkte der Einäugige trotz seiner breiten Schultern schlank. Er hatte einen dichten Bart und trug eine Mütze, die seine Augen nicht verbarg. Keziah erschauerte, als sie sah, wie er zu seinem Spitznamen gekommen war. Eins der Augen war krankhaft blau und wässerig, das andere nur eine leere Augenhöhle.

Sie sah sich seine beiden Helfer an und registrierte erleichtert, dass Gem nicht unter ihnen war.

Der größere der beiden jungen Buschräuber trug einen schwarzen Hut mit breiter Krempe. Keziah fiel auf, wie er sich mit einem grünen Halstuch hastig das Gesicht verhüllte, als Saranna Plews einen vorsichtigen Blick durch die Fensterscheibe warf. Die blinzelnden grünen Augen verrieten seine Nervosität.

Das Nesthäkchen der Gruppe war ein selbstbewusster, leichtfüßiger Kerl mit einer knabenhaften Figur und einem Hut, der ihm mindestens zwei Nummern zu groß war. Er hatte ein bartloses Gesicht und machte sich erst gar nicht die Mühe, es hinter dem Halstuch mit Paisleymuster zu verbergen. Er sah aus, als würde ihm die Sache Spaß machen.

Keziah war überrascht von ihrer ersten Reaktion: Enttäuschung. Dieses Trio entsprach nicht einmal annähernd den heldenhaften Legenden, die man sich über Buschräuber erzählte. Dann folgte die erste Woge der Angst.

»Aussteigen! Und zwar alle!«, befahl der Einäugige.

Jake hielt die Hände hoch und stieg vom Kutschbock herab. Dann wandte er sich mit ruhiger Stimme an seine Passagiere.

»Tun Sie genau das, was One Eye verlangt. Solange Sie nicht den Helden spielen, wird Ihnen nichts geschehen.«

Keziah brauchte keine Tarotkarten, um die drei Buschräuber einzuschätzen.

Der mit dem grünen Halstuch ist das schwächste Glied in der Kette. Er ist so nervös, dass er mir aus Versehen den Kopf wegpusten könnte. Das Nesthäkchen ist selbstsicher. Er würde mich eher mit seinem Charme einwickeln, als mich niederzuschießen. Aber der Einäugige ist rücksichtslos. Der würde einen umbringen, ohne mit der Wimper zu zucken.

Keziah lief es eiskalt über den Rücken. Ihre Hand fuhr instinktiv zum Bauch, um ihr Kind zu schützen, woraufhin der Einäugige sie anbrüllte: »Behalte deine verdammten Hände da, wo ich sie sehen kann!«

Keziah warf einen Hilfe suchenden Blick auf Jake. Dann folgte sie seinem Beispiel und hob beide Hände hoch. Anschließend dankte sie *Del*, dass Jake seinen kühlen Kopf behielt. Als Einziger.

Als Saranna sich neben sie in die Reihe stellte, brach sie in lautes Schluchzen aus und umklammerte ihre Kamee-Brosche. Doch das eigentliche Problem war Dr. O'Flaherty. Weil er in seinem betrunkenen Zustand so schrecklich schwankte und mit den Armen herumfuchtelte, machte er den Kerl mit dem grünen Halstuch noch nervöser.

Der Einäugige schrie erneut: »Los jetzt, her mit euren Wertsachen!«

Obwohl Jake ihn dazu drängte, weigerte sich O'Flaherty standhaft, seine Brieftasche und seine billige Uhr herauszurücken.

Auf Befehl des Einäugigen hin schlug der mit dem Halstuch O'Flaherty den Revolver ins Gesicht.

Das Nesthäkchen sprang vor, nahm dem Doktor die Brieftasche ab und nickte. »Na, sehen Sie, so schwer war das doch nicht, Sir, oder?«

Als Keziah sah, dass O'Flaherty das Blut aus dem Mund schoss, vergaß sie vor lauter Wut, dass sie eine feine Dame sein wollte, und schrie: »Was sind Sie für ein Feigling, One Eye!«

Entzückt und ungläubig zugleich brach Jake in Gelächter aus. Keziah selbst war wegen ihres Wutausbruchs zu Tode erschrocken.

»Der nächste Idiot, der Mätzchen macht, schaufelt sich sein eigenes Grab!«, versprach der Einäugige und befahl dem Nesthäkchen, Saranna den Schmuck abzunehmen.

Zu Keziahs Überraschung widersetzte sich der Junge seinem Boss. Stattdessen schlenderte er sogar zu Saranna hinüber, um sie aus der Schusslinie des Einäugigen zu nehmen.

Dann sagte er lässig über die Schulter: »Broschen sind nicht mein Stil. Konzentrieren wir uns lieber auf die Brieftaschen und Taschenuhren der Männer.«

»Die Befehle gebe ich, *boyo*!«, grölte der Einäugige. »Ihr

zwei nehmt jetzt den Frauenzimmern den Schmuck ab, oder ich knöpfe mir höchstpersönlich erst sie vor und dann euch!«

Das Nesthäkchen ließ sich nicht einschüchtern. »Hey, Murphy! So was macht man nicht unter Kumpeln.«

Murphy, das ist also sein richtiger Name. Keziah spürte, wie ihr Herz schneller schlug, als sie bemerkte, dass der Kerl mit dem Halstuch zu viel Angst hatte, um sich den Anweisungen des Anführers zu widersetzen. Er ging an den aufgereihten Opfern entlang und hielt seinen Revolver mit beiden Händen fest. Jake überreichte ihm höflich seine Brieftasche. Als der Kerl vor Saranna stehen blieb und mit dem Revolver auf ihre Brosche zeigte, erkannte Keziah, dass seine Hände zitterten. Sarannas Augen waren vor Schreck weit aufgerissen, trotzdem schüttelte sie den Kopf.

Der Junge wirkte verwirrt, offensichtlich bekam er kein Wort heraus.

»Geben Sie ihm den Klunker. Kein Tand ist es wert, dass man ihn mit dem Leben bezahlt«, sagte Jake eindringlich.

Sarannas leidenschaftlicher Ausruf hallte durch den Busch: »Niemals!«

Keziah stockte der Atem vor Bewunderung, doch jetzt fürchtete sie, dass Sarannas unerwartete Standfestigkeit sie das Leben kosten würde. Dann aber kam ihr Jake mit einem Einfall zu Hilfe.

»Ich glaube, irischer Whisky wäre mehr nach eurem Geschmack, Jungs. Auf dem Dach meiner Kutsche gibt es eine ganze Kiste davon.«

Das Nesthäkchen brauchte keine zweite Einladung. Geschickt kletterte der Junge auf das Dach der Kutsche und sammelte O'Flahertys Flaschen aus der Kiste.

Der protestierte lauthals.

Genervt wandte sich der Einäugige an Keziah. »Den Goldring und die Geldbörse! Oder willst du, dass ich deinem Kutscher das Hirn wegpuste?«

Der Einäugige hielt Jake den Revolver an die Schläfe. Keziah erstarrte. Sie las im kalten Blick des Einäugigen nichts als Entschlossenheit. Sie hatte keine Wahl, er würde Jake töten.

Jake sah ihr in die Augen. Keziah wusste genau, was er dachte – sie konnte in der Tat das Letzte sein, was er auf dieser Welt sähe. Sie zwang Jake, ihre Gedanken zu lesen. *Nutz deine Chance, mein Junge!*

Obwohl ihre Knie zitterten, machte Keziah zwei gewagte Schritte nach vorn. Jetzt stand sie direkt vor den drei Buschräubern.

»Ihr wollt mir die Ersparnisse meines Lebens abnehmen, Jungs? Dann kommt her, wenn ihr den Mut dazu habt, und holt sie euch!«

Damit riss sie sich die rote Bluse auf und zeigte ihnen die Geldbörse, die an einem Band um ihren Hals hing, eine Bewegung, mit der sie zugleich ihre prallen Brüste entblößte.

Das Ergebnis war ein wildes Durcheinander. Das Nesthäkchen war vom Anblick einer weiblichen Brust derart verdattert, dass es aus Versehen auf den Abzug seines Revolvers drückte. Die Kugel fegte Jake den Hut vom Kopf, streifte den Schädel und hinterließ eine oberflächlich blutende Wunde. Blitzschnell warf sich Jake zur Seite, schlug dem Einäugigen beide Revolver aus den Händen und bückte sich danach.

In seiner Panik richtete der mit dem Halstuch zitternd die Waffe auf Jake.

»Knall ihn ab!«, schrie der Einäugige.

Als Keziah dem Nesthäkchen in den Rücken fallen wollte, um ihm den Revolver wegzunehmen, sah sie, wie der mit dem grünen Halstuch Jake fest in die Augen schaute, und erstarrte. Würde er Jake kaltblütig niederschießen?

Genau in diesem Augenblick wurden alle abgelenkt, weil O'Flaherty beschlossen hatte, den Helden zu spielen. Er stürzte sich taumelnd auf den Erstbesten – in diesem Fall war es Jake, der lauthals fluchte, als er daran gehindert wurde, die Revolver des Einäugigen vom Boden aufzuheben. Schließlich feuerte der völlig entnervte Junge mit dem Halstuch seine Waffe ab, doch die Kugel pfiff an der leeren Kutsche vorbei – und Keziah vermutete, dass der Fehlschuss nicht unbeabsichtigt gewesen war.

Jake war die Ruhe selbst inmitten des Sturms. Er rief: »Da kommen die Trooper! Verzieht euch in die Berge, Jungs!«

Der Einäugige befahl seiner Bande, das Weite zu suchen, schwang sich auf sein Pferd und galoppierte den Hügel vor ihnen hoch, Richtung Westen, woraufhin einer der Buschräuber nach Osten und der andere nach Süden ausscherte.

Keziah schubste die hysterische Saranna in die Kutsche und sprang hinterher.

»Warum heulst du denn, Mädchen? Schließlich sind wir dank Jake Andersen alle noch am Leben, oder?«

Sie warf einen Blick aus dem Fenster. Warum dauerte es so lange?

Jake hatte die Straße von den Ästen befreit, doch jetzt wurde er von dem betrunkenen O'Flaherty aufgehalten, der darauf bestand, neben Jake auf den Kutschbock zu steigen.

Jake rief Keziah zu: »Halten Sie sich fest! Keine Angst, ich habe hier alles unter Kontrolle.«

Dr. O'Flaherty wollte unbedingt nach den Zügeln greifen, woraufhin Jake ihm die Faust ins Gesicht schlug. Keziah hörte, wie der Fuchs in Panik schnaubte, und dann ging das Pferdegespann durch.

Die Kutsche schlingerte wild von einer Seite auf die andere, während Jake verzweifelt versuchte, die Pferde unter Kontrolle zu bringen.

Keziah wusste, dass das *baxt* sich gegen sie gewendet hatte. *Miduvel. Der Fuchs. Sein Geruch nach Angst. Er hat es gewusst!*

Die außer Kontrolle geratene Kutsche raste um eine Kurve. Nach Westen hin erhoben sich die vom Mondlicht beschienenen Felsen bis in den Himmel. Nach Osten lag die pechschwarze Schlucht unterhalb von Blackman's Leap.

Der Lärm der durchgehenden Pferde zerriss die Luft. Keziah

versuchte, sich an den Seiten der Kutsche festzuhalten. Einen Augenblick sah sie die Umrisse des Fuchses ganz scharf, als schwebte er in der Luft. Himmel und Erde stießen mit schrecklicher Wucht aufeinander, als die Kutsche über den Rand des Abgrunds stürzte, auf ihrem Weg in die Tiefe von Baum zu Baum krachte und sich immer wieder überschlug.

FÜNFZEHN

Als Keziah am Grund der Schlucht wieder zu sich kam, war alles um sie herum dunkel. Instinktiv umfasste sie ihren Bauch und tastete zwischen den Beinen nach Blut. Wie durch ein Wunder war ihr Kind noch am Leben und regte sich sacht, um sich bemerkbar zu machen. Vorsichtig bewegte sie ihre geschundenen Gliedmaßen und verspürte einen stechenden Schmerz, doch sie dankte *Del*, dass ihr Kind lebte. Erst wenige Monate zuvor hatte sie dieses winzige Leben loswerden wollen, jetzt waren seine zarten Bewegungen beruhigend.

In dem spärlichen Mondlicht, das durch den Baldachin der Bäume drang, erkannte Keziah den zertrümmerten Kutschenwagen, die Räder lagen ein Stück weiter weg wie vergessenes Kinderspielzeug. Irgendwo im Dunkeln hörte man das herzzerreißende Röcheln sterbender Pferde.

O'Flaherty sah benommen aus. Seine zerbrochene Brille hing von einem Ohr, sein grauer Bart war blutverkrustet, aber er schien keine ernsthaften Verletzungen zu haben. Das war ein Segen, es erinnerte Keziah jedoch an den zynischen Glauben, dass der *gaujo*-Gott über Betrunkene und Kinder besonders schützend wacht.

Keziah kniete neben Sarannas Körper und sah zu, wie der Doktor ihren Puls fühlte. Die schrecklichen Veränderungen an der jungen Frau machten ihr Angst. Ihr Haar war matt von geronnenem Blut. Keziah erschauerte bei dem Gedanken, dass Sarannas blasses Gesicht nun denen der Steinengel auf den Friedhöfen glich. War das ein Omen? Der Arzt gab sich Mühe, zumindest so zu tun, als verstünde er etwas von seinem Fach.

»Mit dieser Kopfverletzung wird das arme Ding die Nacht nicht überleben.«

Keziah blickte sich nach Jake um und hörte schließlich sein angestrengtes Atmen. Sie rief den Doktor und kniete sich neben Jake, als O'Flaherty ihn untersuchte.

»Mr. Andersen wird es schaffen, oder?«, fragte sie.

Sein Unterarm hatte Schürfwunden und war doppelt so dick wie normal, und an der Stirn blutete er von dem Streifschuss des Buschräubers. Viel alarmierender war aber der Anblick des gebrochenen Beins, das in einem unnatürlichen Winkel lag. Als Keziah dem Doc half, ihn zu bewegen, erlangte Jake gerade lange genug das Bewusstsein, um einen Schwall der schlimmsten Flüche loszulassen, die sie je gehört hatte.

Keziah grinste. »Nun, das ist wenigstens ein gutes Zeichen. Jake Andersen lebt!«

Von einem Schluckauf unterbrochen, bestätigte Dr. O'Flaherty, was auf der Hand lag. »Wir werden bis zum Morgengrauen auf Hilfe warten müssen, Mrs. Smith. Heute Nacht kommt hier niemand mehr vorbei. Um sein Bein zu schienen, habe ich nicht genug Licht.«

Jake packte Keziah an der Hand. Seine Fingernägel bohrten sich in ihre Handfläche.

»Machen Sie sich keine Sorgen um mich. Kümmern Sie sich lieber um die armen Pferde!«

Das Gespann hatte die Hauptlast des Falls getragen. Keziah befreite den zu Tode erschrockenen Fuchs – wie durch ein Wunder war er unverletzt. Zwei Pferde waren verendet, das dritte lag in den letzten Zügen.

»Erschießen Sie das arme Tier!«, befahl Jake. »Nehmen Sie meine Schrotflinte.« Keziah hatte gesehen, wo er sie in der Kutsche verstaut hatte, und fand sie im Dunkeln. Dann kniete sie neben dem verletzten Tier nieder. Als sie seine gebrochenen Beine sah, zögerte sie nicht. Blut spritzte auf ihren Schal, als der Schuss durch die Luft hallte. Keziah stieß einen erstickten Schrei aus.

Unterdessen kümmerte sich Dr. O'Flaherty, so gut es ging, um Saranna. Auf sein Geheiß zog Keziah ihr das Kleid aus und löste das Mieder und den Unterrock, um ihr das Atmen zu erleichtern. Dann deckte sie Saranna mit ihrem eigenen Roma-Schal und der Regenhaut aus der Kutsche zu, um sie warm zu halten.

»Wir brauchen ein Feuer«, sagte sie zu sich selbst. Dann fiel ihr ein, dass Jake rauchte, und sie durchsuchte vorsichtig seine Westentaschen nach den Wachshölzern. Wenig später hatte sie ein Feuer entzündet.

Dr. O'Flahertys Arzttasche war verschwunden, doch als Keziah ihre Tasche samt dem kostbaren Kästchen mit Heilkräutern fand, grunzte er missbilligend.

»Mit solchem Hokuspokus will ich nichts zu tun haben, vielen Dank!«

Keziah überließ ihn seinem Flachmann und kochte in dem zerbeulten Teekessel einen Aufguss aus Johanniskraut. Sie blies darauf, damit er etwas abkühlte, und hielt ihn an Jakes Lippen.

»Trinken Sie. Es wird Ihren Schmerz lindern. Und Sie können etwas schlafen.«

»Jesses!«, schrie er, als ihn eine neue Welle von Schmerz durchfuhr, doch er schien ihr zu vertrauen, denn er trank alles aus. Innerhalb weniger Minuten verriet ihr sein regelmäßiger Atem, dass er eingeschlafen war.

In der Nacht wurde es abseits des Lagerfeuers bitterkalt. Jakes Körper zitterte, offensichtlich stand er unter Schock, der Schlaf nahm ihm jedoch wenigstens die Schmerzen.

Nur wenige Meter entfernt lag Saranna im Sterben, hilflos, allein. Keziah kämpfte gegen ihre Angst an und rief sich die Worte ihrer Großmutter ins Gedächtnis. Eine Heilerin darf nie jemanden im Stich lassen, der sie braucht.

»Ich wache bei ihr, Doktor«, bot sie an, da sie eingesehen hatte, dass von ihm keine weitere Hilfe zu erwarten war. Der arme Mann hatte offensichtlich selbst eine Gehirnerschütterung davongetragen, doch als er sich an einen Baum lehnte, sah sie das

Aufblitzen seines silbernen Flachmanns im Schein der Flammen. Man hätte den Whisky besser dazu verwenden können, Jakes Schmerzen zu lindern, aber Keziah wusste, dass der Doktor ihn niemals hergeben würde.

Es kam Keziah vor wie eine Ewigkeit, dass sie über Saranna wachte, versuchte, die kalten Hände der jungen Frau zwischen ihren eigenen zu wärmen und leise vor sich hin flüsterte, um die Angst vor dem Tod zu verscheuchen.

»Es tut mir leid, dass wir so lange brauchten, um Freundinnen zu werden, Saranna. Sie sind ein guter Mensch – besonders für einen *gaujo*.« Zu ihrem Staunen flackerten Sarannas Lider auf, und die blauen Augen richteten sich auf sie.

»Es war meine Schuld. Sie haben ein gutes Herz, Mrs. Smith.« Saranna stöhnte und wirkte furchtsam. »Ist es noch sehr weit nach Ironbark? Ich werde dort erwartet. Ich brauche diese Arbeit sehr dringend.«

Keziah beruhigte sie hastig. »Es ist überhaupt nicht mehr weit. Und bald wird es hell. Dann bringen wir Sie nach Ironbark. Ich verspreche es Ihnen!«

Sarannas Augen schienen eine andere Dimension zu suchen.

»Ich habe meinem … Liebsten versprochen, ihm zu folgen.« In einem wachen Moment griff sie erstaunlich fest nach Keziahs Hand.

»Wenn ich nur in die Zukunft sehen könnte. Werde ich meinen Liebsten heiraten? Und Kinder haben? Was meinen Sie?«

Keziah spürte, wie sich ihre Kehle zuschnürte. »Ja, ich habe das Zweite Gesicht. Ich kann Sie sehen, an Ihrem Hochzeitstag in einer Kirche im Busch – Sie sind eine wunderschöne Braut und tragen die Kamee-Brosche Ihrer Mutter. Sie werden eine lange, glückliche Ehe führen. Ich sehe, wie Ihr Mann einen blonden Jungen in den Armen hält.« Ihre Stimme war so fest, dass ihre Lügen völlig überzeugend klangen. »Glauben Sie mir, ich irre mich nie.«

»Danke«, sagte Saranna beruhigt und lächelte. »Würden Sie mir einen Gefallen tun?«

»Ja, natürlich. Was soll ich machen?«

»Sagen Sie meinem Liebsten, dass meine … letzten Gedanken ihm galten. Sagen Sie ihm, dass er für seine … Geliebte weiterleben soll.«

Keziah wunderte sich über diese seltsame Bitte, doch sie versprach es ihr. »Sie werden es ihm selbst sagen können. Wie heißt er?«

Saranna stieß einen langen, friedlichen Seufzer aus und schloss die Augen. Da wusste Keziah, dass es ihr letzter Atemzug gewesen war.

»Doktor!«, rief sie.

Dr. O'Flaherty stolperte zu ihnen herüber. Erneut fühlte er den Puls der jungen Frau und schüttelte dann traurig den Kopf. »Die Kleine ist tot«, sagte er und torkelte in die Dunkelheit davon.

Als Keziah mit Sarannas Leiche allein war, begann sie, heftig zu zittern.

Als sie versuchte, ein Vaterunser für Sarannas Seelenheil zu beten, brachte sie den englischen Text durcheinander und beendete das Gebet auf Roma. Sie nestelte zwei Münzen – Caleb Morgans Geld – aus dem Saum ihres Rocks, legte sie Saranna auf die Augenlider und deckte anschließend ihr Gesicht mit ihrem blutbefleckten Schal zu. Ihre tief verwurzelte Angst vor dem unnatürlichen Zustand des Todes wurde von dem australischen Busch und seinen ungewohnten Anblicken und Geräuschen noch verstärkt. Seltsame Sterne zogen hinter den riesigen Bäumen vorbei, die einen vollen Blick auf den Himmel versperrten. Sie hörte den unheilvollen Ruf einer unsichtbaren Eule – für die Roma der Vorbote des Todes.

Verstört stocherte sie im erlöschenden Feuer. Warum hatte sie das nicht vorausgesehen? Saranna war zu jung, um zu sterben. Ihr Tod würde ihrem Verlobten das Herz brechen. Ihre Augen suchten die Schatten hinter den Flammen ab, aus Angst, der *mulo* der Frau könnte zurückkommen, um sie zu verfolgen.

Sie ging zu Jake, streckte sich neben ihm aus und schlang die Arme um ihn. Auch wenn er bewusstlos war, er war ein Mann, und das gab ihr das Gefühl, dass seine Anwesenheit sie vor Sarannas Geist schützen würde.

Als Jake im Schlaf aufschrie und erneut zu zittern begann, wurde Keziah klar, dass sie ihn wärmen musste. Doch die Decke von Sarannas Leiche zu nehmen, kam nicht infrage.

»Versteh mich nicht falsch, mein Freund«, sagte sie und legte seinen Kopf an ihre nackten Brüste, um ihn mit ihrem Körper zu wärmen. »Aber du wirst dich ohnehin an nichts erinnern.«

Als er sich bewegte, wirkte sein Gesichtsausdruck im Licht des Feuers seltsam, als sähe er durch Keziah hindurch auf jemand anders. Seine Worte klangen gequält.

»Komm zu mir zurück, Jenny. Um Gottes willen, komm endlich nach Hause!« Er klammerte sich an Keziah, die, von seiner tiefen Verwirrung überwältigt, die Worte flüsterte, die er wahrscheinlich von seiner verlorenen Liebe hören wollte. »Ich bin hier, Jake. Ich werde dich nie wieder verlassen.«

»Gott sei Dank«, seufzte Jake, und dann versank er in einem seligen Schlaf.

Keziah dachte, wie verrückt es war, dass wildfremde Menschen sich im Angesicht des Todes gegenseitig Trost spenden konnten. Hier war sie und wärmte einen Mann, der seine Sehnsucht nach einer anderen Frau hinausschrie, während zur selben Zeit das Kind, das sie mit Caleb gezeugt hatte, dem Mann, der sie verraten hatte, in ihrem Bauch strampelte, um sie an seine Anwesenheit zu erinnern. Und das, obwohl ihr Herz nur für Gem schlug, die Liebe ihres Lebens.

Noch ehe es hell wurde, begann Keziah den Plan, über den sie während der kalten Nacht nachgedacht hatte, in die Tat umzusetzen. Das tragische Ende von Saranna Plews' jungem Leben war ein unerhofftes Geschenk des Schicksals.

Dr. O'Flaherty schlief mit dem an die Brust gedrückten Flachmann seinen Rausch aus. Und Jake war Gott sei Dank noch nicht aus seiner Ohnmacht aufgewacht.

Im Nu tauschte Keziah einige Kleidungsstücke mit der toten Frau aus. Als sie die Kamee-Brosche berührte, zögerte sie. Sie hatte ihr so viel bedeutet, doch wenn man sie an der Leiche fand, würde man sie als Saranna Plews identifizieren können. Keziah blieb nichts anderes übrig, als die Brosche selbst zu tragen. Nachdem sie ihren federgeschmückten Hut und ihren Pompadour neben die Tote gelegt hatte, trennte sie sich widerstrebend auch von ihrer kostbaren Roma-Weste.

Den schwarzen Rock musste sie behalten, denn der weite Kordelzug würde ihr bei der fortschreitenden Schwangerschaft nützen, doch alle anderen Kleidungsstücke musste sie ablegen, auch ihre geliebten Tarotkarten, damit man Sarannas Leiche für die von Keziah Smith hielt.

Das *baxt* hatte ihr die Möglichkeit gegeben, eine andere Identität anzunehmen, um das Kind vor den Klauen der Morgans zu retten.

Plötzlich fiel ihr ein, dass Mrs. Smith Witwe war und Saranna unverheiratet. Sie sah auf den filigranen Goldring an ihrer linken Hand und empfand einen schmerzlichen Stich. Gem hatte ihr den Ring am Tag ihrer Hochzeit geschenkt. Sie küsste ihn und nahm ihn vorsichtig ab. Zitternd streifte sie ihn der Leiche über den kalten Finger.

Musste sie auch das Amulett ihrer Großmutter dalassen? Nein! *Wie sollte es einen toten Körper schützen?*

Aus einem Impuls heraus beschloss sie, auch ihre Schachtel mit den Kräutern und das Naturkundebuch zu behalten, das Caleb ihr aus der Bibliothek der Morgans geschenkt hatte. Es enthielt detaillierte Informationen über die Pflanzen in der Kolonie, die sie vielleicht für ihre Heilkünste nutzen konnte.

Die Geldbörse der jungen Frau war bemitleidenswert leer, also warf sie die wenigen Münzen in den Pompadour neben der Leiche. Eine Tote zu bestehlen würde ihr ganz sicher ihren *mulo* auf den Hals hetzen.

Dann nahm sie die restlichen Goldmünzen aus dem Saum ihres schwarzen Rocks und legte sie dazu. Sie schuldete Saranna ihr neues Leben, also musste sie ihr wenigstens genügend Geld für eine anständige Beerdigung dalassen.

Jetzt hatte Keziah nur noch Sarannas leere Geldbörse, doch dann fand sie in der Tasche ihres blauen Umhangs einen Umschlag und las die Adresse: »An George Hobson Esquire, Ironbark Farm.« *Das muss ihr Arbeitgeber sein. Jetzt werde ich selbst diese Arbeit brauchen.*

Sie versuchte, sich einzureden, dass man Saranna unter dem Namen von Keziah Smith begraben würde. Sie waren fast gleich groß, hatten dieselbe Haar- und Augenfarbe, nur war Saranna etwas schlanker als sie. Doch wem würde das auffallen, wenn sie doch Keziahs Roma-Kleidung, Trauring und Tarotkarten bei ihr fanden? Jake Andersen hätte niemand etwas vormachen können, aber der war nicht in der Lage, irgendwen zu identifizieren – nicht mal sich selbst.

Die Chancen standen nicht schlecht, dass im Chaos der Rettungsaktion die einzige Person, die sie identifizieren könnte, Dr. O'Flaherty, von seiner Gehirnerschütterung und dem vielen Alkohol derart benebelt wäre, dass er Sarannas Leiche als die der Witwe Smith deklarierte, ehe er nach Melbourne Town weiterreiste.

Caleb Morgans Spione würden bei ihren Nachforschungen auf das Grab der Zigeunerin Keziah Smith stoßen und aufgeben. Und dann könnte sie in Ironbark als Saranna Plews leben, ohne Angst, entdeckt zu werden.

Aber was war mit dem Kind? Diesen unangenehmen Gedanken vertrieb sie hastig. Darüber würde sie morgen nachdenken.

Keziah fand die Kiste, in der Jake die Zutaten für den Tee aufbewahrte. Sie presste eine Hand voll Zucker in die Achselhöhlen, damit er ihren Geruch aufnahm. Dann fütterte sie den Fuchs damit, um ihn an sich zu gewöhnen, so wie ihr Vater Gabriel es ihr beigebracht hatte.

Schließlich lud sie dem Tier Sarannas Koffer auf, mit dem Rücken zur Leiche, aus Angst vor ihrem *mulo*. O'Flaherty schnarchte noch. Jake Andersen war bewusstlos. Mit dem rotgoldenen Haar, das ihm über die Stirn fiel, sah er aus wie ein schlafender Junge.

»Es tut mir leid, dass ich dich so zurücklassen muss, Jake«, flüsterte sie. »Das Schicksal hat uns getrennte Wege bestimmt.« Mit einem letzten Blick vergewisserte sie sich, dass alles ruhig war, dann führte sie den Fuchs in den Busch hinein, auf der Suche nach einer weniger steilen Stelle am Hang, um wieder auf die Straße zu gelangen.

Während sie auf dem ungesattelten Tier über die verlassene Straße zum Shamrock and Thistle Inn zurückritt, sprach sie leise mit dem Fuchs, um ihn zu beruhigen. »Ich weiß, wie schlecht du dich fühlst, aber der Unfall war nicht dein Fehler. Und auch nicht der von Jake Andersen. Wenn sich der arme alte Dr. O'Flaherty nicht so betrunken hätte, wäre nichts von alldem passiert. Sieh es so, mein Junge. Es ist ein herrlicher Tag, und wir beide haben Glück, dass wir noch am Leben sind. Aber jetzt müssen wir uns beeilen und Hilfe für die anderen holen.«

Sie schaute zum Himmel auf. Offensichtlich hatte der herrliche Tag seine Meinung geändert. Urplötzlich ballte sich am Himmel ein Gewitter zusammen. Innerhalb von Sekunden war sie bis auf die Haut durchnässt. Als in der Ferne das Gasthaus in Sicht kam, stieg sie vom Pferd, kramte Sarannas blauen Umhang aus ihrem Koffer und warf ihn sich über die Schultern. Es regnete immer noch, als sie das Pferd mit einer Schärpe an der Brüstung vor der Herberge festzurrte.

Es war ein erster Test. Würde sie die neue Rolle überzeugend spielen können? Sie waren noch vor einem Tag hier gewesen, also war es sehr wichtig, dass sie wie Saranna Plews aussah und sprach, und sie musste gleichzeitig vermeiden, dass der Wirt Fingal Mulley, der sie beide gesehen hatte, sie allzu genau ansah. Sie zog die blaue Kapuze tief ins Gesicht und stürzte in den Saloon. Selbst zu dieser frühen Morgenstunde hockten ein paar hartgesottene Säufer vor dem Tresen. Keziah schaute sich auf der Suche nach jemandem um, der halbwegs verantwortlich aussah.

Und dann fand sie ihn. Einen kräftigen, jungen Mann mit einem struppigen, wild abstehenden Bart. Er erinnerte sie an den Gott Neptun. Als er sie erblickte, sprang er nervös auf und zog den Hut.

Keziah stellte sich als Miss Plews vor und bat ihn, den Überlebenden zu Hilfe zu kommen. Sie hoffte, Sarannas gebildete Ausdrucksweise überzeugend nachgeahmt zu haben.

»Ein Passagier ist tot. Mrs. Keziah Smith. Ein irischer Arzt steht unter Schock und hat eine schwere Gehirnerschütterung, aber am schwersten verletzt ist unser Kutscher, Jake Andersen. Sein Bein ist gebrochen, und er hat große Schmerzen.«

»Jake Andersen? Das ist mein bester Freund! Ich kümmere mich darum, Miss, seien Sie unbesorgt.«

Der junge Mann stellte sich als Mac Mackie vor, auch er arbeitete als Kutscher für Rolly Brothers.

Sofort übernahm er das Kommando. Sein gedehnter Akzent erinnerte sie an Jake. Zweifellos war auch er hier geboren. Auf den ersten Blick wirkte Mac Mackie so plump wie ein Bär, aber er reagierte schnell. Als er Fingal Mulley und dessen Untergebenen ein paar Anweisungen zurief, zeigte er eine solche Autorität, dass Keziah erleichtert war, Jake und O'Flaherty in guten Händen zu wissen.

Um nicht vom Wirt erkannt zu werden, hielt sich Keziah im Hintergrund, bis Mac Richtung Blackman's Leap davongaloppierte.

Sie hatte sich bei einem Dienstmädchen diskret nach einem anderen Weg nach Ironbark erkundigt und wollte gerade aufbrechen, als sie erschrocken hörte, wie Mulley seinem Stallburschen zurief: »Hat nicht eine junge Dame Alarm geschlagen? Sie wird ein Frühstück brauchen, ärztliche Hilfe und jemanden, der sie an ihren Bestimmungsort bringt. Geh schon und hol das arme Kind.«

Der Bursche lief los, und Keziah ging in die entgegengesetzte Richtung zu dem Fuchs. Es war leicht gewesen, sich bei Mac Mackie für Saranna Plews auszugeben, die er nie getroffen hatte – aber vor denen, die sie zuvor gesehen hatten, musste sie sich in Acht nehmen.

Sie wollte diese Stelle in Ironbark unbedingt bekommen. Jetzt als sittsame Saranna Plews konnte sie sich kein Geld mehr verdienen, indem sie anderen Menschen aus der Hand las.

Die andere Strecke nach Ironbark, die das Dienstmädchen ihr gezeigt hatte, schien ganz einfach zu sein. Keziah wollte den Pass umgehen, um nicht Mac Mackie, seiner Rettungsmannschaft und Dr. O'Flaherty zu begegnen, der sie wiedererkennen würde. Das Mädchen hatte ihr versichert, dass der Weg hinter der Herberge eine Abkürzung sei. Sie würde zu einer Stelle kommen, wo sie einen Bach durchqueren musste, später zu einem Wegweiser an einer Kreuzung, und von da war Ironbark Village nur einen Steinwurf entfernt.

Die Realität war anders. Der schmale Pfad führte Keziah durch dichtes Buschland. Bald war sie völlig verwirrt, in welche Richtung sie ritt. Was bedeutete »Abkürzung« in diesem weiten Land? Wo, um Himmels willen, war dieser Wegweiser?

Das Gewitter hatte sich genauso schnell wieder verzogen, wie es gekommen war. Als Keziah den Bach erreichte und absaß, hatte die Sonne ihren Zenit bereits überschritten. Die Überquerung war mit Steinen markiert, die unter der Wasseroberfläche lagen. Der Bach gurgelte fröhlich, während er zwischen den Steinen hindurchsprudelte und dann weiterrauschte.

Das Kind in ihrem Bauch erinnerte sie daran, wie hungrig sie beide waren, aber sie hatte keine Ahnung, wie sie sich von den Früchten des hiesigen Bodens ernähren könnte, so wie früher auf den Roma-Wegen. Vielleicht waren die Beeren giftig oder man erblindete, wenn man sie aß. Nachdem sie ausgiebig von dem Wasser des Baches getrunken hatte, fiel ihr Sarannas versiegelter Umschlag ein.

Sie hielt ihn in der Hand und wog ihr Dilemma ab. Wenn sie den Brief an George Hobson Esquire nicht las, würde sie nicht erfahren, in welcher Position Saranna dort arbeiten sollte. Sie las ihn ganz langsam.

»*Mi-duvel!*«, erschrak sie. »Hobson hat Saranna engagiert, damit sie seine Kinder unterrichtet! Konnte sie sich denn nicht als Haushälterin oder Köchin verdingen? Das hätte ich mit links geschafft!«

Nachdem sie angesichts dieses Dämpfers ein paar Tränen verdrückt hatte, nahm sie sich vor, nicht in Panik zu verfallen.

»Wenn ich nicht ankomme, schicken sie noch einen Suchtrupp nach ihrer verirrten Gouvernante aus. Ich muss dahin! Die Rolle könnte mir obendrein nützen. Ein Klassenzimmer wäre der letzte Ort, an dem die Spione der Morgans eine Zigeunerin suchen würden, die weder schreiben noch lesen kann!«

Mit frischem Mut nahm Keziah einen Schal aus einem von Sarannas Koffern, wickelte ihn sich um ihre gesunde rechte Hand und bastelte sich dann auch noch eine Schlinge. Beim Reiten rief sie sich alle Details aus dem Leben der jungen Frau ins Gedächtnis zurück, die diese ihr anvertraut hatte, als sie in der Herberge übernachtet hatten.

Nur den Namen ihres Verlobten kenne ich nicht. Ob er ein freier Mann ist? Wahrscheinlich ein Strafgefangener. Ich werde kein Wort über ihn sagen, bis ich ihn gefunden habe, um ihm Sarannas letzte Worte zu überbringen!

Am Abend ging eine herrlich blutorangefarbene Sonne am Horizont unter. Und als Keziah den Wegweiser sah, war sie fast hysterisch vor Erleichterung. »Ironbark – 1 Meile.«

Erschöpft und zusammengesunken saß sie auf dem Tier, als sie in der Ferne eine Ansammlung von Farmhäusern sah, die die kurvenreiche Straße säumten. Da eine anständige Dame niemals auf einem ungesattelten Pferd reiten würde, stieg sie ab und führte das Tier an ein paar Holzhütten vorbei. Aus den Fenstern drang Licht, und aus den steinernen Schornsteinen stieg Rauch in den dämmernden Himmel auf.

Sie hielt einen jungen Schäfer an, der eine Schafherde durch die Straße trieb.

»Könntest du mir bitte sagen, wie ich zur Ironbark Farm komme, mein Junge?«

Er sah sie an und zeigte dann wortlos auf ein großes Tor am Ende einer kurzen Holzbrücke, die über einen Bach führte.

In der Ferne, weitab von der Straße, erhob sich ein großes, weitläufiges Anwesen. Der barfüßige Junge lief vor und öffnete das Tor. Er starrte sie an, als hätte er ein Gespenst vor sich, dann schloss er das Tor hinter ihr und führte seine Schafe zu einem heruntergekommenen Bauernhof.

»Als wäre ihm der Teufel über den Weg gelaufen. Für wen hält er mich wohl?«

Als sie die Ironbark Farm erreichte, war es bereits stockdunkel. Ihre Füße schmerzten, ihr leerer Magen knurrte, das Kind strampelte in ihrem Bauch, und sie fühlte sich schmutzig und zerzaust.

Während sie das Tier zur Tränke führte, wurde die Dunkelheit von einem Lichtstrahl zerrissen, als jemand die Tür der Farm öffnete. Ein bärtiger Mann im Nachthemd, der sie an einen Propheten aus der Bibel erinnerte, rief mit bestem kornischem Akzent: »Miss Plews? Sind Sie das?«

Keziah dachte an Sarannas tadellose Manieren. »Ja, Sir, es hat einen schrecklichen Unfall gegeben. Unsere Kutsche ist am Pass von der Straße abgekommen und in die Schlucht gestürzt.«

Dann tat sie, als fiele sie vor seiner Nase in Ohnmacht.

»Polly, komm schnell. Hilf Miss Plews. Gib ihr etwas zu essen und zu trinken und alles, was die junge Dame braucht.«

Polly zeigte mit dem Kopf auf eine kleine Hütte direkt neben dem großen Haus. »Ich habe alles, wie Sie befohlen haben, hergerichtet, Sir. Aber vielleicht wäre es besser, sie im hinteren Schlafzimmer Ihres Hauses …?«

»Auf keinen Fall! Das wäre äußerst ungehörig, ohne eine Frau im Haus. Sieh zu, dass Miss Plews es in der Hütte des Aufsehers bequem hat. Wenn Griggs zurückkehrt, sage ich ihm, dass er sich vorübergehend auf dem Heuboden einrichten soll.«

Keziah bemerkte, wie das Mädchen grinste. »Lieber Himmel, da wird Griggs nicht gerade erfreut sein.«

Polly war klein, hatte Sommersprossen im Gesicht und trug eine Haube und eine Schürze. Keziah war froh, dass sie sich an ihre Schulter lehnen konnte.

Die Außenwände der Hütte bestanden aus rauen, mit Äxten behauenen Baumstämmen, doch das Innere war trotz des fest gestampften Lehmbodens sauber und mit einem Bett aus Holz, einem Tisch, einer Kommode und einem Spiegel eingerichtet. Es roch, als hätte man den Raum mit Petroleum gereinigt, und der einzige Hinweis darauf, dass dies normalerweise das Reich eines Mannes war, bestand in dem Lederriemen zum Schärfen eines Rasiermessers, der an der Wand neben dem Waschbecken an einem Haken hing.

Polly redete unentwegt, während sie die Petroleumlampe anzündete, die Decken des Bettes zurückschlug und ihr Handtücher und Seife hinlegte.

»Soll ich Ihnen beim Umziehen helfen, Miss?«

Keziah versuchte, ihre Beunruhigung zu überspielen. Sie musste ihren dicken Bauch verbergen.

»Danke, nein. Ich komme schon zurecht. Ich bin nur ein kleines bisschen hungrig und …«

Noch ehe sie den Satz zu Ende geführt hatte, war Polly schon zur Tür hinaus. Kurz darauf kehrte sie mit einem Tablett zurück: Brot und Butter, ein Stück Käse mit roter Rinde, ein Teller mit Scheiben von kaltem Lammfleisch, zwei saftige Birnen und eine große Teekanne, Zucker und Milch – alles auf weißem Porzellan mit blauen Blumenmotiven.

Keziah bedankte sich bei Polly, schloss die Tür hinter ihr und machte sich über die erste richtige Mahlzeit seit zwei Tagen her.

»Welche Wonne!« Sie genoss jeden Bissen und stöhnte vor Behagen. Das Lammfleisch war zart, das Brot frisch, der Käse erinnerte an den besten Cheshire, den sie je probiert hatte. Die goldenen Birnen waren so saftig, dass sie sich die Finger ablecken musste, weil sie sich keinen einzigen Tropfen entgehen lassen wollte.

»Ein Glück, dass ich mich nicht an Sarannas Tischmanieren halten muss, wenn ich allein bin! Morgen in der Öffentlichkeit werde ich wie ein Vögelchen essen.«

Als die Teekanne leer war, legte sie sich aufs Bett, um zu sehen, wie weich die Matratze war. Sie vergrub das Gesicht in dem frischen Bettlaken, das schwach und süß nach Lavendel duftete. Zwei dicke Kopfkissen. Eine Steppdecke. Seife und viel Wasser. Was für ein Glück. Sie konnte nicht aufhören zu grinsen – bis sie an Sarannas Leiche dachte, die auf ihre Bestattung wartete. *Eigentlich sollte sie hier sein und nicht ich.*

Sie sprach ein Gebet für ihr Seelenheil. Dann dankte sie ihrem Gott für das neue Leben, dass er ihr geschenkt hatte. Sie sah durch das Fenster zum Mond, während sie zu Shon betete, damit er Gem beschützte. Ein Sprichwort der Roma tröstete sie. »Am Ende eines langen Weges wartet süßer Schlaf.«

Sie streifte die Schuhe ab, zog sich bis auf die Unterwäsche aus und sank auf das Bett. Morgen hatte sie eine Menge Näharbeit vor sich; sie musste Sarannas Kleider ändern, damit sie um ihren dicken Bauch passten.

Als sie an die Erscheinung auf dem englischen Friedhof dachte, an den barfüßigen kleinen Jungen, sagte sie mit ernster Stimme an das Kind in ihrem Bauch gerichtet: »Ich nehme an, dass du anders als Gem und ich sein wirst, wenn du in diesem Land geboren wirst. Du wirst ein waschechter Australier sein, so wie Jake Andersen.«

Und während sie langsam wegdämmerte, dachte sie an Jakes

Gesicht zwischen ihren nackten Brüsten und an den Schmerz in seiner Stimme, als er seine Jenny angefleht hatte, zu ihm zurückzukehren. Leise betete sie: »Möge dein *gaujo*-Gott dich beschützen, Jake. Und mögen wir beide unsere wahre Liebe wiederfinden.«

SECHZEHN

Am nächsten Morgen herrschte auf der Ironbark Farm geschäftiges Treiben. Keziah wurde von einem fremdartigen, heiseren Gelächter aus dem Schlaf gerissen. Instinktiv legte sie die Hände schützend auf den Bauch und lief ans Fenster der schlichten Holzhütte, um nachzusehen.

Auf dem höchsten Ast eines Baumes saß ein eigenartiger Vogel mit einem braun gesprenkelten Federkleid und geschwollener weißer Brust. Der Kopf war übertrieben groß für den kleinen untersetzten Körper. Der Schnabel erinnerte sie an die Scheren der Bauersfrauen, die ihr Vater auf seinem Schleifrad geschärft hatte.

Das Gelächter des Vogels klang so absonderlich, als spottete er über sämtliche Torheiten der Menschheit. Keziah beschloss, diese Vögel als gutes Omen für ihr neues Leben zu betrachten, denn ihre Großmutter hatte ihr beigebracht, dass Lachen bei vielen Krankheiten die beste Medizin ist.

Als Polly mit einem Tablett eintrat, zog Keziah hastig Sarannas blauen Umhang enger um sich.

In der hageren Gestalt des Mädchens und seinem kantigen, ausgezehrten Gesicht zeichnete sich das Erbe von Generationen der Armut und des Hungers ab, und trotzdem triumphierte Pollys jugendliche Vitalität über ihren Mangel an konventioneller Schönheit. Sie hatte einen seltsamen Akzent, eine Mischung aus Cockney und der gedehnten Ausdrucksweise der Leute von hier.

»Morgen, Miss. Ihr Frühstück. Ich hab mir gedacht, Sie wären noch viel zu müde, um aufzustehen.«

»Mir geht es ganz gut.« Keziah streckte ihr die Hand entgegen. »Meine Freunde nennen mich Saranna.«

Polly zögerte überrascht, dann schüttelte sie ihr die Hand. »Polly Doyle, Miss. Ich bin Strafgefangene und Mr. Hobson für zwei Jahre zugeteilt.«

»Behandelt er dich gut?«, fragte Keziah.

»Ich bekomme genug zu essen. Andere Aufseher verkaufen die Waren, die die Regierung für uns schickt, und stecken das Geld ein. Hobson passt auf, dass uns dieses Schwein von Griggs nicht bescheißt.« Polly entspannte sich. »Ich weiß, dass Sie als Freie in die Kolonie gekommen sind, Miss. Darf ich fragen, woher?«

Fast hätte Keziah »aus dem Norden von Wales« geantwortet. Sie musste Sarannas Welt unbedingt ganz verinnerlichen und ihre eigene vergessen. Zum Glück war ihr Clan durch Chester gereist, und sie hatte dort häufig übernachtet. »Chester. Kennst du es?«

»Nein, ich bin ein waschechtes Cockney-Mädchen und kam in Hörweite der Bow Bells zur Welt. Als man mich auf das Schiff brachte, kam's mir so vor, als wäre ich nun endgültig in der Gosse gelandet, aber es gibt auch ein paar gute Dinge hier auf Gottes Misthaufen.«

Keziah unterdrückte ein bitteres Lächeln. Es war dieselbe Lösung, die die *gaujo*-Richter gewählt hatten, um England von »herumstreunenden Zigeunern« wie Gem zu befreien.

Polly plapperte munter weiter. »Die Kolonie ist gut für Kinder. Ma hat in den verdammten Londoner Wintern drei an den Pseudokrupp verloren!«

»Ich weiß. Es ist – es *muss* schrecklich sein, ein Kind zu verlieren«, berichtigte sich Keziah, als ihr einfiel, dass Saranna unverheiratet gewesen war. Ihr Totemvogel quittierte den Versprecher mit kreischendem Gelächter.

Polly erklärte ihr, dass es ein Lachender Hans war, der von den Eingeborenen Kookaburra genannt wurde.

Keziah war beeindruckt, als der plumpe Vogel die Flügel spannte und sich auf eine Schlange stürzte. Anschließend warf er seine Beute mehrmals von einer Pinie herab, um sie zu töten.

»Er zumindest kommt hier bestens zurecht«, sagte Keziah, dann fragte sie gespielt beiläufig: »Wie viele Kinder hat Mr. Hobson eigentlich?«

»Zwei kleine Jungs. Die Missus ist letztes Jahr an Scharlach gestorben.«

»Und wer sind die Nachbarn?«, wollte Keziah als Nächstes wissen.

»Sein Partner, Joseph Bloom, er ist Jude. Ein alter Mann, Junggeselle. Hat gerade eine Strafgefangene als Haushälterin zugewiesen bekommen. Bestimmt hält sie ihm nicht nur das Essen warm, sondern auch das Bett.« Polly errötete. »Nichts für ungut, Miss. Die Welt hier unten ist nun einmal so.«

»Keine Sorge«, beruhigte sie Keziah.

»Oje! Fast hätte ich's vergessen. Mr. Hobson will Sie sehen, wenn Sie so weit sind.« Damit lief Polly zur Tür hinaus.

Keziah steckte sich das Haar hoch und sah in den fleckigen alten Spiegel. »So, Saranna Plews, jetzt denk dir eine gute Geschichte aus.«

Sie klopfte sich auf den Bauch. »Der wahre Mistkerl ist dein Vater, nicht du. Ich lasse dich nicht im Stich!«

Sie zog Sarannas beste Kleider an, obwohl sie das enge Jackett nicht ganz zuknöpfen konnte, und betrachtete sich im Spiegel. Seltsam, wie *gaujo*-Kleider einen veränderten. Jetzt hätte man sie ohne Weiteres für eine Italienerin oder Spanierin halten können.

Sie rückte die Haube, die sie von Saranna geerbt hatte, etwas schief, damit sie nicht ganz so bieder aussah. Sie würde den Weg akzeptieren, den das Schicksal ihr vorgegeben hatte, und sich die Stelle als Gouvernante der Hobson-Kinder erschleichen.

Mi-duvel! Ich habe mich doch am Arm verletzt! Hastig lief sie in die Hütte zurück, um sich die Schlinge umzulegen.

In George Hobsons Wohnzimmer vereinte Keziah die Klugheit der Roma mit Sarannas gesetzten Umgangsformen. Sie musste unbedingt die Zustimmung dieses Mannes gewinnen, der Saranna auf Empfehlung eines Geistlichen in Sydney Town angestellt hatte, ohne sie je zuvor gesehen zu haben.

Bestürzt erfuhr sie dann, dass sie es mit drei Arbeitgebern zu tun hätte. George Hobson eröffnete ihr, dass sein Partner, Joseph Bloom, sich bald zu ihnen gesellen würde. Der dritte im Bunde war ihr Nachbar Gilbert Evans, der größte Landbesitzer in Ironbark, der, wie Hobson erklärte, gerade seine Grenzzäune im Meilen entfernten Bolthole Valley inspizierte.

Polly brachte ein Tablett mit Tee. Als Keziah den Duft der Scones roch, die Brombeermarmelade und den Sauerrahm sah, lief ihr das Wasser im Mund zusammen. Sie musste sich daran erinnern, dass sie nun eine junge Frau der Mittelschicht war, die niemals den Anschein erwecken durfte, hungrig zu sein, und dass sie den kleinen Finger krümmen musste, so wie Saranna, wenn sie eine Teetasse hielt.

Das rituelle Einschenken des Tees gab ihr Gelegenheit, ihren Arbeitgeber unter die Lupe zu nehmen.

George Hobson wirkte ganz anders als in der Nacht zuvor, da sie ihn im Nachthemd gesehen hatte. Er war ein großer Mann mit Bart, dessen breite Brust an die eines Kookaburra erinnerte. Darüber spannten sich ein englisches Winterjackett und eine Weste aus Tweed, die er mit Stolz trug, obgleich es nicht zu der Jahreszeit passte. Polly hatte gesagt, dass er anständig war, also beschloss sie, seine Wichtigtuerei nicht ernst zu nehmen.

»Wir drei sind fest entschlossen, unseren Kindern eine anständige Ausbildung zukommen zu lassen. Meine Söhne, Georgie und Donald, sind fünf und sechs. Gilbert Evans' Junge sieben. Wir wollen eine kleine Schule für sie bauen.«

Keziah lächelte erleichtert. *Für drei kleine Jungen reicht es, wenn ich ihnen das Alphabet und ein paar Lieder beibringe und ihnen Geschichten erzähle – das kann ich schaffen!*

Sie nutzte die Gabe, die ihr mit den Jahren in Fleisch und Blut übergegangen war, wenn sie anderen aus der Hand las, und deutete die unausgesprochenen Botschaften hinter Hobsons Tonfall und Gesten. Er war ein kaum gebildeter Mann aus Cornwall, der sich aus eigener Kraft hochgearbeitet hatte und seinen Kindern ein besseres Leben ermöglichen wollte. Evans und er waren Witwer. Hobson gab damit an, dass Evans ein erfolgreicher Viehzüchter, Laienprediger in Bolthole Valley und bei den Polizeioffizieren des Bezirks höchst angesehen war.

»Gilbert Evans hat den Finger stets am Puls der Zeit«, schloss er.

Keziah wusste Bescheid. Damit wollte er sagen, dass der Mann ein Polizeispitzel war. Egal, wo man sich auf der Welt befand, stets gab es »angesehene« Männer, die darauf aus waren, andere hinter Gitter zu bringen, gegen entsprechende Entlohnung, versteht sich.

Als Hobsons Partner Joseph Bloom erschien, war Keziah instinktiv auf der Hut. Diesen Mann zu durchschauen war nicht einfach. Er war zweifellos gebildet und wahrscheinlich jünger, als sein Bart glauben machen wollte. Beim Zuhören presste er die Fingerspitzen seiner feinen Hände gegeneinander, als bildeten sie einen Kirchturm. In seinem fließenden Englisch schwang ein steifer deutscher Akzent mit. Sie erkannte ihn wieder, weil sie preußische Offiziere hatte sprechen hören.

»Ich habe mich immer für die Bildung interessiert. Ich stimme Rousseau zu, obgleich manche ihn für radikal halten. Bildung darf keineswegs ein Privileg der Reichen sein. Sie soll dem Wohlhabenden wie dem Armen, dem Herrn wie dem Knecht, gleichermaßen zur Verfügung stehen.«

Keziah nickte, trotzdem spürte sie instinktiv, dass sie sich vor diesem Mann in Acht nehmen musste.

Da sie neu in der Kolonie war, erklärte ihr Bloom, dass er mit Gouverneur Bourke übereinstimme, der vorgeschlagen hatte, ein nationales Schulsystem aufzubauen, das wie das irische keine Konfession bevorzugte.

»Es ist eine Tragödie, dass Sir Richard Bourke sich gezwungen sah, von seinem Gouverneursposten zurückzutreten. Ich bin sicher, dass man seinen Plan wieder aufnehmen wird, die Frage ist nur, wann?« Er zuckte die Achseln. »Bis dahin müssen wir uns mit dem begnügen, was machbar ist. George und ich sind zuversichtlich, dass die Zahl unserer Schüler im Lauf der Zeit zunehmen wird.«

Keziah versteckte ihren Schreck hinter einem Lächeln. Würde sie selbst genügend Zeit haben, um richtig lesen und schreiben zu lernen?

George Hobson entschuldigte sich ein wenig bärbeißig. »Der Schule fehlt noch das Dach. Und die Unterkunft für die Lehrerin ist ebenfalls noch nicht fertig. So lange können Sie in Griggs' Hütte wohnen.«

»Danke, nein. Ich will niemanden aus seiner Hütte vertreiben. Ich kann auch in einem Zelt wohnen.« *Oje, hätte die sittsame Saranna das auch gesagt?*

»Die Schreiner, die uns zugewiesen wurden, sind alle damit beschäftigt, den zwanzig Meilen langen Grenzzaun zu reparieren. Viehdiebe haben unsere besten Rinder gestohlen.« Er wandte sich seinem Partner zu. »Nicht, dass wir den Bock zum Gärtner gemacht haben, was, Joseph?«

Joseph Bloom erklärte es Keziah: »Entflohene Sträflinge, die zu den Waffen greifen, heißen bei uns Buschräuber.«

Keziah stellte hastig ihre Tasse auf den Tisch, um ihre Reaktion zu verbergen. *Was würden sie für einen Schreck bekommen, wenn sie erführen, dass ihre geachtete neue Schulmeisterin mit einem Buschräuber verheiratet ist.*

Hobson erhob sich. »Bestimmt werden Sie sich etwas umsehen wollen. Würden Sie es vorziehen, zu reiten?«

Sie wusste, dass man ihr einen Damensattel geben würde, auf dem sie noch nie zuvor gesessen hatte. Obendrein würde sie dann ihren Zustand kaum verbergen können. »Danke, aber nach Monaten auf See gehe ich lieber zu Fuß«, sagte sie und schenkte ihm ihr strahlendstes Lächeln.

Nach dem Regenguss, den sie am Tag zuvor im Shamrock and Thistle Inn erlebt hatte, war dieses Land so staubtrocken, dass ihre Stiefel bald mit einer dicken Schmutzschicht bedeckt waren. Hobson zeigte auf einen künstlichen See, der zu einem Tümpel inmitten von rissiger Erde ausgetrocknet war und wie eine rotbraune Flickendecke aussah. Verdorrte Binsen markierten seinen ursprünglichen Rand.

»Im letzten Sommer war der See randvoll. Ein verrücktes Land!«, wetterte Hobson.

»Er lässt den Wind wehen und den Regen fallen«, sagte Joseph Bloom prophetisch.

Keziah dachte daran, dass der Regen in der Religion der Roma mit Gottes Blut gleichgesetzt wurde.

Sie sah drei angebundene Ponys im Paddock vor der Schule und nahm an, dass sie ihren drei Schülern gehören mussten. Wie schwierig wäre es wohl, sie zu unterrichten?

Hobson deutete auf die Schulglocke aus Messing, die an einer Schnur im Wind baumelte.

»Wir läuten sie auch, wenn wir Buschräuber am Horizont entdecken.«

Obwohl sich Keziah der Magen umdrehte, gab sie sich Mühe, höflich interessiert zu wirken. Sie betete, dass die Glocke niemals für Gem läuten würde, denn dann wäre er automatisch die Zielscheibe ihrer vielen Waffen.

Die Schule bestand aus einem Raum und besaß eine schmale Veranda vor dem Eingang. Sie kam Keziah vor wie ein Fremdkörper, als wäre sie Teil eines Reihenhauses in Sydney Town. Die Schule war aus grobem Holz gebaut, die unverglasten Fenster standen den Elementen schutzlos gegenüber, das Dach war bloß ein Gerüst, doch der steinerne Kamin schien das robuste Relikt irgendeines älteren Gebäudes zu sein.

Hobson kam Keziahs Frage zuvor. »Sie werden im Winter einen Kamin brauchen, da die Jahreszeiten hier höchst unzuverlässig sind. Manchmal ist es sogar im Hochsommer nachts bitterkalt.«

Durch die halb offene Tür sah Keziah eine Tafel und das Lehrerpult. Die Vase mit wilden Blumen überraschte sie. Und als sie eintrat, erwartete sie ein noch viel größerer Schock. Keziah stand vor einer ganzen Schar nervöser Kinder mit weit aufgerissenen Augen.

Hobson stellte sie vor, und die Schüler antworteten im Chor: »Guten Morgen, Miss Plews.«

»Bestimmt wollen Sie gleich mit dem Unterricht anfangen«, sagte Hobson. Als Joseph Bloom sich verbeugte, tat er es ihm hastig nach, und dann verschwanden die beiden Männer.

»Was für eine nette Überraschung!« Keziah versuchte, aufrichtig zu klingen, und hob den »gesunden« Arm, als wollte sie alle Kinder auf einmal umarmen. Sie musste sich möglichst schnell anpassen.

Die Kinder hatten offensichtlich genauso viel Angst wie sie, deshalb beugte sie sich zu ihnen herab und gab jedem die linke Hand, während sie sich vorstellten. Die meisten waren Jungen. Vier Brüder standen wie die Orgelpfeifen aufgereiht neben ihrer großen Schwester. Die zehnjährige Winnie Collins war die Älteste in dieser Reihe von irischen Jungs mit roten Locken und Sommersprossen.

Alle Schüler waren barfuß und trugen gebrauchte Kleidung mit Ausnahme der Kinder von Hobson und Evans. Georgie und Donald waren kornische Miniaturausgaben ihres Vaters. Sie trugen ihren besten Sonntagsstaat und blitzblank polierte Schuhe und verbeugten sich wie zwei kleine Soldaten.

Gilbert Evans' Sohn hatte einen derart verschlagenen Blick, dass Keziah vermutete, er würde sie bei seinem Vater anschwärzen, sobald sie den kleinsten Fehler machte. Vor ihm musste sie auf der Hut sein.

In einer Reihe standen drei Mädchen. Ihre Kleider waren schäbig, aber ihre Gesichter frisch geschrubbt. Jedes schirmte ein oder zwei kleinere Geschwisterchen hinter seinem Rock ab. Aber was war mit den beiden älteren Burschen, die sich ein wenig abseits hielten? Würden sie ihr Ärger machen?

Harry Stubbs hatte ein angriffslustiges Kinn – als müsste er seine geflickte Hose aus Sackleinen verteidigen, auf deren Bein noch der Name einer Teesorte erkennbar war.

Der Älteste war der Schäferjunge, der Keziah am Abend zuvor den Weg gezeigt hatte. Stammelnd stellte er sich als Big Bruce MacAlister vor. Offensichtlich hatte er seit Jahren weder einen Haarschnitt noch neue Kleider bekommen und sah eher aus wie eine Vogelscheuche denn ein Mensch. Als er lächelte, war Keziah innerlich erleichtert. *Er ist schon zwölf und könnte wahrscheinlich eins und eins zusammenzählen, aber an seinen Augen sehe ich, dass er mein Verbündeter ist.*

»Was seid ihr für ein netter Haufen, Kinder! Ich werde mir eure Namen bald gemerkt haben. Aber bis dahin müsst ihr noch ein bisschen Geduld mit mir haben.«

Die Kinder wechselten besorgte Blicke. Little Davey Collins sah zu seiner großen Schwester auf. »Und wann wird uns der Drache den Kopf waschen, Winnie?«

Keziah verkniff sich ein Grinsen. Kein Wunder, dass sie so schüchtern waren. Ihre Eltern mussten ihnen eine Heidenangst vor der neuen Lehrerin eingeflößt haben.

Sie ging vor dem kleinen Davey in die Hocke und strich ihm eine verirrte Locke hinters Ohr.

»Ihr seht alle aus wie aus dem Ei gepellt. Habt keine Angst. Wir werden voneinander lernen. Denn ich bin gerade erst in eurem wunderschönen Land angekommen, ihr müsst mir deshalb eine Menge beibringen! Ich zähle also auf eure Hilfe.«

Die Hälfte der Klasse verliebte sich auf der Stelle in sie, die andere Hälfte folgte innerhalb von Minuten.

Sie zeigte auf eine Kiste mit Äpfeln und Birnen hinter ihrem Pult. »Was für ein großzügiges Geschenk! Wäre einer von euch Jungs so nett, sie in der Klasse zu verteilen?«

Sie strahlte den hartgesottenen Harry Stubbs an, und schon war er dabei, die Früchte auszugeben.

»Wie ihr sehen könnt, ist mein Arm noch nicht verheilt, also kann ich noch nicht an die Tafel schreiben.«

Big Bruce sprang auf. »Das kann ich für Sie machen, Miss!«

Keziah hatte befürchtet, dass sich jemand freiwillig melden würde. »Eine nette Geste, Bruce, auf die ich gern zurückkommen werde. Aber zuerst möchte ich euch eine Geschichte erzählen.«

Sie kauten ihre Früchte und betrachteten sie hingerissen.

»Ich kenne zwar den Anfang, aber ich brauche eure Hilfe, um sie zu Ende erzählen zu können. Darf ich mir für die Personen darin eure Namen ausleihen?«

Alle Kinder nickten eifrig.

Durch die glaslosen Fenster konnte Keziah kleine Schatten zwischen den Bäumen erkennen, scheu wie wilde Tiere. Sie ahnte, dass noch mehr Kinder den gefürchteten Drachen beobachteten, also tat sie so, als bemerkte sie sie nicht, bis sie sich von selbst bemerkbar machten. Dann setzte sie sich mit ihrer Klasse draußen auf den Rasen, um ihnen eine Geschichte zu erzählen.

Am Mittag brachte Polly frischgebackenes Brot und einen großen, runden Käse. Wahrscheinlich wusste sie, dass keins der Kinder etwas zu essen mit in die Schule gebracht hatte. Keziah folgerte daraus, dass einige Farmer hart zu kämpfen hatten, um in dieser Dürre zu überleben.

Ihre Roma-Geschichte war eine verkappte Fabel über die Liebe zu Tieren. Sie verzauberte ihre Zuhörer, indem sie jedem Charakter eine unterschiedliche Stimme gab. Dann brach sie die Geschichte an einem besonders spannenden Punkt ab und versprach, sie am nächsten Tag weiterzuerzählen. Im Klassenzimmer. Zwei besonders mutige »Schatten« hatten sich näher herangeschlichen, um zuzuhören. Morgen wäre ihre Klasse voll, das wusste sie.

Die Gerüchteküche brodelte und zog über Nacht Schüler aus weiteren benachbarten Farmen an. Ganze Familien ritten auf einem einzigen ungesattelten Pony zur Schule, wobei sich das kleinste Kind am Schweif festklammern musste. Manche brachten die wöchentlichen drei Pence mit, die Keziahs Lohn aufstockten. Andere kamen mit leeren Händen, aber stets erwarteten sie auf der Veranda der Schule Kisten mit Eiern, Obst und Gemüse. Statt Geld bekam sie die Erzeugnisse der Farmer. Und sie sorgte dafür, dass sich kein Kind schämen musste.

Keziah mischte ihren Roma-Geschichten australische Elemente bei, zum Beispiel lokale Buschräuber. Die Kinder kannten alle ihre Namen und Spitznamen, denn für sie waren die meisten Helden. Die Frage, die ihr am meisten am Herzen lag, versuchte sie so beiläufig wie möglich klingen zu lassen.

»Habt ihr schon mal von einem Buschräuber gehört, der Zigeuner ist?«

Mehrere Stimmen fragten im Einklang: »Was ist ein Zigeuner, Miss?«

Keziah seufzte. »Vergesst es. Es sind sehr interessante Menschen, aber davon erzähle ich euch ein anderes Mal.« Dann fuhr sie mit ihrer Geschichte fort. »Und was hat Harry, der Wombat, dann wohl gemacht? Was glaubt ihr?«

Den ersten Ärger bekam Keziah wegen ihrer provisorischen Unterkunft. Griggs ärgerte sich darüber, dass Hobson ihn aus seiner Hütte vertrieben hatte. Obwohl Keziah den Aufseher von Anfang an nicht mochte, wollte sie sich ihn nicht zum Feind machen. Sie erklärte George Hobson, dass sie lieber in einem Leinenzelt direkt neben der noch unfertigen Lehrerhütte schlafen würde, um die letzten Arbeiten daran besser überwachen zu können.

In der kleinen Schule zu unterrichten, machte ihr großen Spaß, obwohl sie sich vor dem bevorstehenden offiziellen Besuch des Triumvirats fürchtete. Es war kein Datum festgesetzt worden. Die drei konnten jeden Augenblick unangemeldet auftauchen.

Nachts, wenn ihr Arm auf wundersame Weise geheilt war, übte Keziah fleißig das Schreiben auf einer Schiefertafel, denn ihr war klar, dass sie nur wenig Zeit hatte, um Big Bruces Schreibkünste zu überbieten. Er war eine große Hilfe und stets bereit, den ganz Kleinen das Alphabet beizubringen.

Doch jetzt hatte er eine ganze Woche gefehlt. Heute hatte

sie den Grund erfahren. Der alte MacAlister war gestorben. Big Bruce hatte keine Zeit mehr für die Schule.

Beides machte Keziah traurig: dass der Junge seinen Vater verloren hatte und dass damit die Ausbildung ihres begabtesten Schülers beendet war. Morgen nach der Schule würde sie die Witwe MacAlister besuchen.

Mit einem Topf in der Hand ging Keziah auf die heruntergekommene Farm zu, in deren Richtung Big Bruce an jenem Abend, als sie in Ironbark angekommen war, seine Schafherde getrieben hatte. War das wirklich erst fünf Wochen her?

Ihr ganzes Leben drehte sich um dieses seltsame, kleine Dorf am Ende der Welt mit seiner Mischung aus australischen Farmern, Siedlern, die aus allen Ecken der Britischen Inseln kamen, und einem Deutschen. Sie hatte kaum Zeit, sich mit etwas anderem zu beschäftigen als ihrer neuen Rolle als Lehrerin, doch das war ein Segen, denn so verging die Zeit, bis sie sich auf die Suche nach Gem machte, viel schneller. Er war schon immer eifersüchtig gewesen. Sie konnte ihn unmöglich mit ihrem dicken Bauch konfrontieren. In drei Monaten würde sich das neue Leben einen Weg in die Welt gebahnt haben. Und was wäre dann? Sie verdrängte die Frage, auf die sie keine Antwort hatte, aus ihrem Kopf.

Ein vorderes Fenster der MacAlister-Farm war mit Brettern vernagelt. Das rostige Tor am Eingang hing nur noch an einer Angel. Die Scheune war derart schief, dass allein der Stamm eines robusten Eisenrindenholzbaums ihren Einsturz verhinderte.

Auf dem angrenzenden Maisfeld, wo die Pflanzen trotz der Dürre ums Überleben kämpften, blieb Keziah vor einer Vogelscheuche stehen, die in der Mitte aufgestellt worden war, um die Elstern fernzuhalten. Mit ihren ausrangierten Männerklamotten, dem ausgefransten Strohhut, Armen, die waagerecht auf einem Besen ruhten, und dem im Wind flatternden Haar wirkte sie auf seltsame Art lebendig.

Als ein Hund auftauchte und sich in einem Hosenbein verbiss, rief die Vogelscheuche: »Verpiss dich!«

»*Mi-duvel!* Das ist ja Bruce!«, flüsterte sie erschrocken.

Dann kam eine Frau aus dem Haus auf sie zu. »Sie wollen uns wohl ausspionieren, wie? Sie Wichtigtuerin!«

Mrs. MacAlisters Gesicht war sonnenverbrannt und zerfurcht wie ein verdorrtes Feld, doch sie hatte kein einziges graues Haar. *Das Leben hat sie zermürbt. Wahrscheinlich ist sie noch keine dreißig*. Keziah zögerte. »Es tut mir sehr leid. Bruce ist mein begabtester Schüler, und er war so nett zu mir.«

»Nun, ihn sehen Sie so schnell nicht wieder.« Hastig nahm Mrs. MacAlister ihren Kittel über dem schäbigen schwarzen Trauerkleid ab und warf einen neidischen Blick, den sie nicht verhehlen konnte, auf Sarannas Kleid. »Jetzt ist er das Familienoberhaupt. Er muss arbeiten, damit wir etwas zu essen haben.«

Keziahs Blick schweifte zu der Vogelscheuche.

Die Stimme der Witwe klang schrill. »Hüten Sie sich davor, mich zu verurteilen! Sie wissen nicht, was es heißt, Hunger zu leiden. Er macht nur die Arbeit, die er machen kann. Den Fußknöchel hat er sich verstaucht, als er den Sarg trug.«

»Meine Leute in Wales haben auch gehungert, Mrs. MacAlister, aber den Eintopf habe ich mitgebracht, weil Sie gerade Wichtigeres zu tun haben«, sagte Keziah leise.

Die Augen der Witwe funkelten. »Wir brauchen keine Almosen! Wir haben Ihr Mitleid nicht nötig.«

Keziah stellte mit zitternden Händen den Topf auf die Veranda. »Davon bin ich überzeugt.«

Dann machte sie hastig kehrt, während ihr die Tränen in den Augen brannten. Bruces Vater hatte gewollt, dass er eine gute Ausbildung bekam, aber als Sohn musste er nun zuallererst dafür sorgen, dass seine Mutter zu essen hatte. Zuerst war sie wütend, weil sie den Stolz der Witwe verletzt hatte, und dann erschrak sie, als sie sich ihres Versprechers bewusst wurde. *Meine Leute in Wales*. Dabei stammte Saranna aus Chester!

Joseph Bloom trat durch die Tür und blinzelte Keziah über den Rand seiner Brille hinweg verwundert an.

»Bruce MacAlister muss als menschliche Vogelscheuche auf den Feldern arbeiten«, platzte sie heraus. »Aber geben Sie nicht seiner Mutter die Schuld. Die arme Frau ist völlig verzweifelt, allerdings auch viel zu stolz, um Almosen anzunehmen. Kann man ihnen nicht irgendwie helfen, damit Bruce wieder in die Schule zurückkehren kann?«

Wegen der Tränen in ihren Augen verschwamm Joseph Bloom, als sähe sie ihn unter Wasser.

»Keine Sorge, Miss Plews. Ich habe mir bereits Gedanken gemacht. Es heißt, das beste Almosen sei Arbeit, dann brauchten die Menschen kein anderes.«

Keziah bedankte sich mit einem Nicken und eilte die Straße hinunter. Wütend schnäuzte sie sich die Nase und tadelte ihr Ungeborenes. »Das ist nur deine Schuld. Seit du in mir wächst, kann ich weder meine Tränen noch mein Lachen kontrollieren. Alles kommt mir entweder schrecklich traurig oder schrecklich komisch vor.«

Der folgende Freitag war überraschend heiß. Keziah unterstrich die Wörter, die sie auf die Tafel geschrieben hatte. Die Hitze machte die Kinder ungewöhnlich unruhig, und die beiden kleinen Collins-Brüder stritten sich um das letzte Stückchen Kreide. Keziah legte ihnen wortlos ein neues Stück hin.

»Nun gut, ihr klugen Kinder. Wer würde mir gerne vorlesen? Es muss nicht fehlerfrei sein. Ihr müsst euch nur trauen. So lernt man am besten.«

Ihr Zeigestock erstarrte beim ersten Satz. Alle drei Mitglieder des Triumvirats standen auf der Türschwelle, angeführt von Mr. Hobson. Gilbert trug keinen Priesterkragen, denn er war bloß Laienprediger, die Hände jedoch hatte er wie zum Beten gefaltet. Er sah sich im Schulzimmer um, als wäre er auf der Suche nach Sündern, die er retten konnte. Keziah musste Pollys Warnung beipflichten. Evans redete nicht viel – außer wenn er für seine Spitzeldienste entlohnt wurde oder von der Kanzel von Bolthole Valley aus Hölle, Feuer und Verdammnis predigte.

Joseph Bloom zwinkerte Keziah zu und schob Big Bruce MacAlister ins Klassenzimmer.

Ausstaffiert mit der Jacke seines verstorbenen Vaters setzte sich der Junge mit einem verlegenen Grinsen wieder auf seinen alten Platz.

Zum Dank schenkte Keziah Joseph Bloom ein besonderes Lächeln. Sie wusste, dass er einen Strafgefangenen, der ihm zugewiesen worden war, auf die MacAlister-Farm geschickt hatte, und dass nun jede Woche Körbe voller schmutziger Wäsche aus dem Bloom-Haushalt diskret zu Mrs. MacAlister geschafft wurden, um ihr ein sicheres Einkommen zu garantieren.

George Hobson warf einen Blick auf die Tafel. »A wie Australien, B wie Bandikut, C wie Chamäleon? Wie unorthodox. Zu meiner Zeit hieß es noch A wie Apfel, B wie Birne und C wie Caesar.«

Joseph Bloom kam Keziah zu Hilfe. »Ja, George, aber hier ist alles anders.«

»Mein Sohn erzählt mir, es gäbe keine Schulregeln«, wandte Gilbert Evans ein. Ein leichtes Lächeln huschte über seine Lippen. »Wie bestrafen Sie Übeltäter, Schwänzer und Faulpelze?«

»Angst ist kein guter Lehrmeister, Mr. Evans«, entgegnete Keziah. »Kinder, die gern in die Schule kommen, lernen schneller, verstehen Sie?«

Joseph Bloom war fest entschlossen, das letzte Wort zu behalten.

»Allerdings. Nun, meine Herren, Miss Plews hat die Anzahl ihrer Schüler bereits verdoppelt. Und gibt ihr der Erfolg nicht recht? Stören wir sie nicht länger, damit sie mit ihrer vorzüglichen Arbeit fortfahren kann!« Ohne auf eine Antwort zu warten, drängte er die beiden anderen wieder aus dem Klassenzimmer.

Es war an einem glühend heißen Dezembernachmittag. Der kleine Bach hinter ihrem Zelt hatte sich als doppelter Segen entpuppt. Er gab Keziah die Möglichkeit, ihre traditionellen Roma-Rituale zu praktizieren, die schmutzige Wäsche in eine obere und untere Hälfte zu trennen und entweder stromaufwärts oder stromabwärts zu waschen. Der Bach sorgte außerdem dafür, dass sie immer frisches Regenwasser hatte. Gottes kostbares Blut.

Während sie am Ufer die Wäsche wusch, sang sie ein Liebeslied der Roma, das ihr Vater immer auf seiner Geige gespielt hatte. Die leidenschaftlichen Worte erinnerten sie daran, wie sehr sich die Sträflinge eine Frau wünschten. Manche hatten unverhohlen auf ihren üppigen Körper gestarrt. Wenn sie nur ihr Geheimnis wüssten.

Besorgt beobachtete sie, wie in der Ferne ein Mann von einem schwarzen Pferd sprang und Gilbert Evans' Gehöft betrat, das etwa hundert Meter vom Bach entfernt am Hang eines Hügels lag. *Dieser Mann führt nichts Gutes im Schild. Wie Großmutter zu sagen pflegte: Sauberes Wasser stammt nie aus einer schmutzigen Quelle.*

Nachdem sie die frischgewaschenen Sachen zum Trocknen auf einen Busch gelegt hatte, hob sie mit einer Hand den Rock an und watete bis zu den Knien ins Wasser. Es war niemand in Sicht, aber vorsichtig, wie sie war, hatte sie eine Pferdepeitsche griffbereit gelegt. Plötzlich richtete sie sich auf und spitzte die Ohren wie ein Tier, das gejagt wird.

Einige Meter entfernt auf der anderen Seite des seichten Bachs kauerte ein Mann und beobachtete sie. Ein Fremder. Schwarzes Haar, schwarzer Bart und ein kräftiger Körper. Als er spielerisch die Finger krümmte wie Klauen und so tat, als wollte er sich auf sie stürzen, erschauerte sie. Sie war mutterseelenallein.

Ihr Jäger war nun so nah herangekommen, dass sie seine Pupillen sehen konnte – kein Licht spiegelte sich darin, nur Wollust.

Keziah ging hastig auf die Stelle zu, wo die Reitpeitsche lag, die Beine schwer vom Gewicht ihres nassen Rocks. Ohne den Mann aus den Augen zu lassen, streckte sie die Hand nach der Peitsche aus.

Im gleichen Moment stürzte er sich von hinten auf sie und drehte ihr den Arm auf den Rücken. Dann hielt er ihr die Hand vor den Mund und presste ihren Kopf gegen seine Brust. Sie versuchte, in seine Hand zu beißen, doch er war auf der Hut.

»Du wirst nicht schreien«, sagte er mit einem unerträglichen Selbstbewusstsein. »Weil du genau weißt, was gut für dich ist, nicht wahr?«

Sie nickte heftig. Er nahm seine Hand von ihrem Mund und begrabschte ihre Brüste. Sie spürte seinen heißen, keuchenden Atem im Ohr, seine weiche Stimme war wie zäher Honig.

»Ich habe dich beobachtet. Du bist heiß wie eine rollige Katze, Mädchen.«

Sie spürte, wie das Blut in ihren Ohren pochte. »Lassen Sie mich los. Mein Mann wird Sie jagen wie einen Hund!«

Er lachte hämisch. »Du kleine Schwindlerin. Ich kenne dich. Du hast keinen Mann. Und du bist scharf drauf, Miss Plews! Du bist allein, und du bist Engländerin. Aber wenn du nett zu mir bist, bin ich bereit, über Letzteres hinwegzusehen.«

Sie versuchte, ihn zu beschwatzen. »Ich verzeihe Ihnen, wenn Sie mir Ihren Namen verraten.«

Er lachte belustigt. »Der Teufel hat viele Namen.«

Die Berührung ihrer Brüste erregte ihn, und Keziah spürte seine Erektion, die sich gegen ihren Rock presste.

»Bei Gott, du duftest so gut, Mädchen, dass man dich am liebsten auf der Stelle vernaschen würde. Es wird dir Spaß machen! Einen Größeren und Besseren hast du noch nie gehabt!«

Als er den hinteren Teil ihres Rocks hob, schmiegte sich Keziah an ihn wie eine willige Partnerin. Dann befreite sie sich aus seinem Griff und stieß ihm das Knie zwischen die Beine, so fest sie konnte.

Als er sich vor Schmerzen krümmte, schlug sie ihm die Peitsche ins Gesicht.

»Mr. Hobson!«, schrie sie, obwohl sie wusste, dass er im fernen Berrima war, wo er als Geschworener vor Gericht zu tun hatte.

Ihr verzweifelter Trick zeigte jedoch Wirkung. Ihr Angreifer wich zurück. Keziah lief es eiskalt über den Rücken, als er mit blutunterlaufenen Augen lachte.

»Du magst es wohl auf die harte Tour, was? Ich bin genau der Richtige für dich. Ich werde dir beibringen, den Schmerz zu mögen.«

Er wartete nicht, bis Hobson ihr zu Hilfe kam, sondern rannte los, nicht ohne ihr über die Schulter zuzurufen: »Bis nächstes Mal, du kleine Hexe!«

Keziah lief quer durch den Busch zu Joseph Blooms Hütte und erfuhr von seiner Haushälterin, dass er nach Goulburn geritten war, um den Sabbat zu feiern.

Zuerst hatte sie Angst, Gilbert Evans aufzusuchen, doch dann ließ sie alle Vorsicht fahren und lief quer über die Koppel auf sein Gehöft zu. Von dem schwarzen Pferd des Fremden fehlte jede Spur. Sie hämmerte an Evans' Tür, bis er aufmachte.

Wortlos betrachtete er sie in ihrem zerzausten Zustand. Sein Blick blieb an ihren Schenkeln hängen.

»Wer war der Mann mit dem schwarzen Bart, der Sie heute Nachmittag besucht hat?«, fragte sie.

Er wich ihrem Blick aus. »Ich war allein und habe an meiner Predigt gearbeitet. Niemand hat mich heute aufgesucht.«

Keziah spürte, wie ihr Mund trocken wurde. Er log, und es war ihm offensichtlich egal, dass sie es wusste.

»Sie wirken verstört. Kann ich Ihnen helfen?«, fragte er aalglatt.

»Nein, ich werde mit Mr. Bloom sprechen, wenn er zurückkommt. Ich bin sicher, dass *er* mir raten kann.«

»Ein schlauer Mann, unser jüdischer Nachbar.« Das klang alles andere als schmeichelhaft.

Keziah wandte sich zum Gehen, hielt dann jedoch angesichts seiner versteckten Anspielung inne.

»Wenn Sie mir die Bemerkung erlauben, Miss Plews, es schickt sich nicht, so indiskret herumzulaufen.« Er zeigte auf den nassen

Rock, der an ihren Schenkeln klebte. »Manche Männer könnten das als eine offene Aufforderung missverstehen.«

Keziah unterdrückte ihren Zorn. »Ich will Ihnen etwas sagen, Mr. Evans. Sollte dieser Kerl noch einmal versuchen, mich zu belästigen, wird er in der Tat eine Einladung erhalten. Und zwar nach Norfolk Island, wo er von mir aus für den Rest seines Lebens schmoren kann!«

Sie drehte sich hastig um und ging, obwohl sie wusste, dass sie sich einen Feind gemacht hatte, der sich nie in die Karten blicken lassen würde.

Es war Vollmond. Die Nacht schien von tückischen Schatten beherrscht. Keziah saß in ihrem Zelt und versuchte, im Schein einer Petroleumlampe eine Fibel zu lesen. Die Zeltwand bebte, die Bäume raschelten im Wind. Schatten huschten über das Zeltdach, als draußen krachend ein Ast herabstürzte. Es war so laut wie ein Schuss.

Um ihre Angst zu beherrschen und das Böse zu verscheuchen, ging Keziah mit der Laterne im Kreis um das Zelt und sang ein altes Roma-Lied. Als sie eine Gestalt im Busch zu entdecken glaubte, verstummte sie. Hatte die Phantasie ihrer Angst eine Gestalt gegeben?

Dann sah sie einen Reiter auf einem Pferd, das Gesicht im Dunklen verborgen. Sie hörte das leise Klirren von Metall. Voller Panik richtete sie die Lampe in diese Richtung, doch die Gestalt war verschwunden.

War es der Fremde gewesen, der sie hatte vergewaltigen wollen? Ein Spion, den Caleb Morgan geschickt hatte? War Sarannas *mulo* zurückgekehrt, um sie zu verfolgen? Oder war es Gem, der trotz der Gefahr riskiert hatte, sie zu sehen?

Keziah untersuchte den Boden, wo der Reiter aufgetaucht war. *Mulos* hinterließen keine Spuren. Verzweifelt suchte sie zwischen den gefallenen Blättern und Ästen.

Keine Hufspuren.

SIEBZEHN

Der unheilvolle Klang der Triangel riss Daniel Browne aus dem Schlaf, doch er wusste sofort, dass es nicht der übliche Aufruf zur Arbeit war. Heute musste er wieder einmal an der Auspeitschung eines entlaufenen Strafgefangenen teilnehmen, der nach Gideon Park zurückgebracht worden war. So kurz vor Weihnachten wollte man sich den Papierkram ersparen, der nötig gewesen wäre, um ihn vor ein Gericht zu stellen.

Daniel wusch sich das Gesicht mit kaltem Wasser, um die Reste eines Albtraums zu verscheuchen, in dem er als Strafgefangener ausgepeitscht werden sollte. Obwohl er bislang um diese Realität herumgekommen war, zermürbten ihn die schrecklichen Träume.

Fast zwei Monate waren vergangen, seit der quälende Hunger Daniel dazu getrieben hatte, mit Will aus Gideon Park auszureißen und sich der Bande des Einäugigen anzuschließen. Als er sich an seinen ersten und einzigen Auftritt als Buschräuber erinnerte, wand er sich innerlich vor Scham. Es war ein Fiasko gewesen, bei dem er komplett versagt hatte. Der Augenblick, als der Einäugige ihm befohlen hatte, den Kutscher zu erschießen, verfolgte ihn immer noch. Daniel würde den Ausdruck in den Augen des jungen Einheimischen niemals vergessen. Furchtlos. Und das war Daniels Augenblick der Wahrheit gewesen. Er konnte niemanden töten, egal welche Hölle ihm in Gideon Park noch bevorstand. Also hatte er sich von Will getrennt und war einige Stunden darauf wie ein geprügelter Dingo mit eingezogenem Schwanz nach Gideon Park zurückgekehrt, in der Hoffnung, dass der Teufel in Person seine nächtliche Eskapade nicht bemerkt hatte.

Seit Julian Jonstone nach Sydney Town abgereist war, waren Auspeitschungen in Gideon Park an der Tagesordnung. Daniel hatte gelernt, nicht mit der Wimper zu zucken, wenn die Peitsche das Fleisch eines Gefangenen zerfetzte, doch als er sich heute hinter den Reihen der Sträflinge aufstellte, erstarrte er vor Schreck, als er den Gefangenen erkannte, der an den Pfahl gefesselt war. Will Martens. Daniel wappnete sich gegen das, was jetzt vielleicht käme. Der Junge war ein Dummkopf gewesen, die Freiheit über das Leben zu stellen. Er zwang sich, Will ins Gesicht zu sehen, und versuchte, die Wahrheit zu erkennen. Will schrie immer wie ein kleines Kind, wenn er ausgepeitscht wurde. Würde er jetzt zusammenbrechen und ihn verraten?

Der Folterknecht ließ demonstrativ die Muskeln spielen und überprüfte die Reißfestigkeit der Riemen an der Peitsche. Wills Beine zitterten, doch als er Daniel sah, zwinkerte er ihm kumpelhaft zu.

Sobald der Aufseher auf seinem pechschwarzen Hengst auftauchte, verließ Daniel jeglicher Mut. Er drängte sich durch die Menschenmenge und schlug sich in den Busch.

Aus schierer Angst musste er sich übergeben. Dann lief er weiter und versteckte sich hinter dem Geräteschuppen. Er hielt sich die Ohren zu, um Wills schrilles Geschrei nicht mit anhören zu müssen; sein Kopf war voller Erinnerungen an blutüberströmte Rücken und zerfetztes Fleisch. Die unnatürliche Stille jedoch, die dann folgte, war noch schlimmer als das Geschrei. War Will ohnmächtig oder tot?

Daniel kauerte in seinem Versteck und wartete darauf, dass die Männer wieder an die Arbeit gingen, damit auch er an seinen Platz zurückkehren konnte. Aber dann sah er den Aufseher auf sich zukommen, in der Hand die Zügel eines weiteren Pferdes. Als Daniel erkannte, was auf dem Packpferd lag, sprang er auf. Wills blutüberströmter Körper mit baumelnden Armen und Beinen. Der Aufseher zeigte auf den Körper, als wäre er eine Trophäe.

»Dachte ich mir, dass ich dich hier finde. Schade, dass du die Vorstellung des jungen Martens verpasst hast. Ich bring dir das, was von ihm übrig ist.« Er strich sich nachdenklich über den Bart. »Viel ist es nicht, was?«

Ohne auf eine Antwort zu warten, stieß er Wills Körper von dem Tier herunter, sodass er Daniel vor die Füße fiel. Dann sagte er in vertraulichem Ton: »Wie schlau von dir, dass du neulich Nacht den Einäugigen hast sitzen lassen und nach Gideon Park zurückgekehrt bist, Daniel Browne.«

Will stöhnte leise, aber Daniel konnte sich nicht rühren; der belustigte Ausdruck in den Augen des Aufsehers lähmte ihn. Er spürte, wie er kreidebleich wurde. *Mein Gott, er hat es die ganze Zeit gewusst. Warum hat er mich nicht auspeitschen lassen?*

Der Aufseher ritt davon, und Daniel schleppte Wills Körper in die Hütte eines Mannes, der zu alt zum Arbeiten war, damit dieser sich um ihn kümmerte. Als er wieder zu seinem Arbeitsplatz zurückrannte, fühlte er sich wie ein menschliches Zugpferd. Um jeden Preis musste er den Kontakt zu Will meiden. Der Junge flößte ihm ebenso viel Verachtung wie Bewunderung ein. Bis heute war Daniel über seine eigene Feigheit beschämt, als er Saranna mit der Waffe bedroht und Will sie so ritterlich verteidigt hatte.

Obwohl er jenen Augenblick unzählige Male erneut durchlebt hatte, wusste er immer noch nicht, wie er die Panik in Sarannas Augen interpretieren sollte. Hatte sie wirklich nur Angst gehabt, ihre alberne Brosche zu verlieren? Oder hatte sie ihn erkannt? War sie deshalb nicht gekommen, um ihn zu heiraten und ihm damit die Freiheit zu schenken?

Als Daniel am nächsten Tag das Feld für die bevorstehende Aussaat umgrub, sah er gereizt, wie Will auf ihn zukam. Obwohl er leichenblass und zu seinem üblichen schwungvollen Gang nicht im Stande war, gab er sich erstaunlich großspurig.

»Hey, Kumpel, man hat mich gebeten, dir zur Hand zu gehen.«

Daniel wappnete sich gegen jeglichen Anflug von Mitleid.

»Was hab ich wieder mal für ein Glück! Stapel die Steine da drüben zu einer Mauer. Und tu mir einen Gefallen, behalte deine Fluchtpläne für dich. Du wirst noch in Norfolk Island enden. Und ich will überleben.«

Will zog die Schultern hoch und zuckte dabei vor Schmerz zusammen. »Wie du willst. Bleib bei deiner Kunst und werde glücklich. Ich dagegen werde eines Tages berühmt. Die Herren von der Presse haben mir bereits einen Spitznamen gegeben – Schwadroneur.«

»Das passt. Du kannst deinen Mund ja keine zwei Minuten halten.« Daniel verbarg seine Überraschung über Wills Offenbarung. Er hatte gehört, dass es in den Zeitungen nur so wimmelte von Geschichten über einen unbekannten, edlen Buschräuber, den sie Schwadroneur getauft hatten, doch Daniel hätte nie gedacht, dass es Will war.

Er warf ihm einen eisigen Blick zu. »Mach dich endlich an die Arbeit. Mir ist es scheißegal, ob dir der Rücken wehtut. Entweder sind wir bei Sonnenuntergang fertig oder es setzt was!«

Wie üblich hatte Will das letzte Wort. Es waren keine fünf Minuten vergangen, da machte er bereits eine Pause.

»Hast du gehört, was mit der Kutsche passiert ist, die wir überfallen haben? Die Pferde sind durchgegangen, und die Kutsche ist über den Blackman's Leap gestürzt. Eine der jungen Frauen ist umgekommen.«

Daniel lief es trotz der Hitze eiskalt über den Rücken. »Wie hieß sie?«

Will wunderte sich über die Dringlichkeit der Frage. »Ich weiß nicht. Es heißt, sie wäre Zigeunerin gewesen. Ist ja auch egal. Es ist immer schrecklich, wenn eine junge Frau sterben muss. Den Kutscher hat es auch schwer erwischt. Er liegt noch im Krankenhaus. Und die andere junge Frau arbeitet jetzt irgendwo als Lehrerin.«

Daniel wandte sich ab, um seine Erleichterung zu verbergen. Einen Moment lang hatte er das Gefühl gehabt, man hätte ihm eine Lebensader durchtrennt. Jetzt hatte er den Beweis, dass Saranna noch lebte. Und das konnte für ihn nur eines heißen. Die Hoffnung, freizukommen.

Trotz seiner Erschöpfung und seines Hungers hatte Daniel in den letzten Wochen unermüdlich geschuftet, um nicht ausgepeitscht zu werden, denn er wusste, dass der Teufel in Person auf dem Kriegspfad war. Will Martens war nur wenige Stunden, ehe er ein weiteres Mal ausgepeitscht werden sollte, getürmt, sodass der Aufseher sein Gesicht verloren hatte. Der Schwadroneur war erneut auf der Flucht.

Die Kunst war Daniels heimliche Rettung. Sonntagnachmittage wie dieser waren seine Oase in der Woche.

In seinem Versteck hinter dem Geräteschuppen war er tief in ein Porträt des Aufsehers versunken, als ihn das Wiehern eines Pferdes in die Wirklichkeit zurückholte.

Von seinem Sattel aus musterte ihn der Teufel in Person. Er strich sich über den schwarzen Bart und machte ihm ein Zeichen: »Her damit!«

Daniel wäre am liebsten weggelaufen. »Ich habe es nicht böse gemeint, Sir.«

Die lüsternen Mundwinkel kräuselten sich in widerstrebender Anerkennung. »Nicht schlecht. Aber warum ich? Wollte sich kein hübsches Mädchen für dich ausziehen?«

»Ich male lieber Männer. Markante Gesichter sind eine größere Herausforderung als weiche.«

»Du liebst also die Herausforderung, wie?«

Daniel zögerte ängstlich, er kannte die Regeln dieses neuen Spiels nicht.

»Zeichne es zu Ende und bring es meiner Frau. Wenn es ihr gefällt, besorge ich dir neues Zeichenmaterial.«

Daniel bedankte sich stotternd und sah, wie der Teufel in Person davonritt. Er hatte das Gefühl, dass sich eine Tür für seine Zukunft geöffnet hatte. Sein eigentliches Ziel aber war Julian

Jonstone, der als Kunstmäzen galt und Anfang des kommenden Jahres zurückkehren sollte.

Eine Woche später stand Daniel vor der weiß gestrichenen Hütte des Aufsehers. Im Fenster sah er sein Spiegelbild, hager, mit dunklen Ringen um die Augen. Doch das war egal, nur diese wichtige Prüfung zählte. Er durfte nicht versagen.

Eine Frau öffnete ihm die Tür. Er vermutete, dass sie jünger war, als es die Falten um den Mund nahelegten. Ihre ganze Erscheinung war blass wie von der Sonne ausgebleichte Wäsche. Sie war mit dem Mann verheiratet, der Daniels Schicksal in den Händen hielt.

Daniel verbeugte sich. »Ma'am? Ihr Mann sagte, ich solle Ihnen das Porträt bringen, wenn es fertig ist.«

Sie musterte es ausdruckslos. »Er ist nach Sydney Town geritten, um neue Strafgefangene abzuholen.«

Daniel überkam ein Gefühl tiefer Verzweiflung. Er würde nie neues Malmaterial bekommen.

Die Frau des Teufels zeigte auf eine Bank. »Du hast doch bestimmt nichts gegen eine Tasse Tee, oder?«

Als sie mit einem Tablett zurückkehrte, stockte ihm der Atem. Das Brot war noch so warm, dass die Butter schmolz und wie Gold glänzte. Neben der Teekanne stand ein Schälchen mit Himbeermarmelade. Und ein Stück Weihnachtskuchen. Was für ein Luxus!

»Sonntag«, sagte sie. »Der Friede sei mit dir.«

»Das ist sehr liebenswürdig von Ihnen, Ma'am.« Daniel konnte seinen Hunger nicht verhehlen. Genüsslich schloss er die Augen, als er in das mit Marmelade bestrichene Brot biss.

»Mein Mann sagte, ich soll dir das hier geben.« Sie warf ihm einen Blick zu, den er nicht deuten konnte, und reichte ihm eine Rolle Papier und Stifte.

Daniel strich über das Zeichenpapier. »Würde er wollen, dass ich Sie zeichne?«

»Du solltest alles tun, was dir das Wohlwollen des Masters sichert. Seine kleine Victoria gäbe ein hübsches Modell ab. Viel Glück, Daniel Browne.«

An der Tür drehte sie sich noch einmal um. »Du hast es nicht verdient, hier zu sein, mein Junge.«

Überrascht wich Daniel dem Mitleid in ihren Augen aus. *Sie hatte gut reden. Sie war als Freie gekommen.*

In den Tagen nach Weihnachten suchte Daniel nach irgendeinem Zeichen dafür, dass der Teufel in Person mit seinem Porträt zufrieden war. Er wartete vergebens, bemerkte aber, dass sich die Gewichtung ihres Verhältnisses leicht verschoben hatte.

Bildete er sich ein, dass der Aufseher ihn mit anderen Augen betrachtete, wenn er ihn aus der Ferne beobachtete, so, als wäre er auf der Hut? Warum tat er das? Sah er seine Macht infrage gestellt, weil Daniel gelernt hatte, seiner Grausamkeit mithilfe der Kunst zu entfliehen?

Der Klang der Triangel rief die Gefangenen zu einer weiteren Auspeitschung. Diesmal war es ein zwölfjähriger Junge, der erst vor zwei Wochen nach Gideon Park eingeliefert worden war und jetzt an einen Baum gefesselt wartete. Die älteren Männer johlten verächtlich. Noch ehe der erste Hieb seinen Rücken zerfetzt hatte, rann ihm der Urin an den Beinen herab.

Der Aufseher beachtete den Jungen kaum, seine ganze Aufmerksamkeit galt Daniel. Warum?

Es machte Daniel nervös, doch er ließ sich nichts anmerken, auch nicht, als er hörte, wie die Strafe verlesen wurde. Der Junge war erwischt worden, als er die Frau des Aufsehers beklaute, und zu zwanzig Peitschenhieben verurteilt worden. Daniel ließ sein Leiden kalt, auch dann, als er wieder losgebunden wurde und nach seiner Mutter plärrte. Jedes Mal, wenn er die Erniedrigung eines Gefangenen sah, war ein Gefühl stärker als alle anderen. Dankbarkeit – dass die Jungfrau Maria ihm es dieses Mal erspart hatte.

Und während Daniel leise ein Dankgebet sprach, brachte der Teufel in Person sein tänzelndes Pferd vor ihm zum Stehen. »Was sagst du dazu? Zwanzig Hiebe dafür, dass er meiner Frau Zeichenpapier gestohlen hat. Ist die Strafe nicht gerecht, Daniel?«

Jetzt endlich begriff Daniel die Regeln dieses neuen Katz-und-Maus-Spiels. Der Teufel ergötzte sich an der Auspeitschung eines unschuldigen Jungen, der bezichtigt wurde, das Zeichenpapier gestohlen zu haben, das die Frau des Aufsehers auf dessen ausdrückliche Anweisung hin Daniel gegeben hatte.

»Du sollst nicht stehlen«, sagte der Aufseher leise.

Daniel ließ den Kopf hängen, von Scham überwältigt. Sein Schweigen brandmarkte ihn endgültig als den Feigling, für den der Aufseher ihn stets gehalten hatte.

»Das hier hat man in einem Postbeutel Ihrer Majestät gefunden, der von einem Buschräuber ins Gestrüpp geworfen wurde.«

Er warf Daniel einen Brief vor die Füße und ritt ein Marschlied pfeifend weiter.

Daniel registrierte, dass der von Rotwein befleckte Brief geöffnet worden war. Bestimmt hatte der Hundesohn ihn gelesen. Er war auf feinem Büttenpapier geschrieben und bereits vor Monaten aufgegeben worden.

Mein geliebter Daniel,
ich schreibe Dir in aller Eile, per Kutsche unterwegs nach Ironbark, wo ich in einer Schule unterrichten soll. Ich werde Himmel und Erde in Bewegung setzen, um wieder bei Dir zu sein. Ich sende Dir meine unsterbliche Liebe.
Deine Saranna

Daniel knüllte den Brief zusammen und machte seinem Ärger über seine abwesende Verlobte Luft.

Ironbark! Sie war achtzehntausend Meilen nach Sydney Town gereist, um in seiner Nähe zu sein. Und warum hatte sie dann nicht auch noch die paar Meilen von Ironbark bis Gideon Park drangehängt? So viel zum Thema unsterbliche Liebe!

Er hatte Sarannas Herz erobert, ohne sich im Geringsten anzustrengen. Ihr jetziges Schweigen konnte nur bedeuten, dass sie ihn bei dem Überfall erkannt hatte. Es war zwecklos, ihr zu schreiben.

Irgendwie muss ich nach Ironbark und mit ihr reden. Mit einer grauen Maus verheiratet zu sein ist ein geringer Preis für die Freiheit.

ACHTZEHN

Jake Andersen lag in seinem Krankenbett und starrte auf den Fliegenfänger voller toter Fliegen an der Decke. Die neue Trennwand in der Station roch nach frischem Holz, alles andere war von dem Geruch nach Desinfektionsmittel durchdrungen, selbst das Essen hier im Krankenhaus von Goulburn.

Das Gebäude war 1834 als Gefängnishospital gebaut worden, doch immer wenn eins der dreißig Betten frei war, nahm man auch freie Männer als Patienten auf. Jake wusste, dass er Glück gehabt hatte, ein Bett zu bekommen. Seinem Bein war es schlecht ergangen. Dr. O'Flaherty war dermaßen betrunken gewesen, als er es geschient hatte, dass man es später erneut hatte brechen müssen, um es endgültig zu richten. Jake fluchte über den beschwerlichen Gipsverband und schlug nach einer Schmeißfliege.

Ihm war so langweilig, dass er sich sogar mit dem Teufel unterhalten hätte. Als eine Schwester hereinkam und Besuch ankündigte, hellte sich sein Gesicht auf.

Mühsam zog er sich in eine halbwegs sitzende Position, um Mac Mackie zu begrüßen, der als Einziger wusste, wo Jake war. Doch die Gestalt, die auf ihn zutrat, war ihm völlig fremd.

Ein stämmiger, bärtiger Mann mit einem Zylinder unter dem Arm; sein schwarzer Frack, die Weste und die dazu kontrastierenden Hose wirkten überaus förmlich.

Jake war misstrauisch. *Diese Art von Kleidung tragen nur Direktoren der verdammten Bank von New South Wales oder arme Teufel im Sarg.*

Der Mann verbeugte sich höflich und stellte sich als Joseph

Bloom aus Ironbark vor. Fehlte nur, dass er wie ein preußischer Offizier die Hacken zusammenschlug. »Ich habe von Ihnen gehört. Sie sind Anwalt aus England, nicht wahr? Hobsons neuer Partner.«

»Wenn Sie mit neu seit zwei Jahren meinen, ja, das trifft zu. Und auch, dass ich Anwalt bin, aber in der Kolonie habe ich noch nicht praktiziert. Lassen Sie es mich erklären. Ich komme regelmäßig nach Goulburn, um mit meinen Glaubensbrüdern hier den Sabbat zu feiern. Bestimmt fragen Sie sich, was ich hier im Krankenhaus mit Ihnen zu besprechen habe, nicht wahr, Mr. Andersen?«

»Himmelherrgott! Rolly Brothers hat Sie beauftragt, gegen mich zu prozessieren! Hören Sie, ich wollte deren verdammte Kutsche nicht zu Schrott fahren. Genügt es nicht, dass sie mich gefeuert haben? Was wollen die denn noch, Blut sehen etwa?«

»Beruhigen Sie sich, Mr. Andersen. Das ist nicht der Anlass meines Besuchs.«

»In was für einem Schlamassel stecke ich dann?«

»Ihr langer Aufenthalt im Krankenhaus bereitet jemandem Sorgen. Einer Dame.«

»Welcher?«, fragte Jake hastig.

Joseph Bloom verbarg ein Lächeln. »Vor meiner Abreise aus Ironbark erhielt ich diesen Brief mit der Bitte, Sie aufzusuchen.«

Jake hasste es, vor Fremden in seinem Schneckentempo zu lesen. »Ich habe heute ein Problem mit den Augen. Wären Sie so freundlich, mir vorzulesen?«

Joseph Bloom faltete das Schreiben auf und räusperte sich. »Jakob Andersen liegt in einem Krankenhaus in Goulburn. Ich mache mir Sorgen um seine Verletzungen. Ich war Passagierin in seiner Kutsche. Falls Sie ihn besuchen können, richten Sie ihm bitte aus, dass Saranna Plews wissen möchte, ob er Hilfe braucht.«

Jake war verwirrt. Saranna Plews? War sie nicht bei dem Unfall ums Leben gekommen? Seine Erinnerung an jene Nacht war lückenhaft. Es war, als versuchte er, Poker mit einem Satz Karten zu spielen, in dem die Königinnen und die Asse fehlten.

Joseph Bloom erklärte ihm, dass Miss Plews die allseits respektierte Lehrerin von Ironbark sei. Als er Jake fragte, ob es etwas gäbe, bei dem er ihm behilflich sein könne, nahm der die Gelegenheit wahr.

»O ja, Sie könnten meine Ehefrau und meine Tochter finden.«

Der Anwalt hörte sich Jakes Beschreibung mit ernstem Ausdruck an. Die Worte schienen durch ständigen Gebrauch abgewetzt zu sein, doch Jake blickte dem Anwalt direkt in die Augen, als er hinzufügte: »Ich bin keiner, der seine Frau schlägt, falls Sie das denken.«

»Ich würde niemals einem Mann helfen, seine Frau zu suchen, wenn ich das glaubte. Also, Mr. Andersen, Sie können mit meiner Hilfe rechnen, sofern es in meiner Macht steht.«

Nachdem Joseph sich von ihm verabschiedet hatte, war Jake erneut mit sich und seinen Gedanken allein. Doch diesmal drehten sie sich nicht um Jenny. Er wunderte sich über die affektierte Engländerin, die sich Sorgen um ihn machte, nachdem sie ihn so von oben herab behandelt hatte. Nach allem, was er ihnen zugemutet hatte, hatte er nicht damit gerechnet, dass sich einer seiner Passagiere nach seinem Zustand erkundigen würde, am allerwenigsten Saranna Plews. Das war ziemlich merkwürdig. Er fragte sich, was aus der geheimnisvollen Witwe Smith geworden war. Sie hatte behauptet, sie sei Schauspielerin und spiele die Rolle einer Zigeunerin, aber für Jake stand fest, dass sie vor einem Kerl aus England auf der Flucht war.

Er war frustriert, im Krankenhaus gefangen zu sein und nicht zu wissen, was draußen in der Welt vor sich ging. Die Schwestern erzählten ihm ständig, er müsse Geduld haben. Vielleicht würde Mac, wenn er das nächste Mal mit seiner Kutsche durch Goulburn kam, ihm erzählen können, was aus seinen Passagieren geworden war. Jake grinste. Trotz seiner lückenhaften Erinnerung hatte er noch gut im Gedächtnis, wie die Witwe sein Gesicht an ihre nackten Brüste gedrückt hatte, um ihn zu wärmen. Er konnte beinahe den Duft des Rosmarinöls riechen, mit dem sie ihre Haut eingerieben hatte, oder die kühle Berührung des silbernen Amuletts zwischen den Brüsten spüren. Verblüfft von der sinnlichen Kraft dieser Erinnerung murmelte er laut vor sich hin: »Ich wünschte, diese Nacht wäre echt gewesen. Wie grässlich, dass es nur ein Fiebertraum war.«

Zwei Abende später tauchte ein weiterer Besucher auf.

Jake sah den schlaksigen jungen Mann an, der im Schatten der verdunkelten Station stand, und hatte den vagen Verdacht, dass er ihm nicht gänzlich fremd war. Jake hatte einen Riecher dafür, wenn jemand auf der falschen Seite des Gesetzes stand.

Der Junge, der seinen Hut mit der breiten Krempe in die Stirn gedrückt hatte, zog einen Stuhl an die Bettkante und fragte: »Wie geht's, Kumpel?«

Jake war auf der Hut. »Wir kennen uns doch, nicht wahr?«

»Ja, wir haben uns einmal unter etwas ... ungewöhnlichen Umständen getroffen.«

Plötzlich erinnerte sich Jake wieder an das freche Grinsen. »Mist! Du bist der Kerl, der sich geweigert hat, auf mich zu schießen! Ich stehe in deiner Schuld.«

»Du hast mich bereits bezahlt. Erinnerst du dich nicht? Ich habe dich um dein Geld erleichtert.«

Zum ersten Mal seit Wochen lachte Jake laut los. Dass die Geldbörse eine Attrappe für Buschräuber war, verriet er ihm nicht. Wie üblich hatte er alles Wertvolle im Stiefel verstaut gehabt.

Will Martens stellte sich förmlich vor. »Wirst du hier auch ordentlich behandelt?«

Jake zuckte die Achseln. »Ich werde allmählich irre. Hier geht es schlimmer zu als im Knast. Ich hasse es, gefangen zu sein.«

Will nickte ironisch. »Ich auch. Du kannst froh sein, dass sie dir ein Bett gegeben haben. Vor ein paar Wochen hatten sich meine Wunden entzündet, nachdem man mich in Gideon Park ausgepeitscht hatte. Ich bat darum, hierher verlegt zu werden. Ein Bett für einen Strafgefangenen hätte meinen Master Jonstone einen Shilling und Sixpence am Tag gekostet, aber der Teufel in Person hat es verhindert.« Er ahmte die weiche, rachsüchtige Stimme des Mannes nach. »›Simulanten werden sich nicht im Krankenhaus vor der Arbeit drücken können. Jedenfalls nicht, solange ich Aufseher in Gideon Park bin!‹«

Jake grinste. »Du hast diesen Bastard haargenau getroffen, Kumpel. Was ist er für ein Kerl? Es heißt, er sei ein Schweinehund. Ein richtiges Ungeheuer.«

»Das ist ja noch sehr höflich, so würde man ihn höchstens in Anwesenheit von Damen bezeichnen.«

Angeregt unterhielten sie sich eine ganze Stunde lang. Jake stellte erfreut fest, dass Will ein leidenschaftlicher Pferdeliebhaber war, genau wie er. Gut gelaunt stritten sie sich über die Vorzüge von reinrassigen Berberpferden und Arabern. Trotzdem hatte Jake die Befürchtung, dass ein Junge wie Will nur ein Bauer in einem bösen Schachspiel war, deshalb kam er wieder auf Gideon Park zu sprechen.

»Für Jonstone habe ich nicht viel übrig. Ein Edelmann, der sich die Hände nicht schmutzig macht und vor den Machenschaften seines Aufsehers die Augen verschließt.«

Will versuchte, es herunterzuspielen. »Jonstone ist kein schlechter Mensch, nur leider viel zu oft in Sydney Town. Er kann sich gar nicht vorstellen, was der Teufel in Person während seiner Abwesenheit so alles treibt. Ich will lieber von einem Trooper erschossen werden, als nach Gideon Park zurückzukehren.«

Jake wusste, dass Strafgefangene das häufig sagten, trotzdem hoffte er, dass der Junge mehr Glück hätte.

»Per Gesetz haben Strafgefangene, die sich beschweren wollen, das Recht, einen Richter aufzusuchen und einem Master unterstellt zu werden, der sie gut behandelt. Zumindest in der Theorie«, sagte Jake.

Will zog die Schultern hoch. »Bislang haben mich alle Richter nach Gideon Park zurückgeschickt. Die sind so eng mit Julian Jonstone befreundet, dass sie bei ihm am Tisch sitzen. Für Leute wie mich bleibt nicht einmal ein Krümel Gerechtigkeit übrig.«

»Wenn ich dir helfen kann, mein Junge, so werde ich es tun«, versprach Jake. »Aber Waffen besorge ich dir nicht!«

Will nickte. Er fragte Jake nach seinem Plan, reinrassige Pferde zu züchten. Jake redete so lange, bis seine Kehle ausgetrocknet war und er den Jungen schließlich um einen Gefallen bat.

»Könntest du mir nicht eine Flasche Albion Ale hier reinschmuggeln oder etwas in der Art? Um die Ecke ist ein Wirtshaus.«

Will sah ihn besorgt an. »Du willst, dass *ich* ins Policeman's Arms gehe?«

»Nein. Solomon Moses hat die Kneipe gerade in Traveller's Home Inn unbenannt.« Jake senkte die Stimme. »Ich habe eine junge Krankenschwester beschwatzt, mir gelegentlich eine Flasche zu besorgen, aber im Moment sitze ich auf dem Trockenen.«

»Nichts leichter als das, Jake.« Und schon war Will aus der Tür.

Er kehrte mit einem struppigen Blumenstrauß zurück, der aussah, als hätte er ihn aus einem der umliegenden Gärten geklaut.

Jake machte keinen Hehl aus seiner Enttäuschung. »Na, vielen Dank!«

»Riech mal dran!«, sagte Will.

Als Jake den Kopf senkte, erkannte er den Hals einer Flasche inmitten des Blumenstraußes. Er hob ihn an den Mund und nahm einen kräftigen Schluck.

»Will Martens! Man sollte dein Blut in Flaschen abfüllen.«

Nachdem der junge Buschräuber sich mit einem stummen Gruß verabschiedet hatte und in die Nacht verschwunden war, fragte sich Jake, was für Chancen er wohl hätte. Nur wenige Entflohene überlebten länger als ein oder zwei Jahre.

Jake spürte einen Anflug von Niedergeschlagenheit, als er daran dachte, wie brutal Will behandelt wurde. Sein Vater hatte als junger Mann unter Gouverneur Macquarie eine zweite Chance erhalten, aber damals waren die Verhältnisse viel menschlicher gewesen.

Dieses System ist wie ein Lotteriespiel. Und die verantwortlichen Kerle in Whitehall sollten selbst mal deportiert werden, damit sie eine Vorstellung bekommen, wie es hier zugeht.

NEUNZEHN

Keziah war selig, als sie den Spiegel an der Wand ihrer Lehrerhütte befestigte. Ein paar strafgefangene Schreiner hatten das Dach fertig gestellt und die Fensterscheiben in den beiden Räumen eingesetzt, der Kamin war weiß getüncht. Sie schob das große Bett mit der gestreiften Strohmatratze in eine andere Ecke und schrubbte den Holztisch, die Stühle und das Regal mit Essig ab.

Heute war ein Wendepunkt – sie würde ihr erstes eigenes Haus beziehen, das nicht von einem Pferd gezogen wurde. Sie hätte einen *vardo* vorgezogen, doch diese Hütte war wie ein neues Spielzeug.

Während sie wartete, dass sie das Brot aus dem Ofen nehmen konnte, hängte sie die Töpfe und Pfannen auf, die sie dem fahrenden Händler Sunny Ah Wei abgekauft hatte. Dann nagelte sie den Kalender an die Wand und grinste über die Bilder von Kindern, die um einen Schneemann tanzend das englische Weihnachtsfest feierten. Was für ein Gegensatz zu ihrem ersten Weihnachten in Australien! Weder Schnee, Stechpalmen noch Misteln, sondern ein Tag in sengender Hitze, an dem man sich den Bauch mit traditionellen englischen Hackfleischpasteten, Truthahn und Plumpudding vollstopfte und um den Esstisch von George Hobsons Familie versammelt Weihnachtslieder sang.

Obwohl für sie Vergangenheit, Gegenwart und Zukunft wie die drei Stränge eines Zopfes miteinander verflochten waren, belegte der Kalender, dass kaum zwei Monate vergangen waren, seit sie als die Lehrerin Saranna Plews nach Ironbark gekommen war. Keziah hatte Mühe, den Übergang zu diesem radikal anderen Leben zu begreifen. Hier in Ironbark schien die Zeit lauter willkürliche Sprünge und Sätze zu machen.

Heute erschienen ihr die Probleme besonders groß. Jeden Tag hüllte sie sich in Schals, um ihren immer dicker werdenden Bauch zu verstecken. Sie wagte es nicht, sich medizinischen Rat von dem schottischen Arzt Dr. Leslie Ross zu holen, der auf der Haunted Farm wohnte und dessen Einspänner man regelmäßig in Ironbark sah. Und was wäre mit der Schule? George Hobson hatte die Erwartung geäußert, dass sie das ganze Jahr über geöffnet blieb – mit Ausnahme von zwei Wochen an Weihnachten. Was sollte sie im März machen, wenn die Wehen einsetzten? Wie konnte Miss Plews in der Schule unterrichten und gleichzeitig heimlich ihr Baby zur Welt bringen? Und was würde das Jahr 1838 sonst noch für sie bereithalten?

Obwohl sie sich nach Gem sehnte, war ein Treffen mit ihrem hitzköpfigen Mann in diesem fortgeschrittenen Zustand der Schwangerschaft undenkbar. Sie konnte ihn nur überzeugen, dass er ihre erste und einzige Liebe war, wenn sie das Kind ausgetragen hatte.

Bei dem Duft nach frischem Brot lief ihr das Wasser im Mund zusammen. Gab es denn nicht eine Stunde am Tag, an der das ungeborene Kind sie nicht so heißhungrig machte? Sie legte eine rote Decke auf den Tisch und nahm das gekochte Lamm aus dem Fleischhimmel, der in der Brise vor dem offenen Fenster hing. Das Tuch aus Sackleinen, das darüber lag, war mittlerweile trocken, deshalb tränkte sie es mit Wasser und legte es erneut darüber, um den Inhalt frisch zu halten. Im gleichen Moment begann der gusseiserne Kessel fröhlich zu pfeifen.

Als Keziah sich schließlich zu Tisch setzte, um ihre erste Mahlzeit in ihrem neuen Zuhause zu genießen, hätte sie beinahe vergessen, *Del* für ihre kleine Zuflucht zu danken. *Hilf mir, mich so zu verhalten wie Saranna – wie eine Dame. Zügle die Roma in mir*.

Durch das Fenster sah sie, dass man ihr wie verabredet George

Hobsons Einspänner gebracht hatte, damit sie nach Bolthole Valley fahren konnte. Es hieß, der Besitzer des dortigen Krämerladens, Matthew Feagan, sei der inoffizielle »Stadtausrufer«. Keziah hoffte, nicht nur Neuigkeiten über den Buschräuber zu erfahren, der als Gypsy bekannt war, sondern auch über Jake Andersens Zustand und vielleicht, wo Saranna Plews unter dem Namen Keziah Smith beerdigt worden war.

Auf der Strecke nach Bolthole Valley warf Keziah einen Blick auf den kleinen Strauß aus Wildblumen, den sie gepflückt hatte. Wie eigenartig das Leben manchmal war. Das Schicksal hatte gewollt, dass sie Jake Andersen vor dem Todesengel rettete, der sein Leben gefordert hatte. Und jetzt war sie auf dem Weg, um Blumen auf ihr eigenes Grab zu legen.

Der Weg führte durch den Wald und war von einer früheren Generation Holzfäller geschlagen worden, die hinter dem harten Eisenrindenholz her gewesen waren. Hier und da wuchsen vereinzelt herrliche Angophoren und bildeten ungewöhnliche Muster. Ihre pilzrosa Stämme waren mit rostrotem Harz bedeckt, das wie fleckiges Blut wirkte. Der klebrige Saft heilte die alten Wunden und hinterließ ein Vermächtnis von knubbeligen Knoten, wo die Äste von einem Sturm abgebrochen worden waren. Für Keziah symbolisierten diese Bäume Heilung und Überleben.

Wehmütig dachte sie an ihr abenteuerliches Nomadenleben als Roma.

Doch nicht einmal das konnte sie von ihrem Problem ablenken, das ihr zu schaffen machte wie Zahnschmerzen. Was sollte sie nur mit dem Baby machen, nachdem sie es zur Welt gebracht hatte? Sie betete, dass es keine Ähnlichkeit mit seinem verhassten Vater Caleb hätte, weder charakterlich noch im Aussehen.

Dann dachte sie an Jake Andersen. Sie hatte sich große Sorgen gemacht, nachdem sie ihn so schwer verletzt gesehen hatte. Doch Joseph Bloom hatte ihr erzählt, dass er sich scheinbar gut erholte, obgleich er darunter litt, im Krankenhaus gefangen zu sein. Und dass er einigermaßen überrascht gewesen sei, von Saranna Plews zu hören.

Sollte Jake erfahren haben, dass die Witwe Smith gestorben war, musste er ziemlich verwirrt sein. *Kein Wunder. Manchmal wache ich auf und habe selbst vergessen, wer ich eigentlich bin.*

Sie war ein Risiko eingegangen, als sie Jake diese Nachricht geschickt hatte, und fragte sich, ob sie ihn jemals wiedersehen würde.

Die Hauptstraße von Bolthole Valley lag beinahe verlassen da, als sie vor Feagans Laden anhielt. Überrascht registrierte sie die Kutsche vor dem House of the Four Sisters. Das im Wind flatternde Tartanband auf dem Dach bezeugte, dass es Dr. Ross gehörte. Also stimmten die Gerüchte, dass er ins Bordell ging! Keziah zuckte die Achseln. Männer waren nun mal Männer, selbst die besten von ihnen.

Zwei Matronen in Trauerkleidung kamen auf sie zu wie schwarze, mit Einkaufskörben bewaffnete Krähen. Beim Anblick eines barfüßigen, zerlumpten Eingeborenenmädchens, das im Schatten eines Pfades neben Feagans Eingang stand und einen kleinen Jungen mit großen Augen auf dem Rücken trug, rümpften sie die Nase.

Auf der anderen Straßenseite lehnten zwei zwielichtige Viehzüchter am Pfosten der Veranda des Shanty with No Name und machten mit einer Flasche in der Hand derbe Sprüche über »schwarzen Zucker«. Die anderen Männer, die das Mädchen angafften, lachten.

Keziah warf den Männern einen derart eisigen Blick zu, dass ihr Gelächter sofort verstummte. »Guten Morgen«, sagte sie zu dem Mädchen, das zu schüchtern war, um zu antworten und sich über den Pfad in den Schatten von Feagans Scheune verzog.

Im Innern des Ladens beklagte Feagan Gouverneur Bourkes Abreise und zog über den kommissarischen Stellvertreter Lieutenant-Colonel Snodgrass her, der einen Strafgefangenen als Hauslehrer angestellt hatte. Feagan war empört. »Was soll man von einem Menschen halten, der die Erziehung seiner eigenen Kinder einem Mann anvertraut, der wegen versuchten Mordes verurteilt wurde?«

»Wer wird denn der nächste Gouverneur?«, fragte Keziah.

»Es heißt, Whitehall hätte dieses Mal einen Mann aus der Marine im Sinn. Wie auch immer, wir können nur hoffen, dass er die Frage der Strafgefangenentransporte besser regelt.« Feagan schien seine Schimpfkanonade mit sämtlichen Schlagzeilen der Zeitungen gespickt zu haben, als wollte er keinen einzigen Aspekt des Dramas auslassen.

»Diese Kolonie kann ohne Strafgefangene nicht überleben. Merken Sie sich, was ich sage. Der neue Gouverneur wird schnell mitkriegen, wie unsere Gesellschaft hier funktioniert. Deshalb habe ich die Petition der Großgrundbesitzer mit unterschrieben.«

Obwohl er wie viele bornierte Menschen eine unerschütterliche Autorität an den Tag legte, spürte Keziah, dass Feagan im Grunde kein schlechter Mensch war.

»Sind irgendwelche Buschräuber in der Gegend gesichtet worden, Mr. Feagan?«, fragte die ältere Witwe besorgt.

»Diese Woche nicht, Mrs. Hill, es war alles ruhig.«

Keziah war enttäuscht, doch dann dachte sie, dass Gem somit wenigstens noch am Leben war.

Sie sah von einem Ballen Kattun auf und fragte Feagan nach den Opfern des Postkutschenunfalls am Blackman's Leap. Dass sie selbst in der Kutsche gesessen hatte, behielt sie für sich. Zuvor wollte sie wissen, wie die tote Frau identifiziert worden war.

»Ich habe gehört, dass sie hier auf dem Friedhof von Bolthole Valley bestattet worden ist. Hat sie wenigstens eine anständige Beerdigung erhalten?«

»Selbstverständlich«, antwortete Feagan. »Wir sind alle gute Christen hier. Sie liegt in dem Teil für Konfessionslose, aber auf ihrem Grab steht ein hölzernes Kreuz. Niemand weiß, welche Religion sie hatte.« Dann fügte er finster hinzu: »Wenn überhaupt.«

Keziah wagte es nicht, ihn anzusehen. »Was erzählen sich die Leute über sie?«

»Sie war wohl erst vor Kurzem aus der Heimat eingewandert. Über Familienangehörige ist nichts bekannt. Im Bericht eines irischen Arztes steht, es handele sich um eine gewisse Mrs. Smith, Witwe. Wahrscheinlich eine heidnische Zigeunerin. Unter ihren Sachen fand man den Kartensatz einer Wahrsagerin.«

»Diese Karten sind Teufelszeug!«, erklärte die ältere Witwe.

Keziah war erleichtert zu erfahren, dass der Austausch der Identitäten geklappt zu haben schien. Die Zigeunerin Smith lag sicher in ihrem Grab. Jetzt konnte sie sich dem Stadtausrufer Matthew Feagan gefahrlos als Saranna Plews zu erkennen geben.

Die jüngere der beiden Witwen hatte noch eine Beschwerde vorzubringen. »Diese *lubra* da draußen, Mr. Feagan. Könnten Sie sie nicht verjagen? Was hat sie hier unter anständigen Leuten zu suchen? Jeder weiß doch, dass der Einäugige sie geschwängert und dann zusammen mit ihrem Halbblut der Gemeinde aufgehalst hat.«

Keziah errötete, als sie daran erinnert wurde, wie sehr sie selbst als halbe *gaujo* verachtet worden war.

Feagan schien sich irgendwie nicht wohl in seiner Haut zu fühlen. »Sie hat ein Mischlingskind, deshalb habe ich ihr erlaubt, in meiner Scheune zu übernachten. Es ist nur wegen des Kindes, das krank ist. Etwas anderes bleibt einem als guter Christ gar nicht übrig.« Er hob belehrend den Zeigefinger. »Denken Sie an das Jesuskind und die Krippe.«

Keziah versuchte, ihre Gedanken zu entwirren. *Zumindest hat Saranna ein anständiges Begräbnis erhalten. Ich hoffe, dass ihr* mulo *besänftigt ist. Sobald ich etwas gespart habe, werde ich einen ordentlichen Grabstein für Keziah Smith in Auftrag geben.*

»Noch mal zurück zu dem Unfall. Wie geht es dem Kutscher?«, fragte sie beiläufig.

Feagan wurmte es, wenn er mit Informationen nicht dienen konnte. »Keine Ahnung, ich habe nur gehört, dass eins der Opfer so verletzt wurde, dass sein Bein nicht zu reparieren ist und er für den Rest seines Lebens ein Krüppel bleiben wird.«

Keziah wurde fast schlecht, als sie sich Jake Andersen als Krüppel vorstellte. Zutiefst erschüttert kaufte sie eine Zeitung und lief nach draußen. Sofort hatte sie das Gefühl, dass etwas nicht stimmte. Sie hörte das schwere rhythmische Stöhnen eines Mannes und lief auf die Scheune zu.

Das Kind lag auf dem Boden und weinte. Einer der Betrunkenen hatte der kleinen Einheimischen den Rock über das Gesicht gezogen, presste sie gegen die Wand und tat ihr brutale Gewalt an. Sein Kumpel feuerte ihn an und knöpfte sich schon erwartungsvoll die Hose auf.

Der Betrunkene war schnell fertig. Seine Manneskraft ließ ihn im Stich, woraufhin er das Mädchen ins Gesicht schlug.

»Du elende Hure bist nicht mal einen Furz wert.« Dann warf er ihr eine Münze hin.

Keziah stürzte in die Scheune, ergriff eine Sense und schrie Zeter und Mordio. Der Kumpel des Betrunkenen warf ihr nur einen Blick zu und lief um sein Leben. Sie schwang die Sense über den Kopf des anderen. Bei dem Versuch, ihr auszuweichen, stürzte der Mann zu Boden, woraufhin Keziah die Sense wie ein Damoklesschwert über ihn hielt.

»Wenn du das nächste Mal eine Frau für ihre Gesellschaft bezahlst, behandle sie mit Respekt.«

Zu Tode erschrocken taumelte er über den Pfad davon.

»Komm!«, sagte Keziah, doch das Mädchen war zu verschreckt, um zu reagieren, deshalb legte sie das Kind sanft in die Arme seiner Mutter.

»Ich heiße Saranna. Ich kann dir nicht viel bezahlen, aber wenn du für mich arbeiten willst, wirst du nie mehr hungrig sein und dich von diesen Bestien nicht mehr missbrauchen lassen müssen.«

Keziah wandte ihren Blick von den dunklen Augen der Kleinen ab, um ihr Zeit zum Nachdenken zu geben, dann setzte sie aufrichtig hinzu: »Ich sage das nicht aus Mitleid. Ich brauche wirklich *deine* Hilfe.«

Während sie der jungen Mutter mit dem Kind in den Wagen half, war sich Keziah bewusst, dass Feagan und die beiden Witwen sie aufmerksam beobachteten. Auf der anderen Straßenseite standen der Betrunkene und die anderen Gäste vor dem Shanty with No Name, um besser sehen zu können.

Einer der Betrunkenen rief ihr zu: »Ich bezahl dich dafür, dass du mich um die Scheune jagst, wann immer du willst, Miss Lehrerin!«

»Nehmt euch bloß in Acht! Sonst könnt ihr was erleben, das ihr so schnell nicht vergesst!«, rief Keziah zurück.

Plötzlich erkannte sie, dass ein erstaunter Dr. Ross aus dem Freudenhaus getreten war und sie über den Rand seiner Brille hinweg anstarrte. Doch sie konnte ihren Zorn nicht mehr zurückhalten.

Sie griff nach den Zügeln und raste auf den Bürgersteig vor dem Shanty with No Name zu. Erst in letzter Sekunde drehte sie nach links ab, sodass die Männer aus dem Weg springen mussten. Dann donnerte sie über die Straße davon. Als sie sich umdrehte, sah sie zu ihrer Befriedigung durch die aufgewirbelte Staubwolke, wie die Männer mit offenem Mund dastanden.

Doch der nächste Gedanke war ernüchternd. Saranna hätte sich niemals so verhalten. *Mi-duvel! Es ist verdammt schwer, eine Dame zu sein!*

Zurück in Ironbark machte Keziah etwas zu essen für ihre hungrigen Gäste und konzentrierte sich darauf, eine Lösung für ihre Probleme zu finden.

Die Kleine hieß Nerida. Sie zeigte mit dem Finger auf sich selbst und das Kind und erklärte stolz, sie seien Wiradjuri.

Keziah gelang es, herauszufinden, dass Nerida fünfzehn war. Das Alter des Kindes war schwer zu schätzen, weil es extrem unterernährt war, aber es musste etwa achtzehn Monate alt sein.

Sein »weißer« Name lautete Murphy. Keziah erinnerte sich, dass der junge Buschräuber, der sich schützend vor Saranna gestellt hatte, den Einäugigen so genannt hatte. Sie lächelte beruhigend, während sie ihre Gäste zum Essen drängte.

»Wirst du dich hier wohlfühlen?« Sie zeigte auf das Strohlager, das sie neben dem Kamin für sie errichtet hatte, woraufhin Nerida die Hütte verließ. Keziah beobachtete, wie sie in einiger Entfernung ein kleines Feuer entfachte und sich daneben legte. Instinktiv nahm Keziah ihre Bettdecke und ging nach draußen. Unsicher, ob sie sie vielleicht kränkte, breitete sie sie neben Nerida aus und streckte sich darauf aus.

»Darf ich? Als kleines Kind habe ich oft unter den Sternen geschlafen.«

Nerida nickte, während sie den kleinen Murphy wiegte und ihm in ihrer Sprache leise vorsang. Keziah fiel auf, dass Nerida an der Hand keinen rosigen Stumpf am kleinen Finger hatte wie die anderen Eingeborenen, die sie in Sydney Town gesehen hatte. Sie fragte sich, was dieser Brauch bedeutete, da die Roma aber großen Respekt vor der Privatsphäre anderer hatten, wagte sie nicht, danach zu fragen. Wenn Nerida es ihr sagen wollte, würde sie es zu gegebener Zeit schon tun.

Als Keziah ihre Gebete flüsterte, leuchtete die Venus wie eine helle Kerze am fernen Himmel.

»Schick Gem meine Liebe.« Dann setzte sie aus einem Impuls heraus hinzu: »Und mach, dass Jake Andersen wieder gesund wird. Du weißt ja, wie Männer sind. Jake ist ein Mann der Tat. Er wird nie glücklich sein, wenn er nicht reiten und kämpfen kann.«

Als Keziah am nächsten Morgen aufwachte, hatte Nerida bereits im Bach gebadet und Beeren und Grassamen gesammelt. Sie wirkte ruhig, ihre schwarzen Augen strahlten. Nerida war zwar anfangs noch sehr einsilbig, verstand aber ausgezeichnet Englisch. Als Keziah sie dafür etwas unbeholfen lobte, war Nerida um eine prompte Antwort nicht verlegen.

»Ich kann alles, Wiradjuri, 'ne Menge Gundungarra, Nguawal, bisschen Dahrug. Auch Kamilaroi. Irisch ist komisch. Englisch ist nicht so schwer, nur zu viele verdammte Flüche.«

Keziah lachte zustimmend. »Ich würde sehr gern ein paar Worte in deiner Sprache lernen, sie klingt wie Musik.«

In den folgenden Tagen gingen sie zusammen spazieren und baden, und Nerida zeigte ihr, wie man im Busch Nahrung fand. Auch ohne viele Worte fühlten sie sich wohl miteinander.

Keziah wusste, dass sie wegen der Angst und Feindseligkeit, mit der die Bewohner Ironbarks auf Eingeborene reagierten, Neridas Anstellung offiziell machen musste. Joseph Bloom hielt sich in Goulburn auf, um an einem jüdischen Fest teilzunehmen, und George Hobson war zu einem Richter gefahren, um die Zuweisung weiterer Strafgefangener für seine Farm zu beantragen. Der Grund für Gilbert Evans' Abwesenheit war Keziah unbekannt. *Bestimmt ist er wieder dabei, jemanden anzuschwärzen.*

Da während ihrer Abwesenheit der Aufseher Griggs das Sagen hatte, ging sie davon aus, dass er sich noch arroganter geben würde als sonst. So war es auch, doch sie ließ seine Einwände nicht gelten.

»Ich werde für ihr Essen und ihre Kleidung aufkommen. Die Herren wird es keinen einzigen Penny kosten.«

Griggs warf Nerida einen verächtlichen Blick zu. »Halten Sie diese Eingeborene von meinen Männern fern. Wir haben hier schon genug Bastarde.«

»Sorgen Sie lieber dafür, dass Ihre Männer nicht *uns* belästigen, ansonsten werde ich meinen Arbeitgeber davon unterrichten, dass Sie den Fremden, der versucht hat, mich auf seinem Grundstück zu vergewaltigen, nicht daran gehindert haben«, entgegnete Keziah.

Griggs gab klein bei. Keziah wusste, dass er das Gerücht in die Welt gesetzt hatte, sie sei Joseph Blooms Schützling. Und obwohl diese Lüge sie ärgerte, kam sie ihr nun sehr gelegen, denn sie garantierte Neridas Schutz.

»Wenn es noch einmal Ärger geben sollte, wird Joseph Bloom Sie zur Verantwortung ziehen«, rief sie ihm nach, als Griggs wütend davonstapfte.

Abends am Lagerfeuer, wo Nerida Murphy die Brust gab, bemerkte Keziah, wie die Kleine sie jedes Mal, wenn sie den Rücken durchbog, um ihn von dem Gewicht des dicken Bauchs zu entlasten, verstohlen von der Seite ansah. Hastig wechselte sie die Stellung.

»Keine Sorge, Miss«, sagte Nerida liebevoll. »Wenn die Zeit kommt, wir machen Spaziergang. Viel Zeit, viele Kinder, groß und stark. Schwarze Babys sind nicht anders als weiße Babys.«

Keziah fasste Nerida an den Schultern und brach in Tränen aus. »Niemand hier weiß Bescheid, Nerida. Wie hast du geahnt, dass ich so viel Angst habe, das Kind allein auszutragen?«

»Ihr Bauch, Miss. Ich weiß Bescheid. Kinder kommen, wann sie wollen.«

»Ich glaube dir, Nerida!« Vor lauter Erleichterung begann Keziah, ein Roma-Lied zu singen. Sie wedelte mit den Händen, beugte sich nach hinten und stampfte mit den Füßen den Rhythmus auf den Boden, den Nerida vorgab. So vertrieben sie ihre Ängste mit Musik.

Vom Lehrerpult aus beaufsichtigte Keziah die Kinder. Sie waren mit Feuereifer dabei, Segelschiffe, Strafgefangene, die in Reih und Glied vor einem Fahnenmast mit dem Union Jack standen, und tanzende Eingeborene auf einem Korroboree an die Schultafel zu malen. Es war eine geschönte Version der Ankunft der First Fleet im Jahre 1788, aber sie konnte die Kinder unmöglich bitten, hungrige, ausgemergelte Strafgefangene und aufgebrachte Eingeborene zu zeichnen, was der Wahrheit eher entsprochen hätte. Big Bruce hatte seine Arbeit bereits beendet und half den Kleinen.

Sie warf einen Blick auf den Kalender an der Wand. Morgen war der 26. Januar. Foundation Day. Der fünfzigste Jahrestag der britischen Besiedlung von Port Jackson, bei der zum ersten Mal der Union Jack gehisst worden war. Man hatte ihr gesagt, dass er in der ganzen Kolonie ein Feiertag war. Es gab weder Arbeit noch Schule; überall wurde er ausgiebig zelebriert, bei den Freien ebenso wie in den Lagern der Strafgefangenen.

Eigentlich hätte sie aufgeregt sein sollen, aber sie war zu erschöpft, um irgendetwas zu fühlen. Von Tag zu Tag, seit Wochen schon, wurde die australische Hitze unerträglicher. Nerida weigerte sich hartnäckig, sie in Sarannas Korsett zu schnüren, weil es nicht gut für das Baby war, wie sie sagte.

Trotz der Hitze zog Keziah den Schal enger um sich. Schweißperlen flossen ihr über den Nacken. Als sie das Rieseln von Wasser hörte, schreckte sie auf. Dann sah sie die Pfütze unter ihrem Stuhl. Es war so weit!

Ihr wurde schwarz vor Augen.

Als Keziah die Augen wieder aufschlug, lag sie auf dem Fußboden. Ein Ring von Kinderaugen umgab sie, die auf sie herabstarrten. Sie erinnerte sich an den Grund und stieß hastig den Wasserkrug um, damit er von ihrem Fruchtwasser ablenkte. Ihr Kind wollte kommen.

»Winnie, hol Nerida bitte!« Die kleine Rothaarige mit den Sommersprossen gehorchte auf der Stelle. Keziah zwang sich zu einem Lächeln, obwohl mit den Wehen auch die Schmerzen einsetzten.

»Ich bleibe bei Ihnen!«, bot Big Bruce an.

»Danke, Bruce, aber das ist nicht nötig. Bitte, hilf den Kleinen, auf ihre Ponys zu steigen.« Sie biss die Zähne zusammen. »Fröhlichen Foundation Day, Kinder! Ich sehe euch alle am … liebe Güte! Es ist zwar noch früh, aber ihr geht jetzt besser nach Hause!«

»Danke, Miss Plews!« Die Kinder liefen in alle Richtungen davon.

Nerida kam mit Murphy auf dem Rücken in den Klassenraum gestürzt und fand Keziah in Tränen aufgelöst.

»Nerida! Es kommt viel zu früh. Mein Kind wird sterben!«

»Keine Sorge, Miss.«

Nerida stützte Keziah, als sie auf die Stelle zugingen, die sie sich vorher ausgesucht hatten – eine abgelegene Uferbank am Bach, die von dichtem Gestrüpp derart abgeschirmt war, dass sie wie eine zum Himmel offene Geheimkammer wirkte. Schon wenig später steckte ihr Nerida einen Leinenknebel in den Mund, damit man sie nicht schreien hörte.

Keziah beobachtete, wie Nerida ein kleines Feuer anzündete und einen Topf mit Wasser aus dem Bach aufsetzte. Immer wieder nahm sie den Knebel aus dem Mund, um Nerida nervöse Anweisungen zu erteilen.

»Halt die Augen auf. Wenn irgendwer erfährt, was hier vorgeht, bin ich verloren!«

Nerida nickte ruhig und steckte ihr den Knebel wieder in den Mund. Die Kleine hatte keineswegs mit ihren Kenntnissen geprahlt. Erfahren und selbstbewusst holte sie das Kind auf die Welt. Und was ihm an Größe mangelte, machte es mit der Kraft seiner Lungen wett.

»*Mi-duvel!*«, jammerte Keziah. »Ganz Ironbark wird ihn hören!«

»Schlau, was? Gesundes Baby. Dickes Bäuchlein.« Stolz trug Nerida den Jungen zum Feuer, wiegte ihn in den Armen und sang ihm leise vor. Keziah beobachtete sie verwundert, so vertieft in den Augenblick, dass sie ganz vergaß, sich danach umzusehen, ob jemand in der Nähe war.

Auf den ersten Blick hatte sie nur Verwirrung und Erleichterung zugleich gespürt. Nicht Liebe. Würde dieses kleine Ding kräftig genug sein, um zu überleben? Sie suchte in dem flaumigen blonden Haar und seinem Gesicht nach Ähnlichkeiten mit seinem Vater Caleb Morgan. Seine Gesichtsfarbe war ein wenig heller als ihr eigener olivbrauner Teint. Es starrte sie aus seinen dunkelblauen Augen an. Sie zählte seine Finger und Zehen. Alles war in Ordnung. Ihr Hass auf Caleb kämpfte gegen ihre

Ehrfurcht, weil das ungewollte kleine Wesen so vollkommen war.

Das heimtückische Netz der Morgans schien nun weit weg zu sein. Offenbar spürte das Baby instinktiv die widersprüchlichen Gefühle, die sie empfand. Es umklammerte ihren Finger mit seiner Hand und zwang sie, zu ihm zu sprechen.

»*Maduveleste*«, sagte Keziah und küsste es auf die Stirn. Dann nahm sie Neridas Hand und fügte hinzu: »Gott segne auch dich, Nerida.«

Der Ausdruck des Kindes war ernst und unbewegt.

»Werde ich jemals vergessen können, woher du stammst?«, fragte sie leise. »Wenn jemand mir beibringen kann, wieder zu lieben, dann bist du es, mein Kleiner. Bitte, bleib am Leben!«

Keziah lächelte Nerida zu. Nach dem, was sie zusammen erlebt hatten, brauchten sie keine Worte mehr. Ihr Leben war parallel verlaufen. Beide waren von den Vätern ihrer Kinder betrogen worden.

Nerida sah zu, wie der Kleine an Keziahs Brust nuckelte. »So klein, aber schlau. Hat gleich raus, wie es geht!«

Keziah blickte ihm in die Augen und sprach ihren stärksten Roma-Eid.

»Ich schwöre bei der Hand meines Vaters: Ich werde dich lieben, dich beschützen und dir das Leben so schön wie möglich machen!«

Im Einklang mit ihren Traditionen verbrannte Keziah alle Tücher, die sie bei der Geburt benutzt hatte. Da sie zu erschöpft zum Laufen war, kroch sie mit dem Kind auf dem Arm zum Rand des Baches, spritzte Wasser auf sein Köpfchen und flüsterte seinen wahren Namen, der geheim bleiben musste, um ihn vor dem *beng*, dem bösen Blick zu beschützen.

Dann blickte sie auf, erschrocken über den unerwarteten Anblick eines Reiters, der gerade im Busch verschwand.

Im Schutz der Dunkelheit kehrten sie kurz vor der Morgendämmerung in ihre Hütte zurück. Keziah legte sich ins Bett und beobachtete, wie Nerida das schlafende Neugeborene in einen Kokon aus Leinen wickelte, ehe sie es in eine mit Kissen gepolsterte Obstkiste legte.

»Jetzt bringst du ihn auf die Schulveranda, ja? So wie wir es verabredet haben.«

Nerida nickte ruhig, doch plötzlich überwältigte Keziah die Angst, das Kind könnte von einem Dingo oder einem anderen wilden Tier angefallen werden. »Aber du musst ihn im Auge behalten, bis irgendwer ihn gefunden hat. Wegen der Schlangen! Sie brüten doch jetzt, nicht wahr?« Dann begann sie zu weinen. »Wie konnte mir das nur passieren?«

»Keine Sorge, Miss. Ich passe auf, dass keiner ihn stiehlt. Sie schlafen.«

Keziah kämpfte gegen den Schlaf an. Sie zog sich einen Stuhl ans Fenster, wo sie die Umrisse der Schule und die kleine Kiste auf der Veranda sehen konnte. Nerida hielt Wache in ihrem Versteck im Gebüsch.

Endlich brach der Morgen an. Keziah erkannte eine Gestalt, die sich der Schule näherte. Es war einer der Strafgefangenen, die für Mr. Hobson arbeiteten, Sholto, ein Riese aus Glasgow. Er war dermaßen tätowiert, dass er wie eine wandelnde Bettdecke mit Paisleymuster aussah. Als er das leise Weinen des Kindes hörte, blieb er stehen und rief: »Allmächtiger!«

Nerida tauchte wie aus dem Nichts auf und zeigte mit dem Finger auf die Hütte. Dann sah Keziah, wie er mit der Kiste in den Händen, die er so vorsichtig trug wie ein Junge ein Nest mit seltenen Vogeleiern, auf sie zukam.

Beim ersten Klopfen öffnete sie die Tür und tat überrascht. »Um Gottes willen, Mr. Sholto. Was haben Sie denn da in der Kiste? Ein Hündchen?«

»Nay, Miss, ein Kindchen.«

Nerida unterdrückte ein Kichern hinter vorgehaltener Hand.

»Lassen Sie es vorerst hier, Mr. Sholto. Wir sorgen dafür, dass es angemessen versorgt wird.«

Kaum hatte sie die Tür geschlossen, legte sie den Kleinen an die Brust.

Nach zwei Tagen hatte sich Keziah so weit erholt, dass sie Joseph Bloom aufsuchen und ihn beiläufig von der Existenz des Findlings in Kenntnis setzen konnte, den sie Gabriel Stanley genannt hatte. Sie bot sich als Pflegemutter an, bis sich die richtige Mutter meldete und das Kind beanspruchte.

»Gabriel Stanley hätte sich keine bessere Mutter aussuchen können, Miss Plews«, sagte er überzeugt.

Sie lächelte ihn erschrocken an. *Mi-duvel! Ob er etwas ahnt?*

Sie hatte nur wenige kostbare Tage, um Gabriel die Brust zu geben, ehe sie wieder in die Schule musste. Traurig trank sie dann den notwendigen Sud aus Kräutern, um abzustillen. Ein Glück, dass Nerida beschlossen hatte, Murphy zu entwöhnen, damit sie als Amme für Gabriel dienen konnte. Trotzdem empfand Keziah es als Verlust, dass sie nicht im Stande war, ihr Kind selbst zu ernähren.

Als sie in die Schule zurückkehrte, hatte die Anstrengung der geheimen Geburt ihren Tribut gefordert. Keziah bildete sich ein, Sarannas *mulo* zu sehen – oder sah sie ihn tatsächlich? Lag es an der Anfälligkeit, an der Frauen nach einer Geburt manchmal leiden? Oder wurde sie langsam verrückt?

Eines Nachts meinte sie zu sehen, wie der schwarzbärtige Reiter sie hinter Bäumen versteckt beobachtete. Ein kleiner roter Punkt glomm im Dunkeln auf. Dann wurde sie von Gilbert Evans abgelenkt, der in einiger Entfernung vorbeiritt, und als sie wieder hinsah, war der geheimnisvolle Reiter verschwunden. Das war kein *mulo*. Dort, wo sie ihn gesehen hatte, fand sie eine halb gerauchte Zigarre.

ZWANZIG

Jake Andersen spürte, wie ihm der Schweiß über den Rücken floss. Das Hemd klebte an seinem Körper, das lange Haar an seinen Wangen, sein Atem kam in kurzen mühsamen Stößen, trotzdem blieb er nicht am Treppenabsatz stehen, um sich auszuruhen. Er war bereits achtundvierzig Mal ohne Unterbrechung hinauf- und hinuntergelaufen und fest entschlossen, sein heutiges Ziel von fünfzig zu erreichen, weitaus mehr, als Dr. Ross ihm nahegelegt hatte, um sich langsam wieder ans Laufen zu gewöhnen.

Jake zweifelte nicht im Geringsten daran, dass Horatio den bevorstehenden Durchbruch spürte und wie er auf ihren ersten gemeinsamen Ausflug nach seiner Entlassung aus dem Krankenhaus brannte. Zwar hatte er sich wochenlang dem strengen Regiment von Dr. Ross auf der Haunted Farm unterordnen müssen, war aber mehr als Ehrengast denn Patient behandelt worden.

Am Fuß der Treppe setzte sich Jake erleichtert hin und erinnerte sich an den trostlosen Tag, an dem der Doc ihm den Gips von dem geschwollenen Bein geschnitten und ihn unheilverkündend angesehen hatte.

»Junge, man muss den Tatsachen ins Auge blicken. Das Schicksal hat es nicht gut mit Ihnen gemeint. Ihr Bein ist zwar wieder geheilt, aber so schwach, dass Sie im Großen und Ganzen nur das gesunde belasten können. Mit etwas Glück werden Sie für den Rest Ihres Lebens nur ein bisschen hinken.«

»Wollen Sie darauf wetten, Doc?«, hatte Jake damals erwidert.

Als er nun das Wohnzimmer betrat, war Jake auf ein noch härteres Urteil gefasst. Er biss die Zähne zusammen und verteilte sein Körpergewicht gleichmäßig, um dem Doc nicht zu zeigen, dass er humpelte.

Leslie Ross war soeben aus Gunning zurückgekehrt, wo er Zwillinge auf die Welt geholt hatte. Er sah von seinem Sessel vor dem Kamin auf und beobachtete mit gerunzelter Stirn, wie Jake in den Raum stolzierte.

Jake setzte sich lässig in den Sessel ihm gegenüber und schwang das linke Bein auf den Fußschemel.

»Meinen Sie immer noch, dass ich mein Leben lang ein Krüppel bleibe, Doc?«

Er versuchte, die Angst zu unterdrücken, während der Arzt seine Muskeln untersuchte.

»Nicht zu fassen! Früher haben Sie keinen einzigen meiner Ratschläge befolgt, aber so, wie es jetzt aussieht, müssen Sie wie die alten Griechen für die Olympischen Spiele trainiert haben.«

Jake schnaubte erleichtert und hatte nichts dagegen, mit einem Glas Whisky belohnt zu werden. Der Doc winkte ab, als sie wie üblich auf das Ende der Gefangenentransporte anstießen.

»*Nay*, mein Junge. Dieses Mal stoßen wir auf Ihre unbeirrbare Willenskraft an. Ihr Australier müsst Knochen aus Eisen haben. Ich hatte schon vor, Ihnen vorsichtig beizubringen, wie man als Krüppel überlebt. Hätte ich dieses Bein nicht eigenhändig gerichtet, hätte ich Mühe zu erkennen, dass es überhaupt einmal zertrümmert war. Ihre Durchhaltekraft ist ein Wunder – auch wenn Sie während der Operation geflucht haben wie ein Kesselflicker.«

Jake grinste, als er an das starke Gebräu aus Whisky und Laudanum dachte, das der Doc in ihn hineingekippt hatte, während er auf dem OP-Tisch festgeschnallt wurde.

»Nichts für ungut, Doc. Ich will verflucht sein, wenn mich ein kaputtes Bein daran hinderte, auf Horatio zu steigen, Faustkämpfe zu gewinnen oder mich mit einem Mädchen zu amüsieren, das sich für seine Gesellschaft bezahlen lässt.«

»Ich habe nicht den geringsten Zweifel, dass nur der Tod Sie daran hindern kann, mein Junge.«

Um Jakes wundersame Erholung zu feiern, bestand Leslie darauf, dass auch seine Haushälterin, eine Strafgefangene, mit ihnen am Tisch Platz nahm.

Jake hatte großen Respekt vor Janet Macgregor, unbestreitbar eine anständige Frau, die auf die schiefe Bahn geraten war. Sie war noch keine dreißig, etwas untersetzt, aber wohl geformt und trug ihre Schürze wie eine Uniform.

»Weshalb ist sie eigentlich deportiert worden, Doc?«, fragte Jake, als Janet in die Küche lief, um das Essen zu holen.

»Ich habe nie gewagt, sie danach zu fragen«, gestand Leslie. »Um mit Alexander Marjoribanks zu sprechen: ›Aus Schottland wird man verbannt, wenn man ein schweres Verbrechen begangen hat, aus England, wenn man ein kleines begangen hat, und aus Irland, wenn man – moralisch gesehen – gar keines begangen hat.‹«

»Eine gute Frau, Doc«, sagte Jake offen.

»*Aye*. Janet hat den Laden bestens im Griff. Ich würde ungern auf ihre Dienste verzichten, daher passe ich auf wie ein Luchs, dass sich kein Mann in ihr Bett schleicht. Sie ist strenge Wesleyanerin.« Leslie Ross strich sich bedauernd über den Bart. »Janet braucht einen anständigen Mann, der eine ehrliche Frau aus ihr macht, aber wie Sie wissen, bedarf eine Scheidung eines Parlamentsbeschlusses, eine Option, die nur den Wohlhabenden und Mächtigen zur Verfügung steht. Und welche Frau will schon die Schande erleben, als geschiedene Frau dazustehen?«

Jake wusste, dass dies eine versteckte Anspielung auf die Frau des Docs war, die sich geweigert hatte, ihm in »diese barbarische Kolonie« zu folgen, und lieber in der Heimat geblieben war.

»Wir sitzen im selben Boot, Doc. Ich bin an Jenny gebunden, bis dass der Tod uns scheidet.«

»Das wird Sie ja wohl nicht davon abhalten, Ihren gordischen Knoten zu durchschlagen.« Und als Jake ihm einen fragenden

Blick zuwarf, erklärte der Arzt: »So sagt man, wenn man ein Problem mit kühnen Mitteln löst.«

Jake wich aus. »Als ich im Krankenhaus lag und die Fliegen an der Decke gezählt habe, bin ich ins Grübeln gekommen. Meine Arbeit bei Rolly Brothers bin ich los, die wollen nichts mehr von mir wissen. Mac Mackie hat mich in Sydney Town für einen Faustkampf mit Pete the Hammer angemeldet, einem englischen Faustkämpfer. Da geht es um alles oder nichts.«

Leslie sah ihn skeptisch an. »Sie fordern Ihr Glück heraus, mein Junge. Ich glaube nicht, dass Sie mit Ihrem Bein einen solchen Kampf durchstehen können.«

»Lassen Sie das meine Sorge sein, Doc. Pete the Hammer hat seine besten Tage hinter sich. Ich werde kurzen Prozess mit ihm machen. Und mit dem Preisgeld kaufe ich mir einen Pferdewagen. Dann bin ich mein eigener Herr und kann mich auf die Suche nach diesem verdammten Fremden machen.«

»Ist Mord eigentlich die einzige Lösung, die Ihnen einfällt, mein Junge?«

Jake starrte vor sich hin, sein Schweigen sprach Bände.

Leslie seufzte. »Wäre doch eine Schande, das gerade erst geheilte Bein ins Gefängnis zu schicken. Aber eins nach dem anderen. Wie gedenken Sie Ihre Wiederauferstehung zu feiern?«

»Na, mit einem Besuch im Four Sisters, Doc. Wie sonst?«

Freiheit! Jake spürte, dass sich Horatio genauso freute wie er, als sie die Straße entlanggaloppierten.

Dank Mac Mackie hatte er gerade genug Geld in der Tasche, um seine Rechnung im Four Sisters bezahlen zu können. Sein Freund zweifelte nicht an seiner Kreditwürdigkeit, denn er glaubte fest daran, dass er Pete the Hammer schlagen würde. Davon abgesehen hatte Jake noch eine Ehrenschuld zu begleichen. Die Witwe Smith hatte ihm das Leben gerettet. Er würde Saranna Plews in Ironbark aufsuchen, um die Wahrheit herauszufinden. Lag die Witwe wirklich auf dem Friedhof von Bolthole begraben?

Jake wollte es nicht glauben. Er hatte irgendwie in Erinnerung, wie sie mit dem Fuchs im Busch verschwunden war.

Doch heute Abend hatte er andere Prioritäten. Er wollte sein Bein in Lily Pompadours Bett trainieren.

Auf dem Weg ins Four Sisters zügelte er sein Pferd vor einem zerfallenen Gebäude. Er war froh, dass das Schild mit der Aufschrift »Zu verkaufen« noch am Stamm des riesigen Eisenrindenbaumes hing. Obwohl er keinen Cent hatte, um es zu kaufen, würde er ein Stück Land brauchen, das so gut war wie dieses, wenn er seinen Traum wahrmachen und die besten Rassepferde züchten wollte, die die Kolonie jemals gesehen hatte.

Die Vorstellung, Wiradjuri-Land zu kaufen, löste gemischte Gefühle aus. Wut, Respekt, Trauer – ein Schuldgefühl, für das er nichts konnte, das ihm aber in Fleisch und Blut übergegangen war. Empfindungen, die mit jenem unvergesslichen Tag verbunden waren, dem Weihnachtsabend 1824, als er als Zehnjähriger neben seinem Pa auf dem Marktplatz von Parramata gestanden und versucht hatte, über die Köpfe der Leute hinwegzulugen.

Die Luft knisterte vor Spannung. Es war ein historischer Augenblick, das spürte Jake. Ein außergewöhnliches Ereignis stand bevor. Gouverneur Brisbane hatte den Anführer der Wiradjuri-Rebellen eingeladen, der von den Weißen »Samstag« genannt wurde, bei seinen Leuten jedoch als Windradyne bekannt war. Nach zehn Jahren des Blutvergießens und Guerillakriegs gegen das Militär und die Siedler kam Windradyne nun in Frieden.

Mit einem Mal verstummte die Menschenmenge. Jake lief ein kalter Schauer über den Rücken, als er den legendären Windradyne sah. Die Leute tuschelten, er sei siebzehn Tage an der Spitze von zweihundertsechzig Männern, Frauen und Kindern über die Berge gewandert, um sich hier mit den Verbündeten seines Stammes zu vereinen. Es war Furcht erregend – es mussten an die vierhundert Menschen gewesen sein, kräftiger und stolzer als die meisten entwurzelten Schwarzen, die er in Parramata und Nepean gesehen hatte. Gouverneur Brisbanes of-

fizielles Begrüßungskomitee war ebenfalls beeindruckend. Soldaten in rot-blauen Uniformen mit Litzen und glänzendem Kupfer, die ihre Kokarden schwangen und von der Elite der Kolonie flankiert wurden, Landbesitzern, Frauen, die so feine Kleider trugen, als käme das britische Königshaus zu Besuch, und Journalisten von Zeitungen wie The Sydney Gazette.

Jake stupste seinen Pa an. Er glaubte, zu wissen, was dieser öffentliche Auflauf in Wirklichkeit bedeutete.

»Ich wette, der Gouverneur hat es aufgegeben, Windradyne gefangen zu nehmen, Pa. Weil er die Polizei ganz offen zum Narren gehalten hat. Und jetzt tut der Gouverneur so, als wären wir großzügig, und bietet ihm einen ›ehrenvollen Frieden‹ an.«

Isaac Andersen sah ihn schuldbewusst an. »Da könntest du sogar Recht haben, Jake.«

»Wie viel Land hat man denn den Wiradjuri weggenommen, Pa?«

Sein Vater hob die Schultern. »Mehr als in ganz England Platz hätte, mein Sohn. Aber hätten wir uns hier nicht niedergelassen, hätten es andere getan.«

Gouverneur Brisbane und Saxe Bannister, der Generalstaatsanwalt, der den Friedensvertrag ausgehandelt hatte, hielten wichtige Reden. Jake aber hatte nur für Windradyne Augen gehabt, jene große, majestätische Gestalt mit dem langen Umhang aus vielen Opossumfellen. Dieser Mann stellte alle anderen in den Schatten. Jake war beschämt, als der Gouverneur dem Häuptling einen kleinen Zweig als Symbol für einen Olivenzweig und einen Strohhut mit einem Hutband überreichte, auf dem »Frieden« geschrieben stand. In diesem Augenblick drehte sich Windradyne um, und Jake war sicher, dass er ihn direkt ansah.

Jake wusste, dass Windradyne heute nur noch Erinnerung war. Ein schwarzer Bösewicht, den man im Interesse des kolonialen Fortschritts gefügig gemacht hatte. Doch für Jake war er der einzige wahre Held, den er jemals gekannt hatte.

Lily kreischte vor Lachen, als Jake in dieser Nacht zu ihr ins Bett stieg und sie warnte: »Ich habe wochenlang flach gelegen, aber nicht etwa zum Vergnügen. Ich bin völlig eingerostet, Lily. Ich werde dir einiges zumuten müssen, um die verlorene Zeit wieder wettzumachen.«

Erst in den frühen Morgenstunden begnügte er sich eine Weile damit, neben Lily zu liegen und sie in den Armen zu halten. Dann aber packte ihn das Verlangen erneut, und dieses Mal ging es ihm nur darum, die unwillkürlichen Lustschreie zu hören, die er von denen ihres professionellen Repertoires zu unterscheiden gelernt hatte.

Völlig erschöpft schmiegte sie sich an ihn. »Die Mädchen beneiden mich. Du bist der einzige Freier, der dafür bezahlt, mir Lust zu bereiten.«

Das gefiel Jake. »Es ist nur zu meinem Vorteil. Du hast mich nie zu kurz kommen lassen.«

Er küsste sie auf die Handgelenke, um davon abzulenken, dass er nach blauen Flecken suchte. Er würde nicht zulassen, dass der Teufel in Person seine sadistischen Spuren an Lily hinterließ.

»Du würdest mir doch erzählen, wenn dir jemand wehtäte, oder? Ich würde mich um ihn kümmern. Dauerhaft.«

»Würdest du wirklich jemanden wegen einer Frau töten – sogar wegen einer Hure wie mir?«

»Vor allem wegen dir«, antwortete er und meinte es ernst.

Lily sah ihn an. »Ich mag dich, Jake. Nicht nur dein Geld. Du hast eine charmante Art, Geschäfte zu machen. Seit mich Uncle Charlie aufgenommen und später an Madam Fleur verkauft hat, bin ich nie mehr mit einem Mann zusammen gewesen, außer für Geld. Bis du gekommen bist.«

Als Jake am nächsten Morgen aufwachte, schlief Lily noch. Er lag im Bett und dachte an die Witwe Smith. Er hatte das sichere Gefühl, dass sie noch lebte. Natürlich war er nicht im Entferntesten an ihr als Frau interessiert. *Aber ein junges Ding, das jeden Anstand in den Wind schlägt, um einen Mann zu retten, muss man bewundern. Ihr Problem liegt darin, dass sie eine anständige Frau ist, mit einem Körper, der ihr Scherereien einbringt!*

Er spürte, wie Lilys Hand über seine Brust zu seinen Lenden glitt.

»Soll ich dich wecken, Jake?«, schnurrte sie.

»Nur wenn du willst, dass ich dir eine Menge Ärger mache, Lil«, sagte er sanft und zog sie auf sich. *Gott sei gedankt für die Huren.*

Auf seinem Weg nach Sydney Town beschloss Jake, in Gideon Park Halt zu machen. Julian Jonstone war im ganzen Land für seine verschwenderische Gastfreundschaft bekannt, wenn er zuhause war. Es war zwar reine Spekulation, doch vielleicht war Jenny zu einem seiner Festessen oder Bälle eingeladen gewesen.

Während er auf das imposante Sandsteingebäude zuritt, war sich Jake bewusst, dass seine Ankunft von dem einzigen sichtbaren Menschen weit und breit beobachtet wurde, einem jungen Strafgefangenen, der im Rosengarten arbeitete. Abgesehen von den gelegentlichen Männerstimmen, die aus den hinteren Gebäuden der Farm kamen, schien das Jonstone-Anwesen verwaist zu sein. Sämtliche Läden vor den Verandatüren waren verschlossen. Die Haushälterin klärte ihn auf. Die Jonstones seien nach Sydney Town zu einem Festessen gefahren, das der Gouverneur aus Anlass des Foundation Day gab.

Als Jake sich enttäuscht abwandte, fiel ihm auf, dass derselbe junge Strafgefangene ihn jetzt aus einem Gestrüpp heraus beobachtete. Er wirkte nervös. Hatte der Junge gehört, dass er nach Jenny fragte? Jakes Herz machte einen Sprung. Wusste er irgendetwas?

Er ging zu ihm hinüber und sagte kühl: »Ich bin Jake Andersen.«

Der junge Mann zögerte überrumpelt. Er sah Jakes ausgestreckte Hand misstrauisch an, schüttelte sie dann aber doch.

»Browne«, murmelte er vorsichtig. »Was wollen Sie von mir?«

Jake stopfte seine Pfeife und bot ihm seinen Tabakbeutel an, doch der Strafgefangene lehnte ab.

»Es könnte sein, dass du meine Frau Jenny gesehen hast. Sie ist vor einiger Zeit mit meinem kleinen Mädchen Pearl verschwunden. Vielleicht war sie auf einem der Feste hier. Du hättest sie bestimmt nicht vergessen.«

Jake beschrieb Jenny und ihre blonde Schönheit bis ins kleinste Detail. Browne schüttelte den Kopf, doch Jake konnte sehen, dass er verwirrt war und Angst hatte. *Oder er lügt.*

»Bist du sicher?« Jake zeigte auf seine Brust. »Sie hat ein schwarzes Muttermal, genau an dieser Stelle.«

Er glaubte zu sehen, wie die Augen des Jungen aufblitzten, als hätte er sie wiedererkannt. Er zog an der Pfeife und wartete, ohne ihn zu bedrängen. Dieser Junge war kein normaler Verbrecher. Trotz seiner schmutzigen Lumpen und des abgemagerten Gesichts waren seine Züge fein genug, um unter anderen Umständen als vornehm durchzugehen.

Browne schien im Geiste irgendetwas abzuwägen. Jake hatte das Gefühl, als studierte er ihn genau wie einen Schmetterling unter dem Mikroskop.

Schließlich nickte der Strafgefangene widerwillig. »Ich bin mir nicht sicher. Warten Sie hier.«

Jake wartete neben Horatio. Er zügelte seine Hoffnung, um nicht zum x-ten Mal enttäuscht zu werden.

Als der Mann kurz darauf zurückkehrte, hatte er einen Papierbogen dabei, den er aufrollte und ihm reichte.

Als Jake das Porträt sah, zitterten seine Hände vor Wut.

»Ja, das ist meine Jenny – abgesehen von dem schwarzen Haar.« Er sah ihn scharf an. »War ein Mann bei ihr oder ein kleines Mädchen?«

»Nur ein Gentleman, aber sein Gesicht habe ich nicht gesehen. Sie kamen in einer vornehmen Kutsche mit einem Wappen auf der Tür.«

»Wie lange ist das her?«, fragte Jake hastig.

Browne zeigte auf das Porträt. »Auf der Rückseite steht das Datum, an dem ich das Bild gemalt habe. Dann war es ein paar Tage vorher.«

Jake sah sich das Datum an. Er wollte alles wissen, woran der junge Künstler sich erinnerte, selbst wenn die Antworten schmerzten.

»Wie sah Jenny aus? Gut? War sie eher glücklich oder traurig?«

»Sie hat gelächelt, als wüsste sie genau, dass sie jeden Mann um den Finger wickeln kann. Abgesehen von mir. Ich wollte nur ihren Zauber festhalten.« Browne wandte seinen Blick ab. »Tut mir leid, ich hatte vergessen, dass sie Ihre Frau war.«

»Meine Frau *ist*«, berichtigte ihn Jake.

»Ich hörte, wie sie meinem Master erzählte, sie hätte sich vor mir gefürchtet. Von wegen! Trotzdem wurde ich auf Jonstones Anweisung hin am nächsten Tag zu Schwerstarbeit verdonnert. Das habe ich ihr zu verdanken!«

Jake nickte. »Würdest du mir dieses Bild verkaufen? Es für mich aufheben? Ich zahle jeden Preis. Nur kann ich dir das Geld erst geben, wenn ich von Sydney Town zurück bin. Ich habe einen Faustkampf vor mir.« Jake unterstrich seine Worte. »Einen Kampf, den ich unbedingt gewinnen muss.«

Browne zögerte einen Augenblick, Jake kam es wie eine Ewigkeit vor. »Ich will mich nicht an Ihrem Schmerz bereichern. Sie können es haben.«

»Danke, aber das kann ich nicht annehmen. Es wäre unrecht. Im Moment bin ich ziemlich pleite, aber du kannst sicher sein, dass ich wiederkomme, mit dem Geld.«

»Nehmen Sie es. Geld wird hier nur gestohlen.« Er hielt inne. »Aber Sie könnten mir einen Gefallen tun.«

»Was für einen?«, fragte Jake.

»Wenn Sie das nächste Mal hier vorbeikommen, bringen Sie mir doch bitte ein paar Tuben Ölfarbe und einen feinen Pinsel mit.«

»Wird gemacht. Ich werde dir das nie vergessen« – Jake warf einen Blick auf die Signatur – »Daniel Browne.«

Jake rollte das Porträt zusammen und gab ihm die Hand,

um den Kauf zu besiegeln. Daniel Browne sah ihm in die Augen, während sie sich die Hand schüttelten. Jake fand die Intensität seines Blickes unangenehm. Er war noch nie zuvor einem Künstler begegnet. Ob sie alle ein bisschen verrückt waren, so wie er?

»Du glaubst nicht, dass ich zurückkomme, nicht wahr? Sieh mal, ich habe dir gerade die Hand darauf gegeben. Und jeder weiß, dass Jake Andersen Wort hält.«

Daniel Browne deutete mit dem Kinn auf die Quartiere der Strafgefangenen. »Hier ist das Wort eines Mannes nichts wert. Aber wenn Sie tatsächlich zurückkommen, würde ich Sie gern malen.«

Jake musste lachen. »Soll das ein Witz sein? Mich malen? Wozu um alles in der Welt?«

Daniel holte tief Luft, als nähme er seinen ganzen Mut zusammen, um die passenden Worte zu finden.

»Sie sind Einheimischer, hier geboren. Sie haben etwas, das ... anders ist. Sie sind nicht wie die übrigen Männer hier – sie sind hässlich, böse oder innerlich tot. Sie dagegen haben etwas. Sie sind lebendig. Sie haben einen stolzen Gang, als wüssten Sie, wer Sie sind. Lachen Sie nicht. Ich kann in die Seele eines Menschen blicken. Sie lieben dieses Land. Sie beurteilen Menschen so, wie sie sind, fair und gerecht. Das sieht man Ihrem Gesicht an. Und deshalb will ich Sie malen. Verstehen Sie jetzt?«

Daniel Browne war rot vor Anstrengung. Er nahm den Blick nicht von Jake, als hinge sein ganzes Dasein von dessen Antwort ab.

Jake versuchte, seine Verlegenheit zu verbergen. »Jetzt hör mir mal gut zu, mein Junge. Ich bin dir für Jennys Porträt sehr dankbar. Und ich werde dir diese Malutensilien bringen wie versprochen. Aber was du dann damit anstellst, ist dein Bier.«

Damit schwang er sich in den Sattel und ritt davon. Auf dem Kamm des Hügels blickte er sich etwas unbehaglich um. Daniel Browne stand noch an derselben Stelle und sah ihm nach.

»Jesses, Horatio! Das ist der Beweis. Künstler sind tatsächlich ein bisschen verrückt.«

Auf dem Weg zum Shamrock and Thistle Inn wurde Jake bewusst, wie wichtig Jennys Porträt bei seiner Suche war, doch kam diese unerwartete Einsicht mit einem schmerzhaften Stich.

»Wenn Jenny meint, sie könnte sich vor mir verstecken, indem sie sich unter einer schwarzen Perücke versteckt, ist sie auf dem Holzweg, Horatio. Dazu braucht es schon etwas mehr«, sagte er laut.

Die Erinnerung an sie war derart stark, dass er seine Gedanken lieber auf die Witwe Smith lenkte. Wie glücklich sie gewesen war, als er ihr die Papageienfeder in den Hut gesteckt hatte, wie diese verwirrenden Augen seine Gedanken zu lesen schienen, und wie er vor Schmerz fast den Verstand verloren hatte, bis sie ihn an die Brust gedrückt und mit ihrem Körper gewärmt hatte.

Am Shamrock and Thistle Inn, wo Saranna laut Mac nach dem Unfall Alarm geschlagen hatte, stieg er vom Pferd. Vielleicht wusste der Wirt etwas.

Nachdem er Horatio zum Wassertrog geführt hatte, folgte er den lauten Stimmen in die Kneipe. Ein junger Mann stand unter einem gerahmten Porträt der hübschen Königin Victoria und stritt sich lauthals mit dem Wirt Fingal Mulley.

Man sah seinen aristokratischen Zügen an, dass er aus England stammte, und der modische Schnitt seines Jacketts zeugte von einem Londoner Herrenausstatter. Sein kurzer Militärschnitt und sein arrogantes Auftreten verkörperten alles, was Jake verabscheute.

»Mein Anwalt hat Beweise dafür, dass Keziah Stanley alias Mrs. Smith in dieses Land gekommen ist. Sie wird polizeilich gesucht: wegen Diebstahls und Entführung meines Kindes.«

Jake war sprachlos. *Liebe Güte! Was hat jetzt auch noch ein Kind damit zu tun?*

»Wir Morgans lassen uns nicht von einer herumstreunenden Zigeunerin hereinlegen. Ich warne Sie, Mulley, wenn Sie mit dieser Betrügerin unter einer Decke stecken, wird es Sie teuer zu stehen kommen. Ich sorge dafür, dass Sie Ihre Lizenz verlieren!«

Mulley warf sich dem Engländer vor lauter Angst fast vor die Füße.

Jake unterbrach ihn mit schleppender Stimme. »Hey, Fingal, was muss man als rechtschaffener Kerl anstellen, um bei dir ein Albion Ale zu bekommen?«

Mulley machte einen Schritt auf Jake zu, dann wieder einen zurück, ohne recht zu wissen, wo seine eigentlichen Interessen lagen.

Plötzlich sagte Jake: »Gib dem New Chum einen von mir aus. Der arme Kerl jagt einem Phantom hinterher.«

Jakes Pfeil hatte ins Schwarze getroffen. Der Engländer richtete sich auf.

»Was geht Sie diese Zigeunerschlampe an?«

»Ich bin der Fahrer, der mit der Kutsche den verflixten Abhang hinabgestürzt ist!«

Der Engländer streifte Jakes schlammverkrustete Stiefel mit einem verächtlichen Blick und fragte nach seinem Namen.

Jake ballte kampfbereit die Fäuste. »Ich heiße Jake Andersen. Und Sie?«

Die Antwort war eisig. »Caleb Morgan aus Morgan Park in Lancashire.«

»Mir ist es egal, wer Sie sind oder was Sie von der Dame halten. Ich war dort. Ich sah sie sterben.« Jakes Stimme war gefährlich leise. »Wollen Sie mich als Lügner bezeichnen?«

Caleb erwiderte Jakes feindseligen Blick. Zwar hatte Jakes Offenbarung ihn leicht aus der Fassung gebracht, doch gewann er seine gewohnte Überheblichkeit sehr schnell zurück. Sein Blick schweifte von Jake zu Mulley und den übrigen Gästen.

»Das Wort eines Engländers ist Gold wert. Ich werde umgehend nach Sydney Town zurückfahren und eine Belohnung von zweihundert Guineen auf Keziah Stanleys Verhaftung aussetzen. Sie haben die Wahl. Entweder liefern Sie sie aus oder Sie wandern nach Norfolk Island!«

Damit warf Caleb Morgan sich den Umhang um und verließ die Kneipe.

Jake schob sich den Hut ins Genick und wandte sich an den Wirt. »Gib mir einen doppelten Whisky, Kumpel, und schenk dir auch einen ein!«

Jake wusste, dass er einiges auf dem Kerbholz hatte, er hatte sogar gesessen, aber nie im Leben würde er eine Frau, die in der Klemme saß, im Stich lassen. Und Keziah Smith schuldete er obendrein sein Leben. *Ich muss sie vor diesem elenden Caleb Morgan warnen, ehe ich nach Sydney Town aufbreche, aber wo, zum Teufel, steckt sie?*

Jake kippte seinen Whisky und wurde von einer Reihe wirrer Ideen heimgesucht. Vielleicht brauchte er gar nicht nach der Witwe Smith suchen. Wenn ihm sein Gedächtnis keinen Streich spielte und Saranna Plews gestorben war, könnte sie die junge Frau sein, die auf dem Friedhof von Bolthole beerdigt worden war. Und wenn das zutraf, war die Lehrerin in Ironbark, von der Joseph Bloom erzählt hatte, sie hieße Saranna Plews, in Wirklichkeit Keziah Smith!

Jake kam mitten in der Nacht in Ironbark an. In der Ferne erwiderten die Hirtenhunde das Heulen der Dingos. Er schob zwei Umschläge unter Joseph Blooms Haustür durch. Seine Schrift war ziemlich krakelig, trotzdem hoffte er, dass man sie einigermaßen lesen konnte. Den zweiten Brief adressierte er an die Lehrerin der Schule in Ironbark, um dem Anwalt keinen Hinweis auf ihre mögliche wahre Identität zu liefern.

Ich schicke Ihnen diese Nachricht über Joseph Bloom. Sie haben mir das Leben gerettet, daher stehe ich in Ihrer Schuld. Seien Sie vorsichtig. Caleb Morgan will in Sydney Town eine große Belohnung auf Keziah Smith aussetzen, er behauptet, sie hätte sein Kind entführt. Ich kann sehr gut verstehen, dass jede anständige Frau vor diesem Rüpel ausbüxen würde. Ich muss nach Sydney Town, um einen Faustkampf zu bestreiten, aber wenn ich zurückkomme, bringe ich die Dinge für Sie ins Reine. Jake

Es war Samstagnachmittag. Die Menschenmenge vor dem Bald-Faced Stag Inn ergoss sich über die Parramatta Road am Stadtrand von Sydney Town.

Jake war froh, dass sein Kampf mit Pete the Hammer eine große Menschenmenge angelockt hatte – Trunkenbolde, Freigelassene, Strafgefangene und Freie, viele von ihnen Iren. Er wusste, dass die meisten Männer, die auf der Schattenseite der kolonialen Klassengesellschaft lebten, eine gemeinsame Religion hatten: das Wetten. Sie würden alles, was sie hatten, auf einen Faustkampf setzen. Und sie würden natürlich auf den Lokalmatador setzen statt auf Jake.

Als ginge ihn der ganze Trubel nichts an, sprang er auf seinen Fußballen auf und ab und schwang die Arme wie Windmühlenflügel, um sich aufzuwärmen. In Wahrheit musterte er verstohlen den muskulösen Körper seines Gegners und verglich ihn mit dem seinen. Der Mann war ähnlich groß, aber ganz anders gebaut, hatte einen gewaltigen Bauch, Beine so dick wie Baumstämme und Arme, die mit sentimentalen Tätowierungen geschmückt waren, auf denen er seiner Mutter und diversen anderen Frauen ewige Liebe schwor. Das Gesicht zeigte ihn nicht gerade von seiner besten Seite – es war eine schwammige Masse mit einer Nase, die aussah wie eine Kartoffelknolle.

Jake kannte seinen Körper und wusste, was er aus ihm herausholen konnte, wenn er in Topform war. Seit der Gips weg war, hatte er das Bein unermüdlich trainiert. Wie viele Runden würde es durchhalten? Er vertraute darauf, dass er schneller auf den Beinen war als Pete the Hammer und eine längere Reichweite hatte, seine Rechtsauslage war ungewohnt, dafür lieferte er einen anständigen linken Haken, wenn er zum Zug kam. Schlimmstenfalls hatte er die Jugend auf seiner Seite – und die Verzweiflung.

Pete the Hammer war von seinem Gefolge umgeben, das zustimmend grölte, als ein schmächtiger Vasall ihm einen Krug Ale brachte. Er winkte verächtlich ab, als man ihm einen Becher dazu anbot, öffnete sein Riesenmaul und kippte das Gebräu zum Entzücken der Meute schnaubend und prustend hinunter.

Ironisch registrierte Jake den Gegensatz. Im Augenblick besaß er nicht einmal zwei lumpige Münzen, um sich ein Albion Ale zu gönnen. Letzte Nacht hatte er im Busch übernachtet, um sich zum Frühstück ein Brot leisten zu können. Dazu hatte er Wasser aus einer Quelle getrunken. Doch er tröstete sich damit, dass er nach dem Kampf und dem Erhalt des Preisgelds genügend Geld hätte, um sich ordentlich vollaufen zu lassen.

Ans Verlieren dachte er gar nicht erst.

In der ersten Runde waren die Sympathien klar auf der Seite von Pete the Hammer. Trotzdem war Jake zufrieden. Seine Einschätzung traf zu. Er tanzte um seinen schwereren und langsameren Gegner, nur, um ihn zu reizen und sich einen Vorteil zu verschaffen. Da er ständig hin und her hüpfte, verfehlten die gefürchteten Schläge des älteren Kämpfers seine Schultern und den Kopf. Jake selbst hingegen gelang es, ihm eine Reihe von harten Schlägen zu verpassen.

Obwohl Jake ausrutschte und am Ende der ersten Runde angezählt wurde, wuchs seine Zuversicht. Pete the Hammer hatte seine Blütezeit hinter sich, während seine noch vor ihm lag.

Jake nahm den Blick nicht von dem schwammigen Gesicht des Gegners. In den trüben Augen las er die Richtung seines nächsten Schlags, noch ehe er ihn ausführte. Innerlich jubelte er: *Ich werde gewinnen, du Hundesohn. Pass bloß auf!*

Am Ende der nächsten Runde beobachtete Jake seelenruhig, wie verwirrt sein Gegner war, als ihm dämmerte, dass er keine Chance hatte.

Als Pete the Hammer zum zweiten Mal zu Boden ging und angezählt wurde, sah Jake aus dem Augenwinkel einen Landauer, der am Rand der Menschenmenge anhielt. Der Kutscher kletterte herunter, um den Kampf besser verfolgen zu können. Zwei Damen saßen in dem offenen Wagen. Beide starrten ihn an. Doch nur eine zählte. *Jenny*.

Ein Sonnenschirm umrahmte ihren Kopf. Keine schwarze Perücke. Das blonde Haar flatterte im Wind. Der Schmollmund hatte sich zu einem aufreizend anerkennenden Lächeln verzogen.

Als sich ihre Blicke trafen, versiegte seine Kampfeslust. Er sah in diese dunklen Augen, und die Erinnerungen an ihr gemeinsames Leben setzten eine alles überwältigende Zärtlichkeit in ihm frei.

Jenny schenkte ihm ihr geheimes Lächeln. Sie beide kannten die Wahrheit. Jake spürte einen schmerzhaften Stich, der nicht von dem Schlag seines Gegners rührte und ihn unvorbereitet traf. Es war der Beweis dafür, dass er seine Frau nach wie vor liebte.

Einen Augenblick lang dachte er an das erste Mal, als sie ihn hatte kämpfen sehen, doch jetzt war Jenny wie eine vornehme Dame gekleidet – und ließ sich von einem anderen Mann aushalten!

In einem Anfall blinder Wut verlor Jake jegliche Kontrolle über sich und begann, kopflos auf seinen Gegner einzuschlagen.

Er wollte kurzen Prozess mit ihm machen, um zu Jenny hinüberzulaufen, doch dann ließ seine Konzentration für den Bruchteil einer Sekunde nach, und diesen Fehler nutzte Pete the Hammer aus, um ihn niederzuschlagen. Als der Schiedsrichter zu zählen begann, wusste Jake, dass er den Kampf ohne Weiteres gewinnen konnte, aber er durfte Jenny keinesfalls ein zweites Mal aus den Augen verlieren. Also blieb er liegen und ließ sich auszählen.

Nachdem Pete the Hammer einen Siegesschrei ausgestoßen hatte, sprang Jake auf und lief quer durch die Menschenmenge zur Kutsche.

Doch im gleichen Augenblick klopfte Jenny dem Fahrer mit ihrem Fächer auf die Schulter und befahl ihm, die Pferde anzutreiben. Jake wäre vor Wut fast explodiert.

Er kämpfte sich durch die Masse und stand plötzlich allein mitten auf der Straße, streckte die Arme nach der verschwindenden Kutsche aus und rief ihren Namen.

Jenny schaute sich noch einmal kurz um, und er sah, wie ihre Augen vor Erregung leuchteten.

Er hatte sie abermals verloren.

EINUNDZWANZIG

Als Keziah draußen aufgeregte Kinderstimmen hörte, hob sie Gabriel aus der kleinen Blechwanne. Vier Monate war er jetzt alt und liebte das Wasser so sehr, dass er gar nicht mehr herauswollte. Sie wickelte ihn in ein Handtuch und trat auf die Veranda, um die Ankunft des fahrenden Händlers Sunny Ah Wei zu beobachten. Hoffentlich hatte er neue Ballen Winterstoff und Nachrichten von der Außenwelt mitgebracht.

Der rot, grün und golden bemalte Wagen war eine wahre Augenweide. Das Geschirr des Zugpferds war verschwenderisch mit Messing geschmückt, und auf der Seite unter dem Namen prangte eine goldene Schriftrolle mit der magischen Liste von Waren, die zum Verkauf standen – chinesische Gewänder, Seide, Herrenartikel, Spielzeug, Süßwaren, Küchenartikel und Heilkräuter, um »Zahnschmerzen, Verdauungsstörungen und alle Arten von Krankheiten, die Menschen, Hunde und Pferde befallen«, behandeln zu können.

Barfüßige Kinder rannten neben dem Wagen her. Sunny Ah Wei war wie immer mit einem langen Gewand und einer fremdartigen Mütze bekleidet, der dünne Zopf baumelte auf seinem Rücken, und sein Gesicht erstrahlte unter dem himmlischen Lächeln, dem er seinen australischen Spitznamen verdankte. Sunny war überall beliebt, nicht nur, weil seine exotischen Waren in diesem abgelegenen Teil der Welt wie Manna vom Himmel fielen, sondern weil er fair war und den Leuten gute Preise machte.

Keziah stöberte durch die Waren und wartete ab, bis die Kinder verschwanden, ehe sie sich nach Neuigkeiten erkundigte.

Wenn jemand unterwegs Gerüchte einsammelte, dann Sunny, allerdings überbrachte er am liebsten *gute* Nachrichten.

»Viele Leute sammeln Geld für Statue zu Ehren des letzten Gouverneurs.«

Diese Neuigkeit freute Keziah. »Mr. Bloom sagt, Sir Richard Bourke hätte gewollt, dass wir eine vom Volk gewählte Regierung und Schulen für Reiche und Arme bekommen, aber die verdammten Exclusives haben es vereitelt.«

Sie kam auf Bolthole Valley zu sprechen und fragte Sunny, ob es etwas Neues gäbe.

»Große Menschenmenge am Friedhof, als Grabstein für die Frau aufgestellt wurde, die letztes Jahr am Blackman's Leap ums Leben kam.«

»Wer hat das veranlasst?«, fragte sie rasch, in der Hoffnung, dass sie unentdeckt geblieben war.

»Gute Seele, aber kein Mensch weiß, wer Grabstein bezahlt hat.«

»Und was gibt es Neues von den Buschräubern? Ich habe gehört, dass man Gypsy gesehen haben soll.«

Sunny senkte die Stimme. »Ich glaube, Kerl hat mich überfallen letzte Woche.«

Niemand war in der Nähe, trotzdem flüsterte jetzt auch Keziah. »Woher wollen Sie wissen, dass er es war?«

»Goldener Ohrring. Sehr bunte Kleider. Silbergürtel, Goldmünzen an Weste. Und sagt seltsame Sachen. ›Feiner Wagen, Sunny. In Wales ich habe mal einen Roma-Wagen für meine Frau gebaut.‹«

Keziah zwang sich, die übliche Frage zu stellen. »Hat er Ihnen das ganze Geld abgenommen?«

Sunny schüttelte den Kopf. »Nur Ring aus Silber und hat bezahlt!« Keziah war stolz auf Gem, weil er einen anderen Außenseiter nicht bestohlen hatte. Als sie wieder in ihrer Hütte war, strömten die Tränen über den schwarzen Trauerschleier, den sie gerade an ihren Hut genäht hatte.

Nach Jake Andersens Warnung, dass Caleb Morgan in Sydney Town eine Belohnung auf ihre Ergreifung aussetzen wollte, hatte sie sofort gehandelt und dem Steinmetz von Bolthole Valley anonym den Auftrag erteilt, einen Grabstein zu meißeln. Jetzt wusste sie, dass er an Ort und Stelle aufgestellt worden war. Aber es kam auf die Inschrift an. War sie korrekt?

Nerida stand an der Tür und spürte, wie aufgewühlt sie war.

Keziah wischte sich die Tränen ab. »Ich weiß, dass du vor Geistern genauso viel Angst hast wie ich, Nerida, aber es hilft nichts, ich muss das Grab einer Freundin besuchen.«

Als sie in Bolthole Valley ankamen, ermunterte Keziah das Mädchen, sie zu Feagans Krämerladen zu begleiten, obwohl sie wusste, wie sehr die Erinnerungen dort schmerzen würden.

»Vergiss nicht, Nerida, du bist meine Freundin und auf der Ironbark Farm angestellt, wo alle dich respektieren. In meiner Gegenwart wird niemand wagen, dich schlecht zu behandeln.«

Nachdem sie die neuesten Zeitungen eingepackt hatte, die sie bestellt hatte, fragte Keziah mit Sarannas wohlerzogenem Akzent Feagan nach dem Weg zum Friedhof.

Sein scharfer Blick fiel auf den Blumenstrauß, den sie dabei hatte, und rasch setzte er ein respektvolles Gesicht für eine Trauernde auf.

»Darf ich Ihnen mein Beileid aussprechen, Miss Plews? War es ein naher Verwandter?«

»Keziah Smith und ich reisten in der Kutsche, die letztes Jahr am Blackman's Leap verunglückt ist. Ich war bei ihr, als sie starb, aber ich hatte noch keine Gelegenheit, ihr Grab zu besuchen.«

»Dann werden Sie erfreut sein, zu hören, dass eine unbekannte Person einen Grabstein gestiftet hat.« In seiner Stimme lag eine versteckte Anspielung. »Offensichtlich hatte das Zigeunermädchen Freunde an höchster Stelle.«

Keziah verbarg ihre Angst, indem sie angelegentlich das Preisschild einer Teedose inspizierte. »Wie kommen Sie darauf?«

»Ein englischer Gentleman namens Morgan kam auf der Suche nach ihr hier vorbei. Es war meine traurige Pflicht, ihn darüber in Kenntnis zu setzen, wo ihre Überreste begraben sind. Meine Enthüllung hat ihn offensichtlich sehr verstört.«

Einen Augenblick lang blieb Keziah die Luft weg. »Ist dieser Gentleman noch in der Stadt?«

»Er ist gestern mit der Postkutsche abgereist. Was hätte einen wie ihn hier halten sollen?«

Der Friedhof war menschenleer. Keziah öffnete das gusseiserne Gittertor und zögerte. Auf der anderen Straßenseite wartete Nerida in Hobsons Einspänner. Die beiden kleinen Jungen schliefen auf ihrem Schoß. Murphys dunkler Kopf schmiegte sich an Gabriels blonde Locken.

Sie zupfte den schwarzen Schleier an ihrem Hut zurecht. In dem Teil für Konfessionslose blieb sie vor einem Stein stehen, und als sie die Inschrift las, wurde sie von Schuld und Erleichterung zugleich übermannt. *In Gedenken an KEZIAH SMITH. Tochter von GABRIEL STANLEY. Geboren 1820 in Wales. Gestorben bei einem Unfall am Blackman's Leap 1837*. Unten stand ein sorgfältig formulierter Satz, um den sie gebeten hatte. *Möge die junge Frau, die hier begraben liegt, in Frieden ruhen.*

Keziah fühlte sich schuldig, weil Saranna in ungeweihter Erde bestattet worden war und kein christliches Kreuz ihr Grab schmückte, doch der falsche Grabstein war nötig gewesen, um Gabriels Leben zu schützen.

»Ich hatte keine andere Wahl«, sagte sie sich und erschrak vor ihrer eigenen Stimme. Sie vergewisserte sich, dass niemand in der Nähe war, der sie sehen konnte, und legte ihren kleinen Strauß aus Wildblumen und ihrem Lieblingskraut Rosmarin zum Andenken auf das Grab.

Als sie zurück zum Tor ging, erstarrte sie beim Anblick eines näher kommenden Reiters mit grauem Umhang und Zylinder. *Mi-duvel, Caleb!*

Zu Tode erschrocken versteckte sie sich hinter einem Grabstein und betete, dass *Del* sie unsichtbar machte, doch als der Mann vorbeiritt, erkannte sie, dass er älter war und keinerlei Ähnlichkeit mit Caleb hatte.

Sie kicherte erleichtert und entschuldigte sich im Geist bei dem unbekannten Besitzer des Grabes. »Vergib mir, aber ein Schatten kann mich in Angst und Schrecken versetzen.«

In der Kutsche weckte sie Gabriel und drückte ihn fest an sich.

»Jetzt sind wir frei, mein kleiner Rom«, sagte sie, obwohl sie nicht überzeugt war. Sie hatte ihre gesamten Ersparnisse für den Grabstein ausgegeben, nur um zu beweisen, dass Keziah Smith gestorben war. Aber war Caleb Morgan darauf hereingefallen?

Alle vier sangen, als Keziah den Einspänner durch den Wald nach Hause lenkte. Sie war froh, dass sie Caleb so knapp entkommen war. Wäre sie nur einen Tag vorher gekommen, wäre sie ihm möglicherweise an Sarannas Grab begegnet.

Heute war ihr das Schicksal wohlgesinnt gewesen, doch sie musste sich weiterhin versteckt halten, bis sie sicher war, dass Caleb die Kolonie wieder verlassen hatte. Er würde bestimmt nicht in diesem Außenposten des britischen Empires bleiben wollen – dazu liebte er den Luxus zu sehr.

Am Samstagmorgen öffnete Keziah die Tür und fand sich unverhofft einem Trooper namens Sergeant Kenwood gegenüber. Sie lud ihn zu einer Tasse Tee und einem Stück von ihrem selbst gebackenen Kirschkuchen ein. Während sie mit ihm plauderte, achtete sie darauf, die Fassade der gut erzogenen Saranna zu wahren.

Kenwood war ein gedrungener Engländer mit einem unergründlichen Akzent aufgrund der Hasenscharte, die er unter einem rotbraunen Schnurrbart versteckte. Offensichtlich hatte ihre herzliche Gastfreundschaft ihn entwaffnet. Nicht alle Siedler in dieser Gegend brachten einem Trooper so viel Respekt entgegen.

Seine Frage traf sie unvorbereitet. »Ich untersuche den Tod

von Mrs. Smith, der Zigeunerin, die in der Kutsche ums Leben kam. Wie ich erfahren habe, sind Sie eine der Überlebenden der Tragödie am Blackman's Leap.«

Keziah gab sich kooperativ. »Ja, ich war dabei, als Dr. O'Flaherty ihren Tod feststellte. Ich habe ihr Goldmünzen auf die Augen gelegt als Respekt vor ihrer Tradition. Und danach bin ich zum Shamrock and Thistle Inn geritten, um Hilfe zu holen. Das Pferd habe ich später bei Rolly Brothers abgegeben«, fügte sie hastig hinzu, als sie an die strenge Strafe für Pferdediebe dachte.

»Hat die tote Frau jemals den Namen Caleb Morgan erwähnt?«

Um ihre Angst zu verbergen, bot ihm Keziah einen Whisky an, den sie nur gekauft hatte, um Zungen zu lösen und den Leuten Informationen aus der Nase zu ziehen.

»Nein, aber ich erinnere mich, dass Mrs. Smith erzählte, sie sei Witwe und Schauspielerin.«

Der Whisky flößte Kenwood Mut ein. »Verzeihen Sie die indiskrete Frage, aber konnte man sehen, dass Mrs. Smith schwanger war?«

Sie suchte nach einer glaubwürdigen Antwort. »Wir haben uns in der Herberge ein Bett geteilt, aber Mrs. Keziah war nicht mehr schwanger als ich.«

Sie breitete die Arme aus und zeigte ihre schmale Taille und die vollen Brüste.

Kenwood wurde puterrot. »Aha. Vielen Dank.«

»Dürfte ich Sie fragen, wer Sie auf diese verrückte Idee gebracht hat?«

»Besagter Gentleman, Caleb Morgan. Jetzt kann ich ihm berichten, dass es kein Kind gegeben hat.«

Keziah schenkte dem Trooper ein weiteres Glas ein. Er kippte den Whisky genüsslich hinunter und fragte sie anschließend, ob sie jemals von einem Buschräuber namens Gypsy Gem Smith gehört hätte.

»Der Kerl ist einfach nicht zu fassen. Vielleicht gibt es eine Verbindung zwischen den beiden Smith', schließlich sind beide Zigeuner.«

Sie zwang sich zu einem Lächeln. »Ich habe gehört, dass viele Roma in die Kolonie deportiert werden.«

»Tja, wie alles, was die Engländer loswerden wollen«, sagte er verschwörerisch.

Als er weg war, lehnte sich Keziah gegen die Tür, holte tief Luft und fragte sich, ob ihre Vorstellung ihn überzeugt hatte.

»Gott verfluche deine *gaujo*-Augen, Kenwood!« Nur ein Gedanke tröstete sie. Gem war frei und in ihrer Nähe.

Vom Fenster aus beobachtete sie, wie Trooper Kenwood an Joseph Blooms Anwesen vom Pferd stieg. Plötzlich fiel ihr ein, dass sie einen Fehler begangen hatte. Automatisch hatte sie Roma gesagt statt Zigeuner wie alle anderen Weißen. Ob es Kenwood aufgefallen war?

Keziahs Sorgen wurden nicht gemindert, als sie nach der Schule eine handschriftliche Einladung zum Nachmittagstee bei Mr. Joseph Bloom fand, die jemand unter ihrer Tür hindurchgeschoben hatte. Ob es etwas mit Kenwoods Ermittlungen zu tun hatte? Oder war es ein Vorwand, um mit ihr allein zu sein? Obwohl er ihr so liebenswürdig geholfen hatte, Big Bruce MacAlister in der Schule zu behalten, traute sie ihm nicht über den Weg.

Sein Haus war ungewöhnlich. Statt der üblichen von den Wohnquartieren abgetrennten Küche, mit der verhindert werden sollte, dass sich ein Feuer ausbreitete, hatte er gleich zwei davon, die eine Quelle für allerlei Spekulationen im Dorf bildeten. Da die ortsansässigen Frauen den Grund nicht kannten, erfanden sie einen. Keziah hatte gehört, dass Mrs. Rachael, Blooms Haushälterin, zwei Küchen brauchte, weil sie ständig Pfannen und Töpfe verbrannte. Mrs. Rachael sei eine schlechte Köchin, aber gut im Bett! Alle lachten verständnisvoll, nicht gehässig, denn diese Art von Arrangement war genau das, was Strafgefangene von einsamen Mastern zu erwarten hatten.

Keziah jedoch war hinter die Wahrheit gekommen. Mrs. Rachael, eine polnische Jüdin, die aus Londons East End in die Kolonie deportiert worden war, führte einen koscheren Haushalt. Eine Küche war für das Fleisch, das aus Goulburn kam, die andere für Milchprodukte reserviert.

Keziah blieb vor Joseph Blooms Tür stehen. Am Türpfosten war eine zylinderförmige, silberne Kapsel befestigt, die mit einer seltsamen Schrift bedeckt war. Ähnliche Mesusoth hatte sie in Liverpool und Chester gesehen. Sie wusste, dass sie auf einer winzigen Schriftrolle geschriebene heilige Wörter enthielten. Im Augenblick konnte sie in der Tat etwas Glück gebrauchen!

Während Mrs. Rachael sie ins Wohnzimmer führte, hatte sie Zeit, sie zu studieren – eine ernste Matrone, die so blitzsauber war, dass ihre weiße Schürze allein bei der Erwähnung eines Fleckens zurückschrecken würde. Trotz des fortgeschrittenen Alters der Frau war Keziah klar, dass Einsamkeit die seltsamsten Verbündeten schafft, und ihr Instinkt sagte ihr, dass Mr. Bloom ein sehr einsamer Mann war.

Gast und Gastgeber saßen sich in thronähnlichen Sesseln gegenüber. Zum Glück hatte Keziah sich für Sarannas formelles Reisekostüm entschieden, das sie abgeändert hatte, damit es ihr passte. Joseph Bloom trug einen altmodischen englischen Gehrock mit Nadelstreifenhose und einer goldenen Uhrkette, die von der Westentasche hing. Seine schwarze Kippa sah aus wie ein Teekannenwärmer aus Samt.

Aus einer von Rachaels Küchen kamen polternde Geräusche. Keziah fragte sich, ob es eher die Anstandsdame oder die eifersüchtige Mätresse war, die auf sich aufmerksam machen wollte.

Als Joseph Bloom sich einen Moment entschuldigte, sah sie sich in der Bibliothek um. Manche Bücher waren in einer Sprache verfasst, die sie für Deutsch hielt, andere in einem unbekannten Alphabet. Als sie über den Titel *Berühmte Mordprozesse in Großbri-*

tannien stolperte, schreckte sie zusammen. Sie stellte sich Joseph Bloom mit der weißen Perücke eines Anwalts vor. Ein Richter in seiner roten Robe saß unter dem britischen Wappen.

Er kehrte zurück, als sie gerade aufmerksam einen siebenarmigen Kerzenhalter betrachtete. Er bemerkte ihre Neugier und erklärte, was es war.

»Diese Menora ist mein kostbarster Besitz. Ich habe sie von meinem Vater Yitzhak Blum geerbt, Gott hab ihn selig. Er hatte einen Laden für gebrauchte Kleidung und lebte in Armut, damit ich in der Jeschiwa von Worms den Talmud studieren konnte, um Rabbi zu werden. Leider habe ich ihn enttäuscht. Ich wurde lieber Anwalt.«

»Aber hier in der Kolonie haben Sie nicht als Anwalt gearbeitet, Mr. Bloom?«

Er erklärte ihr, dass es in deutschen Landen Menschen jüdischen Glaubens nicht gestattet war, den Anwaltsberuf auszuüben. Nachdem sein Vater gestorben war, sei er nach London gezogen, um für seinen Onkel Shmuel zu arbeiten, der ihm die Erlaubnis verschaffte, in England Jura zu studieren. Als er dann endlich als Anwalt zugelassen wurde, war er gesundheitlich ruiniert.

»Vielleicht lag es an den kalten Londoner Wintern?« Er zuckte nachdenklich die Achseln. »Auf alle Fälle hat das gesunde Klima von Ironbark meine Lungen wieder geheilt. Wer weiß, vielleicht war ich einfach nicht dazu bestimmt, Anwalt zu werden.«

»Doch, das sind Sie! Die Kolonie braucht Menschen mit Ihren Fähigkeiten!« Sie sagte es derart überzeugt, dass beide erschraken. Dann setzte sie hastig hinzu: »Falls Sie sich doch noch anders entscheiden wollen.«

Als er sie über den Fortschritt ihrer Schüler befragte, fühlte sie sich sicherer.

»Sogar die Kleinsten beherrschen jetzt das Alphabet und können ihre Namen schreiben. Winnie hatte anfangs Mühe zu lesen, aber dafür hat sie ein wunderbares Talent zum Zeichnen. Sie sieht die ganze Welt in Bildern. Deshalb habe ich ein Alphabet erfunden, das aus Strichmännchen besteht.«

»Wie sieht das aus?«, fragte er höflich.

Sie sprang auf, um es ihm zu zeigen. »Der Buchstabe M zum Beispiel: zwei Jungen, die voreinander stehen und sich die Hand schütteln. T ist eine Vogelscheuche. P ein dicker Mann mit geschwollener Brust.«

Wenn Joseph Bloom lächelte, sah er aus wie ein kleiner Junge. Ermutigt fuhr Keziah fort: »Die älteren Kinder schreiben und illustrieren ihr eigenes Buch. Für jedes Kapitel bündeln sie ihre Talente, sie können über alles schreiben, was sie wollen, die Welt, die sie umgibt, oder das, was sich in ihrer Phantasie abspielt. Mit dem letzten Kapitel habe ich einen Katholiken und einen Protestanten zusammen beauftragt, die sich ständig kabbeln. Jetzt müssen sie sich irgendwie zusammenraufen.« Plötzlich wurde sie ernst. »Rede ich zu viel?«

»Keineswegs. Ihr Enthusiasmus ist erfrischend.«

Keziah fuhr fort: »Die größten Sorgen mache ich mir um Big Bruce MacAlister. Er wird bald ein Niveau erreicht haben, in dem ich ihm nicht mehr helfen kann. Er muss Latein, Naturwissenschaft oder Jura studieren.«

»Ich teile Ihre Sorgen. Ich suche nach einer Möglichkeit, ihm ein Stipendium zu verschaffen, damit er auf eine höhere Schule gehen kann und seine Mutter trotzdem allein auf ihrer Farm zurechtkommt.«

Keziah klatschte in die Hände. »Wie klug von Ihnen!«

Er wirkte geschmeichelt, wechselte dennoch das Thema. »Womit beschäftigen sich die Kinder in ihrer Freizeit?«

»Mit Bockspringen oder Wettrennen. Am liebsten spielen sie Buschräuber und Trooper. Ich war ziemlich entsetzt, als die Trooper den kleinen Davey Collins für seine Verbrechen als Buschräuber tatsächlich auspeitschen wollten.«

»In den Kindern spiegelt sich nur die Welt der Erwachsenen wider. Darf ich fragen, wie Sie dieses Problem gelöst haben?«

»Ich habe ihnen vorgeschlagen, dass die Buschräuber die Trooper zu einer Partie Kricket herausfordern.« Sie grinste ihn breit an. »Die Buschräuber gewannen mit drei Toren Vorsprung.«

»Ein genialer Einfall. Obwohl ich die britische Staatsangehörigkeit besitze, war mir Kricket immer ein Rätsel, aber ich halte es für eine vorzügliche Methode, Kindern das Fairplay beizubringen.«

Kaum hatte sich Keziah etwas entspannt, erschreckte er sie mit der nächsten Frage. Ob sie an Zufälle glaube? Keziah versuchte, eine neutrale Antwort zu geben, doch Joseph Bloom starrte ins Leere, als hätte er halbwegs vergessen, dass sie da war, während er den Grund für seine Frage erklärte.

Gestern hatte er im Buch Hiob gelesen. *»Auch bekam er sieben Söhne und drei Töchter … Man fand im ganzen Land keine schöneren Frauen als die Töchter Hiobs.«* Eine davon hatte er Keziah genannt. Und dann war Trooper Kenwood gekommen, um ihn über das Opfer des Kutschenunfalls zu befragen, Keziah Smith.

»Dieselbe junge Frau, die laut Jakob Andersen von Caleb Morgan gesucht wird. Sie erinnern sich an den Brief, den ich an Sie weitergeleitet habe?«

Keziah spürte, wie ihr das Blut aus dem Gesicht wich. *Wie um alles in der Welt könnte ich das vergessen!* »Keziah war eine Mitreisende in meiner Kutsche. Ich habe Trooper Kenwood alles erzählt, was ich weiß. Gibt es denn ein Problem?«

»Nein. Ich habe mich nur gefragt, was Sie von diesem *Zufall* halten.«

Keziah war erleichtert, als ihr Gastgeber den Raum verließ, um Mrs. Rachael zu bitten, ihnen den Tee zu servieren.

Sie versuchte, sich vorzustellen, welchen Zug Mr. Bloom als Nächstes machen würde. Zuerst Jake, jetzt Kenwood. War das Zufall? Nein! Joseph Bloom hatte sie mit Keziah Smith in Verbindung gebracht! Anwälte waren schlau und von Natur aus erfindungsreich. Wie sollte sie ihn täuschen? Würde er sie verraten? Oder für sein Schweigen erwarten, dass sie mit ihm ins Bett ging?

Fest davon überzeugt, dass das Leben, das sie in Ironbark für Gabriel aufgebaut hatte, in Gefahr war, presste sie sich die Fingerspitzen an die Schläfen. *Warum ist es mein Schicksal, ständig auf der Flucht zu sein?*

Joseph Bloom kehrte mit Mrs. Rachael zurück, die ein Tablett mit einem silbernen Teeservice und frischgebackenem Kuchen trug. Er warf Keziah einen forschenden Blick zu, aber seine Bitte, sie möge den Tee einschenken, erwies sich als unschuldig.

Keziah schenkte ihnen in bester Saranna-Plews-Manier ein. Und dann wurde sie erneut überrumpelt.

»Ich gehe davon aus, dass Sie sich als Schullehrerin für Geschichte interessieren, Miss Plews?«

Sie war kurz davor, in Panik zu verfallen. Ihre historischen Kenntnisse waren nur rudimentär. Was, wenn er sie nach Knut dem Großen oder diesem schrecklichen Henry fragte, der seine Frauen eine nach der anderen hatte köpfen lassen?

»Was genau bedeutet Geschichte?«, fragte Joseph Bloom sich selbst. »Chroniken, die Historiker erstellen, um ihren Herren und Herrschern zu schmeicheln? Oder ist es die Erfahrung, die *ganz gewöhnliche* Menschen machen, wenn ihre Welt aus den Fugen gerät?«

Keziah nahm dankbar ein Stück Mandelkuchen an, um nicht antworten zu müssen.

»Die Frauen sind die eigentlichen, unsichtbaren Charaktere hinter der europäischen Geschichte«, sinnierte er. »Aber wenn es sich nicht um Königinnen, Gattinnen von berühmten Männern und, verzeihen Sie, Kurtisanen handelt, wird die Rolle, die sie spielen, nur selten gewürdigt.«

Keziah versuchte, ein intelligentes Gesicht aufzusetzen, aber ihre Gedanken waren ein einziges Chaos. *Kurtisanen!* Wohin sollte das führen? In sein Schlafzimmer? *Wenn Gem mich in einer kompromittierenden Situation erwischt, wird er zuerst schießen und dann Fragen stellen!*

Joseph Bloom fuhr ungerührt fort: »Trotzdem sind Frauen von

Natur aus ungemein einflussreich, wenn es darum geht, die Gesellschaft aufzubauen und zu verändern. Wir Juden sind sehr stolz auf unseren Spruch: ›Eine Frau ist mehr wert als Edelsteine.‹«

Er bot ihr ein weiteres Stück Kuchen an. »Frauen sind das, so scheint es mir, was zwischen den von Männern geschriebenen Zeilen der Geschichte steht.«

Das ging über ihren Horizont. Erwartete er eine Antwort darauf? War es eine Falle? Er schlug ein Buch mit dem Titel *Geschichte der Roma-Völker in Europa* auf. Keziah verschluckte sich an ihrem Tee.

»Die Roma sind ein Nomadenvolk, das von einer verkommenen Welt Zigeuner genannt wird. Wir Juden sind als das Volk des Buches bekannt. Roma werden manchmal die Brüder des Windes genannt. Unsere beiden Völker haben ähnliche Erfahrungen mit Verfolgung gemacht. Beide waren gezwungen, in Europa von einem Land zum anderen zu fliehen.«

Er schien nicht auf ihre Reaktion zu achten. »Mehrmals fand mein Volk bei aufgeklärten oder geldgierigen Herrschern Zuflucht, um ihnen später als Sündenbock zu dienen. Im Mittelalter hatten wir in Spanien die Wahl: Flucht, Zwangskonvertierung oder Tod.«

Trotz ihrer Befürchtungen war Keziah fasziniert von den Parallelen, die er zog.

»Die Roma besitzen eine bemerkenswerte Lebenskraft. Trotz jahrelanger Verfolgung haben sie ihre Sitten und Bräuche beibehalten. Kein Gastland hat ihre Seele jemals zerstören können.«

Er legte das Buch auf den Tisch. »Sie sollten es lesen. Ich halte Juden und Roma für wahre Helden in der Kunst des Überlebens. Warum? Ich vermute, dass es an drei Dingen liegt, die wir gemeinsam haben. Wir halten an unserer Verbindung mit Gott fest, zwingen aber unseren Gott niemandem auf. Wir respektieren die Tiere und die Natur. *Wir lieben und beschützen unsere Kinder*.«

Keziah sah ihm in die Augen und verstand endlich die Botschaft hinter seinen Worten.

Als er sie nach ihrem Ziehkind fragte, erzählte sie in den höchsten Tönen von Gabriel.

Dann ergriff sie die Gelegenheit beim Schopf. »Könnte ich ihn nicht offiziell adoptieren?«

»Nichts ist sicherer als ein amtliches Stück Papier. Überlassen Sie das mir. Ich werde mich um den Papierkram kümmern, und Sie brauchen später nur zu unterschreiben«, bot er an. Dann schenkte er Wein in zwei fingerhutgroße Gläser. »Sie als Lehrerin sind sehr wichtig für unsere Gemeinde. Auf Hebräisch sagen wir *L'chaim*, auf das Leben!«

Keziah schenkte ihm ihr strahlendstes Lächeln und wiederholte den Trinkspruch. Jetzt, da sie so erleichtert war, schmeckte der Wein umso süßer. Frohen Mutes und überzeugt, dass sie Joseph Bloom trauen konnte, verabschiedete sie sich. Sie stammten beide von Völkern ab, denen die *gaujo* viel Leid angetan hatten.

Als sie am Abend neben dem Kamin hockte, um Gabriel zu baden, erschrak Keziah über eine Erscheinung in den tanzenden blauen Flammen des Feuers – Gem, der von den Troopern verfolgt wurde! Hatte sie einen Blick in die Zukunft geworfen oder war er jetzt gerade in Gefahr?

Plötzlich merkte sie, dass Gabriel weinte, um ihre Aufmerksamkeit zurückzuerobern.

Sie zwang sich, diesen schrecklichen Moment aus einer anderen Zeit aus ihrem Bewusstsein zu vertreiben, und drückte ihn fest an sich.

»Vergib mir, Gabriel. Ich habe lange gebraucht, um dich zu lieben, aber du bringst mir bei, eine gute Mutter zu sein. Ich werde alles wiedergutmachen, das verspreche ich.«

In dieser Nacht wälzte sie sich schlaflos im Bett. Sie wusste, dass Gem die Liebe ihres Lebens war. Warum tauchte dann ständig Jake Andersen in ihren Gedanken auf?

ZWEITER TEIL

DER RÄCHER

Juni 1838 – November 1841

Gott zahlt nicht am Ende jeder Woche.
Aber er zahlt.

Anna von Österreich an Kardinal Mazarin

ZWEIUNDZWANZIG

Gabriel lag in seinem Kinderbettchen und sang sich wie üblich selig in den Schlaf. Keziah setzte sich mit den neuesten Zeitungen an den Kamin.

Erstaunt las sie im *Sydney Herald* von einer Expedition, die nach einem sagenumwobenen See im Landesinneren suchen sollte. Eine Zeile fiel ihr besonders ins Auge. *»Der Leiter der Expedition ist ein Engländer, der erst vor Kurzem in die Kolonie kam, Mr. Caleb Morgan, Sohn von John Morgan aus Lancashire, ein Gentleman, der beste Beziehungen zu Gouverneur Gipps haben soll.«*

Mi-duvel! Caleb ist immer noch hier! Da niemand in der Nähe war, an dem sie ihre Wut ablassen konnte, griff sie in ihrer Frustration nach dem erstbesten Gegenstand, lief aus dem Haus und schleuderte den Stiefel gegen einen Baum. Zu spät bemerkte sie, dass dort eine unschuldige Kakadu-Familie wohnte, die jetzt empört und unter lautem Kreischen ihr Zuhause verließ.

»Tut mir leid, Kakis«, entschuldigte sie sich zerknirscht. Zum Glück waren die Kinder nicht da, um Miss Plews' Wutanfall mitzubekommen. Würde sie ihr feuriges Roma-Temperament jemals bändigen können?

Schließlich kehrte sie ins Haus zurück, um zu sehen, ob sie in den anderen Zeitungen Näheres über seine Pläne fand.

Was hatte Caleb bewogen, sich einem derart verrückten Unterfangen anzuschließen? In der Kolonie stritt man sich, ob dieser legendäre See überhaupt existierte. Manche waren bereit, Geld auf den unerschrockenen Entdecker Edward Eyre zu setzen, dem sie zutrauten, den See zu finden. Andere unterstützten Charles Sturt.

Viel geeignetere Männer als Caleb Morgan hätten es verdient, mit dieser Aufgabe betraut zu werden. Zweifellos steckte das Geld der Morgans dahinter, Caleb wollte Geschichte schreiben und zu Ruhm und Ehren gelangen. Der Gedanke, dass er eine Expedition leiten sollte, war völlig absurd. *Der Dummkopf kann ja nicht mal eine Straße überqueren, ohne dass ein Eingeborener ihm den Weg zeigt!* Doch dann erinnerte sie sich an das, was sie ihm in der Bibliothek der Morgans prophezeit hatte. Sie hatte tatsächlich mit eigenen Augen gesehen, wie er mit schwarzen Eingeborenen eine Wüste durchquerte – und als Held zurückkehrte!

Plötzlich überwältigte sie die Panik, und Tränen der Frustration stiegen ihr in die Augen. Dem Erscheinungsdatum der Zeitungen zufolge konnte die Expedition längst aufgebrochen sein. Sie würde ein halbes Jahr dauern. Das hieß, dass Caleb in sechs Monaten als gefeierter Held von seiner dummen Entdeckungsreise zurückkehren würde. Wie konnte sie dann darauf hoffen, die Vormundschaft für Gabriel zu bekommen?

Ich habe schon schlimmere Situationen als diese bewältigt, machte sie sich Mut. *Und ich habe noch sechs Monate, um mir einen Plan auszudenken.*

Am nächsten Morgen entdeckte Keziah einen Umschlag, den jemand unter ihrer Tür hindurchgeschoben hatte. Mit zitternden Händen riss sie ihn auf und rechnete schon damit, das Wappen der Morgans zu finden. Stattdessen enthielt er eine Nachricht von Joseph Bloom, in der er sie davon unterrichtete, dass er ein Schreiben von einem Anwalt in Sydney Town erhalten habe, der im Auftrag von Caleb Morgan handelte. Mit wachsender Beunruhigung las sie:

> *Dieser Anwalt behauptet, sein Mandant sei davon überzeugt, dass die Tote, die auf dem Friedhof von Bolthole Valley begraben wurde, nicht Mrs. Keziah Stanley – besser bekannt als Mrs. Smith – war, sondern vielmehr glaube, dass sie lebe und seinen Sohn und Er-*

ben entführt habe. Er weist darauf hin, dass er über eine Urkunde verfügt, in der Keziah Stanley alle Rechte an dem Kind für eine großzügige Summe an die Morgan-Familie abgetreten habe. Der Anwalt bittet mich, ihm sämtliche Informationen zukommen zu lassen, die ich über diese Frau und das Kind habe, da sein Mandant beabsichtigt, nach der Rückkehr von seiner Expedition ins Landesinnere den Fall vor Gericht zu bringen.

Ich habe ihm schriftlich mitgeteilt, dass die Behörden den Unfall untersucht, Keziah Smith' Mitreisende ihren Tod bestätigt hätten und meine zahlreichen Verpflichtungen als Anwalt mir nicht erlaubten, ihm in diesem Fall weiter behilflich zu sein.

Da ich weiß, dass Sie zu den Mitreisenden von Keziah Smith gehörten, hielt ich es für angebracht, Sie über diese Entwicklung in Kenntnis zu setzen.

Ihr ergebener Diener,
Joseph Bloom

Keziah hielt sich die Hand vor den Mund, um nicht aufzuschreien und Gabriel aufzuwecken. Sie riss sich zusammen, las den Brief noch einmal und dankte *Del* für Josephs Loyalität und taktvolle Sorge um sie. Sie wusste, dass er im Augenblick nur tätig wurde, um Freunden in Not zu helfen. Mit dem Hinweis auf seine zahlreichen beruflichen Verpflichtungen wollte er lediglich Caleb Morgans Anwalt von weiteren Belästigungen abhalten. Nicht zum ersten Mal verfluchte sie sich dafür, dass sie diesen Vertrag mit den Morgans unterzeichnet hatte. Vor Gericht wäre er ein unumstößlicher Beweis gegen sie.

Verzweifelt ging sie in das winzige Schlafzimmer hinüber und betrachtete das blonde Kind in seinem Bettchen. Das Einzige, was Gabriel von ihr geerbt hatte, waren die violettblauen Augen. Alles andere zeugte davon, dass er Caleb Morgans Sohn war – vor allem der Haarwirbel. Sollte Gabriel jemals vor Gericht erscheinen müssen, würde keine Jury ihr abnehmen, dass sie ihn als Findling adoptiert hatte.

Den ganzen folgenden Tag lang suchte Keziah den Horizont ab, in der festen Gewissheit, dass jemand auftauchen würde, der wichtig für sie wäre. Als sich dann ein Mann in einem heruntergekommenen Pferdewagen näherte, schreckte sie zusammen, aber dann wich die Angst einem Gefühl angenehmer Geborgenheit und Leichtigkeit.

Es war Jake Andersen!

Der ausgebleichte Hut flog ihm vom Kopf und blieb an der Schnur über dem Rücken hängen. Jetzt peitschte der Wind ihm in das rotblonde Haar und blähte sein gestreiftes Hemd. Gesicht, Arme und Brust waren gebräunt. Er kniff die Augen vor dem grellen Sonnenlicht zusammen, doch sein schräges Lächeln war träge und selbstsicher. Keziah freute sich, ihn zu sehen. Er war anders als alle Männer, die sie kennen gelernt hatte. Offen, stark, mit einem wilden, jungenhaften Zug, der seinen Ursprung in den Wurzeln der Kolonie hatte.

Sie lief auf die Veranda, um ihn willkommen zu heißen.

»Ich bin froh, dass Sie sich wieder ganz erholt haben. Darf ich Ihnen eine Tasse Tee anbieten, Mr. Andersen?«

»Jake, wenn ich bitten darf. Da sage ich nicht nein. Hey, hier duftet es ja wundervoll.«

»Ein Kuchen nach dem Rezept meiner Großmutter. Ich hatte es im Gefühl, dass heute ein Freund vorbeikäme.«

»Und ich hatte vergessen, dass Sie alles wissen, ehe es passiert.«

Sie lachte, und er grinste sie an. Heute war er rasiert, sodass sie zum ersten Mal sein Gesicht richtig sehen konnte. Ein kräftiges Kinn, ein breiter, großzügiger Mund. Sie hatte das Gefühl, sich von dem offenen Ausdruck in den ehrlichen, grauen Augen abwenden zu müssen.

Was führte ihn hierher? Doch nicht das, worauf alle Männer scharf waren. Oder doch?

Jake nahm ihre unausgesprochene Frage vorweg. »Machen Sie sich wegen Ihres guten Rufs keine Sorgen. Ich habe Joseph

Bloom gerade von meiner Anwesenheit unterrichtet. Er weiß, dass ich vertrauenswürdig bin.«

Keziah konnte ihre Neugier nicht unterdrücken. »Wie konnten Sie wissen, dass ich Saranna bin?«

Jake sah sie verlegen an. »Ich wusste es nicht. Ich habe es nur *gehofft*.«

Jake saß in seinem Sessel und beobachtete fast den ganzen Nachmittag, wie Keziah immer neue Kuchen und Kekse herbeizauberte. Der Nachmittagstee zog sich in die Länge. Die Erinnerung, die er an die Witwe Smith hatte, widersprach ihrem jetzigen Aussehen. *Das wilde Haar ist genauso ungezähmt wie vorher. Sie ist immer noch ein großes Mädchen. Aber ihre Taille ist nun viel schmaler. Dieser verdammte Caleb Morgan behauptet, sie hätte seinen Sohn entführt. Jesses! Das heißt, dass das Täubchen gefüllt gewesen sein muss, als ich es kennen lernte!*

Während der Reise damals waren ihm ihre vielen Fragen auf die Nerven gegangen. Jetzt saßen sie am Küchentisch und plauderten stundenlang wie alte Freunde. Als Keziah ihn drängte, zum Abendessen zu bleiben, zögerte Jake keinen Augenblick, die Einladung anzunehmen.

Irgendwann hörten sie das Kind weinen, woraufhin Keziah es aus seinem Bettchen nahm und mit in die Küche brachte. »Das ist Gabriel, ein kleiner Findling, den irgendwer in einer Kiste vor der Schule ausgesetzt hat«, erklärte sie hastig.

Jake nickte. *Na schön, wenn sie das so will, werde ich das Spiel mitspielen.*

Es machte ihm Spaß, den kleinen Gabriel zum Rhythmus desselben alten Kinderliedes, das er seinen jüngeren Brüdern vorgesungen hatte, auf den übereinandergeschlagenen Beinen hüpfen zu lassen. »Hoppe, hoppe, Reiter, wenn er fällt, dann schreit er, fällt er in den Graben, fressen ihn die Raben, fällt er in den Sumpf – macht der Reiter plumps.«

Am Ende des Verses ließ Jake den Kleinen nach hinten fallen, wobei der vor Freude kreischte. Jake wiederholte das Spiel, und Gabriel hopste ein bisschen auf und ab, damit er weitermachte.

»Sie werden eher müde werden als er«, lachte Keziah.

»Ein süßer kleiner Kerl, und er hat haargenau dieselben Augen wie Sie.«

Sie zögerte und wählte ihre Worte vorsichtig, um nicht zu lügen. »Er ist … ich will ihn rechtmäßig adoptieren. Es ist besser so für ihn.«

»Ja, gute Idee«, stimmte Jake zu.

Sie sah ihm in die Augen. »Sie sind ein außergewöhnlicher Mann, Jake Andersen. Sie wissen, wer ich bin, trotzdem haben Sie nicht gefragt, warum ich Sarannas Namen angenommen habe. Ich bin Ihnen eine Erklärung schuldig.«

»Sie sind mir gar nichts schuldig. Im Gegenteil, ich habe Ihnen mein Leben zu verdanken«, entgegnete Jake.

»Es war Ihnen bestimmt, zu überleben.«

Er spürte, wie Keziah ihn beobachtete, während Gabriel ihm liebevoll kleine Stückchen Kuchen in den Mund stopfte, als fütterte er einen Vogel.

»Sie sollen trotzdem erfahren, warum ich hier bin, Jake. Ich glaubte, dass mein neues Leben als Saranna Plews gut für *ihn* wäre. Und jetzt sitze ich richtig in der Klemme und weiß nicht, wie um alles in der Welt ich meinen Kopf aus der Schlinge ziehen soll!«

Unbehaglich sah Jake, wie ihr die Tränen über die Wangen liefen.

»Hey, beruhigen Sie sich, sonst wird Ihre Milch noch sauer oder so ähnlich.«

Als sie nach Luft schnappte, hätte sich Jake am liebsten in den Hintern getreten. *Ich und mein Großmaul. Ich wollte sie nicht in Verlegenheit bringen, indem ich ihr die Wahrheit ins Gesicht sage.*

Keziah erzählte ihm, wie sie sich erfolgreich für Saranna ausgegeben und deren Stelle als Lehrerin angenommen hatte. Und dass sie Saranna versprochen hatte, ihrem Verlobten eine Botschaft zu überbringen.

»Dabei weiß ich nicht einmal, wie ihr Verlobter heißt. Er wird sich fragen, was mit ihr passiert ist.«

Jake versuchte, sie zu beruhigen. »Es gibt für alles eine Lösung. Ich will verdammt sein, wenn ich eine wüsste, aber gestatten Sie, dass ich mich darum kümmere.« Dann fügte er beiläufig hinzu: »Übrigens bin ich in Sydney Town diesem aufgeblasenen Engländer begegnet, der meint, die ganze Welt gehörte ihm. Caleb Morgan.«

Jake sah, wie in ihren Augen dieselbe Angst aufflackerte wie damals, als der Spitzel mit dem Cockney-Akzent ihn nach Keziah Stanley gefragt hatte.

»Ich habe ihn nur aus der Ferne gesehen. Er kam mitsamt seiner Expedition aus dem Government House auf die Macquarie Street, um zu dieser dummen Mission aufzubrechen. Er hat sich in den Kopf gesetzt, einen See zu finden, den es gar nicht gibt. Wenn Sie Glück haben, kehrt der elende Dummkopf nicht zurück.« Er errötete vor Verlegenheit. »Verzeihen Sie die Ausdrucksweise!«

Keziah strahlte ihn an. »Wäre es nicht wunderbar, wenn er sich einen Orden verdienen würde – und anschließend nach England zurückkehrte?«

»Wo er offensichtlich hingehört!«, nickte Jake. Zufrieden mit dem Ergebnis seines Besuchs stand er auf, um zu gehen. »Ich lasse Sie jetzt allein, damit Sie Ihren Schönheitsschlaf nicht verpassen. Haben Sie vielen Dank für das köstliche Essen. Mit meinen eigenen Kochkünsten ist es nicht zum Besten bestellt.«

»Sie sind hier jederzeit willkommen, Jake.«

Es klang so, als meinte sie es ehrlich. Auf der Veranda blieb er stehen. »Haben Sie schon mal ein Schnabeltier gesehen?«

»Was ist das?«

»Hey, da haben Sie noch eine echte Entdeckung vor sich. Wie wäre es, wenn ich Sie und den Kleinen morgen zu einem Ausflug einlade? Es sind sehr scheue Tiere, aber ich kenne eine Stelle am Fluss, wo sie ihre Jungen aufziehen. Die kleinen Kerle sind umwerfend. Ich hole Sie nach dem Frühstück ab. Sagen wir um halb acht?«

So begannen ihre gelegentlichen Sonntagsausflüge. Keziah hatte das Gefühl, dass die Sonne schien, egal, wo sie sich mit Jake aufhielt. Er war ein Draufgänger, aber jeder wusste, dass er anständige Frauen respektierte. Jake unterrichtete Hobson und Bloom regelmäßig über ihre kleinen Ausflüge, um mögliche Gerüchte im Keim zu ersticken, und er sorgte dafür, dass jeder in der Gemeinde erfuhr, wie dankbar er der Schullehrerin war, weil sie ihm bei dem Unfall am Blackman's Leap das Leben gerettet hatte.

Keziah spürte, dass Jake genauso empfand wie sie. Beide fühlten sich in der Gegenwart des anderen wohl, da beide mit einem anderen Menschen verbunden waren, Keziah in Liebe, Jake in Hass. Vor ihm musste sie ihre Gefühle für Gem nicht verbergen. Immer wieder bat sie Jake, ihr zu erzählen, wie er Gem mit seiner Straßenkolonne kennen gelernt hatte, denn jedes Detail, das sie über Gem erfuhr, war ein kleiner Trost.

Jake hingegen sprach nur selten von Jenny. Obwohl er es hartnäckig bestritt, spürte Keziah, dass seine Ausreißerin ihn nach wie vor beschäftigte. Jeder Roma wusste, dass Liebe und Hass zwei Seiten derselben Medaille sind. Und je weniger Jake über seine Jenny erzählte, desto neugieriger wurde sie.

Auf einem ihrer Sonntagsausflüge westlich von Ironbark, meilenweit entfernt von allen Siedlungen, bog Jake in einen holprigen, aber gut erhaltenen Weg ein, der plötzlich mitten im Busch endete. Diese unfertige Straße, so erklärte er ihr, sollte einst entlegene Dörfer mit Sydney Town verbinden.

»Der Landvermesser beging Selbstmord – vor Schande. Er hatte die Straße in die falsche Richtung gebaut. Sie führt ins Nichts.«

Eine halb fertige Piste führte auf der östlichen Seite um einen riesigen Felsen herum. Nach Westen hin rahmte der Busch ein weites Stück offener Landschaft ein. Jake zeigte auf eine Herde von Wildpferden im vollen Galopp. »Das ist wahre Freiheit! Brumbys müssen im Freien geboren werden. Sie stammen von den entlaufenen Pferden eines der ersten Kolonisten ab – einem gewissen Major Brumby.«

Keziah war von dem Anblick der weißen Leitstute beeindruckt. »Wie schön sie ist!«

»Ja, und sehen Sie nur, wie schnell sie ist! Kein Wunder, dass die Buschräuber die besten von ihnen zureiten und in Gehegen im Busch verstecken. Manche ihrer Unterschlüpfe sind ein offenes Geheimnis. Aber es ist eine wilde Gegend, und die Buschräuber bleiben nie lange an einem Ort. Sie ziehen von einem Überfall zum anderen durchs ganze Land. Die Trooper haben das Nachsehen.«

Keziah blickte sehnsüchtig auf die dunstigen violetten Berge. »Dann könnte Gem überall dort draußen sein?«

»Ja, aber Ihr Mann ist schlau. Er lässt sich weder fangen, noch leidet er Hunger.«

Sie durchschaute seine kleine Lüge, drängte aber trotzdem weiter: »Wie kann man als entflohener Sträfling überleben, ohne Leute zu überfallen?«

Jake zögerte. »Manche gehen in den Busch und versuchen, von dem zu leben, was der Boden hergibt. In den Neunzigern verbreiteten irische Strafgefangene das Gerücht, es gäbe auf der anderen Seite der Blue Mountains eine Straße nach China! Die Regierung hat es mehrmals abgestritten, aber das hinderte die Iren nicht daran, in Scharen zu türmen. Manche tun es immer noch. Die Hoffnung stirbt bekanntlich zuletzt.«

»Ich weiß«, sagte Keziah traurig.

Daraufhin wechselte Jake schnell das Thema. »Nun, ich glaube, es wird Zeit, nach Hause zu fahren.«

Als kurz darauf ein Felsbrocken den Abhang hinunterrollte und gegen das hintere Rad der Kutsche prallte, schrie sie vor Schreck auf.

Jake stieß einen Schwall von deftigen Flüchen aus, bis er merkte, wie Gabriel ihn anstarrte.

»Jesses, das war knapp!«, rief Jake, als er den gefährlichen Felsbrocken von der Straße wuchtete.

»Wie wär's mit einer Tasse Tee? In der Zwischenzeit bringe ich das hier in Ordnung. Mit etwas Glück schaffen wir es noch vor Einbruch der Dunkelheit zu Bran, dem Schmied.«

Im Nu hatte Keziah ein Feuer angezündet und einen Kessel darauf gestellt. Leicht belustigt beobachtete sie, wie Jake in der Mittagssonne schuftete. Sein Hemd war nass und das Haar von Schweiß verklebt. Als er sein Hemd auszog, fiel ihr sein wohl geformter Körper auf. Anders als die meisten Männer, die im Gefängnis gesessen hatten, hatte er sich nicht tätowieren lassen. Im Unterschied zu ihrem Vater. Oder Gem.

»Mögen Sie keine Tätowierungen, Jake?«

»Ich lasse mich von niemandem brandmarken!«

Keziah wusste, dass er in Wirklichkeit Frauen meinte. Nach Jenny war er ein gebranntes Kind.

Ihr fiel auf, dass Jake so unbefangen fluchte, wie andere Leute Luft holten. Dabei war er so erfinderisch, dass es fast wie Poesie klang. Nachdem er das Rad notdürftig repariert hatte, stieß er einen triumphierenden Schrei aus.

»Eine Notlösung, aber sie bringt uns wenigstens bis zu Brans Schmiede.«

»Wo liegt sie?«

»Sie kennen den jungen Bran noch nicht? Ein netter Kerl. Immer bereit, anderen zu helfen. Der Arme hat nur ein Sprachproblem. Er bewegt den Kiefer, aber es kommt nicht viel dabei heraus. Man braucht ein bisschen Geduld mit ihm.«

Keziah sah, wie peinlich es ihm war, als er merkte, dass sie ihn betrachtete. Er zog das Hemd wieder an und setzte sich ans andere Ende eines umgestürzten Baumstamms.

Das Wasser im Teekessel begann zu kochen. Jake warf eine Hand voll Teeblätter hinein und rührte sie mit dem Zweig eines

Eukalyptus um. Der Duft war verlockend. Dann nahm er den Kessel vom Feuer und bewegte den ausgestreckten Arm wie einen Windmühlenflügel im Kreis.

»So sinken die Blätter auf den Grund.« Nach dem ersten Schluck urteilte er: »Hmm, vorzüglich!«

Sie tranken schweigend. Minuten vergingen.

»Woran denken Sie?«, fragte er.

»An nichts.«

»Doch, Sie denken an etwas. Sie sind so verdammt still geworden. Das ist nicht normal bei einer Frau.«

»Sie kennen sich wohl nicht nur mit Pferden aus, sondern auch mit Frauen, wie?«, gab Keziah sanft zurück.

»Irgendwas beschäftigt Sie! Habe ich was falsch gemacht?«

»Aber nein. Mir ist nur aufgefallen, dass Sie ständig fluchen.«

»Was, das fällt Ihnen jetzt erst auf? Himmel noch mal! Ich weiß. Ich habe das Fluchen sozusagen mit der Muttermilch aufgesogen.«

Keziah glaubte, dass er einen Witz machte. »Aber Sie fluchen doch nicht *immer*, Jake.«

»Selbst ein Mann muss hin und wieder schlafen.«

Sie wandte ein, dass er sich während der ganzen Fahrt in der Kutsche und vor anderen Damen zurückgehalten hatte, und fragte, ob er vor Jenny auch so geflucht hätte.

»Gottverdammmich, natürlich nicht!«

Sie verdaute die Tatsache. »Warum sind Sie mit mir so anders als mit den anderen Frauen?«

Jake nahm sich Zeit zum Überlegen. »Wahrscheinlich weil Sie für mich keine Frau sind, sondern eher so was wie ein Kumpel.«

Erstaunt unternahm sie einen Schuss ins Blaue. »Soll das heißen, dass sich die Männer hier in der Kolonie mit ihren Kumpeln wohler fühlen als mit ihren Frauen?«

»Teufel auch, und ob!«

Keziah war sich bewusst, dass Jake ihr gerade sein schönstes Kompliment überhaupt gemacht hatte, trotzdem war sie sich nicht sicher, was sie davon halten sollte. *Heißt das, dass er mich nicht als Frau sieht? Ist das der Preis für unsere Freundschaft? Oder ist das eine neue Art der Beziehung zwischen den einheimischen Frauen und Männern?*

»Meinen Sie, dass Ehemänner, Ehefrauen und Geliebte kommen und gehen, Freunde dagegen fürs ganze Leben bleiben?«

Jake schien ihre unverblümte Definition zu gefallen. »Sie haben es erfasst. Kurz und bündig.«

Keziah musste schlucken. »Wenn wir also richtige Kumpel sind, so wie zwei Männer, dann würden Sie mir jede Neuigkeit über Gem sagen, nicht wahr? Gute wie schlechte.«

»Darauf können Sie Gift nehmen.«

Sie dankte ihm mit einem Nicken. »Ich werde Gem immer lieben, was auch geschehen mag.«

Jake nickte. »Ich weiß. Und ich werde mein Leben nie wieder auf eine anständige Frau bauen, was auch geschehen mag.«

Er streckte ihr die Hand entgegen, und sie schüttelte sie. »Freunde!«

»Freunde!«

Als sie Brans Schmiede erreichten, hatte Keziah das Gefühl, es wäre besser, wenn sie nicht hineinging. Sie erklärte Jake, mit dem schlafenden Gabriel draußen bleiben zu wollen, während das Rad repariert wurde. Irgendetwas stimmte hier nicht. Die Luft fühlte sich plötzlich so dick an, dass sie stechende Kopfschmerzen bekam. Durch das offene Tor der Schmiede konnte sie sehen, dass der riesige Schmied ganz harmlos wirkte. Es war die Schmiede selbst, von der etwas Bedrohliches ausging.

Plötzlich tauchte ein einzelner Reiter in der eleganten Kleidung eines Gentlemans auf und sah sich hastig um, ehe er abstieg und sein Pferd in die Schmiede führte.

Keziah beobachtete, wie der Schmied seine Arbeit unterbrach und sich augenblicklich daranmachte, dem Pferd des jungen Mannes die Hufeisen zu wechseln. Jakes kumpelhaftem

Verhalten nach zu urteilen mussten sich alle drei Männer gut kennen.

Ehe der junge Reiter wieder davonritt, schwenkte er seinen Hut und grinste Keziah von der Seite an. »Passen Sie gut auf meinen Kumpel auf, Ma'am.«

Jake pfiff vor sich hin, wich aber ihrem Blick aus, als er zurückkam.

Keziah dachte nicht daran, ihn aus seiner Verantwortung zu entlassen. »Das war doch der höfliche Buschräuber, den die Leute Schwadroneur nennen, nicht wahr?«

Jake fühlte sich unbehaglich, und sie kannte den Grund.

»Lass die Spielchen, Jake. Der Kerl war einer von denen, die uns überfallen haben. Er war derjenige, der sich schützend vor Saranna gestellt hat!«

»Ja, aber wenn die Trooper danach fragen, hast du ihn nie gesehen«, erwiderte er hastig.

»Was denkst du von mir!«

Sobald das Rad gewechselt war, brachen sie auf. Als sie die Schmiede hinter sich gelassen hatten, verschwanden Keziahs Kopfschmerzen, und sie fühlte sich wieder so unbeschwert wie zuvor.

»Was für ein Tag! Ich habe zum ersten Mal ein höchst außergewöhnliches Tier gesehen, den Koalabären, bin einem berühmten Buschräuber begegnet, der mich nicht überfallen hat, und wäre um ein Haar von einem Felsbrocken erschlagen worden.«

»Ja«, nickte Jake stolz. »Es gibt kein Land auf der Welt, das es mit Australien aufnehmen kann.«

Zuhause lud sie Jake zum Tee ein, doch er ließ sich eine Ausrede einfallen und erklärte, er müsse nach Bolthole Valley. Keziah beobachtete von der Veranda aus, wie Ross und Reiter auf der Straße um die Ecke bogen. Sie hatte ein komisches Gefühl. Immer wenn sie in Bolthole Valley Feagans Krämerladen aufsuchte, sah sie, wie die Männer im Four Sisters ein und aus gingen. *Ich kann mir nicht vorstellen, dass Jake dort nur in der Küche sitzt und Däumchen dreht.*

Sie sagte sich, dass Jakes Angelegenheiten sie nichts angingen, doch sie war neugierig und holte sich Karten, um der Sache auf den Grund zu gehen. Sie waren zwar kein Ersatz für ihre zurückgelassenen Tarotkarten, überfluteten ihren Kopf jedoch mit Bildern, die sie die Zukunft zumindest erahnen ließen.

Sie war überzeugt, dass Jake nach wie vor Jenny liebte, die von der Herzkönigin repräsentiert wurde, eine Karte, die eng verbunden ist mit Liebe und Geld. Keziah sah, dass Jenny bald wieder in Jakes Leben auftauchen würde. Ein Schwall von Gefühlen verwirrte sie.

Hastig sammelte sie die Karten wieder ein und legte sie in die Schublade. Doch Jake aus ihren Gedanken zu verbannen, war nicht so leicht.

Nachts stand sie am Fenster und sah einen Fremden, der in einiger Entfernung auf einem rotbraunen Pferd vorbeiritt. Obwohl sie sein Gesicht im Dunkeln nicht erkennen konnte, spürte sie, wie er die Hütte beobachtete. Ein kalter Schauer lief ihr über den Rücken, es war eine Warnung. Wer auch immer es war, er verhieß nichts Gutes.

DREIUNDZWANZIG

Am nächsten Morgen wachte Keziah mit einer düsteren Vorahnung auf, die sie nicht mehr losließ. Die Luft roch so sehr nach Gefahr, dass sie kaum noch atmen konnte.

Nerida stand in der Tür, Murphy klammerte sich an ihren Rock. Der Ausdruck in ihren Augen bestätigte Keziahs Befürchtungen.

»Lass uns einen Spaziergang machen, bevor die Schule anfängt, Nerida. Ist etwas passiert?«

Nerida schüttelte den Kopf, wich aber ihrem Blick aus, als sie sich auf den Weg machten.

Als sie die Tore der Ironbark Farm hinter sich geschlossen hatten, fiel Keziah die Totenstille im Dorf auf. Aus keiner der kleinen Farmen drang ein Lebenszeichen. Die Bewohner schienen wie vom Erdboden verschluckt.

Als sie den Pfad erreichten, der zu dem Hügel hinaufführte, wo die kleine Kapelle stand, entdeckte Keziah sie. Sämtliche Dorfbewohner hatten sich stumm vor der Kirchenveranda versammelt, wo George Hobson eine Rede hielt. Neben ihm stand Joseph Bloom und etwas weiter weg der riesige Schmied, der Hobson unverwandt anstarrte.

»Was machen sie da?«, fragte Keziah. »Hätte man Buschräuber gesehen, hätte man doch die Schulglocken geläutet.«

Nerida senkte den Blick. Und als sie nah genug waren, sodass Keziah hören konnte, was Hobson sagte, blieb ihr das Herz stehen.

»... die Nachricht von dem Massaker am Myall Creek hat in der ganzen Kolonie eine Welle der Empörung ausgelöst. Die

Nachrichten erreichen uns als Gerüchte, schneller als die Zeitungen. Und manche sind so schrecklich, dass wir sie nicht glauben können. Sicher wird es noch Wochen dauern, bis die ganze Wahrheit ans Licht kommt. Trotzdem lässt sich heute schon eines sagen. Das Verbrechen ereignete sich am 10. Juni auf den Liverpool Plains, die Trooper haben jetzt erst Beweise dafür gefunden.«

Erregt rieb sich Hobson die Hände. »In der Nähe der Hütte eines gewissen Mr. Kilmaister am Myall Creek fand man die Leichen von achtundzwanzig Eingeborenen – alten Männern, Frauen und Kindern.«

Ein Raunen flog durch die Menge. Drückte es Entsetzen oder etwas anderes aus? Keziah war nicht sicher, sie stand am hinteren Rand der Menschenmenge und konnte die Gesichter nicht sehen.

Hobson kam ins Stammeln, als er verkündete, der Grund für das Massaker sei unerklärlich. Seit Jahren habe es keinen Aufstand mehr seitens der Schwarzen gegeben.

»Wenn es stimmt, dass Kilmaister sich in der Vergangenheit mit diesem Stamm angefreundet hatte, dann ist es plausibel, dass sich die Eingeborenen in der Nähe seiner Hütte aufhielten, weil sie mit seinem Schutz rechnen konnten«, sagte er.

Keziah legte Nerida instinktiv den Arm um die Schulter. Das Mädchen zitterte.

Hobson sah zu ihnen herüber, und die Menschenmenge folgte seinem Blick. Plötzlich drehten sich alle zu ihnen um. Ihre ausdruckslosen Gesichter waren unergründlich.

»Es sind unsere Freunde«, flüsterte Keziah Nerida zu. »Hier bist du sicher.« Doch als sie Neridas Angst spürte, kamen ihr die Worte leer vor.

Die Menschen wollten Antworten und bestürmten Hobson mit Fragen.

Dessen schroffe Stimme verriet, wie aufgewühlt er war. »Es heißt, ein Haufen von Anteilseignern aus Big River sei mit Schwertern und Pistolen bewaffnet aufgetaucht und habe die

Eingeborenen zusammengetrieben. Nur zwei Schüsse wurden abgefeuert. Die übrigen Schwarzen wurden mit Schwertern niedergemetzelt. Angeblich hat der Bahnhofswärter nur noch einen Haufen verkohlter Leichname gefunden.«

Keziah war entsetzt über die Gewalt. Doch als sie hörte, wie manche »anständige Mitglieder« der Gemeinde ihre Sympathie für die Mörder bekundeten, packte sie das Grauen.

»Woher wissen wir, dass es Kilmaister war?«, rief Griggs.

»Das wissen wir nicht!«, ging Bloom hastig dazwischen. »Die Wahrheit werden wir erst erfahren, wenn ein Urteil gesprochen wurde. Aber wie es scheint, hat die Polizei ihn und weitere zehn oder elf Männer verhaftet. Man hat uns berichtet, dass sie alle wegen Mordes angeklagt werden.« Dann fügte er mit stillem Nachdruck hinzu: »Lasset uns hoffen, dass dem britischen Recht Genüge getan werde.«

Griggs warf Nerida einen Blick zu, dann wandte er sich an seinen Nachbarn und sagte so laut, dass alle es hören konnten: »Jeder weiß doch, dass Schwarze gar keine richtigen Menschen sind. Ihre Hirne sind kleiner als unsere. Ich wette, dass diese armen weißen Anteilseigner nur die Befehle ihrer Bosse ausgeführt haben.«

Keziah wäre am liebsten mit bloßen Fäusten auf ihn losgegangen, doch sie zügelte sich. Sie musste sich genauso benehmen wie Saranna Plews und ihre Wut zurückhalten.

»Wenn mein Arbeitgeber Mr. Hobson mir befiehlt, Sie wie einen Hund niederzuschießen, würden Sie dann auch Sympathie *für mich* empfinden, weil ich einem Befehl gehorchen muss, Mr. Griggs?«

Ein nervöses Raunen fuhr durch die Menschenmenge. Griggs schreckte vor dem ruhigen Gift in ihrer Stimme zurück, murmelte jedoch: »Was weiß schon eine hochnäsige englische Schullehrerin.«

Joseph besprach sich mit seinem Partner, ehe er die Hand hob und um Ruhe bat.

»Wir möchten Nerida versichern, dass sie und ihr Kind in Ironbark sicher sind, Miss Plews. Sie haben unser Wort darauf.« Dann warf er dem Aufseher einen Blick zu und sagte kalt: »Ich mache Sie persönlich für die Sicherheit der beiden verantwortlich, Griggs.«

Erschüttert dankte Keziah ihm mit einem Nicken, dann nahm sie den kleinen Murphy an der Hand und kehrte mit Nerida, die Gabriel auf der Hüfte trug, in ihre Hütte zurück.

Nerida äußerte sich nicht weiter zu der Katastrophe, bewegte sich jedoch wie eine Schlafwandlerin. Am Abend weigerte sie sich, mit Keziah zu essen, und zog sich in ihre *goondie* zurück.

Als Keziah am nächsten Morgen aufstand, waren Nerida und ihr Kind verschwunden. Sie war überwältigt von Traurigkeit, weil sie es nicht vermocht hatte, Nerida das Gefühl von Sicherheit zu vermitteln. Nie wieder würde sie dem Wort eines *gubba* vertrauen, nicht einmal dem ihren. Ob sie sich jemals wiedersehen würden?

Es war ein herrlich warmer Oktobernachmittag, als Keziah mit Gabriel auf der Hüfte von der Schule nach Hause kam. Nach der schrecklichen Tragödie im vergangenen Winter versprach nun der Frühling die Wiedergeburt des Lebens. In den Monaten nach dem Massaker hatte Keziah in ihren Träumen kein Zeichen dafür erhalten, dass Nerida zurückkommen würde. Jetzt erkannte sie voller Freude Jake Andersen. Er schlief auf dem Verandastuhl, den Hut in die Stirn gedrückt, die Füße auf das Geländer gestützt. Er schob den Hut zurück, machte sich jedoch nicht die Mühe, ihn abzunehmen, wie es der Anstand in Anwesenheit einer Dame verlangt hätte.

Weil ich keine Frau für ihn bin. Nur ein Kumpel. Keziah war kurz verstimmt, doch dann erinnerte sie sich daran, dass sie Wichtigeres zu tun hatte.

»Schöner Tag«, sagte Jake. »Hättet ihr beide vielleicht Lust auf ein Picknick?«

»Etwas Gesellschaft kann ich gut gebrauchen. Ich mache mir Sorgen um Nerida. Ich habe kein einziges Lebenszeichen von ihr erhalten.«

»Sie wird schon zurückkommen. Neri würde dich nie im Stich lassen, es sei denn, sie hätte etwas Bedeutsames zu regeln, was ihr Volk betrifft«, beruhigte sie Jake.

»Ich kann nur hoffen, dass sie in Sicherheit ist, egal, wo. Gabriel vermisst sie auch. Zum Glück lenkt ihn die Aufmerksamkeit ab, die er in der Schule bekommt. Er ist wirklich goldig. Singt mit den Kindern und schläft in seinem Korb. Aber ehrlich gesagt, ist es ganz schön anstrengend ohne Neridas Hilfe.«

»Stimmt was nicht?«, fragte er besorgt.

»Es ist nicht nur der Schreck wegen des Massakers. Ich träume ständig davon, dass Gem mich sucht.«

»Lass uns ein paar Sachen für das Picknick einpacken«, antwortete Jake ruhig.

Keziah trug Gabriel auf dem Rücken. Nerida hatte einen kleinen Bastbeutel für sie geflochten. Trotz seiner Frühgeburt war Gabriel groß für seine neun Monate, und alles wies darauf hin, dass er ein kräftiger Junge werden würde.

Jake befestigte Keziahs Picknickkörbe an seinem Sattel und führte Horatio über den Pfad zu dem kleinen Fluss. Hobson hatte bestimmt, dass dies Keziahs Privatgelände war, wo sie sich ungestört mit Nerida und den Kindern aufhalten konnte. Kein Mann auf der Ironbark Farm durfte sich auch nur in seine Sichtweite begeben.

Keziah versuchte, Jakes Gesichtsausdruck zu deuten. Irgendetwas lag ihm auf der Seele.

»Raus damit, Jake. Hast du etwas über Gem erfahren? Ich war gestern in Bolthole Valley und habe vor dem Haus, in dem die vier Schwestern wohnen, zufällig ein Gespräch zwischen zwei Männern mitbekommen. Es war die Rede von einem Buschräuber, der einen goldenen Ohrring trägt.«

Jake warf ihr einen Blick von der Seite zu, und Keziah war wütend. *Hält er mich für so dumm? Glaubt er etwa, ich wüsste nicht, dass er da ein und aus geht*?

»Pass auf, Kez, ich habe dich hierher gebracht, weil ich etwas gefunden habe. Reg dich bitte nicht auf. Vielleicht hat es gar nichts zu bedeuten. Hast du nicht mal erzählt, dass dein Volk Zeichen hinterlässt, um die Richtung anzuzeigen, in die man gegangen ist?«

»Hast du etwa ein *patrin* gefunden?« Ihr Herz begann zu rasen.

»Das musst *du mir* beantworten.«

Sie kamen zu einer Abzweigung. Keziah schrie auf, als sie einen Haufen Zweige sah, aus denen ein Ast wie ein Pfeil herausragte.

»Das ist eine Nachricht von Gem! Für mich! Ich wusste, dass er in der Nähe ist.«

Sie nahm das *patrin* und lief mit Gabriel auf dem Rücken los. An jeder Abzweigung fand sie ein neues Zeichen. Sie sah, wie Jake aufmerksam folgte, jederzeit bereit, mit der Linken die Pistole zu ziehen.

»Du wirst sie nicht brauchen«, sagte sie fest. »Von Gem haben wir nichts zu befürchten.«

»Mag sein, aber was ist mit den anderen, seinen Kumpanen?«

Sie überquerten den schmalen Fluss an einer Stelle, an der ein paar Felsen einen kleinen Wasserfall bildeten. Am anderen Ufer untersuchte Jake die Äste eines Blutholzbaumes und erklärte, dass sie erst vor Kurzem abgebrochen worden waren; das rote Harz sickerte noch heraus. Nach einigen weiteren Metern durch den dichten Busch gelangten sie zu einer ovalförmigen Lichtung, die wie ein kleines Kricketfeld aussah.

Keziah war enttäuscht. Sie setzte Gabriel auf den Rasen und ließ ihn herumkrabbeln.

»Ich kann mir nicht vorstellen, dass Gem mich in die Irre führen würde«, sagte sie verzweifelt.

»Vielleicht hat er das auch nicht getan. Halt ein bisschen Abstand«, sagte Jake leise. »Du bist Gems Frau. Auch eine Freundschaft hat ihre Grenzen.«

Er ging einige Meter weiter vor und schnippte dann mit dem

Finger, um sie auf einen zitternden Teebaum aufmerksam zu machen. »Rühr dich nicht von der Stelle. Er hat dich nicht in die Irre geführt.«

Plötzlich trat ein wunderschöner Brumby-Colt aus dem Busch. Er war pechschwarz, temperamentvoll und hatte eine Blesse in Form eines Fragezeichens. Irgendwer hatte ihn an einem langen Seil angebunden, sodass er problemlos grasen und aus dem Fluss trinken konnte. Offenbar scheute er vor Menschen zurück. Keziah spürte, wie sich ihre Kehle angesichts seiner wilden Schönheit zusammenschnürte und ihr fast die Tränen kamen.

»Ich könnte ihn für dich zähmen, aber heute ist nicht genügend Zeit dafür«, sagte Jake.

Keziah schüttelte den Kopf. »Er ist ein Geschenk von Gem, und er erwartet, dass ich es selbst tue.«

»Nur zu.« Jake streckte sich an einer Stelle aus, wo Gabriel gefahrlos herumkrabbeln konnte.

»Lass ihn bloß nicht mit Schlangen spielen«, warnte Keziah.

»Ich kenne mich mit Kindern aus, verdammt noch mal. Immerhin hatte ich sieben kleine Brüder, auf die ich aufpassen musste.«

Keziah lächelte, als sie beobachtete, wie er Gabriel mit Brombeeren fütterte. Und sie war stolz auf das große Herz ihres Sohnes, der Jake ebenfalls Beeren in den Mund steckte, um sie mit ihm zu teilen.

Es war so weit. Sie verließ die beiden und ging ruhig über den Fluss auf die andere Seite des Ufers, wo sie sich mit gekreuzten Beinen in Reichweite des jungen Hengstes setzte. So blieb sie ganz still sitzen und wartete, bis das Tier seine Angst überwand und sich ihr näherte.

Ich warte auf dich, mein Brumby – so wie ich auf dich warte, Gem. Ganz gleich, wie lange.

Den ganzen Nachmittag über saß Jake da und beobachtete Keziah und das junge Pferd. Ihre Geduld und die Art der Roma, Pferde zuzureiten, waren beeindruckend. Er hatte gesehen, wie beruhigend sie auf Pferde wirkte, aber ein Wildpferd war etwas anderes. Sie legte sich einen Klumpen Zucker in die Achselhöhle und gab ihn dann dem Pferd, um es mit ihrem Geruch vertraut zu machen. Es grenzte an Zauberei, aber nach und nach wurde der Brumby-Colt so zutraulich, dass Keziah ihn streicheln und ihm Geheimnisse ins Ohr flüstern konnte.

Verlegen bemerkte Jake, dass er einen Kloß im Hals hatte. Es war, als sähe er zu, wie zwei Geschöpfe sich ineinander verliebten. Das Wildpferd stand für Gem, das war ihm klar.

Gabriel war mit einem brombeersaftverschmierten Mündchen in Jakes Armbeuge eingeschlafen. Jake nahm den Hut ab, um den Kleinen vor der Sonne zu schützen, während er Keziah weiterhin beobachtete. Sie besaß ein geradezu magisches Gefühl für den richtigen Zeitpunkt, fast so, als könnte sie die Gedanken des Tieres lesen.

Jake spürte es, als der Augenblick gekommen war. Keziah hob ihren langen Rock und schwang sich mühelos auf den Rücken. Als sie um die Lichtung ritt, sah Jake den Stolz in ihren Augen und in ihrem erhobenen Haupt.

»Ungelogen, Kez. Du hast wirklich ein Händchen für Pferde.«

»Mein Vater hat es mir beigebracht.«

Nachdem das Wildpferd sie zum dritten Mal um die Lichtung getragen hatte, belohnte Keziah es mit wilden Äpfeln. Danach stieg sie ab, band es vorsichtig wieder an und lief zum Fluss, um sich die Hände zu waschen.

»Du musst ja völlig verhungert sein, was? Ich habe die Zeit vergessen«, entschuldigte sie sich.

Dann packte sie ihr wunderbares Essen aus, nahm ein Taschentuch, um Gabriel Gesicht und Hände abzuwischen, und schnitt das Obst für ihn klein. Nachdem beide versorgt waren, aß auch sie wie ein hungriges Kind. Schließlich zerbrach sie das letzte Stück Kuchen und steckte Jake die Hälfte in den Mund.

»Probier mal. Es ist wie ein Kuss – zu nichts nutze, wenn man ihn nicht teilt.«

Jakes Augen weiteten sich. *Jesses, kein Wunder, dass sie sich ständig Ärger einhandelt.*

Keziah gab sich ganz natürlich. »Das ist ein altes Roma-Sprichwort.«

Jake nickte und schluckte.

»Wenn es nicht gerade ein düsteres Roma-Geheimnis ist, dann verrate mir doch mal, wie Gems Nachricht lautet. Für mich sah es aus wie ein Haufen alter Zweige, aber du scheinst ja mächtig aufgeregt zu sein!«

»Ein Pferd ist das kostbarste Geschenk, das ein Rom einem machen kann. Der Hengst ist eine Botschaft. Sie sagt mir, dass er frei und sein Geist ungebrochen ist. Dass er weiß, wo ich mich befinde, und er zu mir kommen wird – sobald die Luft rein ist.«

Aus einem plötzlichen Impuls heraus fiel sie Jake um den Hals. »Danke, Jake. Ohne dich hätte ich es niemals gefunden!«

Jake wurde nervös. »Pass auf, was du tust, Kez. Ich habe keine Lust, mir eine Kugel von einem eifersüchtigen Ehemann einzuhandeln. Vor allem, wenn ich nicht mal das Vergnügen hatte, sie mir zu verdienen!«

Sie zeigte auf den Busch und sagte mit leiser Stimme: »Gem ist nicht da. Glaub mir, ich wüsste es. Jeder Mensch hat seine eigene Aura und seinen eigenen Geruch. Wenn man jemanden liebt, spürt man, wenn er in der Nähe ist.«

Keziahs Liebe für Gem war offen und schamlos leidenschaftlich. Jake hatte noch nie zuvor diesen Blick an einer Frau gesehen. *Mich hat eine Frau noch nie so angesehen.*

Die Sonne versank am Horizont. Er sprang auf und half Keziah auf die Beine.

»Ich gehe davon aus, dass Gem auftauchen wird, sobald dieser Bastard von Gilbert Evans nicht mehr überall herumschnüffelt. Ich bin wirklich froh, dass ihr euch gefunden habt, Kez.« Er wusste nicht recht, ob er Gem oder das Wildpferd meinte. Vielleicht war es dasselbe.

Auf dem Heimweg hoch zu Ross versuchte er, seine ursprüngliche Leichtigkeit wiederzugewinnen, indem er die ausgelassenen Verse von *Botany Bay* sang – das Lied, das er auch seiner kleinen Pearl vorgesungen hatte, wenn sie vor ihm auf dem Pferd gesessen hatte und mit ihrer piepsigen Stimme in den Refrain eingefallen war. »*Singing too-ral, li-ooral, li-addity … we're bound for Botany Bay.*«

Jake vertrieb die schmerzhafte Erinnerung aus seinem Kopf und sah auf Gabriel hinab, der wie ein kleiner Prinz im Schutz seiner Arme auf dem Pferd saß. Der Junge reagierte so lebhaft auf jedes Tier im Busch, dass ihn Jake ständig festhalten musste, wenn er nicht wollte, dass er sich vor lauter Begeisterung einfach herunterfallen ließ.

Keziah ritt auf dem ungesattelten Brumby-Colt. Dass Jake ihre Beine sehen konnte, war ihr offenbar egal. *Vermutlich bin ich für sie kein Mann, sondern nur ein Kumpel. Warum sollte ich sie dann an ihren Roma-Anstand erinnern? Auf alle Fälle hat sie die verflucht schönsten Fesseln, die ich je gesehen habe.*

Doch als Keziah ihn zum Abendessen einlud, zwang er sich, abzulehnen. Die Sache mit dem Wildpferd war so intim gewesen, dass er vermutete, sie würde lieber mit sich und ihren Gefühlen allein sein.

»Danke, aber ich wollte einen alten Freund in Bolthole Valley besuchen. In letzter Zeit habe ich ihn ein wenig vernachlässigt.« Er stieg auf Horatio und drehte sich im Sattel um. »Mach keine Dummheiten, hörst du?«

Auf dem Weg nach Bolthole Valley versuchte er, alle Gedanken an Keziah, Gem und das Wildpferd aus seinem Gedächtnis zu streichen. Vor Kurzem hatte er ihnen ein Shetlandpony geschenkt, damit Gabriel reiten lernte, aber das war nichts gegen Gems Brumby-Colt, das wusste er.

Er dachte an Lily Pompadour und an seine regelmäßigen Besuche bei ihr. Sie hatten eine feste Abmachung. Wenn Jake mittwochs nicht auftauchte, nahm Lily keinen anderen Freier, und dann zahlte er ihr bei seinem nächsten Besuch das Doppelte. Es gelang ihm, nicht an die Kunden zu denken, die sie während der anderen Wochentage bediente, was aber seinen Mittwoch anging, da ließ er nicht mit sich reden.

Heute konnte er es kaum erwarten, sie wiederzusehen. Sie war einerseits unübersehbar weiblich, andererseits aber auch derb wie ein Kerl, und außerdem brachte sie ihn stets zum Lachen, vor, während und nach der gegenseitigen Befriedigung.

In dieser Nacht schien Lily fest entschlossen, jede Runde zu einem Volltreffer zu machen. Jake hatte nichts einzuwenden. Später saß er hochzufrieden mit sich auf dem Bett und trank den besonderen Rotwein, den Lily immer für ihn bestellte. Nach einer Weile fiel ihm auf, dass sie länger als sonst hinter ihrem asiatischen Paravent herumtrödelte.

»Was führst du jetzt wieder im Schilde, Lil?«

Als sie auftauchte, trug sie Jakes Hut auf den wilden kastanienbraunen Locken, sein rotes Halstuch und seine Reitstiefel, ansonsten war sie splitternackt. Sie stemmte die Fäuste in die Hüften, ahmte eine männliche Pose nach und rief mit barscher Stimme: »Ich habe gutes Geld für dich bezahlt! Also mach dem Namen dieses Hauses Ehre, sonst brenne ich es ab und jage dich aus der Stadt!«

Jake prustete in seinen Wein und ließ sich lachend wieder auf das Bett fallen. »Ich meine es ernst! Los, zieh dich aus, du Mistkerl!«, befahl Lily.

Dann wälzten sie sich im Bett herum, und Lily ließ ihrer losen Zunge freien Lauf.

Schließlich kapitulierte Jake. »Ich tue, was du willst, Hauptsache, du behältst den Hut auf! Ich sehe dich in einem ganz neuen Licht, Lil!« Dann prustete er erneut los, entzückt von ihrer Wut.

Lilys Auftritt war wirklich erstaunlich, sie schien sich vollkommen auf ihn und seine Wünsche eingestellt zu haben. Jake fragte sie nicht nach dem Grund für diesen Wandel. Er würde sie gut bezahlen. Sie lenkte ihn so gründlich ab, dass er alles andere vergaß, die *patrins*, das Wildpferd, Gem und vor allem diesen Blick in Keziahs Gesicht, als sie ihm den Kuchen in den Mund gesteckt und gesagt hatte: »Es ist wie ein Kuss – zu nichts nutze, wenn man ihn nicht teilt.«

VIERUNDZWANZIG

Daniel Browne spürte, dass das Licht seine Rettung war und die Kunst der Schlüssel für sein Überleben. Die australische Sonne hatte etwas Verführerisches; sie verwandelte alles, was er unbedingt zeichnen wollte: Szenen, Landschaften und vor allem Porträts. Im Februar 1839 herrschte bereits seit zwei Jahren Trockenheit, und er war ebenso lange in Gideon Park. So weit er trotz seiner eingeschränkten Bewegungsfreiheit sehen konnte, war das Land ausgedörrt und kämpfte ums Überleben. Wann immer er dem Tag vor Sonnenuntergang ein paar Stunden abringen konnte, hielt er die Brutalität, Einsamkeit und Erniedrigung im Leben eines Strafgefangenen fest. Jeden Abend sah er verzweifelt zu, wie die Sonne am Horizont versank, um England einen neuen Tag zu bescheren. Er beneidete die Sonne um ihre Kraft, nach Hause zurückkehren zu können. Im Grunde seines Herzens wusste er, dass es ihm nicht vergönnt sein würde.

Auf dem Höhepunkt seiner Mutlosigkeit, an jenem Tag, als der Einheimische in sein Leben geritten kam, waren seine Bitten erhört worden. Die Malutensilien, die er ihm später gebracht hatte, waren wie Manna vom Himmel. Aber es war noch mehr. Jake inspirierte ihn. Er war ein Symbol für Freiheit – der Beweis, dass es ein Leben gab jenseits der Hölle, die der Teufel in Person nach seinem eigenen Bild erschaffen hatte.

Seitdem hatte Daniel aus dem Gedächtnis unzählige Skizzen von Jake gemalt, aus sämtlichen Blickwinkeln und in allen möglichen Stimmungen. Sie hatten zu einem Ölporträt geführt, das so lebendig und ausdrucksvoll war, dass es Jake perfekt einfing. Daniel war selbst überrascht, als ihm bewusst wurde, dass Jake der erste Mensch war, dem er vertraute.

Kurz vor Weihnachten war er das Risiko eingegangen, sich den Zorn des Teufels in Person zuzuziehen, und hatte Jonstone heimlich aufgelauert, um ihm dieses Porträt zu zeigen. Es hatte sich gelohnt. Der Master hatte ihn beauftragt, seine dreijährige Tochter Victoria zu porträtieren.

Während Daniel nun wie aufgetragen mit schnellen Schritten zum Anwesen der Jonstones ging, betete er, dass der heutige Tag ein Erfolg würde. *Hätte Saranna ihr Versprechen gehalten, dann wäre ich jetzt nicht hier gefangen. Irgendwie muss ich es schaffen, nach Ironbark zu kommen und sie zur Rede zu stellen.*

Auf der Terrasse des Hauses ging er vor der Balkontür auf und ab. Jeder Muskel seines Körpers schmerzte vor Anspannung. Durch die Terrassentür sah er, wie Julian Jonstone das in Auftrag gegebene Ölporträt äußerlich reglos betrachtete. Das war die Feuerprobe. Sein Master würde ein Urteil fällen.

Als er erneut an der Terrassentür vorbeikam, war er irritiert. Sein Werk lag einsam und verlassen auf Jonstones Schreibtisch, während sein Master gleichgültig eine Prise Tabak schnupfte.

Heilige Muttergottes, weiß der Kerl denn nicht, dass er mein Schicksal in den Händen hält? Ich ertrage es nicht länger. Gefällt ihm meine Arbeit – oder hasst er die Wahrheit?

Daniel durchlebte erneut sein künstlerisches Dilemma – wie die Unvollkommenheit der Kleinen wahrheitsgemäß wiedergeben und gleichzeitig das Herz des Vaters rühren? Victoria war das einzige Kind der Jonstones, das überlebt hatte. Auf dem Friedhof lagen drei tot geborene Söhne. Sie war blass, kränklich und hatte spindeldürre Beinchen. Die sanften blauen Augen waren das Schönste an ihr. Daniel hatte versucht, ihre Unschuld einzufangen, indem er sie zusammen mit einer persischen Katze porträtiert hatte. Trotzdem rang er bis heute mit seiner Entscheidung, Assoziationen mit einer kitschigen Pralinenschachtel um jeden Preis zu vermeiden. Würde Jonstones künstlerisches Urteil stärker sein als sein väterlicher Stolz? Als der Master ihn endlich hereinwinkte, erstarrte Daniel.

»Das Porträt, das du von diesem Burschen gemalt hast, war also kein Zufallstreffer. Meine Hochachtung, Browne. Du hast Victorias sanfte Seele eingefangen. Hände und Gesicht sind wunderbar. Die Katze ist so lebendig, dass man den Eindruck hat, sie könnte jeden Augenblick aus dem Bild springen. Ich bin sicher, dass das Porträt meiner Frau gefallen wird.«

Daniel bedankte sich stammelnd.

Jonstone strich sich nachdenklich über den Bart. »Ich werde dir etwas zahlen und dir darüber hinaus einen Gefallen erweisen. Wie wäre es beispielsweise mit einer angenehmeren Arbeit?«

Daniel versuchte, den Mut aufzubringen, um ihn um etwas zu bitten, was ihm der Teufel in Person seit Monaten verweigerte. Falls es misslang, würde er wohl mit dem rechnen müssen, wovor er sich am meisten fürchtete: der Peitsche.

Die Worte blieben ihm fast im Hals stecken, trotzdem zwang er sich, sie auszusprechen. »Wenn Sie das nächste Mal Post für Ironbark haben, würden Sie mich als Kurier schicken, Sir? Meine Verlobte lebt dort.«

Daniel wusste nicht genau, ob das zutraf, aber in Sarannas mehrere Monate altem Brief stand, dass sie nach Ironbark wollte, also fügte er hastig hinzu: »Sie kam als Freie von zuhause, Sir. Eine junge Frau aus gutem Haus.«

Jonstone zeigte sich überrascht. »Eine Dame? Wirklich, Daniel. Du überraschst mich immer wieder aufs Neue.« Er tauchte die Feder in das Tintenfass und begann, einen Brief zu schreiben.

Er hatte Daniel nicht entlassen, sodass der nicht recht wusste, ob er gehen oder bleiben sollte. Die Zeiger der alten Pendeluhr bewegten sich so langsam, dass man hätte meinen können, sie wären gemalt. Schließlich drückte Jonstone ein Stück Löschpapier auf das Schreiben, faltete und versiegelte es mit rotem Wachs und dem Familienring und überreichte es ihm.

»Dieses Dokument bedarf noch der Unterschrift von George

Hobson und dem jüdischen Anwalt Bloom. Ich will es nicht mit der königlichen Post Ihrer Majestät schicken, falls es Buschräubern in die Hände fällt. Reite hinüber zur Ironbark Farm. Und komm erst wieder, wenn die beiden unterschrieben haben.«

»Sehr freundlich von Ihnen, Sir.« Daniel zögerte. »Aber was, wenn mich die Trooper anhalten?«

»Du meinst einen Passierschein für Strafgefangene? Richtig. Für einen offiziellen haben wir keine Zeit, aber ich gebe dir ein persönliches Schreiben mit.« Jonstone hob eine Braue. »Ich vertraue darauf, dass du nicht bei der erstbesten Gelegenheit türmst, Browne!«

»Sie können sich auf mich verlassen, Sir. Ich werde Sie nicht enttäuschen.«

»Ja«, sagte Jonstone gedehnt. »Iago hat mir schon erzählt, wie fügsam du bist.«

Daniel errötete bei dem Namen – für ihn war er Iago, für die Strafgefangenen der Teufel in Person. Daniel zog sich rückwärts zurück, als verließe er ein königliches Gemach. Er wusste noch nicht, wie viel er für Victoria Jonstones Porträt bekommen würde, aber er hatte für eine begrenzte Zeit seine Freiheit wiedererlangt und damit die Möglichkeit, Saranna aufzusuchen.

Daniel hatte nicht oft Gelegenheiten gehabt, auf einem Pferd zu reiten, doch er ließ sich davon nicht nervös machen. Er lief zu den Stallungen, bat den Stallburschen, den Teufel in Person davon zu unterrichten, dass er für den Master unterwegs sei, und versprach ihm einen anständigen Priem, wenn er die Nachricht übermittelte. Vor Monaten bereits hatte Daniel sich darüber informiert, wie man am besten nach Ironbark kam, gleich nachdem er erfahren hatte, dass Saranna sich vielleicht dort aufhielt. Vorsichtig stieg er in den Sattel und machte sich auf den Weg, mit seinem Passierschein im Stiefel sowie einem Block und Bleistiften, um alles festzuhalten, was seine Aufmerksamkeit erregte.

Er war fest davon überzeugt, dass die Reise nach Ironbark sein Leben verändern würde. Welchen Grund Sarannas Schweigen auch haben mochte, er würde sie dazu bringen, beim Gouverneur die Heirat mit einem Strafgefangenen zu beantragen – mit ihm!

Während er sich auf Nebenstraßen hielt, um nicht auf der Sydney Road von Buschräubern überfallen zu werden, dachte er an das Wiedersehen mit Saranna. Sie hatte versprochen, ihn freizukaufen, und ihr Wort anschließend gebrochen. War Angriff die beste Verteidigung?

An einem kleinen Fluss machte er Halt, um zu baden. Er wusste, wie zerlumpt seine Kleider waren, aber dann stockte ihm beim Anblick einer möglichen Abhilfe ganz in der Nähe der Atem. Hinter einem einsamen Gehöft auf der anderen Seite des Flusses hing auf einer Wäscheleine ein Herrenanzug zum Lüften!

War das die Antwort der Heiligen Muttergottes auf seine Bitten oder eine Versuchung des Teufels? Wenn er beim Stehlen erwischt wurde, würde er ausgepeitscht. Doch die Alternative, seiner hochnäsigen Verlobten in schmutziger Häftlingskleidung gegenübertreten zu müssen, war erniedrigend. Ausnahmsweise besiegte der Stolz die Furcht. Er zählte die Minuten. Zum Glück schien sich niemand auf dem Gehöft aufzuhalten.

Daniel lief, um nicht gesehen zu werden, von Gebüsch zu Gebüsch auf die Leine zu. Er schnappte sich den Anzug und ein feuchtes Hemd noch dazu, das mit Wäscheklammern festgesteckt war. Zurück in seinem Versteck keuchte er vor Erregung, als er die Sachen inspizierte. Sie passten nicht wie angegossen, würden aber reichen. Das feuchte Hemd könnte beim Reiten an seinem Körper trocknen. Sein Strohhut war völlig zerfetzt, doch wer würde sich schon mit der Vorhersehung anlegen wollen? Kurzerhand funktionierte er sein Halstuch zu einem Hutband um.

Mit etwas Glück würde man ihn für einen Engländer halten, der aus freien Stücken in die Kolonie gekommen war, trotzdem vergewisserte er sich, dass er seinen Passierschein nicht verloren hatte. Sollten die Trooper ihn ohne ihn erwischen, hätten sie die Befugnis, ihn als vermeintlichen Ausreißer einzulochen und zu verurteilen. Eine Meile später dachte er daran, seine Häftlingskleidung an einer Biegung zu verstecken, damit er sie bei seiner Rückkehr nach Gideon Park wieder anziehen konnte. *Ich darf nichts dem Zufall überlassen. Saranna ist meine einzige Hoffnung, die Freiheit wiederzuerlangen.*

Während Daniel auf der Veranda der Ironbark Farm auf George Hobsons Unterschrift wartete, servierte ihm ein vorlautes Cockney-Mädchen namens Polly Tee und erzählte ihm, wie »hoch angesehen« Miss Plews sei.

Daniel horchte auf, als er sah, wie in der Ferne eine Frau die Schulglocke läutete. Obwohl sie mit dem Rücken zu ihm stand, erkannte er Sarannas Kleid und ihr zu einem Knoten im Nacken geschlungenes schwarzes Haar wieder. Sie schloss die Tür, nachdem das letzte Kind die Schule betreten hatte, und dann hörte er, wie alle zusammen den Unterricht mit einem Lied begannen.

Nachdem auch der Anwalt Joseph Bloom seine Unterschrift unter Jonstones Dokument gesetzt hatte, band Daniel sein Pferd an und schlenderte zu dem ovalförmigen Kricketplatz neben der Schule hinüber. Er setzte sich auf einen gefällten Baumstamm am anderen Ende des Platzes und begann zu zeichnen, während er die Schule im Auge behielt. Ein mulmiges Gefühl breitete sich in ihm aus. *Was, wenn sie mich in der Nacht des Überfalls doch wiedererkannt hat – und nun keinen Buschräuber mehr heiraten will?*

Die Sonne stand im Zenit, als die Schulglocke läutete. Die Kinder stürmten aus dem Gebäude auf den Kricketplatz. Aus den lauten Diskussionen hörte er heraus, dass sie Australien gegen England spielen wollten. Die beiden Kapitäne wählten ihre Spieler aus, und eine rothaarige Kleine mit irischem Akzent kochte vor Wut, als man Mädchen das Mitspielen verweigerte.

»Mädchen dürfen nicht mitspielen!«, riefen die Jungen unisono.

Der englische Kapitän, ein Junge, den sie Big Bruce nannten, gab sich diplomatisch. »Wie sollen wir dich auswählen, Winnie?

Ihr Iren könnt nicht für Australien spielen, und für England willst du nicht spielen.«

Ein Junge spottete von ganz hinten: »Diese verfluchten irischen Katholiken sind keinen Pfifferling wert!«

»Dein Vater ist ein protestantischer Polizeispitzel! Der ist noch viel weniger wert!«, gab Winnie kampflustig zurück.

Schließlich artete der Konfessionsstreit zu einem richtigen Faustkampf aus, der schließlich die Lehrerin auf den Plan rief. Saranna kam auf den Kricketplatz gelaufen, und als Daniel das schwarze Haar sah, das sich aus dem Knoten löste, und die Brosche am Kragen ihrer Bluse, erstarrte er. *Dieser verdammte Klunker, für den sie fast ihr Leben gegeben hätte.*

Doch als sie näher kam, fiel Daniel auf, dass irgendetwas seltsam war. Ihr Gang war anmutig, viel selbstbewusster, als er in Erinnerung hatte. Und ihr Körper hatte so üppige Kurven bekommen. Konnte sie sich in zwei Jahren so sehr verändert haben? Oder steckte etwas anderes dahinter, ein finsteres Geheimnis?

Er drückte sich den Hut ins Gesicht und beobachtete, wie sie die Kinder beruhigte.

»Kann ich euch einen Vorschlag machen, damit alle Kinder mitspielen können, egal, aus welchem Land sie kommen? Wie wäre es, wenn die Jungen von Ironbark gegen die Mädchen von Ironbark spielen?«, rief sie.

Die Lehrerin sprach mit einem entzückenden Chester-Akzent, aber es war nicht Sarannas Stimme!

Die Jungen johlten verächtlich, die Mädchen triumphierten, bis eine hastige Zählung ergab, dass zwei Mädchen zu wenig da waren, um eine Mannschaft bilden zu können.

»Da brauchen wir einen kleinen Zauber«, rief die Hochstaplerin, die sich für Saranna ausgab, und verschwand im Schulgebäude.

Als die Kinder beim erneuten Anblick ihrer Lehrerin in Gelächter ausbrachen, war Daniel immer noch starr vor Schreck. Sie hatte das Haar wie ein kleines Schulmädchen zu Zöpfen geflochten, den langen Rock zwischen den Beinen gerafft und in den Gürtel gesteckt, damit sie laufen konnte, darüber jedoch einen Kittel angezogen, um den Anstand zu wahren. Sie war in Begleitung eines grinsenden Eingeborenenmädchens, das ähnlich angezogen war, ein blondes Kleinkind auf der Hüfte sitzen hatte und einen dunkelhäutigen Jungen an der Hand führte. Die Lehrerin wandte sich an die kleinen Mädchen.

»Was für ein Glück, dass Nerida zurückgekehrt ist, was? Jetzt habt ihr die beiden Spielerinnen, die ihr noch braucht, um eine Mannschaft zu bilden.« Ihre Geste bezog alle Schüler ein. »Heute werden wir hier in Ironbark Geschichte schreiben!«

Die Kinder jubelten. Sie warfen eine Münze, die kleine Irin gewann, und los ging's.

Während des Spiels beobachtete Daniel, wie die Frau, die sich für Saranna ausgab, in seine Richtung sah, doch offensichtlich hielt sie ihn nicht für eine Bedrohung und konzentrierte sich voll und ganz auf das Spiel.

Sein Bleistift flog über das Blatt, und seine Gedanken waren in Aufruhr. *Jetzt erkenne ich sie wieder. Sie ist die andere Frau, die bei dem Überfall dabei war. Ein Glück, dass ich maskiert war. Aber warum gibt sie sich als meine Verlobte aus?*

Daniel beobachtete sie mit einer Mischung aus Frustration und widerwilliger Bewunderung, während ihre Beine, unbehindert von Unterröcken, über das Feld liefen. Diese junge Frau war keine graue Maus. Sie war ein freier Geist. Würde er sie zwingen können, ihm zu verraten, wo Saranna war?

Am Ende feierten die Kinder mit dem Nachmittagstee das Spiel, anschließend bestiegen sie ihre Ponys und ritten singend davon. Sarannas Doppelgängerin war nirgendwo zu sehen.

Daniel rollte seine Zeichnungen zusammen und machte sich auf den Weg zur Hütte der Lehrerin. Er hatte lange genug gewartet. Außerdem wollte er nicht, dass irgendwer beobachtete, wie er sie unter Druck setzte. Er nahm auf der Veranda Platz und wartete darauf, dass sie auftauchte.

Keziah verlangsamte ihre Schritte, als sie den Mann auf ihrer Veranda sah. Der Fremde, der ihnen beim Kricketspielen zugesehen hatte, saß auf dem Stuhl. *Er tut beinahe so, als gehörte das Haus ihm. Was für eine Dreistigkeit!*

Und als sie Nerida entdeckte, war sie noch verwirrter. Ihre Freundin wartete immer mit Gabriel in der Hütte und bereitete den Tee vor, damit sie ein Schwätzchen halten konnten, wenn sie aus der Schule kam. Jetzt aber stand sie unter Gabriels Fenster, als müsste sie Wache halten. Als sie Keziah sah, zog sie sich mit dem kleinen Murphy in ihre *goondie* zurück.

»Wer sind Sie? Was haben Sie hier zu suchen?«, fragte Keziah, während sie die Stufen zur Veranda hinaufstürmte.

»Daniel Browne. Ich bin gekommen, um Ihnen Ihr Porträt zu bringen, Miss Plews. Frappierend ähnlich, nicht wahr?«

Noch ehe sie das Bild gesehen hatte, zitterte Keziah. Jedes Detail stimmte. Nur eines nicht. *Mi-duvel! Das ist nicht mein Gesicht. Es ist das von Saranna!*

Das Gesicht des Fremden war unergründlich, seine Stimme kalt. »Es wäre besser, wenn Sie mich reinbitten – wer immer Sie sind.«

Keziahs Gedanken rasten. Nur wenige *gaujo*-Männer konnten sie einschüchtern, aber der hier war anders. Wenn er wirklich nur Sarannas Verlobter war, warum in aller Welt saß ihr dann diese Furcht im Bauch?

Sie nickte kühl und trat vor ihm ins Haus. Ohne dazu aufgefordert worden zu sein, setzte er sich auf den hölzernen Stuhl am Tisch. Sie spürte, wie er sie beobachtete, während sie den Tee einschenkte, den Nerida zubereitet hatte. Dann nahm sie am anderen Ende des Tisches Platz und brachte mühsam ein geheimnisvolles Lächeln zu Stande.

»Was kann ich für Sie tun, Mr. Browne? Nehmen Sie Milch? Zucker?«

Daniel ließ jetzt auch den letzten Anschein von Höflichkeit fallen. »Sie können sich das Schauspielern sparen. Sagen Sie mir, was mit Saranna Plews geschehen ist, oder Sie bekommen die Folgen zu spüren.«

Keziah ignorierte die Drohung und behielt ihre freundliche Haltung bei, um Zeit zu schinden und auf sein Entgegenkommen zu hoffen. *Er ist Sarannas Verlobter, kein Wunder, dass er beunruhigt ist, wenn ich Sarannas Namen benutze.*

»Es tut mir aufrichtig leid, dass Sie es von mir erfahren müssen. Saranna und ich waren Passagiere in der Kutsche von Sydney Town. Wir hatten uns ein wenig angefreundet. Dann kam es zu einem schrecklichen Unfall – unsere Kutsche stürzte am Blackman's Leap den Abhang hinunter. Saranna wurde schwer verletzt. Sterbend erzählte sie mir von ihrem Verlobten, nannte allerdings nicht seinen Namen. Nachdem der Arzt sie für tot erklärt hatte, legte ich Münzen auf ihre Augen. Verzeihen Sie mir, es muss sehr schmerzhaft für Sie sein, nicht zu wissen, was ihr zugestoßen ist.«

»Lügen sind immer schmerzhaft«, schnauzte er sie an.

Sie versuchte, die Ruhe zu wahren. »Es ist die Wahrheit. Ich nehme an, Sie sind ihr Verlobter?«

Daniel nickte wortlos, während er mit den Fingern auf den Tisch trommelte. Keziah war von seinem gleichgültigen Ausdruck überrascht. Keine Spur von Trauer zeigte sich darin. Aber vielleicht stand er nur unter Schock. Panik erfasste sie, als sie daran dachte, dass er vielleicht Sarannas Grab sehen wollte. *Ich kann ihm unmöglich sagen, dass Saranna unter dem Namen Keziah Smith begraben worden ist!*

Als sie sah, wie Daniel sie mit den Augen förmlich auszog, lief es ihr kalt über den Rücken. Aber es war anders als bei anderen *gaujo*. In seinem Blick lag eher kühle Beobachtung als Lust. Sie spürte, wie er seine Optionen abwog, bevor er sprach.

»Ich bin in der Erwartung gekommen, meine Verlobte hier zu finden. Wer Sie in Wirklichkeit sind, spielt keine Rolle, ich weiß jedenfalls, wer Sie nicht sind. Ich kann Ihren Schwindel jederzeit auffliegen lassen.«

Keziah versuchte, genauso kühl zu antworten. »Soll das eine Erpressung sein?«

»Nennen Sie es, wie Sie wollen. Ihnen bleibt keine Wahl. Es steht in meiner Macht, Ihnen zu erlauben, den Rest Ihres Lebens als Saranna zu verbringen, allerdings nur, wenn Sie genau das tun, was ich Ihnen sage.«

Keziah kam ein verzweifelter Gedanke. Ich könnte sagen, er hätte mich überfallen und ich hätte ihn in Notwehr getötet. Sie warf einen Blick auf das Fleischmesser an der Wand.

Er folgte ihrem Blick. »Das würde ich lieber nicht riskieren – immerhin schläft Ihr Sohn im Zimmer nebenan.«

Keziah spürte, wie ihr das Blut in den Adern gefror. Er muss gesehen haben, wie Nerida Gabriel ins Bett gebracht hat – und sie dann weggeschickt haben.

Sie machte einen letzten Versuch, seine Sympathie zu gewinnen. »Saranna starb, bevor sie mir Ihren Namen sagen konnte, aber sie hat mir eine Botschaft für Sie gegeben. Ich habe versprochen, sie zu übermitteln.«

Daniel starrte sie schweigend an. Keziah spürte, dass dieser Mann Saranna niemals so geliebt hatte wie sie ihn. Doch was, wenn sie Unrecht hatte?

Sie beugte sich vor und sagte leise: »Sarannas letzte Worte lauteten: ›Sagen Sie meinem Liebsten, dass meine letzten Gedanken ihm galten.‹ Doch das Anschließende ergab keinen Sinn für mich. ›Sagen Sie ihm, dass er für seine Geliebte weiterleben soll.‹«

Einen Augenblick geriet Daniels autoritäres Gehabe ins Wanken. Keziah sah einen Funken echter Trauer in seinen Augen aufblitzen.

»Ich hatte ihr erzählt, dass meine wahre Geliebte die Kunst ist. Und sie hatte versprochen, meine Geliebte zu respektieren, auch wenn sie meine Frau würde.« Er wandte den Kopf ab, als wollte er seine Fassung wiedergewinnen, dann wurde seine Stimme erneut hart. »Saranna war mir völlig ergeben, sie hätte alles getan, worum ich sie gebeten hätte, und Sie werden dasselbe tun.

Morgen schon werden Sie den Antrag stellen, mich heiraten zu dürfen.«

Keziah lachte ihm ins Gesicht. »Nur über meine Leiche!«

Er beugte sich über den Tisch und packte sie am Arm. »Täuschen Sie sich nicht. Sie haben keine Wahl. Unsere Hochzeit wird dafür sorgen, dass ich Gideon Park verlassen kann. Ich werde dann offiziell Ihnen zugewiesen, der angeblich *ehrbaren* englischen Schullehrerin, die aus freien Stücken hierherkam.«

Sie starrte ihn mit klopfendem Herzen an. »Und wenn ich mich weigere?«

»Dann wird Ihre schöne kleine Welt wie ein Kartenhaus einstürzen. Sie verlieren Ihren Sohn, Ihr Auskommen, Ihren guten Namen. Die Ehe, meine körperliche und seelische Rettung, das ist es, was Saranna mir versprochen hatte. Sie haben ihr Leben gestohlen. Also ist es nur gerecht, dass Sie auch mich übernehmen.«

Keziah lachte verächtlich. »Saranna war eine Dame. Sie war viel zu gut für jemand wie Sie.«

»In diesem Nest hier mögen Sie den Leuten vormachen, dass Sie eine Dame sind. Die Kolonisten wissen es nicht besser. Aber ein Engländer sieht auf den ersten Blick, dass Sie nichts weiter als eine herumstreunende Zigeunerin sind!«

Die Worte erreichten ihr Ziel. Jetzt konnte Keziah ihre Wut nicht mehr im Zaum halten. Sie stürzte sich auf ihn, um ihm das Gesicht zu zerkratzen, doch er packte sie an den Armen und blickte sie siegesbewusst an.

»Betrug liegt euch im Blut. Generationen von verlogenen Zigeunern!«

Sie versuchte vergeblich, sich loszureißen, bis sie schließlich einsah, dass sie verloren hatte. »Nennen Sie mir Ihre Bedingungen.«

Daniel Browne ließ sie los, offenbar erleichtert über seinen Sieg. »Das ist schon viel besser. Durch eine Heirat komme ich frei und kann mir eine Stelle suchen. Als meine Frau genießen Sie meinen Schutz, und ich kann zu dem kümmerlichen Unterhalt der Familie beisteuern. Ihr Sohn hätte obendrein einen Stiefvater.« Er warf einen Blick auf ihren schlanken Körper. »Hobsons kleines Cockney-Mädchen hat mir erzählt, dass Sie einen Findling adoptiert haben. Die Leute glauben aber auch alles, was?«

Keziah spürte, wie ihr das Blut aus dem Gesicht wich.

»Stört es Sie, wenn ich rauche?«, fragte Daniel und zündete sich seine Tonpfeife an, ohne ihre Antwort abzuwarten.

Keziah unternahm einen letzten verzweifelten Versuch. »Ich kann Sie nicht heiraten. Ich bin mit Gem Smith verheiratet.«

Daniel sah sie erschrocken an. »Mit Gypsy, dem Buschräuber Gem Smith? Dann war es also eine Roma-Ehe?«

»Selbstverständlich!«, entgegnete Keziah und merkte im gleichen Augenblick, welchen Fehler sie gemacht hatte.

»Also gilt sie nicht vor Gericht. Und wenn Sie mit einem Buschräuber verheiratet sind, werden Sie ohnehin bald Witwe sein.«

Keziah zuckte innerlich zusammen, bemühte sich aber trotzdem, ihn zu täuschen. »Er würde Sie vorher töten!«

»Das bezweifle ich. Gem weiß, dass ein Strafgefangener alles tun würde, um von Gideon Park wegzukommen!«

»Sie sind wahnsinnig, wenn Sie glauben, ich würde mein Bett mit Ihnen teilen.«

»Wer sagt denn, dass ich das überhaupt will?«, entgegnete er. »Wir werden uns vor dem Auge des Gesetzes meinen Namen und Ihr Haus teilen. Das ist der Preis für unser beider Freiheit.«

Dann schloss Daniel den Handel ab. »Saranna Plews war ledig, also wird es da keine Probleme geben. Wie ich gehört habe, genehmigt Gouverneur Gipps derlei Anträge sehr zügig. Sobald er es getan hat, wird das Aufgebot an drei aufeinanderfolgenden Sonntagen öffentlich verlesen. Danach heiraten wir, oder ich enttarne Sie als Hochstaplerin und Buschräuberbraut.«

Keziah kochte vor Wut, aber ein Gedanke übertraf alle anderen. *Er kennt Gem aus Gideon Park!*

Daniel griff lässig nach seinem Zeichenblock und den Stiften.

»Bevor ich gehe, werden Sie noch etwas für mich tun. Lösen Sie Ihr Haar. Ich will Sie so zeichnen, wie Sie sind.«

Keziah zögerte, dann ließ sie das Haar über die Schultern fallen.

»So ist es brav. Sehen Sie? Wir werden bestens miteinander auskommen.«

Und als er sie zum ersten Mal anlächelte, hasste sie ihn noch mehr.

FÜNFUNDZWANZIG

Noch Stunden nachdem Daniel Browne Richtung Gideon Park aufgebrochen war, lief Keziah durchs Haus und sprach einen Zauberspruch nach dem anderen, damit Gem zu ihr zurückkehrte.

Sie musste sich zwar vorübergehend geschlagen geben und Daniel Brownes Plan annehmen, aber sie würde Zeit gewinnen, um ihn zu durchkreuzen. An eine Flucht war nicht zu denken. Wenn sie erneut verschwand, würde Gem sie nicht mehr finden.

Durch das Fenster sah sie die Koppel, auf der Gems Brumby neben dem Shetlandpony graste, das Jake Gabriel geschenkt hatte.

Wenn wenigstens Jake da wäre! Er schien die tröstliche Gabe zu besitzen, alles wieder ins Lot bringen zu können. *Aber nicht einmal ich kann seinen nächsten Schritt voraussagen. Bestimmt ist er wieder mal hinter dieser Jenny her.*

Sie beschwor ihre Ahnen. »Bitte, sorgt dafür, dass Jake Andersen nach Ironbark kommt. Ich brauche ihn!«

Nachts wurde sie von Albträumen geplagt, und wenn sie am Morgen aufwachte, fühlte sie sich wie erschlagen. Manchmal spürte sie, dass Gem in der Nähe war. Sie suchte die Pfade ab, die sie gewöhnlich nahm, fand jedoch keine weitere *patrins*, die bewiesen, dass er da gewesen war.

Als sie eines Tages sah, wie Nerida mit den beiden Kindern an der Hand von einem Spaziergang durch den Busch zurückkam, ahnte Keziah, dass etwas Schicksalhaftes passiert war, und lief ihnen entgegen.

Nerida überreichte ihr stumm einen filigranen Silberring. Er sah so aus wie einer, den sie in Sunny Ah Weis Schmucksammlung gesehen hatte.

»Wo hast du ihn gefunden, Nerida?«

»Ein Fremder auf einem schwarzen Pferd hat mir den Ring gegeben. Geschenk für dich. Ersatz für den, den du begraben hast.«

Keziah schrie unwillkürlich auf. Ihr Ehering war auf dem Friedhof von Bolthole Valley an Sarannas Hand begraben worden. Aber wer wusste sonst noch davon?

»Wie sah der Mann aus?«

Nerida musste ihn nicht lange beschreiben. Als sie den goldenen Ohrring und die Münzen an seiner Weste erwähnte, schrie Keziah vor Freude und drängte ihre Freundin, ihr Wort für Wort zu erzählen, was Gem gesagt hatte.

»Hat er davon gesprochen, *wann* er kommt?«

Nerida nickte. »Bevor der Mond neu geboren wird.«

Keziah hatte von ihrer *Puri Dai* gelernt, wie man den Himmel beobachtet und die Mondphasen berechnet. Sie wusste, dass der nächste Neumond in fünf Tagen aufgehen würde, ein oder zwei Tage vorher aber mit bloßem Auge nicht zu sehen wäre. Sie spürte, wie ein Ruck der Zuversicht durch ihren Körper ging, aber auch eine Welle von Angst. Was würde sie sagen, was tun, wenn Gem vor ihr stand? Kurz dachte sie daran, den kleinen Gabriel in Neridas *goondie* zu verstecken, verwarf jedoch diese Idee gleich wieder. Gem kannte sie besser als jeder andere. Er wüsste, dass sie ein adoptiertes Kind genauso lieben würde wie ihr eigenes. Es blieb ihr gar nichts anderes übrig, als auch weiterhin ihren Instinkten zu folgen.

Ihre Nerven waren bis zum Zerreißen gespannt. Zwei Tage waren vergangen, ohne dass Gem aufgetaucht wäre. Am späten Nachmittag, nachdem sie Nerida gebeten hatte, Gabriel zu baden und zu Bett zu bringen, ging Keziah in die Schule zurück, um einige Unterlagen zu holen.

Der schrille Schrei eines unbekannten Vogels verriet ihr, dass irgendetwas Ungewöhnliches bevorstand.

Sie hatte Big Bruce als »Pedell« angestellt, damit er weiterhin die Schule besuchen und zum Unterhalt der Familie beitragen konnte. Als sie den Klassenraum betrat, war er gerade dabei, die letzten Stühle zurechtzurücken.

»Danke, Bruce, das genügt für heute. Geh jetzt nach Hause, deine Mutter wird dich brauchen.«

Big Bruce blieb nervös an der Türschwelle stehen. »Wahrscheinlich hat es nichts zu bedeuten, Miss, aber unten am Bach grast ein großer, schwarzer Hengst. Ich habe auch einen Mann gesehen, der Ihre Hütte beobachtet hat.«

»Hast du gesehen, wie er aussah?«

»Er trug einen goldenen Ohrring, und an seiner Weste hatte er Münzen. So wie man von Gypsy erzählt, diesem Buschräuber«, erklärte Bruce aufgeregt.

Keziah erstarrte. Der Junge konnte Gem ungewollt in Gefahr bringen, wenn er seiner Mutter erzählte, dass er seinen Buschräuber-Helden gesehen hatte.

»Ich will dich nicht bitten zu lügen, Bruce, aber …«

»Machen Sie sich keine Sorgen, Miss«, sagte Bruce und senkte den Blick. »Pa war auch Strafgefangener. Wir MacAlisters verraten nicht unsere eigenen Leute.« Und dann war er verschwunden.

Keziah lief in ihre Hütte zurück. Die Tür war aufgebrochen und hing nur noch an einer Angel. Doch was spielte das für eine Rolle? Ihre große Liebe hatte sie gefunden.

Sie schob die Tür zu, so gut es ging, um sie beide von der Außenwelt abzuschotten und ihn ganz für sich zu haben.

Gem saß auf dem Holzstuhl und wartete. Alles an ihm war imposant. Die bunten Kleider, das Silber und Gold an Gürtel, Weste und Ohr. Der Schmuck an den Fingern – der goldene Ring, den sie ihm an ihrem Hochzeitstag geschenkt hatte. Die strahlend weißen Zähne hoben sich von seiner olivbraunen Haut ab. Die wilde Haarmähne. Das Seidenhemd, das er halb offen trug, damit ein Stück von dem zum Vorschein kam, was wie eine Tätowierung aussah.

Einen Augenblick war alles still und reglos. Dann brach Gem das Schweigen.

»Ich habe nie daran gezweifelt, dass du kommen würdest, egal, wie langsam die Zeit verging.«

Zeit. Davon hatte Keziah nicht viel, wenn sie ihrer beider Leben wieder ins Lot bringen wollte. Wortlos stürzte sie sich ihm in die Arme, fest entschlossen, ihn nie wieder loszulassen.

Er strich ihr über die Wange. »Warum weinst du, kleine Hexe? Haben wir uns nicht beide danach gesehnt?«

Mit einer Hand packte er ihr Haar wie die Mähne eines geliebten Pferdes und drehte ihr Gesicht zu sich um. Keziah hatte die Macht seiner Küsse fast vergessen, die Art, wie er glühende Liebesworte ins Ohr flüsterte. Auf Englisch klang es seltsam, auf Roma jedoch war es sanft und leidenschaftlich.

»Ich schmecke deine Lippen, ich schmecke deine Augen, mein Liebling.«

Er warf sie aufs Bett, zog die Weste aus und lockerte den Gürtel.

»Bei *Del*, ich warte schon so lange auf dich. Heute Nacht sollst du vor Lust in meinen Armen sterben.«

»Ja!«, sagte sie und dachte an die Prophezeiung, die sie ihrer Schwiegermutter Patronella ins Gesicht geschleudert hatte. *Ich werde Gem finden und in seinen Armen liegen.*

Als er das Hemd auszog und Keziah die kaum verheilten Wunden auf seinem Rücken sah, stockte ihr der Atem. Doch die Tätowierung aus dem Gefängnis brach ihr das Herz – das K umgeben von einer Herzform direkt unter seinem eigenen Herzen. Gem würde dieses Zeichen seiner Liebe mit ins Grab nehmen. Hätte sie sie doch nur verdient.

Gem drückte sie aufs Bett, um sie wieder in Besitz zu nehmen. Seine leidenschaftliche Zunge erstickte ihre Fragen, seine Hände griffen nach ihren Brüsten.

Plötzlich schlug er die Augen auf und starrte sie an.

»Was war das?«, fragte er.

Keziah erstarrte vor Schreck, als er seine Pistole nahm, die Tür zum Schlafzimmer eintrat und auf das Bettchen zielte, in dem der kleine Gabriel im Nachthemd an den Gittern rüttelte.

Gem fuchtelte nervös mit der Pistole herum. »Was geht hier vor? Das ist doch nicht das Kind dieser Schwarzen? Es ist *deins*!«

Keziah lief zu Gabriel, um sich schützend vor ihn zu stellen.

»Hör zu, Gem! Ich habe ihn rechtmäßig adoptiert. Bei der Hand meines Vaters schwöre ich, dass ich in meinem ganzen Leben nur einen Mann geliebt habe. Dich!«

Gems Gesicht war blass vor Entsetzen. »Hältst du mich für blind? Er hat *deine Augen*!«

Keziah folgte ihm, als er in das andere Zimmer zurückging und seine Pistole auf das Bett warf. Sie sank vor ihm auf die Knie, klammerte sich an seine Hand, an seine Hose, an irgendetwas, das ihm gehörte, in dem verzweifelten Versuch, seinen erneuten Verlust hinauszuzögern.

»Liebster, du musst mir glauben. Dieses Kind war nicht mein Wunsch. Ich hasse den Mann, der es gezeugt hat. Ich habe immer nur dich gewollt. Ich bin über das Meer gesegelt, um bei dir zu sein, Gem!«

»O ja, mit deinem Bastard im Gepäck!«

Keziah rang die Hände. »Gabriel ist nicht daran schuld! Er hat nicht darum gebeten, geboren zu werden. Und ich wollte ihn nicht, aber jetzt ist er nun einmal da. Ein ungewolltes Geschenk. Ich kann nicht so tun, als wäre er mir gleichgültig.«

Gems Hand zitterte vor Wut. Keziah dachte, dass er sie nie geschlagen hatte, egal, wie eifersüchtig er gewesen war, doch dieses Mal war es anders. Dieses Mal *war* sie schuldig.

»Wie viele Männer gab es sonst noch?«, fragte er.

Ihre Stimme überschlug sich. »Keinen! Es war eine einzige Nacht! Gem, ich bitte dich, das Unverzeihliche zu verzeihen! Ich habe dich mein Leben lang geliebt. Bitte, bring dein Herz dazu, mich zu verstehen und mir meine Schuld zu vergeben.«

»Schuld, was? Gerade eben hast du noch deine Unschuld beteuert! Das Kind war nicht dein Wunsch, was? Wie viele Lügen muss ich mir noch anhören? Antworte! Wie viele andere *gaujo* haben *für meine Frau bezahlt*?«

»Glaub mir doch, Gem! Ich habe nie jemand anderen geliebt als dich!«

Er warf den Kopf zurück und lachte. Es klang so schmerzhaft und brutal, dass es Keziah vorkam, als hätte er sie geschlagen. Trotzdem klammerte sie sich an ihn und versuchte, ihn am Weggehen zu hindern.

»Was, zum Teufel, erwartest du von mir, Keziah?«

Ihre Stimme war heiser vor Leidenschaft. »Wenn du dein Herz dazu brächtest, mich wieder zu lieben, würde ich mein ganzes Leben deinem Wohl und deinem Glück widmen, Gem. Ich bitte dich, gib mir die Chance, dir meine Liebe zu beweisen!«

Er spuckte verächtlich aus dem Fenster. »Und wenn ich mich weigere?«

»*Mi-duvel!* Gib mir etwas Zeit, ich flehe dich an. Erinnerst du dich an den Tag im Gerichtssaal? Du sagtest, kein Gericht auf der Welt hätte die Macht, mich von dir zu trennen. Du hattest Recht! Ich bin bis ans Ende der Welt gekommen, um bei dir zu sein. Ich bin deine Frau – und das werde ich immer bleiben.«

»Was habe ich davon? Soll ich mich etwa bei einer *mahrime* anstecken?«

Keziah schloss die Augen und betete zu ihren Ahnen, damit sie ihr die Kraft schenkten, seinen Zorn zu besänftigen.

»Gem, ich würde mein Leben dafür geben, dich zu retten.«

»Zu spät. Du bist bereits tot, oder hast du es vergessen? Keziah liegt auf dem Friedhof von Bolthole unter der Erde, da wo sie hingehört.«

Keziah war getroffen. »Ich wünschte, ich wäre tatsächlich diejenige gewesen, die sterben musste. Doch das *baxt* wollte, dass ich lebe. Wenn du dein Herz dazu bringen kannst, mir zu vergeben, werde ich auf dich warten – ganz gleich, wie viele Jahre es dauert.

Aber ich muss dieses Kind und das Leben, das ich für es aufgebaut habe, schützen. Mehr als alles andere auf der Welt achte ich das Ehegelöbnis unserer Ahnen, egal, was das Gesetz der Weißen sagt. Ich könnte niemals einen anderen Mann heiraten. Es sei denn, du lässt dich nach Roma-Recht, nach unseren eigenen Gesetzen von mir scheiden.«

»Scheiden? Was ist das nun wieder für ein Unsinn?«, rief Gem und schob sie zur Seite. »Jetzt endlich kommt also die Wahrheit ans Tageslicht. Du hast bereits einen *gaujo*, den du heiraten willst?«

»Nein, Gem! Ich will nur dich. Bitte versuch, mir zu vergeben, doch wenn du es nicht kannst, dann entbinde mich von dem Versprechen, das ich dir als kleines Mädchen gab«, entgegnete sie verzweifelt. »Liebe mich. Hasse mich. Nur lass mich heute Nacht nicht allein, Gem.«

Plötzlich legte sich Gems Zorn. »Du bist ein schlaues Früchtchen. Ich habe die Trooper am Hals, riskiere Kopf und Kragen, um eine einzige Nacht mit dir zu verbringen, obwohl mir dieser Spitzel von Evans im Nacken sitzt, und was bekomme ich? Lug und Trug – und die Brut eines *gaujo*!«

Er zeigte auf das Kinderbett, in dem Gabriel fröhlich singend in die Hände klatschte und um Gems Aufmerksamkeit buhlte.

Gem schlug mit der Faust gegen die demolierte Haustür. Dann sah er Keziah mit jenem vertrauten Lächeln an, das unweigerlich ihr Herz schneller schlagen ließ.

»Als wir uns kennen lernten, warst du fünf. Dein Vater Gabriel kam in unser Lager, um mit seiner geliebten, blauäugigen Halbblut-Prinzessin anzugeben. Dein Lächeln war wie die Sonne, unschuldig und verführerisch zugleich.« Gem blickte auf seine Hand, als sähe er sie zum ersten Mal. »Du hast deine Hand in meine gelegt, und seit diesem Augenblick hältst du mein Herz in deiner Hand.«

Die Wucht dieser gemeinsamen Erinnerung ließ Keziah aufschreien. »Ich habe dich von diesem ersten Augenblick an geliebt, das weißt du, Gem!«

»Meine Mutter warf nur einen Blick auf dich und lief zu meinem Vater. Sie warnte ihn, sie sagte, ich solle lieber eine echte Roma heiraten. ›Huren gebären nur Huren!‹«

Keziah wäre am liebsten gestorben. Jetzt war die Schande ihrer Mutter auch ihre Schande.

»Hier ist mein Geschenk für dich, Keziah«, sagte Gem mit ruhiger Stimme und schmetterte ihr dann Patronellas schlimmsten Fluch entgegen – so mächtig, dass Keziah zwei Leben gebraucht hätte, um seiner Rache zu entkommen.

Als er davonritt, rief Keziah mit gebrochener Stimme seinen Namen und wusste doch, dass sie ihn nicht mehr halten konnte und ihr Leben ohne ihn keinen Sinn mehr hätte.

Ihr Schluchzen war so herzzerreißend, dass der kleine Gabriel erschrak und ebenfalls zu weinen begann. Mit erhitztem, vom Weinen geschwollenen Gesicht trug sie den Kleinen auf die Veranda, damit er sich in der kühlen Nachtluft beruhigte.

»Schon gut, schon gut, mein kleiner Rom. Wer würde glauben, dass du der Mann bist, der meine Ehe auf dem Gewissen hat?« Sie küsste die kleine Hand, die ihr Gesicht streichelte, um sie zu trösten. »Wirst wenigstens du Manns genug sein, um mir zu vergeben? Es ist wahr, dass ich dich vor der Geburt nicht wollte, aber damals kannte ich dich noch nicht! Und jetzt bedeutest du mir so viel wie eine ganze Welt, Gabriel.«

Sie setzte ihn auf ihren Schoß und klatschte seine Händchen aneinander. »Ich habe keine Ahnung, wie ich dieses Chaos wieder in Ordnung bringen kann, und müsste ich morgen sterben, würde ich auf meinem Totenbett die Wahrheit sagen. Ich liebe Gem von ganzem Herzen. Aber wenn er dich nicht akzeptieren kann, könnte ich dich nie, niemals im Stich lassen. *Du bist das Einzige in meinem Leben, das noch einen Sinn ergibt!*«

Vergebens versuchte sie, die ramponierte Tür zu schließen, als sie mit dem Kleinen auf dem Arm wieder hineinging.

Jake stand im Dunkeln vor Keziahs Hütte und fluchte leise, als er sah, wie der berühmte Buschräuber Gem Smith am Horizont verschwand. *Jesses! Was mache ich jetzt?*

Er war gekommen, um Keziah zu besuchen, hatte aber gezögert, nachdem er das im Gebüsch angebundene Pferd entdeckt hatte. Sollte er bleiben oder lieber wieder gehen? Er hatte das Ende von Gems wütender Tirade gerade noch mitbekommen, doch als er sah, wie Keziah auf der Veranda versuchte, den kleinen Gabriel zu trösten, hatte er sich den Rest zusammenreimen können. Jake war ehrlich genug, um sich seine Befangenheit in diesem Fall einzugestehen. Er war mit Keziah befreundet, aber hätte er an Gems Stelle seiner Frau vergeben, wenn sie ein Kind zur Welt gebracht hätte, während er im Gefängnis saß?

Und irgendwie hatte Jake das Gefühl, dass er tatsächlich in Gems Haut steckte. *Was würde ich machen, wenn Jenny wie Keziah um meine Liebe flehen würde?*

Darauf gab es keine Antwort. Es wurde spät, er musste eine Entscheidung treffen. Also ritt er zu den Schlafquartieren der Strafgefangenen auf der Ironbark Farm. Sholto öffnete die Tür. Der große, tätowierte Mann aus Glasgow sah aus, als hätte er ihm am liebsten den Hals umgedreht.

»Miss Plews hat ein Problem, Kumpel, ich brauche deine Hilfe«, sagte Jake und bot ihm seinen Tabakbeutel an. Sholto nahm ihn besänftigt an und führte ihn zum Geräteschuppen.

Nach seiner Rückkehr klopfte er wie zufällig an Keziahs Tür. »Wollte nur mal kurz reinschauen. Wie ich sehe, hat deine Tür den Geist aufgegeben.«

Ohne ein weiteres Wort machte er sich an die Arbeit und hatte die Tür nach kürzester Zeit wieder repariert. *Ich wünschte, mit ihrem Liebesleben wäre es genauso einfach.*

»Danke, Jake«, sagte Keziah und schniefte. »Ich mache dir etwas zu essen.«

Jake betrachtete sie, während sie den Tee einschenkte. Manche Frauen wie Jenny waren auf herzzerreißende Weise schön, wenn sie weinten. Ganz anders als Keziah. Sie hatte geschwollene Augen vom vielen Heulen. Er hatte Faustkämpfer gesehen, die noch nach der dreizehnten Runde einen besseren Eindruck machten.

Schließlich verschränkte er die Hände im Nacken und lehnte sich selbstsicher zurück. Er wollte sich nicht in die Karten blicken lassen und tat so, als hätte er Gems Wutausbruch nicht mitbekommen.

»Na los, raus damit. Was bedrückt dich?«

»Den Schlamassel, in den ich mich hineingeritten habe, kannst du nicht reparieren, Jake. Das schafft niemand.«

»Bist du sicher?«, entgegnete er. »Gib mir eine Chance.«

SECHSUNDZWANZIG

Auf dem Weg zu Feagans Krämerladen nahm Jake die Umgebung nur am Rande wahr. Der Sommer schien nicht enden zu wollen, und der Tag versprach jene schwüle Hitze, bei der man Hautausschlag bekam, wenn man nicht aufpasste und zu lange im Sattel saß.

Am frühen Morgen hatte er im doppelten Boden seines schäbigen Fuhrwerks den teuren neuen Sattel versteckt, den er für Terence Ogdens Lieblingsvollblüter Jupiter's Darling mitbringen sollte, zusammen mit der Jagdflinte und den Patronen, die der Gutsbesitzer bestellt hatte. Anschließend hatte er den Wagen nur noch mit Heuballen beladen müssen – zur Tarnung, falls er überfallen wurde.

Wie immer war er auf der Hut vor Buschräubern. Die Trooper führten einen vergeblichen Kampf, um Recht und Ordnung aufrechtzuerhalten. Das Heer von geflohenen Strafgefangenen, die zu den Waffen griffen, wurde von Woche zu Woche größer.

Trotz seiner Aufmerksamkeit musste er ständig an die schreckliche Szene zwischen Gem und Keziah denken, deren Zeuge er letzte Woche geworden war. Er wusste, dass ihr Herz nach wie vor Gem gehörte. Warum hatte sie ihm dann von diesem Heiratsantrag erzählt? Und wie, zum Teufel, hatte sie Daniel Browne bloß kennen gelernt? Jedes Mal, wenn Jake durch Gideon Park kam, unterhielt er sich mit dem Künstler. Zwar wirkte Daniel bei jedem Besuch noch verhärmter als vorher, schien sich aber stets zu freuen, wenn er Jake sah. Er erzählte von seinen Bildern und fragte ihn nach Neuigkeiten von der Außenwelt. Seltsam, dass Daniel weder Keziah noch eine Hochzeit erwähnt hatte.

Jake war todsicher, dass ihm Keziah nicht die ganze Wahrheit über diesen Antrag erzählt hatte. Aber konnte er sie verurteilen? Gems Abfuhr musste sie tief getroffen haben. Anständige Frauen waren gerissen, selbst die besten. *Diese Frau bringt sich andauernd in Schwierigkeiten. Sie versucht verzweifelt, Gem zu finden, um alles wieder in Ordnung zu bringen, aber das ist gar nicht so leicht bei den vielen Fahndungsplakaten, auf denen er tot oder lebendig gesucht wird.*

Manchmal waren Jake Keziahs Blicke nicht geheuer. Als wäre er einer von Königs Arthurs Rittern, der sich nur auf sein Pferd schwingen musste, um das Problem für sie zu lösen und zu einem glücklichen Ende zu bringen.

»Das passiert, wenn dir eine Frau das Leben rettet, Horatio. Diese Schuld zahlst du ein Leben lang ab.«

Der Gedanke an das morgige Datum deprimierte ihn. Es war ein trauriger Tag – Pearls sechster Geburtstag, und seine Suche hatte ihn keinen Schritt weitergebracht. Ob er sie überhaupt noch erkennen würde, wenn sie ihm auf der Straße über den Weg lief?

Feagan war wie üblich eifrig dabei, Neuigkeiten zu verbreiten, während er die Waren für seine Kunden verpackte.

»Wo soll das bloß hinführen? Jetzt haben wir zwei Buschräuber, die behaupten, der Einäugige zu sein. Der Schwadroneur ist erneut ausgebrochen. Und dieser Schurke von Paddy Corcoran hat zugegeben, die Frau eines Aufsehers vergewaltigt zu haben.«

Das war Jakes Stichwort. »Gibt es irgendwelche Neuigkeiten von Gypsys Bande?«

»Sergeant Kenwood hat mir erzählt, dass Gypsy diese Woche zwei weitere Höfe überfallen hat, keine zehn Meilen von hier entfernt.« Feagan schenkte Jake sein tabakfleckiges Lächeln. »Aber was kann man von denen schon erwarten? Die Zigeuner waren bereits Gauner, als der liebe Gott noch in den Windeln lag.«

Jake enthielt sich eines Kommentars. Feagan war begeistert über die große Bestellung, die Jake für Terence Ogden getätigt hatte.

»Die Großgrundbesitzer wissen, was Stil ist. Ich habe gehört, dass Ogden eine Fuchsjagd für den englischen Sportsmann veranstaltet, der gerade angekommen ist. Statt Füchse wollen sie Kängurus schießen. Brauchst du Munition?«

Feagan zwinkerte ihm verschwörerisch zu. Jake wusste, dass spätestens am Mittag jeder in Bolthole wüsste, was er darauf geantwortet hatte, und er hoffte, dass es auch den Buschräubern zu Ohren käme.

»Nein. Ich trage niemals Waffen oder Munition bei mir. Nur Whisky. Und dieses Mal ist auch noch Platz für eine Menge Heu.«

Anschließend kaufte er zwei Whiskyflaschen im Shanty with No Name und legte sie ganz hinten in den Karren, um von der Munition abzulenken, die er dort verstaut hatte, falls die Plane des Wagens zurückgeschoben würde. Wenn Feagans Informationen zutrafen, musste sich Gem irgendwo in der Nähe versteckt halten. Mithilfe der Buschtrommeln hatte er schon mehrmals zuvor Kontakt zu ihm aufnehmen können. Der Trick bestand darin, sich von einem anständigen Buschräuber überfallen zu lassen, der vertrauenswürdig war und seine Botschaft an Gem weiterleitete.

Er musste nicht lange warten. Es war ein stickiger Tag, und die unzähligen Mücken von dem nahegelegenen Sumpf machten ihn nicht angenehmer. Kaum hatte Jake die steinerne Bogenbrücke überquert, da hörte er die bekannte Aufforderung: »Überfall! Geld oder Leben!«

»Jesses Maria, schon wieder, Horatio!« Jake fuhr seinen Karren zur Seite und sah den jungen Buschräuber an. Taffy Owens war so offenkundig neu im Geschäft, dass seine Beine schlotterten wie bei einem Kind, das mal muss. Seine Waffen waren museumsreif.

»Was dagegen, wenn ich eine Zigarettenpause einlege?«, fragte Jake höflich. »Ein Scheißtag heute!«

»Dich würde ich nie ausrauben, Jake«, entschuldigte sich Taffy.

»Du bist ein Kumpel von Gypsy und dem Schwadroneur. Also genieß deine Zigarette und dann fahr weiter.«

Jake warf einen Blick auf die leere Straße. »Ja, sonst halten wir hier noch den Verkehr auf. Ich bin mit einer Fuhre Heu nach Ogden Park unterwegs. Ich schaue mal kurz weg, während du dich am Whisky hinten im Karren bedienst.«

»Danke, Kumpel. Ich bin so ausgetrocknet wie ein totes Schaf.«

Jakes Frage klang beiläufig. »Könntest du meinem Freund Gem Smith möglicherweise eine Botschaft übermitteln?«

Taffy nickte nur, ohne die Flasche abzusetzen.

»Gem behauptet, er sei zuhause ein Champion im Faustkampf gewesen. Sag ihm, ich wette zwanzig Pfund darauf, dass ich ihn schlagen kann. Aber zuerst müssen wir uns unterhalten. Ich werde mein Lager am Mutmutbilly-Sumpf aufschlagen.«

»Noch vor Sonnenuntergang wird er deine Botschaft erhalten«, versprach Taffy.

Als Jake seine Schlafdecke neben dem Lagerfeuer ausbreitete, überzog die untergehende Sonne den Himmel hinter den Bergen mit orangefarbener Glut. Der mit einer Kakadufeder geschmückte Hut lag auf seinem Gesicht, um die Mücken zu entmutigen. Er hatte gehört, dass die Verwendung des doppelten *mut* in der Sprache der Eingeborenen die doppelte Menge an Mücken bedeutete. *Himmel, Arsch und Zwirn! Untertrieben haben sie nicht!*

Als er einen einsamen Reiter kommen hörte, tat er so, als schliefe er, behielt die Hand jedoch in der Nähe der versteckten Pistole.

Die Stimme klang dunkel und seidenweich. »Du glaubst also, du könntest mich schlagen, Kamerad?«

Jake schlug ein Auge auf. »Davon gehe ich aus.«

Gem lachte und sprang vom Pferd. Jake sah aus dem Augenwinkel, wie sein goldener Ohrring funkelte. Die Münzen auf

Gems Weste, der silberne Pistolengriff und sein fein gearbeiteter Silbergürtel bestätigten die Gerüchte. Gypsy trug mehr Gold und Silber am Körper, als in der Bank von England lagerte.

Beiläufig packte Jake das frische Brot heraus, das er in Bolthole gekauft hatte. Gem musste das ewige Buschbrot und die von Ungeziefer verseuchten Kekse satthaben. Dann präsentierte er schwungvoll eine Flasche Rotwein mit einem eleganten Etikett.

»Ein neuer Wein aus Hunter Valley. Wie wäre es mit einem Schluck?« Jake achtete darauf, Gem den Becher mit der rechten Hand zu reichen. Er wusste, dass Gem Rotwein trank. Er hatte gesehen, wie Keziah einen Schluck Wein auf die Erde kippte, ehe sie trank, als Dank an die Götter.

Gem tat dasselbe, dann probierte er den Wein. »Ein guter Tropfen, nicht wie der in den Kneipen.«

»Ich habe ja auch nicht jeden Tag mit einem Faustkämpfer zu tun, der mir in etwa ebenbürtig ist.«

Gem lachte. »Ich kann dich in zwei Runden fertigmachen. Aber warum willst du unbedingt so jung ins Gras beißen?«

»Ich mache dir ein Angebot. Wenn du wirklich so gut bist, wie du behauptest, wirst du es nicht abschlagen können.«

»Und das wäre?«

»Ich weiß, welches Risiko ich eingehe, wenn ich dir das verrate. Du bist so etwas wie eine lebende Legende hier. Jeder kennt Gypsys hitziges Temperament.«

Gem richtete sich stolz auf und machte Jake ein Zeichen fortzufahren. Der reichte ihm das Brot.

»Versprichst du mir, dass du mich nicht gleich über den Haufen schießt, wenn ich es dir sage?«

Gems Lachen hallte durch die Nacht, während er Jake auf den Rücken klopfte. »Du bist ganz schön dreist, weißt du? Aber deine Art gefällt mir! Du hast mein Wort, ich krümme dir kein Haar.«

»Es geht um die Ehre einer Dame. Nein, nein, nicht *meine* Frau! Es geht um eine Freundin in Not.«

Gem forderte Jake mit einer Handbewegung auf, ihren Namen zu nennen. Jake zögerte.

»Sie muss sich vor dem Gesetz verstecken. Es ist jemand, den wir beide kennen. Keziah Stanley.«

Gem sprang unvermittelt auf und fing an zu fluchen, halb auf Roma, halb auf Englisch, gespickt mit ein paar Knastausdrücken, doch die Pistole zog er nicht.

Jake wartete, bis er sich beruhigt hatte, bevor er fragte: »Heißt das, dass du auf die zwanzig Pfund verzichten willst?«

»Warum, zum Teufel, willst du um sie kämpfen? Sie ist eine Hure und die Tochter einer Hure!«

»Warum regst du dich dann so auf?«

»Weil sie *meine* Hure ist!«

»Daraus entnehme ich, dass sie dir nicht völlig egal ist«, erklärte Jake. »Dann geh und sag es ihr. Die Frau ist verrückt nach dir.«

Gems Augen blitzten vor Wut auf. »Du bist ja nur selbst auf sie scharf!«

»Unsinn, ich habe genug Frauen, die mich auf Trab halten, vielen Dank! Deine Frau ist nichts weiter als ein Kumpel, aber sie hat mir einmal das Leben gerettet, und ich kann es nun mal nicht leiden, einer Frau etwas schuldig zu bleiben.«

Gems Stimme klang schwer vor Hass. »Nicht mal im Sarg würde ich mich von dieser Frau berühren lassen!«

»Na schön«, antwortete Jake und konnte nur mit Mühe seinen Ärger darüber verbergen, dass Gem Keziah als Hure bezeichnet hatte. Er reichte ihm die Flasche und schwieg, bis Gem auf sein Angebot zurückkam.

»Du bietest mir also dreißig Pfund dafür, dass ich dir das Hirn aus dem Schädel schlage.«

»Moment mal! Die Rede war von zwanzig.«

»Fünfundzwanzig!«, sagte Gem hastig.

»Du hältst mich wohl für einen Goldesel, wie? Zwanzig ist alles, was ich besitze.« Jake zog seinen linken Stiefel aus und schüttete den Inhalt des Geldbeutels auf die Decke.

Gem staunte. »Also doch kein Bluff. Und was soll dein Gewinn sein, falls deine kühnsten Träume wahr werden und du mich schlägst?«

»Wenn du gewinnst, bekommst du den Geldbeutel. Verlierst du, bekommst du die Hälfte des Geldbeutels, aber du musst mir etwas versprechen.«

»Wo ist der Haken?«

»Es gibt keinen. Wenn ich gewinne, nimmst du Keziah zur Frau zurück, so wie sie es sich wünscht, oder du lässt sie gehen, und zwar für immer.« Jake wählte seine Worte mit Bedacht. »Für den Fall, dass ihr beide rückwärts über den Besenstiel springt, möchte ich Zeuge sein.«

»Was bist du eigentlich?«, fragte Gem überrascht. »Ein *didikai*?«

»Jesses, was, zum Teufel, ist das nun wieder?«, erwiderte Jake.

»Jemand, der einen Roma-Großvater hat. Hast du einen?«

»Nicht dass ich wüsste, Kumpel.«

Gem streckte ihm die Hand entgegen. »Wenn du deine fünfundzwanzig Pfund unbedingt loswerden willst.«

»Zwanzig!«

»Na gut, zwanzig, dafür, dass ich dir eine Lektion im Faustkampf erteile. Abgemacht.«

Als Gem mit beiden Händen seine Rechte drückte, grinste Jake. Sein Gegner hatte nicht bemerkt, dass er Linkshänder war – diese kleine Überraschung würde er erst im Ring entdecken.

»Du wählst Zeit und Ort«, sagte Jake.

Gem schwang sich auf sein Pferd. »Am Tag der Wettrennen zur Krönungsfeier. Genieß deine Frauen, so lang du noch kannst, Kamerad. Nach der zweiten Runde werden sie dich nicht mehr wiedererkennen!« Dann fügte er schroff hinzu: »Aber Hände weg von meiner Hure!«

»Keine Sorge, sie ist nicht mein Typ. Ich stehe auf Rothaarige, und obendrein müssen sie klein sein, damit ich sie in meine Jackentasche stecken kann.«

Nachdem das Hufgetrampel nicht mehr zu hören war, legte sich Jake wieder hin, schob sich den Hut über das Gesicht und seufzte erleichtert. Geschafft!

In der Market Street von Goulburn bahnte sich Jake einen Weg durch die Menschenmenge, um in der Post seine Briefe abzuholen.

Vor ihm in der Schlange unterhielten sich zwei englische Kerle über die bevorstehenden Wettrennen zur Krönungsfeier. Sie beklagten sich darüber, dass seit der eigentlichen Krönung schon viele Monate vergangen waren; es sei »ein Fluch, in der Kolonie zu leben, abgeschnitten von allen Ereignissen zuhause«.

»Mir ist zu Ohren gekommen, dass Ogden den Gouverneur zu Gast haben wird«, sagte der eine. »Bestimmt legt er es darauf an, einen guten Eindruck zu machen.«

»Und ob! Für das Pferderennen hat er eine Trophäe aus Silber spendiert. Er geht wohl davon aus, dass sein eigenes Pferd, Jupiter's Darling, das Rennen macht. Sein Rivale Thomas Icely wird keinen seiner Vollblüter ins Rennen schicken, und die anderen Gäule stellen kaum eine echte Konkurrenz für ihn dar, oder?«

Jetzt dämmerte Jake, warum Ogden den teuren Sattel bestellt hatte. Jupiter's Darling war sein ganzer Stolz, das Pferd stammte von Sky Prince ab, dem ersten Vollblüter, den er aus England importiert hatte.

Jake nahm einen Brief in Empfang, der in einer ihm unbekannten Handschrift geschrieben war. Dann schlenderte er hinüber zum Traveller's Home Inn und entzifferte ihn mühsam:

Dies schreibt ein Freund für mich. Hier folgt eine Geschichte, die Dir gefallen wird. Kurz nach meiner Ankunft in der Kolonie habe ich mir mal ein Pferd namens Sky Prince aus Ogdens Stallungen ausgeliehen und bin damit getürmt. Ich habe es zurückgebracht, aber der Schaden war bereits angerichtet. Und hier der Witz: Für das Rennen am Krönungstag habe ich einen Hengst angemeldet, den dieser Sky Prince mit einer wilden Brumby-Stute gezeugt hat. Sarishan wird alle anderen Gäule schlagen. Ich verlasse mich darauf, dass Du einen Jockey für ihn findest und den Silberpokal für mich in Empfang nimmst. Ich werde da sein, um zu sehen, wie Ogden tobt.

Dein Kamerad

Jake prustete vor Lachen. Was für ein herrlicher Streich, wenn das Pferd eines Buschräubers die Vollblüter der Reichen und Adeligen ausstach!

Er erhob sein Albion Ale auf Gem. »Den Empfang dieses Pokals würde ich um nichts in der Welt verpassen, selbst wenn ich zu spät zu meiner eigenen Beerdigung käme.«

Doch dann stockte seine Hand mit dem Bierglas mitten in der Bewegung. *Was bist du für ein gerissener Mistkerl, Gem. Jetzt muss ich dein Pferd für das Rennen trainieren und mich gleichzeitig auf unseren Faustkampf vorbereiten! Und du hast auch noch dafür gesorgt, dass beides am selben Tag stattfindet!*

Als Jake aus der Schenke trat, erstarrte er. Ein herrlicher schwarzer Hengst war an seinem Fuhrwerk festgebunden und scharrte mit den Hufen. Offenbar hatte Gem Smith seine Visitenkarte hinterlassen.

SIEBENUNDZWANZIG

Der Tag der Entscheidung dämmerte heiß und schwül. Jake, der die Nacht in Mac Mackies Hütte in Tagalong verbracht hatte, wachte vom lauten Gelächter der Kookaburras auf. Es war, als spotteten die Vögel über seine Chancen, Gem zu schlagen.

Nackt, wie er war, setzte er sich in der kühlen Morgenbrise auf eine Bank neben der offenen Tür. Er war nervös. Was war bloß mit ihm los? Er wollte diesen Kampf doch nur für seine Freundin gewinnen. Wollte Keziah das geben, was sie sich wünschte – Gem.

Mac umsorgte ihn wie eine Henne, die versucht, ihre Küken zu beruhigen, indem er ein gewaltiges Frühstück zubereitete.

»Was hast du denn? Ich habe dich noch nie so nervös vor einem Kampf gesehen.«

»Lass mich in Ruhe, Mac.« Jake machte sich über sein halb rohes Steak her. »Ist noch Tee da?«

Mac schenkte zwei Becher voll und kippte einen Schuss Whisky hinein, dann versuchte er es erneut. »Sarishan macht einen prächtigen Eindruck, mein Junge. Du hast ein wahres Wunder an ihm vollbracht.«

»Ja, ich glaube auch, dass er verdammt gute Chancen hat.« Jake verlagerte seine Sorgen auf das Rennpferd. »Dick Gideon macht mir keine Sorgen. Den Jungen auf Sarishan reiten zu sehen, ist eine Augenweide. Aber Nerida hat bei ihren Ahnen geschworen, dass er erst zwölf ist, und das ist das Problem. Viele der älteren Jockeys sind nicht gerade für ihr Fairplay bekannt.«

Mac warf ihm ein weiteres Beefsteak auf den Teller und kratzte sich den Bart. »Hast du das Gefühl, dass wir das Glück zu sehr herausfordern? Zuerst ein öffentlicher Faustkampf mit einem gesuchten Buschräuber, und anschließend führen wir dessen Pferd in das größte Pferderennen, das dieses Land je gesehen hat! Wenn wir nicht höllisch aufpassen, buchten uns die Trooper unter dem Buschräubergesetz ein.«

»Jetzt mach dir mal keine Sorgen! Gem hat sich einen Decknamen ausgedacht. Jim Romani.«

»Klar doch. Und hat er sich auch ein neues Gesicht zugelegt?«

Jake versuchte, Zuversicht auszustrahlen. »Nach der ersten Runde wird er derart zugerichtet sein, dass ihn nicht einmal seine eigenen Leute wiedererkennen werden.«

»Du bist der beste Rechtsausleger im ganzen Land, wenn du einen guten Tag erwischst, aber warum kämpfst du gegen Gem, bloß um einem Frauenzimmer zu helfen? Und wenn du gewinnst, steht dir nur die Hälfte deines Einsatzes zu. Du kriegst nicht mal die Frau. Oder?«

»Wie oft soll ich es dir noch sagen?«, fuhr Jake ihn an. »Ich werde den Rest meines Lebens keine Frau mehr anrühren, für die ich nicht bezahlt habe. Gott ist mein Zeuge!«

Mac war wie ein Hund, dem man einen Knochen hinwirft. »Ich habe von Frauen wenig Ahnung, Kumpel. Du kennst mich. Bin nie länger mit einer zusammen gewesen als die zehn Minuten, für die ich im Red Brumby zahle. Aber ich habe es im Gefühl, dass hier irgendwas im Busch ist. Ich nehme an, dass Gem und du eine Art Duell ausfechtet. Wie preußische Offiziere, bloß Fäuste statt Degen. Und was sagt Gems Frau zu all dem?«

»Sie weiß nichts davon, Kumpel. Und es wäre auch besser, wenn sie es nicht erfährt, sonst ist mein Leben keinen Pfifferling mehr wert. Sie hasst Faustkämpfe. Ihr Vater kam bei einer Schlägerei im Gefängnis um!«, fügte Jake hastig hinzu. »Was muss man hier eigentlich anstellen, um noch einen Becher Tee zu bekommen?«

Vor dem Shamrock and Thistle Inn hatte sich eine große Menschenmenge versammelt. Die Buschtrommeln hatten ganze Arbeit geleistet. Jake sah bekannte Gesichter von Leuten, die vierzig Meilen entfernt wohnten und von der Aussicht auf einen Faustkampf angelockt worden waren. Überall standen Karren und Wagen. Der auffälligste von allen war Sunny Ah Weis Laden auf Rädern. Sunny trug sein traditionelles chinesisches Gewand, und wie immer baumelte sein dünner Zopf auf dem Rücken. Als er Jake sah, unterbrach er sein Verkaufsgespräch und zeigte ihm den nach oben gerichteten Daumen als Zeichen seiner Solidarität.

Jake beobachtete, wie Mac dem Schiedsrichter das Preisgeld übergab. »Zähl nach, Kumpel. Es ist alles vollständig da.«

»Ihr wärt ganz schön dumm, wenn es anders wäre«, entgegnete der Schiedsrichter. »Die Buschräuber würden euch mit ihren Kugeln durchlöchern!«

Jim Romanis Identität war offensichtlich kein Geheimnis.

Jake wärmte sich auf. Er zog sich bis auf die Reithose aus, die er in die kniehohen Stiefel gesteckt hatte, schnallte sich seinen Glücksgürtel aus Messing aus dem Kampf gegen Ned Chalker um, den er *um ein Haar* gewonnen hatte, und band sich das Haar im Nacken zu einem Zopf zusammen.

Im gleichen Augenblick erkannte er Jim Romani.

»Was für eine verdammte Verkleidung!«, flüsterte er Mac zu.

Unter dem großen Jubel seiner Anhänger stieg Gem die Stufen des Shamrock and Thistle Inn hinab. Um die Schultern trug er einen violetten chinesischen Umhang aus Samt, und unter seinem lockigen Haar funkelte ein goldener Ohrring. Die schwarze Seidenhose war mit einem kunstvollen silbernen Gürtel geschmückt, der ihn als selbst ernannten Champion auswies.

Gem wurde der Menschenmenge als Jim Romani präsentiert. Er warf Jake ein selbstbewusstes Lächeln zu. »Möge der Bessere gewinnen, Kamerad, also ich. Und der Zweitbeste wieder zur Besinnung kommen!«

Die Menge grölte Zustimmung. Fast die Hälfte waren Iren – zumindest der Lautstärke nach zu urteilen.

Als Jake das K im Zentrum von Gems Tätowierung sah, wurde ihm ein wenig mulmig.

Ernie, der Schiedsrichter, erläuterte ihnen die altmodischen Broughton-Kampfregeln, und dann ging es los.

Jake rechnete sich gute Chancen aus, Gypsy in der ersten Runde schlagen zu können. Er hatte eine gefährliche Linke, wenn er sie anbringen konnte. Mit Genugtuung registrierte er, dass Gems Augen flackerten, als der feststellte, dass er es mit einem Linkshänder zu tun hatte.

In der dritten Runde war Jake immer noch zuversichtlich, dass er Gem schlagen würde, aber es musste bald sein. Gem war wegen seiner Größe und Reichweite leicht im Vorteil, und er hatte einen wuchtigen rechten Haken. *Jesses, ich muss mehr in Deckung gehen, oder er schlägt mich k.o.*

Am Ende der vierten Runde riet Mac: »Na los, mach Schluss mit ihm, Kumpel. Er wird allmählich müde.«

Jake spuckte Blut. »Wirklich? Ist mir gar nicht aufgefallen.«

In der achten Runde wurde ihm bewusst, dass beides möglich war: Sieg und Niederlage. Er hatte die Ausdauer auf seiner Seite und die Taktik eines Buschkämpfers gegen sich. Als er Gem mit einer Reihe von aggressiven Schlägen in die Defensive drängte, johlte die Menschenmenge. Sie liebte die alte, brutale Kampfweise.

In der zehnten Runde bekam Gem ihn zu fassen.

»Du bist ein Lügner, Kamerad«, fauchte er ihm ins Ohr. »Du hast es doch auf meine Hure abgesehen.«

Er versuchte, ihn in den Schwitzkasten zu nehmen, doch das war ein Fehler. Jake konnte sich befreien und schlug ihm die Faust in die Magengrube. »Was für ein Blödsinn, Kumpel!«

Gem verpasste ihm einen solch gewaltigen Schlag mit der Rechten, dass sein Kopf nach hinten in den Nacken flog.

Irgendwann in der elften Runde tänzelte Gem außer Reichweite und zeigte auf seine Tätowierung. »Schaffst es wohl nicht, Keziah zu treffen, was?«, spottete er.

Erstaunt, dass Gem die Wahrheit erkannt hatte, versuchte Jake zu bluffen. »*Du* trägst sie auf der Haut, nicht ich. Nie würde ich zulassen, dass eine Frau mich derartig brandmarkt!« Dann untermauerte er seine Worte mit einem Hagel von Schlägen.

Am Ende der dreizehnten Runde hoffte Jake, dass er immer noch eine Chance von fünfzig zu fünfzig hätte. Auf seine schmutzigen Tricks reagierte Gem mit noch schmutzigeren. *Ich muss den richtigen Augenblick finden. Meine tödliche Linke landen. Nur habe ich alle Hände voll damit zu tun, seiner Rechten auszuweichen.*

Am Ende der vierzehnten Runde meinte Mac hoffnungsvoll: »Er baut jetzt schnell ab!«

»Von wegen! Der ist frischer als ein verdammtes Gänseblümchen«, entgegnete Jake.

»Nimm dich vor seiner Rechten in Acht, die könnte dir glatt den Kiefer brechen.«

»Was du nicht sagst!« Jake sprang zurück in den Ring und nahm all seinen Mut zusammen. Er dachte an Keziah und versuchte, seinen Gegner in die Irre zu führen.

»Wie? Du bist immer noch da, Kumpel?«, rief er Gem zu.

»Ich würde mir doch deine letzte Runde nicht entgehen lassen!« Gem verpasste ihm eine Reihe von schweren Schlägen, Jake taumelte dumpf von einer Seite auf die andere und beendete die Runde auf einem Knie.

War es wirklich erst die fünfzehnte Runde? Jake wusste, dass er nur noch instinktiv kämpfte. Er mochte Gem, aber es konnte nur einen Sieger geben. Trotz seiner Benommenheit bemühte er sich, alles dafür zu tun, dass es Keziah wäre.

In diesem Moment erkannte er einen Feind in der Menschenmenge. Trooper Doolan. Der Kerl musterte Gem mit zusammengekniffenen Augen, als versuchte er, ihn einzuordnen. Gem nützte die Ablenkung, um ihm einen Schlag ins Auge zu verpassen. Jakes Blick färbte sich rot vor Blut. *Er kannte die Anzeichen. Wir sind beide angeschlagen, ich muss Zeit schinden.*

Jake packte Gem mit beiden Armen und riss ihn zu Boden. Sie

stürzten derart wuchtig auf, dass die Menschenmenge stolpernd zur Seite wich, um ihnen Platz zu machen. Mitten im Getümmel flüsterte Jake Gem etwas ins Ohr.

»Vorsicht! Trooper Doolan hat dich im Visier!«

»Für den Trick bin ich zu alt«, erwiderte Gem.

»Bei Gott! Es ist kein Trick. Ich ziehe die Aufmerksamkeit der Leute auf mich, und du siehst ihn dir an. Er hat dich erkannt!«

Jake löste sich aus seinem Griff und tänzelte wie ein Gockel um ihn herum. Die Menge genoss die kleine Theatereinlage. Gem bestätigte mit einem Blick seine Warnung.

Als Gems rechter Haken ihn am Kinn traf, war Jake bewusst, dass es um ihn geschehen war, trotzdem stand er immer wieder auf, um sich mehr zu holen. Bis Gem ihn nicht weiter herausforderte, sondern erneut in den Schwitzkasten nahm, um von seinen Worten abzulenken. Dieses Mal lag keine Spur von Sarkasmus darin.

»Du bist ganz schön zäh, Kumpel, aber jetzt gib lieber auf. Mach schon! Ich will dich nicht zu Brei schlagen müssen!«

Jake meinte, den Helden spielen zu müssen. »Willst wohl das Handtuch werfen, was, du Memme?«

Gem zog ihn noch näher an sich. »Du bist der beste Gegner, den ich je hatte, aber heute ist nicht dein Tag. Und du weißt es! Gib endlich auf. Ich verspreche dir eine Revanche.«

Vor Erschöpfung benommen spuckte Jake einen Schwall von Blut in die andere Richtung.

»Nein! Ich muss anständig und fair gewinnen.«

Gem hielt sich mit seinen Fäusten zurück. »Es ist keine Schande, sich geschlagen zu geben, Kamerad.«

»Das würde nichts lösen.«

»Du willst doch nicht wirklich ins Gras beißen, oder? Gib auf. Ich verspreche dir, dass ich mich mit der Hure treffe.«

Jake schwankte, aber er konnte diesen geschenkten Gaul unmöglich annehmen.

»Das wäre Mogelei. Wir hatten gesagt, bis der Erste sich nicht mehr auf den Beinen halten kann. Und ich stehe noch!« Jake schwankte, Blut tropfte ihm aus dem Mund. Die Zeit lief ab.

Sie sahen, wie Trooper Doolan nervös mit der rechten Hand zuckte. Plötzlich begann Gem, Jake wüst zu beschimpfen.

Als sein Gegner einen Augenblick nicht aufpasste, ergriff Jake seine Chance beim Schopf. Er landete seine tödliche Linke, und Gem kippte in fast bühnenreifem Fall, wobei er hilflos mit den Händen fuchtelte, rückwärts auf einen Heuballen. K.o.

Ernie zählte bis dreißig und riss dann Jakes Arm mit dem Siegeszeichen in die Luft.

Jake war selbst überrascht. »Jesses! Ich habe tatsächlich gewonnen, was?«

Er nahm einen kräftigen Schluck aus Macs Whiskyflasche und sah, wie Trooper Doolan auf Gem zutrat. »Er hat ihn erkannt!«, warnte er Mac.

Sie nickten sich zu, woraufhin Jake Mac am Kragen packte und ihm ins Gesicht schrie: »Du Mistkerl! Du wagst es, den heiligen Patrick eine Wildsau zu nennen?« Jake ging in Kampfstellung. »Nur über meine Leiche!«

Als sein fingierter Schlag Mac traf, verlangte der, in seiner Rolle geschult, nach Rache. Zum Entzücken des Publikums brachen die beiden einen solchen Streit vom Zaun, dass sich alle um sie versammelten und Doolan den Weg versperrten.

Die irische Hälfte der Zuschauer rief: »Los, Jungs, verteidigen wir die Ehre des heiligen Patrick!« Im nächsten Moment brach eine wilde Keilerei los, und Jake sah, dass Trooper Doolan mittendrin gefangen war. Die Iren wussten natürlich, dass Doolan vor Kurzem einen jungen irischen Ausreißer erschossen hatte. Wer Doolan letztlich als Ersten traf, war nicht zu erkennen, nur, dass er unter einem Schwall von Schlägen zu Boden ging.

Jake blickte sich um, doch Gem Smith war nirgendwo zu sehen. Dann hievte Mac ihn auf seinen Karren und ließ die Peitsche in der Luft knallen.

»Da ist er!«, sagte Jake grinsend, als er einen Reiter mit flatterndem violettem Umhang in der Ferne sah.

»Umso besser für ihn!«, erklärte Mac. »Und jetzt reiß dich zusammen! Vielleicht schaffen wir es noch rechtzeitig zum Pferderennen.«

»Was für ein Kampf«, triumphierte Jake. »Wie viel hast du an mir gewonnen?«

»Sag ich dir später«, murmelte Mac.

Jake vermutete, dass sein Kumpel auf Gem gesetzt hatte. Aber was machte das schon? Für Jake war dieser Sieg mehr wert als Gold. Kez würde bekommen, was sie wollte, so oder so.

Als sie die neue Rennbahn von Ironbark erreichten, bemerkte Jake, dass die Menschenmenge bereits in feuchtfröhlicher Stimmung war.

Die Ehrentribüne war mit gestreiften Bannern und Fahnen geschmückt, und die lokalen Größen schwärmten um die Gruppe des Gouverneurs wie Bienen um einen königlichen Honigtopf. Der Champagner floss in Strömen, während Ogdens Kellner mit Silbertabletts voller Austern, Hühnchen, Schinken, exotischen Früchten und Gebäck durch die Reihen der Adligen liefen.

Am unteren Ende der sozialen Leiter standen Strafgefangene und Freigelassene Schlange vor dem Zelt, das etwas abseits für sie aufgebaut worden war. Joseph Bloom hatte einige Bierfässer spendiert, und mit jedem neuen Glas stießen die Männer auf Ihre Majestät an.

»Man muss den Strafgefangenen nur etwas zu trinken geben, und schon sind sie blaublütige Royalisten«, sagte Jake ironisch.

Mühsam las er das Programm. »Jesses, Kumpel! Sieh dir das an. Damit verrate ich mich doch selbst. Hier steht es schwarz auf weiß. Name des Pferdes: Sarishan. Trainer: Mr. Jakob Andersen. Besitzer: Mr. G. G. Smith!«

Er trank sein Ale in einem Zug. »Wenn Sarishan gewinnt und ich in Gypsys Namen die Trophäe entgegennehme, können die

Trooper mich einbuchten, weil ich Umgang mit Buschräubern hatte!«

Mac sah zuversichtlich aus. »Vielleicht taucht Gem gar nicht auf.«

»Das glaubst du doch selbst nicht!« Jakes Blick schweifte über die Menschenmenge. »Wenn er sich halbwegs von dem Kampf erholt hat, wird er irgendwo hier sein. Halt die Augen offen. Ich muss mit Dick Gideon sprechen.«

Die ersten Pferde wurden bereits in einer Reihe zum Start vor die Schranke geführt. Die bunten Farben der Jockeys schimmerten in der Sonne.

Von seinem Sieg beflügelt und nur teilweise vom Alkohol und der Erschöpfung gedämpft, ging Jake hinüber zu Sarishan, der nervös mit den Hufen scharrte. Er strich dem Hengst über die Mähne. Voller Stolz sah er, dass es sich gelohnt hatte, ihn so lange zu striegeln: Das Fell glänzte wie schwarzes Satin.

Dick Gideon trug den rot-gold-schwarzen Seidendress, den seine Mutter ihm genäht hatte. Trotz seines Lampenfiebers schenkte er Jake ein strahlendes Lächeln.

»Also gut, Dick. Ich will dir keinen Rat in letzter Minute geben. Sarishan ist wie dein Blutsbruder. Du wirst schon spüren, wann du ihm nachgeben musst.«

Dick warf sich stolz in die Brust. Er nickte und führte Sarishan bis an die Schranke.

Jake war nicht überrascht, als er sah, dass Ogdens Pferd, Jupiter's Darling, die beste Startposition bekommen hatte. Sein Jockey trug Ogdens Farben aus Cornwall, schwarz mit einem weißen Kreuz. Er hatte sichtlich Mühe, den temperamentvollen Fuchs im Zaum zu halten, aber Jake wusste, dass die Organisatoren das Rennen ohne ihn nie starten würden. Als Gastgeber von Gouverneur Gipps und seiner Leute durfte Terence Ogden keinesfalls das Gesicht verlieren.

Ein Amtsträger mit Zylinder rief Anweisungen ins Megaphon. Doch niemand hörte zu. Die Pferde stellten sich mehr schlecht als recht in einer Reihe auf. Ein weiterer Amtsträger hob die Fahne über den Kopf und ließ sie dann herab. Das Feld preschte los. Chaos brach aus. Ein Wallach bäumte sich auf und lief dann in die entgegengesetzte Richtung. Ein anderes Tier warf seinen Jockey ab, der entrüstet die Bahn verließ.

Jupiter's Darling übernahm im weit auseinandergezogenen Feld die Führung. Sarishan lag im Mittelfeld, als sie die Rennbahn zum zweiten Mal umrundeten. Bei der dritten Runde war das Hauptfeld bereits stark geschrumpft. Vier Pferde liefen Kopf an Kopf: Jupiter's Darling, Erin's Pride, Queen Bess und Sarishan ganz außen!

»Heiliger Strohsack!«, rief Jake. »Jetzt kommt Sarishan in Fahrt. Er fliegt ja förmlich!«

Auf der Zielgrade waren nur noch zwei Pferde im Rennen, Jupiter's Darling und einige Längen dahinter Sarishan. Das Publikum tobte. Ogdens Jockey ritt ganz innen. Jetzt warf er einen Blick über die Schulter, und als er sah, wie sein Verfolger auf der Außenlinie immer näher kam, gab er seinem Tier die Peitsche.

»Jetzt lass ihn laufen, Dick!«, murmelte Jake. »Na los!«

In diesem Augenblick ließ Dick die Zügel schießen, und im Nu hatte Sarishan mit Jupiter's Darling gleichgezogen.

Vor den Augen aller Zuschauer hob Ogdens Jockey die Peitsche und schlug Dick Gideon ins Gesicht. Jake schrie wütend auf, als er sah, wie der Junge vor Schmerz das Gesicht verzerrte, registrierte jedoch mit Stolz, dass er keine Sekunde die Kontrolle über sein Pferd verlor.

Sarishan ließ sich den Sieg nicht mehr nehmen und kam eine halbe Länge vor seinem Kontrahenten ins Ziel.

Jake und Mac jubelten ebenso wie ein großer Teil der Menschenmenge. Die meisten Strafgefangenen ahnten mittlerweile, wem das Pferd gehörte, und hatten es lauthals angefeuert, doch Jake hatte irgendwie ein mulmiges Gefühl. Als sich die Preisrichter versammelten, ging ein Raunen durch die Menge.

»Verdammt, was geht da vor, Mac?«

Dann erklärte einer der Richter mit nur mühsam kontrolliertem Ärger durch das Megaphon: »Sarishan wurde disqualifiziert. Jupiter's Darling ist der Sieger!«

Eine aufgebrachte Menschenmenge versammelte sich um die Preisrichter.

Einer von ihnen versuchte, sie zu beruhigen. »Sarishan wurde disqualifiziert, weil der Jockey minderjährig ist.«

»Auf dem Antragsformular stand keine Altersbeschränkung für die Jockeys!«, schrie Jake ihm zu.

Dann brach die Hölle los. Lauthals forderte die Menge die Köpfe der Richter. Ein Zylinder segelte wie ein Bumerang im hohen Bogen über die Köpfe der Zuschauer hinweg.

Terence Ogden griff nach dem Megaphon und rief mit seinem kornischen Akzent: »Bei aller Fairness, ich kann die Trophäe nicht annehmen. Sarishan hat mein Pferd klar geschlagen.«

Jake und Mac hauten sich gegenseitig auf den Rücken, während Dick Gideon mit verbundener Wange unter dem lauten Beifall der Zuschauer eine Ehrenrunde auf Sarishan drehte.

Dann forderte die affektierte Stimme Mr. Jakob Andersen durch das Megaphon auf, nach vorn zu kommen.

»Mist! Was habe ich jetzt wieder verbrochen?« Mit dem Glas in der Hand ging Jake hinüber zum Tisch der Preisrichter, wo ein Gentleman beim Anblick seines blauen Auges und der aufgeplatzten Lippe zurückschreckte.

»Scheinbar hat der Besitzer des Pferdes, Mr. G. G. Smith, Sie ernannt, die Siegestrophäe entgegenzunehmen. Aber in diesem Zustand können Sie unmöglich vor Ihre Exzellenzen treten. Haben Sie denn nicht einmal ein Jackett?«

»Doch, hat er!« Mac zog sein Jackett aus und legte es Jake um.

»So!«, sagte Jake. »Ich habe noch nie eine Dame warten lassen, und gegen den Gouverneur habe ich auch nichts. Aber den Pokal nehme ich nur entgegen, wenn mein Jockey dabei ist, schließlich ist es sein Verdienst.«

Sarishans Trainer und der Jockey waren mitgenommen, aber

glücklich, als ihnen die Trophäe überreicht wurde. Lady Elizabeth Gipps, eine ruhige, elegante Gestalt, die neben ihrem Mann in seiner beeindruckenden Uniform stand, gratulierte Jake, dann senkte sie den Kopf und lächelte dem kleinen Jockey zu.

»Du bist fabelhaft geritten, Dick Gideon. Und du hast unter den schwierigsten Umständen die Nerven behalten. Meinen Glückwunsch.«

Mit einer lang behandschuhten Hand berührte sie den Verband auf der Wange des Jungen, um der Menschenmenge zu signalisieren, dass die feige Attacke dem Repräsentanten Ihrer Majestät nicht entgangen war.

Jupiter's Darling bekam den zweiten Platz zugesprochen. Jake beobachtete nicht ohne Schadenfreude, wie Ogden seinem Jockey eine solche Standpauke hielt, dass der vor Scham beinahe in der Erde versank.

Mit dem Silberpokal im Arm suchte Jake die Gegend nach Gem ab. Die Gestalt am Rand der Menschenmenge war nicht zu übersehen. Sie saß auf Sarishan, trug eine karminrote Militäruniform mit gelben Streifen und goldenen Epauletten und einen zivilen Hut mit breiter Krempe, unter dem sich die Zigeuneraugen und der goldene Ohrring verbargen. Als sie Jake sah, hob sie siegesbewusst die Faust. Jake winkte verstohlen zurück, um keine Aufmerksamkeit zu erregen.

Doch Diskretion war hier vertane Mühe, denn Gem machte keinen Hehl aus seinem Sieg. Schließlich nahm er den Hut ab, bedankte sich mit einer tiefen Verbeugung bei den Zuschauern und ritt davon. Seine Militäruniform war nur ein heller roter Farbfleck am Horizont, als Sarishan mit einer Geschwindigkeit davongaloppierte, die einen neuen Rekord in der Kolonie aufgestellt hätte.

Jake sah ihnen voller Bewunderung nach, bis sie am Horizont verschwunden waren. »Das nenne ich ein Rassepferd!«

ACHTUNDZWANZIG

Als Keziah durch das Fenster auf den hellen Mond am wolkenlosen Himmel blickte, hatte sie das Gefühl zu ertrinken. Fünf volle Monde waren gekommen und gegangen, seit Daniel Browne ihr das Ultimatum gestellt hatte.

Joseph Bloom hatte die offiziellen Kanäle benutzt, um eine Empfehlung des abwesenden Julian Jonstone und die Zustimmung des Gouverneurs zu ihrer Eheschließung zu erhalten. Daniel würde der Obhut seiner Frau unterstellt werden und somit seine Freiheit wiedererlangen.

Keziah hatte ein schlechtes Gewissen, weil Joseph sich unermüdlich für sie eingesetzt und obendrein auf ein Honorar verzichtet hatte. *Er wäre schockiert, wenn er wüsste, wie sehr ich meinen zukünftigen Mann verabscheue.*

Als Polly Doyle hereinstürmte, um ihr die neueste Zeitung zu bringen, die der Master aus Goulburn für sie mitgebracht hatte, lud Keziah sie auf eine Tasse Tee ein. Doch Polly, noch ganz außer Atem, entschuldigte sich.

»Ich habe gerade alle Hände voll zu tun mit Backen. Liebe geht durch den Magen, heißt es doch, nicht wahr?«

Keziah lächelte zustimmend, aber sie fragte sich, ob Polly damit George Hobson meinte, der auf der Suche nach einer Stiefmutter für seine Kinder zweifellos ein Auge auf sie geworfen hatte, oder ob sie an den schüchternen Kutscher Mac Mackie dachte.

Keziah setzte sich an den Küchentisch und las die neuesten Nachrichten – und plötzlich spürte sie, wie sich die ganze Welt um ihre eigene Achse drehte. Die Zeitung berichtete von einem schwarzen Spurensucher namens Jacky Jacko, der mit einem ausgemergelten weißen Mann auf dem Rücken auf einem entlegenen Hof in South Australia erschienen war. Man ging davon aus, dass es sich bei dem Mann um den vermissten Entdecker Caleb Morgan handelte, den man lange für tot gehalten hatte.

Mi-duvel! Großmutter hatte vorhergesagt, dass Männer ein Chaos in meinem Leben anrichten würden, wenn ich die falsche Wahl träfe. Und trotzdem hat dieser Fehler mir zugleich mein größtes Glück gebracht – meinen kleinen Gabriel.

Bis zum ersten der drei aufeinanderfolgenden Sonntage, an denen in der Kapelle von Ironbark das Aufgebot für die bevorstehende Ehe zwischen Daniel Browne und Saranna Plews ausgehängt würde, blieben nur noch zwei Wochen. Keziah war sich der schrecklichen Ironie bewusst. Es war die Hochzeit, mit der sie die sterbende junge Frau damals getröstet hatte. Eine Hochzeit, die sie bis ins Detail der Kamee-Brosche und des blonden Gabriel vorausgesehen hatte.

Sie suchte den Himmel nach irgendeinem Zeichen dafür ab, dass Gem sie holen käme. Doch als ihre Ahnen schwiegen, verlor sie jegliche Hoffnung und rief von Schmerz erfüllt Gems Seele an: »Entweder du liebst mich oder du verlässt mich!«

Als Gabriel unter dem Küchentisch hervorlugte und verwirrt fragte: »*Ich*, Mama?«, schreckte sie jäh aus ihrer Grübelei.

Sie spürte einen Kloß im Hals, als sie seinen unzähmbaren Haarwirbel sah. Ganz gleich, wie oft sie ihn glatt strich, immer wieder richtete er sich auf, um sie an seinen Vater zu erinnern.

»Mama spielt nur ein Spiel, mein Kleiner. *Dich* werde ich immer lieb haben. Nur das zählt.« Aber war es auch wahr?

Sie vermutete, dass Jake sein Möglichstes getan hatte, um Gem zu überreden, ihr zu verzeihen. Sie hatte Gerüchte im Dorf über einen Faustkampf mit einem »geheimnisvollen« Jim Romani gehört, und wenig später war Jake mit einer frischen Narbe über der Augenbraue aufgetaucht. Worum war es bei diesem Kampf gegangen? Und wo steckte Gem? Seitdem hatte es keine Nachrichten mehr von der Zigeunerbande gegeben.

Wut stieg in ihr auf, als sie Daniels Mütze am Haken hinter der Tür sah. Er hatte sie bei einem seiner letzten Besuche hiergelassen, ein Luxus, den Julian Jonstone ihm erlaubt hatte. Offenbar war er mittlerweile nicht mehr nur sein Master, sondern auch sein Gönner.

Noch einmal ging Keziah jedes Detail seines Besuches durch, jedes Wort und jede Geste auf der Suche nach etwas, das ihr entgangen sein mochte. Seit ihrer Kindheit beherrschte sie die Kunst, die *gaujo* zu durchschauen, nur bei Daniel versagte sie. *Der Mann, der Saranna liebte und verlor, ist mir ein Rätsel. Warum kann ich nicht in sein Inneres sehen?*

Sie hatte das Gefühl, in Treibsand geraten zu sein. Je stärker sie sich gegen die Vorstellung wehrte, Daniel zu heiraten, umso mehr versank sie in ihrer Verzweiflung.

Als sie sah, wie Jake Andersen auf die Hütte zuritt, lief sie ihm entgegen.

Heute wirkte er grimmig. Er saß auf Horatio und hielt die Zügel eines anderen Pferdes in der Hand. Wie üblich kam er sofort zur Sache.

»Die Trooper haben Verstärkung bekommen, weil die Buschräuber ihnen immer mehr zu schaffen machen. Gem hat sich in einer Höhle versteckt, bis die Luft wieder rein ist. Ich habe ihn endlich aufgespürt. Wir hatten vor einiger Zeit eine kleine Aussprache. Tut mir leid, dass ich die Sache nicht besser für dich hinbiegen konnte, Kez. Nicht so, wie du es am liebsten gehabt hättest.«

Sie sank auf einen Stuhl. »Du bist ein echter Freund, Jake. Ich weiß nicht, warum du dir die ganze Mühe gemacht hast, trotzdem danke ich dir.«

»Gem sagt, er würde sich den Behörden niemals stellen, aber er hat sich bereitgefunden, wegen dieser anderen Angelegenheit mit dir zu sprechen. Ich soll dich zu seinem Versteck bringen. Sofort.«

Keziah nickte und lief zu der *goondie*, wo Nerida und der kleine Murphy schliefen. Nachdem sie ihr Gabriel anvertraut hatte, ging sie zu der Koppel, wo das Wildpferd stand. Gems Geschenk war zu einem Symbol für das Zerrbild ihrer Liebe geworden.

Doch bei Jakes Worten hielt sie inne. »Nein! Nimm das Tier, das ich mitgebracht habe.« Er zeigte mit dem Kopf auf Evans Anwesen. »Ich will diesem verdammten Spitzel keinen Hinweis darauf geben, wo sich Gem befindet.«

Er versuchte, seine Worte beiläufig klingen zu lassen. »Da wo wir hingehen, gibt es keine Besen.«

Keziah blieb stehen wie vom Blitz getroffen. Sie las in seinen Augen, dass er sie nicht verletzen wollte, indem er das Wort aussprach. Scheidung. Sie holte einen Besen, und er befestigte ihn an ihrer Satteltasche.

»Als Mann sähe man wie ein Esel aus, wenn man einen Besen dabeihätte. Ich bringe dich am Montagmorgen rechtzeitig zur Schule wieder zurück.«

»Wo reiten wir hin?«, fragte sie.

»Das musst du nicht wissen, Kez. Was du nicht weißt, können die Trooper nicht aus dir herausquetschen.«

»So blöd bin ich nicht!«, gab sie stolz zurück. »Ich habe mein ganzes Leben mit der Polizei zu tun gehabt.«

Hintereinander ritten sie durch ein spärlich bewaldetes Gelände. Bei Anbruch der Dunkelheit erreichten sie die Berge. Keziah hatte keine Ahnung, wo sie sich befanden, versuchte jedoch, ruhig zu bleiben, indem sie sich auf bestimmte Orientierungspunkte konzentrierte. Die Schatten der riesigen Bäume, die der Mond warf, türmten sich zum Himmel auf wie die Wände eines großen Gefängnisses. Es war eine herrliche Nacht, die für immer verdorben war; eine Nacht, die das Schicksal zum schweigsamen Zeugen eines uralten Roma-Rituals bestimmt hatte, mit dem ihr Leben für immer von Gem abgeschnitten würde.

Mi-duvel! Lass ein Wunder geschehen. Mach, dass ich Gems Herz erweichen kann.

Jake sprang aus dem Sattel. Er imitierte das Krächzen eines Raben, auf das kurz darauf eine zweite Stimme antwortete.

»Am besten klammerst du dich wie eine Klette an mich«, warnte er. »Keine Ahnung, wie viele Ausreißer sich dort noch versteckt halten oder wie betrunken sie sind. Manche werden seit Monaten keine Frau mehr zu Gesicht bekommen haben.«

Sie umgingen massive Felsen, die vor Äonen zu einem Wirrwarr eingestürzt waren und jetzt die perfekte Tarnung für den Eingang der Höhle bildeten, der erst zu sehen war, als sie direkt davor standen. Waren es die Wombeyan-Höhlen, von denen sie schon gehört hatte?

Am Eingang kauerte ein Junge. Das Mondlicht streifte die Umrisse seines Gewehrs. Keziahs feine Nase nahm das durchdringende Aroma von Rum wahr.

»Gem erwartet uns«, sagte Jake dem Jungen, der sich zur Höhle umwandte und durch die Zähne pfiff.

Und da sah Keziah ihn. Vor der im Licht des Feuers orangerot gefärbten Höhlenwand zeichnete sich der Schatten des Mannes ab, den Keziah liebte. In der Dunkelheit konnte sie sein Gesicht nicht erkennen, doch der Zynismus seiner heiseren Stimme war wie ein Schlag ins Gesicht.

»Willkommen, Jake. Das gilt nicht für die Hure, die du im Schlepptau hast.«

»Sie ist keine Hure«, entgegnete Jake. »Sie ist deine Frau. Ist Gypsy ein Ehrenmann? Oder bricht er sein Versprechen? Wenn ja, kriegst du es mit mir zu tun!«

Jakes Stimme enthielt eine offene Herausforderung, die Keziah mutig und dämlich zugleich fand. Die drei bewaffneten Buschräuber in der Höhle wirkten gelangweilt, fast, als wären sie auf Ärger aus. Und die vielen Waffen in der Ecke waren ihr auch nicht entgangen.

Gem lachte hämisch. »Wenn ich wollte, könnte ich dich jederzeit fertigmachen, Kamerad.«

»Ach ja? Immerhin war ich gut genug für dein Wort.« Keziah sah, wie er Gem etwas reichte und die Stimme senkte. »Hier, die Hälfte, wie abgemacht.«

Keziah erschrak angesichts der Wahrheit. Jake hatte nur gegen Gem gekämpft, um ihm ein Versprechen abzuringen.

Gem war unruhig. »Kommen wir zur Sache. Hast du die Vorräte dabei, Kamerad?«

Jake deutete mit dem Kinn auf die Pferde, und zwei Mitglieder der Bande liefen wie kleine Kinder hinüber, um Rum, Mehl, Tee, Salz, Rind- und Schafsfleisch aus den Satteltaschen zu laden.

Jake wandte sich an Gem. »Keine Munition. Du kennst mich, Kumpel. Das ist meine Grenze.«

Gem nickte. Keziahs Blick folgte jeder Linie seines Gesichts.

Abgesehen vom Knistern des Feuers war es völlig still in der Höhle. Jake beobachtete, wie der Roma und seine Frau sich gegenüberstanden wie zwei Duellanten, die bis zum letzten Blutstropfen kämpfen würden. Es war schmerzhaft mit anzusehen, und Jake fühlte sich angespannt, denn er wusste, dass Keziah noch mehr Seelenqualen bevorstanden.

Schließlich brach sie das Schweigen als Erste und grüßte Gem auf traditionelle Roma-Art. »*Sarishan.* Wie geht es dir?« Daraufhin wandte er ihr geringschätzig den Rücken zu.

Keziahs gefühlvoller Blick sprach Bände, als sie fragte: »Ist es wirklich das, was du willst, Gem?« Er antwortete nicht, woraufhin sie näher auf ihn zuging und in ihrer Verzweiflung mit einem Wortschwall überschüttete.

»Um deiner selbst willen, gib auf, bevor du jemanden tötest, sonst landest du noch am Galgen. Stell dich den Troopern, jetzt! Du bist noch jung, eines Tages wirst du frei sein. Ich warte auf dich. Ich flehe dich an, Gem, weise mich nicht ab. Spring nicht mit mir über den Besen.«

Gems Stimme war sanft und gefährlich. »Was würdest du tun, um meine Liebe zurückzugewinnen?«

»Alles!«

»Dann geh vor mir auf die Knie.«

Keziah kniete vor Gem nieder. Jake wurde von Neid gepackt, als er sah, wie die stolze Frau um Gems Liebe bettelte.

Der genoss den Augenblick. »Braves Hundchen! Und jetzt liefere mir den Beweis. Gib deinen kleinen Bastard weg.«

Jake empfand blanke Wut, als er Keziahs erstickten Schrei hörte.

»Du kannst mir das Herz ausreißen, Gem, aber verlange nicht, dass ich mein Kind weggebe!«

»Dann geh mir aus den Augen, du *gaujo*-Hure!« Keziahs Verzweiflung tat Jake in der Seele weh, doch es war nicht der richtige Zeitpunkt, Gem herauszufordern. Die Zeit lief ihnen davon. Er hatte Keziah nicht die ganze Wahrheit gesagt. Die Trooper waren dabei, die Gegend zu durchkämmen, um die Buschräuber, die sich in den Höhlen versteckt hatten, auszuräuchern. Er musste die Kontrolle übernehmen.

»Wie geht es nun weiter, Gem? Du vergisst, dass ich keine Ahnung von euren Scheidungsritualen habe.«

Jake umklammerte den Besen, als wäre er ein Gewehr. Während er auf eine Reaktion wartete, tanzten ihre Schatten über die Höhlenwände wie eine Prozession aus der Geisterwelt der Wiradjuri. Man hörte nur das Knistern des Feuers. Ein Blick verriet ihm, dass für Keziah der Augenblick der Wahrheit gekommen war.

Gem sah Jake mit zusammengekniffenen Augen an und zögerte, als wolle er den Augenblick ins Unendliche ausdehnen und den Besen nicht annehmen. Dann beugte er sich vor, und sein spöttisches Flüstern war allein für Jakes Ohren bestimmt.

»Ich wusste von Anfang an, dass du hinter meiner Hure her bist.« Erst jetzt nahm Gem ihm den Besen aus der Hand und wandte sich ab.

Dass er nur als Zeuge hier war und zu schweigen hatte, ärgerte Jake, aber er hatte sein Wort gegeben. Beide standen mit dem Rücken zu ihm, der Besen, Symbol ihrer Trennung, lag zwischen ihnen. Gems Arm zuckte, als wolle er die Pistole ziehen. Keziah streckte eine zitternde Hand nach ihm aus.

Plötzlich zerriss ein hysterischer Schrei die Stille – Gem. Er umfasste mit beiden Händen Keziahs Gesicht und sprach die gequältesten Worte, die Jake jemals gehört hatte. Es war, als würde eine Peitsche einem das Fleisch zerfetzen.

»Keziah, versteh mich! Es ist zu spät. Ich kann mich nicht stellen. Trotzdem schwöre ich bei Gott, dass ich niemals eine andere Frau lieben werde. *Kurraben!* Vergib uns beiden!«

Jake drehte sich der Magen um, als er sah, wie Gem Keziah sanft die Augen schloss und sie auf den Mund küsste. Es war ein Kuss, der so lange dauerte wie ihr ganzes gemeinsames Leben. Ein Kuss voller Trauer. Und als Keziah sich weigerte, über den Besen zu springen, nahm Gem sie in die Arme und sprang rückwärts über den Besenstiel.

Im gleichen Augenblick vernahm Jake das Herannahen galoppierender Pferde und Schüsse. Blitzschnell drehte er sich zu Gem um.

»Die Trooper! Wir halten sie auf, damit ihr Zeit genug habt zu entkommen.«

Die Wombeyan-Höhlen lagen hinter ihnen, als Jake Keziah am Arm packte und zu den Pferden lief. Trotz ihres leeren Blicks spürte Jake, wie tief verzweifelt sie war. Er half ihr in den Sattel. Für tröstende Worte war jetzt keine Zeit. Seine Stimme klang barsch.

»Nimm dich zusammen, Kez. Tu es für Gem! Halt dich fest, so gut du kannst. Das wird der Ritt deines Lebens.«

Jake ritt querfeldein in die entgegengesetzte Richtung, um die Trooper von der Höhle wegzulocken. Ein Blick nach hinten auf Keziah sagte ihm, dass sie seine Gedanken gelesen und sich mit jedem Muskel auf die kastanienbraune Stute eingestellt hatte.

Er bahnte sich einen Weg durch den dichten Busch. Erst als sie die Straße erreichten, merkte er, dass sein Gesicht völlig zerschrammt war. Ein abgebrochener Zweig hatte sich wie eine Pfeilspitze in Keziahs Haar verheddert. Automatisch zog er ihn heraus.

Mit einem Satz sprang er aus dem Sattel, nahm einen kräftigen Schluck aus seinem Flachmann und schüttete den Rest über sein Hemd, während er beobachtete, wie Keziah sich an seiner Satteltasche zu schaffen machte. Dann saß er wieder auf und ritt im Schritt weiter.

Als er sah, wie die Trooper auf sie zugaloppierten, begann er laut zu singen. *»I would swim over the deepest ocean for my love to find.«*

Carrifergus war ein Lied, das die Iren wie die Engländer gleichermaßen für sich beanspruchten. Und als die Trooper direkt hinter ihnen waren, grölte Jake die letzte Strophe:

> *»… but I'll sing no more till I get a drink.*
> *For I'm drunk today, and I'm seldom sober*
> *A handsome rover from town to town*
> *Ah, but I'm sick now, my days are numbered.«*

»Halt!«, befahl Trooper Kenwood. »Oder deine Tage sind in der Tat gezählt!«

Jake tat überrascht und antwortete mit einem Lallen. Er hatte eine Menge Erfahrung in puncto Trinken, sodass er eine überzeugende Vorstellung abgab.

»Guten Abend, Sergeant. Bei allen Heiligen, was für ein Glück, dass Sie es sind! Viel zu viele Schurken treiben sich hier herum!«

Kenwood konnte seine Wut darüber, dass Gypsy ihm schon wieder entwischt war, nicht verhehlen.

»Was haben Sie hier verloren? Zeigen Sie mir Ihren Strafgefangenenausweis!«, befahl er.

Jake spielte den beleidigten Betrunkenen. »Ich brauche keinen Freibrief. Ich bin ein freier Mann, Officer. Jakob Andersen. Wir feiern die bevorstehende Hochzeit dieser jungen Dame. Sie sind alle eingeladen.«

»Sparen Sie sich Ihr Geschwätz! Ich habe Sie auf frischer Tat ertappt, als Sie Gypsys Bande Nachschub brachten.«

Jakes Lächeln erstarrte. *Scheiße! Ihre leeren Satteltaschen einen Steinwurf vom Versteck der Buschräuber entfernt!*

Triumphierend öffnete Kenwood Jakes Satteltasche. Doch sein Gesicht färbte sich puterrot, als er eine lange, mit Rüschen besetzte Damenunterhose herauszog.

Keziah fragte mit dem autoritären Tonfall einer englischen Lehrerin einem nicht allzu gescheiten Schüler gegenüber: »Muss das sein, Sergeant? Sie werden sich doch sicherlich an mich erinnern? Ich war Ihnen in Ironbark bei Ihren Ermittlungen wegen der ausgerissenen Halunken behilflich.«

Jake wusste, dass Kenwood von ihr nicht mehr bekommen hatte als eine Kräutertinktur gegen seine Mückenstiche. Sergeant Kenwood errötete noch mehr.

»Verzeihen Sie, Miss Plews. Ich habe Sie nicht erkannt. Bitte setzen Sie Ihren Weg fort.« Dann fügte er demonstrativ hinzu: »Wie Sie ganz recht sagten, Mr. Andersen, hier wimmelt es nur so von Buschräubern.«

Als das Klappern ihrer Pferdehufe verklungen war, machte Jake aus seiner Neugier keinen Hehl.

»Das nenne ich Geistesgegenwart. Ich hatte keine Ahnung, dass du Unterwäsche eingepackt hast.«

»Habe ich auch nicht«, erwiderte sie hochmütig und strich diskret den Rock über ihren Beinen glatt, damit Jake sah, dass sie unbekleidet waren.

Um ihr eine peinliche Situation zu ersparen, stimmte Jake sein Lieblingslied an, *The Wild Colonial Boy*. Doch mittendrin bemerkte er seinen Fehler. Es war nicht der richtige Augenblick, um Keziah an den Tod eines jungen Buschräubers zu erinnern.

»Du kannst jetzt wieder nüchtern werden«, bemerkte sie scharf. »Und erspar mir das Gesinge. Das können die Iren weit besser.«

»Nun, ich bin zufällig zur Hälfte Ire«, entgegnete Jake.

»Dann ist es wohl deine norwegische Hälfte, die da trällert.«

»Jesses! Ihr Frauen müsst immer das letzte Wort haben, wie?«

»Nicht heute Nacht. Jedenfalls nicht ich.« Wütend wischte sie sich eine Träne weg. »Ich verurteile Gem nicht, weil er mich verstoßen hat. Aber warum stellt er sich nicht, um wenigstens sein Leben zu retten?«

Jake hatte keinen Zweifel, dass der Grund dafür die Hölle war, in der der Teufel in Person herrschte. Doch das konnte er ihr nicht sagen. »Einem Mann wie Gem bedeutet die Freiheit mehr als alles andere.«

Während sie die Straße nach Ironbark entlangritten, fühlte sich Jake der ganzen Sache immer weniger gewachsen. Keziah weinte sich die Augen aus. Ihre Bluse war schon ganz nass von den vielen Tränen. Obendrein sah sie ihn an, als läge es in seiner Macht, alles wieder ins Lot zu bringen.

Jake versuchte, den Blick abzuwenden. *Kez sieht wirklich furchtbar aus, wenn sie weint.*

»Ist das nicht verrückt, Jake? Wenn Gem mich heiratet, würde man ihn nach dem Gesetz der *gaujo* mir unterstellen, aber sein Roma-Stolz würde ihm nie erlauben, Gabriel anzuerkennen. Und statt Gem werde ich nun diesem Daniel Browne die Freiheit schenken!«

Jake wusste, dass das System nicht so einfach zu manipulieren war. Als angesehene Schullehrerin die Erlaubnis des Gouverneurs zu bekommen, einen hart arbeitenden Mann wie Daniel zu heiraten, war eine Sache, aber die Richter verteilten nicht Ehegenehmigungen an Buschräuber wie Lutscher.

Er versuchte, sie zu trösten. »Du hast richtig entschieden. Gabriel hat Vorrang. Kinder bitten nicht darum, auf die Welt zu kommen.«

Keziah klammerte sich an diesen Gedanken. »Ja, das stimmt. Gabriel ist das Wichtigste!« Sie schenkte ihm ein Lächeln, das, wie Jake sehr gut wusste, die meisten Männer umgeworfen hätte. Doch er war immun dagegen. Kez war lediglich sein Kumpel.

NEUNUNDZWANZIG

Keziahs Herz raste, als sie in Hobsons Einspänner über die Holzbrücke fuhr und die Geisterfarm in Sicht kam. Bislang hatte sie das Anwesen wegen seines unheimlichen Rufs gemieden, doch heute blieb ihr keine Wahl.

Während der jüngsten Epidemie hatte sich Dr. Ross überall in der Gegend große Achtung erworben und unzählige Bürger vor dem Tod gerettet, doch am Ende war er selbst erkrankt.

Als Jake erwähnt hatte, dass sie die Genesung des Arztes vielleicht mit ihrem »Kräuterzeug« beschleunigen könnte, hatte Keziah entschieden, ihre Angst vor *mulos* zu überwinden, denn dass Jake jemanden um einen Gefallen bat, kam nicht alle Tage vor.

Als sie zu dem doppelstöckigen, weiß getünchten Haus des Docs gelangte, war sie von der friedlichen Atmosphäre überrascht. Trotz der unheimlichen Legende von einem gewissen Barnes, der seine Frau geschlagen hatte und hier von einem irischen Strafgefangenen namens Padraic umgebracht worden war, befand sich das alte Haus selbst offenbar in gutem Zustand. Die Felder und Obstgärten dagegen brauchten eindeutig Pflege. Sie wusste, dass Dr. Ross einen Häftling beantragt hatte, der auf dem Hof arbeiten sollte, doch dann waren die Gesetze zugunsten neuer freier Siedler geändert worden, sodass der Nachschub an Strafgefangenen ins Stocken geraten war.

Die Veranda war mit einem Schild abgesperrt, auf dem »Quarantäne« stand. Trotzdem würde sich Keziah jetzt nicht davon abbringen lassen, dem Doc die Kräutermedizin ihrer Vorfahren anzubieten.

Janet Macgregor, die Strafgefangene, die Dr. Ross den Haushalt führte, öffnete ihr die Tür. Sie wirkte Respekt einflößend. Keziah hatte Gerüchte über die kriminelle Vergangenheit der Frau gehört, aber als sie jetzt völlig erschöpft vor ihr stand, nachdem sie den Doc wochenlang aufopfernd gepflegt hatte, empfand sie sofort Sympathie für sie.

»Auf dem Schild steht, dass hier Quarantänegebiet ist«, sagte Janet kurz angebunden.

»Ich bin Saranna Plews, die Lehrerin aus Ironbark. Dürfte ich kurz mit dem Doc sprechen? Ich habe ein paar Vorräte für ihn mitgebracht. Jake Andersen hat mich gebeten, ihm persönlich eine Nachricht zu überbringen.«

»Zweite Tür am Ende der Treppe«, erklärte Janet und machte sich daran, die Kisten abzuladen.

Keziah verbarg unter ihrem Schal eine Whiskyflasche, die Jake ihr für den Doc gegeben hatte, mit dem Hinweis, die Wesleyan'sche Haushälterin würde das Teufelszeug sonst ins Spülbecken kippen, noch ehe Leslie Ross die Gelegenheit hätte, das Etikett zu lesen.

Keziah stieg die Treppen hinauf, stets auf der Hut vor einem *mulo*, doch als sie das Krankenzimmer betrat, spürte sie keinerlei Schwingungen, die auf Geister schließen ließen. Das Sonnenlicht fiel durch das Dachfenster auf einen farbenfrohen Flickenteppich.

Dr. Leslie Ross saß aufrecht im Bett, von ein paar Kissen gestützt, sein Haar war frisch gekämmt, der Bart gestutzt. Keziah erkannte, dass er beträchtlich an Gewicht verloren hatte und Mühe beim Atmen hatte, doch das tat seiner herzlichen Gastfreundschaft keinen Abbruch.

»Wie schön, dass Sie vorbeischauen, Mädchen«, sagte er. »Sie sind also die Schullehrerin, die Jake so schätzt. Endlich lernen wir uns auch einmal kennen.«

»Sie sind der Held von Ironbark, Doc. Ich bin wegen Ihrer Genesung da, deshalb will ich es kurz machen. Jake schickt Ihnen diese Whiskyflasche, weil er meint, damit brächten Sie die bittere Medizin leichter hinunter. Außerdem habe ich Ihnen Obst, Gemüse, Eier und eine Lammhälfte von Ihren dankbaren Patienten mitgebracht. Und ich soll Ihnen mitteilen, dass Sie Ihre Arbeit erst wieder aufnehmen sollen, wenn Sie ganz gesund sind.«

»Vielen Dank, aber mir geht es schon fast wieder gut. Außerdem gibt es meilenweit keinen anderen Arzt.«

Keziah hob die Hand und ließ seinen Einwand nicht gelten. »Jake hat mich gebeten, Ihnen meinen Kräutertee zu bringen. Es ist ein altes Roma-Rezept und wirkt immer.« Dann setzte sie hastig hinzu: »Ich habe ihn von einer alten Zigeunerin. Sie müssen ihn viermal am Tag trinken, dann löst er den Schleim in Ihrer Lunge. Nehmen Sie mir es nicht übel, wenn ich mich erdreiste, Ihnen Ratschläge zu erteilen.«

Er schüttelte bewundernd den Kopf. »Sie kommen mir wie ein Flottenadmiral vor, Mädchen. Sehr tüchtig. Sagen Sie Janet, dass sie die Kräuter nach Ihren Anweisungen zubereiten soll. Ich werde meine Medizin einnehmen wie ein Mann!«

Während sie die Treppe hinuntereilte, um Janet zu erklären, wie sie den Tee zubereiten sollte, seufzte Keziah vor Erleichterung. Mörder oder Opfer, ganz gleich, welcher Geist hier gespukt hatte, er war seit Langem verschwunden.

Ohne die Proviantkisten war Hobsons Kutsche viel leichter. Nachdem Keziah die Auffahrt verlassen hatte, blieb sie neben einer Trauerweide stehen und betrachtete den vernachlässigten Garten. Trotz der Sonne lief es ihr plötzlich eiskalt über den Rücken, als ihr ein schrecklicher Gedanke kam. Was, wenn sie nun ebenfalls krank würde? Sie wäre eine Gefahr für Gabriel, Murphy und alle Schüler.

In diesem Augenblick entdeckte sie den neuen Arbeiter des Arztes. Ein junger Mann, der in einiger Entfernung neben einem verfallenen Steinbrunnen stand. Sein kahl geschorener Schädel und die zerlumpte, schmutzige Kleidung wiesen ihn als Strafgefangenen aus. Er starrte sie aus traurigen Augen in einem hageren Gesicht an. Keziah winkte ihm zu und tröstete sich mit dem Gedanken, dass er einem menschlichen Herrn zugewiesen worden war. Kein Zweifel, sobald Dr. Ross wieder auf den Beinen wäre, würde er ihm die Fußfesseln abnehmen.

Der Junge beobachtete sie schweigend, hob dann den Holzdeckel des Brunnens und warf etwas hinein. Sekunden später hörte sie ein Platschen, als der Gegenstand auf das Wasser schlug.

Keziah wollte gerade weiterfahren, als sie spürte, dass irgendetwas nicht stimmte. Seine Fußfesseln waren verschwunden. Und dann sah sie auch, warum. Sein ganzer Körper löste sich vor ihren Augen langsam auf.

Von Panik erfüllt ließ sie die Peitsche knallen und preschte mit der Kutsche auf die Straße zu. *Mi-duvel! Padraic! Warum lassen mich diese verdammten Geister nicht endlich in Frieden?*

Daniel Browne saß auf Keziahs Holzstuhl und ließ sich das üppige Frühstück schmecken, das sie ihm vorgesetzt hatte.

Er hatte Ausgang bekommen, um an der Verlesung des Aufgebots in der Kapelle teilzunehmen. Keziah war froh, dass er bei Einbruch der Nacht zurück in Gideon Park sein musste. Bis dahin zwang die Gastfreundschaft der Roma sie, seine Arroganz zu ertragen.

»Vorzüglich. Ich kann mich zu meiner Wahl nur beglückwünschen.«

»Zähl die Küken nicht, bevor sie ausgebrütet sind!«, erwiderte Keziah.

»Na, komm schon«, spottete er mit einem boshaften Unterton. »Wenn du mich heiratest, steht dir das Beste aus beiden Welten offen. Du hast einen Mann, der dich beschützt und dich ernährt. Und du kannst deine Freiheit, deine Schule und deinen guten Namen behalten. Was könnte sich eine diebische Zigeunerin mehr wünschen?«

»Wenn du mich noch einmal als Diebin bezeichnest, sage ich die Hochzeit ab. Und es ist mir vollkommen egal, was dann passiert!«

In diesem Moment kam Gabriel herein und ging sofort auf

Daniel zu, als hätte er das neue Familienmitglied bereits instinktiv anerkannt.

Keziah beobachtete, wie sich Daniel Gabriel gegenüber verhielt und seine Hand führte, als er einen weiteren Tag vor der Hochzeit abhakte. Geduldig erklärte er dem Jungen, der noch nie Schnee gesehen hatte, das Bild des Schneemanns auf dem Kalender.

Sie fragte sich ängstlich, ob Daniel ein guter Stiefvater wäre. Und dann fielen ihr wieder Jakes Worte ein: »Kinder bitten nicht darum, geboren zu werden. Sie sind nur Spielbälle in den Händen der Erwachsenen.«

Um seinetwillen versuchte sie, die Tatsache, dass Daniel nach der Hochzeit zu ihnen ziehen würde, leichten Herzens zu nehmen. Und Gabriel bot an, sein Spielzeug und sein Bett mit ihm zu teilen.

Woraufhin Daniel ruhig antwortete: »Was für ein netter Junge! Aber in diesem Haus hat deine Mama das Sagen, nicht wahr, Mama?«

Keziah biss bei seiner spitzen Bemerkung die Zähne zusammen. Daniel hatte versprochen, dass ihre Ehe nur platonisch wäre, doch sie wusste es besser. Sobald sie unter *gaujo*-Recht verheiratet waren, wäre sie ein Teil von Daniels »Eigentum«. Daher antwortete sie lieber nicht.

»Dank Julian Jonstone und deinem Freund Joseph Bloom werde ich bald meinen Entlassungsschein bekommen. Dann kann ich frei entscheiden, wo ich arbeite und wer mich bezahlt. Bis dahin habe ich keinen Penny. Du musst für die Freude, dir einen Mann zu kaufen, bezahlen.«

Keziah zuckte zusammen. Sie wusste, dass Daniel in Gideon Park die Kontrolle über sein Leben völlig verloren hatte. Zweifellos war auch die Erfahrung, anderen Schmerz zuzufügen, neu für ihn. Es machte ihm sichtlich Spaß, die Muskeln spielen zu lassen und den künftigen Hausherrn zu markieren. Doch als er ihr kurz darauf eine Papierrolle überreichte, wirkte er überraschenderweise nervös – es war ihr Hochzeitsgeschenk.

Trotz ihres Wunsches, Distanz zu ihm zu halten, war Keziah gerührt von der Feinfühligkeit, mit der sein Porträt die innige Beziehung zwischen Mutter und Kind eingefangen hatte. Sie dankte ihm kühl, doch als sie seine übel geschwollene rechte Hand sah, konnte sie nicht an sich halten. Die Fingerrücken waren von auffallenden roten Schwielen gezeichnet.

»Das war doch kein Unfall!«

»Ein Hieb mit der Pferdepeitsche. Mein Aufseher hat mich erwischt, als ich während der Arbeitszeit an dem Bild malte.« Daniel zuckte die Achseln. »Anderen ist es noch viel schlimmer ergangen. Ich hatte Glück, dass er mich nie auspeitschen ließ.«

Keziah nahm Mörser und Stößel aus dem Regal und machte sich daran, eine Heilsalbe aus frischen Kräutern zu mischen. Gleichzeitig lieferte sie ihm eine Erklärung, damit er nicht auf die Idee kam, sie würde allmählich weich.

»Meine Großmutter hat mir eingehämmert, dass ich meine Heilkünste niemandem verweigern darf, nicht einmal meinen Feinden.«

Seine unergründlichen Augen musterten sie aufmerksam. »Bin ich denn dein Feind?«

»Du bist mein Patient«, antwortete sie steif. Geschickt strich sie die Salbe auf die Wunde und gab ihm einen kleinen Tiegel davon mit.

»Du hast heilende Hände«, sagte Daniel.

»Bilde dir bloß nichts ein. Dasselbe würde ich auch für einen Hund tun.«

Es wurde Zeit für Daniel zu gehen, doch er zögerte.

»Nimm dich vor dem Mann in Acht, der dich geschlagen hat«, warnte ihn Keziah. »Deine Kunst ist ein Geschenk. Und manche Menschen versuchen zu zerstören, was sie nicht verstehen.« Schließlich setzte sie widerwillig hinzu: »Das Porträt ist dir sehr gut gelungen.«

Daniel wandte den Kopf ab, vielleicht um seine Freude über ihr Lob zu verbergen. »Bis nächste Woche.«

Keziah schloss die Tür. *Ich will kein Mitleid für ihn empfinden. Wäre doch nur Jake hier!*

Jetzt, da der Hochzeitstermin unausweichlich schien, bat sie Nerida, ihre Brautjungfer zu sein.

»Stell es dir so ähnlich vor wie ein Korrobori-Fest der *gubba*, mit Tanz und Gesang. Ich glaube auch nicht an das Brimborium in der Kirche, aber Daniel wird dadurch seine Freiheit bekommen.«

Neridas Entschluss stand fest. »Du gibst Daniel Freiheit. Und ich helfe dir bei der Sache mit der Freiheit.«

Selbstverständlich war Keziah klar, dass den Eingeborenen das Konzept, welches die Weißen von Freiheit hatten, völlig fremd war. Dass weiße *gubbas* einem menschlichen Wesen seine Freiheit rauben konnten, musste ihnen als unaussprechliche Grausamkeit erscheinen.

Die Sache mit der Freiheit. Ihre eigentümliche Ausdrucksweise machte Keziah Mut. Nerida hatte die gefürchtete Hochzeit in ein Fest verwandelt, um der Obrigkeit eins auszuwischen.

Am gleichen Tag kam Sunny Ah Wei mit seinem Laden auf Rädern an.

»Sie kommen wie gerufen, Sunny«, sagte Keziah. »Ich brauche Stoff für ein Hochzeitskleid.«

Sunnys Lächeln stockte kurz. »Ah! Hochzeit großes Glück! Habe viele schöne Sachen für Sie! Sind Sie die Braut, Missy?«, fragte er Nerida.

Als Nerida ihn ignorierte, antwortete Keziah für sie. »Nein, die Braut bin ich«, erklärte sie und setzte dann leise hinzu: »Leider.«

»Ah, *sehr* gut!« Sunnys Lächeln weitete sich.

Als Nerida sie hinter dem rotgoldenen Brokat nicht sehen konnte, meinte Sunny: »In China Rot doppeltes Glück für die Braut. Viele Kinder.«

Keziah verstand nicht, warum Nerida Sunny gegenüber so abweisend war. *Ist sie schüchtern? Mag sie ihn? Oder reagieren die Wiradjuri-Frauen so, wenn man ihnen den Hof macht?*

Sunny nahm ihre Maße für einen Schneider in Goulburn, der sehr schnell arbeitete und so preisgünstig war, dass Keziah sich fragte, wie er mit einer so geringen Verdienstspanne überhaupt existieren konnte. Taktvoll ging sie ein paar Schritte weiter und tat so, als sähe sie sich die neuen Küchengeräte an, damit Sunny Gelegenheit hatte, allein mit Nerida zu sprechen. Doch als er schließlich weiterfuhr, machte er einen ziemlich niedergeschlagenen Eindruck.

»Was, um Himmels willen, hast du ihm gesagt, Nerida, dass er so mutlos ist?«, fragte Keziah.

»Ich bin einem Wiradjuri-Mann versprochen. Ich heirate keinen Chinesen.«

Keziah war ratlos. Nerida sprach nie von den Seelenqualen, die sie mit sich herumschleppte, aber Keziah hatte von Jake erfahren, dass nach dem Massaker bei Myall Creek viele Wiradjuri-Männer verschwunden waren. Ob tot oder lebendig, alle waren enteignet worden. *Genau wie Gem und ich.*

In dieser Nacht erwachte Keziah aus einem lebhaften Traum. Mit pochendem Herzen richtete sie sich im Bett auf. Im Traum war sie leidenschaftlich von einem Mann geküsst worden, den sie nicht identifizieren konnte. Er hatte ein rotes Halstuch getragen. Daniel war es nicht gewesen, aber auch nicht Gem.

In Gideon Park hakte Daniel Browne auf einer Wand jeden Tag, der noch bis zur Hochzeit blieb, mit einem Strich ab. Die angebliche Saranna Plews war seine Fahrkarte in die Freiheit, trotzdem lebte er in ständiger Angst, dass in letzter Minute noch etwas schiefgehen könnte. Er schlief unruhig und arbeitete wie eine Maschine, um dem Aufseher nicht aufzufallen, der seine Entlassung mit einem einzigen Federstrich hätte vereiteln können. Daniel versuchte, alle Emotionen und Instinkte zu unterdrücken, die mit seiner Umgebung zu tun hatten. Nur in den heimlichen Stunden, die er wie im Rausch mit seiner Kunst verbrachte, erlaubte er sich gewöhnliche, menschliche Gefühle. Doch die Gesichter seiner Modelle auf dem Papier erschienen ihm lebendiger als Menschen aus Fleisch und Blut.

Als er jetzt auf das Haus seines Masters zuschritt, trug er stolz sein letztes Werk unter dem Arm, das bestellte Porträt von Charlotte Jonstone.

Er muss *einfach sehen, wie gut es ist. Ich habe nicht nur die aristokratischen Züge seiner Frau eingefangen, sondern auch die Traurigkeit in ihren Augen – weil es ihr versagt blieb, ihm einen Stammhalter zu schenken.*

Daniel versicherte sich ein letztes Mal, dass er sich größte Mühe gegeben hatte, die einzige Frau aus der Oberschicht, die er kannte, zufrieden zu stellen. Er hatte sie in ihrem vorteilhaftesten, rosafarbenen Kleid auf einem prächtigen, holzgeschnitzten Stuhl porträtiert. Einmal hatte sie ihm erzählt, er sei ein *fauteuil* von Louis XVI. gewesen. Ihr Lieblingsfächer aus Elfenbein lag neben ihr auf einem Regency-Tisch. Stundenlang hatte er in seiner Freizeit am Arrangement ihrer blonden Locken, der belgischen Spitze an Ärmeln und Halsausschnitt, den schimmernden Perlen und dem indischen Saphirring, einem alten Familienerbstück, gefeilt.

Als er am Dienstboteneingang klopfte, war er sich seines Erfolges sicher, doch dann sagte ihm die Wirtschafterin, dass er zu spät dran war. Die Jonstones waren nach Bathurst gefahren, zu einem ihrer vielen anderen Anwesen. Sie schloss die Tür, noch ehe er sein Gemälde zurückfordern konnte.

Daniel war am Boden zerstört. Er hatte mit dem versprochenen Honorar fest gerechnet. Obwohl er seine Armut vor Keziah nie geleugnet hatte, fühlte er sich gedemütigt, wenn er jetzt überhaupt nichts mit in die Ehe brachte.

Wenn ich erst in Ironbark verheiratet bin, wird Jonstone mich vergessen. Das Geld, das er mir versprochen hat, kann ich abschreiben.

Auf dem Rückweg zu den Arbeiterquartieren versperrte ihm jemand den Weg. Es war der Teufel in Person auf seinem pechschwarzen Zuchthengst, der ihn an einen bösen, grinsenden Zentaur erinnerte.

»Soso, mein Lieber. Versuchst du, dich bei Jonstone anzubiedern? Glaubst wohl, du könntest auf diese Weise vertuschen, dass du vor Monaten sein Zeichenpapier gestohlen hast, was?«

Daniel spürte, wie ihm die Schweißperlen auf die Stirn traten. Vor lauter Angst vergaß er alle Vorsicht.

»Ich habe nichts gestohlen, Sir. Ich habe jeden Penny hart abgearbeitet, wie Sie wissen!«

Der Teufel in Person schien einen Augenblick über die Äußerung nachzudenken, dann fragte er mit einem durchtriebenen Lächeln: »Und wo ist deine Quittung, Browne?«

Daniels Herz raste, als der Mann in einem nach außen freundlichen Tonfall, der allerdings noch schlimmer war als Wut, hinzusetzte: »Du hast dir ein ganz besonderes Hochzeitsgeschenk verdient. Etwas, das deine Braut und dich auf ewig an Gideon Park erinnern wird. Wie wäre es mit zwanzig Peitschenhieben?«

Daniel hörte, wie sich seine Stimme vor Panik überschlug. »Ich habe wie ein Hund für Sie geschuftet, Sir. Ich bin kein Dieb. Sie werden sich vor Mr. Jonstone verantworten müssen. Nie und nimmer wird er das erlauben!«

»Er wird gar nichts davon mitbekommen, mein Junge. Wenn er von Sydney Town zurückkehrt, bist du schon vergessen. Meilenweit entfernt, in Ironbark, wirst du deine Frau anflehen, deine Wunden zu verarzten.«

»Sie hatten mir versprochen, dass ich nie ausgepeitscht würde!«

»Ich soll einem Verbrecher etwas versprochen haben? Wie kommst du darauf? Habe ich zwanzig gesagt? Nun, ich will großzügig sein und dreißig daraus machen. Morgen um sechs. Also, gute Nacht, Daniel Browne!«

Pfeifend ritt der Teufel in Person davon. Daniel sah Ross und Reiter hinterher.

Drei Jahre habe ich gebetet, gelogen, betrogen und mich geschunden. Ich habe meine Seele verkauft – alles vergebens.

Daniel wusste, dass er seine gerechte Strafe jetzt doch noch erhalten würde. Nun würde es nicht einmal nützen, die Muttergottes anzurufen. Niemand war stärker als der Teufel in Person.

Um fünf Uhr früh holten zwei von Iagos Schergen ihn aus dem Bett und spotteten über seine jämmerliche Angst. Sie fesselten ihn an den Pranger und rissen ihm das zerlumpte Hemd auf, um den Rücken für die Peitsche zu entblößen. Dann gingen sie. Daniel war allein. Ihm ging auf, dass eine Stunde vergangen war. In der Ferne läuteten die Glocken zur Sechs-Uhr-Andacht. Er sah den Auspeitscher auf sich zukommen. Und dann den Teufel in Person auf seinem Pferd. Lächelnd.

»Wir verschieben es auf morgen«, befahl er und ritt davon.

Dasselbe wiederholte sich Tag für Tag, bis Daniel mit Grauen die neuen Regeln des Spiels durchschaute.

Das Schwein ist es leid geworden, den Auspeitschungen zuzusehen. Jetzt ergötzt er sich an meiner Angst.

DREISSIG

Die Gerüchteküche von Bolthole Valley brodelte. Wie es hieß, wollten die reichen Großgrundbesitzer eine ungewöhnliche Petition bei Gouverneur Gipps einreichen.

Jake betrat Feagans Laden und verlor keine Zeit: »Was soll das Gerede von einer Petition, damit der Gouverneur den ganzen Bezirk unter Kriegsrecht stellt? Soll das etwa ein Witz sein?«

Feagan richtete sich zu voller Höhe auf – er war eins siebzig – und antwortete: »Über das Kriegsrecht macht man keine Witze.«

»Nur allzu wahr«, entgegnete Jake. »Wenn Gipps nachgibt, dann werden wir hier ein weiteres Blutbad erleben.«

Jake marschierte aus dem Laden, sprang auf seinen Pferdewagen und raste über den Feldweg nach Ironbark.

Es war Freitag. Keziahs letzter Arbeitstag in der Woche. Bestimmt würde Daniel am Sonntag Gideon Park noch vor Tagesanbruch verlassen, um rechtzeitig zu einer weiteren Verlesung des Aufgebots in Ironbark zu sein. Doch mit etwas Glück könnte er sie heute allein antreffen.

»Was macht das Leben, Kez?« Jake lehnte am Türrahmen der Hütte und versuchte, ihre Laune einzuschätzen. Heute schien sie einigermaßen ausgeglichen zu sein, aber er hatte sich diesbezüglich schon öfter getäuscht.

Sie saß am Schreibtisch über ein paar Schulhefte gebeugt und trug einen blauen Kittel über dem Kleid. Er liebte ihr unbändiges Haar. Eine Hälfte hatte sie auf dem Kopf zu einem Knoten festgesteckt, die andere fiel ihr in einzelnen Locken über das Gesicht.

Die rechte Hand, in der sie die Feder hielt, war mit roter Tinte verschmiert.

»Ist etwas passiert?«, fragte sie ruhig. »Geht es um Gem?«

Jake fragte sich, ob sie irgendwann nicht mehr nur an Gem denken würde.

»Soweit ich weiß, ist mit Gem alles in Ordnung. Ich dachte nur, du solltest die neuesten Nachrichten von mir erfahren. Terence Ogden will dem Gouverneur eine Petition überreichen, damit der in der ganzen Gegend das Kriegsrecht ausruft. Und Thomas Icely setzt den Generalvermesser unter Druck wegen der Pläne für das Dorf Carcoar in der Nähe von Bathurst. Er verlangt Schutz vor den Buschräubern. Ich denke, wenn Icely mit an Bord geht, haben wir nichts mehr zu melden.«

Keziah wurde blass.

Jake fuhr fort: »Kriegsrecht heißt, dass es hier von berittenen Polizisten nur so wimmeln wird und wir einen eigenen Richter bekommen, um Buschräuber vor Ort zu verurteilen, statt sie nach Sydney Town, Bathurst, Berrima oder sonst wohin zu bringen.«

»Wenn du damit andeuten willst, dass Buschräuber in Zukunft ohne ordentliches Gerichtsverfahren aufgeknöpft werden sollen, so sag es nur«, meinte sie.

Jake wusste, welche Bedrohung das Kriegsrecht für Gem und die übrigen armen Teufel darstellte, die er als Kumpel bezeichnete. Gem war immer noch auf der Flucht. Will Martens strickte eifrig an der Legende des Schwadroneurs und war den Fängen der Trooper schon so oft entwischt, dass es ein Witz war.

»Wird Gouverneur Gipps der Petition stattgeben?«, fragte Keziah.

»Das wollte ich gerade dich fragen«, antwortete Jake spitz.

»Ich kann nicht vierundzwanzig Stunden am Tag hellsehen«, gab sie zurück.

»Kriegsrecht ist eine extreme Maßnahme – und obendrein verdammt kostspielig für das Staatssäckel. Heute Nacht findet eine Versammlung in Bolthole statt, um darüber zu debattieren.

Ogden und seine Vasallen stecken dahinter. Ich dachte mir, dass es nützlich wäre, wenn ich mir den Feind aus nächster Nähe anschaue. Hättet ihr Mädels vielleicht Lust auf einen kleinen Ausflug?«

»Werden sie denn zulassen, dass du Nerida mitnimmst?«, fragte Keziah besorgt.

»Das siehst du dir am besten mit eigenen Augen an!«, gab Jake zurück.

»Betrachtest du Ogden und Icely als Feinde?«, wollte Keziah wissen, während sie Gabriel hastig Hände und Gesicht abwusch.

»Ogden ist gar nicht so schlimm. Aber er ist ein bisschen machtbesessen und will Icely Konkurrenz machen. Icely hat sich mithilfe einer ganzen Armee von Strafgefangenen ein neunzigtausend Morgen großes Reich aufgebaut. Mittlerweile lebt seine Familie in Sydney Town, denn er weiß nur zu gut, dass er eine ideale Zielscheibe für Buschräuber ist.«

Keziah versuchte, Icely gegenüber fair zu bleiben. »Man kann es niemandem verübeln, wenn er seine Familie beschützen will.«

»Das mache ich auch nicht. Aber die meisten Großgrundbesitzer wollen nicht einsehen, dass die Wurzel des Übels im System liegt. Die Engländer behaupten, sie würden die Kolonie nicht länger mit Strafgefangenen überfluten, aber sie deportieren sie nach wie vor nach Van Dieman's Land und in andere Gegenden. Die armen Teufel werden schlimmer behandelt als Hunde. Heiliger Strohsack! Ich darf mich nicht so aufregen, sonst ende ich bloß wieder im Watch House!«

»Bloß nicht! Denk dran, dass du heute Abend für zwei Frauen und zwei Kinder verantwortlich bist!«

Kaum war er fertig angezogen, lief Gabriel auf Jake zu.

»Du wirfst mich ja glatt um, Gabe! Meine Güte, bist du groß und stark geworden!« Jake setzte sich den Jungen auf die Schulter.

Keziah hatte sich umgezogen und schenkte ihm in ihrem besten Sonntagsstaat jenes besondere Lächeln, das ihm so unangenehm war. Als könnte er alles auf der Welt in Ordnung bringen.

»Werden mit dem Kriegsrecht auch wieder öffentliche Hinrichtungen eingeführt?«

»Klar, aber das wird nichts an den Zuständen ändern. Die britische Regierung hat nicht den blassesten Schimmer von dem, was hier vor sich geht.«

Er stand auf. »Hoffen wir, dass Gipps nicht umfällt. Das letzte Mal wurde das Kriegsrecht zur Zeit von Windradyne ausgerufen. Die Weißen nannten ihn Samstag. Aber erwähne diese Namen bloß nicht vor Nerida, es schmerzt sie zu sehr. Die Namen toter Schwarzer sind tabu.«

Keziah nickte. »In meinem Volk ist es genauso.«

Als Keziah und Jake mit Gabriel aus dem Haus traten, saß Nerida bereits mit dem geschniegelten, ernsten Murphy auf dem Schoß im Pferdewagen.

»Ich stecke mir unterwegs noch das Haar hoch.«

Jake warf einen Blick auf Keziahs Haar, das wild um ihren Kopf flatterte. »Sei nicht albern. So siehst du wenigstens halbwegs anständig aus.«

Er grinste und duckte sich vor ihrer Handtasche.

Als Keziah den Gemeindesaal von Bolthole Valley betrat, saßen die örtlichen Siedler nebeneinander in einer Reihe wie schwarze Krähen auf einem Zaun. Die Frauen trugen ihre besten Hüte und Schals zur Schau. Die Männer repräsentierten alle Sprossen der gesellschaftlichen Leiter und waren entsprechend gekleidet, von feinen Anzügen bis zu den ausgefallensten Arbeitsklamotten. Ihre Gesichter zeigten die ganze Palette der aktuellen Haarmode: Vollbärte, Backenbärte und Schnurrbärte.

Keziah fiel auf, dass Jake zu den wenigen jungen Männern gehörte, die rasiert waren. *Komisch, seit einiger Zeit geht er nicht mehr unrasiert aus dem Haus.*

Sie wusste, dass die meisten erschienen waren, um für die Petition zu stimmen, weil sie Angst vor einer Revolte der Strafgefangenen hatten. Für andere war die Versammlung ein gesellschaftliches Ereignis, das sie sich nicht entgehen lassen wollten. Die Luft knisterte vor Spannung.

Jake wartete, bis die Sitzung eröffnet war, ehe er sie und Nerida geschickt in die hinterste Sitzreihe neben der Tür bugsierte, damit Nerida, die ihr Gesicht unter der Haube versteckte, nicht auffiel. Keziah, die wie Nerida ihr Kind auf dem Schoß hatte, hörte dem Redner aufmerksam zu.

Terence Ogdens unverwechselbar kornischer Akzent, seine aufrechte Haltung und der würdevolle, graue Bart wiesen ihn als Menschen aus, der von Natur dazu befähigt war, über das Leben anderer zu bestimmen – ganz gleich, ob es sich um freie Bürger oder Strafgefangene handelte. Er ließ keinen Zweifel daran, dass er Icelys Forderung nach mehr Schutz vor Buschräubern unterstützte, las anschließend die Namen jener vor, die seine Petition unterschrieben hatten, und forderte alle Anwesenden auf, es ihnen gleichzutun. Für seine Rede erhielt er spontanen Beifall.

Der nächste Redner hatte das Feuer eines Baptistenpredigers. Jeder Satz wurde von der Menschenmenge mit Zustimmung quittiert. Keziah rechnete schon mit lauter Hallelujas.

»Gouverneur Gipps muss auf die Stimme des Volkes hören. Wir brauchen das Kriegsrecht, um die Buschräuber daran zu hindern, die Gemeinden zu erpressen, die wir mit unserem Schweiß und unserem Blut aufgebaut haben. Wir brauchen dringend mehr berittene Trooper. In diesem entlegensten Teil des Empires Ihrer Majestät müssen Recht und Ordnung wiederhergestellt werden. Wir müssen diese gottlosen Desperados zur Strecke bringen. Wir brauchen einen Bezirksrichter, der Schurken wie den Einäugigen, den Schwadroneur oder den Zigeuner Gem Smith an den Galgen bringt!«

Es folgte stürmischer Beifall. Nur mit Mühe konnte Keziah ihre Wut in Zaum halten. Sie wollte Gem verteidigen, aber sie musste die ehrbare Dame spielen, um Gabriel zu schützen. Sie drückte den Kopf des schlafenden Jungen an ihre Brust und kämpfte gegen ihre Verwirrung an. Wenn vor dem nächsten Vollmond kein Wunder geschah, wäre sie vor dem Gesetz Daniel Brownes Frau. War sie ehrlich, was die Begründung für ihre Einwilligung in die Ehe anging? Vorrangig hatte sie es getan, um Gabriel vor dem Anspruch der Morgans zu schützen. Aber was hielt sie in Ironbark wirklich? Verriet sie ihre Roma-Traditionen, indem sie Sarannas Identität annahm? Oder blieb sie, weil sie zum ersten Mal im Leben in den Augen der *gaujo* Anerkennung gefunden hatte?

Sie musste sich dringend jemandem anvertrauen, bevor es zu spät war.

Als sie sich in diesem Augenblick im Saal umsah, war es, als sei ein unsichtbares Rädchen, das bislang ihr Leben kontrolliert hatte, plötzlich umgestellt worden. Jetzt befand sie sich auf einem völlig anderen Weg. Jake lehnte mit dem Rücken an der Wand, den Blick auf Ogden und seine Anhänger aus der herrschenden Klasse gerichtet. Seine Züge zeichneten sich im Licht der Wandlampe deutlich ab. Es war, als sähe sie ihn zum ersten Mal. In seinem Profil erkannte sie Stärke, Humor und eine gewisse Arroganz, hinter der er seine Empfindsamkeit zu verbergen suchte. Er hatte den Kopf eines jungen Prinzen auf einer mittelalterlichen Münze. *Jake sieht wirklich gut aus*, dachte sie.

Verwirrt über sich selbst wandte sie ihre Aufmerksamkeit wieder Gilbert Evans Tirade über die niederträchtigen Buschräuber zu. Am liebsten hätte sie ihn angeschrien: »Am Sonntag predigst du von der Kanzel, dabei wissen alle, dass du hier in Bolthole Valley ein Bordell besitzt, du verdammter Heuchler!«

Doch sie schwieg und hasste sich für ihre Ohnmacht. Wie viele dieser Siedler hatten ihre Strafgefangenen aus nichtigen Gründen auspeitschen lassen? Wie viele von ihnen sahen darüber hinweg, dass diese Männer ihre Ländereien mit leerem Magen bewirtschaften mussten? Hobson und Bloom wussten, was Mitmenschlichkeit bedeutet. Aber wie viele der anderen hier waren ohne Schuld?

Gilbert Evans' Stimme war aalglatt. »Unter uns gibt es Verräter, die Buschräuber unterstützen und ihnen zur Flucht verhelfen. Diese Männer werden sich weigern, unsere Petition zu unterschreiben.«

Keziah sah hinüber zu Jakes stählernen Augen und erkannte deren Botschaft. *Er hält es nicht länger aus! Mi-duvel! Jake darf nicht ins Gefängnis kommen!*

Und da fand Keziah den notwendigen Mut. Sie sprang auf und forderte Gilbert Evans offen heraus. »Zeigen Sie mir eine Petition, die das Auspeitschen verbietet, und ich werde die Erste sein, die unterschreibt! Eine humane Gesellschaft braucht kein Kriegsrecht!«

Aller Augen waren plötzlich auf sie gerichtet. Mrs. Hill, eine der Witwen, der Keziah regelmäßig in Feagans Krämerladen begegnete, zeigte mit dem Finger auf Nerida. »Das ist doch die kleine Eingeborene des Einäugigen. Was macht die denn hier? Für ihn spionieren?«

Zwei Männer packten Nerida. Gabriel rutschte zu Boden, als Keziah versuchte, sie daran zu hindern.

Jake warf sich ins Getümmel und schrie: »Hände weg von den beiden Frauen, sie gehören zu mir!«

Die kräftigen Männer ließen von Nerida ab und gingen auf Jake los.

»Nieder mit dem Strafgefangenensystem!«, rief Jake. Ein Ire schloss sich seinem Aufruf an, unterstützt von wenigen mutigen Stimmen. Am Ende des Saals flogen bereits die Fäuste.

Jemand griff nach der Petition und warf sie in die Luft. Die losen Blätter flogen durch den Saal und wurden von der Menschenmenge zertrampelt.

Auf der Heimfahrt bemerkte Keziah, dass Jakes Hemdkragen zerrissen war. Trotzdem hatte er so gute Laune, dass er sämtliche Strophen seines Lieblingsliedes *The Wild Colonial Boy* schmetterte, ohne sie durcheinanderzubringen. Sie war von dem Gefühl in seiner Stimme beeindruckt. Alles, was Jake sagte oder tat, war ein seltsamer Filter für seine tiefe, wenn auch immer ein wenig verborgene Liebe zu seinem Land.

»Es ist noch gar nicht lange her, da regte dieses Lied die Menschen dermaßen auf, dass man es in den Wirtshäusern nicht mehr singen durfte.« Beide wussten, dass sie es wusste, doch hielt ihn das nicht davon ab, es trotzdem zu sagen.

»Und hat es jemanden daran gehindert, es zu singen?«, fragte sie.

»Nein! Die Leute tranken noch mehr und sangen noch lauter.«

»War Bold Jack Donahoe wirklich so ein guter Mensch?«

Jake ging auf Nummer sicher. »Viele glauben es. Er war mutig. Er starb bei einer Schießerei, als ein ganzer Trupp von Soldaten und Troopern ihn umzingelt hatte. Er beschimpfte sie und rief: *›Kommt doch her und holt mich‹*, bevor er erschossen wurde. Er war sechsundzwanzig, so alt wie ich. Er war mein Held, als ich noch ein kleiner Junge war. Meine Mutter hat sich deswegen keine Sorgen gemacht, sie kam ja selbst aus Irland. Seltsam, was für eine Kraft ein Lied haben kann.«

»Mein Vater spielte Musik, bei der man entweder weinen oder tanzen musste. Oder bis zum letzten Blutstropfen kämpfen.«

Jake dachte einen Augenblick darüber nach. »Du hast den Kleinen nach ihm benannt.«

Sein Instinkt überraschte sie. »Das habe ich dir nie erzählt!«

»War auch nicht nötig.«

Als sie die Hütte erreichten, brachte Jake Nerida und den schlafenden Murphy auf seiner Schulter zu ihrer *goondie*. »Gute Nacht, Neri. Tut mir leid wegen des Aufruhrs.«

»Du bist ein guter Mensch, Jake«, sagte sie, ohne eine Miene zu verziehen. »Für einen *gubba*.«

Jake grinste. »Ich bin der Beste in einem Haufen böser weißer Männer, stimmt's?«

Nachdem sie Gabriel ins Bett gebracht hatte, fasste sich Keziah ein Herz und stellte ihre Frage. »Jake, könntest du noch auf ein Glas bleiben? Ich brauche deinen Rat.«

Er runzelte die Stirn. »Mir soll's recht sein, aber was wird dein Bräutigam dazu sagen? In dreizehn Tagen bist du Mrs. Browne. Ich will den Leuten in Ironbark keine Munition für ihren Klatsch liefern.«

Nach dem zweiten Glas entspannte sich Jake, merkte aber, dass Keziah nervös war. Sie trank nur selten Wein. Sie hatte keinen Kopf dafür. Er hatte gesehen, wie der Wein sie entweder zum Weinen oder Tanzen brachte, manchmal beides zugleich.

Er hielt das feine Glas gegen das Licht. »Sehr stilvoll für jemanden, der sich nicht viel aus einem guten Tropfen macht.«

»Meine Großmutter hat ihre besten Gläser nur zu besonderen Anlässen herausgeholt. Und ich muss eine kluge Entscheidung treffen. Die Zeit läuft mir davon.«

Sie stießen an, und Jake schnalzte anerkennend mit der Zunge. »Wenn das der Wein ist, den du bei deiner Hochzeitsfeier servieren wirst, werde ich der Erste sein, der kommt, und der Letzte, der geht.«

Keziah trank hastig. Jake bezweifelte, dass sie den Wein genoss.

»Also, Kez, wo drückt der Schuh?«, drängte er schließlich. »Weißt wohl nicht, wohin mit dem Wuschelhaar an deinem großen Tag, wie?«

Keziahs Locken hingen ihr mittlerweile wild über die Schultern. Für Jake sah sie nicht unbedingt wie eine Lehrerin aus. Eher wie eine verführerische Meerjungfrau. Das nächste Glas stürzte sie in einem Zug hinunter.

»Langsam«, warnte Jake. »Wenn ich zu viel trinke, endet es immer mit einer Prügelei.«

Keziah beugte sich vertraulich vor. »Die Wahrheit ist, dass ich es mir anders überlegt habe. Ich will Daniel Browne nicht heiraten.«

Jake verschüttete Wein über sein Hemd. Dann musterte er sie, um herauszufinden, ob sie es ernst meinte. Es sah ganz danach aus.

Er griff nach der Flasche. »Wenn ich es mir recht überlege, sollten wir uns doch noch ein Gläschen genehmigen.« Er füllte ihre Gläser und versuchte, seine Gedanken zu ordnen.

»Seit Evas Zeiten bekommt jede Braut kurz vor der Hochzeit kalte Füße, aber sobald du Daniel am Altar stehen siehst, wirst du den Mittelgang hinaufrennen, ehe er es sich anders überlegt.«

»Hör auf, Jake! Ich liebe Daniel nicht. Ich habe ihn nie geliebt!«, schrie sie.

Jake versuchte, sie zu beruhigen. »Hör mal, ich glaube, dass er dich aufrichtig liebt, und du selbst hast gesagt, du hättest eine Abmachung mit ihm getroffen. Bei Gott, Kez, du brauchst einen anständigen Kerl, der sich um dich kümmert.«

Keziah sah ihn mit ihren violettblauen Augen an, und plötzlich wünschte er sich, er wäre frei, um dieser Kerl zu sein.

»Ich habe zugestimmt, weil die Ehe meine Position gestärkt hätte, falls Morgan gekommen wäre, um Anspruch auf seinen Sohn zu erheben.«

Jake hatte das Gefühl, dass viel mehr dahintersteckte, doch Keziah deutete auf Gabriels Zimmer, als wäre damit alles gesagt.

»Ich wollte nur, dass er glücklich ist, verstehst du?«

Jake war verblüfft. »Klar, aber solange das Kind noch nicht in den Brunnen gefallen ist, solltest du lieber die Gelegenheit beim Schopf fassen und heiraten.«

Keziah sah verwirrt aus. »Du verstehst mich nicht. Ich liebe einen anderen!«

Jake verdrehte die Augen. *Meint sie Gem oder Gabriels Vater, Caleb Morgan? Oder ganz wen anders, der mir bislang noch nicht aufgefallen ist?*

Er klopfte ihr auf die Schulter. »Versuchen wir mal, ganz praktisch zu sein. Findest du Daniel attraktiv?«

»Nun ja, hässlich ist er nicht!«

»Das ist doch schon was! Behandelt er dich wie eine Dame?«

»In der Öffentlichkeit schon, aber ...«

»Ist er nett zu Gabriel?«

Keziah verlor allmählich die Geduld. »Ja, verdammt. Siehst du nicht, warum ich so verwirrt bin? Ich dachte, du wärst mein *Kumpel*, aber ...«

»Das bin ich doch auch. Sonst würde ich schließlich nicht hier sitzen und mir das Ganze anhören.«

Keziah sprang auf und sah ihn flehend an. »Jake, wenn du wirklich mein Freund bist, dann bleib heute Nacht bei mir! Ich bin so nervös. Es ist drei Jahre her, dass ich ...«

Jake klammerte sich an einen letzten Strohhalm. »Das ist es also! All das Gerede über Raubüberfälle und Buschräuber hat dir Angst gemacht! Wie wäre es, wenn ich es mir in meiner Wolldecke auf deiner Veranda gemütlich mache?«

»Nein, Jake!« Keziah ging auf ihn zu. Sie war von Kopf bis Fuß sittsam gekleidet, aber ihre wilde Mähne und der sinnliche Mund ließen sie so aufreizend wirken, dass Jake der Atem stockte.

Er sprang auf, als wolle er sich aus dem Staub machen, doch sie stellte sich ihm in den Weg. Sanft schmiegte sie sich an ihn und strich ihm mit dem Finger über den Mund.

»Jake! Bevor es zu spät ist, liebe mich. Jetzt gleich.«

Einige köstliche Augenblicke lang machte Jake keinen Versuch, sie aufzuhalten, als sie ihre Hüften sacht gegen seinen Körper presste. Sie schloss die Augen und streifte mit ihrem Mund seine Lippen – bereit und entschlossen. Er spürte, wie ihr Körper Feuer fing wie keine andere Frau, die er zuvor berührt hatte.

»Und Daniel?«, brachte er noch heraus.

»Es wird ihm nichts ausmachen. Wir haben eine Abmachung. Er will nicht das, was ich dir geben kann, Jake.«

In diesem Augenblick fiel der Groschen. Er schob sie auf Armeslänge von sich weg und sagte freundlich, wie er glaubte: »Dass ich mein halbes Leben in einem Bordell verbracht habe, heißt nicht, dass ich keine Grundsätze hätte.«

Kein anständiger Mann nutzte eine Frau aus, deren Kopf von Alkohol benebelt war, aber als Jake ihren Ausdruck sah, fragte er sich, ob die Bedeutung dessen, was er hatte sagen wollen, irgendwie verloren gegangen war.

Keziah trat einen Schritt zurück und hob das Kinn, als kämpfe sie darum, sich wieder zu fassen. Jake kam es vor, als hätte er plötzlich eine ganz andere Keziah vor sich. Ein bisschen benebelt vielleicht, aber ganz Dame.

»Ich habe dich um deine ehrliche Meinung gefragt. Du hast sie geäußert. Ja, du hast ganz Recht. Ich werde Daniel wie geplant heiraten und hoffe, dass du Zeit hast, auf unserer Hochzeit zu tanzen.«

Dann öffnete Keziah ihm die Tür. »Vergiss deinen Hut nicht, Jake.«

Er stolperte zurück, um den Hut zu holen, versuchte es an der Tür aber noch einmal.

»Ich wollte noch sagen, dass es das schönste Angebot ist, das ich je bekommen habe.«

Zu spät. Ihre Miene erinnerte ihn an die seiner Mutter, als er eines Tages von der Schule nach Hause kam und einen katholischen Priester vorfand, der ihr erzählte, dass sie mit ihrem protestantischen Mann und ihren sechs Kindern in Sünde lebte. Keziahs Stimme klang wie die seiner Mutter an jenem Tag – süß, distanziert und unnatürlich höflich.

»Nett, dass du uns zu dieser Versammlung mitgenommen hast. Was meinst du – werden sie das Kriegsrecht durchbringen?«

Jake schwankte. Sie klang völlig nüchtern, war aber offensichtlich müde, denn sie musste sich an den Türrahmen lehnen.

Er hob die Hände. »Kriegsrecht? Wie soll ich das wissen, Mädchen? Heute Nacht würde ich auf gar nichts wetten.«

Während Jake über die Sydney Road fuhr, konnte er nicht einmal zum Himmel aufsehen, ohne Keziahs außergewöhnliche violettblaue Augen vor sich zu sehen.

Warum, zum Teufel, lassen mich ihre Worte nicht los? Sie ist doch nur mein Kumpel!

Jake glaubte nicht an das alberne Gerede über Geister, trotzdem fragte er sich seit Tagen, ob eine *lebende* Frau einen Mann verfolgen könnte. Er sagte sich, dass er seine Schuld Kez gegenüber, weil sie ihm das Leben gerettet hatte, gänzlich abgetragen hätte, sobald sie Daniel endlich geheiratet hätte. Dann wäre sie versorgt, und er könnte sich wieder auf die Suche nach Jennys Schurken machen.

Als er im Postamt von Goulburn seine Briefe abholte, fand er ein Schreiben vor, das ihn zutiefst erschütterte. *Jenny.*

Er las es in einem Wirtshaus auf der gegenüberliegenden Straßenseite. Jennys Anspielungen auf die Juwelen, das mit rosa Marmor ausgestattete Badezimmer und die Zofe, jenen Luxus, den er ihr nicht hatte bieten können, trafen ihn bis ins Mark. Auf den ersten Blick war ihr Brief eine freundliche Einladung, Pearl zu besuchen. Aber Jake kannte seine Jenny. Wo war der Haken? Er las den Brief erneut und fand ihn. Kein Absender. Seine durchgebrannte Frau konnte überall und nirgends sein.

Nachdem sein bitteres Lächeln verflogen war, beschloss er, nach Sydney Town zu fahren und die Dienste eines neuen, ungewöhnlichen, amerikanischen Büros in Anspruch zu nehmen. Erneut studierte er die Werbung, die er aus einer Zeitung ausgeschnitten hatte. Unter dem Banner einer amerikanischen Flagge war ein Fernglas abgebildet. Der Leiter der Agentur, ein gewisser Benjamin Rogers aus New York, behauptete, den Erfolg garantieren zu können. Alle Nachforschungen würden mit größter Diskretion durchgeführt. Vermisste Personen, verbotene Liebesverhältnisse, Betrügereien und ungeklärte Morde.

»Verdammt noch mal, ja, ich versuche es mit deiner Agentur, Yankee.«

Doch als er Richtung Norden fuhr, hörte Jake den Widerhall von Keziahs eindringlichem Flüstern in seinem Kopf. *»Jake, bevor es zu spät ist. Liebe mich. Jetzt gleich.«*

Sydney Town oder Ironbark? Jake wusste, dass es nicht um einen Wettbewerb ging. Dann lenkte er sein Pferd nach Süden. »Zeig, was du kannst, Horatio. Wir müssen es rechtzeitig zur Kirche schaffen. Es gilt eine Hochzeit zu verhindern!«

EINUNDDREISSIG

Nachdem Jake gegangen war, zog sich die Zeit für Keziah quälend in die Länge. Nachts lag sie wach im Bett und war zu niedergeschlagen, um sich Gedanken über den Mondschein zu machen, der ihr nach Überlieferung ihres Volkes weißes Haar oder gar eine Glatze bescheren konnte. Was könnte schlimmer sein als diese lächerliche Hochzeit mit Daniel Browne? Jake hatte sich geweigert, dieses Problem zu lösen. Er hatte ihre Liebe abgewiesen.

Schließlich dämmerte der Tag, den Nerida *»die Sache mit der Freiheit«* getauft hatte. Obwohl Keziah sich vorgenommen hatte, keine besonderen Anstrengungen zu machen, erlaubte sie Nerida, ihr Haar mit einem Kranz aus karminroten Zylinderputzblüten zu schmücken, passend zu ihrem neuen Kleid. Später würde sie noch die dazugehörige Jacke anziehen.

George Hobson ging in dem Anzug, den er auch zur Beerdigung seiner Frau getragen hatte, vor ihrer Hütte auf und ab. Er bot Keziah den Arm an, machte aber keinen Hehl aus seiner Betroffenheit darüber, dass seine angesehene Lehrerin beschlossen hatte, einen ehemaligen Strafgefangenen zu heiraten.

»Man sollte eine solche Entscheidung nicht überstürzen. Es ist noch nicht zu spät, es sich anders zu überlegen, Miss Plews.«

»Danke, Mr. Hobson, aber mein Entschluss steht fest.«

Schicksalsergeben schritt Keziah auf die Kapelle zu und kam sich vor, als wäre sie zum Tode verurteilt. Nerida ging in ihrem prächtigen rotgoldenen Brokatkleid selbstbewusst voran und achtete darauf, dass Murphy und Gabriel Ruhe gaben. Die beiden trugen identische Pagenanzüge und zankten sich darüber, wer das Samtkissen mit den Ringen tragen durfte.

Joseph Bloom hatte Keziah taktvoll zu verstehen gegeben, dass der Samstag sein Sabbat sei und er deshalb nicht zur Hochzeit kommen könne. Als sie ihn jetzt auf dem Weg in die Kapelle draußen seine Psalmen beten sah, wusste sie, dass er – wie nicht anders zu erwarten – wenigstens im Geiste bei ihr war.

Doch ihr Lächeln erstarrte, als sie ihm in die Augen blickte. Wie durch Zauberhand trug er plötzlich eine Richterrobe und eine Perücke. Im nächsten Moment stand er wieder in seinem Morgenanzug da, und seine Augen lächelten ihr über den Rand seiner Brille hinweg zu.

Keziah erschrak. *Seit meiner Kindheit habe ich das Zweite Gesicht. Warum erschrecke ich jetzt so?*

Die Kapelle war zum Bersten voll. Keziah war die Ironie der diversen Gründe bewusst, aus denen die Menschen erschienen waren. Die Strafgefangenen waren aus Respekt vor der Lehrerin gekommen, die so vielen Lesen und Schreiben beigebracht hatte. Sogar der große Sholto konnte nun die Worte auf seinen unzähligen Tätowierungen selbst entziffern.

Die Protestanten waren da, um Zeuge einer Vereinigung zweier verwandter Seelen im Glauben zu werden. Die Katholiken, weil sie dankbar waren, dass Miss Plews ihren Kindern nicht das Dogma des Protestantismus aufgezwungen hatte. Die walisischen Wesleyaner hatten die besten Stimmen im ganzen Tal, daher stellten sie den Chor. Der Buddhist Sunny Ah Wei kam aus Herzensgründen – Nerida – und um neue Geschäftskontakte zu knüpfen.

Daniel Browne jedoch war hier, um seine Freiheit zu gewinnen. Er stand in einem dunklen Anzug, den er sich von Mac Mackie ausgeliehen hatte und dessen Hosenaufschläge man hatte herauslassen müssen, damit er ihm passte vor dem Altar. Sein Haar glänzte im Sonnenlicht, das durch die bunten Kirchenfenster fiel. Während Keziah an Hobsons Arm durch den Mittelgang schritt, überraschte sie die Bewunderung, die sie in seinen Augen erkannte. *Er betrachtet mich wie einen Gegenstand, den er malen will. Soll mir recht sein.*

Das dunkle Rot ihres Kleides passte zu dem Blumenkranz auf ihrem losen Haar und ihrem Brautstrauß, doch das Kleid klebte an ihrem Körper, nur ein Träger war von der Schulter herabgerutscht wie als Bestätigung dessen, dass sie keine jungfräuliche Braut mehr war.

Keziah spürte, wie die versammelten Männer sie anstarrten, sie aber suchte nur einen unter ihnen. *Wo, zum Teufel, steckt Jake?*

Noch ehe er die kleine Kapelle sehen konnte, hörte Jake die blecherne Orgelmusik. Er ließ Horatio grasen und marschierte schnurstracks auf die Tür der Kapelle zu. Das Innere war ein Brutkasten. Ein Schwall heißer Luft schlug ihm ins Gesicht, vermischt mit dem Geruch von Parfüm und Pomade.

Er hörte die Worte des Hochzeitsgottesdiensts, die der ältere Geistliche sprach, und stellte erleichtert fest, dass er noch rechtzeitig erschienen war. Der Priester machte sich nicht die Mühe, die Augen zu heben, als er die traditionelle Frage stellte: »Sollte jemand berechtigte Einwände gegen diesen Bund der Ehe haben, so möge er jetzt sprechen oder für immer schweigen.«

Jake räusperte sich. »Halt! Moment!«

Seine Worte trafen auf eine Mauer aus wirrem Gemurmel. Eine ältere Dame stieß ihn in die Seite und mahnte ihn zur Ruhe. Der große Sholto versuchte, Jake aus der Kirche zu drängen. Keziah drehte sich um, und ihre Blicke trafen sich. Ihr Mund öffnete sich. Sie sagte nichts, doch Jake wusste, dass es ein stummer Hilferuf war.

Der Geistliche blickte erstaunt über die Unruhe auf und fuhr dann hastig fort: »Willst du, Daniel Browne, mit deiner Braut Sara Anne den Bund der Ehe schließen, sie lieben und achten und ihr die Treue halten, bis dass der Tod euch scheidet?« Kaum hatte er seine Frage beendet, als Daniel einer weiteren Intervention durch Jake zuvorkam und rasch antwortete: »Ja, das will ich.«

Dann beugte er sich herab, um Keziah auf den Mund zu küssen, und Jake hatte das Gefühl, jemand hätte ihm in die Magengrube geboxt.

Im gleichen Moment stimmte die blecherne Orgel den Hochzeitsmarsch an, und das frischvermählte Paar kam durch den Mittelgang auf ihn zu. Jake stürmte aus dem Portal hinaus ins Freie.

Er sprang auf sein Pferd und sah sich noch einmal um. Keziah und Daniel lächelten eisig, während die Kinder von Ironbark sie mit Konfetti überschütteten. Keziah zielte mit ihrem Strauß auf Nerida, doch Polly Doyle sprang in die Luft und fing ihn quietschend vor Freude auf. Daniel schaute Jake in die Augen, legte seinen Arm um Keziah und drückte sie an sich, wie um klarzustellen, dass sie nun ihm gehörte.

Jake hatte mehr als genug gesehen. Er galoppierte davon, und erst auf der Sydney Road fiel ihm ein, dass er vergessen hatte, das Hochzeitsgeschenk für Keziah aus der Satteltasche zu nehmen. Das musste nun warten. Er hatte keine Lust, an der Hochzeitsfeier teilzunehmen und sich die blumigen Lobeshymnen des Malers auf seine Braut anzuhören.

Was er jetzt brauchte, war eine lange Liebesnacht mit Lily Pompadour. Doch bis Mittwoch war es noch lang.

Als Daniel mit Keziah am Arm das Schulgebäude betrat, stand er zu seiner Überraschung vor mehreren hufeisenförmig aufgebauten Tischen mit einem üppigen Hochzeitsbüfett. Er wusste sofort, dass es Keziahs Werk war. Für die Erwachsenen hatte sie Unmengen köstlicher Speisen zubereitet und für die Dorfkinder ausgefallene Geschenke gebastelt.

Er beobachtete, wie sie die Gäste unterhielt, fest entschlossen, ihr Lächeln in der Öffentlichkeit beizubehalten, bis ihr Gesicht schmerzte. Nur Nerida und er sahen die Wahrheit in ihren Augen.

Nachdem die letzten Gäste gegangen waren, beschwingt vom guten Wein, begleitete Daniel seine Frau schweigend zu ihrer Hütte. Kaum waren sie eingetreten, zog sie ihr Hauskleid an und ließ ihrer Wut freien Lauf, indem sie das makellos saubere Haus von oben bis unten erneut putzte.

Daniel saß auf einem Holzstuhl auf der Veranda, paffte eine der Zigarren, die Jake Andersen ihm schon vor einiger Zeit zur Hochzeit geschenkt hatte, und blies träge Rauchringe in die Luft. Daniel mochte Jake, und er vertraute ihm, trotzdem war ihm bewusst, dass seine Hochzeitspläne mit Keziah eine unsichtbare Spannung zwischen ihnen erzeugt hatten.

Während er jetzt an einem neuen Porträt von Jake arbeitete, fragte er sich, was diesen Kerl so sehr von anderen Männern unterschied. Er war zwar nur eine Generation von seinen europäischen Wurzeln entfernt, aber dieses fremde Land hatte bereits seine Spuren in seinem Gesicht und an seinem Körper hinterlassen. Hatte es auch seine Seele in Besitz genommen? Dinge, die Daniel fremd waren, gehörten zu Jakes Erbe – seine Erde, sein Himmel, seine Luft, sein Wasser. Es war, als sei Jake halb fertig aus einer neuen Gussform von Engländern gekommen. Er besaß keine Manieren im herkömmlichen Sinne, dafür jedoch echte, spontane Herzenswärme.

Während das Porträt rasch die Gestalt eines muskulösen Faustkämpfers annahm, fiel Daniel Jakes Warnung ein, mit der er ihm die Zigarrenkiste überreicht hatte. »Rauch sie draußen, sonst jagt dich Kez mit ihrem Besen aus dem Haus.«

Wie die meisten Kerle hier schien auch Jake sich unter Männern wohler zu fühlen. Einerseits behandelte er Keziah wie einen Kumpel. Und andererseits? Daniel wollte keinesfalls ein Risiko eingehen. Er war überglücklich über seine gewonnene Freiheit und würde sie mit Zähnen und Klauen verteidigen. Er war froh, dem Teufel in Person entkommen zu sein und wusste, dass der Preis für seine Freiheit, Keziah, gut angelegtes Kapital war.

Er hob sein Glas. »Auf mich! Den neuen Herrn und Master!«

Das klang nicht schlecht, doch als die Tür aufflog und er Keziahs Gesicht sah, wusste er, dass sie ihn gehört hatte. Mit einem

Korb schmutziger Wäsche auf dem Kopf marschierte sie auf den Fluss zu.

»Nicht zu fassen! Meine Frau macht an unserem Hochzeitstag große Wäsche!«

»Was könnte es für einen besseren Tag geben?«

Doch Daniel war entschlossen, das letzte Wort zu haben. »Wir werden es noch lange miteinander aushalten, Mrs. Browne!«

Als sie am Ufer des Flusses kniete, war sie erleichtert, allein zu sein. Sie dachte daran, wie Daniel sie am Altar auf den Mund geküsst hatte, und wischte sich mit der Hand über die Lippen, um die Erinnerung zu löschen. Die Weisheiten der Roma boten ebenfalls keinen Trost. *Das war unser erster und letzter Kuss! Gem hat mich verstoßen, Jake hat mich als Geliebte zurückgewiesen. Jetzt muss ich wie Schwester und Bruder mit einem* gaujo-*Ehemann leben. Schwer, sich vorzustellen, dass dies der Pfad ist, der mir bestimmt war.*

Heute musste sie zum ersten Mal seit Jahren wieder die Wäsche eines Mannes waschen. Sehnsüchtig verglich sie ihre jetzige Abneigung mit dem privilegierten Gefühl, das sie gehabt hatte, als sie als vierzehnjährige Braut Gems Kleider waschen durfte. Sie hielt mitten im Schrubben auf einem Felsbrocken inne. Wie seltsam! Daniel hatte ihr die gesamten Sachen zum Waschen gegeben, die er während der Hochzeit getragen hatte, mit Ausnahme seines Hemdes. Was, zum Teufel, hatte das zu bedeuten?

Seine Worte von vorhin hallten in ihren Ohren nach. »Wir werden es noch lange miteinander aushalten, Mrs. Browne.«

Dann sagte sie laut, um sich selbst Mut zu machen: »Nicht, wenn es nach mir geht, Mr. Browne!«

Als sie am Abend bei einem feinen Roma-Mahl saßen, war Daniel rundum zufrieden. Er lobte das zarte Lammfleisch und erkundigte sich mit aufrichtigem Interesse nach den exotischen Gewürzen.

»Vortrefflich! Ich habe eine wundervolle Köchin geheiratet. Hast du das zur Feier unserer Hochzeit gekocht?«

»Nein. Eher wegen deiner Entlassung aus Gideon Park. Nicht einmal ein Hund verdient es, dort eingesperrt zu sein.« Obwohl sie den Wein, den er ihr anbot, mit der Erklärung ausschlug, sie trinke nur gelegentlich mit Freunden, gab sich Daniel nicht gekränkt.

»Heißt das, dass dein Ehemann nie dein Freund sein kann?«, neckte er sie.

»Mein Roma-Ehemann war mein Freund.«

Daniel war entschlossen, die Oberhand zu behalten. »Dann lass uns auf Gem anstoßen. So Gott will, ist er gerade dabei, jemanden um seine Börse zu erleichtern, oder er sitzt bereits im Gefängnis. Während ich frei bin – dank dir!«

»Ja«, erwiderte Keziah. »*Dels* Wege sind unergründlich.«

Daniel ließ es durchgehen und sich von dem herrlichen Lammfleisch verführen. Sein entzücktes Murmeln war derart anerkennend, dass Keziah widerwillig lächeln musste.

»Vielleicht lade ich dich irgendwann wieder mal zum Essen ein.«

»Ich würde garantiert kommen«, antwortete er.

Als sie mit dem Essen fertig waren, gähnte er und fragte: »Nun, meine liebe Braut, wo soll ich schlafen?«

»Im Ehebett, wo sonst?«, antwortete sie.

Daniel war verwirrt. Ihr Tonfall war so höflich, als hätte sie einen Hausgast vor sich. Unsicher, was er tun sollte, fragte er, wo sie hinwolle.

»Ich schlafe draußen, unter den Sternen.«

Mit einem Tritt entledigte er sich seiner Stiefel und warf die Hose auf den Boden. Das Hemd behielt er an. Dann rollte er sich auf den Bauch und genoss den Luxus, ein Ehebett für sich allein zu haben. Heute Nacht hatte er alles, was er brauchte. Und morgen würde er schon für sich selbst sorgen.

Goldenes Mondlicht fiel durchs Fenster. Daniel schlief mit

dem vergessenen Geschmack der Freiheit auf der Zunge ein. In seinen Augenwinkeln standen Tränen.

Danke, Muttergottes, dass du mir die Freiheit geschenkt hast.

Für Jake endete Keziahs Hochzeit im Four Sisters, wo er das ganze Haus zu einer Runde einlud. Als Lily Pompadour die Treppe hinabkam, brauchte sie ihn nur anzusehen. Jeder Muskel seines Körpers war angespannt. Ohne ein Wort bugsierte er sie zur Treppe zurück.

Sie zuckte die Achseln. »Es tut mir leid, Jake, mein Liebling. Oben wartet ein Kunde auf mich.«

Jake war nicht in der Stimmung für Diskussionen. Als er die Tür ihres Zimmers aufstieß und den Mann sah, der nackt auf ihrer Bettkante saß, packte ihn die Wut.

»Nimm deine Hose und scher dich raus! Heute Nacht gehört sie mir!«

Der Mann war hager und schwächlich, aber kein Feigling. »Ich habe bereits bezahlt, und sie hat mich gewaschen. Ich brauche nicht lange. Danach kannst du sie haben.«

»Dafür wirst du nicht lange genug leben, es sei denn, du suchst dir eine andere. Hast du kapiert?«

Daraufhin nahm der Mann seine Kleider und stürmte zur Tür hinaus. Jake kam sich vor wie ein wütender Wikinger.

Lily fühlte sich bemüßigt, etwas zu sagen. »Ich freue mich immer, wenn du kommst, Jake, aber heute ist nicht Mittwoch.«

»Von nun an ist Mittwoch, wann immer ich es sage, verdammt noch mal!«

Lily begriff und wurde ebenfalls aggressiv: »Und was wird heute gefeiert, Jake?«

»Meine beste Freundin hat geheiratet«, erklärte er, wirkte jedoch alles andere als glücklich.

Lily erschauerte triumphierend, als er über sie herfiel. »Ja, Jake! Gib mir alles. Ich sorge dafür, dass du sie vergisst, ich mache es dir so gut, dass du sogar deinen eigenen Namen vergisst.«

Er wusste, dass Lily ihm den Schmerz nehmen konnte, aber es würde eine sehr lange Nacht dauern.

Für Keziah wurde die Hochzeitsnacht zu einer einsamen Selbsterforschung. Sie legte sich draußen hin, unter Gabriels Fenster, falls er aufwachte. Ein feiner Nieselregen fiel auf ihr Haar.

Eine Nacht unter den Sternen wie alle Nächte in ihrer Kindheit, nur dass hier in Jakes Welt die Sterne auf dem Kopf standen. Keziah konnte die Sieben Schwestern erkennen, die die *gaujo* die Plejaden nannten und hier in der südlichen Hemisphäre ein anderes Muster hatten. Jakes Milchstraße erstreckte sich über den Himmel wie die Fata Morgana einer verlorenen Märchenstadt.

Ob Gem auch unter diesen Sternen schlief? Ob er sie noch hasste? Nein. In dem schrecklichen Augenblick der Wahrheit in der Höhle hatte er »Vergib uns beiden« gerufen. Gem war auf einem völlig anderen *drom* als sie. Aber wohin würde ihr Weg sie führen?

Was für eine lächerliche Hochzeitsnacht. Der Bräutigam schlief im Haus, die Braut draußen. Der Einzige, der sie feiern würde, war Jake. Sie stellte sich vor, wie Jake mit vier angeblichen Schwestern im Bett lag. Wie er eine unbekannte Rothaarige vor lauter Lust zum Stöhnen brachte. *Was Jake treibt, geht dich nichts an*, ermahnte sie sich.

Und dann passierte es wieder – die Zeit tat sich vor ihr auf. Ihr Blick wurde von der mondbeschienenen Koppel angezogen, auf der Gabriels Pony graste. Auf dem ungesattelten Rücken saß ein rothaariges Kind mit Sommersprossen in schlecht sitzender Kleidung, die aussah, als hätte seine Mutter sie ihm übereilt angezogen.

Keziah spürte einen Stich von Eifersucht, als ihr klar wurde, dass das Jakes zukünftiger Sohn war. Der Sohn dieser Rothaarigen? Oder der von Jenny? Sie winkte dem Kleinen traurig zu, während sich das Pferd umdrehte und davontrottete. Das Kind verschwand aus ihrem Blick, und nur das Pony blieb.

Der Schatten einer Wolke zog an *Shons* Gesicht im Mond vorbei. Keziahs Herz und ihre Lippen beteten: »*Mi-duvel*, bitte, pass für mich auf Jake auf.«

Dann sah sie hoch zu Jakes Milchstraße und murmelte: »Wir haben ein Abkommen, nicht wahr, Jake? Ehefrauen und Ehemänner mögen kommen und gehen, wir aber bleiben Freunde für immer.«

In diesem Moment hörte sie einen schrecklich gequälten Aufschrei aus der Hütte. »Nein, nein! Sie haben es mir versprochen!«

Sie dachte an den Grundsatz ihrer *Puri Dai* – eine Heilerin darf einen Leidenden nie im Stich lassen. In der Tür stehend sah sie, wie Daniel auf dem Bauch lag und von einem Albtraum gequält wurde. Sie erstarrte. Sein Hemd hatte sich mit dem Blut aus den Wunden der Peitsche vollgesogen.

Keziah hatte nie daran gezweifelt, dass ihr Roma-Glaube richtig war. *Das ist nicht der Weg, den ich gehen wollte, aber es ist nicht der falsche Weg, sondern der, der mir bestimmt war.*

Sie stahl sich zurück in die Hütte, um ihren Mann mit ihren Fähigkeiten zu heilen. Die ganze Nacht lag der Fremde, den sie geheiratet hatte, wie ein schlafendes Kind zusammengekauert in ihren Armen.

ZWEIUNDDREISSIG

Verwirrt und wütend, weil er es nicht vermocht hatte, Keziah an ihrem Hochzeitstag zu retten, setzte Jake seine unterbrochene Reise nach Sydney Town fort. Seither hatte er weder den Bräutigam noch die Braut wiedergesehen, sich aber auf einem der örtlichen Faustkämpfe das dringend benötigte Geld besorgt.

Der feste Glaube seiner Freundin, der falsche Weg sei der richtige, mit der sie ihre Heirat als vom Schicksal vorherbestimmt gerechtfertigt hatte, überzeugte ihn nicht. *Reiner Schwachsinn. Nichts als verdammter Aberglaube.*

Jetzt konnte er sie nicht mehr so einfach besuchen, wenn er Lust hatte, ein Schwätzchen mit ihr zu halten. Er überlegte, ob es klug wäre, den kleinen Umweg zu machen, um ihr sein verspätetes Hochzeitsgeschenk zu bringen, entschied sich dann aber dagegen. Doch als er zur Biegung kam, die nach Ironbark führte, wieherte Horatio plötzlich unruhig.

Jake klopfte ihm beschwichtigend auf den Hals. »Na schön, mein Alter, ich habe verstanden.«

Als er Daniel auf Keziahs Veranda erkannte, sträubten sich seine Nackenhaare. Er zeichnete etwas. Das lockige Haar und die feinen Gesichtszüge erinnerten Jake an den durchgedrehten Dichter Lord Byron, der die Frauen so verrückt machte. *Sieh ihn dir an. Was könnte Daniel anderes sein als ein verdammter Künstler?*

Sein Zorn verwirrte ihn. Er hatte sich mit Daniel angefreundet, bevor er Keziah geheiratet hatte. Er hatte ihn sogar über den grünen Klee gelobt, als Keziah in jener Nacht kalte Füße bekam und die Hochzeit absagen wollte. Warum empfand er jetzt diesen Groll auf ihn?

Lässig stieg er die Stufen hinauf. »Na, wie schmeckt das Eheleben?« Es war die typische Begrüßung für einen frischverheirateten Ehemann, doch in Wirklichkeit wollte Jake die Antwort gar nicht wissen. Er hatte keinen verdammten Augenblick geglaubt, dass ihre dämliche platonische Abmachung die erste Nacht überstehen würde.

Daniel wirkte überheblich. »Meine Frau ist alles, was man sich nur wünschen kann.«

Jake musterte ihn wie einen Gegner im Ring. »Aha. Ich bin auf dem Weg nach Sydney Town und wollte Kez schnell die letzten Neuigkeiten erzählen. Es sind keine guten Zeiten, was?«

Daniel drückte sich um eine Antwort. »Danke nochmals für dein Hochzeitsgeschenk, Jake. Zigarren sind doch was ganz anderes als Tonpfeifen«, sagte er und blies eine Kette von Rauchringen in die Luft.

Dieses selbstsichere Getue irritierte Jake. Sie starrten sich an.

Schließlich gab Daniel nach. »Meine Frau ist drin.«

Als Jake die Hütte betrat, stand Keziah am Herd und drehte sich um. Jedes Mal, wenn er ihre leuchtend blauen Augen sah, stockte ihm leicht der Atem, und heute war es nicht anders. Ihr Haar hatte sich halb aus der gelben Schleife im Nacken gelöst. Feuchte Locken kräuselten sich hinter den Ohren. Über dem Kleid trug sie eine Schürze. Auf der Wange klebte ein Krümel Mehl, den Jake ihr am liebsten weggewischt hätte.

Er blickte ihr ins Gesicht, ohne wirklich zu wissen, wonach er suchte. Und ob er es überhaupt wissen wollte, sollte er es tatsächlich finden. Er war verwirrt. *In ihren Augen finde ich nicht den verträumten Blick, den manche Frauen haben, wenn man die ganze Nacht mit ihnen geschlafen hat. Wenn sie so verdammt zufrieden mit sich sind, als hätten sie die Welt erfunden.*

Er überreichte Keziah sein Hochzeitsgeschenk und machte eine versteckte Anspielung auf ihre neue Rolle als Saranna. »Ein verspätetes Hochzeitsgeschenk. Öffne es später. Vermutlich willst du es lieber geheim halten – schließlich bist du Lehrerin.«

Doch ihre natürliche Neugier war stärker. Dann stockte ihr vor Freude der Atem. »Tarotkarten!«

Jake deutete mit dem Kopf auf die Veranda. »Ich gehe davon aus, dass Daniel mittlerweile alles über dich und Saranna weiß?«

Keziahs Antwort war zweideutig. »Er weiß so viel, wie er wissen muss.«

Ihre Augen verunsicherten ihn. *Sie scheint immer zu wissen, was ich denke.*

»Viel Glück mit dem Amerikaner«, sagte sie beiläufig.

»Mein Gott, woher weißt du das? Ich war noch nicht einmal bei ihm«, erwiderte Jake überrascht.

»Ich habe die Anzeige für Benjamin Rogers' Agentur im Sydney Herald gelesen. Und dann habe ich dich in einem Traum gesehen, du warst von Männern mit dreizackigen Speeren umgeben. Deine Tochter hatte sich auf einem Baum versteckt. Der Yankee wird dich zu ihr führen.«

»Das freut mich«, erklärte Jake verlegen. »Mach keine Dummheiten, hörst du?«

Als er aus der Tür trat, stieß er mit Daniel zusammen, der offensichtlich nach seiner Frau sehen wollte. Und als er ihn freundlich zu einem Bier auf der Veranda einlud, fand Jake es unhöflich, das Angebot auszuschlagen.

Während sie tranken, beobachteten beide verstohlen Keziah hinter der Fensterscheibe. Früher hatte sich Jake gern mit Daniel über Politik unterhalten. Jetzt sprachen sie über alles Mögliche, nur nicht über das, was ihnen auf der Seele brannte – Keziah. Sie stritten sich über den Bierpreis, das Krongut und die Wirtschaft. Sie ereiferten sich über die aktuelle Kontroverse um Alexander Maconochie, den neuen, radikalen Gefängnisdirektor von Norfolk Island, der die gute Führung von Strafgefangenen mit einem Punktesystem belohnte, um die Dauer ihrer Strafe zu verkürzen.

Daniel war dagegen. »Die meisten Strafgefangenen, die nach Norfolk Island kommen, verdienen nichts anderes als den Tod.«

»Jesses! Du hast dich mächtig verändert, Kumpel!«

Das Einzige, was sie unverrückbar einigte, war ihr gemeinsamer Hass auf den Finisher, den Henker der Kolonie. Daniel zitierte aus dem *Sydney Monitor*, dass die betrunkenen Auftritte des Henkers am Galgen vielen Verurteilten einen schrecklichen und qualvollen Tod bereitet hätten. Da Jake sich schämte, weil Daniel so viel gebildeter war als er, behauptete er, die Gerüchte, die er von Freunden gehört hatte, ebenfalls in der Zeitung gelesen zu haben.

Schließlich trank er sein Ale aus und verabschiedete sich von Daniel. »Du passt mir gut auf die beiden auf, hörst du?«

Daniel lächelte spöttisch. »Sonst ...?«

»Mach es einfach, Kumpel!« Jake schwang sich auf Horatio, gab ihm die Sporen und verschwand in einer dichten Staubwolke, die zum Himmel aufwirbelte.

Es war nicht schwer, sich einzureden, dass nun Daniel Browne für Kez verantwortlich war, trotzdem deprimierte ihn diese Vorstellung. Er hatte sich daran gewöhnt, dass *er* die Kastanien für Kez aus dem Feuer holte. Die Wahrheit gefiel ihm nicht. Im Grunde wollte er nämlich gar nicht, dass sie ihn vom Haken ließ.

Nur mühsam gelang es ihm, sich ganz auf seine Suche zu konzentrieren. In den drei Jahren, seit Jenny ihn verlassen hatte, war er von der Strafkolonie Moreton Bay ganz im Norden und Port Phillip Bay und Van Diemen's Land im Süden bis weit im Westen Hinweisen nachgegangen – einem Netzwerk von mehreren tausend Meilen. Und was hatte er erreicht? Eine kurze Begegnung vor dem Bald-Faced Stag Inn. Und ein Brief von Jenny ohne Absender.

Dieser Yankee-Detektiv wird ein verdammtes Wunder wirken müssen.

In Sydney Town ritt er die George Street entlang, vorbei an Läden und Lagerhäusern, in denen Güter und Dienste aus allen Teilen der Welt angeboten wurden. Ausländische, inländische und gestohlene Waren gleichermaßen.

Die Adresse, die er suchte, lag am Ende der Straße, ehe diese in The Rocks überging. Wie üblich studierte er automatisch die Gesichter aller schmalen, blonden Frauen, die ihm über den Weg liefen.

In dem amerikanischen Detektivbüro breitete Jake das Porträt von Jenny zwischen einem Briefbeschwerer und einem Tintenfass auf Benjamin Rogers' Schreibtisch aus. Dann legte er seinen Fall dar, einschließlich seiner vergeblichen Suche. »Seit Jahren laufe ich wie ein kopfloses Huhn herum und suche sie.«

»Haben Sie Ihre Frau geschlagen?«, fragte der Yankee und paffte eine Zigarre.

»Nein, zum Teufel!«, entgegnete Jake. »Sie nehmen wohl kein Blatt vor den Mund, was?«

»Es erspart einem Zeit«, antwortete Rogers. »Zeit, für die im Endeffekt Sie zahlen.«

Jake beobachtete, wie der Detektiv Jennys Brief mit der Einladung las. Rogers' Haut war rau und runzelig, das mit Pomade geglättete Haar in der Mitte gescheitelt. Sein Gesicht war ausdruckslos, abgesehen von den schwarzen Augenbrauen, die jeden Anflug von Zweifel, Zynismus oder Humor zeigten. Aus der Westentasche seines Anzugs, der so dunkel wie der eines Bestatters war, baumelte eine goldene Uhrkette. Am Ständer hingen Hüte verschiedenster Art. Feuerwaffen waren nicht zu sehen.

Rogers blickte von dem Brief auf. »Den Andeutungen Ihrer Frau entnehme ich, dass es sich bei ihrem Liebhaber um einen Aristokraten handelt. Haben Sie eine Idee, warum sie plötzlich ihre Meinung geändert hat und Sie einlädt?«

»Ich gehe davon aus, dass es sich bei dem Brief um eine Art Katz-und-Maus-Spiel handelt. Jenny macht es Spaß, mir die Situation immer wieder unter die Nase zu reiben. Sie will mich nicht, aber sie lässt mich auch nicht los.«

Jake beantwortete sämtliche Fragen, die Rogers ihm stellte, und machte keinen Hehl aus seiner misslichen Lage als gehörnter Ehemann – über falschen Stolz war er längst erhaben. Aber er war doch angespannt, als er ihm beschrieb, wie er sie das letzte Mal gesehen hatte – aufgedonnert wie ein Weihnachtsbaum.

»Wenn dieser Mistkerl ein Aristokrat ist, muss sich Jenny in vornehmen Kreisen bewegen. Wieso finde ich sie dann nicht?«

Der Detektiv drückte den Zigarrenstummel aus und schnitt die Spitze einer weiteren ab für später. »Wenn ihr Beschützer einen europäischen Namen hat und weiß, dass Sie nach ihm suchen, wäre es kein Wunder, wenn die beiden inkognito reisten.«

Jake wollte wissen, wie Rogers die Sache einschätzte. »Was meinen Sie, werden Sie sie finden?«

»Zuerst will ich wissen, woran ich bin, Andersen. Keine Mätzchen! Ich tappe ungern im Dunkeln, schließlich habe ich einen Ruf zu verlieren. Wollen Sie den Liebhaber Ihrer Frau töten?«

Den Liebhaber Ihrer Frau. Jake spürte, wie ihm die grausame Realität des Satzes unter die Haut ging.

»Mein Ruf ist mir egal, verstehen Sie? Pearl soll nur wissen, dass ihr Vater sie nicht im Stich gelassen hat. Was auch geschieht, in den Knast gehe ich nicht. Nie wieder!«

Der Detektiv nickte weise. »Ein Knastbruder. Hab ich mir doch gleich gedacht. Eins lassen Sie sich gesagt sein. Ich bin seit sieben Jahren im Geschäft. Solange Sie diesen Kerl nicht auf frischer Tat mit Ihrer Frau erwischen, wissen Sie nicht, was Wut ist, Andersen. Ich würde meinen letzten Dollar darauf wetten, dass Sie zu einem Mord fähig sind!«

Jake akzeptierte die Warnung. »Da haben Sie Recht, aber was würde es meiner Tochter nützen, wenn ich am Galgen ende?«

Rogers war zuversichtlich, dass er Jenny und Pearl finden konnte. »Aber ich muss Sie warnen. Australien ist ein weites Land, und meine Spesen sind nicht ohne. Können Sie sich das leisten?«

Jake machte ihm einen Vorschlag. Wenn Rogers sich um Sydney Town kümmerte, würde er den Hinweisen nachgehen, die außerhalb der Stadt lagen. Diese Abmachung besiegelten sie mit einem Händedruck.

Jake quartierte sich in einer billigen Pension in The Rocks ein, damit er in der Nähe war, falls Rogers etwas herausfand. In der Zwischenzeit lebte er von Faustkämpfen, die in Surry Hills und den unzähligen Kneipen an der Hafenpromenade stattfanden. Er trat gegen jeden Herausforderer an, der sich damit einverstanden erklärte, dass der Sieger den gesamten Gewinn einstrich.

Auf den ersten Blick war die amerikanische Detektei ein Ein-Mann-Betrieb, doch Jake fand bald heraus, dass der Yankee verdammt gründlich arbeitete. In den Wochen nach Annahme des Auftrags hatte er seine Informanten in jeder großen Stadt der Kolonie benachrichtigt, bis hin nach Melbourne Town, wo die Bürger in einer Petition die Trennung von New South Wales forderten. Er hatte Männer bezahlt, damit sie sich in Van Diemen's Land, der neuen Kolonie von South Australia, am Swan River an der Westküste und sogar auf der anderen Seite der Tasmanischen See in Neuseeland umhörten. Alle erhielten einen Druck von Jennys Porträt.

Als Rogers' Laufbursche, ein Dreikäsehoch von der Straße, ihm die gute Nachricht brachte, war Jake euphorisch. Rogers hatte Jennys Aufenthaltsort ausgemacht.

Jake stürmte die Treppe zum Büro hinauf. Der Yankee war wie üblich in blauen Dunst gehüllt und hatte sein Pokergesicht aufgesetzt.

»Ich habe eine gute und eine schlechte Nachricht«, eröffnete ihm Rogers. »Aber sachte. Die Enttäuschung ist nur vorübergehender Natur.«

»Sie müssen nicht um den Brei herumreden«, sagte Jake und wappnete sich gegen alles, was kommen konnte.

»Letzte Nacht habe ich die Premiere eines Stückes im neuen Olympic Theater besucht. *Venice Preserved* basiert auf *Julius Cäsar*, es handelt von einem Komplott, einer Verschwörung gegen den Senat von Venedig. Ihr Kolonisten liebt ja bekanntlich Dramen voller Blut und Rache, aber ich war da, weil ich weiß, dass Italiener von ihrer Kultur auf magische Art angezogen werden, ganz gleich, ob es um die italienische Oper oder um Theaterstücke geht, die italienische Themen behandeln. Auch wenn die Vorstellung noch so grausig ist, sie kommen in Scharen, um den Schauspielern zu applaudieren oder sie auszubuhen.«

»Jesses!«, sagte Jake. »Und was hat das Ganze mit meiner Jenny zu tun?«

»Ich ging davon aus, dass diese Vorstellung womöglich den einzigen Venezianer in dieser Kolonie ans Licht bringen würde. Was auch der Fall war.«

Jake sprang auf. »Wollen Sie damit sagen, dass er es war? Wieso haben Sie mir nicht Bescheid gesagt?«

»Hätte ich das getan, säßen Sie jetzt im Gefängnis und würden wegen Mordes angeklagt! Also, setzen Sie sich wieder hin, halten Sie den Mund und hören sich an, was ich herausgefunden habe. Noch ist nichts verloren!«

Kochend vor Wut nahm Jake wieder Platz.

»In einer Privatloge saß ein venezianischer Conte – ein Graf –, der Mann, zu dem ich seit Wochen ein Dossier zusammenstelle. In seiner Begleitung war eine bemerkenswerte Schönheit, die große Ähnlichkeit mit dem Porträt Ihrer Frau hatte.«

Jake war, als hätte ihm jemand einen Schlag in die Magengrube versetzt.

Rogers beschrieb sie: eine kleine Venus. Blaue Augen, herzförmiges Gesicht, leichte Stupsnase. Vollkommener englischer Teint. Rabenschwarzes Haar, trotzdem von Natur aus blond – er könne eine Perücke auf hundert Meter erkennen, behauptete er.

Rogers war bewusst, wie sehr er Jake damit traf.

»Ist der Leberfleck auf der linken Brust Ihrer Frau auch falsch?«

»Nein, er ist echt. Es ist Jenny, kein Zweifel. Und Sie sind sich sicher, dass er derjenige welcher war?« Jake wollte keinesfalls das Risiko eingehen, gehängt zu werden, weil er sich den falschen Kerl vorknöpfte.

Rogers nickte. »Mein Informant hat ihn eindeutig identifiziert und auch gehört, wie er Ihre Frau anderen Anwesenden als italienische Adlige vorstellte.«

Jake stieß ein gezwungenes Lachen aus. »Das passt zu Jenny.« Er konnte es kaum abwarten zu erfahren, wie der Schurke aussah, brachte es jedoch nicht über sich, den Detektiv um eine Beschreibung zu bitten.

Der lieferte sie freiwillig. »Ein arroganter Kerl, er stolziert herum wie ein Pfau. Er ist größer als Ihre Frau.«

»Jesses, wer ist das nicht?«

»Auf seinem tadellosen Abendanzug trug er einen funkelnden Orden. Mit meinem Opernglas konnte ich das Wappen auf seinem goldenen Siegelring erkennen. Ein brüllender Löwe, das Symbol von Venedig. Schwarzes, lockiges Haar, dunkle Augen und dunkle Haut. Wenn er lacht, zeigt er die Zähne. Ein Genießer, der seinen Leidenschaften frönt. Soll ich fortfahren?«

Jake nickte. »Wie haben Sie reagiert?«

Rogers erklärte, das sei die schlechte Nachricht. Er war aufgehalten worden, als im Foyer ein Handgemenge zwischen ein paar jungen australischen Burschen und den Demonstranten der Abstinenzlergesellschaft ausgebrochen war. Nachdem er sich endlich einen Weg durch die Menge gebahnt hatte, war er ihnen noch bis zum Schiff, der Britannia, gefolgt, wo sie unter dem falschen Namen Jones eine Passage gebucht hatten.

Jake nickte ungeduldig. »Worauf warten wir dann noch, zum Teufel?«

Rogers blies einen Rauchring in die Luft. »Nehmen Sie sich zusammen. Das Schiff ist heute Früh mit der Flut Richtung Neuseeland ausgelaufen.«

Jake stieß einen ganzen Schwall von Flüchen aus.

Rogers reagierte mit nervtötender Gelassenheit. »Nach allem, was ich bislang über den Conte und seine Lebensweise erfahren habe, können wir davon ausgehen, dass er zurückkehren wird. Er hat sein Geld hier angelegt. Ich warne Sie. Es genügt nicht, Ihre Frau lediglich aufzuspüren. Männer wie der Conte können das Gesetz manipulieren. Ich habe Ihnen diese Informationen so lange vorenthalten, bis ich genügend Beweise hatte, damit Sie die Möglichkeit haben, vor Gericht das Sorgerecht für Ihre Tochter zu beantragen. Ihre Frau hat Ehebruch begangen, oder haben Sie das schon vergessen?«

»Wie könnte ich das jemals vergessen!«

Rogers schob ihm eine Mappe über den Tisch zu. »Hier liegt der Schlüssel zu dem Mann.«

Jake hörte aufmerksam zu, während der Detektiv ihm darlegte, wie die Hinweise auf die bevorstehende Depression in der Kolonie ihnen ihre Beute in die Hände getrieben hatte. Die Geschäftspartner des Grafen seien alle hoch verschuldet. Letztes Jahr schienen ihre Reiche noch uneinnehmbar zu sein. Jetzt gehe einer nach dem anderen vor den Banken in die Knie.

»Wollen Sie sagen, dass Jennys Beschützer pleite ist?«

»Noch nicht, aber er bewegt sich auf sehr dünnem Eis. Letzte Woche hat sich ein Bankier in Melbourne eine Kugel in den Kopf gejagt – nur weil seine Bank Insolvenz hatte anmelden müssen. Er war der Finanzier des Grafen.«

»Und wie hilft mir all das, meine kleine Pearl zu finden?«

Rogers deutete mit seiner Zigarre auf das Dossier. »Wenn das Pärchen aus Neuseeland zurückkehrt, halten Sie Ihrer Frau diese Beweise vor – sie wird Ihnen Ihre Tochter im Nu aushändigen. Lesen Sie nur!«

Jake überflog die Akte nur, um den Anwalt nicht merken zu lassen, dass er kaum lesen konnte. Doch bei einem Satz pfiff er anerkennend durch die Zähne. »Sie sind mit Gold nicht zu bezahlen, Yankee!«

Und als er anschließend die Rechnung des Detektivs sah, wurde ihm klar, dass er nicht Unrecht gehabt hatte.

Rogers zuckte die Achseln. »Abendessen mit Champagner und Privatlogen im Theater sind nicht gerade billig. Ich musste mich unter die Reichen begeben.«

Dann öffnete er eine Flasche Whisky. »Haben Sie Geduld. Sobald der Graf aufkreuzt, lasse ich es Sie wissen. Letztendlich sind nur die Kinder wert, dass man um sie kämpft.« Als wäre es ihm peinlich, Gefühle zu zeigen, fügte er hinzu: »Und denken Sie immer daran, wenn Sie Ihre Frau tatsächlich *in flagranti* erwischen, können Sie entweder einen Mord begehen oder das Sorgerecht für Ihre Tochter bekommen.«

Mit dem Dossier in der Hand wurde Jake plötzlich übermütig. »Vielleicht schaffe ich beides.«

Rogers hob warnend die Brauen. »Ich habe Jahre in der Armee damit verbracht, Indianer zu jagen. Nicht dass ich stolz darauf wäre. Es ist nur eine Tatsache. Eins habe ich gelernt: Rache zerstört einen Menschen. Sie frisst seine Seele auf. Wie heißt es noch in der Heiligen Schrift? ›Mein ist die Rache, spricht der Herr.‹«

Jake kippte den Whisky hinunter und spürte augenblicklich das Feuer im Magen. »Ich bin Agnostiker oder Atheist. Weiß nie wirklich, welches von beiden. Daher funktioniert das mit dem Herrn bei mir nicht. Aber Jenny gehört mir. Also nehme ich an, dass die Rache mein ist.«

Sie tranken in einvernehmlichem Schweigen. Dann überreichte Rogers ihm eine kleine Schachtel.

»Ein mutiger Sioux-Krieger hat mir gesagt, es sei ein Glücksbringer. Ich brauche ihn nicht. Nehmen Sie ihn.«

Jake war von dem unerwarteten Geschenk gerührt – eine prächtige silberne Gürtelschnalle in der Form einer aufgehenden Sonne. »Was sagt man zu einem Mann, der einem sein Glück schenkt?«

Rogers lenkte ab. »Passen Sie auf, dass Sie nicht im Gefängnis landen, mein Junge.«

Sie schüttelten sich die Hand, doch versprechen wollte Jake lieber nichts.

Als er zu den Pferdeställen ging, um Horatio zu holen, fühlte sich Jake beschwingt. Jetzt hatte er alles, was er brauchte, um Jenny zur Vernunft zu bringen. Es war nur noch eine Frage der Zeit.

Er verzog das Gesicht zu einem schiefen Grinsen. Keziahs Traum zufolge würde er Pearl in einem Baum versteckt finden. *Es gibt ja höchstens ein paar Millionen Bäume in der Kolonie. Aber dem Gesetz der Serie zufolge landet Kez früher oder später einen Volltreffer.*

DREIUNDDREISSIG

Daniel Browne hatte das Gefühl, ein Doppelleben zu führen. Im ersten Jahr seiner Ehe arbeitete er fleißig, um sich bei Hobson und Bloom den Ruf eines verlässlichen Freigelassenen zu erwerben, der bereit war, jede Art von Arbeit zu verrichten. Durch Mundpropaganda bekam er weitere Aufträge von anderen Grundbesitzern wie Terence Ogden. Trotzdem sehnte er sich immer danach, mehr Zeit mit seiner »Geliebten« zu verbringen.

Er trat einen Schritt zurück und warf einen kritischen Blick auf das Toilettenhäuschen, das er gebaut hatte, um Keziah eine Freude zu machen. Er hatte versucht, den Wunsch seiner Frau vorwegzunehmen, in der Hoffnung, so die unnatürliche Kluft zwischen ihnen zu überbrücken. Überrascht hatte er festgestellt, dass er trotz ihrer unberechenbaren Launen gern mit Keziah zusammenlebte. Und Gabriels Art, zu ihm aufzusehen, rührte ihn.

Nachdem er das letzte Scharnier festgeschraubt hatte, rief er Keziah, um ihre Reaktion auf das Häuschen zu sehen, das er in aller Heimlichkeit entworfen hatte. Es war im Stil einer zinnenbewehrten Miniaturburg gebaut, mit Schlitzfenstern und einer Zugbrücke statt einer richtigen Tür, die über einen kleinen Wassergraben führte. Dieser war wegen der aktuellen Dürre allerdings leer, sodass Daniel ihn mit blauem Papier gefüllt hatte, um Wasser zu simulieren.

»Nun, was meinst du, Keziah? Willst du es einweihen, oder soll ich es tun?«

Doch es war Gabriel, der die Burg für sich beanspruchte und losrannte, um sie mit Freudengeschrei zu erobern.

Daniel sah Keziah an und war erleichtert, als seine phantasievolle Schöpfung sie zum Lachen brachte.

Sie kicherte hinter vorgehaltener Hand. »Er glaubt, das Klo wäre ein neues Spielzeug, das du für ihn gebastelt hast!«

»Stimmt ja auch!«, antwortete Daniel und lachte mit ihr. Er verspürte ein seltsames Ziehen in der Brust. War dieses unbekannte Gefühl etwa ein Funken häuslichen Glücks? Er nutzte die Gelegenheit, um das heikle Thema anzusprechen – Keziahs Entschlossenheit, allein im Freien zu schlafen, versteckte sich allerdings hinter seinem Sarkasmus. »Ich werde auch noch ein zweites Schlafzimmer anbauen. Wir wollen in Ironbark schließlich nicht den Anschein erwecken, wir verstünden uns nicht, was?«

Ihr misstrauisches Nicken irritierte ihn. Warum? Er hatte sich an ihre Abmachung gehalten und nie Zuneigung gezeigt, außer in der Öffentlichkeit. Wenn er mit ihr allein war, achtete er darauf, sich keine Freiheiten herauszunehmen. Trotzdem spürte er jetzt erneut, dass die Vorstellung, unter einem Dach mit ihm zu schlafen, sie beunruhigte.

Insgeheim gestand er sich ein, dass ihre Abmachung für ihn einfacher war. Jeden Samstagabend genoss er seine neu gewonnene Freiheit in einer entlegenen Hirtenhütte, wo es irische Fiedlermusik, schwarzgebrannten Grog und andere Freuden gab, die man sich als Mann wünschte. Keziah stellte keine Fragen. Manchmal hoffte er, sie würde es tun.

Als er an diesem Abend von Scottys Hirtenhütte zurückkehrte, wurde der Zauber des Vollmonds von einem Gewitter verstärkt, das sich direkt über ihm entlud. Hobsons Schäferhunde heulten mit den Dingos im Busch um die Wette.

Er stürzte in die Hütte und blieb bei ihrem Anblick wie angewurzelt stehen. Keziah hatte gebadet und ihr Haar mit Rosmarinöl gewaschen. Jetzt stand sie nackt vor dem Kamin und trocknete sich das Haar. Das Licht des Feuers fiel auf ihre Haut und färbte sie goldbraun. Das Haar klebte an ihr wie ein dunkler Umhang –

eine wunderschöne Maria Magdalena. Er hob die Hände in einer Geste der Ehrfurcht und Hingabe.

»Keziah, vertraust du mir? Ich habe dich nie um etwas gebeten. Jetzt flehe ich dich an. Bitte, leg dich auf das Bett. Ich muss dich malen, so wie Gott dich erschaffen hat.« Als er sah, wie sie zögerte, versprach er: »Nichts weiter.«

Keziah lag auf dem Bett und beobachtete mit halb geschlossenen Augen, wie er die ganze Nacht durcharbeitete. Die schöpferische Glut in seinem Innern hatte ihn wie umgewandelt.

Bei Anbruch der Morgendämmerung hatte er die erste Phase der Arbeit beendet. Er beugte sich über die schlafende Keziah, um zu sehen, wie sie im Traum lächelte. Und dann küsste er sie aus einem Impuls heraus sanft auf den Mund. Überrascht schlug sie die Augen auf.

»Ich werde nicht um Verzeihung bitten«, erklärte Daniel. »Ich habe plötzlich den Wunsch verspürt, dich zu schmecken. Zu sehen, was mir entgeht. Was andere Männer von dir wollen.« Dann sagte er erschöpft: »Zieh dich an, meine Liebe.«

An ihrem Ausdruck sah er, dass sie versuchte, ihn zu verstehen. »Sag es mir. Ekelst du dich so vor mir?«, fragte er.

Keziah zog das Laken über ihren Körper. »Nein, sicher bist du ein sehr attraktiver Mann – für andere.« Sie zögerte. »Die meisten Menschen kann ich durchschauen, aber dich nicht. Ich spüre, dass du mehr willst, als eine Frau dir geben könnte. Du liebst nur deine Kunst.«

»Ja, meine Geliebte steht immer an erster Stelle.« Er machte eine Pause. »Aber was wäre, wenn ich dir meinen Körper anbieten würde? Sei ehrlich, bist du nicht neugierig, was mich angeht? Du wünschst dir doch einen Mann im Bett, das sieht jeder Dummkopf.«

In den letzten Monaten war sie nach und nach freundlicher zu ihm gewesen, doch jetzt erkannte Daniel an ihrem Blick, dass sie versuchte, seine Gedanken zu lesen. Es gefiel ihm nicht.

»Was ist mit *deinen* Bedürfnissen, Daniel? Frauenkörper interessieren dich doch nur als Künstler, an deinem Blick kann ich sehen, dass du mich bewunderst. Aber du brauchst keine Frau.«

Daniel schreckte zurück. Sein Herz raste. Bluffte sie? Wusste sie, wie er fühlte?

Keziah klang misstrauisch. »Ich glaube, dass du Saranna nie geliebt hast, du wolltest sie heiraten, weil du dir Vorteile davon versprochen hast, bis man ihren Vater vor Gericht stellte. Hast du gegen ihn ausgesagt?«

»Nein! Maynard Plews bekannte sich freiwillig schuldig, damit ich seine Tochter heiraten konnte.«

Plötzlich merkte er, dass sie mit ihrer verdammten Hellseherei auf die Wahrheit gestoßen war. Er konnte seine schuldbewusste Reaktion nicht vor ihr verbergen.

»Also war Sarannas Vater unschuldig! Und du hast zugelassen, dass er für dein Vergehen deportiert wurde!«

Daniel sprang wütend auf. »Was bist du für ein Musterbeispiel an Tugend! Eine Lügnerin, die die Wahrheit so verbiegt, wie es ihr passt, und die sich dann die Frechheit herausnimmt, anhand ihrer überlegenen Roma-Moral über mich zu urteilen!«

»Ja! Und ich würde es immer wieder tun, um Gabriel zu beschützen. Aber meinetwegen musste niemand leiden. Wie kannst du mit dem leben, was du Sarannas Vater angetan hast?«

Daniel sank auf den Stuhl, seine Wut war verflogen.

»Es ist zu spät, um irgendetwas wiedergutzumachen. Maynard Plews ist tot. Er ist in der Kalkbrennerei von Newcastle ums Leben gekommen. So steht es in den Akten.«

Daniel spürte eine seltsame Erleichterung, dass seine feige Tat endlich ans Licht gekommen war, auch wenn er sie nun mit einer Frau teilen musste, die ihn verachtete. War jetzt die Zeit gekommen, auch die andere dunkle Wahrheit zu offenbaren, die an ihm nagte?

Drei Wochen später war Weihnachten. Gabriel konnte es kaum erwarten. Der Junge hatte einen Versuch in letzter Minute gestartet und war schon ganz früh brav zu Bett gegangen, damit einem Besuch des »alten Mannes in dem roten Gewand, der Kindern Geschenke bringt«, nichts im Wege stand.

Daniel saß am Küchentisch und legte letzte Hand an ein Holzschiff, das er für Gabriel geschnitzt hatte. Keziah las im trüben Licht einer Petroleumlampe alte Zeitungen. Obwohl sie sehr gern Lehrerin war, wusste er, wie froh sie war, die Pforten der Schule zwei Wochen schließen zu können, denn das verschaffte ihr Zeit, ihre vernachlässigte Lektüre nachzuholen und ein paar faule Sommertage mit Gabriel zu verbringen.

Aufgeregt las ihm Keziah eine Meldung über die bevorstehende Ankunft von zweihundertsiebenundsechzig männlichen Strafgefangenen auf der Eden in Sydney laut vor. »Hier steht, es wäre der letzte Transport von britischen Gefangenen in die Kolonie, auch wenn sie die armen Teufel nach wie vor nach Van Diemen's Land und Norfolk Island schaffen werden. Hört sich aber trotzdem an, als würde hier das Totenglöckchen für das System geläutet, oder? Jake wird sich freuen.«

Als sie Jakes Namen erwähnte, warf ihr Daniel einen scharfen Blick zu. »Ja, ich denke, dass er bald hier aufkreuzen wird.« Er versuchte, das Gespräch auf die aktuellen Spekulationen über die Politik des Gouverneurs zu lenken. Gipps ging es nur um Recht und Ordnung. Jetzt, nach dem Ende der Strafgefangenentransporte, konnten wieder mehr freie Siedler kommen. Keziah hörte nicht zu, sondern las ihm einen Artikel über die neuesten Heldentaten des jungen Buschräubers Teddy Davis vor, Anführer der sogenannten Jew- Boy's-Mob-Bande, die die Gegend um Hunter Valley terrorisierte.

Daniel war irritiert. »Warum interessierst du dich so sehr für diese Bande? Was ist denn mit *uns*? Die Buschräuber werden doch nicht einfach verschwinden, bloß weil keine Gefangenentransporte mehr nach New South Wales kommen.«

Er wollte seine Argumente mit Berichten aus der offiziellen *Sydney Gazette* und der sogenannten »Bibel der Strafgefangenen«, dem *The Sydney Monitor* untermauern, aber er wusste, dass Keziah Gems wegen Sympathien für die Buschräuber hegte. Sie machte auch jetzt keinen Hehl daraus.

»George Hobson hat erzählt, dass Gideon Park während der Abwesenheit der Jonstones von Jakes Kumpel, Will Martens, überfallen worden ist. Warst du nicht auch froh, als du hörtest, dass Will den Aufseher eingesperrt hielt, während er das Haus plünderte? Wie nennen sie ihn noch? Den Teufel in Person?«

Trotz seines jahrelangen Leidens in Gideon Park klang Daniels Antwort scharf. »Will ist ein Idiot! Der Teufel in Person hat ein langes Gedächtnis.«

Keziah wollte unbedingt wissen, auf welcher Seite Daniel stand.

»Wenn ein Ausreißer an deine Tür klopfen würde, würdest du ihm zu essen geben? Jake würde es tun, das weiß ich.«

»Dann ist auch Jake ein Dummkopf. Warum sollte ich das Risiko eingehen, meine Freiheit zu verlieren? Schlimmer noch – nach Norfolk Island geschickt zu werden, weil ich einem Buschräuber Zuflucht gewährt habe? Meine Pflicht ist es, Gabriel und dich zu beschützen.«

»Eine noble Ausrede, um deine eigene Haut zu retten«, entgegnete sie verächtlich.

»Du wärst froh, wenn ich derjenige wäre, den man totschießt, stimmt's?«

»Ich möchte für niemandes Tod verantwortlich sein, aber eins lass dir gesagt sein, Daniel, ich werde keinen Buschräuber wegschicken, wenn ich weiß, dass es auch Gem sein könnte!«

»Kein anderer Mann kann deinem Zigeuner das Wasser reichen, was?« Er packte sie am Kinn und zwang sie, ihn anzusehen. »Außer Jake Andersen vielleicht.«

Keziah riss sich los. »Sei kein Esel, Jake ist nur ein Kumpel.«

»Dann sieh zu, dass es dabei bleibt, Mrs. Browne!«, warnte er.

Anschließend verließ er das Haus und sattelte das Wildpferd, um sich in Scottys Hütte zu betrinken. Keziah schien es egal zu sein, wo er seine Zeit verbrachte, aber jedes Mal, wenn er ohne ihre Erlaubnis ihr Pferd nahm, ärgerte sie sich.

Am frühen Weihnachtsmorgen kehrte Daniel in das einzige Heim zurück, das er jemals gekannt hatte. Unrasiert und in den verschwitzten Kleidern vom Vortag torkelte er durch die Tür, als wäre alles wie immer. Keziah stand am Herd, und Gabriel kam im Schlafanzug herein, enttäuscht, dass der Weihnachtsmann ihm nichts gebracht hatte.

»Guck mal, er ist doch da gewesen!«, sagte Daniel und nahm schwungvoll die Tischdecke von dem Holzboot, das er in der Nacht zuvor zu Ende bemalt hatte. Der Junge stieß einen Freudenschrei aus. In den Manteltaschen, der am Haken hing, und in allen möglichen Ecken des Zimmers fand er dann mit Daniels Hilfe noch unzählige, aus Holz geschnitzte Tiere. Gemeinsam stellten die beiden sie vor dem Boot auf. Die Tiere marschierten in Zweierreihen.

»Soll das die Arche Noah aus der Bibel der *gaujo* sein?«, fragte Keziah.

Daniel nickte. »Ich habe Gabriel die Geschichte von der Sintflut erzählt. Jetzt erwartet er jeden Tag, dass ein Regenbogen am Himmel erscheint, um Gott an sein Versprechen zu erinnern, nie wieder die Welt zu überfluten.« Plötzlich war er besorgt. »Tut mir leid, ich wollte ihm keine Angst machen.«

Er reichte Gabriel ein Geschenk für seine Mutter und ermahnte ihn, »Frohe Weihnachten« zu sagen. An der Tür drehte er sich um und meinte schnippisch: »Du brauchst mir gar nicht erst zu sagen, dass ich stinke. Ich wasche mich im Bach.«

»Da müsstest du meilenweit gehen«, antwortete Keziah herablassend. »Hobson hat mir etwas Wasser aus seiner Zisterne gebracht. Warte draußen, ich bringe dir warmes Wasser.«

Nachdem er sich gewaschen und frische Kleider angezogen hatte, sah Daniel zu, wie sie das holzgeschnitzte Kästchen auspackte, das er mit einem *vardo* und zwei kleinen Jungen bemalt hatte – einen schwarzen und einen weißen. Gabriel erkannte auf Anhieb Murphy und sich darin, doch Keziah sagte nichts.

Daniel war seltsam enttäuscht. Er wusste, dass sie Geschenke für Nerida und Murphy hätte, wenn sie von Snowy River High Country zurückkämen. Dort trafen sie sich vielleicht zum letzten Mal mit den verbliebenen Mitgliedern ihres Stammes, um sich an den Bogong-Faltern gütlich zu halten. Jedes Jahr wurden mehr von ihnen von illegalen Siedlern vertrieben.

Daniel wusste auch, dass Weihnachten Keziah nichts bedeutete, aber wie alle Roma tolerierte sie die Götter der anderen. Zumindest hätte sie irgendeine Reaktion auf sein Geschenk zeigen können, schließlich hatte er Stunden damit verbracht, das verflixte Kästchen zu basteln.

»Ich bin nach der Messe wieder da«, sagte er schroff und machte sich auf den Weg in die Kirche.

Als er bei seiner Rückkehr die ganze Hütte mit Kerzen und roten und grünen Zweigen geschmückt vorfand, stieg seine Laune wieder.

Keziah machte eine unbeholfene Geste der Entschuldigung. »Das kommt der englischen Mistel, Stechpalme und Efeu am nächsten.«

»Mir gefällt der australische Beigeschmack«, lächelte er, während er Keziahs Versuch betrachtete, einen Tannenbaum nachzuempfinden. Diese deutsche Tradition wurde immer beliebter, seit der Prinzgemahl der königlichen Familie große, üppig geschmückte Tannenbäume zu Weihnachten aufstellen ließ.

Sie hatte eine kleine mit roten und gelben Glockenblumen aus dem australischen Busch geschmückte Pinie in ein leeres Bierfass gestellt und die Zweige mit handgefertigten weißen Bommeln behängt als Ersatz für den Schnee.

Daniel konnte sein Entzücken kaum verbergen, als er die Figur in der Ecke sah, die seinen gestreiften Schal und einen Hut aus den Blättern der Keulenlilie trug. Augen, Nase und Mund bestanden aus Knöpfen, die sie auf ein Schafsfell genäht hatte. Es war der verrückteste Schneemann der Welt, trotzdem war Daniel tief bewegt.

»Das ist das schönste Weihnachtsfest, das ich je erlebt habe.« Seine Nase zuckte. »Was duftet denn hier so gut? Ein Truthahn aus dem Busch? Plumpudding? Du bist unschlagbar, Kez. Alles, was an zuhause erinnert, sogar der Schnee.«

»Das sind Federn, die die Engel beim Fliegen verlieren«, erklärte Gabriel.

Am Ende der Mahlzeit trank Daniel seinen Rotwein aus und lehnte sich satt zurück. Plötzlich runzelte Keziah besorgt die Stirn, und er trat ans Fenster, wo sie beide den Horizont absuchten. Ein Unheil verkündender Rauch stieg zum Himmel auf, Hinweis auf ein Buschfeuer in der Ferne. Daniel beruhigte sie, doch der heiße Westwind war eine Warnung: Er musste auf ein plötzliches Drehen des Windes achten.

Keziahs wehmütiger Ausdruck verriet ihm, dass sie sich nach Gem sehnte. Oder war es Jake?

Er wappnete sich gegen ihre Reaktion in der Hoffnung, dass der Wein sie besänftigt hätte.

»Du meinst mich zu kennen, Keziah, aber das stimmt nicht. Ich bin noch verabscheuenswerter, als du dir vorstellen kannst. Verstehst du denn nicht? Nicht Gems Schatten steht zwischen uns, sondern der von Jake Andersen.«

Keziah hielt seinem Blick einen langen Moment stand, während sie den Auswirkungen seiner Worte nachspürte. Dann wandte sich Daniel vor der Intensität in ihren Augen ab.

Endlich hatte Keziah verstanden.

VIERUNDDREISSIG

Keziah betrachtete Jake, der sich in »seinem Sessel« vor dem Kamin räkelte. Er hatte die Stiefel auf das Gitter gestützt und den Hut in den Nacken geschoben. Es war Sommer, und ein Feuer war eigentlich nicht nötig, außer bei Nacht, aber wenn Jake kam, zündete sie immer den Kamin an, weil das Feuer ihn sichtlich entspannte. Sie erinnerte sich daran, dass er unter freiem Himmel schlief und kein eigenes Zuhause hatte. Ihre kleine Feuerstelle kam für ihn einem Familienleben am nächsten.

Belustigt sah sie, wie er ihre Roma-Kekse verschlang und ihren Tee austrank. Ein fairer Tausch für die Neuigkeiten aus Sydney Town und den Stapel von drei Monate alten englischen Zeitungen. Er hatte sie von einem Frachtschiff gekauft, das im Hafen von Port Jackson lag.

Obgleich sie es kaum erwarten konnte, die Nachrichten von zuhause zu lesen, hörte sie sich gespannt die Einzelheiten über die königliche Familie an, die Jake aus erster Hand von einem Schiffsoffizier in The Rocks erfahren hatte.

»Wie romantisch«, sagte sie. »Die kleine Prinzessin Victoria Adelaide Mary Louise muss also während der Flitterwochen gezeugt worden sein!«

»Ja. Aber sie wird nur so lange Thronanwärterin sein, bis ein Junge geboren wird und seine Schwester von diesem Platz verdrängt. Ich glaube, der deutsche Cousin der Königin, Albert – wie hieß er noch?«, fragte Jake respektlos.

»Prinz Albert von Sachsen-Coburg und Gotha ist jetzt unser Prinzgemahl und sehr attraktiv. Ich bin sicher, dass sie viele Kinder haben werden«, sagte Keziah.

»Ja«, antwortete Jake unschuldig. »Ich wette, dass man ihn früh zu Bett schickt, damit er seinen Pflichten nachkommt, so wie ganz England von ihm erwartet. Der arme Kerl durfte ihr ja nicht einmal einen Heiratsantrag machen, weil Victoria im Rang höher steht als er.«

»So ist nun mal das Protokoll bei den Royals.«

Jake grinste. »Ich frage mich, ob sie vor ihm auf die Knie gegangen ist, während sie den Antrag stellte. Und was hätte sie getan, wenn der arme Kerl Nein gesagt hätte? Hätte sie ihn köpfen lassen?«

Keziah verteidigte ihre Königin. »Was ist schon dabei, wenn sie ihn sich ausgesucht hat? Die Frauen in meinem Stamm hatten immer das Recht, sich ihre Männer auszusuchen.«

Jake versuchte, verlorenen Boden wiedergutzumachen. »Tja, offensichtlich hat Albert das Herz auf dem rechten Fleck. Ich habe gehört, dass ganz London auf seine neueste Erfindung gespannt ist. Ein seidener Sonnenschirm, mit einem Futter aus Kettenrüstung, falls jemand auf die Idee käme, auf sie zu schießen, wenn sie in ihrer Kutsche unterwegs sind.«

»Wie klug von ihm«, sagte Keziah voller Bewunderung, bis sie sah, wie Jake Mühe hatte, sich zu zügeln. »Was ist daran so falsch?«

»Nichts. Nur dass der Sonnenschirm so viel zu schwer für deine kleine Königin ist und sie ihn nicht halten kann. Er ist völlig nutzlos.«

»Mach dich nur lustig. Königin Victoria wird uns noch lange regieren. Sie wird uns alle überleben!«

Jake sah sie ernst an. »Das hast du wohl aus dem Bodensatz ihrer Teetasse gelesen, was?«

Endlich erlaubte sich Keziah ein Lächeln und fügte dann wehmütig hinzu: »Wenigstens ist es etwas Echtes zwischen den beiden. Keine Vernunftehe.«

Jake richtete sich auf. Er wusste, dass sie auf Daniel anspielte, und wechselte das Thema.

»Ich habe gehört, dass Gypsys Bande vor zwei Nächten den Hof der Jacksons überfallen hat.« Als Keziah den Atem anhielt, sagte er schnell: »Niemand ist zu Schaden gekommen. Nur Jacksons Stolz wurde angekratzt. Offensichtlich hat ein Bandenmitglied seine gesamte Kleidung mitgehen lassen. Nur seine Unterwäsche durfte er behalten. So blieb dem armen Kerl nichts anderes übrig, als im Morgenmantel seiner Frau bei der Polizei zu erscheinen.«

Keziah biss sich auf die Lippen, um nicht zu lachen, und murmelte einen Segen: »*Maduveleste*, Gem.« Dann fragte sie: »Hat der Amerikaner dir bei deiner Suche helfen können?«

»Im Augenblick ist es eine echte Hängepartie, bis Jenny aus Neuseeland zurückkehrt. Aber eins ist klar – ihr feiner Pinkel hat meine Kleine nicht mitgenommen.«

»Ich hoffe, dass du das Herz hast, Jenny zu verzeihen … falls sie ehrliche Reue zeigt.«

Keziah achtete auf seine Reaktion, doch er sah sie nur von der Seite an und stand auf.

»Lass uns zum Schmied fahren, um dem Brumby ein paar neue Hufeisen zu verpassen.«

Bislang hatte sich Keziah vor einem weiteren Besuch beim Schmied gedrückt, doch da das Wildpferd dringend neu beschlagen werden musste, war sie froh, Jake bei sich zu wissen. Trotzdem blieb ihre Angst vor dem Ort bestehen.

Jakes Blick war auf die Straße gerichtet. Gabriel saß zwischen ihnen auf dem Pferdewagen und sang aus vollem Hals. Keziah hatte das Gefühl, dass Jake ihr durch die Blume etwas Unangenehmes sagen wollte.

»Schmiede wie Bran sind in der Kolonie mehr wert als Gold. Genau wie Ärzte. Der Doc rettet Leben und bringt neues auf die Welt. Und Bran sorgt dafür, dass unser Leben weitergeht – Transport, Pferde, Werkzeuge, Maschinen, Feuerwaffen, all das. Und jetzt schmiedet er sogar Daniels ausgefallene Kunstwerke.«

Er schien etwas herausfinden zu wollen, als er nebenbei fragte: »Übrigens, hast du ihn in letzter Zeit gesehen?«

Keziah war zu abgelenkt, um sofort darauf zu antworten. Sie kamen der Schmiede immer näher, und ihre Kopfschmerzen wurden mit jeder Minute stärker.

»Ich habe Bran nur einmal gesehen«, antwortete sie, »an dem Tag, als dein Rad brach. Ich weiß, dass er ein Kumpel von dir ist, Jake, aber wenn ich dir die Wahrheit sagen soll, er macht mir Angst.«

Jake lachte. »Jesses, der arme Kerl würde doch keiner Fliege was zu Leide tun! Er ist nur ein gutmütiger Riese. Bringt kaum ein Wort heraus, aber schmieden kann er wie ein Gott. Sein Vater hat ihn im Stich gelassen, als er zwölf war. Bran rackert sich ab, die ganze Woche über, außer am Sonntag, Karfreitag, Weihnachten und am Foundation Day. Ich habe keine Ahnung, warum die Menschen so grausam zu ihm sind.« Jake machte eine Frauenstimme nach. »›Ein sauberer Junge. Trinkt keinen Tropfen. Nur schade, dass er so einfältig ist.‹«

»Sein Vater war kleiner als Bran. Ein Säufer und gewalttätig«, murmelte Keziah geistesabwesend.

Jake sah sie erschrocken an. »Woher weißt du das? Die Alten erzählen, Penrose senior hätte seine Missus geschlagen, wenn er voll war. Und als sie starb, musste Bran als Prügelknabe herhalten. Daher seine schiefe Nase.«

Als sie vor der Schmiede anhielten, blieb Keziah mit Gabriel im Wagen sitzen und versuchte, ihre zunehmende Angst zu unterdrücken.

Sie sah, wie Brans Gesicht aufleuchtete, als Jake ihm seinen letzten Faustkampf in Windsor schilderte und hin und her sprang, während er ausgelassen seine Taktik und die des Gegners erklärte. Keziah war gerührt, während sie beobachtete, dass Jake ganz ohne Worte mit Bran kommunizierte, sodass der nicht gezwungen war, zu antworten.

Als Jake das Schattenboxen schließlich gewonnen hatte, war

Bran derart begeistert, dass er Jakes Arm hochriss. Keziah stockte der Atem über seine gutturalen Freudenschreie und das strahlende Lachen in seinen sanften braunen Augen.

Bran ist nicht einfältig. Es fehlt ihm nur der Schlüssel zu seiner Intelligenz!

Von dieser Erkenntnis ermutigt, nahm Keziah Gabriel an die Hand und betrat mit ihm die Schmiede. Das Innere platzte aus allen Nähten, so viele verschiedene Metalle, Hufeisen, Ketten, Räder, Stangen, Werkzeuge, Balustraden, Bettgestelle und Eisenbeine waren hier angehäuft. In der Mitte stand der Ofen. Jake hatte erzählt, dass er nur am Sabbat nicht entfacht wurde.

Als Jake sie vorstellte, verbeugte sich Bran leicht. Keziah deutete einen Knicks an und reichte ihm die Hand, während sie hoffte, dass sie nicht zittern und ihre Angst verraten würde. *Wenn irgendetwas Übles in ihm steckt, werde ich es spüren, sobald sich unsere Hände berühren.*

Bran reichte ihr schüchtern die Hand, und Keziah verspürte einen heftigen Schmerz wie einen Stromschlag. Was, zum Teufel, war los?

Als Bran sich zum Amboss wandte, um die neuen Hufeisen für den Brumby zu bearbeiten, weckte ein kaputtes Spielzeugpferd Gabriels Aufmerksamkeit.

»Du gehst nicht in die Nähe des Feuers«, warnte ihn Keziah.

»Ich habe ein Auge auf ihn«, versicherte ihr Jake.

Ziellos schlenderte Keziah weiter und gelangte zu einem dunklen Raum im hinteren Teil der Schmiede – nur ein kleiner Lichtstrahl fiel durch eine Ritze in der Holzwand. Plötzlich wurde ihr schwindelig, sie wollte schreien, doch kein Ton drang aus ihrer Kehle. An den Dachsparren des Raums hing der Körper eines Mannes, der mit einem Soldatenmantel bekleidet war. Seine graue Haut war scheckig, die aufgedunsenen Augen in Todesqualen verdreht. Ein süßlicher Geruch nach Verwesung stieg ihr in die Nase. Jede Hilfe kam zu spät.

Keziah taumelte erschrocken zurück und stolperte über ein

Eisenrad, das klirrend gegen weiteres Eisenzeug fiel. Plötzlich starrten alle sie an, und sie erkannte die Panik in Brans Augen, trotzdem brachte sie kein Wort heraus.

Mi-duvel! Wie lange hängt diese Leiche schon da? Und dann wurde ihr schwarz vor Augen.

Als Keziah wieder zu sich kam, lag sie auf Brans riesigem Eisenbett. Neben ihr saß Jake und rieb ihre kalten Hände, während Bran ihr ein feuchtes Handtuch auf die Stirn drückte.

»Habt ihr ihn runtergeholt?«, keuchte sie ängstlich.

Jake missverstand ihre Sorge. Er deutete mit dem Kinn auf Gabriel, der in einer Ecke kauerte und seine Mutter ängstlich beobachtete.

Keziah versuchte, den Jungen zu beruhigen. »Mama ist nur wegen der Hitze ohnmächtig geworden.«

Gabriel lächelte ihr unsicher zu.

Sie flüsterte Jake zu: »Nein, ich meine die Leiche im Zimmer nebenan!«

Da vergrub Bran das Gesicht in den Händen und fing an zu schluchzen wie ein Kind.

Jetzt begriff Keziah die Wahrheit. *Diese Leiche ist gar nicht da. Es ist ein Geist. Und Bran weiß, dass er da ist!*

Sie nahm Jakes Hand. »Bitte, geh mit Gabriel nach draußen. Ich muss mit Bran sprechen.«

Jake runzelte die Stirn, dann nickte er. Sie wusste, dass er längst aufgegeben hatte, ihre Visionen zu verstehen.

»Komm mit, mein kleiner Roma. Wir füttern Brans Hühner.«

Der Schmied ließ sich aufs Bett fallen, das Gesicht immer noch in den Händen vergraben. Keziah strich ihm das Haar aus der Stirn und sah die tiefe Narbe einer alten Wunde.

»Schon gut, Bran. Ich weiß, wer es ist. Dein Vater.«

Brans Angst drohte sie zu überwältigen, als sie ihren Körper überflutete. Sie sträubte sich nicht gegen diese Übertragung, ließ aber auch nicht zu, dass die Angst ihre Gedanken trübte. Sie legte ihm die Hand auf die Schulter und bot ihm beides an: den Respekt, den man einem Mann entgegenbringt, und die Liebe zu einem Kind.

»Du kennst die Wahrheit, nicht wahr, Bran? Du bist nicht an seinem Tod schuld.«

Er schüttelte heftig den Kopf und schrie gequält und schuldbewusst: »Ich!«

Sie brauchte keine Worte von Bran, um die Bilder zu interpretieren, die sie im Geiste vor sich sah. Wie der zwölfjährige Bran die Leiche seines Vaters losschnitt, ihr den Soldatenmantel auszog und ihn in der ockerfarbenen Erde begrub.

Sie konnte Brans bruchstückhaften Gedanken hören. *Er ließ mich die Schlinge machen, um mich aufzuhängen. Und dann hing er sich selbst auf. Der Finisher wird mich hängen. Ich habe Pa getötet!*

Keziah packte ihn an den Armen. »Nein, Bran! Er ist schuld. Er wollte sterben. Er ließ dich wie einen Mann arbeiten, er schlug dich wie einen Mann. Er benutzte dich wie einen Mann. Aber du warst ein Kind. Bran, hör mir zu! Du bist nicht schuld an all den schrecklichen Dingen, die dir passiert sind.«

Dann wiegte sie ihn in ihren Armen, während er die Qualen des kleinen Jungen hinausschrie, der in ihm steckte. Sie fragte nicht, wo er seinen toten Vater begraben hatte. Der Geist dieses verfluchten Mannes würde eines Tages seine letzte Ruhestätte preisgeben. Im Moment zählte nur eins: Bran zu heilen. Gegen seine Erkrankung war kein Kraut gewachsen, aber sie konnte ihm das magische Geschenk der Götter geben: Freundschaft. Und in Brans Augen erkannte sie, dass sie von nun an seine Schwester war.

Feierlich hob sie die Hand und sprach ihren heiligsten Schwur: »Bei der Hand meines Vaters, Bran Penrose: Niemand wird dich jemals wieder verletzen.«

Auf dem Heimweg sprach Keziah kein Wort. Jake ebenfalls nicht. Sie hatte das Gefühl, dass er ihr etwas verschwieg. *Männer sind so unaufrichtig, sogar die besten unter ihnen.*

Die Nacht war schwarz und schwül. Jake war unterwegs nach Bolthole Valley, um sich im *Shanty* with No Name volllaufen zu lassen. Er hatte geschworen, sich nicht in die Ehe von Keziah und Daniel einzumischen, solange er gut zu ihr war. Doch die letzten Gerüchte, die er gehört hatte, waren viel zu beunruhigend, als dass er sie ignorieren konnte. Er war mit einem festen Ziel gekommen, hatte aber nicht in Erfahrung bringen können, ob Keziah von dem Doppelleben ihres Mannes wusste oder nicht.

Er stürzte noch einen Drink hinunter und sah in den zerbrochenen Spiegel hinter der Bar. *Will ich Kez wirklich nur beschützen? Oder bin ich eifersüchtig?*

Als er Daniels Namen hörte, horchte er auf. Es war eine Unterhaltung zwischen zwei kräftigen Schafscherern, die sich in Scottys Hütte regelmäßig mit schwarzgebranntem Grog betranken. Der erste Mann bezeichnete Daniel als »diesen komischen Künstler« und erzählte, dass er ihn immer für ein bisschen etepetete gehalten hätte, bis er mitbekommen hatte, dass er sich mit einer neuen Hure traf, die sich seit einiger Zeit in Scottys Hütte herumtrieb. Der zweite Mann schüttelte verächtlich den Kopf.

»Diese Schlampe? Die geht doch mit jedem mit, der zwei Münzen aneinanderreibt.«

»Wenn das sein Geschmack ist.« Sie lachten einvernehmlich, bevor ihre Stimmen verebbten, als sie zurück an die Bar gingen.

Jake wollte das, was er gerade gehört hatte, um Keziahs willen nicht glauben, allerdings bestätigte es die hässlichen Gerüchte, die ihm zu Ohren gekommen waren. Der nächste Drink für unterwegs verstärkte seine Wut nur, also bestellte er einen weiteren und ritt dann über einen Feldweg nach Mutmutbilly.

Als er sich der mondbeschienenen Lehmhütte näherte, hörte er, wie die wilde irische Geigenmusik gelegentlich von lautem Geschrei übertönt wurde. Plötzlich flog die Tür auf. Jake sah die verlängerten Schatten der Tänzer, die sich über den nackten Erdboden bewegten. Der schrille Schrei einer Frau zerriss die Musik. Auf den ersten Blick erkannte er die große Gestalt im Türrahmen.

Daniel. Er empfand einen Anflug von Wut, weil Daniel seine gerade erst gewonnene Freiheit aufs Spiel setzte, indem er illegalen Schnaps trank.

Daniel hatte die Hand um die Brust eines schlanken Mädchens in einem langen, grünen Rock gelegt. Sie war alles andere als hübsch, aber sie hatte einen sinnlichen Mund. An ihrem zerzausten, kurz geschorenen Haar erkannte Jake, dass sie noch vor Kurzem Insassin der Parramata Female Factory gewesen sein musste.

Sobald Daniel Jake erkannte, küsste er die Kleine herausfordernd auf den Mund. Dann gab er ihr einen Klaps aufs Hinterteil, als hätte er sie satt, und schickte sie zurück ins Innere der Hütte.

Er blickte in Jakes wütendes Gesicht und schenkte ihm ein selbstgefälliges Lächeln.

»So, jetzt weißt du Bescheid!«, sagte er und nahm einen kräftigen Schluck aus seiner Flasche.

»Was, zum Teufel, soll das?«, sagte Jake. »Du hast eine gute Frau zuhause. Und eine Abmachung mit Kez oder hast du das bereits vergessen?«

»Sie ist meine Frau. Und das geht dich nichts an. Was Keziah nicht weiß, macht sie nicht heiß. Ich sorge schon dafür, dass sie glücklich ist«, stichelte Daniel. »Wenn du mir nicht glaubst, frag sie doch selbst!«

»Ich habe dich verdammt noch mal gewarnt!« Jake sprang vom Pferd und ballte die Fäuste.

Daniels spöttisches Lachen konnte nicht über seine Nervosität hinwegtäuschen, trotzdem hielt es ihn keineswegs davon ab, Jake zu reizen. »Wetten, dass du nicht Manns genug bist, meine Frau zu fragen?«

Jake zeigte mit dem Daumen auf die Kleine im grünen Kleid, die hinter der Tür stand und sie beobachtete.

»Das da drüben ist eine Sache zwischen Mann und Frau, aber diese Geschichte müssen wir unter uns ausmachen.«

Jake verpasste ihm einen Schlag mit der Rechten, dann einen

Haken mit der Linken, sodass Daniel gegen einen Baumstamm flog. Er wehrte sich unbeholfen mit den Händen, weigerte sich jedoch, sie zu Fäusten zu ballen und zu kämpfen. Angesichts seiner Passivität kam sich Jake vor wie ein Rüpel.

»Tu nicht so, als wärst du zu betrunken, um zu kämpfen, du Mistkerl. Ich bin genauso voll wie du.«

Daniel grinste, während das Blut ihm aus der Nase über das Kinn lief. Mit schlaff herabhängenden Armen ging er auf Jake zu und versuchte dann, ihn mit einem unerwarteten Catcher-Griff festzuhalten. Überrumpelt setzte Jake sein ganzes Körpergewicht ein und schleuderte ihn zu Boden.

Beide stürzten und wälzten sich keuchend über die Erde wie zwei Schuljungen auf dem Spielplatz. Als Daniel ihn festhielt, war Jake so verblüfft, dass er innehielt. Er war es nicht gewohnt zu unterliegen. Außerdem verwunderte ihn Daniels seltsamer Ausdruck.

»Verstehst du nicht, warum ich nicht mit dir kämpfen kann?«

Jake löste sich aus seinem Griff, indem er ihm einen derart wuchtigen Tritt zwischen die Beine verpasste, dass Daniel in die Büsche flog. Dann stieg Jake über den gekrümmt am Boden liegenden Körper und ging auf Horatio zu.

Daniel richtete sich taumelnd auf. Im gleichen Augenblick tauchte Scotty an der Tür auf und rief Jake zu, er solle noch etwas bleiben und von seinem neuen Schnaps probieren. Scottys irische Freunde erschienen ebenfalls, in der Hoffnung auf eine ordentliche Schlägerei. Sie waren so betrunken, dass sie nicht wussten, auf welcher Seite sie standen, aber sie würden die Sache genießen.

»Du dämlicher Hund!«, schrie Jake Daniel an. »Lässt dich lieber zu Brei schlagen, als deine kostbaren Hände in Gefahr zu bringen!« Da ihm keine passende Beleidigung einfiel, setzte er geringschätzig hinzu: »Blöder Künstlerspinner!«

Anschließend schwang er sich in den Sattel und drohte: »Wenn du je wieder meine Freundin betrügst, bringe ich dich um!«

Daniel sah ihm nach, bis Ross und Reiter verschwanden, taumelte zu Keziahs Wildpferd und ritt davon. Das Mädchen mit dem grünen Kleid rief ihm noch nach: »Komm zurück, Danny!«, doch er warf nur einen Blick über die Schulter und antwortete nicht.

Er war wie gelähmt vor Schreck, als er an den seichten Bach hinter Keziahs Haus kam. Der führte gerade noch so viel Wasser, dass er sein blutiges Gesicht darin waschen konnte. Da er seiner Frau nicht begegnen wollte, legte er sich auf der Veranda hin. Doch er konnte nicht einschlafen; er lag einfach nur da und beobachtete, wie der Mond über den mit Sternen übersäten Himmel wanderte.

Die Kleine bedeutete ihm nichts. Sie hatte ihm nur einen kurzen Augenblick körperlicher Befriedigung verschafft, danach hatte er sich erniedrigt und beschämt gefühlt. Diese Hure war ein billiger Ersatz – aber für wen? Seine Frau?

Immer wieder blitzten Fetzen ihres Kampfs in seiner Erinnerung auf. Die Worte, die er Jake entgegengeschleudert hatte, ohne nachzudenken. *Verstehst du nicht, warum ich nicht mit dir kämpfen kann?*

Und dann erlebte er – überwältigt von düsteren, heimlichen Gefühlen – noch einmal den Augenblick, als sie sich ineinander verkeilt über den Boden gewälzt hatten.

FÜNFUNDDREISSIG

Wieder stand der Vollmond am Himmel. Jake beugte sich über sein Lagerfeuer neben der Sydney Road und las zum x-ten Mal den neuesten Bericht des amerikanischen Detektivbüros, um seine Laune zu bessern.

Zwar war er anfänglich enttäuscht gewesen, weil er noch immer keine Rückschlüsse auf den Aufenthaltsort seiner Pearl zuließ, dafür aber enthielt das Schreiben einige erstaunliche Neuigkeiten über die finanzielle Lage des Grafen.

Das Netz zieht sich zu. Der Graf steckt in einer finanziellen Klemme. Die gerissenen Neuseeländer waren vorsichtig genug, nicht in seine angeblich so lukrativen Geschäfte einzusteigen. Man fand das Segelschiff, das er zu einem Dampfer umgebaut hatte, die Contessa Giovanna, an der Küste unweit von South Island, wo es gestrandet war. Von Fracht und Mannschaft keine Spur. Man verdächtigt den Besitzer des Betrugs. Mein Informant in Auckland berichtet, er sei äußerst launisch – das Spektrum reiche von grenzenloser Gastfreundschaft bis zu heftigen Wutausbrüchen. Wie es heißt, plant er seine Rückkehr nach New South Wales, weil seine Herzensdame sich langweilt.

Seine Herzensdame sich langweilt. Bei diesem Satz zuckte Jake zusammen und wappnete sich gegen die Erinnerung an Jennys Körper, ihre Stimme, ihr Parfüm. Er sagte sich, dass er die Trumpfkarte in der Hand hielt; dies war der erste hoffnungsvolle Bericht des Yankees. Er trug ihn stets bei sich, in Regenhaut gewickelt, um ihn vor dem Wetter zu schützen, griffbereit für den

Augenblick, wenn er von Angesicht zu Angesicht vor Jenny stünde. Dann würde er sie zwingen, ihm zu verraten, wo sie Pearl versteckte. Die Tage dieses Conte waren gezählt. Er erinnerte sich an den Lieblingssatz des Arztes, dass die Engländer alle Schlachten verloren bis auf die letzte entscheidende! Jake beschloss, dass er seine letzte entscheidende Schlacht gewinnen würde, und wenn er wie Horatio Nelson dabei ins Gras beißen müsste.

Kurz vor dem Wegdämmern schreckte er plötzlich auf. Von seinem üblichen Schlafplatz unter dem Pferdewagen aus sah er ein Paar Männerstiefel vor dem ausgehenden Lagerfeuer. Seine Hand fuhr zum Revolver.

Eine vom Alkohol verzerrte Stimme lallte: »Schläfst du, Jake? Ich habe hier eine Flasche, die Gesellschaft sucht.«

Jake kroch unter dem Wagen hervor und stand vor dem legendären jungen Burschen, der jetzt als Schwadroneur bekannt war, der Gentleman unter den Buschräubern. Es tat gut zu sehen, dass Will Martens lebte und frei war.

Jake klopfte ihm auf die Schulter. »Jesses, wie hast du es dieses Mal geschafft auszubüxen? Das neue Gefängnis in Berrima ist doch angeblich ausbruchsicher. Was für eine Blamage für die Behörden!«

Im Schein des Mondes musterte Jake ihn eingehend. Wills Augen waren blutunterlaufen, das Gesicht unrasiert, er schwankte in seinen Reitstiefeln, und sein Mantel war zerfetzt. Ganz und gar nicht der elegante Buschräuber, als den man ihn kannte. Selbst sein Draufgängertum war nur ein blasser Abklatsch seines gewohnten Selbstbewusstseins.

»Es gibt einen Trick, um aus Berrima auszureißen. Erinnere mich, dass ich ihn dir verrate, falls du jemals in die Verlegenheit kommen solltest«, bot er Jake an. »Aber zuerst muss ich mit dir über ein Geschäft reden. Ich bin schon seit Tagen auf der Suche nach dir.«

Jake legte ein Holzscheit nach und stellte den Topf mit den Resten des Eintopfes darauf.

»Iss erst mal einen Happen, Kumpel.«

Gierig verschlang Will den Rest des Essens und spülte es mit einem Becher Rotwein hinunter.

Jake wartete, bis er ihm verriet, worum es ging. Zuerst unterhielten sie sich über Pferde, ihr Lieblingsthema. Will deutete mit dem Kinn auf zwei Tiere, die hinter einem Gebüsch versteckt waren.

»Diese Stute ist das beste Pferd, das ich jemals geritten habe. Sie gibt mir das Gefühl, als wäre mein kurzes Leben nicht völlig umsonst gewesen.« Er sah wehmütig aus. »Weißt du was, Kumpel? Ich hab noch nie ein Mädchen geküsst.«

»Was soll der Quatsch mit deinem kurzen Leben? Du wirst noch jede Menge Mädchen küssen und neunundneunzig Jahre alt werden.«

Will schüttelte den Kopf. »Du weißt genau, wie lange ein Strafgefangener zu leben hat, wenn er Buschräuber wird. Sechs Monate. Ein Jahr, wenn's hochkommt. Ich lebe bereits auf geborgter Zeit.«

»Dummkopf. Das trifft nur auf gewalttätige Buschräuber zu. Jeder weiß, dass du noch nie auf jemanden geschossen hast. Alle Zeitungen lieben dich. Für die Jugend von Ironbark bist du ein Held.«

Doch Will machte sich ernste Sorgen über seinen bevorstehenden Tod. »Hast du schon das Neueste über den Henker gehört? Gouverneur Gipps kann ihn nicht feuern. Es gibt niemanden mehr in der Kolonie, der seine Arbeit machen möchte. Er ist so verhasst, dass er sich in einer Zelle in Woolloomooloo Stockade verkrochen hat und nur zu den öffentlichen Hinrichtungen herauskommt.« Will hing einen Augenblick seinen Gedanken nach. »Und ich könnte sein nächster Kandidat sein!«

Jake schenkte ihm nach. Will war bereits so betrunken, dass es auf ein Glas mehr oder weniger nicht ankam.

»Also, raus mit der Sprache, was hast du so Geheimes mit mir zu besprechen?«

»Es geht nicht um mich, sondern um Gem.« Will zog einen

Umschlag aus seiner Jackentasche und überreichte ihn Jake. »Er hat mich gebeten, diesen Brief für ihn zu schreiben. Es ist so etwas wie sein letzter Wille. Ein Testament.«

»Jesses!«, rief Jake. »Langsam wird mir das alles hier zu düster.«

Will hob die Hand. »Ich habe Gem hoch und heilig versprochen, dir den Brief zu überbringen.«

Jake zögerte, ihn anzunehmen. »Wenn du ihn geschrieben hast, kannst du ihn mir auch vorlesen.«

So begann Will, Gems Brief im Licht des Feuers zu verlesen:

Lieber Kamerad,

dieser letzte Wille ist keine amtliche Urkunde. Da mir aber das Gesetz nie wohlgesinnt war, wäre ich ein Heuchler, wenn ich mich darauf bezöge, nachdem ich tot und begraben bin. In meinem ganzen Leben habe ich nur zwei gaujo *gekannt, denen ich fast hundertprozentig vertrauen konnte. Der Überbringer dieses Briefes ist einer, und Du bist der andere.*

Zwei Dinge überlasse ich Deiner Obhut. Sarishan, der uns zu Ruhm verhalf, als er den Silberpokal gewann. Ich weiß, dass er bei Dir in guten Händen ist. Und dann will ich Dir noch etwas vermachen, das mir weit weniger am Herzen liegt, vielleicht im Gegensatz zu Dir. Es ist meine Hure. Du bist zwar kein Roma, aber Du kommst uns schon sehr nahe. Pass gut auf die Schlampe auf. Ich spüre, dass meine Tage in Freiheit gezählt sind. Du kannst sie haben, sobald ich tot bin – aber keine Minute vorher!

Du weißt, wer ich bin.

Jake nahm einen tüchtigen Schluck aus der Weinflasche, um das Zittern in der Hand loszuwerden. Obwohl Gem es abgestritten hätte, waren seine Worte von einer derart schmerzlichen Liebe zu Keziah erfüllt, dass Jake sich schämte, als er sie mit seiner besessenen Rache gegen Jenny verglich. Gem hatte viel zu viel Roma-Stolz, um seiner Frau zu vergeben. Sogar jetzt im Angesicht des Todes, konnte er nicht von Keziah sprechen, ohne sie zu beleidigen. Jake ging auf, dass Gem in anderer Hinsicht ein besserer Mensch war als er. Dieses Testament war der Beweis dafür. Gem liebte seine Frau noch so sehr, dass er sie dem Schutz eines anderen Mannes anvertraute. Die einzige Lösung hingegen, die Jake für den Liebhaber seiner Frau einfiel, war Mord.

Seine Stimme klang angespannt, als er fragte, wo Sarishan war. Will zeigte auf die beiden Pferde hinter dem Gebüsch.

Jake nickte. »Sag Gem, dass er beruhigt sein kann. Ich werde seinen letzten Willen befolgen.«

Zusammen tranken sie die Flasche aus. Dann stand Will derart schwankend auf, dass ein Windstoß ihn hätte umwerfen können.

»Danke für deine Gastfreundschaft, Jake. Ich muss wieder an die Arbeit!«

»Jesses! Du bist voll wie eine Haubitze, Will. Sie werden dir den Kopf wegpusten.«

Das Essen, der Wein und das Plauderstündchen hatten Wills Selbstvertrauen wieder zum Leben erweckt.

»Mir doch nicht. Ich stehe auf der Sonnenseite des Lebens! Und jetzt brauche ich einen neuen Mantel und ein frisches Pferd, um meine Stute ein wenig zu entlasten. Höchste Zeit also, dass ich einen Reisenden ausnehme.«

»Kommt nicht infrage, mein Junge!«

Als Will sich mit Worten nicht aufhalten ließ, verpasste ihm Jake einen Kinnhaken – gerade heftig genug, um einen Betrunkenen in den Schlaf zu versenken. Es hatte zu nieseln begonnen, doch das würde die Dürre nicht beenden. Jake schob Will unter seinen Pferdewagen und versteckte obendrein seine Stiefel, damit er nicht auf die Idee kam, sich in der Nacht aus dem Staub zu machen. In Jakes Decke gehüllt, das Gesicht vom Mondlicht beschienen, das durch die Räder des Wagens fiel, sah der junge Buschräuber fast so aus wie der Schuljunge, der er eigentlich hätte sein sollen.

Jake schürte das Feuer und legte sich zum Schlafen neben

ihn. Als er das nächste Mal wach wurde, lag Wills Kopf an seiner Schulter. Offenbar hatte er einen Albtraum, denn im gleichen Augenblick stieß er ein trockenes Schluchzen aus.

Jake war es unangenehm, dass der Junge sich so eng an ihn geschmiegt hatte, aber er wusste, dass der Dummkopf geradewegs in den sicheren Tod laufen würde, wenn er ihn jetzt weckte.

Resigniert seufzte er. »Schon gut, Kumpel. Du bist hier sicher.«

Will verstummte, während er im Schlaf noch enger an Jake heranrückte.

Jake blickte zum Mond auf, der seinen Pferdewagen und das umliegende Buschland silbern färbte. Derselbe Mond, in dem, wie Keziah überzeugt war, irgendein weiblicher Zigeunergeist lebte.

Seltsame Frau, diese Kez. Wir sind so verschieden wie Tag und Nacht. Ich glaube an nichts. Sie hingegen an alles. Sie glaubt sogar, dass man weiße Haare bekommt, wenn man im Licht des Mondes schläft! Na, morgen Früh werde ich wissen, ob es stimmt.

Jake schlief unruhig und schreckte schließlich endgültig aus dem Schlaf, als er Pferde in der Nähe hörte. Horatio stampfte unruhig mit den Hufen und wieherte, als wollte er ihn vor einer Gefahr warnen. Jake griff nach seinem Revolver und rollte sich unter dem Wagen weg, bereit zu schießen.

Wills Stute stand noch dort, wo er sie angebunden hatte, doch Sarishan hatte sich losgerissen und stand mitten in der Lichtung im Mondlicht.

Jake horchte auf den dumpfen Hufschlag zweier Pferde in der Nähe, der allmählich verstummte. Hatte Horatio mit seinem Wiehern zwei Pferdediebe verscheucht? Die Trooper konnten es nicht gewesen sein, sie hätten sich den Schwadroneur garantiert geschnappt. Warum aber hatten die Reiter an seinem Lager Halt gemacht und waren dann wieder abgezogen?

Jake beschloss, bis zum Morgengrauen Wache zu schieben.

Während Jake mit Sarishan am Zügel auf Keziahs Hütte zuritt, musste er ständig an diese Neuigkeit aus Sydney Town denken, von der er gehofft hatte, sie träfe niemals ein. Wie üblich hielt er vor Hobsons Anwesen an, um sich anzumelden. Und wie üblich begrüßte ihn Polly Doyle herzlich.

»Daniel Browne ist für ein paar Wochen nach Ogden Park geritten, um *Pferde zu bemalen*«, erzählte sie belustigt. »Mag Terence Ogden denn die Farbe nicht, die ihnen der liebe Gott bei der Geburt gegeben hat?«

Jake ließ sich nicht anmerken, dass Daniels Abwesenheit gemischte Gefühle in ihm auslöste. Normalerweise wäre er froh gewesen, Keziah allein anzutreffen. Jetzt wünschte er, weit, weit weg zu sein. Am Swan River, in Timbuktu. *Egal wo.*

Sein Magen krampfte sich zusammen, als er Keziah entdeckte, die auf der Veranda stand und ihm entgegensah. Rock und Haar flatterten im Wind. Selbst im schlichtesten Kleid war sie verdammt schön.

Als sie das zweite Pferd erkannte, sah er auch die aufblitzende Angst in ihren Augen.

»Das ist doch Sarishan, nicht, Jake? Was ist passiert?«

Die Worte blieben ihm im Hals stecken. Wie sollte er es ihr sagen?

Doch Keziah genügte ein Blick in seine Augen. Abwehrend hob sie die Hände und wich zurück ins Haus, um die Worte abzuwehren, die sie nicht ertrug. Der leere Ausdruck in ihren Augen machte es Jake noch schwerer.

»Ich wünschte, es wäre nicht ich, der dir das antun muss, Kez«, sagte Jake, »aber es ist besser, du erfährst es von mir als aus der Zeitung.«

»Es ist Gem«, sagte sie in einer Stimme, die nicht die ihre war. Sie sank auf das Bett und hüllte sich trotz der Wärme des Holzfeuers zitternd vor Kälte in ihren Schal.

Jake versuchte, alle Bilder aus seinem Kopf zu verbannen; bei ihr wusste man nie, was sie alles sehen konnte.

»Ja, Kez. Ich habe es aus erster Hand von einem Augenzeugen. Gem wurde von den Troopern irgendwo in der Nähe von Camden Park festgenommen. Die Schweinehunde wollten jede öffentliche Sympathiebekundung verhindern, deshalb brachten sie ihn in das Gefängnis von Cockatoo Island. Sie behaupten, Gem wäre ausgebrochen und hätte versucht, auf das Ufer bei Birch Grove Farm zu schwimmen, aber …«

»Gem ist ein schlechter Schwimmer!«

»Er hätte es um ein Haar geschafft, aber dann, so heißt es, ist er ertrunken.«

Keziah wollte es nicht wahrhaben. »Du lügst. Gem ist nicht ertrunken!«

Jake glaubte zwar an keinen Gott, trotzdem betete er. *Jesses! Bitte lass nicht zu, dass sie die Wahrheit erfährt.*

Doch er wusste, dass es bereits zu spät war. Es war, als erlebte sie Gems Todeskampf am eigenen Leib. Ihre Stimme war erfüllt von Grauen.

»Ich sehe sein Gesicht im Wasser. Die Haifischflossen, das Blut … Es färbt das Wasser rot!«

Jake war von der Präzision ihrer Vision schockiert. Sie erzählte ihm Einzelheiten, die er von dem Gefängniswärter gehört hatte, der Gems Flucht beobachtet hatte. Der Ausdruck in ihren Augen machte Jake Angst. Es kam ihm vor, als flüchtete sie sich in den Wahnsinn, nur um die schrecklichen Bilder nicht sehen zu müssen. Jake packte sie an den Schultern und schüttelte sie.

»Hör zu! Das war später. Da war Gem bereits ertrunken. Er hat die Haifische nie gesehen! Ein Augenzeuge hat es beobachtet. Ich schwöre bei Gott, er starb als freier Mann, so wie er es gewollt hatte!«

Es war die größte Lüge in seinem Leben.

Die Intensität von Keziahs Trauer verschlug ihm den Atem. In ihrer Verzweiflung schlug sie sogar auf ihn ein.

»Schon gut, Kez. Lass alles raus!« Er lag neben ihr auf dem Bett und hielt sie in den Armen. Sie klammerte sich an ihn wie an ein Rettungsboot, bis sie schließlich vor Erschöpfung einschlief. Und jedes Mal, wenn ihr Körper von Neuem unter ihren Schluchzern erbebte, hielt er sie fest und beruhigte sie.

Niemals hat mich eine Frau so geliebt wie sie ihren Gem.

Er konnte ihr nicht die ganze Wahrheit über Gems Tod erzählen. Und er betete zu Gott, dass sie sie niemals hören würde. Der verdammte Hundesohn von Wärter auf Cockatoo Island hatte damit geprahlt, dass kein Strafgefangener je wieder von dort fliehen würde, weil jeder nun wusste, dass die Wärter sie den Haien zum Fraß vorwarfen!

Am Abend zündete Jake den Ofen erneut an und kochte Tee für Keziah.

Sie trank wie ein braves Kind, doch Jake machte sich Sorgen. Sie blickte durch ihn hindurch, als wäre er gar nicht da.

Er hasste den fremden Ton in ihrer Stimme, als sie immer wieder vor sich hin flüsterte: »Ich will nicht mehr leben.«

Wie, zum Teufel, konnte er sie bloß aus dieser schrecklichen Trauer herausholen? Zuerst versuchte er es auf die vernünftige Art, mit sanften Worten, doch es nutzte nichts. Schließlich ging er ein kalkuliertes Risiko ein.

»Du bist Mutter, oder etwa nicht? Willst du Gabriel im Stich lassen, so wie Jenny mich im Stich ließ? So wie dein *gaujo* dich im Stich ließ? Ich hätte nie gedacht, dass du den Schwanz einziehen würdest.«

Jake sah den Funken in ihren Augen. Eine Zeit lang erwiderte sie nichts, doch man konnte erkennen, dass sie nachdachte. Bis sie schließlich jene Worte sagte, nach denen er sich so verzweifelt sehnte.

»Du hast Recht. Gabriel wird mich am Leben halten.«

»Und ob! Der Kleine hat mehr Verstand im kleinen Finger als Gipps und die gesamte britische Regierung zusammen.«

Er half ihr aufstehen. »Los, komm. Da ist eine ganze Schulklasse, die auf dich wartet. Und vorher musst du Gabe noch Frühstück machen. Ich selbst könnte übrigens ein ganzes Pferd verputzen.«

»Was?«

»Schon gut, ich weiß ja, dass ihr Zigeuner Pferde anbetet. Ich verspreche dir, dass ich niemals ein Pferd essen werde, so lange ich lebe. Recht so?«

Gabriel kletterte im Schlafanzug auf seinen Stuhl und blickte erwartungsvoll in seine leere Haferflockenschale.

Mit geröteten Augen nahm Keziah ihre Rolle als Mutter wieder auf. »Hast du nicht etwas vergessen, Gabriel? Zuerst wasch dir Hände und Gesicht. Und dann?«

»Danke ich *Del* für mein tägliches Brot«, antwortete er und lief barfuß zur großen Wasserschüssel, um sich zu waschen.

»Netter Junge«, sagte Jake. »Und die Mutter ist auch nicht übel.«

Er beobachtete, wie Keziah langsam zur Pferdekoppel ging. Er ahnte, was sie vorhatte.

Keziah rieb ihr Gesicht an Sarishans Nase und redete in ihrer Roma-Sprache mit ihm. Jake verstand nicht, was sie sagte, aber er konnte es sich denken. Keziah vertraute Gems Pferd ihre Liebe und Trauer an und fand Trost bei ihm.

Sie wusste nicht, dass es nur eine Hälfte dessen war, was Gem Jake hinterlassen hatte. Und er wusste, dass die Zeit noch nicht gekommen war, um ihr von der zweiten zu berichten. Vielleicht würde sie nie kommen.

SECHSUNDDREISSIG

Nachdem sie von Gems Tod erfahren hatte, bewegte sich Keziah monatelang wie eine Schauspielerin durchs Leben, in einem Stück, dessen Handlung sie nur Seite für Seite erfuhr. Trotzdem konzentrierte sie sich auf die Bedürfnisse ihrer kleinen Familie und der Schulkinder, bis sie abends, erschöpft von der Anstrengung, nach außen fröhlich und normal zu wirken, endlich einschlief.

Jake hatte regelmäßig vorbeigeschaut, um nach ihr zu sehen, während sich Daniels Aufenthalt in Bolthole Valley in die Länge zog. Gilbert Evans hatte ihn beauftragt, eine Aula für die Sonntagsschule zu bauen. Wenn Jake unterwegs war, bat er Dr. Ross, dafür zu sorgen, dass es ihr an nichts fehlte. Aus der professionellen Art, mit der er sie behandelte, schloss Keziah, dass er sich fragte, ob sie vielleicht an Melancholie litt.

Doch wie sollte sie dem braven Doc erzählen, dass sie um einen berühmten Buschräuber trauerte, mit dem sie vor langer Zeit verheiratet gewesen war? Sie musste den Schein wahren; sie war Saranna Browne. In Jakes Abwesenheit ahnte nur Nerida den wirklichen Grund für ihre Niedergeschlagenheit.

Die Erinnerung an Gem ließ sie nicht los, der Herbst kam und ging, ohne die Dürre zu vertreiben, Frühling und Sommer aber brachten ihr nach und nach neue Lebensenergie. Und dann endlich kam der Tag, an dem Keziah das Gefühl hatte, auf einem Gipfel zu stehen und sehen zu können, was auf der anderen Seite lag. Die Zukunft.

Sie stellte das schwere Bügeleisen auf den Herd und las noch einmal den letzten Brief, den Daniel ihr geschrieben hatte.

Ich verspreche Dir, dass ich zu Joseph Blooms Feier wieder zuhause bin. Übrigens hat Julian Jonstone angeboten, mir das Kunststudium in Sydney Town zu finanzieren. Sehr großzügig von ihm, aber ich würde Gabriel und Dich natürlich niemals im Stich lassen.

Trotzdem las Keziah zwischen den Zeilen seine Sehnsucht, das Angebot anzunehmen. Es war die Chance seines Lebens.

Sie wusste, was sie ihm sagen musste, wenn er zurückkehrte. Sie sprach die Worte laut aus, um sicherzugehen, dass sie sich aufrichtig anhörten. »Es wird Zeit, deiner Geliebten zu folgen, Daniel.« Ja, es stimmte.

Als das Eisen heiß genug war, um das neue Kleid zu bügeln, das sie während der letzten Woche geradezu fieberhaft genäht hatte, war sie erleichtert. Bei dem Gedanken an Joseph Blooms Bankett heute Abend stieg eine Welle von Vorfreude und nervöser Erwartung in ihr auf.

Sie führte das Bügeleisen zuerst über ein weißes Tuch, damit es keine Rußspuren auf dem angefeuchteten Taft hinterließ. Sie hatte Sunny den ganzen Stoffballen abgekauft; so würde keine andere Frau in Ironbark in einem Kleid aus demselben Stoff erscheinen können. Heute Abend musste sie sich von ihrer besten Seite zeigen. Jake hatte Joseph Bloom versprochen, rechtzeitig zu seinem Fest wieder da zu sein – und jeder wusste, dass Jake immer Wort hielt. Es war sein ganzes Kapital.

Obgleich sie Jake seit Wochen nicht gesehen hatte, war Keziah fest davon überzeugt, dass Jenny bald aus Neuseeland zurückkommen würde. In ihren Träumen wurde sie von dem Gesicht auf dem Bild verfolgt, das Daniel von ihr gemalt hatte. Jake trug es stets bei sich. Wie verabscheute sie diese blonde Verführerin – diese Frau war alles, was sie nicht war. Und Jake war derart besessen von ihr, dass er auf der Stelle zu seiner Frau zurücklaufen würde, wenn sie nur mit dem Finger schnippte. Keziah musste schnell handeln.

Sie wusch ihr Haar mit Rosmarinöl. Dann setzte sie sich in die Sonne und las erneut den Zeitungsbericht von letzter Woche über Caleb Morgan, einziger Überlebender seiner unglücklichen Expedition, der nun in der Gesellschaft in South Australia umschwärmt wurde.

Trotz seines Scheiterns wurde dem Namen der Morgans tatsächlich jener Ruhm in den Geschichtsbüchern zuteil, den sie vor Jahren vorausgesagt hatte, als sie ihm aus der Hand gelesen hatte. Natürlich würde man nun ein hübsches Sümmchen an Spendengeldern für ihn sammeln. *Wetten, dass der Eingeborene, der ihn durch die Wüste getragen und sein Leben gerettet hat, nicht einen einzigen Penny als Belohnung erhält? In den Zeitungen steht nicht einmal sein richtiger Name, nur ein Spitzname, den die* gaujo *ihm gegeben haben.*

Sie warf einen Blick auf die Schublade, in der sich Joseph Blooms kostbare Urkunde befand. Der Beweis, dass sie das Kind, das in Ironbark ausgesetzt worden war, legal adoptiert hatte. Sie war bereit, den Kampf um Gabriels Vormundschaft mit Caleb anzunehmen, bewaffnet mit dieser Adoptionsurkunde, einem Ehemann, der vor Gericht zu ihr stehen würde, und vor allem ihrem Kumpel an ihrer Seite. Als sie an Jake dachte, nahm sie sich vor, ruhig zu bleiben, aber sie war viel zu zerstreut, um Jakes Gesicht aus ihrem Kopf zu vertreiben; es wollte einfach nicht verschwinden.

Während sie die zahlreichen Unterröcke anzog, die den Rock des Kleides aufbauschen würden, freute sie sich, dass ihre alte Prophezeiung für Joseph Bloom endlich wahr geworden war. Vor seiner Abreise hatte er ihr den Grund für seine Abwesenheit anvertraut.

»Ich fahre nach Sydney Town, um zu heiraten. Bestimmt haben Sie die Gerüchte in Ironbark gehört. Dass es eine Zweckehe ist, dass meine Braut kein Englisch spricht und ein großes Vermögen mit in die Ehe bringt.« Er zuckte nachsichtig die Achseln. »Wahr ist, dass Rivka meine Cousine und alles andere als reich ist. Ihre Mitgift besteht einzig und allein aus ihrem geliebten Pianoforte. Wir waren als Jugendliche ineinander verliebt, damals wohnten wir in Frankfurt am Main.«

»Wie romantisch!«, hatte Keziah ausgerufen.

»Nicht in den Augen meines Onkels. Er hielt New South Wales für das Sodom und Gomorra des Südpazifiks und verweigerte seine Zustimmung mit dem Hinweis auf ein altes Sprichwort: »›Wer Frankfurt verlässt, verliert seine Seele.‹ In seinen Augen bin ich ein gefährlicher Radikaler, Mrs. Browne. Ausgerechnet ich.«

»Und wieso hat er seine Meinung geändert?«, wollte Keziah wissen.

Joseph Blooms Augen funkelten. »Hat er gar nicht! Rivkas Mutter hat sie auf ein Schiff nach Port Jackson geschmuggelt und ihre Überfahrt bezahlt. Ich muss sie nur noch abholen.«

Keziah lächelte, als sie daran dachte, wie sie beide gelacht hatten. Dann erinnerte sie sich an seinen Plan, in Sydney Town eine Kanzlei zu eröffnen, und wurde wieder ernst.

Für einen Augenblick sah sie erneut den Gerichtssaal und Joseph mit Richterperücke vor sich. Strafrecht – es ging um Mord! Sie spürte, wie die Realität dieser Vorahnung immer näher rückte und wie Jake im Mittelpunkt stand. Sie versuchte, die Vision zu verdrängen, entschlossen, den Augenblick zu genießen. Heute Abend würde Joseph seinen Freunden in Ironbark Rivka vorstellen. Im Grunde ihres Herzens wusste Keziah bereits, dass es das letzte Mal sein würde, dass Daniel und sie zusammen in der Öffentlichkeit auftreten würden.

Ihre Welt veränderte sich so rasend schnell, dass ihr schwindelig wurde. In Neridas *goondie* gab sie Gabriel einen Gutenachtkuss und machte sich auf den Weg, während sie mit einer Hand das Haar zu bändigen versuchte und mit der anderen den Rock festhielt, damit der Wind ihn nicht allzu sehr blähte. Ein wildes Glücksgefühl erfüllte sie. *Hochzeiten sind bekannt dafür, neue Liebe zu entfachen. Der Zeitpunkt ist perfekt.*

Jake suchte Keziah unter den Gästen. Viele Leute waren eingeladen worden, um Josephs jüdische Frau kennen zu lernen.

Durch eine Lücke in der Menge sah Jake, wie sie auf dem Rasen hinter Blooms Anwesen stand. Sie wirkte etwas verloren in einem Meer von Englisch sprechenden Menschen, deshalb blinzelte Jake ihr aufmunternd zu. Auf den ersten Blick hatte er sie für pummelig gehalten, doch als sie ihn jetzt anstrahlte, fand er ihre leuchtenden Augen und ihr sanftes Lächeln wunderschön. Jake musste zugeben, dass anständige Frauen, wenn sie verliebt sind, etwas ganz Besonderes haben.

Plötzlich tauchte Daniel neben ihm auf, er wirkte sehr ernst.

»Könnten wir später in Ruhe etwas zusammen trinken, Jake? Ich muss nach Sydney Town und würde dich gern um etwas bitten, was Keziah angeht.«

Jake zögerte. Keiner von ihnen hatte ihre Rauferei vor Scottys Hütte je wieder erwähnt. Es war so lange her, dass es einen nur verwirrte, darüber nachzudenken. Jake hatte keine Gerüchte mehr über Daniels Eskapaden gehört, und irgendwann hatten sie sich wieder vertragen, wenn auch unterschwellig ein Hauch von Misstrauen geblieben war.

»Klar, Dan. Ich bin sicher noch bis zum Frühstück hier und trinke Josephs Grog.«

Jake beobachtete, wie Daniel im Uhrzeigersinn um die Menge herumging, ohne zu bemerken, dass Keziahs Kopf, der in der Menge auf und ab wippte, ihm gegen den Uhrzeigersinn entgegenkam. Schließlich prallten Ehemann und Ehefrau aufeinander. Einen Augenblick lang standen sie reglos voreinander. Jake konnte nicht hören, was sie sich zu sagen hatten, doch es war nicht zu übersehen, dass sie in aller Freundschaft miteinander stritten. Jedes Mal, wenn Daniel ablehnend den Kopf schüttelte, widersprach Keziah mit einem Nicken. Schließlich warf Daniel lachend den Kopf zurück und küsste Keziah auf die Stirn. Als sie sich wieder voneinander abwandten, lächelten beide. Daniel ging zu Dr. Ross hinüber, der zu Ehren der Braut seinen Schottenrock trug.

Als Jake sah, wie Keziah auf ihn zukam, erstarrte er. Sie blieb vor ihm stehen und neigte den Kopf zur Seite. Ihr unschuldiges Lächeln galt ihm und bezog auch die beiden Männer neben ihm ein. George Hobson beäugte sie wie ein besorgter Vater. Gilbert Evans gab sich misstrauisch wie üblich. Doch Keziah schien sie gar nicht zur Kenntnis zu nehmen.

»Verzeihen Sie, Gentlemen, Sie haben bestimmt nichts dagegen, wenn ich Ihren Freund kurz entführe.«

Jake hatte keine Wahl. Widerwillig ließ er sich von ihr auf die Tanzfläche führen, während er mit einem schmerzlichen Stich an seine erste Begegnung mit Jenny zurückdachte, bei der sie ihm das Tanzen beigebracht hatte. Und dann stellte er fest, dass die Musiker denselben Walzer wie damals spielten. Vergangenheit und Gegenwart gingen ineinander über.

Er war so durcheinander, weil er Keziah zum ersten Mal in der Öffentlichkeit in den Armen hielt, dass er gar nicht mitbekam, was sie sagte. Er konnte nur an eines denken. Ihr tiefer Ausschnitt erinnerte ihn wohltuend an jene Nacht, als sie sein Gesicht an ihre nackten Brüste gedrückt hatte, um ihn zu wärmen. Jake wünschte sich dahin zurück. Doch dann erinnerte er sich daran, dass sie Daniels Frau war und er aufpassen musste, was er tat.

Keziah strich ihm spielerisch eine lange Haarsträhne hinters Ohr. Jake wich ihrem Blick aus, doch ihr Mund lenkte ihn ab, und er war mindestens genauso gefährlich.

»Hey! Was hast du vor, Kez?«

»Ich muss dir etwas Wichtiges erzählen, Jake. Es geht um Daniel.«

Als der Walzer verstummte, kehrten sie zu den anderen Gästen zurück, doch Jake merkte schnell, dass es nur eine kurze Atempause geben würde.

Joseph hatte den phantastischen Einfall gehabt, eine Gruppe von fahrenden Klezmer-Musikern aus Sydney Town und einen von Scottys Fiedlern zu engagieren. Sie spielten eine ausgelassene musikalische Mischung aus den verschiedensten Kulturen – deutsch, jiddisch, italienisch, ungarisch und keltisch-irisch.

Joseph und seine Braut standen in der Nähe von Jake, dem nicht entging, wie sein Gastgeber Keziah aufmerksam beobachtete. Dann stimmte einer der Klezmer-Musiker eine mitreißende Melodie in einer fremden Sprache an, die Jake nicht kannte. Keziahs Reaktion kam prompt.

Sie stieß einen Freudenschrei aus. »Joseph! Das ist ein Roma-Lied. Das Lieblingslied meines Vaters!«, rief sie und klatschte in die Hände wie ein fröhliches Kind.

Jake rollte die Augen. *Ihr Roma-Vater! Jesses, sie hat vergessen, wer sie ist.*

Ihr Kleid aus schwarzem Taft mit dem Spitzenkragen war auf den ersten Blick sittsam genug, um als Saranna Brownes Sonntagskleid durchzugehen, aber als sie jetzt den Saum ihres Rocks anhob und auf die Musiker zulief, erhaschte Jake einen Blick auf ihre rote Unterwäsche und die schwarzen Strümpfe aus Seide.

Jake packte sie am Arm und drehte sie um. »Das ist nicht *deine* Musik, Saranna!«

Keziahs Augen weiteten sich vor Schreck, als er sie an ihre Identität erinnerte. Frustriert stieß sie einen erstickten Seufzer aus und ging auf die Scheune zu. Jake schlenderte ihr nach. *Jesses, hoffentlich schleicht Daniel nicht hier herum.*

Er schob die Scheunentür hinter sich zu und lehnte sich dagegen. Gott sei Dank war sein Gesicht vom Schatten verborgen.

Der Mond hatte einen Lichtkreis in die Mitte der Scheune geworfen. Im Bann der magischen Klänge hatte Keziah die Welt um sich völlig vergessen. Noch nie hatte Jake jemanden so tanzen sehen. Sie löste ihr Haar, schlug mit den Hacken einen schnellen Rhythmus, bog stolz den Rücken durch. Ein Arm wölbte sich über den Kopf, der andere lüpfte den Saum ihre Rocks und der scharlachroten Unterröcke. Selbstvergessen strich sie das Haar zur Seite, und ihre Augen reagierten leidenschaftlich auf die Musik, die ihrem Körper den Rhythmus aufzwang.

So also tanzen die Zigeuner! Jake sah, wie das Kleid von einer Schulter rutschte, aber er wusste, dass ihre Bewegungen nicht absichtlich verführerisch waren. Keziahs Tanz verwandelte das sittsame schwarze Kleid der Schullehrerin Saranna in die Vision einer wilden Roma.

Jake spürte sein Herz schneller schlagen, als er sich unwillkürlich Keziah mit Daniel im Bett vorstellte. *Jesses, sieh sie dir an! Welcher Mann könnte ihr widerstehen?*

Draußen erreichte die Musik ihren Höhepunkt und verebbte dann. Keziah blieb noch einen Augenblick wie angewurzelt stehen, kehrte dann aber langsam in die Realität der Scheune und zu Jake zurück. Sie machte eine ausholende Bewegung mit beiden Armen und lachte wie eine kleine Ausreißerin, die nach Hause kommt und feststellt, dass ihre Abwesenheit gar nicht aufgefallen ist.

»So, jetzt weißt du, wie wir tanzen. Es liegt uns im Blut!«

»Das dürfen die anderen nicht erfahren. Aber du kannst für Daniel tanzen, wann immer du willst.«

»Nein!«, sprudelte es aus ihr heraus. »Außerdem wird Daniel in Sydney Town Kunst studieren. Er bekommt alle Ausgaben von Jonstone bezahlt. Das ist Daniels Traum. Und ich will, dass er geht. Er kommt nicht mehr zu mir zurück.«

Jake war verwirrt. »Kez, sei vernünftig. Ihr werdet es schon schaffen. Ihr müsst es schaffen. Er ist dein Mann. Ihr seid verheiratet.«

Sie schüttelte heftig den Kopf, und Jake packte sie an den Schultern.

»Geh mit ihm, verdammt!«

»Nein! Daniel will es so. Und ich auch. Unsere Ehe ist nur eine Farce.«

»Schwachsinn! Er hat mir gesagt, dass du die einzige Frau bist, die er jemals geliebt hat.«

»Ja, wie ein Bruder seine Schwester, ich aber brauche einen Mann, Jake. Siehst du das nicht?«

Keziah stand wie ein kleines Mädchen auf den Zehenspitzen

und hielt sich an Jakes Revers fest. Dann küsste sie ihn auf den Mund wie eine hungrige Frau. Dieses Mal roch sie kein bisschen nach Alkohol, nur nach süßen Äpfeln.

Jake verspürte den überwältigenden Drang, sie in sich aufzunehmen. Dann packte ihn die Wut. Was für ein schlechter Zeitpunkt! Daniel war dabei, sie zu verlassen. Keziah war mehr als willig. Jake sehnte sich nach ihr, er wollte sein Gesicht in ihren Brüsten vergraben, nicht mehr aufhören, sie zu küssen, in ihr ertrinken. Aber es war zu spät. Nie würde er mehr sein können als ihr Freund. *Was bin ich für ein verdammter Idiot! Ich habe ihr versprochen, sie nie zu belügen.*

Er schob sie auf Armlänge von sich weg und rang sich die Worte ab: »Ich habe Nachricht von dem Yankee erhalten. Jenny ist aus Neuseeland zurück. Morgen Vormittag breche ich nach Melbourne Town auf, gleich nach all dem Rummel hier.«

Keziah hielt den Atem an und trat einen Schritt zurück. Ein zitterndes Lächeln spielte um ihren Mund. »Tja, ich kann nicht behaupten, dass es mich überrascht. Jenny und die kleine Pearl. Das ist das Einzige, was du willst, nicht wahr?«

Jake wusste nicht, was er antworten sollte. Was immer er sagte, es wäre nur die halbe Wahrheit. Es folgte ein unbehagliches Schweigen.

»Du bist ein guter Mensch, Jake. Lass nicht zu, dass der Stolz dein Leben ruiniert.«

Jake begleitete sie wortlos zu den anderen Gästen zurück. Joseph war dabei, gegen sein Glas zu klopfen, um die Aufmerksamkeit der Gäste auf sich zu lenken. Er wollte eine Rede halten.

Keziah spürte, dass Jake hinter ihr stand, doch sie konnte ihn nicht ansehen. Josephs Rede war eine Mischung aus Frömmigkeit, allerlei Lebensweisheiten und Späßchen, trotzdem konnte sie sich nicht auf seine Worte konzentrieren. Ihre Wangen brannten vor Erniedrigung, und plötzlich richtete sie ihre Wut gegen sich selbst. *Wie oft muss ich noch auf die Nase fallen, bis ich mir die Wahrheit eingestehe? Jake begehrt mich nicht als Frau!*

Doch dann fesselte sie plötzlich ein Wort von Joseph. Er erzählte, wie Rivka und er Zeugen der eindrucksvollen Feierlichkeiten zum Geburtstag Ihrer Majestät geworden waren.

»Die Menschenmenge jubelte, als die Gaslampen aufflammten, um zum ersten Mal die Straßen von Sydney Town zu beleuchten. Ein eindeutiger Beweis für die Anstrengungen, die diese Kolonie unternimmt, um mit dem Mutterland Schritt zu halten.« Josephs Augen lächelten seiner Braut zu. »Für mich hatte dieser historische Augenblick eine persönliche Bedeutung. Ich bitte Sie, die Gläser auf meine Rivka zu erheben, die von Kindheit an mein Leben erleuchtet!«

Alle Gäste, ob nüchtern oder betrunken, brachen in spontanen Jubel aus.

»Da sage einer, die Deutschen wären nicht romantisch«, flüsterte Keziah und drehte sich zu Jake um.

Er war verschwunden.

Keziah blieb sitzen und beobachtete die Tänzer. Es war, als hätte sie auf einen Schlag alle Energie verloren. Dann sah sie, wie ihr Daniel die Hand reichte. Schweigend kehrten sie nach Hause zurück, jeder in seine eigenen Gedanken versunken.

Als sie die Hütte betraten, entdeckte Keziah überrascht, dass Daniels Koffer gepackt waren.

»Ich habe entschieden, schon heute Nacht aufzubrechen. Was soll ich hier noch? Würdest du mir den Brumby-Hengst leihen?«

»Es ist das erste Mal, dass du mich um Erlaubnis fragst«, entgegnete sie knapp.

»Ich lasse ihn in Bolthole Valley im Mietstall und nehme dort am frühen Morgen die Postkutsche nach Sydney Town. Ich habe Gabriel ein Geschenk ans Bettende gelegt. Er wird es finden, wenn er aufwacht.«

Keziah spürte einen Kloß im Hals. »Er wird dich vermissen. Er liebt dich sehr.«

»Ich weiß, aber ich bin nicht der Vater, den er braucht. Tut mir leid, dass ich bei dir durchgefallen bin.«

Sie strich seinen Kragen glatt wie eine Mutter, bevor ihr Sohn in die Schule aufbricht.

»Die Roma haben ein Sprichwort. ›Kauf nie ein Taschentuch oder suche dir eine Frau bei Kerzenlicht aus.‹ Du hast mich bei Kerzenlicht ausgesucht.«

»Ich habe viele Fehler zu bedauern, die ich in meinem Leben begangen habe. Du gehörst nicht dazu.« Sein Kuss war zärtlich. »Pass gut auf dich auf, Keziah. Meinst du, dass das Geld reichen wird? Jonstone kommt für mein Schulgeld auf, aber ich werde wenig eigenes haben, bis ich einen Auftrag erhalte. Du weißt ja, wo du mich findest. Und denk daran, dass dein Mann bereit ist, an deiner Seite zu kämpfen, sollte Morgan Ärger machen.«

Einen Augenblick lang umarmten sie sich, dann war Daniel verschwunden.

Keziah wusste, dass sie nicht schlafen könnte. Sie schürte das Feuer und starrte in die Flammen, entmutigt von dem Fehler, den sie mit Jake gemacht hatte. Angesichts der traurigen Ironie der Geschichte musste sie beinahe lachen. Wie seltsam das Leben war! Beide Männer in ihrem Leben verließen sie in derselben Nacht. Daniel ging zu seiner Geliebten und Jake zu der einzigen Frau, die er je im Leben geliebt hatte, Jenny.

»Was war ich für eine dumme Gans, zu glauben, Jake könnte mich jemals lieben.«

Ihre Worte hallten durch die leere Hütte. Noch nie im Leben hatte sie sich so einsam gefühlt.

Ihre Freundschaft würde Jake nie wegwerfen. Oder?

In den Flammen konnte sie die Zukunft sehen, die Jake am Ende seiner Reise erwartete.

Es war sein *baxt*. Jake würde wieder in Jennys Armen liegen.

SIEBENUNDDREISSIG

Die Schlacht gegen die Dürre ging in ihr drittes Jahr, trotzdem war Keziah fest entschlossen, ihren kleinen Kräutergarten mit jedem Tropfen Wasser, dessen sie habhaft werden konnte, am Leben zu halten. Es war ihr gelungen, die wichtigsten Heilkräuter anzubauen, um eine Reihe von Krankheiten und Wunden zu heilen, deshalb hegte und pflegte sie ihre Pflanzen wie einen Säugling.

Es war ein windiger Julitag, laut Kalender mitten im Winter, aber so heiß wie alle Sommer, die sie seit ihrer Ankunft erlebt hatte. In manchen Gegenden der Kolonie hatte es geregnet, nicht aber in Ironbark. Als sie ein lautes Klopfen hörte, lief sie zur Tür, in der widersinnigen Hoffnung, Jakes Trost spendende Gestalt zu sehen.

Stattdessen stand Caleb Morgan vor ihr. Er trug einen tadellosen Gehrock und farblich abgesetzte Hosen, die an die Lithografien Prinz Alberts erinnerten. Sein Zylinder ließ ihn noch größer erscheinen. Er war der Inbegriff eines reichen Gentlemans, trotzdem spürte Keziah instinktiv, dass er sich verändert hatte.

Er war mit Geschenken bepackt. In einer Hand hielt er einen prächtigen Blumenstrauß, in der anderen ein Puppentheater. Er trat an ihr vorbei in die Hütte, legte Hut und Geschenke auf den Tisch und streifte die Lederhandschuhe ab. Mit herablassendem Lächeln sah er sich im Raum um und ließ den Blick über die klobigen Möbel schweifen, die Daniel gezimmert hatte.

Keziahs erster Impuls war, ihn hinauszuwerfen, doch irgendetwas hinderte sie daran. Selbst die elegante Kleidung konnte nicht über seinen jämmerlichen Zustand hinwegtäuschen. Das von der Wüstensonne gebleichte Haar war lang, in Anlehnung an die lässige Art der australischen Männer. Das Gesicht wirkte hager. Die Augenwinkel waren von Krähenfüßen umgeben, feine Fältchen verliefen von der Nase bis zum Mund.

Mit der Entdeckung des sagenumwobenen Sees im Landesinneren hatte er sich einen Platz in der australischen Geschichte sichern wollen. Stattdessen waren alle Mitglieder seiner Expedition verdurstet, bis auf einen, der durch einen Speerwurf ums Leben gekommen war. Nicht ein einziges Packpferd hatte überlebt. Doch trotz seines Scheiterns galt er in der Kolonie seltsamerweise als Held.

Hatte die Erfahrung, dem Tod ins Auge zu sehen, ihn verändert? Sie erinnerte sich an Jakes feste Überzeugung: »Australien verändert jeden Menschen, zum Guten oder zum Schlechten.«

Caleb schlug sich auf die Brust. »Ja, Keziah, ich bin zu meinem großen Abenteuer aufgebrochen, um deine Prophezeiung zu erfüllen und mir einen Namen zu machen. Das zumindest habe ich erreicht. Ich werde von der Gesellschaft umschwärmt, allerdings nicht wegen meiner Verdienste.« Er lachte kurz auf, um sein Geständnis herunterzuspielen, doch es artete in einem Hustenanfall aus.

»Ohne den Mut und die Loyalität meines schwarzen Führers Jacky Jacko würden meine Knochen jetzt in der Sonne bleichen.«

»Ich habe immer gewusst, dass du überleben würdest«, antwortete sie kühl, während sie versuchte, das verhasste Bild der Morgans in ihrem Innern aufrechtzuerhalten.

»Aber dass der Rest meiner Leute nicht überlebt hat, lastet schwer auf meinem Gewissen. Meine Dummheit und Überheblichkeit sind schuld an ihrem Tod.«

Obgleich seine Offenheit sie erstaunte, war Keziah entschlossen, kein Mitleid mit ihm zu haben.

Caleb wirkte viel zu groß für ihre Hütte. Er war zwar kaum größer als Jake oder Daniel, besaß jedoch die angeborene Autorität der Oberschicht. Er trat zu einem Regal, das Daniel aus hölzernen Butterkisten gebaut hatte, und schlug das Pflanzenbuch auf, das er Keziah damals geschenkt hatte.

»Wie ich sehe, hast du unsere Unterrichtsstunden nicht vergessen«, meinte er lächelnd.

»Die Vergangenheit ist für mich gestorben«, entgegnete sie.

»Keziah, ich kann die Vergangenheit nicht rückgängig machen, aber ich wollte dich um Verzeihung bitten.«

Sie war auf der Hut. *Wie? Keine Tricks? Keine Rede von seinem rechtlichen Anspruch auf Gabriel?* Hüte dich vor dem Charme der *gaujo*, hatte ihre Großmutter gewarnt.

»Wie hast du mich gefunden?«

Sie wusste, dass er sich von dem Grabstein auf dem Friedhof von Bolthole Valley nicht hatte täuschen lassen, das hatte sein Anwalt mit dem Schreiben an Joseph Bloom deutlich gemacht. Caleb erklärte, Julian Jonstone habe ihn nach Gideon Park eingeladen.

»Es war eine willkommene Gelegenheit, um meine Suche nach dir wiederaufzunehmen. Da mir seine Familienporträts aufgefallen waren, erfuhr ich von seinem Schützling, diesem ehemaligen Strafgefangenen Daniel Browne. Die Beschreibung der ›dunklen Schönheit‹, die er geheiratet hatte, ließ mich aufhorchen. Eine Lehrerin, die nichts von Laudanum hielt und Charlotte Jonstone Kräuter gegeben hatte, um ihre Geburt zu erleichtern? Das klang wie die Zigeunerin, die versucht hatte, meiner Stiefmutter zu helfen. Ich stellte diskrete Nachforschungen über die Frau an, die als Saranna Browne bekannt war, und erfuhr, dass sie ein Kind adoptiert hatte. Es war etwa in einem Alter, das auf seine Zeugung in Morgan Park gepasst hätte.«

Keziah wusste, dass es keinen Zweck hatte, zu leugnen. »Ich werde deinem Vater das Geld zurückzahlen, zu mehr bin ich nicht bereit.«

Noch ehe Caleb antworten konnte, wurde er von lautem Kinderlachen ans Fenster gelockt. Gabriel und Murphy jagten einander um ein Gebüsch, bis beide schließlich lachend auf Neridas

Schoß plumpsten. Es war nicht zu übersehen, wie Calebs Ausdruck sich veränderte, als er Gabriel aufmerksam betrachtete. Es war das erste Mal, dass Caleb ihren Sohn sah. *Seinen* Sohn.

»Das also ist Gabriel Stanley«, sagte er leise. »Mein Sohn und Erbe. Das Kind, das einem Bericht von Trooper Kenwood zufolge gar nicht existiert. Was für ein süßer kleiner Kerl. Meinen Glückwunsch. Er hat die unverwechselbaren Gesichtszüge der Morgans.«

Als Keziah sah, dass Caleb beim Anblick des Jungen aufrichtig gerührt war, empfand sie einen Anflug von Mitgefühl.

Plötzlich wankte er und hielt sich an der Rückenlehne des Holzstuhls fest.

»Es ist nichts, nur die Hitze«, schwindelte er. Um seine Haltung wiederzugewinnen, wischte er sich mit einem seidenen Taschentuch den Schweiß von der Stirn. Keziah zuckte zusammen, als sie das Wappen der verhassten Morgans erkannte. Es war das Symbol ihrer Macht.

Sie stellte einen Krug mit Wasser neben die Kristallgläser auf den Tisch. »Dir ist nicht wohl. Setz dich. Ich mache dir einen Kräutertee.«

Caleb nickte dankbar. Erschöpft ließ er sich auf den Stuhl fallen und schwang ein Bein über die Armlehne, in der vertrauten kindlichen Pose, die sie aus der Bibliothek der Morgans in Erinnerung hatte. Sie nahm ein luftdicht verschlossenes Glas, in dem sie die wertvolle Schafgarbe aus ihrem Kräutergarten aufbewahrte, goss heißes Wasser über die Blüten und Blätter und stellte den Becher vor ihn hin.

Caleb warf einen neugierigen Blick hinein. »Soll das etwa Tee sein?«

»Du kannst mir vertrauen. Trink den Becher aus. Unsere Kräuter besitzen magische Eigenschaften, die mein Volk kannte, noch ehe das Römische Reich entstand. Damals lebten wir noch in Ägypten. Es wird deinem Körper und deiner Seele guttun.«

Sie erinnerte sich daran, dass sie ihm gegenüber keine Schwäche zeigen durfte. Caleb hatte schon einmal ihren Widerstand mit seinem Charme gebrochen. Sein jetziger Versuch, Mitleid zu erregen, war nicht minder gefährlich.

»Tut mir leid, dass es dir schlecht geht«, sagte sie fest. »Es ändert trotzdem nichts. Ich will lieber sterben, als dir erlauben, mir Gabriel wegzunehmen, damit du ihn zu deinem sogenannten Morgan-Erben machst. Ich bin sehr wohl in der Lage, selbst für mein Kind zu sorgen. Gabriel und ich wollen nichts von deinem Ruhm oder deinem Reichtum haben. Weder jetzt noch später.«

Sie legte die gesetzliche Urkunde, die Joseph Bloom erstellt hatte, auf den Tisch. »Und wenn du unbedingt vor Gericht ziehen willst, das hier beweist, dass Gabriel ein Findling ist, den ich adoptiert habe.«

Caleb wirkte frustriert. »Das ist ein Schwindel! Bedeutet es dir nichts, dass ich mehr als achtzehntausend Meilen zurückgelegt habe, um dich zu suchen? Als ich dir meinen Schutz in England anbot, meinte ich es aufrichtig. Ich bat unseren Anwalt, mir das Erbe meiner Mutter auszuzahlen. Ich wollte mit dir nach Amerika segeln. Und als ich triumphierend zurückkehrte, musste ich feststellen, dass du spurlos verschwunden warst.«

Er hob beschwörend die Hände. »Siehst du denn nicht? Alles, was ich in diesem gottverlassenen Land getan habe, diente nur dazu, deine Hochachtung zu gewinnen. Es sollte dir beweisen, dass ich nicht der nutzlose Bengel reicher Eltern bin. Ich wusste, dass ich dich eines Tages finden würde! Und jetzt kann mich nichts mehr aufhalten. Dein Zigeuner ist tot und vergessen.«

Gem vergessen! Keziah zuckte zusammen. Sie würde ihre Trauer bestimmt nicht diesem *gaujo* anvertrauen.

Caleb fuhr fort: »Ich weiß auch, dass dein Mann, dieser ehemalige Strafgefangene, dich verlassen hat, um in Sydney Town Kunst zu studieren. Du bist also frei! Du hast mich einst geliebt und tust es immer noch, ich weiß es! Warum also diese Spielchen? Warum verweigerst du dich meiner Liebe und meinem Schutz?«

»Spielchen?«, platzte Keziah wütend heraus. »Wie kannst du

es wagen, nach der teuflischen Falle, die dein Vater und du mir gestellt habt?«

Caleb sah sie perplex an. »Welche Falle? Wovon redest du, zum Teufel? Warum hast du dein Versprechen gebrochen und bist weggelaufen?«

»Was hattest du denn erwartet?«, schrie sie ihn an. »Hast du geglaubt, du könntest eine Roma kaufen, damit sie dir ein Kind gebärt? Dass ich mein Kind deinem Vater überschreibe, damit Sophie zwischen ihren Laudanumträumen ein Spielzeug hat?«

Keziah versuchte, seinen Gesichtsausdruck zu lesen. Jeder Trottel hätte gesehen, dass er vollkommen verdattert war. »Tu nicht so, als hättest du das nicht gewusst!«

»Das ist ungeheuerlich. Ich habe dich geliebt. Wie kannst du glauben, dass ich etwas damit zu tun hatte?« Verzweifelt hob er die Hände. »Mein Gott, das ist also der Grund, weshalb du weggelaufen bist und Gabriel vor mir versteckt hast.«

»Ein triftiger Grund.«

Lange Zeit starrten sie sich an. Die Stille wurde nur vom Ticken der Uhr, dem fernen Lachen der Kinder und dem schrillen Gesang der Kakadus gebrochen.

Die Erkenntnis, dass sie Caleb möglicherweise Unrecht getan hatte, verwirrte Keziah. Würde es eine Lücke in ihrem Leben hinterlassen, wenn der Hass auf Caleb sie nicht mehr verzehrte? *Nein! John Morgans üblen Plan werde ich mein Leben lang nicht vergessen können!*

Schließlich kapitulierte Caleb. Er sprang auf und sah sie entschlossen an. »Du hast nichts falsch gemacht, ich glaube dir. Du bist keine Lügnerin, obwohl du eine Zigeunerin bist.«

Keziah erstarrte bei diesem vertrauten, giftigen Kompliment der *gaujo*, das sie lobte, aber ihr Volk verunglimpfte.

Dann ging Caleb zu ihrer Überraschung wie ein Schauspieler in einem Liebesdrama vor ihr auf die Knie.

»Keziah Stanley, würdest du mir die Ehre erweisen, meine

Frau zu werden? Mit mir zu leben, meine Liebste zu sein und mit mir zusammen unseren Sohn aufzuziehen?«

»Mach dich nicht über mich lustig!«

Caleb erhob sich und berührte ihr Gesicht. Es war weniger eine verführerische Geste als ein Zeichen der Zerknirschung.

»Mein Angebot steht. Ich werde Gabriel und dir alles geben, was ihr wollt. Ein eigenes Haus, gesellschaftliche Anerkennung. Du musst mir nur erlauben, dich zu lieben!«

Er hob ihre Hand an seine Lippen. Und sie hörte einen Ton in seiner Stimme, den sie noch nie gehört hatte.

»Ich verspreche dir, dass mein Vater unserem Sohn niemals etwas anhaben wird! Ich habe die Absicht, in Australien zu bleiben und mir hier eine Zukunft aufzubauen. Dieses Land bietet einem Mann mehr Abenteuer, als er in einem einzigen Leben bewältigen kann. Hier bin ich vor den Erwartungen meines Vaters sicher.«

Seine Augen funkelten vor Erregung. »Warum sollte ich nach Hause zurückkehren und auf Pferde und Hunde wetten, wenn ich hier einen ganzen Kontinent habe, auf dem ich mein Leben verspekulieren kann? Tausende von Hektar in diesen Kolonien liegen brach. Weite Gebiete im Norden hinter Moreton Bay, in Australia Felix und an der Westküste, die nur darauf warten, dass ein Mann mit einer Vision sie in Besitz nimmt!«

»Seit wann bist du ein Farmer?«, fragte sie. Die Vorstellung war aberwitzig, doch er bemerkte ihren Sarkasmus gar nicht.

»Vertrau mir, Keziah. Ich weiß, dass ich dich glücklich machen kann. Unser Sohn wird die besten englischen Schulen besuchen. Wir werden in zwei Welten leben. Du wirst eine vornehme Dame mit meinem Namen sein. Niemand wird es wagen, auf meine Frau herabzusehen.« Dann fügte er unvorsichtigerweise hinzu: »Es braucht ja niemand zu erfahren, dass du eine halbe Zigeunerin bist.«

Keziah zitterte vor Wut, doch auch das übersah er.

»Welcher Mann könnte dir ein besseres Leben bieten?«

Sein Lächeln wirkte sehr selbstsicher. Trotzdem – vielleicht kam es ja doch von Herzen.

Caleb kniff die Augen zusammen. »Es sei denn … Gibt es jemanden anderen, den du liebst?«

Als sie nicht antwortete, sagte er: »Also gibt es jemanden. Wird *er* dich heiraten?«

»Nein, darum geht es nicht.«

Sie sah die Eifersucht in seinen Augen, doch er nahm sich zusammen und drängte weiter: »Sei ehrlich. Hast du das Recht, deinem Sohn das Leben zu verweigern, das ich dir bieten kann? Wir haben bei Gabriel etwas gutzumachen.«

»Hör auf, Caleb. Du bringst mich ganz durcheinander.«

»Ja, meine Liebe. Nichts ist mehr so wie noch vor einer Stunde.«

Die Wahrheit, die sich in diesen Worten verbarg, durchfuhr sie wie ein Stich. Hatte sie das Recht, Gabriel die Möglichkeit zu verwehren, seinen Vater kennen zu lernen, wenn Caleb tatsächlich nichts mit den üblen Machenschaften seines Vaters zu tun gehabt hatte? Sie hatte erlebt, wie eine ähnliche Situation Jake Andersen fast zerstört hatte. War sie nicht besser als Jenny?

Gem war für immer verloren. Daniel hatte sich für die Kunst entschieden. Jakes Herz gehörte Jenny. Keziah versuchte, das bisschen, das ihr noch von ihrem Stolz und ihrer Unabhängigkeit geblieben war, zu retten. Sie wusste, dass sie keinen Mann mehr im Leben brauchte, aber was war mit Gabriel? Er war noch keine vier und hatte bereits zwei Vaterfiguren verloren, an denen er gehangen hatte: Daniel und Jake.

Caleb musterte sie wie ein Spieler, der seine Chancen auslotet.

»Ich würde Gabriel und dich morgen gern zu dem deutschen Blaskonzert nach Goulburn mitnehmen. Es wäre eine Gelegenheit für ihn, mich kennen zu lernen.«

Sie zögerte, war verwirrt und erschöpft. »Du kannst Gabriel treffen, aber vorerst nur als Freund. Sein Leben ist schon kompliziert genug.«

Caleb beugte sich vor, um sie auf die Wange zu küssen. »Dann bis morgen.«

Völlig aufgelöst schloss Keziah die Tür hinter ihm. Durch das Fenster sah sie, wie Nerida den beiden Jungen beibrachte, ein Krieger zu sein. Sie drehte sie auf die Seite, damit sie ihre kleinen Körper hinter den Schilden aus Rinde vor den Schilfspeeren, die sie aufeinander richteten, besser schützen konnten.

Nach Gabriels Geburt hatte sie bei der Hand ihres Vaters geschworen, ihrem Sohn ein gutes Leben zu ermöglichen, aber musste sie deshalb ihr Roma-Erbe verraten?

Ihr Kopf schmerzte, während Calebs Worte darin widerhallten. *»Wir haben bei Gabriel etwas gutzumachen.«*

Mi-duvel! Muss ich am Ende den Pfad nehmen, der zu Caleb Morgan führt?

ACHTUNDDREISSIG

Jake war hundemüde, aber bei klarem Verstand, als er hoch zu Ross die letzte Etappe des langen Wegs nach Melbourne Town zurücklegte. Die Strecke war zum Teil so unbesiedelt, dass er sich von Stockbrot und Tee hatte ernähren müssen. Als er endlich die Stadt erreichte, staunte er, wie rasch sie seit seinem letzten Besuch gewachsen war. Die breite Collins Street war von eleganten Gebäuden gesäumt, die ihr ein vornehmes Flair verliehen. Jake wusste, dass die freien Siedler über die Bewohner von Sydney Town die Nase rümpften, denn sie selbst hatten sich gegen die Ansiedlung von Strafgefangenen ausgesprochen und akzeptierten höchstens vereinzelte Exil-Briten.

Als er ein neu erbautes Wirtshaus sah, fiel ihm sein Durst ein. Der Balkon war mit roten, weißen und blauen Fahnen und der französischen Trikolore behängt. Auf einem Banner prangte das Datum »14. Juli« unter dem Spruch »Vive La Belle France«, was immer er bedeuten mochte. Er führte Horatio zu einer Pferdetränke und trat in das Wirtshaus, um ein Albion Ale zu bestellen. Es war keine große Überraschung, dass der Wirt, ein freundlicher Kerl, aus Frankreich stammte. Er gab ihm ein Glas Wein aus und erzählte, dass die Franzosen am Nationalfeiertag die Erstürmung der Pariser Bastille durch das Volk feierten.

»Darauf erhebe ich mein Glas«, sagte Jake. Das Datum kam ihm wie ein gutes Omen vor. Er hätte nichts dagegen, wenn heute auch der letzte Tag im Leben des Conte Francesco della Lorenzo wäre. Während der französischen Revolution waren Tausende von Adligen geköpft worden. Jake hingegen wollte nur einen loswerden. Dann nahm er sich vor, Prioritäten zu setzen.

Heute würde er den Höhepunkt seiner langen, bitteren Suche erleben. Drei Dinge hatte er im Kopf, Jenny, Pearl und den Schurken, der ihm Frau und Kind gestohlen hatte. Jake wusste genau, was er wollte. Gerechtigkeit und Rache. Pearl finden und dem Kind versichern, dass er es liebte und niemals wieder verlassen würde. Jenny auf die Knie zwingen, so oder so. Wenn sie Mätzchen machte, hatte er zur Not Rogers' Bericht dabei. Am Ende würde er den Grafen in die Hölle befördern, doch zuerst musste er sein Anrecht auf Pearl geltend machen.

Es hatte keinen Zweck, am Galgen zu enden, wenn Jenny einen neuen reichen Beschützer fand und Pearl abermals das Nachsehen hätte.

Am anderen Ende der Stadt warf Jake erneut einen Blick auf die Karte, auf der Benjamin Rogers eine Stelle am Ufer des Flusses Yarra Yarra mit einem X gekennzeichnet hatte. Trotzdem war er auf den Anblick der fürstlichen Residenz nicht im Geringsten vorbereitet. Jake pfiff durch die Zähne. *Protzig? Jesses, Yankee. Das wäre stark untertrieben!*

Das Anwesen, das als Palazzo bekannt war, musste selbst Jennys hohen Ansprüchen genügen. Ein prächtiges Gebäude, mit Marmorsäulen, Balkonen, Türmchen und Bleiglasfenstern, inmitten eines landschaftlich gestalteten Gartens, der mit Statuen griechischer Göttinnen geschmückt war.

Es war ein richtiges Schloss. Aber vor einigen Monaten hatte ihm Rogers erzählt, das Reich des Grafen stünde auf tönernen Füßen. Das galt wohl für die ganze koloniale Klassengesellschaft. Erst wurden die reichen Großgrundbesitzer von einer Welle des Aufschwungs getragen, doch von einem Tag auf den anderen waren ihre Ländereien nichts mehr wert und sie wurden ihr Vieh nicht mehr los. Jake dachte an die wiederholte Warnung des Gouverneurs, maßlose Spekulation, massive Verschuldung und die Dürre würden zu einem wirtschaftlichen Einbruch führen. *Ja, aber wer hatte schon auf ihn gehört?*

Jake sah zum Palazzo auf. *Möglich, dass die Bankiers allmählich in Panik geraten, aber dem verdammten Conte scheint es noch blendend zu gehen.*

Er suchte die oberen Fenster ab und fragte sich, welches Pearls Schlafzimmer war. Er dachte daran, wie sie schon als ganz kleines Kind immer mit Flash auf dem Arm den Gartenpfad hinaufgelaufen war, wenn sie ihn hatte nach Hause kommen sehen.

Verbissen und belustigt zugleich über den absurden Kontrast zwischen dem Luxus des Palazzo und seiner abgerissenen Erscheinung ritt er die kreisförmige Kutschenauffahrt hinauf bis vor den prächtigen Portikus und schlang Horatios Zügel lässig um die Statue eines wilden Löwen, der die Treppe zum Hauseingang bewachte.

Als er an den Mistkerl dachte, der ihm seine Frau gestohlen hatte, umklammerte er die Taschenpistole in seiner Jackentasche. Sie war jederzeit einsatzbereit, aber zuerst musste er sich um Pearl kümmern.

Mit der als Geschenk verpackten deutschen Porzellanpuppe in der Hand, die ihn ein Vermögen gekostet hatte, betätigte Jake den kupfernen Türklopfer in der Form eines Göttinnenkopfes. Ein verschmitzt aussehender englischer Butler öffnete die Tür.

»Sagen Sie der Contessa, dass Jake da ist. Sie wird mich sehen wollen.«

Man führte ihn in einen prächtigen Salon. Durch die hohen, mit langen Vorhängen gesäumten Balkontüren blickte man auf den Fluss. Der Raum war größer als jeder Stall und vollgestopft mit so vielen Gemälden und Statuen, dass man ein ganzes Museum damit hätte füllen können.

Dann erschien Jenny auf einer geschwungenen Treppe. Jake wappnete sich gegen ihre Schönheit. Seine Erinnerung hatte ihn getäuscht: Sie war noch schöner als das Gesicht, das ihn im Traum verfolgte. Sie trug ein exotisches Gewand, das mit einem Paradiesvogel bestickt war und sich eng an ihren Körper schmiegte.

Beide schwiegen, bis Jenny in ihre Rolle als Contessa zurückfand.

»Wie schön, dass du gekommen bist, Jakey. Ich hatte schon befürchtet, meine Einladung hätte dich nicht erreicht.«

»Es wäre hilfreich gewesen, wenn du mir deine neue Adresse mitgeteilt hättest«, entgegnete er kühl. »Es hat eine Weile gedauert, bis ich dich ausfindig gemacht hatte. Wie war es in Neuseeland?«

Jenny lachte wie ein kleines Mädchen. »Wie dumm von mir, das zu vergessen, aber ich bin froh, wieder zuhause zu sein. Die Neuseeländer sind zu mürrisch und auch zu geizig, wenn du mich fragst – sie wissen einfach nicht, wie man das Leben genießt.« Sie bot ihm einen Platz an.

Jake konnte sich zwischen mehreren mit Blattgold verzierten Stühlen entscheiden, die wie prunkvolle Kinderthrone aus einem Märchenbuch aussahen. Er setzte sich auf einen und meisterte die Enge, indem er ein Bein über das andere schlug.

»Auf einem Sattel sitzt es sich bequemer«, sagte er. »Aber nichts für ungut.«

Jenny lachte entzückt. »Keine Angst. Du hast dich kein bisschen verändert, Jakey.«

»Oh, da täuschst du dich aber gewaltig! Wie ich sehe, bist du zu deiner natürlichen Haarfarbe zurückgekehrt«, erwiderte er, ohne einen Hehl aus seinem Sarkasmus zu machen. »Hast du beschlossen, dich nicht mehr vor mir zu verstecken?«

Jenny errötete, und Jake spürte einen Stich im Herzen. Obwohl sie genau wusste, was sie ihm angetan hatte, spielte sie die Unschuldige und kam damit auch beinahe durch. Doch er war entschlossen, die Oberhand zu behalten.

»Wenn Pearl gerade ihren Mittagsschlaf macht, warte ich so lange!«

Bevor Jenny antworten konnte, trat schüchtern eine Dienstbotin ein. Sie hatte dunkle Augen und dunkle Haut. Das Gesicht war von Pockennarben übersät, und sie schien nicht mehr ganz jung, doch Jake konnte sehen, dass sie einmal schön gewesen sein musste.

Als Jenny ihr zunickte, stellte sie ein Tablett auf einen lächerlich winzigen Tisch. Neben dem silbernen Champagnerkübel und den beiden Gläsern hätte nicht einmal eine Fliege Platz gehabt.

Jenny entließ die Frau mit einer Handbewegung. »Du kannst dir heute Abend frei nehmen, Emilia.«

Die Dienstbotin zögerte. »Scusi, Contessa, aber heute ist Saunders' freier Tag.«

Jennys Ton duldete keine Widerrede. »Ich bestehe darauf!«

»Die Contessa ist sehr gütig.« Zögernd verließ die Frau den Raum und schloss die Tür hinter sich.

Jennys Gesicht nahm wieder seinen koketten Ausdruck an. »Der Conte, Franco, musste wegen dringender Geschäfte nach Williams Town. Ich erwarte ihn nicht vor Freitag zurück. Also bin ich ganz allein«, erklärte sie, während sie Jake aufmerksam musterte. »Du scheinst enttäuscht zu sein, ihn nicht anzutreffen.«

»Ich habe schon so lange auf dieses Vergnügen gewartet, dass es auf einen Tag mehr oder weniger nicht ankommt«, erklärte Jake gleichgültig. »Pearl ist mir wichtiger. Es ist Jahre her, vielleicht erkennt sie mich gar nicht mehr wieder.«

»Du bist immer ein guter Vater gewesen.« Jennys Lächeln war eher wehmütig als verführerisch. »Ich will dir alles erklären, Jake. Trinkst du ein Gläschen französischen Champagner?«

»Französisch, soso. Um die Erstürmung der Bastille zu feiern?«, fragte er spöttisch.

»*Non*. Ich werde nicht darauf trinken, dass Madame Guillotine die Aristokraten einen Kopf kürzer gemacht hat. Trinken wir auf das Wiedersehen alter Freunde.«

»Freunde? Na gut, Pearl zuliebe. Und darauf, dass wir uns einig werden, was meine Rolle in ihrem Leben betrifft. Für sie wäre es besser, als wenn wir vor Gericht gehen.«

Jake kippte den Champagner genauso hastig hinunter wie ein kaltes Bier an einem heißen Tag. *Was führt sie im Schilde, verdammt?* Er ergriff die Initiative.

»Na schön, du hast mich mächtig beeindruckt mit all dem

Brimborium hier. Aber jetzt reden wir Tacheles. Wann bekomme ich Pearl zu sehen?«

Jenny zögerte. »Pearl lebt nicht hier.«

»Warum nicht, um Gottes willen? Hier gibt es doch genug Platz für ein Dutzend Kinder.«

»Franco ist sehr rastlos und langweilt sich schnell. Kein Haus ist ihm gut genug im Vergleich mit dem Palazzo seines Vaters in Venedig. Wir sind daher ständig unterwegs, auf Reisen. Das ist kein Leben für ein Kind.«

Jake konnte seine Wut nur schwer im Zaum halten. »Ich verstehe. Ihr beiden habt Pearl einfach abgeschoben, um euer Luxusleben ungestört genießen zu können.«

»Franco ermöglicht ihr eine ordentliche Ausbildung«, fuhr sie zuckersüß fort. »Das hätten wir ihr niemals bieten können.«

Das saß. *Sie meint, es sei meine Schuld.* »Und wo ist sie dann?«

»Sie freut sich auf deinen Besuch.« Jenny schritt anmutig durch den Raum und setzte sich an einen kleinen Schreibtisch. Dann kritzelte sie hastig etwas auf ein Blatt. Als sie ihm den Umschlag reichte, hielt sie mit ihren kühlen Fingern seine Hand etwas länger als nötig fest. Der Brief roch nach ihrem alten Parfüm. Er war an die Äbtissin eines Klosters in einem kleinen Dorf westlich von Ironbark adressiert.

»Das ist ein Einführungsschreiben, der Umschlag ist unverschlossen, damit du es lesen kannst«, sagte Jenny leichthin. »Verzeih, wenn ich die Schwestern nicht mit Einzelheiten unserer Ménage schockieren wollte. Pearl möchte ihren echten Vater treffen. Hiermit erteile ich dir die Erlaubnis, sie zu besuchen, wann immer du willst.«

Jennys plötzliche Kapitulation überraschte ihn. Er hatte den Bericht des Yankees in der Tasche, falls Jenny sich querstellte. Und jetzt gab sie ihm freiwillig, was er wollte. Es war fast zu schön, um wahr zu sein. Er durfte nicht vergessen, sich vor ihren Tricks in Acht zu nehmen.

Der offene Ausdruck in ihren Augen hielt ihn gefangen.

»Möchtest du sonst noch etwas, Jakey? Ich wünschte, ich könnte wiedergutmachen, dass ich dich damals zu diesem dummen Tanz verführt habe.«

Er schluckte seinen Ärger hinunter. *Dummen Tanz, sagt sie. Sie hat mir das Herz gebrochen, mich praktisch kastriert. Ich habe Jahre gebraucht, um mich wieder wie ein Mann zu fühlen. Verdammter Tanz!*

»Schon gut«, sagte er scheinbar unbewegt. »Ich brauche nur die Adresse. Dann werde ich gleich losreiten. Du hast sie ja an einen Ort gebracht, wo sich die Füchse gute Nacht sagen.«

Jenny beugte sich vor, als wollte sie ihn zurückhalten. »Du kannst gern hier übernachten, Jakey. Wir haben sieben Gästezimmer. Abgesehen von meinem. Du hast die Wahl.«

Einen Moment wusste Jake nicht, ob er ihre Einladung richtig verstanden hatte, doch als sie errötete, weil er nicht antwortete, wusste er es. *Will sie sich vielleicht beweisen, dass ich immer noch nach ihrer Pfeife tanze?*

Er lächelte höflich. »Und was würde dein Conte zu so viel Gastfreundschaft sagen?«

Jenny zuckte die Achseln. »Franco ist sehr großzügig. Er zahlt für Pearl und sorgt dafür, dass es Mutter an nichts fehlt. Er gibt mir *alles*, was ich will, aber dafür bin ich auch völlig von ihm abhängig. Er behauptet, Göttinnen bräuchten kein Geld.« Ihr nervöses, aufreizendes Lachen schnitt ihm ins Herz.

Und dann ließ Jenny alle Masken fallen. »Ich gebe zu, dass ich nicht ganz ehrlich zu dir war, Jakey. Ich weiß, ich verdiene es nicht, dass du mir hilfst, aber ich bitte dich trotzdem um dein Mitgefühl.«

Er erstarrte, als wollte er sich gegen ihre Manipulation wappnen. »Und?«

»Es heißt, dass sich in der Kolonie die Depression ausbreitet. Dass noch mehr Banken Pleite machen …«

»Du musst nichts großartig erklären, Jenny. Wie viel brauchst du, um über die Runden zu kommen?«

Jenny nahm seine Hand und führte ihn zu einem schummrigen

Raum. Es war nicht zu übersehen, wie das Gewand an ihrem Körper klebte und ihre katzenartigen Bewegungen akzentuierte. Sie zeigte auf einen Tisch, auf dem sich Rechnungen und amtlich aussehende Urkunden mit Wachssiegeln stapelten.

»Siehst du, was für einen Ärger wir haben? Franco hat alles verloren. Sogar das Schiff, das er nach mir benannt hatte. Die Contessa Giovanna.«

Jake verbarg sein Gesicht hinter einer unbewegten Miene, während er sich ihre rührende Version der Fakten anhörte, die er bereits von Rogers erfahren hatte.

»Wenn es euch so schlecht geht, wieso haust ihr noch in diesem Palazzo?«

»Ein Freund, der auf Kavalierreise ist, hat ihn uns zur Verfügung gestellt«, erklärte sie. »In Europa.«

»Dachte ich mir, dass du nicht Van Dieman's Land meinst.«

Während Jenny ihm erklärte, dass Franco eine Gefängnisstrafe wegen Betrugs drohte, sah sie aus wie ein verlorenes Mädchen. »Er ist natürlich unschuldig, aber Anwälte kosten nun einmal Geld. Jakey, du bist meine letzte Hoffnung. Ich ende auf der Straße, wenn du nicht …«

»Was ist mit Pearl? Ich bin bereit, die volle Verantwortung für sie zu übernehmen.«

Sie sank auf eine Chaiselongue im französischen Empirestil und legte die Hand aufs Herz. »Und was ist mit mir, Jakey? Fühlst du nichts mehr für mich? Als ich dich in diesem Faustkampf sah, so stark, so gut aussehend, da wusste ich, dass es ein schrecklicher Fehler war, dich zu verlassen!«

In diesem Augenblick wirkte Jenny hilfloser als je zuvor und auch schöner. Jake versuchte, eine klare Stimme zu behalten, damit sie nicht merkte, wie lange er sich nach diesen Worten gesehnt hatte.

»Dein Franco hat dir ein Leben ermöglicht, das ich dir nie hätte bieten können. Es ist besser, wenn du jetzt bei ihm bleibst, meinst du nicht? Typen wie er fallen immer wieder auf die Füße.«

Jenny kam näher. »Es ist vorbei mit Franco. Ich will nur, dass er nicht ins Gefängnis kommt und nach Venedig zurückkehren kann. *Ohne mich*. Dann bin ich wieder frei, Liebling!«

Jenny schmiegte sich so natürlich in seine Arme, als hätte sie ihn nie verlassen. Erst da bemerkte Jake, dass in dem dunklen Zimmer auch ein Himmelbett stand. Jenny ließ sich darauf fallen und zog ihn zu sich herab. Sie schob seine Hände unter ihr Kleid. Ihr Mund suchte gierig nach dem seinen. Es hatte sich nichts geändert. Jake begehrte sie noch immer so sehr, dass sein Körper schmerzte.

Als sie ihn anflehte, sie zu lieben, zog Jake seinen letzten Wechsel aus der Brieftasche und warf ihn auf das Bett.

Das war der Augenblick, auf den er so lange gewartet hatte. Jetzt konnte er Jenny für eine Nacht kaufen so wie eine Hure, und am nächsten Morgen würde er sie verlassen und sich auf die Suche nach seiner kleinen Prinzessin machen.

»Das ist alles, was ich besitze, bis ich den nächsten Kampf gewinne. Nimm es.«

Als Jenny die Summe las, bemerkte Jake einen Ausdruck von Befriedigung, zu dem er sie in ihrer ganzen Ehe nicht hatte bringen können. Und als er sah, wie ihr das goldblonde Haar unwiderstehlich wirr über die Schultern fiel und ihre Augen sich mit Tränen füllten, hatte er plötzlich einen Kloß im Hals.

»Was bist du für ein großzügiger Mann! Wirst du mir jemals vergeben können?« Sie rieb das Gesicht an seinem Schenkel. »O Jakey, du könntest mich so glücklich machen, ich weiß es!«

Es war ein geradezu unheimlicher Einblick in seine lange Suche nach Rache. Würde er ihr widerstehen können? *Es gibt nur einen Weg, es herauszufinden. Wenn ich nach dieser Nacht weggehen kann, werde ich für immer frei sein. Für immer. Wie Gem Smith einmal sagte: »Aus den Augen, aus dem Sinn.«*

Mit hemmungsloser Leidenschaft küsste er Jennys Mund und ihren Körper und bewies, dass Lily Pompadour mit dem, was sie über diesen Casanova erzählt hatte, völlig Recht gehabt hatte. Vier Fünftel der Lust eines Mannes bestehen darin, Lust zu schenken.

Jennys Augen weiteten sich. »Mein Gott, Jakey, du bist ja ein ganz anderer Liebhaber geworden!«

Bei jeder seiner Liebkosungen zuckte sie lustvoll zusammen. Jake behielt einen kühlen Kopf und kontrollierte das Geschehen. Das war seine Rache. Ihre Anweisungen, ihre Bitte, nicht aufzuhören, seine Beherrschung, mit der er sie warten ließ – all das schmeckte unbeschreiblich süß. Er wusste, dass seine letzte Vorstellung technisch perfekt war. Doch irgendwie spürte er die Erregung nicht, nach der er sich so sehnte.

Sie kniff die Augen zusammen wie eine Katze, schüttete den Inhalt einer Ampulle in ihr Weinglas und nahm einen Schluck.

»Ein Geschenk der Venus, Göttin der Liebe. Du kannst dir nicht vorstellen, wie es deine Lust steigert.«

Jake nahm ihr das Glas aus der Hand. »Du brauchst das Zeug nicht, Jenny. Ich werde dir mehr gottverdammte Lust schenken, als du dir je hättest träumen lassen.«

Ihr Gewand zerfloss wie schmelzender Schnee, während sie ihn noch näher zog. Mit einer Hand strich sie sich das Haar zur Seite – es war dieselbe verführerische Geste, die Keziah in der Scheune gemacht hatte, als sie zur Musik der Roma getanzt hatte. Aber es gab einen Unterschied. Keziahs Geste war so selbstvergessen gewesen wie die eines Kindes. Jennys hingegen wie die einer erfahrenen Nutte.

Als sich ihr Körper lustvoll wölbte, wusste Jake, dass die Entscheidung bei ihm lag. So konnte er Jenny leicht ein letztes Mal genießen. Sie war seine Frau, und er folgerte, dass er das Recht besaß, doch dann musste er unwillkürlich an die Worte einer jungen Frau mit wildem schwarzem Haar denken: *»Jake, bevor es zu spät ist, liebe mich. Jetzt.«*

Es gab nur eine Frau auf der Welt, die er begehrte: Keziah. Plötzlich sah er Jenny so, wie sie wirklich war. Er empfand nur ein Gefühl, gegen das er sich gewappnet hatte. *Mitleid.* Jenny war ein schwaches Geschöpf, das verzweifelt genug war, um sich zum Spielball zu machen. Er wusste nicht mehr, ob er sich wie ein Sieger oder wie ein Besiegter fühlen sollte, und entschied sich für eine galante Lüge.

»Vergib mir, Jenny. Du bist wunderschön, aber ich kann einfach nicht. Tut mir leid. Ich will nur meine Tochter. Dich will ich nicht mehr.«

Jenny stockte der Atem. Ihre Augen flogen zu einer steinernen Venusmaske an der Wand. Das Licht der Petroleumlampe warf merkwürdige Schatten auf das goldene Antlitz. Juwelen funkelten in den Augenhöhlen.

Jenny schien wie verwandelt zu sein. Eine Katze vor dem Sprung. »Ich glaube, du hast mich nicht richtig verstanden, Jakey. Ich bin tatsächlich eine Göttin.«

Jake sah den sonderbaren Ausdruck in ihren Augen und versuchte, einen klaren Kopf zu bekommen. Er drehte ihr Gesicht sanft ins Licht der Petroleumlampe. Ihre Pupillen wurden kein bisschen kleiner. Hatten nicht Drogen eine solche Wirkung?

»Armer Jakey«, spottete sie. »Du warst schon immer ein erbärmlicher Liebhaber. Bist du es immer noch? Ich weiß, was du willst. Komm und räche dich an mir!«

Es war Zeit, seine Trumpfkarte auszuspielen. »Tut mir leid, wenn ich dir den Tag verderbe, Jenny. Du solltest deine Sachen packen und dich nach einem neuen Kavalier umsehen. Du hast eine Lüge gelebt. Dein Conte Francesco della Lorenzo ist so adlig wie meine Tante Fanny. Sein richtiger Name ist Frankie Hotchkiss. Ein ganz gewöhnlicher Cockney aus Londons East End. Er ist einem Adligen nie näher gekommen als jenem Grafen aus Venedig, der nach London zu Besuch kam. Frankie war sein Kammerdiener. Er stahl dem alten Kerl das Geld, den Familienschmuck, die Papiere und den Familienstammbaum!«

»Ein Kammerdiener?«, schrie sie entsetzt. »Was bist du für ein elender Lügner!«

»Siehst du nicht die Ironie des Schicksals?« Er winkte mit dem

Bericht des Yankees. »Ich habe einen Detektiv angeheuert, um Pearl zu finden. Hättest du sie nicht vor mir versteckt, hätte ich nie herausgefunden, dass dein Frankie ein Hochstapler ist!«

Jenny stöhnte, als hätte man ihr das Herz gebrochen. Jake kam allmählich auf den Geschmack.

»Im Moment sind die Einzigen, die davon wissen, du, ich und ein amerikanisches Detektivbüro. Ach ja, noch was. Deine Dienstbotin Emilia Hotchkiss ist Frankies Frau. Sie ist geborene Italienerin, sie hat ihm alles beigebracht, was er weiß.«

»Emilia soll Francos Ehefrau sein?« Sie sah ihn an wie ein verlorenes Kätzchen. »Ich bitte dich, tu mir das nicht an. Ich speise am Tisch des Gouverneurs! Du kannst mich doch nicht dem Spott der Gesellschaft ausliefern!«

Jakes Rache war unendlich süß. »Das brauche ich gar nicht. Die ganze verdammte Kolonie wird noch früh genug darüber lachen! Der echte Conte ist auf Einladung des Gouverneurs als Ehrengast auf dem Weg nach Port Jackson!«

Jake warf den Bericht aufs Bett. »Ich an deiner Stelle würde Frankie Hotchkiss einen verdammt guten Anwalt besorgen. Den wird er nämlich brauchen!«

In diesem Augenblick hörte Jake eine männliche Stimme, die in einer fremden Sprache aufschrie.

Jenny wurde kreidebleich. »*Dio mio!* Das ist Franco!«

Als sie im angrenzenden Raum einen dumpfen Schlag hörte, lief sie voller Panik zur Tür hinaus und schrie: »Lass mich jetzt nicht im Stich, Jakey!«

Plötzlich war Jake ein Gefangener seiner eigenen Überzeugungen. Lass eine Frau in Not niemals im Stich.

Er folgte ihr. Auf dem Boden lag ein umgefallener Stuhl. Am Kronleuchter hing ein rotes Seil und an dessen Ende baumelte Frankie Hotchkiss' zuckender Körper. Sein gestreifter Schlafrock aus Seide stand offen; der Mann sah erbärmlich aus, wie ein gerupfter Truthahn. Um seinen Hals hing ein goldenes Kruzifix. Man sah das Weiße in den hervorquellenden Augen.

Der Yankee hatte mit seiner Warnung Recht gehabt. Jake war plötzlich rasend vor Wut. *Der Mistkerl wird doch nicht sterben und mich um meine Rache betrügen.*

Mit bloßen Händen zerschmetterte er die Glasscheiben eines Waffenschranks. Jenny schrie auf, als er mit einem Sarazenensäbel in der blutüberströmten Hand zu dem baumelnden Hotchkiss lief.

»Verdammter Hundesohn!« Wie ein Wahnsinniger schwang er den Säbel durch die Luft und schnitt das Seil durch.

Der Körper plumpste zu Boden. Winselnd fasste sich Hotchkiss an den Hals, wo sich das Seil in sein Fleisch geschnürt hatte.

In diesem Augenblick wurde Jake bewusst, wie er aussehen musste: splitternackt, einen Säbel über Frankie Hotchkiss' Körper schwingend. Plötzlich fühlte er sich nicht mehr wie ein Rächer. *Wie entsetzlich lächerlich!*

Frankie starrte Jenny wie ein armseliges Hündchen an. »Wenn ich dich verliere, *Contessa mia*, dann lieber will ich sterben!«

Jake verdrehte die Augen. *Jesses! Nicht mal im Tod legt er seinen falschen Akzent ab.*

Plötzlich besann sich Jenny wieder auf ihre Rolle als Göttin und warf Jake einen verächtlichen Blick zu.

»Verschwinde, du Rüpel. Du wirst Franco nie das Wasser reichen können!«

Erst jetzt bemerkte Jake das Gemälde auf dem Boden und erkannte den Zweck der beiden kleinen Löcher in der Wand. Franco hatte Jake und Jenny durch Venus' Augen beobachtet. Seine eigene Frau! Jake spürte eine Welle der Demütigung. *Jesses! Das ist die Nacht, auf die ich seit Jahren warte! Ich wollte Jenny beweisen, dass ich sie endlich befriedigen kann! Und dann war es nur eine Guckkastenvorstellung für einen Kammerdiener!*

Jake würgte. Es begann schmerzhaft, aber dann folgte ein seltsames Geräusch aus seiner Kehle: ein klares, befreites Lachen, das gar nicht mehr aufhören wollte.

Er reichte seinem Rivalen den Säbel. »Du bist nicht Manns genug, um ohne deinen falschen Titel zu leben. Versuch's mal hiermit. Es ist sicherer als der Strick.«

Frankie Hotchkiss ließ nicht von seiner Rolle ab. »Niemals du wirst sie mir rauben! Sie ist meine Göttin!«

»Von mir aus kannst du sie haben, mein Junge!«, erwiderte Jake trocken.

Er ritt mit der einzigen Sache davon, die ihm etwas bedeutete, dem Einführungsschreiben für das Kloster. Unterwegs dachte er über diese Nacht der billigen Rache nach. Warum war Jenny so tief gesunken, dass sie ihren Körper einsetzte, um Geld für ihren Liebhaber zu sammeln? Bis es ihm klar wurde: *Weil sie den schmutzigen Mistkerl liebt!*

»Sie sind Abschaum, aber ich bin kein bisschen besser«, vertraute er Horatio an. »Jahrelang habe ich nichts anderes im Kopf gehabt als meine verdammte Rache. Der einzige unschuldige Mensch in diesem schmutzigen Durcheinander ist meine Prinzessin.«

Jake war die Lust am Töten vergangen. Hotchkiss war es nicht wert. Jenny konnte selbst entscheiden, wie sie leben wollte, aber Pearl hatte diese Möglichkeit nicht. Jake schwor sich, sie aus dem Kloster herauszuholen, koste es, was es wolle, und irgendwohin zu bringen, wo man sie nicht fand. Swan River im Westen oder in die neue Kolonie South Australia.

Das aber hieß, dass er Keziah niemals wiedersehen würde. Er verfluchte sich für seine Dummheit. Nachdem Daniel auf seine Rolle als Ehemann verzichtet hatte, würde Morgan nun Anspruch auf Keziah und Gabriel anmelden.

»Jesses, Horatio. Was für ein Chaos habe ich aus meinem Leben gemacht! Jetzt bleibt mir nur noch eine Wahl.«

NEUNUNDDREISSIG

Keziah hielt den Schal auf ihrem Kopf fest, um die mühsam gebändigte Frisur zu schützen, und klammerte sich neben Polly Doyle an den Sitz, während George Hobson das Gespann seiner Kutsche zur Eile antrieb. Sie waren spät dran, und es war ein besonderes Ereignis. Dr. Ross hatte die ganze Gemeinde eingeladen, um unter freiem Himmel den Jahrestag der Schlacht von Trafalgar zu feiern. Jake hatte ihr erzählt, dass für den Doc, der seit frühester Jugend in der Royal Navy gedient hatte, die Bedeutung von Admiral Nelsons Sieg fast gleichbedeutend mit dem wilden Fest an Silvester war, das die Highländer Hogmanay nannten.

Trotz ihrer Abneigung gegen die Haunted Farm nahm sie das Risiko auf sich, dem *mulo* des Strafgefangenen Padraic zu begegnen. Sie konnte sich die Gelegenheit nicht entgehen lassen. Vielleicht war Jake Andersen auf wunderbare Weise rechtzeitig zu dem Fest zurückgekommen. Ganz gleich, wie sein Treffen mit Jenny in Melbourne Town ausgegangen war, sie wollte das Ergebnis unbedingt erfahren.

Alle werden heute Abend da sein. *Mi-duvel, bitte erlöse mich von meiner Qual. Im Traum habe ich Jake mit Jenny im Bett gesehen. Heißt das, dass er sie wieder bei sich aufgenommen hat?*

Sie trug ihr bestes Sommerkleid, obwohl sie immer noch Schwierigkeiten hatte, sich daran zu gewöhnen, dass im Oktober hier in der Kolonie Frühling war. Bevor die Sonne unterging, war die Luft heiß, windig und voller Staub von der Dürre, die nun schon ins vierte Jahr ging. Als sie an der nur wenige Hektar großen Farm der Collins vorbeirasten, erhaschte sie einen Blick auf den Weizen, der matt über der ausgedörrten Erde hing. Die Farm wirkte dermaßen heruntergekommen, dass Keziah sofort Bescheid wusste: Wieder einmal hatte ein besiegter Siedler Trost im Rum gesucht. Als sie den Ironbark River überquerten, sah sie, dass er zu ein paar kümmerlichen Pfützen geschrumpft war – wie die Perlen einer zerrissenen Halskette.

Die Zerstörung, die die Dürre anrichtete, schmerzte Keziah wie eine offene Wunde. Der Regen war Gottes Blut. Sie betete, dass *Del* sein Blut spenden möge, um den Boden zu befruchten.

Als sie auf der Haunted Farm eintrafen, war die Feier bereits in vollem Gang. Leslie Ross stand auf der Veranda, um die Gäste zu empfangen. Er machte eine beeindruckende Figur in seiner Highland-Uniform: rot-schwarz karierter Schottenrock mit aufwändig gearbeiteten Felltaschen, Samtjacke mit silbernen Knöpfen und dazugehöriger Schärpe, die er mit einer Brosche aus Silber und Rauchquarz an der Schulter befestigt hatte, und Schuhe mit silbernen Schnallen. Sein Gesicht war erhitzt. *Ich wette, dass er bereits einiges getrunken hat.*

Neben ihm stand Janet Macgregor, die ohne den Schutz ihrer Schürze geradezu schüchtern wirkte. Zum ersten Mal hatte sie das kastanienbraune Haar zu einem lockeren Knoten im Nacken geschlungen.

Die Begrüßung durch den Doc war herzlich. Janet machte einen unbeholfenen Knicks, doch Keziah umarmte sie liebevoll.

»Janet, meine Liebe, was für ein hübsches Abendkleid!«

Janet wirkte geschmeichelt, tat aber das Kompliment mit einer Handbewegung ab und führte Keziah und Polly über den Rasen zu den anderen Gästen. Viele reagierten bereits auf den Wein und die Musik und tanzten auf der hölzernen Tanzfläche. Im Garten hingen chinesische Papierlampen aus Sunny Ah Weis Beständen.

Vergeblich suchte Keziah in der Menschenmenge nach Jake.

Dann spürte sie eine Männerhand auf der Schulter. »Du siehst umwerfend aus, meine Liebe.«

Überrascht drehte sie sich um. »Was machst du hier?«, sagte

sie. »Ich dachte, du wärst in Sydney Town, um ein Haus zu kaufen.«

Caleb Morgan sah schneidig aus. Vermutlich hätte er sogar aus einem Sträflingsanzug eine neue Mode machen können.

Er schnippte mit den Fingern. »Der Vertrag ist bereits unterschrieben. Ein prächtiges Anwesen auf dem Gipfel des Woolloomooloo Hill. Im oberen Stock liegt Gabriels Kinderzimmer und ein Kindermädchenzimmer, damit du nachts nicht aufstehen musst. Von drei Seiten blickt man auf den Hafen. Es wird dir gefallen.« Dann beugte er sich vor und flüsterte ihr ins Ohr: »Es gehört dir. Ich kann es kaum abwarten, dich hinzubringen.«

»Man soll den Tag nicht vor dem Abend loben, Caleb. Vor dem Gesetz bin ich noch immer verheiratet oder hast du das vergessen?«, erwiderte sie scharf.

Caleb winkte verächtlich ab. »Das ist nur eine Kleinigkeit. In meinen Kreisen kann man so etwas schnell bereinigen, kein Problem. Wir lassen die Ehe einfach für ungültig erklären. Mach dir keine Sorgen, ich werde deinen Ehemann entschädigen. Ein armer Künstler, vermutlich fristet er sein Leben in einer Dachkammer.«

Sein selbstgefälliges Lächeln ärgerte Keziah. Sie umklammerte ihren Fächer so fest, dass eine seiner Rippen brach. »Verdammt!«, fluchte sie.

»Wie erfrischend«, lachte Caleb. »Würdest du mir die Ehre erweisen und mit mir tanzen?«

Keziah wusste, dass die Menschen ringsum sie beobachteten, und lehnte ab. »Lieber nicht. In Ironbark braucht man nur zweimal in Gegenwart einer Dame zu husten, und schon hält die ganze Gemeinde die beiden für ein Liebespaar.«

»Nun, dagegen hätte ich nichts einzuwenden«, entgegnete er.

Keziah nahm sich zusammen. »Du könntest mir ein Glas Champagner bringen, wenn du magst.«

»Gewiss, genau das Richtige, um sich nach einem harten Arbeitstag in der Schule zu entspannen. Du entschuldigst mich?«

Er verbeugte sich knapp und verschwand in die Richtung des

Getränketischs. Keziah nahm die Gelegenheit wahr, um allein durch die Menschenmenge zu schlendern und Ausschau nach Jake zu halten. Doch sie konnte ihn nirgendwo entdecken.

Als sie an der offenen Tür der Küche vorbeikam, hörte sie Walzermusik. Sie wusste, dass sie nicht lauschen sollte, doch ihr Instinkt war zu stark, als dass sie den Blick hätte abwenden können. Leslie Ross stand neben Janet Macgregor, die mit erhitztem Gesicht versuchte, die Contenance zu wahren, während sie ihre Schürze umband.

»Du bist so dickköpfig, Janet. Habe ich mich nicht klar genug ausgedrückt? Ich bezahle den Dienstboten gutes Geld, damit du nicht in der Küche stehen musst. Heute Abend bin ich dein Gastgeber, nicht dein Master.«

Bedächtig nahm er ihr die Schürze wieder ab und ließ sie zu Boden fallen. Janet starrte ihn an, als hätte er sie gerade in aller Öffentlichkeit ausgezogen.

»Was, zum Teufel, soll das?«

»Schenkst du mir diesen Walzer?«

Janet trat einen Schritt zurück, blieb aber in Reichweite. »Du weißt genau, dass sich Wesleyaner nichts aus Tanzen machen.«

Leslie fragte leise: »Was ist das für ein Gott, der den Menschen verbietet, sich in den Armen seiner Liebsten an der Musik zu erfreuen?«

Janet seufzte. Ihr Widerstand bröckelte. »Ich kann nicht tanzen.«

»Dann bringe ich es dir bei, Mädchen.«

Sie biss sich auf die Lippen, um nicht zu lächeln. »Weiche von mir, Satan.«

Da legte Leslie den Arm um ihre Hüften und küsste sie.

Wehmütig lächelnd zog sich Keziah unbemerkt zurück und überließ die beiden sich selbst.

Dr. Ross hat wenigstens den Mut, die Gesetze der gaujo *zu ignorieren und das Glück beim Schopf zu packen, wenn ihm das Schicksal die Gelegenheit bietet.*

Sie wandte den Blick von dem Brunnen ab, an dem sie damals den *mulo* gesehen hatte, und eilte zu den Gästen zurück. Ihr Kopf schmerzte, während sie versuchte, Caleb auszuweichen und Jake zu finden. Schließlich gab sie auf.

Als George Hobson erklärte, er müsse morgen Früh aus den Federn, ergriff Keziah die Gelegenheit, mit ihm zurückzufahren. Auf der Rückfahrt saß Polly Doyle neben ihr und war den Tränen nahe, weil Mac Mackie sie nicht zum Tanz aufgefordert hatte.

Plötzlich hörten sie das Stampfen von Pferdehufen hinter sich. Keziah drehte sich gerade noch rechtzeitig um, um den alten Pferdewagen zu sehen, der in Richtung Haunted Farm abbog, von der sie gerade kamen.

Jake! Verdammt noch mal! Wäre ich doch nur ein paar Minuten länger geblieben!

»Ich dumme Gans!«, fluchte sie leise.

Polly grinste und flüsterte ihr zu: »Gut zu sehen, dass feine Damen auch nur Menschen sind wie alle anderen.«

Als Jake staubig und müde ankam, hatte die Feier jenes Stadium erreicht, in dem betrunkene Männer auf Streit aus sind oder ihr Glück bei einer Frau versuchen. Er schirrte Horatio ab und führte ihn zur Tränke.

»Von Rechts wegen müsste das deine Feier sein, alter Knabe. Schließlich war Horatio Nelson dein Namensvetter.«

Dr. Ross begrüßte Jake mit einer herzlichen Umarmung. »Danke, dass Sie es noch rechtzeitig geschafft haben, um Nelsons Sieg mit uns zu feiern, mein Junge. Heute Nacht scheint die Schlacht bei Trafalgar so frisch, als wäre sie erst gestern passiert.«

»Ich würde es mir nie verzeihen, wenn ich das verpasst hätte, Doc.« Jake wollte fragen, ob Keziah da war, doch dann überlegte er es sich anders. Er hatte eine Menge Pläne, die ihm auf den Nägeln brannten. *Doch zuallererst muss ich wissen, ob Keziah noch zu haben ist.*

Der Doc brachte Jake zwei doppelte Whiskys. Sie tranken auf

Lord Nelson, und dann wurde der Arzt auf die Bühne gedrängt, um unter dem Jubel seiner betrunkenen Gäste einen Schottentanz aufzuführen.

In diesem Moment trat Mac Mackie zu Jake und vertraute ihm seine Enttäuschung über Polly Doyle an.

»Jesses, Mac. Willst du mir etwa erzählen, dass das arme Ding noch immer keine Ahnung hat, was du für sie empfindest? Wenn du nicht bald deinen Hintern hochkriegst, schnappt Hobson sie dir vor der Nase weg und macht sie zur Stiefmutter seiner Kinder.«

»Meinst du wirklich, dass sie etwas für mich übrighat? Schließlich bin ich nicht besonders ansehnlich.«

»Glaub mir. Noch ehe du weißt, wie dir geschieht, hat Polly Doyle dich vor den Altar geschleppt – du musst ihr nur die Chance geben!«

Während Jake seinen zweiten Whisky kippte, erblickte er einen hochgewachsenen Mann inmitten einer Gruppe von Kerlen, die ihn mit Fragen überhäuften. *Jesses! Wenn das nicht der verdammte Caleb Morgan ist!*

Jake ertrug seinen Anblick kaum. Der Engländer stank nach Geld. Er war reich, ein Gentleman, ledig – und Gabriels Vater!

Was, zum Teufel, kann ich Keziah schon bieten? Nichts! Und nicht mal meine besten Kumpel würden mich als Gentleman bezeichnen.

Doch was noch schlimmer war: Morgan besaß genug Geld und Einfluss, um dafür zu sorgen, dass Keziahs Ehe annulliert wurde. Er hingegen wäre niemals frei, um sie zu heiraten. Er hatte nicht einmal ein Dach über dem Kopf. Nur ein unregelmäßiges Einkommen, das er mit den Preisgeldern von Faustkämpfen aufbesserte, die sie verabscheute. Er hatte im Gefängnis gesessen. *Und jetzt bin ich drauf und dran, Pearl aus einem Kloster zu entführen – noch mehr Ärger mit dem Gesetz!*

Doch als Jake in Morgans arrogante Augen blickte, verdrängte er all diese Bedenken aus seinem Bewusstsein.

Er stieß Mac an. »Hey, was hat denn dieser aufgeblasene britische Entdecker hier zu suchen?«

»Er ist Julian Jonstones Ehrengast in Gideon Park. Die Großgrundbesitzer behandeln ihn wie ein Mitglied der Königsfamilie.« Als Jake mitbekam, wie Morgan den versammelten Männern erzählte, dass ihre Lehrerin, Mrs. Browne, in seiner Familie in England gut bekannt war, platzte ihm der Kragen. Er kippte seinen Drink hinunter, ging quer über den Rasen auf Morgan zu, packte ihn am Arm und nahm ihn beiseite.

»Sie können es wohl nicht lassen, was, Morgan? Sind Sie gekommen, um Saranna Ärger zu machen? Dann können Sie zuerst mit mir vorliebnehmen!«

Caleb wandte seinen Bewunderern den Rücken zu und musterte Jake von oben herab. »Wenn Sie auf Streit aus sind, warum legen Sie sich nicht mit Ihresgleichen an – suchen Sie sich einen anderen Trunkenbold.«

Jake ignorierte seine Beleidigung. Obwohl dem Kerl Keziahs wahre Identität zweifellos bekannt war, durfte Jake sie nicht bloßstellen. Er bemerkte, wie Gilbert Evans sie aus einiger Entfernung beobachtete. Spitzel haben große Ohren.

»Ich bin Sarannas bester Freund, und ich werde nicht zusehen, wie ein verdammter Neuankömmling ihr das Herz bricht. Warum kehren Sie nicht einfach in Ihr gutes altes England zurück?«

»Ich habe ehrbare Absichten mit der Dame, aber das geht Sie nichts an, mein Junge.«

»Nun, dann habe ich Ihnen eine Neuigkeit zu berichten. Ab jetzt gehen Sie mich etwas an, trotzdem will ich Ihnen die Möglichkeit geben, mich eines Besseren zu belehren.«

Wie wütend er auch war, Jake konnte sich nichts vormachen. War er zu spät gekommen? Wenn Kez ihre Meinung geändert und sich für Gabriels Vater entschieden hatte, was konnte er dann schon tun, um sie daran zu hindern? Die Vorstellung, dass Keziah mit Caleb ins Bett ging, machte ihn rasend.

»Na los, raus mit der Sprache! Was geht hier vor? Wollen Sie ihr einen Antrag machen oder was?«

Morgan sah ihn selbstbewusst an. »Das ist bereits geschehen, mein Freund. Nehmen Sie sich zusammen.«

Jake versperrte ihm den Weg zur Bar. »Und? Was hat sie gesagt?«

»Sie hat versprochen, über mein Angebot nachzudenken. Ich kenne die Frauen, am Ende der Woche wird sie zustimmen.«

Jake hatte das Gefühl, als hätte man ihm die Luft herausgelassen. »Passen Sie bloß auf, was Sie tun, Morgan.«

Als der Engländer ihn einfach stehen ließ, rief Jake ihm nach: »Ich behalte Sie im Auge!«

Mit dem Gefühl, in Grund und Boden gestampft worden zu sein, zog er sich zurück. Der Klang eines Walzers schwebte über den Rasen, als er sich in der Scheune ins Stroh fallen ließ. *Ist es eigentlich mein verdammtes Schicksal zuzusehen, wie Kez mit anderen Männern zusammenlebt?*

Er sah durch ein Loch im Dach auf die Sterne am Himmel. Lily Pompadour hatte Recht. In der Vergangenheit hatte er jedermanns Probleme gelöst, nur seine eigenen nicht. Was war bloß mit ihm los? Beinahe hätte er Morgan dazu gedrängt, Kez zu heiraten, obwohl er sie doch für sich wollte. Warum? Damit sie das Leben führte, das er ihr nicht bieten konnte und glücklich wurde? Oder war es, um sich selbst freizukämpfen? Seine Schuld abzubezahlen, weil sie ihm das Leben gerettet hatte? *Wie verblendet kann man eigentlich sein? Morgan verspricht ihr das Blaue vom Himmel, aber ich habe etwas, mit dem ich ihn übertrumpfen kann!*

Er nahm eine eselsohrige Zeitungsabbildung aus der Tasche, die er seit Tagen bei sich trug.

Dann verließ er die Scheune und fuhr mit seinem Wagen zu Brans Schmiede. Das Haus war dunkel, trotzdem ging Jake hinein, holte den jungen Riesen aus dem Bett und breitete die Zeichnung auf der Bank aus.

»Kannst du mir so einen Wagen bauen, mein Freund? So schnell wie möglich? So was hast du noch nie gesehen, stimmt's?

Es ist ein *vardo* – ein Zigeunerhaus auf Rädern. Glaubst du, dass er Kez gefallen würde?«

Bran strahlte und hielt den Daumen hoch.

»Hier hast du einen kleinen Vorschuss für den Anfang. Ich werde noch einen oder zwei Faustkämpfe bestreiten müssen, um dich ganz bezahlen zu können. Bald komme ich wieder. Aber vorher will ich noch ein paar Dinge in Ordnung bringen.«

Es war noch dunkel am Morgen, als Jake eine an Mrs. Browne adressierte Nachricht unter Joseph Blooms Haustür hindurchschob. Keinesfalls durfte man ihn mitten in der Nacht in der Nähe ihrer Hütte herumlungern sehen. Aber würde Kez eine Nachricht ernst nehmen, in der nichts weiter stand als: »Überstürze nichts, bevor ich zurückkomme, Jake«?

Auf dem Weg nach Bolthole Valley war er hin- und hergerissen.

Als er zum House of the Four Sisters kam, graute bereits der Morgen, aber aus den Fenstern drang immer noch das geranienfarbene Licht.

Es war Mittwoch. Lily würde oben auf ihn warten. Er zahlte Madam Fleur für die Nächte, in denen er nicht erschienen war, und sprang die Treppe hoch, bevor er es sich noch anders überlegte.

Lily sah atemberaubend aus. Sie lag in einem schwarzen Spitzennegligee im Bett, das mehr offenbarte als verdeckte. Sie war bereit für ihn.

Jake lehnte sich an die Tür und verschlang sie langsam mit den Augen.

»Tut mir leid, dass ich so lange gebraucht habe, um mein Versprechen einzulösen, Lil. Ich hatte eine Menge am Hals, aber zum Glück habe ich auch ein paar Faustkämpfe bestritten.« Er zog einen Umschlag aus der Tasche und warf ihn auf das Bett.

»Damit müsstest du die Schulden deines Onkels Charlie an Madam Fleur abbezahlen können. Du gehörst nicht hierher. Ich möchte, dass du diese Absteige verlässt. Geh irgendwohin, wo man dich nicht kennt. Und lass die Finger von diesem Gewerbe. Ich weiß, wann ich eine anständige Frau vor mir habe. Irgendwo da draußen gibt es garantiert einen anständigen Kerl, der für dich durch dick und dünn gehen würde. Und falls er dir übel mitspielen sollte, knöpfe ich ihn mir vor!«

Lily sah auf den Umschlag, rührte ihn jedoch nicht an. Dann lächelte sie.

»Was für eine Ansprache! Obendrein von einem Mann, der Taten lieber mag als Worte.« Sie krümmte den kleinen Finger. »Wie wäre es, wenn wir unseren Abschied feiern?«

Jake seufzte. »Morgen werde ich mich selbst verfluchen, aber ich bin unterwegs, um meine Tochter aus einem Kloster zu holen.« Er drehte sich an der Tür um. »Darf ich dich zum Abschied küssen?«

Lily nickte. Jake küsste sie mit offenen Augen. Er fühlte sich wie ein Soldat, der in die Schlacht zieht und weiß, dass er nicht zurückkehren wird.

Drei Tage später fand Jake am westlichen Rand des Stammesgebietes der Wiradjuri das, was er suchte. Das zweistöckige Gebäude stand in der Mitte eines Gehöfts, auf dem kahlköpfige Strafgefangene Heu machten. Nirgendwo gab es einen Hinweis darauf, dass es sich um ein Kloster handelte. Aber vielleicht waren Katholiken in diesem Teil des Busches nicht wohlgelitten. Offensichtlich führten nur zwei Schwestern das Haus. Die ältere Nonne bat Jake, ihr zu folgen.

In Schwester Mary Bridgets Büro stellte sich Jake mit dem Hut in der Hand vor.

»Ich heiße Jakob Andersen, Ma'am. Und ich bin nur zur Hälfte katholisch. Ma schon. Pa nicht. Ich bin eher so was wie ein Agnostiker. Damit will ich nur darauf hinweisen, dass es nicht böse gemeint ist, falls ich etwas Falsches sagen sollte.«

Schwester Mary Bridget nickte. »Danke, mein Sohn. Ich werde es berücksichtigen.«

»Meine Tochter ist Schülerin hier; ich habe sie seit Jahren nicht gesehen. Es ist eine lange Geschichte, und Sie sind viel beschäftigt, aber ich habe die Erlaubnis ihrer Mutter mitgebracht.«

Die Nonne las Jennys Brief aufmerksam durch. »Ich fürchte, dass man Ihnen einen üblen Streich gespielt hat. Unter meinem Dach lebt keine Jenny Pearl Andersen.«

Er merkte, wie seine Stimme vor Enttäuschung immer lauter wurde. »Wie? Dann muss sie unter einem falschen Namen hier sein. Haben Sie ein Mädchen mit dem Namen Troy? Oder della Lorenzo? Lassen Sie mich einen Blick in Ihre Schülerliste werfen!«

Schwester Mary Bridget warf ihm einen eisigen Blick zu. »Dieser Brief berechtigt Sie nicht, eine meiner Schülerinnen zu sehen. Bitte haben Sie die Güte, wieder zu gehen, und zwar sofort!«

»Seien Sie doch nicht so herzlos, Schwester! Seit Jahren suche ich meine Tochter. Merken Sie denn nicht, dass es nur ein Trick ihrer Mutter ist?«

Innerhalb von Sekunden wurde Jake von drei mit Heugabeln bewaffneten Strafgefangenen zum Eisentor gedrängt. Er hätte sie mit links fertigmachen können, aber er wollte sich nicht wie ein Raufbold aufführen, falls Pearl sich doch im Kloster aufhielt.

Schwester Mary Bridget beobachtete die Szene stumm von der Tür aus, als eine Gruppe von neugierigen Schulmädchen in grauer Uniform wie aus dem Nichts auftauchte, um der Szene beizuwohnen.

Verzweifelt musterte Jake ihre Gesichter, doch keine hatte Ähnlichkeit mit dem Bild, das er von Pearl in Erinnerung hatte.

Er rief Schwester Mary Bridget zu: »Bitte, Schwester, fragen Sie die Mädchen, ob mich eines von ihnen wiedererkennt!«

Die Nonne reagierte nicht, also wandte sich Jake direkt an die Mädchen. »Ich suche ein kleines Mädchen, das Jenny Pearl Andersen heißt, aber vielleicht hat ihre Mutter ihren Namen geändert. Ich bin ihr leiblicher Vater. Ganz gleich, was ihre Mutter gesagt hat, ich habe sie nie im Stich gelassen und werde es auch nicht tun!«

Ein streitbarer Gärtner hielt Jake die Heugabel an die Brust und zwang ihn zurück auf den Kiesweg. Als Jake durch die sonnenbeschienene Krone eines Apfelbaums blickte, sah er das überschattete Gesicht eines kleinen Mädchens, das ihn durch die Äste anstarrte. Noch ehe er richtig hinschauen konnte, war es vom Baum gesprungen und lief auf die Küche zu. Anders als seine Mitschülerinnen trug es ein marineblaues Kleid und darüber den Kittel einer erwachsenen Frau.

Er packte die Gabel mit der Hand, drehte sich um und rief Schwester Mary Bridget zu: »Lassen Sie mich in Ihrer Anwesenheit mit diesem Mädchen reden. Was haben Sie zu verlieren, Schwester?«

Die beiden Nonnen berieten sich leise, dann bedeuteten sie den Strafgefangenen, wieder an die Arbeit zu gehen.

Schwester Mary Bridget forderte Jake auf, ihr durch den Korridor zu folgen. Der frischgebohnerte Boden war glatt. Jakes Blick schweifte über die Reihe von Porträts an der Wand, auf denen ein junger Mann zu sehen war, der die Augen gen Himmel rollte. *Jesses, der sieht genauso nervös aus, wie ich mich fühle.*

Die Nonne hatte die Lippen geschürzt, ihr Blick war scharf wie der eines Adlers. Sie bot Jake einen Platz gegenüber ihrem Schreibtisch an. Bevor das Mädchen eintrat, schärfte sie Jake ein, vorsichtig zu sein. Er musste sich ihren Bedingungen fügen und wusste, dass die Wahrscheinlichkeit, dass es sich um Pearl handelte, minimal war, aber was hatte er für eine Wahl?

»Sagen Sie, Schwester: Warum ist sie anders angezogen als die anderen Kinder?«

Schwester Mary Bridget wirkte einen Moment voller Unbehagen, doch schnell gewann sie ihre Autorität zurück.

»Der Vater dieser Kleinen hat seit einem Jahr kein Schulgeld bezahlt. Wir wissen nicht, wo er ist. Es sind harte Zeiten. Und wir sind kein Wohltätigkeitsverein. Waisenkinder müssen in der

Küche arbeiten, um für ihre Unterkunft zu bezahlen. Am Abend nach der Arbeit bringe ich ihr lesen, schreiben und rechnen bei.«

Jake unterdrückte seine Wut. Wer immer dieses Mädchen war, seine Familie ließ es arbeiten wie eine Sklavin. »Sie ist doch höchstens sieben, so alt wie Pearl. Wollen Sie sagen, dass dieser Mann sie einfach hier abgeladen hat?«

Die Nonne hob die Stimme, genauso wie Jake. »Das Mädchen weiß, wer sein Vater ist. Glauben Sie bloß nicht, Sie könnten es vor mir austricksen, junger Mann. Ich erkenne einen Lügner auf eine Meile Entfernung!«

Jake beugte sich vor und erwiderte ihren Blick. »Dann werden Sie auch wissen, dass ich die Wahrheit sage.«

An der Tür klopfte es schüchtern. Jake rutschte das Herz in die Hose, als er das kleine Mädchen sah. Es war mager, hatte stumpfes braunes Haar und leblose blaue Augen. Das dunkelblaue Kleid war fadenscheinig, die Absätze der kleinen Stiefel abgetragen. Es sah nicht im Entferntesten wie Pearl aus, eher wie ein Straßenkind aus The Rocks.

Schwester Mary Bridget befahl dem Kind mit fester, aber nicht gehässiger Stimme, nur zu sprechen, wenn es dazu aufgefordert wurde, und seine Manieren nicht zu vergessen. Das Kind machte einen hastigen Knicks vor Jake.

»Wie heißt du, mein Kind?«, fragte er.

»Gianna di Felice«, flüsterte sie.

»Ein schöner Name. Ich heiße Jake Andersen. Hast du mich schon einmal gesehen?«

Sie schüttelte den Kopf und sah die Nonne an. »Habe ich etwas falsch gemacht, Schwester?«

»Nein. Beantworte nur die Fragen, Gianna.«

Jake wusste, dass die Nonne ihn sofort hinauswerfen würde, wenn er versuchte, das Mädchen mit Suggestivfragen zu beeinflussen.

»Wie heißt deine Mama? Wie sieht sie aus?«

Sie sah ihn verlegen an. »Hab ich vergessen. Aber Mama hat

mich mit einem Mann in einer Kutsche hergebracht. Ich kann mich erinnern, dass sie immer sehr schön angezogen war. Sie hat mir versprochen, dass sie mich vor Weihnachten wieder abholt. Aber dann ist sie doch nicht gekommen.«

Jake versuchte, Zeit zu schinden, um sich an irgendetwas zu erinnern, das ihn weiterbrachte, egal wie.

Das Kind machte einen Schritt auf ihn zu. »Ich war auf dem Apfelbaum. Ich habe gesehen, dass der Gärtner böse auf dich war. Und du hast gesagt, du würdest Jenny Pearl Andersen suchen. Ist sie verschwunden? Ich kenne sie nicht.«

Schwester Mary Bridget stand auf. »Ich glaube, damit haben Sie den Beweis, den Sie suchten, Mr. Andersen. Gianna di Felice hat Ihnen gesagt, wer sie ist.«

Jake hob die Hand, bereit, sie aufzuhalten. »Nur noch eine letzte Frage.« Er lächelte der Kleinen zu und ging in die Hocke, um auf Augenhöhe mit ihr zu sein.

»Das Erste, woran ich mich erinnern kann, als ich ein kleiner Junge war, ist, wie ich auf dem Schoß meines Vaters saß und einen klebrigen Lutscher im Mund hatte. Sag mir, mein Kleines. Was ist das Erste, woran du dich erinnern kannst?«

Wie aus der Pistole geschossen antwortete sie: »Ich erinnere mich an einen netten Mann, der mir ein weißes Hündchen schenkte. Es rieb seine kalte Nase an meinem Gesicht. Weißt du, was aus meinem Hündchen geworden ist? Es hieß Flash.« Plötzlich weiteten sich seine Augen. »Ich weiß auch noch, dass der Mann rotes Haar hatte, das in der Sonne heller wurde. So wie deins. Bist du mein Papa, Mister?«

Und dann tat sie etwas, das sie schon als kleines Mädchen gemacht hatte. Ihr Mund formte ein kleines »o«, als sie ihm vorsichtig eine Haarlocke hinter das Ohr steckte.

Sie neigte den Kopf zur Seite. »Ich kann mich an dich erinnern, du auch an mich?«

Diese einfache Frage brach ihm das Herz. Die kleine Prinzessin, die er jahrelang im Herzen getragen hatte, war in seinem Innern gestorben. Ihren Platz hatte ein seltsames Mädchen angenommen, das aussah wie eine alte Puppe mit Froschaugen und einem ausdruckslosen Gesicht. Jake spürte ein Brennen in den Augen, aber keine Tränen. All die verlorenen Jahre. Dank Jenny. Dann zwang er sich zu einer Lüge.

»Hey, ich würde meine kleine Prinzessin immer erkennen!«

Mit erstickter Stimme wandte er sich an die Nonne. »Wie viele Beweise wollen Sie noch, Schwester?«

Obwohl Schwester Mary Bridget dem Mädchen weitere Fragen stellte, spürte Jake, dass die Schlacht zu seinen Gunsten verlief. Er hörte, wie sie ihr erklärte, dass ihr Vater viele Jahre lang nach ihr gesucht hätte. Ihre Mutter sei weggegangen, aber sie hätte ihrem Vater die Erlaubnis erteilt, sie zu sehen.

Jake fühlte sich schrecklich leer. Er wusste, dass er etwas unternehmen, etwas Bedeutsames sagen musste, nur was? Wie, zum Teufel, konnte er die Kluft überwinden, die in den Jahren zwischen ihnen entstanden war? Der Kloß in seinem Hals war so groß, dass er würgen musste.

Er stand auf. »Ich nehme sie mit, Schwester. Nichts und niemand wird mich daran hindern.«

Schwester Mary Bridget nickte. »Vergiss nicht deine Gebete, mein Kind.«

Die Zeit für einen Neubeginn war gekommen. Jake nahm Pearl an der Hand, und beide traten zusammen in die Sonne hinaus. Sie musste hüpfen, um mit ihm Schritt zu halten.

»Wo gehen wir hin, Papa?«, fragte sie.

Jake hob sie auf Horatio. »Das weiß ich noch nicht genau, aber eins ist sicher. Ich werde dich nie wieder aus den Augen lassen, mein Kleines!«

VIERZIG

Noch Tage nach der Feier zu Ehren des Trafalgar-Jahrestags ärgerte sich Keziah, dass Jake und sie sich so knapp verpasst hatten. Warum hatte er sie nicht besucht? War Jenny in sein Leben zurückgekehrt? Keziah hatte das Gefühl, dass ihr Jake so nah war wie ihr eigener Herzschlag, dennoch konnte sie trotz der Gabe, auf die sie sich seit ihrer Kindheit hatte verlassen können, nun seine nächsten Schritte nicht vorhersagen.

Und dann kam sie eines Tages von der Schule nach Hause und fand zu ihrer Verwunderung einen an Saranna Browne adressierten Umschlag von dem Mann, der nie Briefe schrieb. Von Tintenklecksen umgeben fand sie ein paar Zeilen in höchst ungewöhnlicher Rechtschreibung. Das Schreiben war nicht datiert, die Botschaft aber klar und unmissverständlich:

Es ist eine Menge passiert. Bin unterwegs nach Ironbark. Habe jemand bei mir. Tu mir einen Gefallen und überstürze nichts, bis ich zurückkomme. Jake

Keziah blieb nichts anderes übrig, als auf ihn zu warten.

Beim Klopfen an der Tür schöpfte sie neue Hoffnung, doch als sie diese öffnete, stand Caleb Morgan vor ihr. Erst jetzt fiel ihr auf, dass sie ihn seit Tagen nicht zu Gesicht bekommen hatte. Mit dem Hut in der Hand musterte er sie ernst. Sein hochnäsiges Auftreten war fast gänzlich verflogen. Er sah seltsam verletzlich aus. Kein Vergleich zu dem selbstsicheren Gentleman, der gemeint hatte, er könne sich wieder in ihr Leben drängen, sie mit seinem umwerfenden Charme einwickeln und zusammen mit Gabriel nach Sydney Town entführen.

»Auf der Feier von Dr. Ross habe ich mich kurz mit diesem Einheimischen unterhalten, Andersen. Und seitdem drücke ich mich vor einer Sache, der ich mich zuerst nicht stellen wollte.«

Keziah bot ihm einen Platz an und versuchte, die Botschaft hinter seinen Worten zu entschlüsseln.

»Ich bin nicht mehr der Mann, der ich einmal war, Keziah. Ich glaube, dass dieses Land einen verändert, wenn man lange genug überlebt. Aber selbst in der Wüste, als ich glaubte, jeder Tag wäre mein letzter, habe ich mich nicht gelangweilt. Zuhause hat mich alles angeödet, Cambridge, die Pferderennen, das Flirten mit den handverlesenen Damen, die mein Vater für mich aussuchte. Es scheint, als hätte mein Leben erst begonnen, als ich mich in dich verliebte. Deshalb habe ich dich gesucht, bis ich dich wiedergefunden habe.«

Er hielt kurz inne. »Ich weiß jetzt, dass ich diesen See im Landesinneren nur finden wollte, um dich zurückzugewinnen. Und in meiner Ignoranz habe ich tatsächlich geglaubt, dass es mir gelingen und ich in die Geschichte eingehen würde. Ich bin eines Besseren belehrt worden. Aber habe ich mich auch geirrt, was uns betrifft? Ich weiß nicht, ob ich die Antwort in Wahrheit überhaupt wissen möchte, trotzdem kann ich dir die Frage nicht ersparen, Keziah. Habe ich dich für immer verloren?«

Keziahs Stimme war sanft. »Es tut mir leid, wenn ich dich verletze, Caleb.«

»Es ist dieser Andersen, nicht wahr?«

»Ich kann nichts dafür. Er ist ein Teil von mir.«

Caleb starrte sie an. Schließlich nahm er aus der Brusttasche eine Urkunde mit Wachssiegel. Keziah schreckte zusammen und bereitete sich auf das Schlimmste vor.

»Keine Angst. Du bist viel zu stolz, um meine Hilfe anzunehmen, aber vergiss nicht, dass ich immer für dich da sein werde, falls du mich brauchst. Ich habe keine Lust, in dem großen Haus zu wohnen, das ich für uns drei in Sydney Town gekauft habe. Wahrscheinlich ziehe ich nach Melbourne Town und kaufe dort ein Stück Land, aber du kannst mich jederzeit durch deinen Anwaltsfreund Joseph Bloom erreichen. Ich habe ihn beauftragt, einen Treuhänderfonds für Gabriel zu verwalten.«

Er legte die Urkunde auf den Tisch und verabschiedete sich mit einer Verbeugung. An der Tür berührte er ihre Lippen mit den Fingern, um sie daran zu hindern, die Worte zu sagen, die er nicht ertragen konnte. *Leb wohl.*

Keziah sah ihn mit gemischten Gefühlen davonreiten. Seine Schultern hingen herab. Aber als er das große Tor der Ironbark Farm erreichte, hatte er den Rücken wieder gestrafft, als sei er bereit für ein neues unbekanntes Abenteuer.

Der Tisch war schon den ganzen Morgen über für zwei gedeckt gewesen. Keziah unterbrach das Backen und eilte ans Fenster, als erwartete sie, dass etwas Wichtiges geschah. Als sie Jake erkannte, machte ihr Herz einen Satz. Er sprang vom Pferd und kam mit besonders entschlossenem Gesichtsausdruck auf ihre Hütte zu.

Sie war gerade dabei, den Kuchen aus dem Ofen zu nehmen, als er eintrat. Keziah versuchte, sich gelassen zu geben, um ihre Aufregung zu verbergen. Sie durfte Jake nie anlügen, aber musste sie ihm die ganze Wahrheit über Caleb erzählen? Nein, beschloss sie, nicht so lange noch alles in der Schwebe war.

Sie spürte, dass er trotz seiner gespielten Lässigkeit ebenfalls nervös war. Ein blauer Fleck über dem Auge deutete auf einen Kampf vor Kurzem hin. In Ironbark erzählte man sich, dass er in letzter Zeit einen Faustkampf nach dem anderen gewonnen hatte, als hinge sein Leben von den Preisgeldern ab.

Seine erste Frage war mehr als enttäuschend. »Wo steckt Gabe?«

»Nerida ist mit ihm und Murphy losgezogen. Sie will den Kindern zeigen, wie man im Busch etwas zu essen findet. Gabriel freut sich sehr darauf, die Nacht bei ihnen in der *goondie* zu verbringen.«

Keziah gab sich genauso lässig wie er. Hoffentlich hatte er mitbekommen, dass sie heute Nacht allein wäre. Ja, hatte er.

Jake warf einen Blick auf ihr teures Porzellan und den Tisch, der für zwei gedeckt war. »Haben deine komischen Karten dir verraten, dass ich kommen würde, Kez? Oder erwartest du wieder diesen Schnösel Morgan?«

»Ich kann nicht immer hellsehen, Jake. Was führt dich zu mir? In deinem Brief hast du nichts erwähnt.«

»Man hat mir eine Arbeit in Swan River angeboten«, erklärte er. »Und wenn es gut läuft, werde ich nicht zurückkommen.«

Keziah spürte eine Welle von Panik. Lag Swan River nicht Tausende von Meilen entfernt auf der westlichen Seite des Kontinents? Und wer war dieser Jemand, den er laut seiner Nachricht bei sich hatte?

»Du weißt, dass ich dir immer nur das Beste wünsche«, erwiderte sie ruhig. Sie spürte, dass sie in einer Sackgasse gelandet waren, und suchte nach einem Ausweg.

»Mac Mackie hat mit erzählt, dass du auf dem Fest von Dr. Ross einen kleinen Streit mit Morgan hattest. Hast du dir da das blaue Auge geholt?«

»Nein, dafür bin ich bezahlt worden. Den Kampf habe ich in drei Runden gewonnen. Jetzt kann ich Bran den neuen Wagen bezahlen, den er für mich baut.«

Jake spielte mit der Krempe seines Huts. »Dieser Morgan hat eine ziemlich große Klappe. Er sagt, er könne dafür sorgen, dass deine Ehe mit Daniel für ungültig erklärt wird. Dass er dich heiraten und Gabriel zu seinem Erben machen will. Stimmt das?«

»Das hat er angeboten.«

»Anständig von ihm«, sagte Jake scheinbar gleichgültig. »Du hättest es nicht besser treffen können.«

»Wahrscheinlich nicht«, stimmte sie ihm zu. *Mi-duvel! Was will er mir damit bloß sagen? Ich verstehe ihn nicht.*

Nach einer Weile zwang Jake sich zu der Frage: »Und was hast du geantwortet?«

Keziah ließ ihn zappeln. »Dass ich mir sein Angebot überlegen müsste. Wegen Gabriel.«

Jake wurde zunehmend unsicherer.

»Worauf wartest du dann noch? Schließlich ist er Gabriels Vater, oder nicht?«

Keziah wählte ihre Worte sorgfältig, um ihn ein kleines bisschen eifersüchtig zu machen.

»Caleb ist ein Ehrenmann. Und er sieht gut aus. Wenn ich ihn heirate, würde Gabriel einen bedeutenden Namen tragen und eine gute Erziehung bekommen.« Sie sah, wie Jake die Kiefer zusammenpresste. »Trotzdem glaube ich, dass man einen Mann um seinetwegen lieben sollte und nicht wegen seines Geldes oder seiner gesellschaftlichen Stellung.«

»Ja, vermutlich schon.«

Dann fragte Keziah, als wäre es aus höflichem Interesse: »Bist du bloß gekommen, um dich zu verabschieden, Jake? Oder hast du noch etwas anderes auf dem Herzen?«

Jake suchte an den Wänden nach irgendetwas, das ihn weiterbrachte. »Wir sind Freunde, Kez, also will ich dich nicht hinters Licht führen. Du bist eine gute Frau, aber selbst wenn du frei wärst, könnte ich dich niemals heiraten.«

Keziah schluckte. »Habe ich dir etwa einen Heiratsantrag gemacht?«

Jake sprang ins kalte Wasser. »Hör zu, es gibt mindestens zehn wichtige Gründe, weshalb ich nicht der Richtige für dich bin.«

»Nur zehn, Jake?«, fragte sie mit zuckersüßer Stimme.

»Wenn es brenzlig wird, besaufe ich mich. Ich habe schon gesessen und lande immer wieder wegen Unruhestiftung im Knast.«

»Na ja, schließlich bist du ein Mann«, entgegnete sie.

»Es kommt noch schlimmer«, versprach er. »Ich besuche ein Freudenhaus, damit ich keine eigene Frau haben muss.«

»Du bist allein, also ist das deine Sache. Trotzdem eine Frage:

Hast du dieses Haus auch aufgesucht, als du mit Jenny zusammen warst?«

»Natürlich nicht! Ich war ein Familienmensch!« Allmählich gewann er wieder festen Boden unter den Füßen. »Ich habe mich für Jenny zu Tode geschuftet. Dann habe ich alles verloren: Frau, Kind und Farm. Mich wird keine Frau je wieder an die Kandare nehmen!«

Keziah versuchte, liebenswürdig zu bleiben. »Das rastlose Leben passt zu dir. Aber das sind nur vier Gründe. Und die anderen?«

Jake versuchte eine andere Taktik. Bruchstückartig erzählte er, wie er Pearl aus dem Kloster gerettet hatte, wo Jennys reicher Conte sie abgeladen hatte.

»Sie ist erst sieben, Herrgott noch mal! Niemand will sie haben.« Jake sah ihr in die Augen. »Von nun an sind Pearl und ich ein Team. Mit anderen Worten, wenn du mich liebst, musst du auch meine Tochter akzeptieren.«

Keziah griff nach seiner Hand. Ihr Blick sprach Bände. »Dieses kleine Mädchen hat eine Menge Glück, aber ich warne dich, du wirst deine liebe Not haben. Ich sehe noch jede Menge Kinder in deiner Handfläche.«

Als er die Stimme erhob, wusste sie, dass er sich in die Ecke gedrängt fühlte. »Hör mir endlich zu! Eine Scheidung oder eine Annullierung bedarf eines Beschlusses des Parlaments. Nur Reiche wie Morgan schaffen das. Das Beste, worauf ich hoffen könnte, wäre eine Scheidung wegen Jennys unmoralischem Lebenswandel, aber dann wäre sie als Betrügerin entlarvt. Und ich habe in einem schwachen Augenblick versprochen, so etwas nie zu tun, Hauptsache, ich darf Pearl behalten. Solange Jenny lebt, werde ich nicht frei sein, um eine andere Frau zu heiraten!«

Keziah zog die Schultern hoch. »So ist nun mal das Leben. Daniel brauchte eine Ehefrau, um seine Freiheit wiederzugewinnen. Caleb hätte diese Ehe für ungültig erklären lassen können.« Sie schaute ihm in die Augen. »Weil Daniel die Ehe nie vollzogen hat.«

»Nein?« Jake konnte seine Genugtuung kaum verbergen, brachte aber trotzdem eine weitere Ausrede ins Spiel.

»Unsere Kinder wären vor dem Gesetz unehelich.«

»Nur vor dem Gesetz der *gaujo*. Nicht vor dem meines Volkes«, antwortete sie fest.

Sie spürte, dass er in der Falle saß und ihr nun sein schreckliches Geheimnis anvertrauen musste.

»Hör zu, Kez! Während meiner ganzen Ehe habe ich bei meiner Frau versagt. Ich kann einfach nicht mit anständigen Frauen.«

Keziah musste schnell denken. Jake würde jeden Augenblick die Tür hinter sich schließen und zum fernen Swan River aufbrechen. Sie hatte keine Argumente mehr, um ihn zu halten, trotzdem war ihre Stimme voller Mitgefühl.

»Warum hattest du so eine Angst, mir das zu sagen?«

Jake ging ihr geradewegs ins Netz. »Was denn?«

»Dass du lieber mit einem Mann leben würdest.«

»Was?«

»Daniel ist nach Sydney Town gezogen, um dort Kunst zu studieren, aber in Wahrheit ist er deinetwegen gegangen. Er liebt dich. Und er hatte Angst, dass du ihn hassen würdest, wenn du die Wahrheit über ihn erfährst.«

Jake war fassungslos. »Jesses, das kann ich nicht glauben!«

»Es sollte dir nicht peinlich sein, Jake. Wir können nichts dafür, wen wir lieben.«

Jake brüllte los: »Verstehst du denn nicht, was ich dir zu sagen versuche?«

Keziah sah die Angst in seinen Augen und dachte an die Worte ihrer Großmutter. *»Im Innern des kleinen Mädchens ist immer eine Frau, im Innern eines Mannes ist immer ein kleiner Junge.«*

Sie wurde ernst. Das Spiel war zu Ende. Ihre Worte waren sanft.

»Jake«, sagte sie liebevoll, »du hast nur ein Problem. Du *glaubst*, du könntest nur bei Prostituierten Lust empfinden. Du kannst keinen Spaß mit einer anständigen Frau haben, weil du sie respektierst.«

Jake fühlte sich elendig bloßgestellt, so nackt wie bei seiner Geburt. Lily Pompadour seine größten Ängste anzuvertrauen und sie dafür bezahlt zu haben, dass sie ihm beibrachte, wie er damit fertigwerden konnte, war eine Sache. Dass aber Keziah so ruhig und gefasst über sein Versagen im Bett sprach, das war etwas ganz anderes. *Jesses. Ist denn nichts auf der Welt privat? Kann ich vor dieser Frau nichts geheim halten?*

Keziah stand mit dem Rücken zu ihm. »Sag mir, Jake, was, um Himmels willen, veranlasst dich eigentlich zu glauben, dass ich eine anständige Frau bin?«

Als sie sich ihm zuwandte, dachte Jake, er würde noch einmal die Nacht erleben, in der sie ihm das Leben gerettet hatte, indem sie vor dem Einäugigen ihre Brüste entblößt hatte. Nein. Es passierte jetzt. Sie kam wie beim Hochzeitstanz eines Eingeborenenstammes auf ihn zu, ließ die Bluse zu Boden fallen und hob ihren Rock. Dann reichte sie ihm die Hand.

»Du willst lieber eine Frau für eine Nacht kaufen? Dann zahl im Voraus. Na los, kauf mich, Jake!«

»Hör auf! Du bist ein grausames Luder.«

Was Keziah als Nächstes tat, erstaunte ihn. Wie bei dem Wildpferd presste sie ein Stück Zucker in ihre Achsel, damit es sich mit der Hitze ihres Körpers vollsaugte. Dann sah sie ihm in die Augen und steckte es ihm in den Mund.

»Hab keine Angst vor mir, Jake.«

»Bei Gott, Kez! Ich würde für dich sterben! Aber ich könnte nie mit dir schlafen!«

Noch während er das sagte, spürte Jake, wie jeder Zoll seines Körpers von Verlangen überflutet wurde.

»Du bist gefährlich! Du machst die Männer verrückt!«

Doch dann ignorierte er seinen eigenen Rat. Ihre Umarmung begann als ruppige Balgerei. Mit jeder linkischen Bewegung kamen sie dem Bett einen Schritt näher. Er wusste, dass die Küsse, um die sie kämpften oder die sie abwehrten, eine Willensschlacht darstellten. Und als er seinen Mund von ihrem löste, zitterten ihm die Hände vor Anspannung.

»Ich warne dich, Kez. Wenn du mit mir schläfst, wirst du mehr wollen, und ich verlasse dich morgen, komme, was wolle!«

Trotzig reckte sie das Kinn. »Wenn du nur eine Nacht bei mir bleibst, wirst du auf allen vieren über die Nullarbor-Ebene kriechen, um zu mir zurückzukommen!«

»Darauf würde ich nicht wetten!« Er hob sie vom Boden wie einen Sack Spreu und warf sie aufs Bett. Dann zerrte er an seinem Gürtel. »Das ist ein großer Fehler!«

»Morgen wirst du das nicht mehr sagen!«, schrie sie und streifte ihm den Stiefel ab.

Sie waren laut, unbeholfen, wütend, zärtlich und leidenschaftlich – alles zugleich. Und dann, als reagierten sie auf einen musikalischen Einsatz in ihrem Innern, passten sich ihre Körper dem magischen Rhythmus an, gegen den beide sich so lange gesträubt hatten.

Jake wusste, dass er sie niemals als seine Braut über die Türschwelle tragen würde. Deshalb machte er es genau umgekehrt, trug sie nach draußen und bettete sie unter den Sternen auf seine Decke.

Er zeigte ihr den nächtlichen Himmel. »Ich schenke dir alles, was ich besitze. Mein Kreuz des Südens und meine Milchstraße.«

Keziah kniete zu seinen Füßen. »Was könnte mir ein Mann Schöneres geben?«

Er blickte auf ihr nach oben gerichtetes Gesicht und auf ihren wohl geformten Körper. Doch er bekam kein Wort heraus, sodass er froh war, als Keziah das aussprach, was er nicht sagen konnte.

»Wie schön du bist!«

»Du hast ganz schön lange gebraucht, um es zu merken«, antwortete er.

Sie lud ihn ein, sie mit seinem Mund zu erkunden. »Aber werd nicht zu frech«, warnte sie.

»Warum nicht? Jetzt habe ich das, worum sich sämtliche Kerle hier in der Gegend reißen.«

»Ich wollte nur dich, Jake. Von Anfang an – auch als ich es noch nicht wusste!«

In diesem Augenblick war es Jake egal, ob es stimmte oder nicht.

Keziah spielte die Rolle der exotischen Zigeunerin voll aus. »Gib mir eine Nacht, und ich sorge dafür, dass du Jenny für immer vergisst!«

Sie waren wie zwei gleich starke Faustkämpfer. Jake kämpfte darum, das Machtgleichgewicht zu wahren, und zog alle Register, die er kannte. Er brachte sie zum Lachen, ließ sie schmoren und betteln.

Lange vor dem Morgengrauen war es beiden klar: Sie hatten es gefunden. Dieses seltene Etwas zwischen Liebenden, wenn sie Liebe und Lust gänzlich in Einklang bringen können.

Jake betrachtete die schlafende Keziah, verwundert über das, was er in ihr ausgelöst hatte. Er hatte stets gewusst, dass es zwei Arten von Frauen gab: anständige und unanständige. Keziah war weder das eine noch das andere und trotzdem beides. Er kam sich verloren vor auf einem erotischen Terrain, das ihm völlig unbekannt war.

Doch ein Bild von ihr ging ihm nicht aus dem Kopf, der Ausdruck reiner Lust in ihrem Gesicht. Vor dem Morgengrauen hatte er sie rittlings über sich gezogen, dann die Arme hinter dem Kopf verschränkt und sie beobachtet. Keziah sah aus wie eine nackte Galionsfigur, die auf dem Meer ritt, während die Sterne durch ihr wildes, im Wind flatterndes Haar funkelten. Sie breitete die Arme aus, streckte dem Wind ihre Brüste entgegen und schrie.

Während Keziah so tat, als schliefe sie, dankte sie *Del*, dass er ihre Ängste verborgen hatte. Seit viereinhalb Jahren hatte sie nicht mehr mit einem Mann geschlafen. Jake hatte sie in einer einzigen Nacht erlöst und dafür gesorgt, dass ihre wilde Leidenschaft auf sein beherrschtes Verlangen prallte. Jetzt lag sie in der schiefergrauen Dunkelheit und beobachtete die dunklen Konturen seines Körpers.

»Verlange ich zu viel von dir?«, fragte er leise. Sie antwortete ohne Worte.

Im Schutz der Dunkelheit flüsterte er ihr ins Haar: »Versprich mir eins, Kez. Wenn du mich verlassen willst, sag es mir ins Gesicht. Nicht, dass ich nach Hause komme, und du bist verschwunden.«

»Ich bin nicht Jenny«, versprach sie.

Im ersten Schimmer der Morgensonne drehte sich Keziah in der warmen Kuhle der Decke um und bemerkte, dass sie allein war. Jake lehnte voll bekleidet an einem Baum. Er hatte einen merkwürdigen Ausdruck im Gesicht.

»Sei nicht böse, Kez. Du musst mich gehen lassen. Versuch, dir keinen Ärger einzuhandeln, ja? Ich bin bald wieder da. Du weißt ja, dass du immer auf mich zählen kannst. Ich werde dich vor anderen Männern beschützen.«

Keziah war verwirrt. »Welchen Männern? Was meinst du eigentlich?«

Jake kniete vor ihr nieder und hüllte sie in die Decke ein, um sie zu wärmen, obwohl sie es nicht brauchte. Als er sie küsste, spürte er die Hitze. Ihr Körper konnte einfach nicht lügen.

Seine Stimme war zärtlich und verführerisch. »Du kannst nicht anders, nicht wahr? Du könntest mich nicht abweisen, oder?«

Sie schloss die Arme um seinen Nacken. »Warum, um alles in der Welt, sollte ich dich abweisen wollen?«

»Ich verstehe. Du bist eine anständige Frau, aber verletzlich. Du *willst* treu sein.«

Sie richtete sich abrupt auf. »Was willst du damit sagen? Dass ich dich betrügen werde, weil ich Gem betrogen habe? Weil Roma-Frauen so leicht zu haben sind?«

»Nein! Natürlich nicht, trotzdem musst du zugeben, dass ihr anders seid.«

»Wir sind leidenschaftlich, du aber meinst schwach, nicht wahr? Ist es das, was du von mir denkst?«

Er versuchte verzweifelt, sie zu besänftigen. »Beruhige dich, Kez. Ich wollte nur sagen, dass ich dich jederzeit vor dir selbst beschützen werde.«

»Vor mir selbst?«, schrie sie.

Der Damm, den sie seit ihrer Kindheit gegen die Flut von Wut und Scham gebaut hatte, war gebrochen. Eine Lawine aus dem Hohn der *gaujo*. *Schmutzfink*, *Lügnerin*, *Diebin*, *Flittchen*, vermischt mit ihrem eigenen Vermächtnis, der Schande als Tochter der Hure Stella. Wie eine Wahnsinnige ging sie auf Jake los. Er parierte, so gut er konnte, ihre Schläge, doch dann wollte das Schicksal, dass einer ihn in die Rippen traf. Und ein anderer zwischen die Beine, sodass er sich vor Schmerz krümmte.

Keiner von ihnen hörte auf die Anschuldigungen des anderen.

»Meinst du, ich würde für jeden Mann die Beine breit machen?«, schrie Keziah. »Mich fasst keiner an, es sei denn, ich will es.« Sie lachte ihn spöttisch aus. »Mit Daniel war das kein Problem, der mochte ohnehin dich mehr als mich!«

Mühsam schwang sich Jake auf sein Pferd und rief über die Schulter: »Tu mir einen Gefallen. Ich bin es leid, mich andauernd mit irgendwelchen Kerlen anzulegen, um dich zu beschützen. Bleib mir vom Hals.«

Während er sich entfernte, schrie sie ihm hinterher wie ein hysterisches Kind: »Wer braucht schon einen Mann, der sich im Freudenhaus versteckt?«

Als sie wieder klar sehen konnte, erkannte sie Nerida und die Kinder, die sie mit offenem Mund von der *goondie* aus anstarrten. Keziah warf sich die Decke über den nackten Körper, als könnte sie so das bisschen Würde wahren, das ihr noch blieb.

Im Sattel zusammengekauert verschwand Jake am Horizont.

EINUNDVIERZIG

Das Läuten der Kirchenglocken von Ironbark in der Ferne kam Jake so unheilvoll vor, als kündigte es das Jüngste Gericht an.

Er lag auf einer Pritsche auf der hinteren Veranda von Brans Schmiede und verfluchte die Glocken, die ihn aus dem Schlaf gerissen hatten. Dann erinnerte er sich, dass er sich fortan in puncto Ausdrucksweise zügeln musste. Im Zimmer nebenan, nur ein paar Meter entfernt, schlief Pearl.

In Wahrheit war er zutiefst gedemütigt. Der Doc hatte ihn in eine Art Korsett gezwängt. Er hatte gegen die kräftigsten Kerle in der Kolonie gekämpft und es mit heilen Knochen überstanden, und jetzt hatte diese Roma-Frau ihm eine Rippe gebrochen. Er hatte den Doc belogen und gesagt, er hätte sich mit dem Kutscher eines Bullenkarrens angelegt. Es gab Dinge, die man nicht einmal seinen besten Freunden anvertrauen konnte.

Der Gedanke an Keziah machte ihn verdrießlich. War sie an dem Streit schuld gewesen oder er? Jahrelang hatte er eine Wand aus Kumpelhaftigkeit zwischen ihnen aufgebaut, um sich vor ihr zu schützen. Und als er endlich den Mut gefunden hatte, mit ihr ins Bett zu gehen, war es die schönste Nacht seines Lebens gewesen. Keziah war pure Magie. Wie hatte dann alles mit so einem Schlamassel enden können? Ein einziges unbedachtes Wort von ihm, und sie war in die Luft gegangen. Er schlug nach den Schmeißfliegen, die von seinem mit Salbe vollgesogenen Verband angelockt wurden, und versuchte, sich daran zu erinnern, was er und sie jeweils gesagt hatten. Nichts davon ergab irgendeinen Sinn.

Zugegeben, er hatte, ohne es zu wollen, Keziah und das ganze

Volk der Roma beleidigt, aber sie hatte so wütend reagiert, dass er nicht einmal dazu gekommen war, ihr seine großartigen Pläne mitzuteilen.

Als er Pearl auf dem Weg zur Küche leise an sich vorbeitappen hörte, verwandelte sich seine Wut in Resignation. *Ich war schuld. Ich kann mit anständigen Frauen einfach nicht umgehen. Gott allein weiß, was in dem Kopf einer Roma-Frau vor sich geht – falls Gott überhaupt existiert.*

Heute sollte der *vardo* fertig werden. Jake trank den Tee, den Pearl für ihn gekocht hatte, während sie ihn beobachtete wie eine ängstliche Glucke ihr Küken. Er seufzte anerkennend.

»Das ist der beste Tee, den ich je im Leben probiert habe, Prinzessin.«

Als sie losrannte, um ihm ungebeten eine zweite Kanne zu kochen, kippte Jakes Laune erneut um. Er hatte das Gefühl, dass eine Tür in seinem Leben für immer verschlossen worden war. Diese verrückte Roma-Frau hatte das Undenkbare getan: Sie hatte ihn fürs Leben gebrandmarkt. Er hatte jeden Penny, den er bei seinen Faustkämpfen gewonnen hatte, für den Plan ausgegeben, sein Leben mit ihr und den Kindern zu verbringen, und dieser Wunschtraum hatte sich in einen Scherbenhaufen verwandelt. *Was soll ich jetzt mit diesem verdammten Zigeunerwagen?*

Dann bemerkte er, dass Bran ungeduldig auf sein Urteil wartete. Pearl zog ihn nach draußen, um den Wagen anzusehen, und Jake pfiff bewundernd durch die Zähne. Der *vardo* war wirklich wunderschön. Der grüne und goldene Lack funkelte in der Sonne. Obwohl noch niemand eingezogen war, schien er bereits ein Eigenleben zu haben und es kaum abwarten zu können, dass die Reise losging. Jake klopfte dem Schmied anerkennend auf den Rücken.

»Bran, du bist ein verdammtes Genie. Und wenn ich mir vorstelle, dass du den Wagen nach einem Zeitungsfoto gebaut hast!«

Jake nahm Pearl an der Hand, als sie kichernd vor Aufregung

um den Wagen herumhüpfte. Bran sonnte sich in dem Lob, trotzdem hatte Jake das Gefühl, dass ihn etwas bekümmerte. Er brauchte eine Weile, um die Geschichte zusammenzubekommen. Bran hatte gehört, wie Griggs, Hobsons Aufseher, herumerzählte, dass Mrs. Browne die Absicht hätte, aus Ironbark wegzuziehen. Sie hätte Big Bruce die Verantwortung für die Schule übertragen und säße auf gepackten Koffern.

»Dann brennt sie also wieder mal durch, was?«

Pearl sah ihn so erschrocken an, dass Jake seinen Ärger hinunterschluckte. Er ließ das Trittbrett im hinteren Teil des Zigeunerwagens herunter und half seiner Tochter hinauf. »Du wirst mein erster Fahrgast sein, Kleines.«

Pearl runzelte die Stirn, als sie den Unterton registrierte. »Wir haben etwas Dringendes zu erledigen, was keinen Aufschub duldet.«

Keziah nagelte den Deckel auf die letzte Kiste und setzte sich darauf. Sie war den Tränen nah. In der leeren Lehrerhütte standen nur noch ihre Kisten und Koffer. Vor diesem Augenblick, in dem sie ihre sichere Existenz als Saranna Browne aufgeben musste, hatte sie sich immer gefürchtet. Die Erinnerungen schmerzten.

Ohne Bettzeug sah das eiserne Bettgestell wie ein Gerippe aus. Das Bett, in dem sie allein geschlafen und ihre Träume geträumt hatte. Das Bett, in das Gem für eine Nacht zurückgekehrt war, bevor er sie für immer verließ. Wo sie in ihrer Hochzeitsnacht Daniel in den Armen gehalten hatte, während er aus den Striemen blutete, die die Peitsche des Teufels in Person ihm zugefügt hatte. Vor allem aber war es das Bett, in dem die wunderbare Liebesnacht mit Jake begonnen hatte, die sie dann draußen unter den Sternen zu Ende gebracht hatten.

Sie schämte sich, weil sie ihr Versprechen nicht gehalten hatte. Wenn Jake sie suchen kam, stünde er wieder vor einem leeren Haus, betrogen von einer Frau. War sie kein bisschen besser als

Jenny Andersen? Oder Stella, die Hure? Sie waren schließlich nur *gaujo*. Sie hingegen eine Roma. Es war eine Schande, ihren Rom zu betrügen, selbst wenn er es nur für eine Nacht gewesen war.

Sie sah, wie Gabriel die Händchen vor ihren Augen hin und her bewegte, um ihre Aufmerksamkeit auf sich zu lenken, und strich ihm über den Kopf. »Ja, ich bin da, Gabriel.«

Sie zog ihr sittsamstes Lehrerinnenkostüm an und knöpfte die Bluse bis zum Kinn zu. Das Haar steckte sie zu einem Knoten auf und versteckte es unter einer dieser neuen Hauben, die die junge Königin Victoria in Mode gebracht hatte. Sie sahen aus wie Kohlenschütten, die mit Schleifen unter dem Kinn festgehalten wurden. Von ihrem Haar waren nur ein paar flache Locken auf der Stirn zu sehen. Nichts deutete auf ihre wahre Identität hin, bis auf die Augen, ein Erbe der Hure Stella.

Dann hörte sie den Brumby wiehern und rannte zur Tür. Es war Jake, und er kam zu Fuß.

»Wo ist Horatio?«, fragte sie.

Jake ignorierte sie. Sein Hemd stand offen, und sie errötete, als sie die Spuren ihrer Wutattacke erkannte. So arrogant es ihm trotz des Verbands möglich war, stieg er die Treppe hinauf.

An die Verandabrüstung gelehnt, zog er seinen Tabakbeutel heraus und begann, eine Prise zu zerbröseln, als hätte er alle Zeit der Welt. Schließlich warf er ihr einen eiskalten Blick zu.

»Schrecklicher Hut. Du siehst aus wie eine alte Jungfer.«

»Mir gefällt er.«

Seine Augen musterten sie herausfordernd. »Bran hat mir erzählt, dass du dich aus dem Staub machst. Soll ich dich ein Stück mitnehmen?«

»Danke, nein. Ich habe alles organisiert.«

»Und fährst du nach Melbourne Town zu diesem Morgan?«

»Das geht dich nichts an.«

Jake zeigte mit dem Kopf auf Neridas *goondie*. »Klar. Und was ist mit Neri und Murphy? Lässt du sie einfach im Stich?«

Keziah fühlte sich angegriffen. »Ich habe Nerida Geld dagelassen. Sie werden nachkommen, wenn ich etwas gefunden habe.«

»Ist dir nie in den Sinn gekommen, dass Nerida vielleicht ihr eigenes Leben führen möchte?«

»Was soll das heißen? Sie war glücklich bei mir.«

»Klar. Ich bin Sunny Ah Wei begegnet. Es ist das erste Mal, dass ich den armen Kerl derart niedergeschlagen gesehen habe. Er möchte Nerida heiraten. Sie mit nach Maitland nehmen und dort einen Laden mit ihr eröffnen.«

»Ich dachte, Nerida wollte ihn nicht!«

»Dann weißt du es jetzt besser. Sie will schon, nur ist sie viel zu loyal, um dich zu verlassen. Sie glaubt, du würdest allein nicht zurechtkommen. Und sie hat Recht.« Er drehte sich um. »Nicht wahr, Neri?«

Nerida und Murphy waren gekommen, um sich von Keziah zu verabschieden. Beiden Frauen standen die Tränen in den Augen, als sie sich umarmten.

»Nerida, du bist meine beste Freundin! Bitte fühle dich frei, dein Glück zu finden. Sunny ist ein guter Mann. Wenn du ihn willst, dann geh mit ihm. Ich weiß, dass wir immer in Kontakt bleiben werden.«

»Sunny ist kein Wiradjuri.« Nerida sah in die Richtung, in der ihr Stamm lebte. »Aber er hat versprochen, oft mit mir hinzufahren.«

Keziah wusste, dass in Neridas Innerem Ängste schlummerten, die sie nur Mitgliedern ihres Stammes mitteilen konnte.

Nerida berührte sanft Keziahs Nase, so wie die Mütter der Eingeborenen, wenn sie ihre Kinder wecken wollten. »Jetzt musst auch du endlich aufwachen, Saranna. Such dir den besten Mann für dich aus.«

In einer perfekten Imitation machte Nerida Jakes eingebildetes Grinsen nach, schlenderte lässig wie ein Currency Lad ein paar Schritte weiter, warf ihm einen Blick über die Schulter zu und verschwand. Sie jedenfalls stand eindeutig auf seiner Seite. Keziah spürte, dass Jake nicht daran dachte, sie so einfach davonkommen zu lassen.

»Du wolltest dich also heimlich auf den Weg machen. Hält so eine Roma Wort?«

»Ich wusste nicht, ob ich den Mut aufbrächte, mich von dir zu verabschieden.«

»Und?« Jake sah sie an. Die Botschaft war unmissverständlich: Jede Wette, dass du vor mir aufgibst, Mädchen.

Da brach Keziahs Widerstand zusammen. »Ich wusste, dass ich dich nie verlassen könnte, wenn ich dich noch einmal sehen würde.«

Sie hielt den Atem an. Würde auch Jake beigeben? Oder war er wie Gem zu stolz, um ihr zu vergeben?

Jake bröselte immer noch mit seinem Tabak herum, obwohl er gar nicht vorhatte zu rauchen. *Die kleine Hexe schämt sich zu Tode. Und ich stecke in der Zwickmühle. Wenn sie nur zwei Schritte auf mich zumacht, schleppe ich sie in den Busch und reiße ihr dieses dämliche Kleid vom Leib. Und dann verliere ich sie für immer. Wie, zum Teufel, kann ich ihr bloß ihren verdammten Roma-Stolz zurückgeben?*

Keziah machte zwei Schritte auf ihn zu.

»Halt, keinen Schritt weiter, junge Dame!«, rief Jake liebenswürdig. »Letztes Mal hast du mich übel zugerichtet. Fordere dein Glück nicht allzu sehr heraus. Ich habe noch nie im Leben eine Frau geschlagen, es wäre unter meiner Würde. Wenn du aber wieder unter meine Gürtellinie zielst« – es klang beinahe wie eine Liebkosung –, »könnte ich mich vergessen, mein Schatz.«

»Ich muss mich bei dir entschuldigen«, sagte Keziah steif und wandte errötend den Blick ab.

»Das ist es, nicht wahr?«

Die Worte, die er aussprechen musste, gingen ihm gegen den Strich, aber es musste sein, sonst würde er sie verlieren.

»Erwarte nicht von mir, dass ich mich für das entschuldige, was ich über Männer gesagt habe. Ich bin selbst einer. Du kannst keinem von uns Mistkerlen trauen. Ich würde alles tun, um dich vor ihnen zu beschützen, aber …« Er zögerte. »Aber dir, Kez, würde ich mein Leben anvertrauen.«

Keziahs Beschämung schmolz im Strom ihrer Tränen dahin.

»Die Wahrheit ist, dass ich nicht immer so klug bin, wie ich es sein will, Jake, aber ich bin auch nicht so schwach, wie du glaubst. Ich gehöre dir, wenn du mich willst.«

Jake nahm sich Zeit, um auf diese Aufforderung zu reagieren. Er wehrte sie nicht ab, als sie sich an ihn schmiegte, klammerte sich aber weiter an den Verandapfosten, damit er sie nicht berühren musste.

»Wie wäre es, wenn wir eine Abmachung treffen?«, schlug er vor. »Ich erwarte nicht von dir, dass du Gem vergisst. Er wird immer ein Teil von dir sein. Ich verstehe das. Aber ich will dich nicht teilen. Wenn du dich mit mir einlässt, kannst du so bleiben, wie du bist. Du kannst deine Schüler unterrichten, Pferde abrichten, deine Zauberkräuter anbauen, was immer du willst. Aber nachts, wenn die Sterne am Himmel aufgehen, sollst du nur mir gehören. Und ich warne dich«, fügte er sanft hinzu. »Ich bin ganz schön anspruchsvoll!«

»Einverstanden!« Keziah warf ihren Hut in die Luft, und das offene Haar fiel ihr in die Stirn. Doch gerade als Jake sie umarmen wollte, stand Gabriel in der Tür und quengelte, er hätte Hunger.

»Ich auch, mein Kleiner, ich auch«, murmelte Jake.

Keziah gab Gabriel ein Stück Brot und Käse und bot auch Jake zu essen an. Obwohl er wusste, dass sie selbst mitten in den Reisevorbereitungen ein köstliches Mahl zaubern könnte, lehnte er ab. Ihm war gerade ein großer Stein vom Herzen gefallen, aber es gab noch etwas, das er seit Tagen plante und unbedingt noch erledigen musste. Er nahm ein Bändchen aus der Tasche.

»Gabe, weißt du, was dieses Bändchen bedeutet? Deine Mutter hat mir einmal erzählt, dass es ein Brauch der Roma ist. Wenn ein Kind geboren wird, bindet der Vater dem Jungen ein rotes

Bändchen um den Hals. Um der Welt zu zeigen, dass er stolz auf seinen Sohn ist.«

Jake hob Gabriels Kinn ein wenig an und schlang ihm das Bändchen um den Hals. »So, das bedeutet also, dass ich von jetzt an dein Vater bin. Für immer. Und du bist mein kleiner Rom.«

Gabriel machte große Augen. »Werde ich das jetzt immer tragen?«

Jake unterdrückte ein Lächeln. »Nein, Kumpel. Nur bis heute Abend die Sonne untergeht.«

Jake traute sich nicht, Keziah anzusehen, trotzdem erkannte er aus den Augenwinkeln, dass ihr erneut die Tränen in den Augen standen. Er nahm Gabriel auf den Arm und schlenderte mit ihm zu dem Versteck, wo er den *vardo* abgestellt hatte. Dann drehte er sich um. Er wollte Keziahs Reaktion sehen. Seine Belohnung.

Sie schrie so laut auf, dass die Pferde unruhig wurden. Der grün-goldene *vardo* war ein Kunstwerk. Aus dem gewölbten Dach lugte ein winziger Schornstein aus Metall. Rechts und links von der hinteren Tür befanden sich Fenster mit rautenförmigen Butzenscheiben. Sie erkannte Daniels Handschrift. In der Mitte der goldenen Verschnörkelung prangte ein Wildpferd. Der Brumby.

Mit stolzgeschwellter Brust ließ Jake das hintere Trittbrett herab. Gabriel kletterte hinauf und ließ die Tür hinter sich zufallen, doch sie konnten seine Freudenschreie hören.

Keziah schluchzte, als zerrisse es ihr das Herz. Jake hielt sie ratlos in den Armen.

»Jesses! Soll das heißen, er gefällt dir?«

»Es ist der schönste *vardo* auf der ganzen Welt. Wenn ich darin mit dir wohnen darf, Jake, dann schwöre ich bei der Hand meines Vaters, dass ich dich niemals verlasse!« Jake sah sie lange an. »Nicht einmal, wenn ich dich darum bitten würde?«

Als sie zwei Stimmen im *vardo* lachen hörte, erschrak Keziah. »Wer ist da sonst noch drin?«

Jake verzog keine Miene. »Das müsste meine Tochter sein, Pearl.«

»Warum hast du mir das nicht gesagt?«

»Ich glaubte, es wäre nicht nötig. Schließlich kannst du hellsehen oder etwa nicht?«, neckte er sie.

Jake sah, wie Keziah in den *vardo* stieg und in die Hocke ging, um auf gleicher Augenhöhe mit Pearl zu sein. »Ich bin so froh, dass dich dein Papa gefunden hat, Pearl.« Als die Kleine misstrauisch zurückwich, reichte Keziah beiden Kindern je eine Hand. »Kommt, wir helfen ihm. Sobald wir den Wagen beladen haben, geht es los. Ein großartiges Abenteuer erwartet uns!«

Die Sonne brannte herab, und der Wind blies ihnen ins Gesicht, während sie eine kurvenreiche Nebenstraße entlangfuhren. Hier war Jake zufolge die Wahrscheinlichkeit, von Buschräubern überfallen zu werden, geringer als auf der Hauptstraße. Keziah saß auf dem Kutschbock, die beiden Kinder zwischen ihr und Jake. Horatio trottete dahin, als hätte er schon immer einen *vardo* gezogen. Der Brumby, Sarishan und das Pony folgten im Schlepptau.

Keziahs Leben flog bruchstückhaft an ihr vorbei, als teilte eine magische Hand Tarotkarten aus.

Wie konnte ich nur so blind sein? Gem war zwar mein Rom, aber er konnte mir nicht verzeihen. Daniel liebte mich wie eine Schwester. Caleb wollte mich in höhere Gesellschaftsschichten einführen, wenn ich meine Seele verriet. Jake ist ein gaujo, *der an nichts glaubt. Trotzdem respektiert er als Einziger meine »merkwürdigen Roma-Gesetze«. Und jetzt hat er mir diesen* vardo *gebaut, um mir mein verlorenes Roma-Leben zurückzugeben!*

Sie sah Jake an und fuhr mit der Hand so liebevoll über das Holz, als liebkoste sie seinen Körper.

Jake schwieg. Er warf ihr einen sonderbaren Blick zu, halb verlegen, halb stolz.

Keziah entging Pearls Nervosität nicht, sie spürte, dass es

schwer würde, das Vertrauen des kleinen Mädchens zu gewinnen. Auch bei ihr hatte Jennys Verschwinden tiefe Narben hinterlassen.

Mitten im Busch hielt Jake an. An einer einsamen Straßenkreuzung vor ihnen stand ein handbemalter Wegweiser.

Keziah versuchte, Jakes Ausdruck zu deuten, während er darauf starrte. Die untergehende Sonne fiel auf ein verrostetes Gittertor vor einer verlassenen Farm. Es gab keinen Zaun, nur dieses Tor zwischen zwei wackligen Pfosten. Eine heruntergekommene Holzhütte lehnte sich an einen riesigen roten Gummibaum, als wäre sie beschwipst. Die Sonne bildete ein Muster aus Rosa, Rot und Braun auf dem grauen Stamm.

Jake schien nach den richtigen Worten zu suchen. Keziah kam ihm zu Hilfe. »Dein Land, nicht wahr?«

»Ja. Ich habe es einem Kerl beim Pokern abgeknöpft. Einhundertdreißig Morgen. Natürlich werde ich es nie bebauen. Ich lasse mich nicht wie mein Pa von einem Stück Land versklaven.«

»Nein, natürlich nicht.«

»Trotzdem, kein schlechtes Stück Erde.«

Keziah wusste, das war eine beiläufige Art der Leute hier, anzudeuten, dass der Boden sehr fruchtbar war.

»Pferde«, sagte sie. »Ich sehe überall prächtige Vollblüter.«

Pferde waren nirgendwo zu sehen, ausgenommen die vier, die sie dabeihatten. Sarishan war zwar ein Vollblüter, aber auf seinen Stammbaum konnte sich Jake nicht berufen.

»Heiliger Strohsack! Erst letzte Woche habe ich Ogden zwei Stutenfohlen abgekauft, um eine Zucht aufzubauen, aber das konntest du wirklich nicht wissen!«

»Gem hat dir Sarishan überlassen. Er hat denselben Stammbaum wie Ogdens Sieger. Ich habe immer gewusst, dass du eines Tages Vollblüter züchten würdest. Du bist wie dafür geschaffen.«

Jake wirkte zufrieden. Er zeigte auf einen kleinen Bach, der durch sein Stück Land floss.

»Dort drüben ist eine gute Stelle, um das Nachtlager aufzuschlagen. Ich möchte euch zu einem kleinen Abenteuer nach Argyle County mitnehmen. Danach kehren wir vielleicht hierher zurück und züchten Pferde.«

Keziah lächelte, während die Kinder unter sich ausmachten, wer wo schlief. »Das sind erst zwei. Es werden noch fünf weitere dazukommen. Aber sag bloß nicht, ich hätte dich nicht gewarnt!«

»Die ersten Sterne gehen auf«, sagte Jake heiser. »Bring erst mal die Kinder ins Bett, und dann sag bloß nicht, du wärst müde, ich warne dich!«

»Niemals!«, entgegnete sie, lehnte den Kopf an seine Schulter und legte ihm die Hand auf den Schenkel.

Keziah hoffte, dass *Shon* immer für sie da wäre, wenn der Mond an Jakes Himmel zu- und wieder abnahm. Sie ahnte, dass das *baxt* etwas so Außergewöhnliches für sie bereithielt, dass sie erschauerte. Jake fragte, ob ihr kalt sei.

»Nein, ich habe nur eine Gänsehaut.«

Jake schreckte zusammen. »Als du das letzte Mal so etwas gesagt hast, habe ich die Kutsche am Blackman's Leap in den Abgrund gefahren. Du meinst, du weißt, was geschehen wird? Und du hast trotzdem keine Angst?«

»Ich nehme alles so, wie es kommt.«

Jake zerzauste ihr das Haar. »Ich bin nicht traurig, dass du mitkommst.« Mehr konnte er nicht sagen, aber es genügte. Er warf einen Blick auf den Wegweiser an der Kreuzung. Er hatte ihn selbst gebaut, nachdem er die Farm mit einem Royal Flush gewonnen hatte.

»Es zeigt die Meilen nach Melbourne Town, Berrima, Gunning, Goulburn und Sydney Town an. Irgendein Witzbold hat ›London, 12 000 Meilen Luftlinie. New York, Gott weiß wie viele‹ dazu gekritzelt.« Er zögerte und fragte dann: »Wenn du schon so schlau bist, dann sag mir, in welche Richtung wir morgen fahren.«

»Ich kann nicht alles voraussehen.«

Jake lächelte, nicht mit dem Mund, aber mit den Augen. »Nach allem, was du weißt, könnte ich dich genauso gut nach Swan River Colony wie nach Timbuktu bringen. Bist du nicht neugierig?«

In seinen Augen sah sie die Liebe, die er nicht in Worte fassen konnte.

»Nein, mein Rom. Wohin du auch gehst, es wird schon richtig sein.«

DRITTER TEIL

DER PROZESS

Januar 1842 – Dezember 1844

Gesetze sind wie Spinnennetze.
Sie halten die Schwachen und Zarten,
die sich in ihren Maschen verfangen,
werden aber von den
Reichen und Mächtigen zerrissen.

Plutarch, Parallelbiografien

ZWEIUNDVIERZIG

Der Jahreswechsel im Hochsommer 1842 markierte für Jake Andersen und seine neue Familie den Beginn einer goldenen Odyssee. Sie führten ein paradiesisches Leben, und es kam Keziahs Roma-Kindheit so nah, wie Jake es ihr nur bieten konnte.

Oberflächlich war es ein sorgenfreies Leben, doch Jake war sich seiner prekären finanziellen Lage wohl bewusst. Der Wirtschaftsboom in der Kolonie war verebbt. Die Farmen, an denen sie vorbeikamen, stellten keine Wanderarbeiter ein. Seine wichtigste Einnahmequelle war versiegt. Terence Ogden hatte Jake stets gut bezahlte Arbeit gegeben, wenn er ihn brauchte, jetzt aber war er für unbestimmte Zeit nach Cornwall gereist. Offenbar war er froh, sich für eine Weile von seiner ewig nörgelnden Frau erholen zu können, obwohl es ihm das Herz brach, seine Vollblüter allein zu lassen. Bis zu seiner Rückkehr wurde Ogden Park von einem hochnäsigen Engländer verwaltet, der sich entgegen Ogdens Anweisungen weigerte, Einheimische einzustellen.

Doch mit dem Verlust seiner zweiten Einnahmequelle konnte sich Jake nur halbherzig abfinden.

Als sie eine einsame Straße entlangfuhren, an der von einer Zivilisation keine Spur zu sehen war, hatte Keziah die Regeln für weitere Faustkämpfe aufgestellt. Jenny hatte gern gesehen, wie er kämpfte, aber Keziah konnte nicht vergessen, dass ihr Vater bei einer Schlägerei im Gefängnis ums Leben gekommen war.

»Entweder du hörst mit den Kämpfen auf oder ich verlasse dich!«, erklärte sie ihm weinend vor Wut.

»Hey, ich ziehe nie den Kürzeren. Nun ja, fast nie.«

»Das ist mir egal. Was ist, wenn du schwer verletzt würdest?

Lieber bleibe ich mein ganzes Leben lang arm, als dass ich dich ständig blutüberströmt sehen muss.«

»Na schön! Keine Faustkämpfe mehr«, gab Jake widerwillig klein bei. »Geld ist ohnehin nicht wichtig.«

Sie waren in ihrem Zigeunerwagen unterwegs. Jake nahm am liebsten kleine Nebenstraßen durch den Busch, die um die Dörfer herumführten. Er wollte niemanden darauf aufmerksam machen, dass er Pearl nicht ganz legal bei sich hatte. Zwar traute er Jenny durchaus zu, dass sie ihm die Trooper auf den Hals schickte, weil er nicht bereit gewesen war, noch mehr Geld lockerzumachen, aber Kavalier, der er war, verwarf er diese Möglichkeit. Keziah hatte ebenfalls Grund, sich vor dem Gesetz zu fürchten. Diesmal musste sie seine Gedanken gelesen haben.

»Wie hoch ist die Wahrscheinlichkeit, dass wir hier den Troopern begegnen?«

»Mach dir keine Sorgen, Liebling. Unsere unrechtmäßige Beziehung ist kein Problem. Morgan war so anständig, die Klage auf Vormundschaft für Gabe zurückzuziehen.«

»Ja, aber der wirkliche Schurke ist sein Vater. Ich kann mir nicht vorstellen, dass John Morgan einfach zusieht, wie sein Enkel von einer Frau aufgezogen wird, die in seinen Augen eine diebische Zigeunerin ist. Ich werde mich weiterhin als Saranna Browne ausgeben müssen, und du weißt, was das bedeutet, wenn wir zusammen erwischt werden.«

Jake versuchte, ihre Sorgen mit einem Lachen abzutun. »Unsinn. Die Hälfte der Einwohner in der Kolonie leben in wilder Ehe. Wie nennen die Anwälte es noch? *De facto*. Was ist mit den vielen einflussreichen Politikern, Armeeoffizieren und Ärzten, die ganz offen mit ihren Geliebten und einem Haufen Kindern zusammenwohnen? Niemand kümmert sich darum. Vielleicht werden wir nicht beim Gouverneur eingeladen, aber wird dir das etwa den Schlaf rauben? Also lass es gut sein. Genieße die Landschaft. Unsere einzige Sorge ist, wo heute Abend die Fische anbeißen.«

»Du weißt genau, dass ich dafür meine Tarotkarten nicht brauche. Wir werden nie hungern, solange du der Kopf der Familie bist. Du kannst dich genauso gut wie ein Rom vom Land ernähren.«

Jake grinste zum Dank für das Kompliment. Es belustigte ihn, dass er sich trotz der vielen Jahre, in denen er unerbittlich darauf bestanden hatte, sein Leben ohne eine anständige Frau an seiner Seite zu verbringen, in der Rolle des Patriarchen sonnen konnte. Am Tag ließ er Keziah die Illusion, sie hätte das Sagen, doch wenn die Sonne unterging, übernahm er das Zepter. In der Nacht gehörte sie nur ihm, leidenschaftlich, hingebungsvoll und ebenso darauf erpicht wie er, die verlorene Zeit gutzumachen. Ihr Liebesleben war unberechenbar – erfinderisch, neckisch, zärtlich und romantisch oder heiß und lustvoll.

Hin und wieder machten sie Halt, damit Keziah die beiden klugen und fleißigen Kinder unterrichten konnte. Es machte ihr großen Spaß. Schwester Mary Bridget war eine gute Lehrerin gewesen. Trotz ihrer schlechten Augen las und schrieb Pearl so fließend, dass Gabriel Mühe hatte, mit ihr Schritt zu halten. In ihrem Klassenzimmer unter freiem Himmel schrieb Keziah ihm neue Wörter auf seine Tafel.

»Das ist kein Wettbewerb, Gabriel. Wir alle haben unsere besonderen Fähigkeiten, und jeder lernt nach seinem eigenen Tempo.«

Jake gab sich alle Mühe, seine eigenen Defizite zu verbergen, hielt sich aber während des Unterrichts gern in der Nähe auf, um unauffällig mitzulernen.

Es war das erste Mal, dass Pearl Kontakt zu einem Jungen hatte. Jake beobachtete, dass sie Gabriel wie einen kleinen Fremdling betrachtete, der stolz Jakes Verhalten imitierte. Zufrieden stellte er fest, dass sein neuer Sohn seine eigene, beschützende Haltung Frauen gegenüber übernommen hatte. Wenn Pearl eine Kiste verrücken wollte, war Gabriel zur Stelle.

»Das ist zu schwer für dich, lass mich das machen.«

Aber er sah auch, dass Pearl Angst vor Keziah hatte, obgleich diese sich große Mühe mit ihr gab. Jennys langer Schatten fiel über ihrer aller Leben.

Abends, als die Kinder bereits im Bett waren und vor dem Einschlafen miteinander tuschelten, lag Jake mit dem Kopf in Keziahs Schoß neben dem Lagerfeuer. Er spürte, dass sie seit Tagen etwas auf dem Herzen hatte, und hakte nach.

»Was ist denn los?«

»Nichts.«

Er richtete sich auf und biss ihr zärtlich ins Ohr. »Das stimmt nicht, Kez.«

Jake wusste, wie er ihr die Angst nehmen konnte. Er liebte sie leidenschaftlich und ausgiebig. Anschließend lagen sie eng umschlungen unter den Sternen, bereit für den Schlaf. Nur war es jetzt Keziah, die reden wollte.

»Du empfindest für mich nicht dasselbe wie für Jenny, stimmt's?«

»Nein, Gott sei Dank!«

Als er die Eifersucht in ihrem Blick bemerkte, die sie aus lauter Stolz niemals zugeben würde, bereute er seine Taktlosigkeit. Jake hasste es, wenn man ihn nötigte, seine Gefühle in Worte zu fassen.

»Was ich für Jenny empfunden habe, war wie eine Krankheit. Mit dir bin ich wieder ein ganzer Mann. Es ist, als wärst du die andere Hälfte meines Körpers.« Er scheute davor zurück, das Wort Liebe auszusprechen. »Wenn das nichts ist, was dann?«

Keziah nahm kein Blatt vor den Mund. »Ich wette, dass du bei Jenny dein Sperma nicht auf den Boden gespritzt hast.«

»Ach, das ist es also«, seufzte Jake. »Ich weiß, was du willst. Und sobald die Wirtschaftsflaute vorbei ist, werde ich dir die fünf Kinder machen, die du mir aus der Hand gelesen hast. Aber bis dahin muss ich zusehen, dass ich euch alle über die Runden bringe. Verstehst du das?«

Nein, tat sie nicht, daran bestand kein Zweifel.

Eines Tages hatte Jakes Glückssträhne ein Ende. Als sie in einem entlegenen Teil des Buschs um die Ecke kamen, stießen sie auf eine Kompanie von Troopern, die ein paar hundert Meter vor ihnen eine Farmerfamilie befragten.

Blitzschnell drehte er sich zu Keziah um. »Tu genau das, was ich dir sage. Keine Diskussion. Spring mit Gabe und Pearl hinten aus dem Wagen und versteck dich mit ihnen im Busch. Irgendwie werde ich es schon schaffen, die Kontrolle zu passieren und euch abzuholen, sobald die Luft wieder rein ist.«

Keziah verschwand mit den Kindern im Busch. Die Trooper bekamen nichts davon mit.

Jake fuhr gemächlich vor und salutierte lässig. »Guten Tag, Sergeant. Wollen Sie meine Lebensgeschichte für Ihre Unterlagen?«

Der Sergeant musterte ihn misstrauisch. »Name, Freier oder Sträfling?«

»Jakob Isaac Andersen. Ich bin von hier. Sieht man das nicht?«

»Jetzt werden Sie nicht frech. Beantworten Sie meine Fragen. Verheiratet oder ledig?«

»Verheiratet. Meine Frau ist durchgebrannt, aber damit hat sie mir einen großen Gefallen getan.«

Der Trooper schrieb sich alles auf. »Kinder?«

»Eine Tochter. Lebt im Kloster.« Jake versuchte, ein trauriges Gesicht aufzusetzen. »Ich wünschte, sie wäre bei mir.«

»Religion?«

»Ma ist katholisch. Pa ist Lutheraner. Ich denke, mir stehen beide Wege in den Himmel offen.«

Jake hatte den Verdacht, dass der Trooper noch nie im Leben gelächelt hatte.

»Besitzen Sie Land, Andersen? Oder treiben Sie sich nur hier herum?«

»Selbstverständlich besitze ich Land, völlig rechtmäßig. Einhundertunddreißig Morgen. Unbebaut. Kein Haus, weder Schafe noch Rinder. Noch nicht.«

»Prächtige Pferde haben Sie da. Der schwarze Hengst da kommt mir bekannt vor. Haben Sie den gekauft?«

Die Anspielung war unzweideutig. Auf Pferdediebstahl stand der Strick.

»Ich sehe, dass Sie sich mit Pferden auskennen. Das ist Sarishan. Ich habe ihn trainiert. Vor ein paar Jahren hat er Terence Ogdens Rennen gewonnen. Sie haben ihn bestimmt gewinnen sehen, oder?«

Der Trooper ging misstrauisch um den Wagen herum. »Ein merkwürdiges Gefährt haben Sie da. Sie sind doch nicht etwa Zigeuner, oder?«

»Gott bewahre! Den Wagen habe ich beim Pokern gewonnen.«

»Ach ja? Als was soll ich Sie dann registrieren, als Farmer oder Glücksspieler?«

Jake grinste, um seine Nervosität zu verbergen. Wenn der neugierige Trooper auch nur einen Blick in den Wagen warf, würde er die Kleider von Keziah und den Kindern entdecken. Jake musste ihn schnell ablenken.

»Wenn Sie fertig sind, wie wär's mit einem kleinen Schluck Roten?«

Jetzt lächelte der Trooper endlich. »Da sage ich nicht Nein.«

Als Jake mit dem Wagen wieder zu der Stelle zurückkam, an der er Keziah und die Kinder verlassen hatte, war es bereits dunkel. Er sah sie an wie ein Unschuldslamm, als sie wütend aus dem Busch herausstapfte.

»Was ist denn los? Ich habe doch gesagt, dass ich zurückkomme. Was gibt es zum Abendessen?«, scherzte er.

Keziahs Augen funkelten. »Du hast gut reden. Sitzt die ganze Zeit in der Sonne und trinkst mit dem Kerl. Hast du schon mal versucht, zwei Kinder stundenlang stillzuhalten?«

Jake fuhr ihr durchs Haar. »Du bist ein braves Mädchen, Kez. Steig mit den Kindern in den Wagen, und ich mache ein Feuer und backe euch ein paar Maispfannkuchen. Die Trooper sind zur nächsten Farm weitergezogen.« Dann flüsterte er ihr ins Ohr: »Heute Nacht mache ich alles wieder gut, Liebling.«

Keziah scheuchte die Kinder in den Wagen und lächelte ihn an. »Du glaubst, damit ist alles wieder in Ordnung, wie?«

Er sah sie von oben bis unten an. »Für mich ja.«

Obwohl sie das Jahr wie auf einer einsamen, von der Außenwelt abgeschirmten Insel verbrachten, war weit und breit keine Spur von der wirtschaftlichen Erholung in Sicht, auf die Siedler, Viehzüchter und Gelegenheitsarbeiter im Landesinnern gehofft hatten. Wohin sie auch kamen, es gab keine Arbeit. Auf unzähligen Grundstücken standen verwitterte Schilder mit der Aufschrift »Zu verkaufen«. Viele Farmen wurden zwangsversteigert, doch offensichtlich hatte niemand Geld, um Land oder Vieh zu kaufen. Obwohl Jake für Notfälle etwas auf die hohe Kante gelegt hatte und seine Familie von dem ernährte, was das Land hergab, kam irgendwann der Tag, an dem er als Jäger versagte.

Als Keziah sah, wie er mit einem geschossenen Känguru auf der Schulter zurückkam, schrie sie vor Schreck auf.

»Schon gut, reg dich ab«, sagte Jake. »Ich bringe es zurück.«

Fluchend machte er sich erneut in den Busch auf, bis er endlich eine andere Beute vor die Flinte bekam. Einen Hasen. Beim Abendessen versuchte er, sich zu rechtfertigen.

»Ich dachte, du könntest keinen Fisch mehr sehen. Kängurufleisch schmeckt gut. So ähnlich wie Hirsch in England, habe ich gehört. Bist du sicher, dass du es nicht irgendwann probieren willst?«

Keziah wehrte sich vehement. »Eher würde ich verhungern! Wie kannst du mit mir zusammenleben und mich so wenig kennen? Kängurus sind schöne, freie Tiere. Sie sind wie Pferde!«

»Na ja, wir wissen ja, wie ihr Roma über Pferde denkt. Pferde sitzen zur Rechten Gottes. Du würdest eher mich erschießen als ein verdammtes Pferd.«

»Wollten wir nicht Pferde züchten?«, konterte sie.

»Was heißt hier wir? Ich kann durchaus allein für meine Familie sorgen, vielen Dank.« Als er ihren gekränkten Ausdruck sah, setzte er schnell hinzu: »Andererseits hast du ein Händchen für Pferde, das muss man dir lassen. Du kannst in deine Zauberkiste greifen, wenn sie krank werden. Und außerdem hast du ein unvergleichliches Talent, Wildpferde zu zähmen, wie ich mich sehr gut erinnere.«

Jake warf ihr einen wohl bekannten Blick zu. »Ich weiß, was es zum Abendessen gibt, schließlich habe ich es selbst geschossen, aber was hast du dir zum Nachtisch ausgedacht?«

»Eine Überraschung. Etwas, das du noch nie gehabt hast.«

Jakes Herz schlug schneller, doch nach dem Essen war die Überraschung nicht das, was er sich erhofft hatte.

Nachdem Keziah die Kinder ins Bett gebracht hatte, tauchte sie in ihrem besten roten Kleid und mit einem seidenen Schal in der Hand auf.

Er stellte sein Glas weg. Keziah beobachtete ihn vom Rand des Feuers aus, als wollte sie etwas Intimes mit ihm feiern. Das Feuer warf Schatten auf ihr Gesicht, ihr Lächeln schien rätselhaft. Jake ahnte, dass die Nacht noch längst nicht vorüber war.

»Hey, Kez, was führst du jetzt wieder im Schilde?«

Sie kam bedächtig auf ihn zu, schlang langsam den Schal um die Hüften und begann, in einem regelmäßigen Rhythmus in die Hände zu klatschen.

Tief aus ihrer Kehle drang ein Lied ohne Text, es klang beinahe wie ein primitives Paarungsritual. Sie forderte ihn auf, in die Hände zu klatschen. Und plötzlich war Jake auf den Beinen und gab den Rhythmus vor, zu dem sie mit ihren Füßen stampfte und in die Hände klatschte. Immer schneller bewegte sich ihr Körper, immer heftiger.

Ihr Blick sagte alles. *Nichts kann mich aufhalten, Jake. Du hast keine Chance. Heute Nacht bist du mein Gefangener.*

Sie hatten das Nachtlager am Wollondilly River aufgeschlagen. Jake lief der Schweiß über den Rücken, während er Holz hackte, in sicherer Entfernung von Kez, aber ohne sie aus den Augen zu lassen. In den sechzehn Monaten, die sie unterwegs waren, hatte er gelernt, dass ihre heftig wechselnden Stimmungen etwas mit den Mondphasen zu tun hatten. Gewöhnlich begrüßte sie den Tag mit der Spontaneität eines Kindes, doch bei Vollmond war sie förmlich unberechenbar. Jake bekam das meiste ab, wusste allerdings, dass sie nichts dafür konnte, und deshalb war wieder Vollmond, also war er auf der Hut.

Keziah kam mit einem Wäschekorb auf dem Kopf auf ihn zu und schwenkte wütend ein Bündel Papiere. *Jesses, es gibt Ärger.*

»Ich habe keine Lust, mit einem Lügner zu leben!«, rief sie ihm entgegen. »Du hast diese Briefe vor mir versteckt, seit du sie in der Post von Goulburn abgeholt hast. Mac Mackie schreibt, er hätte für nächste Woche einen Faustkampf mit irgendeinem Rabauken für dich arrangiert. Was bist du für ein verdammter Heuchler! Du willst nicht, dass ich den Leuten aus der Hand lese, um etwas Geld zu verdienen, wolltest dich aber heimlich nach Goulburn absetzen, um einen Faustkampf zu bestreiten!«

In die Ecke gedrängt, ging Jake in die Offensive. »Eins sage ich dir: Meine Kinder werden nicht von einer Frau ernährt, die den Leuten in den Wirtshäusern für Geld aus der Hand liest. Nicht, solange ich noch einen Funken Leben im Leib habe!«

»Und solange Keziah Stanley einen Funken Leben im Leib hat, wird ihr Rom sich nicht prügeln müssen, um seine Familie zu ernähren!«

Sie standen sich wie zwei Feuer speiende Drachen gegenüber, bis Jake sie angrinste. »Das ist nur fair.« Dann ging er auf sie zu, um ihr die Papiere abzunehmen.

»Nein, wir sind noch nicht fertig!« Sie wedelte erneut mit den Beweisen. »Was ist mit dem anderen Brief?«

»Ach der«, winkte er ab. »Der ist von Joseph Bloom.«

»Das weiß ich. Ich kann schließlich lesen. Warum gibt dir diese Lily Pompadour so viel Geld?«

Als Jake die Angst in ihren Augen sah, wurde er ernst. »Es ist nicht so, wie du glaubst. Nach allem, was mit Jenny passiert war, hatte ich nur noch Hass in mir. Lily brachte mir alles bei, was ich über Frauen weiß. Harte Schale, weicher Kern. Sie war nicht wie die anderen Mädchen in Bolthole Valley.«

Keziah schluckte. »Sie war eine Hure?«

»Jede Frau kann zur Hure werden«, gab er zurück, »sie muss nur hungrig und verzweifelt genug sein. Lily war geboren, um eine anständige Frau zu werden. Etwas anderes lasse ich nicht gelten. Ich habe ihr geholfen, aus Bolthole Valley rauszukommen und sich ein neues Leben aufzubauen. Wahrscheinlich hat sie es in Melbourne Town geschafft. Dieses Geld für ein Pferd ist ihre Art, sich dafür zu bedanken.«

Keziahs Laune schlug um. Sie gab ihm den Brief zurück. »Verzeih mir, Jake. Ich werde deine Post nie wieder lesen.«

»Doch, das wirst du bestimmt, schließlich bist du eine Frau«, entgegnete er. »Du kannst nicht anders.«

Keziah war zerknirscht. »Ein Pferd ist das beste Geschenk auf der Welt. Kauf den feinsten Vollblüter, den du bekommen kannst.«

Nachdem sie die Kinder ins Bett gebracht hatten, lag Jake am Abend mit Keziah unter den Sternen und gestand ihr, dass er tatsächlich vorgehabt hatte, zu dem Faustkampf nach Goulburn zu reiten. Die Kinder bräuchten neue Stiefel. Er könnte ihre Schuhe zwar immer wieder reparieren, sie aber nicht am Wachsen hindern.

Keziah klammerte sich an ihn. »Geh nicht, Jake! Du wirst nicht wiederkommen! Kannst du dich an den schrecklichen weißen Lichtstreifen mit dem langen Schweif erinnern, den wir am Himmel gesehen haben? Dieser Komet war ein böses Omen!«

Jake schmiegte sich an sie. »Hey, das war doch nur eine Sternschnuppe. Deine Albträume und die bösen Vorahnungen sind nicht die Wirklichkeit. Ich bin die Wirklichkeit, Kez. Ich werde euer Lager in der Nähe einer Siedlersfrau aufschlagen und in null Komma nichts wieder zurück sein. Und jetzt schlaf. Ich halte dir die *mulos* vom Hals.«

Stattdessen schlief er auf der Stelle ein. Keziah horchte auf seinen geliebten Atem, konnte aber den immer wiederkehrenden schrecklichen Albtraum, den sie ihm verheimlicht hatte, nicht aus ihrem Kopf verscheuchen. Pferde. Ein Strick. Feuer. Gewehre. Und Jakes Gesicht hinter den Gittern eines Gefängnistores.

Plötzlich wachte Jake neben ihr auf. »Was machst du, Kez?«

»Ich höre zu, wie du atmest.«

»Dann sag mir Bescheid, wenn ich zu atmen aufhören sollte, ja?«

Sie lächelte, aber nur schwach. Der Albtraum ließ sie einfach nicht los.

Als die Sonne bereits hoch am Himmel stand, schreckte sie auf. Die Kinder aßen Porridge. Es duftete nach frischem Buschbrot, das Jake in der Feuerasche gebacken hatte.

Als Pearl ihr durch ihre strähnigen Fransen ein halbherziges Lächeln zuwarf, hoffte Keziah, dass das Eis in ihrer Beziehung endlich gebrochen wäre. Bisher war es ihr nicht gelungen, das Vertrauen der Kleinen zu gewinnen. Gabriel, der von Natur aus sehr empfindsam war, hatte Pearls Unsicherheit gespürt und sich zu ihrem Beschützer erklärt. Als sie mit dem Frühstück fertig waren, zogen beide Kinder los, um Kleinholz zu sammeln. Jake machte aus der Arbeit immer ein Spiel.

Keziah überlegte, wie sie ein mütterliches Verhältnis zu Pearl aufbauen konnte. Vielleicht sollte sie dem Mädchen Zöpfe mit Schleifen flechten, damit es sich ein bisschen hübscher fühlte. Plötzlich überfiel sie eine tiefe Traurigkeit, und sie spürte einen schmerzhaften Stich im Unterleib. Hatte ihr Körper sie schon wieder betrogen? Vor Schreck war ihr Mund plötzlich ganz trocken. Sie fasste sich zwischen die Beine.

»Jake, bitte lass mich einen Moment allein.« Sie wandte sich von ihm ab. »Ich blute.«

»Sei nicht albern. Das ist doch ganz natürlich. Ich bringe dir frische Tücher.«

»Nein, Jake. Ich verliere ein Kind.«

Er wurde kreidebleich. »Wieso, zum Teufel, hast du mir gestern Abend nichts gesagt? Ich wäre viel behutsamer gewesen.«

»Sei nicht böse. Niemand hat Schuld. So ist nun einmal die Natur.« Sie sprach leise, um die Kinder nicht zu erschrecken. »Ich wollte es dir noch nicht erzählen.«

Sie konnte nicht einmal weinen.

Einen Augenblick wirkte Jake ratlos, dann ging er langsam auf die Pferde zu. »Ich hole einen Arzt.«

»Nein. Der könnte auch nichts machen. Lass der Zeit ihren Lauf. Es ist noch viel zu früh.«

Er kniete neben ihr und nahm ihre Hand. »Sag mir, was ich tun soll, und ich werde es tun. Du kannst dich auf mich verlassen.«

»Ich weiß.« Ihre Stimme überschlug sich. »Es tut mir so leid, Jake, aber ich kann die Blutung nicht stillen. Bitte, hol mir den Baldrian aus meiner Kiste. Zumindest wird er mir helfen, etwas zu schlafen.«

»Und weiter?«

»Kannst du dich um die Kinder kümmern?«

Jake nickte. Kurz darauf hörte sie, wie er ihnen vergnügt Anweisungen erteilte, als sei nichts.

»Hey, ihr beiden, setzt eure Sonnenhüte auf. Bevor euch die Sonne die Köpfe versengt, will ich einen großen Haufen Kleinholz hier sehen. Pearl, du passt auf, dass Gabriel nicht in den Fluss fällt.«

Wütend stimmte Gabriel ein großes Geschrei an: Sein männlicher Stolz war verletzt. Doch Jake versöhnte ihn schnell. »Und du, Gabriel, passt mir auf, dass Pearl nicht in den Fluss fällt. Wenn ihr ertrinkt, verpasst ihr euren Schwimmunterricht morgen. Heute dürft ihr mir eine Geschichte vorlesen, aber leise, Mama ist müde.«

Dann kam Jake zurück und trug Keziah in den Wagen. Während sie immer wieder kurz das Bewusstsein verlor, versuchte Keziah mit aller Macht, die Blutung aufzuhalten. Vor langer Zeit hatte sie Gems Kind verloren. Und später hatte sie auch Gem verloren. Sie brauchte dieses Kind unbedingt, um Jake für immer an sie zu binden, ganz gleich, was geschehen mochte.

Als sie hörte, wie die Kinder das Alphabet sangen, horchte sie auf. Gabriels Kreide kratzte auf der Tafel, als er fragte: »Papa, wie schreibt man Känguru?«

»Ganz einfach. R-U.«

Keziah lächelte, dann glitt sie erneut in den Schutz von Schmerz und Schlaf.

Als die ersten Sterne am Himmel aufgingen, hörte sie, wie Jake ein Nachtlager für die Kinder unter dem Wagen baute.

Dann legte er sich wortlos zu ihr. Nicht wie ein Ehemann, nicht wie ein Liebhaber, sondern wie ein Freund, der sie beschützte. Er fuhr ihr durchs Haar und sang mit leiser, etwas kratziger Stimme *The Wild Colonial Boy*, seine Vorstellung von einem Schlaflied.

Und als Keziah mitten in der Nacht aufwachte, bemerkte sie, dass Jake eingeschlafen war. Sein Bein war halb verdreht gegen die Wand gelehnt, als wollte er sie nicht einmal im Schlaf stören. Eine Hand hatte sich in ihrem Haar verheddert. Die andere lag auf ihrem Bauch, um das ungeborene Kind darin zu beschützen.

In diesem Augenblick begriff Keziah, was wahre Liebe bedeutet.

Am Morgen brachte ihr Jake Streifen aus Leintuch und eine Schüssel mit Wasser. »Ich wasche dich, dann ziehst du frische Sachen an, und dann wasche ich alles im Bach.«

»Nein, Jake, nicht! Ein Mann darf das Blut einer Roma-Frau nicht sehen. Es ist ein mächtiger Zauber! *Es würde dir nur Unglück bringen!*«

Jake versuchte, ihre aufkommende Hysterie im Keim zu ersticken. »Du weißt, dass ich deine merkwürdigen Roma-Sitten immer respektiert habe, aber im Augenblick bin ich der einzige Doc weit und breit. Was mit dir passiert, ist erheblich schlimmer als das bisschen Blut. Also nehme ich das Risiko gern in Kauf.«

Erschöpft lag sie im Bett, und Jake war hinunter zum Fluss gegangen, als Keziah die zarten Umrisse eines kleinen Mädchens mit dunklem Haar auf der Türschwelle erkannte. Das Kind starrte sie einige Sekunden an, dann begann es zu flackern, wurde immer dunkler und verschwand schließlich.

Keziahs Herz weinte, aber die Tränen wollten nicht kommen. Sie wusste, jetzt war es vorbei.

Sie war allein, als der kleine Fötus tot zur Welt kam. Dann hörte sie Patronellas Fluch in ihrem Kopf: *»Du wirst das Kind deines Herzens begraben.«*

Als Jake zurückkehrte, klang ihre Stimme flach und trocken. »Bitte, bring mir eine saubere Schüssel und meinen geblümten Seidenschal. Grab ein Loch neben der schwarzen Akazie, und dann komm wieder her.«

Sie sprach einen Roma-Segen für das Kind, dessen Zeit noch nicht gekommen war. Dann verknotete sie den Schal um die Schüssel, nahm ihre goldenen Ohrringe ab und gab sie Jake, als er zurückkam.

»Leg sie ihr mit ins Grab. Und sprich dein *gaujo*-Gebet. Ich habe meine bereits aufgesagt.«

Jake schwieg. Doch Keziah wusste, dass er seine Trauer für sich behielt.

Völlig ausgelaugt fiel sie in einen tiefen Schlaf, den Kopf in Jakes Arm gebettet. Ausnahmsweise hatte sie vor dem, was der nächste Tag brächte, keine Angst.

Zwei Wochen kochte Jake für die Familie und bestand darauf, dass sie sich erholte. Eines Nachts wachte Keziah im Dunkeln auf. Eine Welle von Übelkeit überwältigte sie. Inmitten ihrer Trauer und Verwirrung sah sie plötzlich einen Hoffnungsschimmer. Hatte vielleicht ein Zwilling wider alle Erwartung überlebt? Hatte eine kleine Seele Platz gemacht für ihr Geschwisterchen? Sie drückte Jake im Schlaf fest an sich, aber sagen würde sie es ihm erst, wenn sie ganz sicher war.

Die ganze Nacht flüsterte sie ein Roma-Gebet. *Bitte, Gott, mach, dass ich wieder gesund werde.*

Von der höchsten Stelle, zu der ihre Seele sich emporschwingen konnte, schickte sie ihre Bittgebete empor. *Mi-duvel, lass mich Jakes Kind zur Welt bringen.*

DREIUNDVIERZIG

Daniel Browne war auf dem Weg nach Hause. Fröhlich bog er mit einer Flasche Wein aus Hunter Valley unter dem Arm in die Elizabeth Street ein.

Als er nach Sydney Town gekommen war, hatte ihm Dix, ein Künstlerkollege, ein Zimmer in seinem Stadthaus mit Blick auf den Hyde Park angeboten. Daniel war dankbar für die großzügige Einladung und hatte auch kein schlechtes Gewissen, da er wusste, dass Dix von seinem Erbe lebte und von der Depression verschont geblieben war. Bald hatte er erfahren müssen, dass Dix' Freundschaft auch ihren Preis hatte, doch diesen war er zu zahlen gewillt. Er hatte noch nie ein so kostbar eingerichtetes Haus gesehen. Es platzte aus allen Nähten vor Erinnerungsstücken aus fernen Ländern und antiken Möbeln, die Dix während seiner *Gran Tour* durch Europa gesammelt hatte. Die Mansarde war Daniels Reich. Sie hatte perfektes Nordlicht zum Malen, genügend Stauraum für seine vielen Leinwände und ein bequemes Bett. An der Wand hatte er Jakes Porträt aufgehängt. Nur dieses eine Bild war ihm wichtig.

Er schloss die Haustür auf und lief die Treppe zum ersten Stock hoch, indem er zwei Stufen gleichzeitig nahm. Er hatte doppelten Grund zur Freude. Zum einen kam er von einem hohen Staatsbeamten, der soeben das Porträt bezahlt hatte, das er auf Empfehlung von Julian Jonstone von ihm angefertigt hatte. Zum anderen war er damit beauftragt worden, eine Dame aus der Oberschicht zu malen.

Er platzte in den Salon und rief ausgelassen: »Ist jemand zuhause?« Er hatte geglaubt, dass Dix mit irgendeinem exotischen Gericht in der Küche auf ihn warten würde. Er spielte gern den Koch, um sich abzulenken, wenn er mit seiner Arbeit nicht vorankam – was in den letzten Monaten immer öfter der Fall war.

»Hey, Dix. Wo steckst du? Ich habe großartige Neuigkeiten!«

»Hast du mich gerufen, Danny Boy?« Dix kam aus dem Schlafzimmer, er war blass und hatte verquollene Augen. Er schlang sich den Gürtel seines Morgenmantels aus Brokat um die plumpen Hüften. Irgendwie wirkte er zerfahren.

»Du bist früh zurück, Danny Boy. War dein Treffen nicht um vier?«

»Ja, ursprünglich schon, aber heute Morgen kam ein Bote, als du noch deinem Schönheitsschlaf fröntest. Die Verabredung wurde um zwei Stunden vorverlegt.«

Daniel nahm zwei Kristallgläser und schenkte ihnen ein.

»So, jetzt wird gefeiert! Gott sei Dank bin ich mit dem Porträt für diesen Politiker fertig. Sogar ein Merinoschaf sieht besser aus als er. Er war aber trotzdem zufrieden und hat mich ordentlich bezahlt. Nur gut, dass manche Landadlige von der Depression verschont geblieben sind.«

Dix enthielt sich eines Kommentars. Daniel machte eine ausholende Bewegung mit der Hand.

»Und jetzt die richtig gute Neuigkeit. Mit Jonstones Hilfe habe ich den Auftrag, eine gut aussehende Dame zu malen – Alfred Hambertons Frau. Die erste Sitzung findet morgen Früh in ihrem Stadthaus am Woolloomooloo Hill statt. Hamberton ist erst vor Kurzem aus dem Mutterland eingetroffen und vom Gouverneur zum Richter ernannt worden. Offensichtlich sind ihre beiden Frauen enge Freundinnen. Du weißt ja, wie so etwas funktioniert.«

Daniel entledigte sich seiner Stiefel und ließ sich auf das gestreifte Regency-Sofa fallen.

»Trinken wir auf meinen Gönner. Möge Gott ihn segnen. Er hat mir eine eigene Ausstellung für nächstes Jahr versprochen.«

Daniel lachte fröhlich. »Ich bin so glücklich, dass ich Jonstone die Stiefel küssen könnte.«

Dix probierte wortlos von dem Wein. »Na, solange er nicht verlangt, dass du ihm den Hintern küsst.«

Daniel war plötzlich alarmiert. Er hatte sich an Dix' heftige Stimmungswechsel gewöhnt, die zwischen Großzügigkeit und Eifersucht schwankten. Daniel vermutete komplexe Gründe dahinter. Dix war zehn Jahre älter als er, hatte sich aber bislang noch keinen Namen als Künstler machen können. Außerdem beneidete er Daniel, weil der in Jonstone, einem Freund des Gouverneurs, einen Mäzen gefunden hatte. Er ließ sich keine Gelegenheit entgehen, Daniel daran zu erinnern, dass er früher dessen Strafgefangener gewesen war.

Daniel hatte trotz ihrer Rivalitäten einen herzlicheren Empfang erwartet.

»Habe ich dich etwa gekränkt, Dix? Du weißt doch, wie dankbar ich dir für deine Gastfreundschaft bin und dafür, dass du mich immer wieder in meiner Arbeit ermutigst.«

»Dankbar? Dann hast du eine seltsame Art, es zu zeigen, mein Junge. Ich erwarte wirklich nicht viel dafür, dass du mein ständiger Gast bist, aber in letzter Zeit ziehst du es vor, deine Zeit mit irgendwelchen Nichtsnutzen zu verbringen, die sich auf meine Kosten betrinken.«

Dix setzte sich in den Sessel gegenüber dem Sofa, um seine verletzten Gefühle zu unterstreichen.

Daniel versuchte, ihn zu besänftigen, aber seine Stimme war kühl. »Wenn du meinst, dass ich mich an den Kosten beteiligen sollte, dann will ich es jetzt tun, solange ich noch Geld habe.«

Dix' Stimme schraubte sich eine Oktave höher. »Glaubst du etwa, du könntest mich für meine Freundlichkeit ausbezahlen? Mich abschieben wie einen alten Gaul, der seine Schuldigkeit getan hat?«

Daniel sprang auf. »Du weißt genau, dass ich dir immer ein treuer Freund gewesen bin!«

Dix schnaubte ungläubig.

»Ich sehe, dass du verletzt bist. Wenn du möchtest, dass ich gehe, brauchst du es nur zu sagen.«

»Ach, jetzt, da du von den vornehmen Herrschaften akzeptiert wirst, glaubst du, mir drohen zu können«, kreischte Dix schrill. »Bilde dir bloß nicht ein, dass es von Dauer sein wird, Danny Boy. Wir Aristokraten sind wankelmütig wie die Hölle.«

Daniel hob die Hand und kapitulierte. »Heute ist mein Glückstag. Ich will mich nicht mit dir streiten. Darf ich dich zum Essen einladen? Such dir aus, wohin du am liebsten gehen würdest.«

Noch ehe Dix antworten konnte, ging die Schlafzimmertür auf, und ein nackter junger Mann trat ein. Er hatte den muskulösen Körper eines Mannes auf einem Gemälde von Michelangelo und schlenderte quer durch den Raum auf das Badezimmer zu.

»Wie unartig, Kinder«, sagte er spöttisch. »Streitet euch doch nicht!« Dann grinste er Daniel über die Schulter zu und ließ die Badezimmertür hinter sich zufallen.

Daniel war, als hätte man ihm den Boden unter den Füßen weggezogen. Er hatte den jungen Mann noch nie zuvor gesehen. Er ließ sich wieder auf das Sofa fallen und musterte Dix, dessen Gesicht vom Wein erhitzt war.

»Aha, jetzt verstehe ich«, sagte Daniel ruhig. »Angriff ist die beste Verteidigung. Du wirfst mir Untreue vor, um von deiner eigenen abzulenken. Sag mir eins, Dix, ist dein kleiner Freund auch so ein unerfahrener Künstler wie ich, als du mich unter deine Fittiche genommen hast?«

Dix musterte ihn blasiert. »Seine Bilder sind nicht der Rede wert, aber darin, worauf es ankommt, ist er sehr talentiert.«

Daniel nahm sich Zeit, um die Neuigkeit zu verdauen, indem er vorgab, sein Weinglas zu inspizieren. Schließlich stand er so würdevoll wie möglich auf.

»Dann will ich euch in eurem Vergnügen nicht länger stören. Ich gehe jetzt ins Lord Nelson und feiere dort mit Freunden, die gern auf mein Glück anstoßen werden.«

An der Tür drehte er sich noch einmal um. »Wenn du nichts dagegen hast, hole ich morgen Nachmittag meine Sachen ab.«

»Undankbarer Kerl!«, rief ihm Dix wie ein schmollendes Schulmädchen hinterher.

Die hässliche kleine Szene hatte Daniels Triumph die Spitze geraubt, trotzdem begab er sich ins Lord Nelson, um mit seinen Kommilitonen gebührend zu feiern. Sie würden ihm den Erfolg neiden, doch das würde sie nicht davon abhalten, sich von ihm einladen zu lassen.

Plötzlich überkam ihn Wehmut. Wie anders seine Freunde in Ironbark auf diese gute Nachricht reagiert hätten! Ganz zu schweigen von seiner Frau und seinem besten Freund Jake.

Eine Stunde nach Anbruch der Morgendämmerung schlenderte Daniel in Richtung Hyde Park. Das Herbstlaub raschelte unter seinen Schritten. Er blieb vor der ersten Statue in der Kolonie stehen, die die Bewohner von New South Wales trotz der Depression gespendet hatten, und betrachtete das herrliche, bronzene Abbild von Sir Richard Bourke, das im morgendlichen Sonnenlicht funkelte. Dann nickte er anerkennend vor der Leistung des Künstlers.

Obgleich er die ganze Nacht getrunken hatte, war er nur leicht beschwipst. Er musste sich waschen und umziehen, um bei der ersten Verabredung mit Mrs. Hamberton einen guten Eindruck zu hinterlassen.

Gegenüber von Dix' Stadthaus blieb er wie angewurzelt stehen. Seine wenigen Habseligkeiten hingen an den Eisengittern. Zwei leere Leinwände lagen auf dem Boden, umgeben von abgebrochenen Pinseln und ausgedrückten Öltuben. Alle fertigen Bilder waren auf dem Pflaster verstreut und mit roten Farbklecksen gesprenkelt, die wie Blut aussahen. Nur eines nicht. Jakes Porträt war von einem der Eisenstäbe aufgespießt worden. Wo das Gesicht gewesen war, klaffte nun ein Loch. Daniel wurde übel bei diesem Anblick, denn er spürte, dass Dix seine heimliche Liebe zu Jake durchschaut hatte.

Er setzte sich auf eine Bank im Hyde Park und betrachtete das Gemetzel, während ringsum die Tauben im Boden pickten. *Was hatte Keziah noch gesagt? Wenn man den falschen Weg nimmt, ist es nicht wirklich der falsche Weg, sondern derjenige, der einem bestimmt war. Vielleicht bewahrheitet sich auf diese Weise das alte Bibelwort: »Verlasst euch nicht auf Fürsten.« Von jetzt an werde ich Saranna Plews' letzte Bitte endlich beherzigen und die Kunst zu meiner einzigen Mätresse machen.*

Reflexartig griff er in die leere Tasche seiner Weste, in der die Uhr gesteckt hatte, die er verpfändet hatte. Zwar besaß er genug Geld, um sie wieder einzulösen, doch gab es andere, dringendere Bedürfnisse. Wo er die nächste Nacht verbringen würde, war ein Problem, das er bis zum Einbruch der Nacht zu lösen hoffte. Wenn er Glück hatte, konnte er irgendwo in der Stadt bei einem Kommilitonen unterkommen. Jetzt hatte seine Verabredung mit Mrs. Hamberton Priorität. Aber wie sollte er so schnell an neue Malutensilien kommen?

Er holte einen ein Monat alten Brief von Keziah aus der Tasche und las ihn erneut, um sich Mut zu machen. Es war immer tröstlich, von zuhause zu hören. Von Ironbark und Jake.

Sei stark, Daniel.

Eines Tages wird die Gesellschaft Deine Kunst anerkennen, so wie Deine Freunde in Ironbark.

Seit anderthalb Jahren sind wir nun mit unserem wunderbaren vardo *unterwegs. Jake hat mir mein Roma-Leben zurückgegeben. Wir wissen nie, wo wir am nächsten Tag sein werden, also kannst Du uns vorerst nicht schreiben. Vergiss nicht, niemand kann dafür, wen er liebt. Vergib mir, dass ich so lange gebraucht habe, um das zu verstehen.*

Vormals Deine Frau, auf immer Deine Freundin, Keziah

Daniel spürte, wie sein Blick verschwamm, allerdings nicht aus Selbstmitleid. Er war von Ironbark weggegangen, weil er glaubte, sein Leben würde einfacher sein, wenn er weit weg von Jake war, mit gleichgesinnten Männern zusammen, doch jetzt erkannte er, dass das, was ihn mit seiner Ironbark-Familie verbunden hatte, viel stärker war als reines Verlangen.

»Wir waren ein merkwürdiges Gespann, Keziah«, sagte er leise. »Aber du hast mich so akzeptiert, wie ich bin.«

Er blickte auf das, was Dix angerichtet hatte, straffte die Schultern, um seine Erniedrigung zu verstecken, und ging über die Straße, um zu retten, was noch zu retten war. Ein paar abgebrochene Pinsel, einen Bleistift und ein unbeschädigtes Zeichenblatt hob er auf. Jakes gesichtsloses Porträt konnte er nicht ansehen. Die zerrissenen Leinwände waren nicht zu reparieren. Er wusch sich an einem öffentlichen Brunnen das Gesicht und machte sich dann schnellen Schrittes auf den Weg. Bis Woolloomooloo Hill über der Bucht waren es zwei Meilen.

Als das Dienstmädchen Daniel in die Residenz der Hambertons bat, war er sich seiner schäbigen Erscheinung bewusst. Er schämte sich, seines knurrenden Magens und der armseligen Malutensilien wegen. Trotzdem nahm er sich zusammen und war darauf gefasst, mit derselben kühlen Distanz behandelt zu werden, die ihm Charlotte Jonstone entgegengebracht hatte.

Als er Mrs. Hambertons privaten Salon betrat, saß sie mit dem Rücken zu ihm und blickte auf den Hafen. Die maßvolle Eleganz des georgianischen Mobiliars war beeindruckend. Zu seiner Überraschung entdeckte er eine Staffelei neben einer offenen Kiste mit Ölfarben und einem Topf mit verschiedensten Pinseln. Auf der Staffelei lehnte eine grundierte Leinwand.

Am meisten war er aber von dem Modell beeindruckt. *Das Licht ist perfekt. Hoffentlich kann ich ihr gerecht werden.*

Mrs. Hamberton war groß und schlank. Sie war nicht mehr jung, hatte sich aber einen unbestreitbaren Rest von jugendlicher

Schönheit in der Krone ihres blonden Haars bewahrt, das an den Schläfen leicht silbern schimmerte. Die feinen Lebenslinien in ihrem Gesicht interessierten Daniel viel mehr als der leere Ausdruck der Jugend.

Er fragte sich, warum sich eine Dame der höheren Gesellschaft so große Mühe gab, ihm seine Nervosität zu nehmen. Er hatte sie nie zuvor getroffen, trotzdem hatte er das Gefühl, dass sie ihn kannte. Sie hatte alles für ihn vorbereitet, bis hin zu mehreren Kitteln, die über einem Sessel lagen, und ihm den Respekt entgegengebracht, der einem berühmten Künstler zustand. Dennoch war Daniel klar, dass Jonstone ihr von seiner Vorgeschichte als Strafgefangener erzählt haben musste. War Mrs. Hamberton eine exzentrische Aristokratin? Eine wahre Liebhaberin der Kunst? Oder führte sie etwas anderes im Schilde?

Sie kam auf ihn zu und streckte ihm höflich die Hand entgegen.

»Willkommen, Mr. Browne. Sie sind mir von unserem gemeinsamen Freund Julian Jonstone wärmstens empfohlen worden. Wie Sie sehen, hat er bereits alles Nötige veranlasst. Ich hoffe, dass die Farben und Pinsel zu Ihrer Zufriedenheit ausfallen. Sollten Sie etwas anderes benötigen, lassen Sie es mich bitte wissen.«

Daniel war sprachlos. *Sie behandelt mich fast so, als stünden wir auf einer Stufe. Dabei muss sie genau wissen, dass »unser gemeinsamer Freund« noch vor Kurzem die Macht besaß, mich auspeitschen zu lassen. Und sie auch nutzte!*

Sie lud ihn ein, Platz zu nehmen, und bot ihm eine Tasse Tee an, die er dankbar akzeptierte. Obwohl er anfänglich etwas wortkarg war, erlag er bald ihrem Charme.

»Die Wahl der Requisiten und des Dekors überlasse ich Ihnen, Mr. Browne, aber ich will doch hoffen, dass Sie mir meinen Willen lassen und eines dieser Kleider für das Porträt aussuchen. Das Bild soll im Arbeitszimmer meines Mannes hängen, und er sieht mich am liebsten in Blau.«

Kein Wunder, es bringt die Farbe ihrer Augen besser zur Geltung. Wie seltsam. Violettblaue Augen. Genau wie die von Keziah. Daniel entschied sich für das türkisfarbene Seidenkleid, das sie bereits trug, und stellte erfreut fest, dass es ihm vorbehalten blieb, für die »Geschichte« innerhalb des Porträts zu sorgen – den Schmuck, den Sessel, den Hintergrund und die Pose auszuwählen, die nicht nur ihre Schönheit zum Ausdruck brächte, sondern hoffentlich auch ihren wahren Charakter. Er hatte irgendwo gelesen, dass sich in Schönheit immer auch ein Hauch von Traurigkeit verbarg. In den Augen dieser Frau glaubte er die Bestätigung für diesen Satz gefunden zu haben.

Durch ihr Interesse an dem kreativen Prozess ermutigt, fühlte Daniel sich frei, über Zeit und Ort ihres nächsten Treffens zu bestimmen.

»Ich liebe das australische Licht. Es ist perfekt, und im Hintergrund sieht man ein Stück Hafen und den Himmel. Um immer das gleiche Licht zu haben, würde ich Sie am liebsten jeden Tag um dieselbe Zeit hier malen – besser gesagt, wann immer Sie können. Wie Mr. Hamberton andeutete, habe ich nicht viel Zeit, um das Bild fertig zu stellen?«

»Mein Mann muss in Kürze seine neue Stelle als Richter antreten. Wir werden dann nach Goulburn ziehen. Es tut mir sehr leid, dass wir Sie so unter Druck setzen müssen.«

»Dann werde ich zwischen unseren Sitzungen Tag und Nacht am Hintergrund arbeiten.«

Als sich Daniel daran erinnerte, dass er kein Dach mehr über dem Kopf hatte, um zu arbeiten und zu schlafen, geriet er in Panik. Wie sollte er in dieser kurzen Zeit sein Versprechen einhalten und höchste Qualität liefern?

Er spürte, wie Mrs. Hamberton ihn nachdenklich musterte.

»Es wird nicht leicht sein, die große Leinwand zwischen Ihrem Atelier und unserem Haus hin und her zu transportieren. Wäre es nicht besser, Sie würden als Gast meines Mannes hierbleiben, bis Sie das Porträt beendet haben? Das Haus verfügt über einen ruhigen Gästeflügel, wo Sie ungestört arbeiten könnten, wenn Sie wollen.«

Daniel hätte aus schierer Erleichterung beinahe laut losgelacht. *Mein Atelier? Wenn sie wüsste, wie gründlich Dix alles zerstört hat. Und dass ich für heute Nacht nicht einmal ein Bett hatte.*

Mrs. Hamberton interpretierte sein Schweigen als Zustimmung. »Wenn Ihnen das Arrangement zusagt, würde ich vorschlagen, dass wir sofort mit der Arbeit beginnen. Aber fühlen Sie sich nicht unter Zeitdruck gesetzt. Sollten Sie das Porträt rechtzeitig vor unserer Abreise nicht zu Ihrer vollkommenen Zufriedenheit beendet haben, so würden wir uns freuen, wenn Sie mit uns nach Goulburn ziehen, um es dort fertig zu malen.«

Zu meiner vollkommenen Zufriedenheit! Sie behandelt mich wie einen berühmten Künstler.

Während er die Umrisse skizzierte, hatte Daniel das Gefühl, als schwebte er in einem Traum einen Korridor entlang, in dem alle Türen aufsprangen, um ihm den Weg zu erleuchten. Er musste sich um nichts sorgen, höchstens um die Auswahl der richtigen Farben, die er auf seiner Palette mischte, das Arrangement des Dekors, den perfekten Farbton der Blumen, damit sie mit dem Türkis ihres Kleides und dem Blau ihrer Augen harmonisierten.

Die Zeit stand ihm entweder zur Verfügung oder war eine Dimension, in der er sich nach Gutdünken verlieren konnte. Er arbeitete schnell und sicher, als führten die Engel seinen Pinsel. Dann trat er einen Schritt von der Staffelei zurück und betrachtete die Ölfarben im Sonnenlicht, das durch das Fenster fiel. Es warf ganz leichte Schatten auf die klassische Struktur ihres Gesichtes, die sie noch rätselhafter erscheinen ließen. Er war hingerissen. Das Gemälde wäre weit mehr als das konventionelle Porträt einer schönen Frau von vornehmer Herkunft.

Obwohl Mrs. Hamberton Aristokratin war und ihn während der Arbeit höflich, aber etwas distanziert behandelte, war sie mit der arroganten Charlotte Jonstone nicht zu vergleichen. Manchmal fragte sie ihn über seine Arbeit und sein Leben aus, während sie Modell stand.

»Nehmen Sie Anstoß an meinen Fragen, Mr. Browne? Sagen Sie es mir, bitte. Ich bin neu in der Kolonie und muss noch viel über das Leben hier lernen.«

Von ihrer Achtung entwaffnet, hatte Daniel das Gefühl, ganz ehrlich sein zu können.

»Ich fürchte, dass mein Wissen beschränkt ist. Als Strafgefangener war mein Leben auf Mr. Jonstones Anwesen begrenzt, bis ich das Glück hatte, heiraten zu können und freikam.«

»Recht so. Es war richtig, sich ein neues Leben aufzubauen.« Sie zögerte. »Wie ich gehört habe, kam Ihre Frau als freier Mensch in die Kolonie?«

Die Frage erschreckte ihn. »Ja. Ich bin Saranna vieles schuldig. Sie versteht die Zwänge, unter denen ein Künstler leidet.« Plötzlich war er alarmiert, denn um ein Haar hätte er seine Frau Keziah genannt.

»Ja, Mr. Jonstone erzählte mir, dass Mrs. Browne als Lehrerin in einem abgelegenen Dorf sehr geschätzt wurde.«

»Das ja, doch im Augenblick reist sie in Gesellschaft eines Freundes durch das Land, bis ich wieder zu ihnen stoße.«

Daniel hoffte, sie würde nicht fragen, wo genau. Er konnte ihr schlecht sagen, dass seine Frau ihrem Liebhaber Jake Andersen folgte, wohin dieser auch ging.

»Sie haben ein Kind, nicht wahr? Welch ein Segen«, sagte Mrs. Hamberton und seufzte leise.

Da Daniel es gewohnt war, bei diesem Thema vorsichtig zu sein, antwortete er so wie immer. »Wir haben noch keine eigenen Kinder, aber meine Frau hat einen wunderbaren Jungen adoptiert, der nach der Geburt ausgesetzt worden war. Gabriel Stanley.«

»Gabriel Stanley«, wiederholte sie. »Ein schöner Name.«

Daniel bemerkte, dass sie ihn kaum noch wahrzunehmen schien, obwohl sie ihn nach wie vor ansah und ihren Kopf in der vorgegebenen Haltung hielt.

»Ermüdet Sie die Haltung, Mrs. Hamberton?«

»Aber nein.«

Und dann schwieg sie für den Rest der Sitzung.

Ihre Fragen nach Keziah hatten Gefühle in Daniel geweckt, die er seit seiner Ankunft in Sydney Town unterdrückte. Jetzt stellte er fest, dass er an einen Wendepunkt gelangt war.

In Sydney Town habe ich meine technischen Kenntnisse der Malerei vertiefen können, aber auch gemerkt, dass ich falsche Freunde wie Dix nicht nötig habe. Jake, Keziah und Gabriel sind die einzige Familie, die ich je hatte. Sobald ich das Porträt beendet habe, werde ich dahin zurückkehren, wo ich hingehöre: zu meinen wahren Freunden nach Ironbark.

VIERUNDVIERZIG

Während ihr *vardo* weitab von den Grenzzäunen der Siedlungen durch das dichte Buschland rollte, war Keziah von tiefer innerer Zufriedenheit erfüllt. Jake hielt nicht viel von Landkarten, trotzdem wusste sie, dass sie sich jenseits der offiziell »festgelegten Grenzen« der von Kolonialherren besiedelten neunzehn Countys von New South Wales befanden. Die lange Dürre war endlich zu Ende gegangen, und das Grasland färbte sich allmählich grün.

Es war ein Segen, dass ihre beiden Kinder glücklich und gesund waren. Gabriels strohblonder Wuschelkopf kontrastierte mit seiner sonnengebräunten Haut. Das blasse kleine Mädchen aus dem Kloster gewöhnte sich allmählich an seine neue Familie und wurde zutraulicher. In einem Kleid, aus dem es jetzt fast schon herausgewachsen war, und mit vom Wind zerzaustem braunem Haar starrte es unentwegt seinen einzigen Helden an, Jake.

Der Mann, der ihrer aller Leben bestimmte, war noch nie so entspannt gewesen. Gelegentlich warf er einen verstohlenen Blick auf Keziahs Bauch und schüttelte lächelnd den Kopf, als könne er sein Glück immer noch nicht fassen. Nach der Frühgeburt des kleinen Mädchens hatte sein Zwillingsbruder es geschafft, sich im Bauch seiner Mutter festzuklammern und dort weiterzuwachsen.

Weitab von der Zivilisation schlugen sie ihr Lager an einem von englischen Trauerweiden gesäumten Flussufer auf. Bestimmt hatte irgendein Siedler sie gepflanzt, der Heimweh hatte. Die Herrin des dazugehörigen Hofs war die erste weiße Frau, die sie seit Wochen zu sehen bekamen. Obwohl sie die kleine Familie herzlich begrüßte, war Keziah auf der Hut.

»Nennen Sie mich einfach Mary«, erklärte die Frau. »Schön, wieder mal die Gesellschaft einer Frau zu haben. Mein Mann ist geschäftlich unterwegs.« Dann wandte sie sich an Jake. »Tut mir leid, aber ich habe kein Geld, um jemanden einzustellen.«

»Was ist schon Geld?« Jake machte sich unaufgefordert daran, Holz zu hacken, und behandelte anschließend die geschwollene Fessel ihrer braunen Stute mit Keziahs Kräutern.

Zum Dank lud Mary sie zu einem großzügigen Abendmahl mit Kuchen für die Kinder ein. Nach Einbruch der Dunkelheit galoppierte Jake fröhlich mit Gabriel auf den Schultern und Pearl wie ein Koalabärchen auf dem Rücken zu ihrem *vardo* zurück.

Nun hatte Keziah Zeit, Marys Wunsch nachzukommen und ihr die Karten zu legen. Ihre Vergangenheit war sonnenklar, ihre Zukunft jedoch auf seltsame Art zerstückelt.

»Wird mein Mann bald zurückkommen?«, fragte Mary ängstlich.

Keziah ahnte die Wahrheit. *Sie lügt. Sie versteckt sich vor ihm. Sie hat uns nicht einmal ihren Familiennamen verraten.* Also wählte sie ihre Worte vorsichtig aus.

»Ihr Mann sucht etwas. Etwas, das er verloren hat.«

Marys Hand fuhr zum Mund. »Ach, du liebe Güte! Und weiter?«

»Haben Sie keine Angst, Mary. Die Karten können einem verraten, womit zu rechnen ist, aber die Zukunft ist keineswegs in Stein gemeißelt. Es gibt immer so etwas wie einen freien Willen.«

»Sagen Sie mir die Wahrheit«, erklärte Mary. »Werde ich jemals Kinder haben?«

Keziah zögerte. Alles, was Mary von ihrer Jugend blieb, waren ihre zärtlichen braunen Augen und ein Lächeln, das sie unterdrückte, um ihre Zahnlücke zu verbergen. Bald wäre sie zu alt, um Kinder zu bekommen.

Keziah teilte die Karten aus, die ihr halfen, die Flut von Bildern in ihrem Kopf zu interpretieren. »Ihr Mann ist auf seine Art sehr attraktiv«, sagte sie taktvoll. »Obwohl er nicht in die Kolonie kommen wollte, hat er sich hier etwas aufbauen können. Er ist gesund, trotzdem kann ich in Ihrer Zukunft keine Kinder erkennen, tut mir leid.«

Als sie die Karten neu austeilte, stand der Magier auf dem Kopf. Es war eine Konstellation, die auf den Missbrauch von Macht zum Zwecke der Zerstörung hinwies. Plötzlich wurde Keziah schwindelig. Das Gesicht des Magiers verwandelte sich vor ihren Augen in das verführerische Äußere des Bösen.

Mi-duvel! Das ist sein Gesicht. Das Gesicht des bärtigen Mannes, der versucht hat, mich am Bach zu vergewaltigen. Er ist Marys Mann! Was kann ich sagen, um ihr Mut für die Zukunft zu machen?

»Ich will Sie nicht beunruhigen, Mary, aber vor Ihnen liegt eine Zeit des Umbruchs. Wenn es so weit ist, vergessen Sie nicht, dass das Glück Sie erneut finden wird. Ich sehe einen schüchternen jungen Staatsbeamten mit blondem Haar. Er trägt die Liebe im Herzen, aber im Augenblick fürchtet er sich vor Ihrem Mann.«

Keziahs Augen wanderten unwillkürlich zur Tür, wo ein kleines Mädchen in einem geblümten Kittel stand und sie anstarrte. Dann verschwammen die Umrisse der Kleinen, und sie verschwand.

»Ich sehe, dass Sie in Ihrem späteren Leben eine Tochter zur Welt bringen werden. Ihnen ist ein langes Leben beschert, aber Ihr Mann …«

In diesem Augenblick flogen die Karten durch die Luft und landeten in einem Durcheinander auf dem Boden. Erschüttert von dem Gefühl des Bösen, das den Raum beherrschte, rang sich Keziah zu einer Lüge durch. »Es war nur ein Windstoß.«

Mary brach in Tränen aus. Keziah war verwirrt. »Verzeihen Sie mir. Lieben Sie Ihren Mann?«

»Ob ich ihn liebe? Er schlägt mich, wenn er trinkt. Jeden Freitag, pünktlich wie ein Uhrwerk.« Dann griff sie nach Keziahs Hand. »Ein Kind! Gottlob! Sie haben mir etwas geschenkt, für das ich weiterleben kann!«

Als Keziah zum *vardo* zurückkehrte, schlang sie ihre Arme um Jake.

»Wir müssen sofort los! Hier sind wir nicht sicher! Frag nicht, warum, du würdest mir sowieso nicht glauben.«

Jake schlug einen Kompromiss vor. »Morgen ganz früh. Versprochen.«

»Noch ehe die Sonne aufgeht! Wir müssen unbedingt hier weg!«

»Versprochen ist versprochen.«

Er fuhr ihr durch das Haar. Keziah war nicht in der Stimmung für Zärtlichkeiten, trotzdem liebte sie ihn hemmungslos, irgendetwas jenseits von Leidenschaft trieb sie an. Nachdem er endlich ihre Ängste vertrieben hatte und sie erschöpft in seinen Armen lag, schützte Jake sie mit seinem Körper ab.

»Hab keine Angst, Liebling«, flüsterte er. »An mir kommt kein *mulo* vorbei.«

Als der Morgen graute, gab Mary Jake frisches Gemüse, Trockenfrüchte und ein Stück in feuchte Jute gewickeltes Lammfleisch mit auf den Weg.

»Damit Sie und Ihre Familie über die Runden kommen«, sagte sie taktvoll und fügte dann hinzu: »Darf ich Sie etwas fragen? Sind Sie Zigeuner?«

Keziah versteifte sich. »Ich habe das Kartenlegen von einer weisen Roma-Frau gelernt.«

»Ja«, schloss sich Jake ihrer Lüge an. »Von einer alten Dame, der ich den Pferdewagen abgekauft habe.«

»Zigeuner haben das Zweite Gesicht«, erklärte Mary. »Ich bin sicher, dass das, was Sie mir prophezeit haben, in Erfüllung gehen wird.« Sie winkte ihnen mit ihrer Schürze hinterher, bis sie das Ende der Straße erreicht hatten.

Als sie an einer langen Reihe von Strohballen vorbeifuhren, winkte ihnen auch ein junger Mann in Sträflingskleidung nach.

Jake war neugierig. »Du musst ihr ja eine blendende Zukunft

vorausgesagt haben, dass sie uns so reich mit Essen beschenkt hat.«

»Hab ich auch«, antwortete sie und versuchte, nebensächlich zu klingen. »Nach dem Tod ihres Mannes wird sie eine Tochter von diesem jungen Strafgefangenen bekommen und zum ersten Mal im Leben erfahren, was wahres Glück ist.«

Jake sah sie erschrocken an. »Jesses, Kez, manchmal geht wirklich die Phantasie mit dir durch.«

»Nein. Es ist ihr Schicksal. Ich kann nicht sagen, wann es passiert, aber es wird passieren.«

Während der nächsten Meilen blieb Jake ungewöhnlich still. Keziah hatte zum ersten Mal keine Lust, die Natur ringsum zu kommentieren. Sie hörte nur halb hin, wie die Kinder miteinander flüsterten. Marys Farm lag inzwischen weit hinter ihnen, und sie war fest entschlossen, ihre Angst vor dem bösen Mann zu verdrängen. Doch am meisten fürchtete sie sich vor dem, was Jake tun könnte, wenn er erfuhr, dass Marys Mann versucht hatte, ihr Gewalt anzutun.

Irgendwann kamen sie an der nächsten abgelegenen Farm vorbei. Auf einem Schild am Eingang stand »Pferde zu verkaufen«.

»Eines Tages wirst du die besten Rennpferde im ganzen Land züchten«, sagte Keziah überzeugt. »Es würde mich nicht wundern, wenn du sie aus diesem klugen Pferd züchten würdest, das Richard Rouse gehört und in Hawkesbury jedes Rennen gewinnt.«

Jake sah sie beeindruckt an. »Jorrocks? Jesses, das spricht wirklich nicht gerade für deine übersinnlichen Fähigkeiten, Kez.«

»Wieso nicht?«, fragte sie misstrauisch.

»Weil dieser Jorrocks kastriert ist!«

»Ich kann schließlich nicht *immerzu* hellsehen«, gab Keziah pikiert zurück.

Jake konnte sich ein Lachen nicht verkneifen. Es war so ansteckend, dass Keziah mitlachen musste. Ein kleiner seliger Augenblick der Freude, der die Ängste, die sie mit aller Macht auf Abstand zu halten versuchte, kurz verscheuchte.

Ihr nächstes Lager schlugen sie an einem mondsichelförmigen Billabong auf, das die Natur von einem Flussarm getrennt hatte, als beide Enden des Wasserlochs versandet waren. Die Sonne stand hoch am Himmel, als Jake mit den Kindern zum Ufer ging, um ihnen zu zeigen, wie die Eingeborenen Fischfallen legten.

»Wir sind gleich wieder da, Kez. Ruh dich ein bisschen aus. Ich bringe einen Haufen Fische zum Abendessen mit.«

Doch Keziah war unruhig. Sie wurde das Gefühl nicht los, dass die Aura des Bösen, die sie deutlich gespürt hatte, als sie Mary die Zukunft voraussagte, ihr bis hierher gefolgt war. So nervös war sie, dass sie ihren letzten Eimer mit Wasser umwarf. Und obwohl sie Jake versprochen hatte, nie allein in den Busch zu gehen, machte sie sich auf den Weg, um neues Wasser zu holen. Am Wasserloch kniete sie sich in den Sand, um Gesicht und Brust zu kühlen, und blickte in ihr Spiegelbild im Wasser.

»Mi-duvel, ich flehe dich an, nimm mir Jake nicht weg, ich kann ohne ihn nicht mehr leben.«

Ein Insekt bewegte sich über die Oberfläche des Wassers und kräuselte Keziahs Gesicht. Als das Wasser wieder glatt war, entdeckte sie auf seiner Oberfläche, dass sie nicht mehr allein war. Ein Fremder hoch zu Ross war hinter ihr aufgetaucht, den Hut tief in die Stirn gedrückt. Er hatte ein glatt rasiertes Gesicht und ein gespaltenes Kinn. Seine Stimme klang weich.

»Man erzählt sich, du könntest die Zukunft vorhersagen. Unter anderem.« Er ritt näher, beugte sich vor und berührte ihre Brüste, während er ihr einen Sovereign ins Mieder steckte. »Davon gibt es mehr, wenn du mir eine Zukunft voraussagst, die mir gefällt.«

Diese Stimme kenne ich! Sie spürte die Münze auf ihrer Haut, aber sie wagte nicht, die Brust zu entblößen, um sie herauszuholen. Sie unterdrückte ihre Angst. Weder Jake noch die Kinder waren in der Nähe zu hören.

»Wenn Sie mich noch ein einziges Mal anrühren, bringt mein Mann Sie um!«

Seine Stimme klang immer noch weich, aber auch hämisch. »Einer Zigeunerin braucht man nur einen Silberling in die Hand zu drücken, um ihr Mann zu werden. Kommen wir zum Geschäft, Mädchen. Du wirst sehen, dass ich großzügig bin.«

»Glaubst du?« Jake zielte mit dem Gewehr auf das Herz des Reiters. »Verschwinde, und zwar auf der Stelle, oder du erlebst den morgigen Sonnenaufgang nicht mehr!«

Jake deutete mit dem Kopf auf Keziah. »Das ist meine Frau! Kauf dir woanders eine!«

»Verzeihen Sie, es war bloß ein Missverständnis, meine Dame.«

Der Fremde verbeugte sich vor Keziah und setzte einige Schritte mit seinem Pferd zurück, ehe er kehrtmachte und davongaloppierte. Jake behielt ihn im Auge, bis er außer Sichtweite war. »Alles in Ordnung, Kez?«

Sie gab ihm mit eisiger Stimme seine eigenen Worte zurück. »Das ist meine Frau! Kauf dir woanders eine! Darf ich dich daran erinnern, dass ich eine Roma bin und kein Hirtenhund!«

Jake entschuldigte sich nicht. »Das ist mir allerdings klar. Hirtenhunde gehorchen ihrem Herrn. Zieh nie wieder allein los, hörst du? Es dauert nur Sekunden, einer Frau Gewalt anzutun.«

Keziah zuckte zusammen, woraufhin Jake versuchte, seine Drohung abzuschwächen.

»Ich kann es keinem Mann verübeln, wenn er einer Frau Geld anbietet, in der Kolonie gibt es nun einmal nicht genügend Frauen. Aber wenn ich einen Kerl sehe, der einer Frau Gewalt antut, würde ich ihn wie einen tollwütigen Hund über den Haufen schießen. Hast du verstanden?«

Die drückende Mittagshitze lag auf ihnen, trotzdem zitterte Keziah angesichts seiner Drohung.

»Kennst du ihn?«, fragte sie vorsichtig.

»Keine Ahnung. Aber das markante Kinn hätte ich mir sicher gemerkt.«

Keziah spürte, dass er log, doch als er fragte: »Hast du ihn schon einmal gesehen?«, erzählte sie ihm nur die halbe Wahrheit. »Ich sah sein Gesicht in Marys Karten.«

Später, als Jake am Lagerfeuer saß und sein Gewehr putzte, betrachtete Keziah sein Gesicht. Die blutrote Sonne war längst hinter den Hügeln versunken, und am Himmel braute sich ein Gewitter zusammen. Der Mond hatte sich mit einem dunstigen Ring umgeben. Der morgige Tag würde Regen bringen und was noch?

Als die Kinder außer Hörweite waren, flüsterte sie: »Ich habe geglaubt, dass du den Kerl tatsächlich erschießen würdest.«

Er schaute ihr geradewegs in die Augen. »Ich hätte es tun sollen, als ich noch die Gelegenheit dazu hatte.«

Vor Keziah blitzten ein paar Symbole aus ihrem ständig wiederkehrenden Albtraum auf: Blut, Feuer, Jakes Gesicht hinter Gefängnisgittern. Sie musste alles Menschenmögliche tun, um ihn abzulenken.

Sie flüsterte den Kindern etwas zu, die daraufhin zum *vardo* rannten. Kurz darauf kehrten sie kichernd zurück, Pearl trug Keziahs Unterrock wie ein Kleid und hatte sich ihren Schal um den Kopf gewickelt. Gabriel verschwand beinahe unter Jakes Hut und Weste, während er seinen großtuerischen Schlendergang nachäffte.

Gabriel stimmte *The Wild Colonial Boy* an, während Pearl ihn auf einem Grashalm begleitete. Jake klatschte begeistert Beifall und verlangte nach einer Zugabe.

Jetzt war Keziah dran. Gabriel spielte für sie. Und während sie für Jake tanzte, vertrieb sie mit der Musik, ihrer Lebendigkeit und dem Lachen ihre Ängste vor der Zukunft. Es war mehr als ein verführerischer Tanz für Jake. Er musste lächeln, als sie stolz ihren wachsenden Bauch zur Schau stellte, in der Gewissheit, dass er seine Bewunderung nicht im Geringsten abschwächte.

Von der Kraft ihrer wilden, ungezähmten Roma-Musik fortgetragen, hätte sie die ganze Nacht so tanzen können, doch Jake übernahm das Kommando. Zuerst brachte er die Kinder im *var-*

do zu Bett, dann legte er den Arm um Keziah und führte sie sanft, aber entschieden zu ihrem Schlafplatz unter den Sternen.

»Es ist schon spät, Kez. Morgen haben wir einen langen Weg vor uns.«

Keziah hatte ihren Kopf auf Jakes Brust gelegt und lächelte verträumt zu den Sternen empor.

»Danke, Jake, dass du mir deine Milchstraße gezeigt hast«, murmelte sie schläfrig. »Das werde ich dir niemals vergessen.«

»Nicht der Rede wert, Liebling.«

Beim Geräusch donnernder Hufe schreckte sie auf. Als sie die verhassten blauen Uniformen von vier berittenen Troopern sah, erstarrte sie. Ihre Messingknöpfe funkelten in der Sonne. Sie ritten geradewegs auf das Lagerfeuer zu, wo Jake Tee kochte.

»Sind Sie Jakob Isaac Andersen?«, schnauzte ein junger Sergeant mit scharfem, englischem Akzent ihn an.

»Ja. Und Sie?«

»Kraft der Gewalt, die mir Seine Exzellenz Gouverneur Gipps erteilt hat, nehme ich Sie, Jakob Andersen, wegen des Verdachtes fest, Buschräubern Unterschlupf gewährt zu haben.«

»Jesses«, entgegnete Jake. »Sie machen wohl Witze. Wir haben seit Wochen keine Seele gesehen.«

»Sie kommen jetzt mit nach Berrima, bis Sie dort vor Gericht gestellt werden.«

»Das will ich sehen!« Jake ballte die Hände zu Fäusten. »Ich werde meine Frau und die Kinder nicht allein lassen.«

Einer der Trooper steckte das Bajonett auf sein Gewehr. Und als Keziah sah, wie die drei anderen auf Jake zugingen, um ihn zu fesseln, rannte sie schreiend auf ihn zu. Die Kinder trommelten mit ihren Fäusten auf die Beine der Trooper ein. Und als Pearl ihre Zähne in das Bein des Sergeants bohrte und dieser reflexartig das Bein zurückzog, flog sie durch die Luft.

Jetzt geriet Jake in Wut. »Lassen Sie meine Tochter in Ruhe, Sie verdammtes Schwein!«

Es bedurfte aller vier Trooper, um Jake niederzuringen. Sie schlugen ihm ins Gesicht und in den Magen, schließlich fesselten sie ihn und banden ihn mit einem Seil an ein Pferd, sodass er hinter ihnen herlaufen musste.

»Ich verspreche dir, dass ich zurückkomme«, rief Jake Keziah über die Schulter zu.

Und noch während er diese verzweifelten Worte rief, stolperte er. Das Letzte, was Keziah von ihm sah, war, dass die galoppierenden Pferde ihn hinter sich herschleiften.

Die Kinder schrien zu Tode erschrocken, und Keziah zog sie fest an sich.

»Wenn wir Papa helfen wollen, dann müssen wir drei jetzt zusammenhalten!«

Als in der Ferne der erste Donner zu hören war und es zu regnen begann, sammelten sie im Eiltempo sämtliche Sachen aus dem glitschigen Schlamm und warfen sie in den Pferdewagen. Keziah spannte Horatio vor den *vardo* und band die anderen Pferde hinten an. Auf dem Kutschbock ließ sie die Peitsche knallen, obwohl Horatio das nicht nötig hatte.

Der Regen klatschte ihr das Haar ins Gesicht und nahm ihr die Sicht. Sie hatte keine Karte und keine Ahnung, wohin sie sich wenden sollte, aber sie betete, damit das *baxt* sie leitete.

Kurz danach blieb sie an einer Kreuzung stehen. Ein entwurzelter Baum hatte den Wegweiser umgerissen. Beide Pisten sahen genau gleich aus.

Großer Gott. Welcher Weg führt zu Jake?

FÜNFUNDVIERZIG

Heftiger Regen und eiskalter Wind nahmen Keziah die Sicht. Erst als die schwarze Silhouette von Brans Schmiede plötzlich aus dem Sturm auftauchte, bemerkte sie, dass sie den falschen Weg genommen hatte. Das *baxt* hatte sie zu einem Freund geführt.

Der sanfte Riese kauerte vor seinem Ofen und legte Holzscheite nach. Als er ihre zerzauste Gestalt an der Tür erkannte, starrte er sie mit offenem Mund an. Sarannas blauer Umhang war pitschnass und wog schwer auf Keziahs Schultern.

»Bran, du musst mir helfen. Die Trooper haben Jake verhaftet und nach Berrima ins Gefängnis gebracht!«

Der Schmied sprang auf, nahm mühelos ein Kind auf jeden Arm und trug sie ins Haus. Dort legte er sie neben das Feuer und wickelte sie in warme Decken.

Als aus dem angrenzenden Raum Daniel eintrat, starrte Keziah ihn verblüfft an.

»Was, um Himmels willen, ist passiert, Keziah?«

Um ihre Aufregung vor den Kindern zu verbergen, erzählte sie Daniel mit gefasster Stimme, was sich am Tag zugetragen hatte. »Ich weiß weder, ob das, was man ihm zur Last legt, stimmt, noch wer ihn angezeigt hat. Es sieht ganz so aus, als hätte Gilbert Evans seine Finger im Spiel. Jake war schon einmal im Gefängnis. Als Wiederholungstäter könnte er nach Norfolk Island deportiert werden.«

Daniel wurde blass. »Ich bringe dich und die Kinder nach Berrima. Morgen Früh brechen wir auf. Wir müssen es mit allen Mitteln verhindern. Joseph Bloom wird uns bestimmt helfen.«

Keziah schüttelte verwirrt den Kopf. »Dazu ist keine Zeit! Er ist in Sydney Town in seiner neuen Kanzlei. Du weißt doch, wie schnell die Leute hier verurteilt werden. Ich wollte Dr. Ross um Hilfe bitten, aber ich habe den falschen Weg genommen.«

»Stattdessen hat dich das Schicksal zu mir geführt. Du weißt doch, dass du immer auf mich zählen kannst, Keziah. Als Ehemann habe ich dich enttäuscht, aber Jake ist mein Freund, ich werde ihn nicht im Stich lassen.«

Keziah entging es nicht, dass er stirnrunzelnd ihren dicken Bauch betrachtete.

»Ja, Daniel, ich bin schwanger.«

Wie ein großer Bruder nahm Daniel sie schützend in die Arme.

»Nicht weinen«, sagte er. Doch Keziah wusste, dass sie über Tränen längst hinaus war.

Als Keziah mit Daniel und den Kindern Berrima erreichte, blickte sie auf den neuen Sandsteinbau, der die Hauptstraße beherrschte. Das von einer hohen Steinmauer umgebene Gebäude bot Platz für dreihundert Sträflinge. Auf der anderen Straßenseite stand ein wuchtiges Gerichtsgebäude mit einem Säuleneingang, das wie ein römischer Tempel aussah. Beide Bauten wirkten imposant und einschüchternd wie ein Symbol der Ewigkeit.

Rot-weiß-blaue Banner schmückten die Fassade des nahegelegenen Surveyor-General's Inn und andere Gebäude auf der Hauptstraße. Keziah war unsicher. »Heute ist doch noch nicht der Geburtstag der Königin, oder?«

»Doch, doch«, nickte Daniel. »Du bist wirklich nicht mehr auf dem Laufenden.«

Morgen, am 23. Mai, würde ganz Berrima den Geburtstag der Königin feiern, die traditionelle Ausrede für Master ebenso wie Strafgefangene, um sich volllaufen zu lassen. Das hieß, dass der Richter, der heute den Vorsitz führte, darauf bedacht wäre, den Prozess möglichst rasch hinter sich zu bringen.

»Warte hier auf mich«, sagte Daniel zuversichtlich. »Ich

will herausfinden, wann Jakes Verfahren angesetzt ist.« Keziah drückte ihm einen Schnürsenkel in die Hand. »Bitte den Wärter, ihm das hier zu geben. Es ist ein Glücksbringer.«

Daniel nickte und machte sich auf den Weg, um einen Gerichtsdiener zu suchen.

Vor den vier massiven Säulen, die das Giebeldreieck des fensterlosen Gebäudes mit den riesigen Messingtoren hielten, kam sich Keziah winzig und unbedeutend vor. Der Wind war so eisig, dass sie die Kinder in den blauen Umhang hüllte. Sie starrten auf das Gefängnis, in dem Jake saß, in ihren kleinen Gesichtern zeichnete sich stiller Kummer ab. Keziah ließ sich ihre eigenen Ängste nicht anmerken.

»Ja, Papa ist da drin. Wir werden nicht mit ihm sprechen können, aber wir werden ihn im Gerichtssaal sehen. Und er euch auch! Darüber wird er sich sehr freuen.«

Daniel kehrte zurück, und man sah ihm an, wie tapfer er sich bemühte, Zuversicht zu verbreiten.

»Wir sind gerade noch rechtzeitig gekommen. Jakes Verfahren wird heute eröffnet. Das Glück scheint ihm hold zu sein. Er kommt vor Alfred Hamberton, einem ganz neuen Richter, der erst vor Kurzem in der Kolonie eingetroffen ist. Heute ist sein erster Tag bei Gericht. Und was noch besser ist, ich kenne den Mann.«

»Woher?«

»Ich habe in Sydney Town angefangen, seine Frau zu malen, und werde das Porträt jetzt in Goulburn beenden. Ich hatte nicht viel mit ihm zu tun, deshalb kann ich dir auch nicht sagen, wie fair er ist. Auf alle Fälle fairer als die korrupten Richter von hier, die ganz ungeniert die Interessen ihrer aristokratischen Busenfreunde vertreten.«

»Hat Jake einen guten Anwalt?«

Daniel runzelte die Stirn. »Ich fürchte, dass er gar keinen hat.«

»Wie? Das wollen wir erst mal sehen!« Keziah wollte schon wütend in das Gebäude laufen, um sich zu beschweren, als sie sah, wie Dr. Leslie Ross auf sie zukam.

»Gott segne die Beine, die Sie hergetragen haben«, begrüßte sie ihn überschwänglich mit einem alten Roma-Spruch. »Doc, haben Sie gehört, was man Jake angetan hat? Er kommt vor Gericht und hat niemanden, der ihn verteidigen könnte!«

»Aye, Mädchen. Ich musste gestern von Amts wegen an einer Hinrichtung teilnehmen und habe davon erfahren. Ich war schon den ganzen Morgen bei Gericht und habe protestiert. Aber man zieht diese Verfahren im Eiltempo durch. Es hieß, man habe keine Zeit, einen Verteidiger zu finden. Ich habe versucht, die Herrschaften dazu zu bringen, das Ganze zu verschieben, aber davon wollten sie nichts wissen!«

»Sieht so das britische Recht aus?«, fragte Keziah verächtlich.

»Aye. Bei dieser Art von Fehlverhalten ist das so üblich.«

Fehlverhalten. Der Ausdruck passte eher auf das Benehmen unartiger Schulkinder als auf Vergehen, um derentwillen man einen Mann nach Norfolk Island deportieren lassen konnte.

Sobald die Tore des Gerichtsgebäudes geöffnet wurden, bahnte sich Keziah einen Weg durch die Menschenmenge zu den Zuschauerplätzen im hinteren Saal. Es gab keine Sitzplätze, sodass Daniel den Arm um ihre Hüften legte, um sie zu stützen, während die Kinder sich nervös an ihren Rock klammerten.

»Nimm dich zusammen«, warnte er. »Und vergiss nicht, wir sind hier ausschließlich als Jakes Freunde.«

An der Wand über der Richterbank hing das britische Staatswappen, das seit Jahrhunderten von zwei Schildhaltern flankiert war, einem Löwen auf der linken und einem Einhorn auf der rechten Seite. Keziah hatte dieses Wappen zum ersten Mal als Kind gesehen bei dem Prozess gegen ihren Vater. Und dann wieder, als Gem verurteilt worden war. Jetzt hielten dieselben Tiere Wache bei Jakes Verfahren. Unter ihnen prangte der Wahlspruch des englischen Königshauses: *»Dieu et mon droit.«*

»Das ist Französisch und heißt ›Gott und mein Recht‹«, erklärte Daniel.

»Was bedeutet uns schon dieser Gott?«, erwiderte Keziah. »In den Augen der Justiz bin ich eine Heidin und Jake ist Atheist. Was hat er für eine Chance in einem Rechtssystem, das für den Adel geschaffen wurde? Man gesteht ihm ja nicht einmal einen verdammten Verteidiger zu!«

Ihr Ausbruch erregte Aufsehen. Die Frauen, die in den für sie reservierten zweistufigen Logen gegenüber der Jury saßen, drehten sich zu ihr um und starrten sie an. Eine Matrone mittleren Alters in einem schwarzen Kleid schenkte ihr zaghaft ein ermutigendes Lächeln hinter vorgehaltener, behandschuhter Hand. Keziah kam ihr bekannt vor, aber sie konnte sie nicht einordnen.

Auch Daniel kannte sie nicht. »Aber drüben in der hinteren Reihe sitzt Hambertons Frau, diejenige, die ihr Gesicht unter dem Hut versteckt. Sie ist bestimmt gekommen, um ihren Mann in seinem ersten Prozess zu unterstützen.« Gerade als Daniel ihr eine Frau in einem blauen Kleid zeigen wollte, entdeckte Keziah überrascht Freunde im Gerichtssaal.

Polly Doyle löste sich von George Hobsons Seite und kam auf sie zu. Sie umarmte Keziah, um ihr Mut zu machen.

»Wie habt ihr von Jakes Verhaftung erfahren, Polly? Alles ging so schnell.«

Polly deutete mit einer Kopfbewegung auf Gilbert Evans, der abseits der Menschenmenge stand.

»Von ihm, wem sonst? Vor Mr. Hobson hat er damit geprahlt, es sei Gottes Wille, dass Leute, die mit Buschräubern zusammenarbeiten, ihre gerechte Strafe erhielten. Aber machen Sie sich keine Sorgen, Miss, wir alle in Ironbark wissen, dass Jake ein anständiger Bursche ist.«

Als Polly anschließend an Mr. Hobsons Seite zurückkehrte, warf Keziah einen geringschätzigen Blick auf die Voyeure im Gerichtssaal, die wie der Krämer Matthew Feagan aus Bolthole Valley gekommen waren. Gilbert Evans' Anblick konnte sie kaum ertragen.

Sobald Jake aus der Gefangenenzelle in den Gerichtssaal hineingeführt wurde, hatte sie nur noch Augen für ihn. Ein Wärter führte ihn entlang der Absperrung zwischen Zuschauerbank und Gerichtssaal, die so niedrig war, dass jeder Hirtenhund sie hätte überspringen können. Als Keziah die Hand nach Jake ausstreckte, ergriff Daniel sie und küsste sie, um den Verdacht zu zerstreuen, es gäbe eine Verbindung zwischen Jake und ihr.

»Vergiss nicht, heute bist du meine Ehefrau«, flüsterte er.

Als Jake auf der Anklagebank Platz nahm und ihr zuversichtlich zunickte, stockte ihr der Atem beim Anblick der blauen Flecken in dem hageren Gesicht. Mit seinem verrutschten Hemdkragen wirkte er wie ein kleiner Schuljunge.

»Das elegante Jackett gehört nicht ihm. Er besitzt gar keins. Mac Mackie muss es ihm geliehen haben.«

Daniel lächelte leicht. »Ich weiß. Dasselbe Jackett hat mir Mac an unserem Hochzeitstag geliehen, hast du das schon vergessen?«

Keziah war stolz auf Jake. Seine Haltung war die eines rechtschaffenen Bürgers, auch wenn er offensichtlich ein Currency Lad war. Sie versuchte, seinen Blick zu erhaschen. Und genau in dem Moment drehte sich Jake zu ihr um, als hätte er die Intensität ihres Blicks gespürt, und deutete auf sein langes Haar. Er hatte es mit einem Schnürsenkel zu einem Pferdeschwanz gebunden.

»Sieh mal, Daniel. Er hat meinen Glücksbringer bekommen!«

Einen Moment lang war Keziah glücklich. Dann konzentrierte sich Jake auf das Verfahren. Sie hatte ihn noch nie so ernst erlebt. Offensichtlich war er bestrebt, den Richter nicht zu provozieren.

Sie zupfte Daniel am Ärmel. »Jeder Dummkopf, der Richter eingeschlossen, kann sehen, dass er ein ehrlicher Mann ist.«

Daniel zog sie enger an sich. »Pass auf, was du sagst. Evans ist bestimmt nicht der einzige Spitzel hier«, flüsterte er.

Keziah beugte sich zu Gabriel und Pearl hinunter. »Lächelt, wenn Papa zu uns schaut. Das wird ihm Mut machen.« Gerührt beobachtete sie anschließend, wie beide Kinder sich fortan bemühten, ständig zu lächeln.

Als die lange, verwirrende Anklageliste vorgelesen wurde, musste sich Keziah an Daniel festhalten.

Jake wurde des siebenfachen Verstoßes gegen den Bushranging Act beschuldigt: »Der Unterstützung und Beherbergung zweier Buschräuber, des verstorbenen Gem Smith, genannt Gypsy, und William Martens, auch unter dem Namen Schwadroneur bekannt, der gegenwärtig zur großen Freude Seiner Exzellenz, des Gouverneurs, in Van Diemen's Land im Gefängnis sitzt.«

Keziah sah Daniel an. »Siebenfachen Verstoßes!«

»Ich wette, das ist das schmutzige Werk dieses Mistkerls«, zischte Keziah und warf einen eisigen Blick auf Gilbert Evans, der gerade seinen Schnurrbart glatt strich, als hätte sein Herrgott persönlich ihn in den Zeugenstand gerufen. »Wenn Martens hier wäre, würde er Jake bestimmt entlasten.«

»Ja«, antwortete Daniel, »aber wer würde einem Buschräuber glauben außer dir und mir?«

Plötzlich zuckten sie vor den unverblümten Worten zusammen. »Angeklagter, bekennen Sie sich schuldig oder unschuldig?«

»Unschuldig *und* schuldig, Euer Ehren!« Es klang, als stünde Jake in Feagans Krämerladen und bestellte ein halbes Dutzend braune Eier und ein halbes Dutzend weiße Eier.

Das verwirrte Raunen im Saal veranlasste Richter Hamberton, mit dem Hammer auf den Tisch zu schlagen und um Ruhe zu bitten. »Das britische Recht lässt keine widersprüchlichen Geständnisse zu.«

»Dann glaube ich, dass es geändert werden sollte, Euer Ehren.«

Der Richter warf Jake einen scharfen Blick zu. Keziah kannte diesen Blick. Er war typisch für einen Mann, der Einheimische, Zigeuner und Strafgefangene für den letzten Dreck in der Kolonie hielt.

Der Richter schlug einen gelangweilten Ton an. »Bekennen Sie sich nun schuldig oder nicht schuldig?«

»Nun gut. Nicht schuldig«, antwortete Jake. Er ging ziemlich höflich mit dem Richter um. Keziah hätte den Kerl am liebsten am Galgen oder gevierteilt gesehen.

Sie versuchte, dem komplizierten Verfahren zu folgen, obwohl die Hitze im Gebäude unerträglich und sie kurz davor war, das Bewusstsein zu verlieren. Als dann aber eine verhasste Uniform ihren Blick kreuzte, wurde ihre Wut aufs Neue entfacht.

Sie drehte sich zu Daniel um. »Das ist der Trooper, der Jake gefangen genommen und hinter seinem Pferd hergeschleift hat.«

Sergeant Stills englisches Gesicht war erhitzt, und Keziah sah zum ersten Mal, dass er nicht älter war als Jake, dafür aber doppelt so nervös. Sie war überzeugt, dass er selbst unter Eid eine Falschaussage machen würde. Dieser Trooper konnte sie leicht bloßstellen – und Jake verurteilen.

Als er gebeten wurde, die Verhaftung zu schildern, streifte er Keziah mit einem nervösen Blick. Und dann stellte sie überrascht fest, dass er Jakes Satz über »meine Frau und meine Kinder« nicht einmal erwähnte.

»Hat der Angeklagte bei seiner Verhaftung Widerstand geleistet, Sergeant?«

»Ja, wir hatten alle Hände voll zu tun, Sir. Er behauptete ständig, er sei unschuldig. In der Nähe befand sich eine junge Familie. Die Frau sah aus wie eine Dame. Sie wirkte sehr mitgenommen, Euer Ehren.«

Als er gefragt wurde, ob es schon früher Hinweise dafür gegeben hätte, dass der Angeklagte sich mit Buschräubern abgebe, verneinte der Sergeant entschieden. »Niemals. Ich hielt ihn stets für einen Mann von tadellosem Ruf.«

Keziah warf Daniel einen erstaunten Blick zu. »Er war also nicht der Bösewicht. Wer dann?«

Daniel seufzte. »Das werden wir bald erfahren.«

»Warum sieht Jake mich nicht an?«, fragte Keziah sehnsüchtig.

»Um dich zu beschützen, meine Liebe. Er achtet darauf, dass er *meine* Frau nicht kompromittiert.«

Als anschließend Dr. Leslie Ross in den Zeugenstand gerufen wurde, sahen sich Keziah und Daniel erleichtert an. Sie war dankbar, als der Doc Jakes rechtschaffenen Charakter lobte.

»An mindestens drei der aufgelisteten Daten befand sich Jakob Andersen in Wirklichkeit in ärztlicher Behandlung bei mir.« Er sah den Staatsanwalt an. »Ich möchte zu Protokoll geben, dass ich zuvor nicht über diese Daten informiert worden bin, aber ich kann sie anhand meines medizinischen Tagebuches verifizieren, wenn das Gericht dieses als Beweis zulässt.«

Richter Hamberton winkte lässig ab. »Nicht nötig, Dr. Ross. Ihr Wort unter Eid genügt diesem Gericht.«

Leslies Lobesrede war unerschütterlich. »Ich halte Jakob Andersen für einen gesetzesfürchtigen Bürger und ein Vorbild. Er ist anständig bis in die Knochen und ein Mann von großem Mitgefühl.«

Diese Behauptung kam dem Ankläger gerade recht. »Wäre es nicht möglich, dass dieses große Mitgefühl ihn dazu veranlasst haben könnte, Buschräubern zu helfen?«

Verärgert über die Falle gab Dr. Ross scharf zurück: »Das würde jeder vernünftige Mann tun, wenn man ihm die Pistole an die Schläfe setzt!«

»Verstehe, was Sie meinen, Doc. Aber nur dann, wenn er mit einer Feuerwaffe bedroht wird. Diese beiden Buschräuber aber waren Andersens Freunde, oder nicht? Eine Frage noch. Trifft es zu, dass der Angeklagte ein persönlicher Freund von Ihnen ist?«

»Das ist allgemein bekannt, aber was meine Ehre angeht, so würde ich niemals einen Meineid leisten!«

»Nein, Doktor?« Seine Pause war eine stumme Beleidigung. »Keine weiteren Fragen, Euer Ehren.«

Keziah bemerkte, wie Richter Hamberton immer gereizter reagierte, als mehrere Zeugen behaupteten, man habe sie gezwungen, Falschaussagen zu unterschreiben, die Jake Andersen belasteten. Während er resigniert in seinem Stapel von Papieren wühlte, meinte er: »Ich frage mich, ob irgendwer im Saal bereit wäre, Jakob Andersen zu identifizieren?«

Die Anwesenden horchten auf, als Pearl mit schriller Stimme schrie: »Ich! Er ist mein Vater!«

Auch Gabriel schrie: »Meiner auch!« Daniel hielt ihm rasch

die Hand vor den Mund, um den Zuschauern keine Munition für Klatsch und Tratsch zu liefern.

Richter Hamberton brachte das Gelächter mit einem lauten Hammerschlag zum Verstummen.

»Vielen Dank, junge Dame. Das Gericht wird ordnungsgemäß festhalten, dass Jakob Andersen von dieser *ehrenwerten jungen Bürgerin* identifiziert wurde.«

Der Gerichtsdiener nickte weise, und der Schreiber protokollierte alles mit seiner kratzenden Feder.

Jake lächelte den Kindern zu. Keziah sah, wie stolz er war, dass seine Kinder vor den Augen aller Anwesenden zu ihm standen. Doch als der scharfsichtige Staatsanwalt Jake mit einer Reihe von Fragen überhäufte, wurde sie erneut nervös.

»Geben Sie zu, dass Sie ein Freund des berüchtigten verstorbenen Buschräubers namens Gem Smith alias Gypsy waren? Dass Sie in Besitz seines Pferdes namens Sarishan sind, das Sie für Terence Ogdens Rennen im Jahre 1839 trainiert haben, also vor etwa vier Jahren? Dass Gypsy Ihnen später dieses Pferd für die Waffen und die Nahrungsmittel überließ, die Sie ihm gebracht hatten?«

Keziah sah Daniel erschrocken an. Wie sollte er da rauskommen?

Hamberton deutete mit der Hand auf Jake. »Bitte beantworten Sie eine Frage nach der anderen.«

Jake verlor keine Zeit. »Erstens, ich leugne nicht, dass ich Gem vor etwa sechs Jahren kennen lernte.«

»Da lag er in Ketten, nicht wahr?«, sagte der Ankläger wie aus der Pistole geschossen.

»Wie viele unserer besten Bürger«, entgegnete Jake im Versuch, seinem hastigen Einwand entgegenzutreten. »Ich bin jedermanns Freund, ob frei oder unfrei, der mir nichts Böses getan hat. Wir hatten dieselbe Schwäche für Pferde.«

»Stimmt es etwa nicht, dass Gypsy während seiner Karriere als Buschräuber jede Menge Pferde gestohlen hat?«

»Glauben Sie bloß nicht alles, was in den Zeitungen steht«, konterte Jake. »Ich jedenfalls kann nicht von Dingen erzählen, die ich nicht persönlich gesehen habe. Und was Sarishan angeht, so liegen Sie ebenfalls falsch: Er war nicht gestohlen, also habe ich nicht gegen Gesetze verstoßen, als ich ihn für das Rennen trainierte, das er völlig legal gewonnen hat. Und er war auch keine Bezahlung. Ich hatte Gem versprochen, für sein Pferd zu sorgen, falls er ins Gefängnis musste. Das hätte jeder anständige Kerl an meiner Stelle auch getan.« Dann wandte er sich an Richter Hamberton. »Brumbys können nicht gestohlen werden, Euer Ehren. Es sind Wildpferde, die niemandem gehören.«

»Einem geschenkten Gaul schaut man nicht ins Maul, was?«, tönte der Staatsanwalt.

Jake hatte Mühe, seine Wut im Zaum zu halten. »Und jetzt zu Ihrer letzten Frage. Ich habe weder Gem noch einem anderen Ausreißer jemals Waffen oder Munition besorgt. Aber wenn irgendwer, ob frei oder unfrei, an meinem Lagerfeuer auftaucht, wäre ich der Letzte, der sich weigert, mein Brot und Wasser mit ihm zu teilen. Das ist keine Unterstützung, Euer Ehren, sondern ein ungeschriebenes Gesetz in der Wildnis von New South Wales.«

Keziah wusste, dass es nicht gelogen war, aber die ganze Wahrheit war es auch nicht.

Jake hatte sich zwar geweigert, ihnen Waffen und Munition zu beschaffen, aber er hatte Gem Proviant in die Höhle gebracht.

Als Jake gefragt wurde, ob er bereit sei, auf die Bibel zu schwören, antwortete er: »Ehrlich gesagt, es wäre ein hohler Schwur, Euer Ehren. Ich bin der Großcousin eines Atheisten, aber ich schwöre gern auf meine Ehre. Hier weiß jeder, dass Jake so gut ist wie sein Wort.«

»Das kann ich bezeugen!« Keziahs impulsive Worte lösten zustimmendes Murmeln unter den Anwesenden und ein bärbeißiges »Hört! Hört!« von George Hobson aus.

Der Richter warf einen Blick auf die Gerichtsuhr. »Wie es aussieht, genießen Sie tatsächlich großes Ansehen, Andersen, das lässt sich nicht leugnen. Ich hoffe, die Aussagen der letzten beiden Zeugen bringen Licht in diese Angelegenheit.«

Als Keziah sah, wie Gilbert Evans auf die Bibel schwor, sagte sie zu Daniel: »Sauberes Wasser kommt nie aus einer schmutzigen Quelle! Am liebsten würde ich ihn ...«

Daniel brachte sie mit einem flüchtigen Kuss auf den Mund zum Schweigen.

Als Keziah und Jake sich ansahen, empfand Daniel einen Anflug von Mitgefühl. Sie hatte Tränen in den Augen. Daniel versuchte, seine eigenen Gefühle zu unterdrücken, um nichts zu verpassen, was für den Fortgang des Prozesses wichtig war. Er machte sich große Sorgen, was passieren würde, wenn Jake schuldig gesprochen würde. Dabei schämte er sich vor seiner instinktiven, rein ästhetischen Reaktion auf die neue Strafmethode, die angewendet wurde, um Häftlinge kleinzukriegen. Ausgedehnte Einzelhaft in einer dunklen Zelle war besser, als Jakes vollkommenen Körper mit einer Peitsche zu zerfetzen.

Daniel hörte aufmerksam zu, während Gilbert Evans aussagte. Er war aalglatt, ja, unterwürfig und spickte seine Aussage mit versteckten Anspielungen statt Fakten. Als Evans sich auf einen belastenden, unsignierten Brief bezog und als Beweis anführte, musste er einräumen, dass er ihn von »einem Freund« bekommen hatte, allerdings nicht beweisen konnte, woher das Schreiben stammte oder wann es verfasst worden war.

»Was für einen Brief?«, fragte Keziah Daniel. »Evans spricht mit doppelter Zunge. Die werden doch Jake nicht aufgrund von Geschwätz verurteilen können, oder?«

Daniel gab sich Mühe, zuversichtlich zu klingen. »Bislang hat die Staatsanwaltschaft nur Vermutungen vorgebracht.«

Als der letzte Zeuge aufgerufen wurde, spürte Daniel, wie Keziah halb gegen ihn sank. Dann sagte sie schockiert: »Daniel, das ist er! Der Mann mit dem gespaltenen Kinn.«

In diesem Augenblick wusste Daniel, dass es vorbei war.

Der Teufel in Person trat vor, legte feierlich die Hand auf die King-James-Bibel und schwor.

Minutenlang setzte Daniels Verstand einfach aus. Bei Iagos Anblick brach ihm der kalte Schweiß aus. Ein Leben lang hatte er sich vor diesem Mann gefürchtet und die Folgen seiner Hinterhältigkeit ertragen. Er hatte geglaubt, jetzt, da er aufgrund seiner Heirat ein Freigelassener war, von diesem Tyrannen befreit zu sein. Doch da stand er, nur wenige Meter von ihm entfernt. Und er hatte keinen Zweifel, dass der Schweinehund alles in seiner Macht Stehende aufbringen würde, um Jake den Todesstoß zu versetzen.

Daniel sah verzweifelt zu dem Richter auf. Würde Hamberton Iagos wahres Gesicht erkennen? Bei den wenigen Malen, die er sich mit ihm unterhalten hatte, war ihm klar geworden, dass er ein leidenschaftlicher Anhänger von Recht und Ordnung war. Heute aber wirkte er trotz seiner Aufplusterei so nervös, als stünde er selbst auf der Anklagebank.

Als Daniel hörte, wie der Teufel in Person sich als Iago auswies, Aufseher von Gideon Park, war ihm bewusst, dass der Name nur einer von vielen anderen war, die vor Gericht nicht erwähnt wurden. *Es gibt keine Akten über ihn, niemand weiß, wo er geboren wurde, wann oder weshalb er in die Kolonie kam. Er muss Freunde an höchster Stelle haben.*

Im Zeugenstand gab er sich mannhaft und integer wie ein Gentleman, den es scheinbar Mühe kostete, Jake zu belasten. Unter Eid sagte er aus, Jake habe Buschräubern bei unzähligen Gelegenheiten Hilfe gewährt. Es hörte sich an wie ein an den Haaren herbeigezogenes Märchen.

Daniel konnte das Verhör nur mit Mühe verfolgen, aus lauter Angst, ihm in die Augen schauen zu müssen.

Richter Hamberton hielt inne, ehe er auf Iagos Aussage einging. »Sie besitzen ein bewundernswertes Gedächtnis, Sir, wenngleich Ihre Aussage unbestätigt bleibt. Trotzdem, etwas gibt mir zu denken. Sie haben sich sehr lange Zeit gelassen, um Ihre Anschuldigungen vorzubringen.«

»Jawohl, Euer Ehren. Ich bin mir meiner bürgerlichen Pflichten sehr wohl bewusst. Und es wäre schrecklich, einen unschuldigen Mann ins Gefängnis zu bringen.« Er machte eine Pause. »Trotzdem blieb mir letztendlich keine Wahl, als die Behörden zu informieren.«

Hamberton konnte seine Irritation kaum verbergen. »Was heißt letztendlich?«

Iago wirkte besorgt, als erinnerte er sich nicht gern an ihr letztes Zusammentreffen.

»Ich war mit meinem Freund Gilbert Evans unterwegs auf der Sydney Road. Nachdem wir uns verabschiedet hatten, stieß ich auf Andersens Pferdewagen. Im Mondlicht konnte ich Sarishan deutlich erkennen, das Rennpferd, das Gypsy Andersen als Bezahlung für seine Dienste überlassen hatte. Wie der Brief beweist.«

Als das Schreiben vorgelegt wurde, bestätigte Iago, er habe es in der Nähe von Andersens Wohnwagen gefunden und dann Evans übergeben, damit er es an die Polizei weiterleitete.

Daniel beobachtete, wie Keziah reagierte, als der Brief vorgelesen wurde.

Zwar war er nicht unterschrieben, doch hatte offensichtlich Gem ihn jemandem diktiert. Keziah ließ sich eindeutig als die Frau identifizieren, um die sich Jake in Gems Auftrag kümmern sollte. Daniel sah, dass Keziah so bewegt war, dass sie kaum Luft bekam. Er legte den Arm um ihre Schulter, um sie zu stützen. Er kannte Iago. Es würde noch schlimmer kommen.

Als er hörte, wie Iago mit sanfter Stimme Jake belastete, indem er behauptete, der Brief beweise, dass Sarishan die Bezahlung für geleistete Dienste war, biss er vor Wut die Zähne zusammen.

Und als er aufgefordert wurde zu schildern, was er in jener Nacht in Andersens Lager beobachtet hatte, fuhr er fort: »Ich sah den Angeklagten unter verabscheuungswürdigen Umständen auf der Erde liegen.«

Keziah drehte sich zu Daniel um. »Was meint er?«

Daniel nahm sie kaum wahr. Jakes entsetzte Reaktion verwirrte ihn vollends.

Iago machte eine entschuldigende Geste. »Ich sage es sehr ungern in Anwesenheit von Damen, Euer Ehren. Ich sah den Angeklagten in den Armen des berüchtigten Buschräubers Will Martens!« Er zeigte auf Jake. »Jakob Andersen schändete den jungen Martens!«

Die Anwesenden im Gerichtssaal waren schockiert. Daniel sah, wie Keziah kreidebleich wurde.

»Du lügst, Iago. Das stimmt nicht!«

Der Wärter versuchte, Jake zu bändigen. Schließlich beruhigte er sich, nachdem der Richter gedroht hatte, ihn des Saals zu verweisen.

Als er gefragt wurde, warum er dies während seiner beeidigten Aussage nicht erwähnt hätte, kostete Iago den Augenblick genüsslich aus. Er sah erst Jake, dann Keziah und Daniel und schließlich den Richter an.

»Ich habe gezögert, weil ich weiß, dass derart bestialische Praktiken die Todesstrafe nach sich ziehen.«

Hambertons Gesicht war steif wie eine Maske. »Haben wir Sie richtig verstanden? Sprechen Sie von Sodomie?«

Iago senkte den Kopf. »Ich fürchte, ja, Euer Ehren.«

Daniel hielt Keziah davon ab, auf die Zeugenbank zu stürzen, aber er konnte sie nicht daran hindern, aus vollem Hals zu schreien: *»Bengis in tutes bukko!«*

Die Bedeutung des Roma-Fluchs kannte Daniel nicht, aber das Gift in ihren Worten war nicht zu übersehen. Daniel beobachtete, wie in der Zuschauerloge eine elegant in Blau gekleidete Dame aufsprang. Mrs. Hambertons behandschuhte Hand fuhr zu ihrem Mund, dann sank sie wieder zurück auf ihren Sitz.

Daniel zischte Keziah an: »Was, zum Teufel, hast du gesagt?«

Sie war außer sich vor Wut. »Soll der Teufel in deine Eingeweide fahren! Hast du Iagos Gesicht gesehen? Er weiß, was das bedeutet! Er ist zwar kein Rom, aber ich bin sicher, dass meine Leute im Gefängnis ihn verflucht haben!«

Als im Gerichtssaal Ruhe einkehrte, warf Daniel einen ängstlichen Blick auf die Uhr. Viertel vor vier. Es war der Vorabend des Geburtstags der Königin; offensichtlich wollte der Richter das Verfahren schnell zu Ende bringen. Dennoch ließ er sich Zeit.

»Das britische Gesetz sieht vor, dass es für eine Verurteilung in einem so schwer wiegenden und abscheulichen Verbrechen wie Sodomie eines zweiten Zeugen bedarf. Aber es gibt niemanden sonst, der dies bezeugen könnte. Mr. Evans hat den Brief als Beweis eingebracht. Er hat ausgesagt, er hätte sich an dem Abend von Iago verabschiedet. Evans hat nicht behauptet, gesehen zu haben, wie Andersen und Martens beieinander gelegen hätten, unter welchen Umständen auch immer. Er hat diesen abscheulichen Akt in seiner beeidigten Aussage nicht erwähnt.« Der Richter zögerte kurz und warf einen unsicheren Blick auf den Gerichtsschreiber, ehe er dann fortfuhr: »Ich kann es als Beweis nicht zulassen.«

»Sieh ihn dir an!«, flüsterte Daniel Keziah zu. »Man merkt, dass er ein Neuling ist. Er ist sich nicht sicher, ob er richtig gehandelt hat.«

Keziah starrte auf die Uhr. Die Zeit verrann. Sechs der sieben Anklagepunkte waren wegen mangelnder Beweise fallengelassen worden. Der siebte beinhaltete Jakes Kenntnis von Gems Brief und sein Besitz an Sarishan. Die Jury sah es als erwiesen an, dass das Pferd eine Entlohnung für Dienste war, die Andersen dem Buschräuber Gem Smith alias Gypsy erwiesen hatte. Das Urteil lautete schuldig.

Keziah schrie vor Schreck auf. »Zwei Jahre! *Mi-duvel!* Gott stehe uns bei!«

Als wäre er in einem Albtraum gefangen, ohnmächtig und machtlos, ohne sich bewegen zu können, beobachtete Daniel, wie man Jake Handschellen anlegte, obwohl er sich wehrte, in seine Zelle zurückgebracht zu werden.

Als Keziah zusammenbrach, fing Daniel sie auf, konnte aber den Blick nicht von Jakes verzweifeltem Gesicht abwenden. Er stieß einen markerschütternden Schrei aus, als er ihr nicht helfen konnte, und Daniel war, als spürte er Jakes Schmerz in seinem eigenen Körper.

SECHSUNDVIERZIG

Keziah lag im Gästebett im Dachgeschoss der Haunted Farm und starrte auf die Rosette an der Decke. Immer war die Zeit ihre Verbündete gewesen und hatte ihr die Möglichkeit geboten, sich zwischen Vergangenheit, Gegenwart und Zukunft zu bewegen. Jetzt aber war die Gabe verloren, auf die sie sich seit ihrer Kindheit hatte verlassen können, und der Blick in die Zukunft blieb ihr verwehrt.

Seit ihrem Nervenzusammenbruch nach der Urteilsverkündung im Gerichtssaal war sie innerlich wie abgestorben. Sie hegte keine Gefühle für das Kind in ihrem Bauch und bekam nur am Rande mit, dass Dr. Ross sich um sie sorgte. Nachdem sie schon den Zwillingsbruder verloren hatte, bestand die Gefahr, dass auch das zweite Kind eine Frühgeburt wurde.

Der Arzt hatte ihr strikte Bettruhe verordnet und darauf bestanden, dass sie in seinem Haus blieb. Wie konnte sie sich weigern? Sie hatte kein Dach über dem Kopf. Ihre anfängliche Angst vor der Haunted Farm und Padraics Geist spielte inzwischen kaum noch eine Rolle.

Als Daniel dafür sorgte, dass die Kinder auf der Ironbark Farm in Polly Doyles Obhut kamen, damit sie dort zur Schule gehen konnten, fehlte Keziah die Kraft zu widersprechen. Jake saß im Gefängnis von Berrima, Nerida war mit Sunny Ah Wei meilenweit weg in Maitland unterwegs, und um Keziahs geliebte Pferde und um ihren *vardo* kümmerte sich Bran. Sie hatte das Gefühl, als hätte man all ihre Familienbindungen gekappt, als triebe sie in einer albtraumhaften Welt. Sie schlief unruhig trotz der namenlosen Arznei, die sie »zur Beruhigung« bekam.

Es pochte an der Tür, und dann trat der Doc ein.

»Bleiben Sie liegen, Mädchen. Daniel schläft unten und passt auf, dass Sie nicht gestört werden. Jakes Freunde haben sich zusammengetan, um für seine Entlassung zu kämpfen. Joseph Bloom müsste jeden Augenblick aus Sydney Town eintreffen. Und dann sehen wir weiter!«

Keziah warf einen misstrauischen Blick auf das Glas, das er ihr reichte.

»Ich fühle mich so unwirklich, Doc. Liegt das an der Medizin?«

»Sie stehen unter Schock. Der Portwein wird Ihnen helfen einzuschlafen. Trinken Sie. Morgen sieht die Welt schon ganz anders aus.«

Nachdem Dr. Ross den Raum verlassen hatte, inspizierte Keziah das Glas. Ihr Vertrauen in ihre eigenen Kräuter war genauso groß wie ihr Misstrauen gegenüber jeder *gaujo*-Medizin. Ob der Wein etwas von diesem Laudanum enthielt, in dessen verhängnisvollem Netz sich einst Sophie Morgan verfangen hatte? Sie roch daran, probierte und entschied, dass er nur nach Portwein schmeckte. Bald fühlte sie sich leicht und klar im Kopf und trotzdem auf angenehme Art schläfrig. Nachdem sie das Glas geleert hatte, hörte sie Janet Macgregor im Flur flüstern.

»Dieser leere Blick in ihren Augen macht mir Angst, Leslie.«

»Die Kleine hat eine ziemliche Tortur hinter sich, Janet. Sie wird es schaffen, aber im Moment ist sie nicht ganz bei Verstand.«

Nachdem die Schritte verhallten, dachte Keziah über die Worte nach. *Nicht ganz bei Verstand?* Ihr war bewusst, dass es nicht ihre Augen waren, durch die sie die Welt sah. *Fühlt sich so der Wahnsinn an?*

Das Licht des Mondes fiel durchs Fenster auf ihr Bett. Und wenn der Mondschein doch mein Haar weiß färbt? *Königin Marie Antoinette bekam aus lauter Trauer weißes Haar. Und am Ende hat man sie enthauptet, warum sich also darüber aufregen?*

Statt einzuschlafen wurde sie wach und klar im Geist. Sie hatte das Gefühl, als würde sie immer tiefer in einen Strudel seltsamer, farbiger Wachträume gezogen, die ganz anders waren als jene, die sie gekannt hatte und die sie in eine unbekannte Dimension führten. Sie war sich plötzlich jedes Zentimeters im Raum bewusst, erkannte jeden einzelnen Knoten im Holz. Sie sah Gesichter in den Tapetenmustern. Ein winziges Spinnennetz in der Deckenleiste nahm magische Bedeutung an.

Im dunklen Haus war es völlig still. Keziah sah, wie der Spiegel den Vollmond reflektierte. Die Dimensionen des Raumes schienen auf seltsame Art zu verschwimmen, als betrachtete sie ihn unter Wasser. Und im nächsten Augenblick war alles wieder scharf, die Oberfläche des Holzes, des Messings, des Leinens und der Spitze schienen von unsichtbarer Energie erfüllt. In allem pulsierte eine geheime Lebenskraft.

Diese Gefühle waren so aufregend, dass sie sie weiter erforschen wollte, obwohl sie sich instinktiv sträubte, ihrer Verlockung zu erliegen. Sie wusste, dass sie sich aus dem Griff dieser Eindrücke lösen musste, sonst wäre sie für immer verloren.

Irgendetwas stimmt nicht! Kaltes Wasser! Sie stand vom Bett auf und ging zum Waschtisch. Es war, als schwebte sie. Das Mondlicht fiel auf den Boden wie ein Pfad, der sie geradewegs zum Spiegel führte.

Doch als sie hineinsah, packte sie blankes Entsetzen. *Das ist nicht mein Gesicht!*

Aus dem Spiegel starrte sie ein kahl geschorener Kopf an. Es war der Strafgefangene, den sie am alten Brunnen der Haunted Farm gesehen hatte. Padraic, der seinen Master Barnes getötet hatte. *In diesem Raum?*

Der Angstschweiß stand Keziah auf der Stirn, trotzdem konnte sie die Augen nicht von dem traurigen, jungen Gesicht der Erscheinung nehmen, die schwarze Ringe um die Augen hatte, als wäre ihre Seele dazu verdammt, in alle Ewigkeit zu trauern. Als sich das Kind in ihrem Bauch bewegte, wusste sie, dass ihre Angst ansteckend war. Ihre Kehle war wie ausgetrocknet, als sie einen Schritt zurücktrat und das Gesicht im Spiegel ansprach.

»Was willst du von mir?«

Die gespenstischen Augen drehten sich in Richtung Kommode. Dann wurde der Spiegel plötzlich milchig weiß, und man sah nur noch den Vollmond, der sich darin spiegelte.

Gott sei Dank, er ist fort! Keziah öffnete die Schublade, in der ihre Tasche lag. Als sie begriff, was sie tun musste, wurde sie von einer Welle der Euphorie erfasst. Sie war völlig klar im Kopf, als sie sich an den Tisch setzte und zu schreiben begann.

Keziah erkannte sofort, dass das prächtige, schmiedeeiserne Tor von Gideon Park Daniels Werk war. Heute stand es weit offen, um die Gäste der Jonstones einzulassen. Eine Reihe von leeren Kutschen wartete davor. Nachdem sie das Pferd des Einspänners, den sie aus dem Stall vom Doc entwendet hatte, am Gitter festgebunden hatte, lief sie die Auffahrt zum Haus hinauf. Aus dem Ballsaal des Anwesens drang fröhliche Musik. Elegant gekleidete Gäste tanzten an den Balkontüren vorbei.

Sie kannte sich in dem Gebäudekomplex aus. Einmal hatte sie Charlotte Jonstone nach einer weiteren Fehlgeburt Kräuter gebracht. Hinter dem Haupthaus lag ein großer gepflasterter Hof, der von Scheunen, Ställen, Hütten zum Scheren von Schafen und den Schlafquartieren der Strafgefangenen von Gideon Park gesäumt war. In der Mitte des Hofes hatte sich eine Gruppe feiernder Arbeiter um ein großes Feuer versammelt, aus dem Funken wie Raketen in den Himmel schossen.

Keziah machte einen weiten Bogen um die Gruppe und wandte sich an eine betrunkene Frau, deren Gesicht und schmutzige Kleidung von roten und gelben Feuerfunken erhellt wurde.

»Die Hütte des Aufsehers? Dort drüben. Aber was will eine feine Dame wie Sie von diesem Mistkerl?«

Keziah antwortete nicht. Sie ging geradewegs auf das weiß getünchte Häuschen mit dem Garten zu. Sie hob den Türklopfer an. Ihr Herz schlug derart heftig, dass es schmerzte, aber um Jakes willen nahm sie sich zusammen.

Als sie eintrat, schlug ihr der intensive Geruch nach Rum entgegen. Auf dem Sofa vor dem Kamin lag der Mann, der sich des Spitznamens »Teufel in Person« rühmte. Das schwache Kaminfeuer warf Schatten auf sein Gesicht – das in einem Moment teuflisch schön, im nächsten sinnlich und gefährlich war. Seine Augen musterten ihren Körper gierig, mit einer unmissverständlichen Botschaft. Instinktiv legte Keziah die Hand auf den Bauch, um das Kind darin zu schützen. Seit sie klein war, fürchtete sie sich vor dem bösen Blick, dem *beng*. Jetzt sah sie ihm direkt in die Augen.

Sie hatte sehr wenig Zeit für ihre Mission. Auch wenn sie um Hilfe riefe, wären die Feiernden zu betrunken, um sie zu hören. Sie hatte das merkwürdige Gefühl, als stünde sie neben ihrem Körper. Als bewegte sie sich außerhalb von Raum und Zeit.

Iago hob sein Nachthemd, um ihr seinen nackten Unterleib zu zeigen. »Bist du deshalb gekommen? Du wirst mehr davon bekommen, als dir lieb ist.«

Ihr Mund fühlte sich trocken an. »Ist deine Frau zuhause?«

»Sie muss den Herrschaften das Abendessen servieren. Komm schon her und sei ein bisschen nett zu mir, Mädchen!«

»Ich habe dich im Gerichtssaal beobachtet«, sagte sie. »Iago. Ist das dein richtiger Name?«

»Der Teufel in Person hat viele Namen«, sagte er leise und sah ihr ins Gesicht. »Du hast wirklich sehr seltsame Augen. Einen großen weichen Mund. Aber du liebst es zu hassen, nicht wahr? Ich kenne diesen Fluch, den du mir im Gerichtssaal zugerufen hast. Ich war einmal im Gefängnis von Newgate – da sitzen eine Menge Zigeuner. Ich selbst habe nicht wenige von diesen Herumstreichern dorthin geschickt.«

»Du verschwendest meine Zeit«, erwiderte Keziah kalt, um ihre wachsende Angst zu verbergen. Verzweifelt klammerte sie sich an die Realität, an die Gründe, weshalb sie gekommen war.

Iago lächelte, als seien sie zwei Verschwörer. »Ich habe lange auf diesen Augenblick gewartet. Ich weiß alles über dich! Ich habe gesehen, wie du durch die Hände vieler Männer gegangen bist.

Einer war ein Buschräuber, der nächste ein milchbärtiger Künstler, dann kam ein englischer Adliger und jetzt ist es dieser dumme Kraftprotz, Jake Andersen. Aber den habe ich dir vom Hals geschafft!«

Keziah unterdrückte ihre Wut. »Du hast einen unschuldigen Menschen ins Gefängnis gebracht. Ich gebe dir eine Chance, die Wahrheit zu sagen, damit er freikommt. Hier, lies das und unterschreib.«

Obwohl ihre Stimme fest blieb, zitterten ihre Hände, als sie das Schreiben auf den Tisch legte.

»Du bist ganz schön mutig, das muss man dir lassen, Zigeunerbraut. Wie willst du einen Mann wie mich dazu bringen, deiner Bitte zu entsprechen?«

Keziah öffnete ihre Tasche. »Entweder du unterschreibst oder ich befördere dich in die Hölle, wo du hingehörst.«

Iago starrte in den Lauf einer Taschenpistole. »Kein Grund zur Aufregung, Mädchen, lass mich erst mal lesen.«

Er nahm sich eine Menge Zeit.

»Nett, wie du es darstellst: ›Ich habe mich bei der Identifizierung von Jakob Andersen und Sarishan geirrt. Ich entschuldige mich beim Gericht und Andersen für das Leid, das mein schwaches Gedächtnis ihnen ungewollt zugefügt hat.‹«

Er spielte mit seinem Federkiel, als wollte er Keziah wütend machen, indem er sie warten ließ.

»Es wäre dumm von dir, mich zu erschießen, du kleine Hexe. Du brauchst dieses Stück Papier dringend. Lass uns ein Gläschen Rum auf Ihre Majestät Königin Victoria trinken.«

Keziah spuckte ihm ihre Verachtung ins Gesicht. »Du wagst es, den Namen der Königin in den Mund zu nehmen?«

Er zeigte mit dem Finger auf sie. Seine Nägel waren schmutzig. »Ich wage *alles*. Nicht umsonst nennt man mich Teufel in Person. Du bist Jake Andersens Hure. Du hast diesem Hasenfuß von Daniel Browne Hörner aufgesetzt. Ich habe Jake und dich beobachtet. Wie läufige Hunde habt ihr euch unter den Sternen gewälzt.«

Keziah erstarrte, als sie an die lustvollen Nächte mit Jake dachte. *Und er hat uns die ganze Zeit beobachtet!* Iago sah ihren Ausdruck und lachte aus vollem Hals.

»Du schreist so schön, wenn du beglückt wirst. Trotzdem, ich kenne dich, du magst es auf die harte Tour. Erinnere dich nur an den Abend am Fluss, als du mit der Peitsche auf mich losgegangen bist. Nun, ich kann dir geben, wonach du dich sehnst. Ich bin ein Meister, wenn es um Härte geht!«

Lebendige Bilder schwirrten ihr durch den Kopf. *Der schwarze Reiter, der meine Hütte ausspionierte. Seine Hand auf meiner Brust. Wie er meinen Rock hebt, um mich zu vergewaltigen. Sein Gelächter. »Ich werde dir beibringen, den Schmerz zu mögen.« Seine schäbigen Lügen, die Jake ins Gefängnis brachten. Ich wusste doch, dass der Teufel menschliche Gestalt annehmen kann.*

Keziah zitterte so stark, dass sie beide Hände brauchte, um die Pistole zu halten.

»Ganz ruhig, Mädchen. Mir ist es egal, ob Andersen freikommt. Ich unterschreibe diesen Brief, wenn es dir so wichtig ist. Ich will nur etwas näher an die Lampe rücken, einverstanden?«

Er legte den Brief auf den Tisch und senkte die Stimme, bis sie leise und einschmeichelnd war.

»Ich habe gehört, dass dein Zigeuner Gem vor Cockatoo Island ertrunken ist. Wirklich schade. Er war ein richtig guter Faustkämpfer. Konnte einen doppelt so großen Kerl umhauen. Gem war der einzige Strafgefangene, den ich respektiert habe.«

Es machte Keziah krank, Gems Namen aus seinem verhassten Mund zu hören.

»Schnee von gestern«, sagte sie. »Unterschreib!«

»Da, kleine Schulmeisterin. Da hast du dein kostbares Schreiben.«

Als Keziah den Brief nehmen wollte, packte Iago blitzschnell zu und riss ihr die Pistole aus der Hand. Dann warf er die Waffe wie ein Spielzeug von einer Hand in die andere.

»Ich hätte mit dem Teufel in Person unterschreiben sollen.

Schließlich bin ich berühmt. Ich quetsche mehr Saft aus meinen Arbeitern als jeder andere Aufseher im Kontinent. Hunderte haben sich für mich zu Tode geschuftet. Ich habe Jonstones Anwesen in Schuss gehalten und mir obendrein die Taschen gefüllt.«

Dann fuhr er stolz fort: »Ich bin berühmt für meinen umsichtigen Einsatz der Peitsche. Ich war es, der Will Martens gebrochen hat. Er hatte die Haut eines Mädchens, bis er Bekanntschaft mit meiner Peitsche machte. Hat auch wie ein Mädchen geschrien.«

Er sprach immer weiter, in diesem weichen, vernünftigen Ton, doch Keziah wurde übel beim Anblick des durchtriebenen Lächelns über dem gespaltenen Kinn. Alles im Zimmer erschien ihr plötzlich surreal, wie grob gemalte Kulissen im Theater. Es war, als hätten die sanfte Stimme des Teufels und seine unergründlichen schwarzen Augen, in denen sich kein Licht spiegelte, sie in ihren Bann geschlagen. Seine ordinären Worte zerrissen ihr das Herz, aber sie zwang sich, seine Bewegungen zu verfolgen, während er sie verhöhnte und die kleine Pistole von einer Hand in die andere warf. Im richtigen Augenblick machte sie einen Satz auf ihn zu und schnappte ihm die Pistole weg. Die Kugel streifte ihn am Hals und bohrte sich in die Wand hinter ihm.

Wütend stürzte er sich auf sie. »Böses Mädchen«, fauchte er. »Ich werde dir eine Lektion erteilen müssen.«

Sie wusste, dass die kleine Pistole nur eine Kugel hatte. Es gab keinen zweiten Versuch. Da ließ sie die geheime Klinge in der Pistole aufspringen und hielt sie wie einen Dolch. Iagos Blut spritzte auf ihr Kleid. In diesem Augenblick begriff sie nicht, was sich in dem widerwärtigen Gesicht abspielte, als sich sein Mund mit Blut füllte.

Mit Pistole und Brief in einer Hand ergriff Keziah die Öllampe und trat aus der Hütte. Dort schleuderte sie die Lampe auf das Dach aus Baumrinde und sah, wie alles in Flammen aufging.

SIEBENUNDVIERZIG

Im vollen Galopp ritt Daniel auf Gideon Park zu und betete zur Jungfrau Maria, dass er nicht zu spät käme.

Mitten in der Nacht war er von dem Lärm geweckt worden, als man im ganzen Haus nach Keziah suchte. Er hatte einen kühlen Kopf behalten und war zu den Ställen gelaufen. Der Einspänner war verschwunden. Leslie befürchtete, dass Keziah, benommen von der Medizin, zur Ironbark Farm gefahren sein könnte, um die Kinder abzuholen.

Doch Daniel wusste es besser. Iagos Falschaussage hatte Jakes Schicksal besiegelt. Selbst in ihrem umnebelten Zustand würde sie darum kämpfen, Jake frei zu bekommen. Daniel war sicher, dass sie nach Gideon Park gefahren war, um den Teufel in Person zur Rede zu stellen. Er hatte sich geschworen, diese Hölle nie wieder zu betreten. Doch jetzt blieb ihm keine Wahl.

Als er zu dem schmiedeeisernen Tor kam, lag das Anwesen der Jonstones stockdunkel vor ihm. Nirgendwo waren noch Kutschen zu sehen, nur Leslies Einspänner stand am Gitter. Er schwang sich aus dem Sattel und ging direkt auf Iagos Hütte zu. Als er daran dachte, dass er sich dem Aufseher stellen müsste, falls Keziah tatsächlich dort war, begann er zu zittern.

Jonstones Haus war offenbar menschenleer, doch aus den Arbeiterquartieren dahinter hörte er hitzige Schreie. Als er den Hof betrat, traf er auf einen Haufen von Betrunkenen, die Eimer mit Wasser in Richtung der Hütte trugen und mit leeren zurückgelaufen kamen. Die Flammen hatten das Dach bereits zerstört und leckten nun an den Wänden der Hütte. Die betrunkenen Strafgefangenen liefen durcheinander und schrien Befehle, ohne sie zu befolgen. Nur Iagos Frau stand wie angewurzelt da und starrte auf das Feuer.

Noch ehe er sich der Hütte genähert hatte, stieg Daniel der beißende Gestank nach verbranntem Menschenfleisch in die Nase. *Jungfrau Maria, lass es nicht Keziah sein.* Er zwang sich, einen Blick durch die Tür zu werfen. Beim Anblick der verkohlten Leiche in der Ruine musste er würgen. Der Teufel in Person war tot.

Hustend vom Rauch taumelte Daniel zurück. Wo war Keziah? Niemand war nüchtern genug, um seine Fragen zu beantworten, daher suchte er im abgebrannten Garten hinter der Hütte.

Schließlich fand er sie. Keziah kauerte am Boden und flüsterte in ihrer Muttersprache vor sich hin. Auf der Wange prangte ein trockener Blutfleck. Eine Haarsträhne war versengt, der Rest hing strähnig über ihre Schultern. Trotz des Wahnsinns in ihren Augen klang ihre Stimme süß und entrückt. Daniel lief es kalt über den Rücken.

»Wie schön, dich zu sehen, Daniel. Weißt du, was passiert ist?«

»Komm, Keziah. Ich bringe dich nach Hause.«

Er hätte ihr alles versprochen, nur um sie von diesem Schlachtfeld wegzuholen. Doch seine Hoffnung erlosch in dem Augenblick, als Keziah ihm höflich die kleine Pistole mit der blutverschmierten Klinge in die Hand drückte.

Hastig wickelte er sie in sein Taschentuch und steckte sie in die Jackentasche. Dann stützte er Keziah und führte sie um die Hütten herum zu dem Einspänner, ohne dass sie gesehen wurden. Keziah hörte sich an wie ein neugieriges Kind.

»Weißt du was, Daniel? Ich habe herausgefunden, dass Iago tatsächlich der Teufel in Person war.«

Ihr Lachen klang schrecklicher als ihr Weinen.

Daniel hielt ihr den Mund zu, damit man sie nicht hörte, und flüsterte ihr aufmunternd zu, während er sie in den Einspänner bugsierte und das andere Pferd daran festband. Er konnte die Angst nicht abschütteln, dass der Teufel in Person noch im Tod die Macht hatte, ihn zu bestrafen. Immer wieder sagte er sich im Geist: *Iago ist tot. Ich habe seine Leiche gesehen. Aber hat Keziah ihn getötet?*

Während sie schweigend dahinfuhren, warf Daniel Keziah immer wieder Blicke von der Seite zu. Im Mondlicht wirkte ihr Profil wie aus weißem Marmor gemeißelt.

Als sie die Haunted Farm endlich erreichten, war er erleichtert, Keziah in die Obhut des Arztes geben zu können. Der Doc sah sie nur an, stellte Daniel ein paar Fragen und brachte sie dann nach oben, um ihre Brandwunden zu versorgen.

Daniel vergewisserte sich, dass ihn niemand sah, und schlich sich im Mondlicht in den Garten. Er hob den Holzdeckel des alten Steinbrunnens an und warf die kleine Pistole hinein. Er zählte bis fünf, um die Tiefe abzuschätzen, bis er ein Platschen hörte, als sie auf dem Wasser aufschlug. Plötzlich lief es ihm eiskalt über den Rücken, denn er hatte das Gefühl, jemand hätte ihn dabei beobachtet, doch es war weit und breit niemand zu sehen.

Am Anfang gelang es Daniel und Dr. Ross, Trooper Kenwoods Versuche, Keziah zu vernehmen, unter Hinweis auf ihren labilen Seelenzustand und die fortgeschrittene Schwangerschaft abzuwehren. Trotzdem sprach Kenwood in den nächsten Wochen immer wieder vor und erkundigte sich, ob Keziahs Zustand sich inzwischen so weit gefestigt hätte, dass sie seine Fragen beantworten könnte. Daniel war mit den Nerven am Ende, doch nach drei Monaten flauten die Besuche des Troopers ab. Der Doc und er glaubten allmählich, dass die Polizei keinerlei Beweise gegen Keziah hatte.

Dann tauchte Kenwood eines Tages wieder auf. Als ihm Dr. Ross ein Glas Whisky anbot, vertraute der Trooper ihm an, Jonstone habe es aufgegeben, ihn um Antworten zu bitten.

»Ich wüsste trotzdem gern, wie Iago ums Leben gekommen ist. Die Kugel, die wir in der Wand gefunden haben, stammt von einer kleinen Taschenpistole, aber eine solche Pistole haben wir nirgendwo gefunden.« Er sah Daniel in die Augen, bevor er erklärte, dass er die Arbeiter von Gideon Park befragt hätte.

»Ausnahmslos alle haben behauptet, in jener Nacht betrunken gewesen zu sein. Und sie wirkten nicht gerade traurig darüber, dass der Teufel in Person zum biblischen Teufel gefahren ist.«

Kenwoods Schnurrbart zuckte, als zögerte er fortzufahren. »Vielleicht können Sie mir auf die Sprünge helfen, Mr. Browne. Was wollte Mrs. Browne in jener Nacht allein in Gideon Park? Und was hatten Sie und Ihre Frau bei Jake Andersens Verhandlung verloren?«

»Das habe ich Ihnen bereits erklärt, Sergeant«, verteidigte sich Daniel. »Es gibt für beides eine plausible Erklärung. Wir haben Jakes Prozess verfolgt, weil er *mein* bester Freund ist. Bei der Urteilsverkündung erlitt meine Frau einen Schock, was nicht verwunderlich ist. Sie ist schwanger. Dr. Ross konnte sie mit Medikamenten beruhigen, aber in der fraglichen Nacht muss sie so verwirrt gewesen sein, dass sie einfach allein losgezogen ist, ohne dass wir es merkten.«

Jetzt nahm Kenwood den Doc ins Visier. »Was meinen Sie, Dr. Ross? War Iagos Tod ein Unfall, Selbstmord oder Mord? Und warum haben Sie keine Autopsie vorgenommen?«

Leslie hatte Mühe, seine Wut zu unterdrücken. »Sie wissen genau, dass es nicht üblich ist, ohne richterliche Verfügung eine Leiche zu sezieren. Iago ist seit vielen Wochen unter der Erde, sodass es zu spät wäre, jetzt noch die Todesursache herausfinden zu wollen. Und um dies ein für alle Mal klarzustellen, ich werde nicht zulassen, dass ein Patient in Mrs. Brownes Zustand befragt wird, weder hier noch vor Gericht. Ihre Aussage wäre ohnehin wertlos.«

Daniel pflichtete ihm hastig bei. »Meine Frau hat sich vollkommen in sich zurückgezogen, sie leidet an Melancholie. Wir fürchten um ihr Wohl ebenso wie um das des ungeborenen Kindes.« Er versuchte, seine Angst zu verbergen. War Kenwood immer noch misstrauisch? Waren ihm die Gerüchte über die ungewöhnliche Beziehung zwischen Jake und Mr. und Mrs. Browne zu Ohren gekommen?

Kenwoods Antwort war höflich, aber ausweichend. »Ich fürchte, dass es nicht an mir liegt, ob Ihre Frau – oder sonst jemand – sich vor Gericht verantworten muss. Ich sammle nur Beweise, Mr. Browne.«

Als Kenwood endlich ging, fiel Daniel und Dr. Ross ein Stein vom Herzen. Doch später, als Daniel im Garten war, tauchte er noch einmal auf, allein auf seinem Pferd.

Daniel bemerkte, wie Keziah hinter den Gardinen des Dachgeschosses den Trooper kommen sah. Er ging zu einer anderen Seite des Gartens, um dessen Blick abzulenken.

Der Sergeant war wie umgewandelt. Er kam auf Daniel zu und hielt ihm eine Urkunde unter die Nase.

»Hier, lesen Sie. Ich rate Ihnen, mich endlich zu Ihrer Frau zu lassen!«

Daniel versuchte, seine Hände ruhig zu halten, während er das Dokument las.

»Nur wenn der Doc und ich während der Befragung anwesend sein dürfen.«

Er ließ Kenwood allein im Wohnzimmer und lief in die Praxisräume des Arztes.

»Kenwood hat uns am Wickel. Sorgen Sie dafür, dass Keziah einen möglichst weggetretenen Eindruck macht, wenn Sie sie die Treppen hinunterbringen. Und sagen Sie ihr, dass sie so wenig wie möglich reden soll. Ich versuche, ihn in Schach zu halten.«

»Aye, mein Junge, ich gebe ihr etwas, das sie ruhigstellt.«

Als Keziah endlich am Arm des Arztes das Wohnzimmer betrat, stellte Daniel erleichtert fest, dass sie statt des Kleids vom Vormittag einen Morgenmantel und Pantoffeln trug. Ihr Gesicht wirkte genauso ätherisch wie seit der Nacht von Iagos Tod, und in ihren Augen lag ein Ausdruck völliger Entrücktheit. Sie war ungekämmt; auf einer Seite des Schädels sah man die kahle Stelle, wo ihr langes Haar Feuer gefangen hatte.

Leslie Ross setzte sie wie ein fürsorglicher Arzt neben Daniel auf das Sofa. Er hatte die Situation klar im Griff. Daniel umschloss Keziahs Hände mit den seinen und registrierte mit Erleichterung, dass der Doc auf jedes ihrer Worte achtete, ohne den Trooper aus den Augen zu lassen.

Kenwood fragte nicht einmal, wie es ihr ging, sondern schwenkte seine Urkunde, um die Bedeutung seiner Erklärung hervorzuheben.

»Eine Frau in Gideon Park hat sich schließlich bereiterklärt auszusagen. Sie schwört, sie hätte Ihnen in der besagten Nacht Iagos Hütte gezeigt und gesehen, wie Sie hineingingen, kurz bevor das Feuer ausbrach. Trifft das zu?«

Keziahs Stimme hörte sich an, als käme sie von sehr weit her. »Ich erinnere mich, dass ich eine Frau nach seiner Hütte gefragt habe. Und ich erinnere mich, wie ich die Tür öffnete. Aber ich weiß nicht mehr, was in der Hütte geschah.«

Leslie Ross räusperte sich, als wollte er Keziah signalisieren zu schweigen, trotzdem fuhr sie im gleichen verträumten Tonfall fort: »Immer wenn ich versuche, mich daran zu erinnern, was passierte, nachdem ich die Tür geöffnet hatte, sehe ich ein entsetzliches schwarzes Loch. Ich bin keine Lügnerin, Sergeant, ich kann mich wirklich nicht erinnern.«

Kenwood beugte sich vor. »Es ist höchste Zeit, dass Sie die Wahrheit sagen, Mrs. Browne. Waren Sie anwesend, als Iago starb?«

Keziah sah verwirrt aus. »Hat das denn jemand behauptet?«

Kenwood antwortete nicht, sondern versuchte es auf Umwegen. »Haben Sie gesehen, wer ihn getötet hat?«

»Später hat man mir erzählt, dass er tot ist. Wollen Sie etwa sagen, dass er ermordet wurde?«

Als Kenwood nickte, sagte sie hastig: »Nun, wer immer es war, er hat der Welt einen Gefallen getan. Dieses Ungeheuer hat den Tod verdient.«

Daniel drückte ihre Hand, erschrocken durch den plötzlichen Gefühlsausbruch, den er nicht rechtzeitig hatte unterbinden können.

Der Sergeant verengte die Augen. »Ich muss Sie, Saranna Browne, nun offiziell fragen, ob Sie in irgendeiner Weise an Iagos Tod beteiligt waren.«

Dr. Ross ging in seiner professionellen Art dazwischen, doch die Hast verriet seinen Zorn. »Meine Patientin hat Ihnen die Wahrheit gesagt, Kenwood. Sie kann sich nicht erinnern, Herrgott noch mal!«

Kenwood hob die Hand, um seine Intervention abzuwürgen. »Ich wäre Ihnen sehr verbunden, wenn Sie sich nicht in die polizeilichen Ermittlungen einmischen würden, Doktor. Mrs. Browne scheint mir sehr wohl in der Lage zu sein, auf meine Fragen zu antworten.« Er warf Keziah einen finsteren Blick zu. »Muss ich die Frage wiederholen, Mrs. Browne?«

Daniel stockte der Atem, während Keziah über die Frage nachzudenken schien.

»Da ich keine Erinnerung an seinen Tod habe, werden Sie mir das beantworten müssen, Sergeant. Aber vielleicht hilft Ihnen bei Ihren Ermittlungen das hier weiter.«

Leslie Ross sprang auf, und Daniel blinzelte verwirrt, als Keziah einen Brief aus der Tasche zog und ihn Kenwood aushändigte, ehe einer von beiden es verhindern konnte.

»Es beweist, dass Iago ein Lügner war«, erklärte sie.

Kenwood zuckte nicht mit der Wimper, während er den Brief las. Dann stand er wortlos auf und verließ den Raum, ohne sich auch nur vor Keziah zu verbeugen.

Daniel beriet sich in einer Ecke des Zimmers hastig mit Leslie. »Ich schwöre, dass ich keine Ahnung von der Existenz dieses Briefes hatte, Leslie. Ich hätte ihn sofort zerstört. Glauben Sie, Kenwood wäre jetzt von ihrer Unschuld überzeugt?«

Sie blickten Keziah an, die kaum Notiz von ihnen zu nehmen schien.

Ross nahm kein Blatt vor den Mund. »Dieser verfluchte Trooper ist mehr an seiner Beförderung interessiert als daran, Gerechtigkeit walten zu lassen«, sagte er. »Ich traue ihm zu, dass er eine Strafgefangene dazu bringt, auszusagen, indem er ihr mit der Freiheit winkt.«

»Ich weiß«, sagte Daniel. Er schämte sich, weil er sich genauso verhalten hatte, als er noch in Gideon Park lebte. Durch seine Hochzeit mit Keziah hatte er seine Freiheit gewonnen. Würde nun seine Frau den Preis dafür mit ihrer eigenen Freiheit bezahlen müssen?

Als Joseph Bloom mit der Postkutsche eintraf, sah man ihm die Sorgen an, die er sich um Keziahs Gesundheitszustand machte, trotzdem strahlte er wie immer Ruhe und Zuversicht aus. In Daniels Anwesenheit informierte der Doc den Anwalt kurz über Keziahs seelischen und körperlichen Zustand. Da Joseph eigens aus Sydney Town gekommen war, um Keziah juristisch zur Seite zu stehen, falls sie sich wegen Mordes vor Gericht verantworten musste, war Daniel bewusst, dass sie ihm, was die wahre Identität seiner Frau betraf, reinen Wein einschenken mussten. Er staunte nicht schlecht, als Joseph Bloom nach dieser Offenbarung keine Anzeichen von Überraschung erkennen ließ.

»Machen Sie sich keine Sorgen, Mr. Browne. In der Kolonie haben mehr als die Hälfte aller Einwohner ein oder zwei falsche Namen, nicht nur die Strafgefangenen. Viele Deportierte und auch so manches Mitglied der oberen Gesellschaft sind nicht immer diejenigen, für die sie sich ausgeben.«

Erleichtert über Blooms Reaktion führten Daniel und der Doc ihn zu Keziah ins Wohnzimmer.

»Sie werden Saranna kaum wiedererkennen«, warnte Leslie Ross ihn.

Sie saß vor dem Kamin und nähte ein Kleidchen für ihr Kind.

Es war ein Bild häuslicher Geborgenheit. Sie grüßte mit jenem leichten, süßen Lächeln, das Daniel mittlerweile zu fürchten gelernt hatte.

»Joseph Bloom. Wie schön, Sie zu sehen. Wie geht es Rivka und dem Baby? Erzählen Sie, welch glücklicher Umstand führt Sie nach Ironbark?«

Joseph verbeugte sich vor ihr und nahm ihre Einladung zum Tee an.

Daniel ließ die beiden allein, um endlich in Ruhe nachdenken zu können. Er fühlte sich völlig überfordert. Jake saß im Gefängnis von Berrima in Einzelhaft und durfte keinen Besuch empfangen, und er kümmerte sich schon seit Wochen um Keziah, die zwischen Augenblicken höchster emotionaler Erregung und unnatürlicher Apathie schwankte.

Vom Garten aus hörte er, wie die Standuhr im Wohnzimmer drei schlug. Als er sah, wie Sergeant Kenwood mit drei weiteren Troopern auf das Haus zugeritten kam, erstarrte er vor Schreck.

Daniel folgte ihnen ins Innere des Hauses und hörte gerade noch, wie Kenwood die Worte aussprach, vor denen er sich immer gefürchtet hatte.

»Saranna Browne. Ich nehme Sie unter Mordverdacht fest.«

Nach der Festnahme seiner Frau konnte Daniel vorerst nichts mehr für sie tun, also ritt er die ganze Nacht quer durchs Land nach Berrima. Er suchte den neuen Seelsorger des Gefängnisses auf und flehte ihn an, ihn mit Jake sprechen zu lassen. Zu seiner Verblüffung organisierte Reverend Parsons ein Treffen in einer Zelle, die bis auf den Schatten eines Wärters im Gang vollkommen leer war.

Als Daniel den kahl rasierten Schädel seines alten Freundes sah, war er schockiert. Jake hatte dunkle Ringe unter den vertrauten grauen Augen. Er musste sich zusammennehmen, um ihn nicht zu umarmen, und trat einen Schritt zurück. Jake missdeutete die Geste als Vorwurf.

»Verdammt anständig von dir, dass du mich besuchst, nachdem ich mit deiner Frau durchgebrannt bin, Dan.«

»Sie hat mich nie so geliebt wie dich. Ich denke, letztendlich bekommen wir alle, was uns zusteht, mein Freund.«

»Wie hast du es bloß geschafft, dich hier reinzuschmuggeln? Bislang ist niemand an dem Kerl da draußen vorbeigekommen.«

»Indem ich praktisch vor dem Priester auf die Knie gegangen bin. Ich habe ihm gesagt, dass ich eine dringende Nachricht über den schlechten Gesundheitszustand deiner Frau hätte. Natürlich ohne Namen zu nennen.«

Jake fuhr zusammen. »Jesses! Was ist mit Kez?«

Daniel erzählte ihm bis ins Detail von ihrer Festnahme und den Beweisen, darunter auch dem Brief, zu dessen Unterschrift sie den Teufel in Person gezwungen hatte.

»Jesses! Sie wollte mich frei bekommen!« Jake vergrub den Kopf in den Händen. »Und ich habe ihr auch noch beigebracht, wie man mit dieser verfluchten Pistole umgeht, falls sie sich jemals verteidigen müsste!«

»Mach dir jetzt keine Vorwürfe. Vielleicht hat sie sich ja verteidigen müssen. Wir wissen nicht genau, was passiert ist. Leslie glaubt, dass sie möglicherweise etwas verdrängt, das zu schrecklich ist, um sich daran zu erinnern.«

»Vergewaltigung? Dieser Hurensohn hatte es ja schon einmal versucht!«

Obwohl Daniel diese Möglichkeit hastig verwarf, konnte er Jake nicht beruhigen.

»Ich schwöre es bei meinem Leben, Dan, Keziah wäre nie in der Lage, einen kaltblütigen Mord zu begehen!«

»Der Doc meint, dass Frauen in ihrem Zustand das emotionale Gleichgewicht verlieren können und dann zu Dingen fähig sind, die ihrer Natur völlig widersprechen. Keziah hat in letzter Zeit so viele traumatische Erfahrungen durchgemacht, dass sie jeden anderen in den Wahnsinn getrieben hätten. Die Fehlgeburt, deine Verurteilung. Was sich in jener Nacht zwischen ihr und Iago abgespielt hat, könnte das Fass zum Überlaufen gebracht haben.«

»Willst du sagen, dass Kez den Verstand verloren hat?«

Daniel versuchte, sich einen glaubwürdigen Anstrich zu geben. »Nein, sie ist zwar deutlich verwirrt, aber nicht verrückt.«

»Zum Glück wird Joseph Bloom sie verteidigen. Wenn jemand sie retten kann, dann er.«

»Er sagt, wenn man sie wegen Mordes verurteilt, bekommt sie lebenslänglich oder wird nach Tarban Creek überführt.«

»In die Irrenanstalt! Jesses, Dan, dann ist sie tatsächlich wahnsinnig!«

»Nein! Der Doc meint, dass sie nur Zeit und die entsprechende Pflege braucht, um sich wieder zu erholen. Wenn Joseph Bloom es nicht schafft, zu beweisen, dass sie in Notwehr handelte, gibt es nur einen Ausweg: dass sie in der fraglichen Nacht nicht bei Verstand war. Nur Mut, Jake. Die Polizei hat keine Tatwaffe gefunden.« Er zögerte. »Ihre Taschenpistole wird man *niemals* finden.«

Jake nickte dankbar. »Sag mir, dass sie freikommt. Sie darf das Kind auf keinen Fall im Gefängnis zur Welt bringen!«

»Ich kann dich nicht belügen. Du wirst es ohnehin erfahren, dann also lieber von mir. Es heißt, die Polizei stehe kurz davor, eine Waliserin zu verhaften, die mit ihrem Liebhaber seit Längerem geplant habe, ihren Ehemann umzubringen. Jeder wettet darauf, dass sie die erste Frau sein wird, die man in Berrima hinrichtet. Das weibliche Geschlecht bewahrt einen nicht vor dem Strang, nicht einmal in diesen aufgeklärten Zeiten.«

»Aber Keziah ist schwanger!«

»Ja, und Joseph Bloom behauptet, es gebe im britischen Recht keinen Präzedenzfall, in dem eine schwangere Frau hingerichtet worden sei.«

Jake warf ihm einen strengen Blick zu. »Jesses! Willst du etwa sagen, dass man sie erst nach der Geburt hinrichtet?«

»Nein, so habe ich es nicht gemeint«, entgegnete Daniel hastig. »Joseph hofft, dafür plädieren zu können, dass man sie in die Frauenstrafkolonie von Parramatta überführt.«

»Kommt nicht infrage! Jeder weiß, dass diese Anstalt nichts als ein Armeebordell ist!«

»Du musst dich damit abfinden, Jake. Vielleicht gibt es keine bessere Option. Joseph kämpft mit dem Rücken zur Wand. Keziah kann sich nicht daran erinnern, was passiert ist, aber sie ist fest davon überzeugt, dass dieses Ungeheuer den Tod verdient hat!«

»Recht hat sie! Iago war kein Mensch. Sie muss auf unschuldig plädieren. Was soll aus unseren Kindern werden, wenn ich noch zwei Jahre hier eingesperrt bin?«

Jake schlug mit dem Kopf gegen das Gitter an der Tür wie ein Tier, das in die Falle gegangen ist. Daniel unterdrückte das Bedürfnis, Jake zu umarmen und ihn zu trösten. Er blieb sitzen und sagte mit fester Stimme, um ihn wieder aufzubauen: »Du kannst sicher sein, dass Joseph Bloom alles Menschenmögliche unternimmt, um Keziah zu helfen, Jake. Er ist dabei, ihren Fall mit dem neuen englischen Barrister zu besprechen, Robert Lowe. Er ist ein Albino und halb blind, aber Joseph meint, er hätte noch nie einen so brillanten Kopf getroffen. Der Doc hat auch einen Plan. Er sagt, es verstoße zwar gegen seine ethischen Grundsätze, aber wenn es hart auf hart kommt, wird er ihr etwas geben, was sie ruhigstellt, damit sie sich ihr Grab nicht selbst schaufelt. Der gefährlichste Zeuge für Keziah ist sie selbst!«

Um zu verhindern, dass der Wärter im Gang ihn hörte, senkte Jake die Stimme. »Ich kann die zwei Jahre durchstehen, auch in Norfolk Island, aber wenn Kez ins Gefängnis kommt, wird sie endgültig den Verstand verlieren. Die Roma sind nicht wie du und ich. Sie ähneln eher den Eingeborenen. Sie brauchen die Freiheit wie die Luft zum Atmen! Wenn man sie einsperrt, geben sie sich auf. Sie können nicht glauben, dass sie eines Tages wieder freikommen. Für Kez wäre das Gefängnis dasselbe wie ein Todesurteil. Ihr Vater ist im Gefängnis gestorben. Gem wurde getötet, als er aus dem Gefängnis in Cockatoo Island flüchtete. Jeder hält Kez für stark. Das ist sie auch. Aber ich kenne sie besser als jeder andere. Wenn man sie in die Irrenanstalt steckt, ist sie verloren. Da drin wird sie umkommen!«

Jake packte Daniel an den Schultern. »Ich flehe dich an! Verkauf mein Land, lüg, bestich. Brich jedes verdammte Gesetz. Aber sorg dafür, dass sie aus dem Gefängnis kommt!«

»Du kannst dich auf mich verlassen, Jake. Ich werde alles tun, was nötig ist.«

Daniel meinte es von Herzen. Es war das, was einer Liebeserklärung am nächsten kam.

ACHTUNDVIERZIG

Daniel zählte die Tage. Noch zwei Wochen bis zur Verhandlung gegen Mrs. Saranna Browne, die Frau, die von der blutrünstigen Regenbogenpresse in der Kolonie als »mordende Lehrerin« abgestempelt worden war.

Er band sein Pferd an die Brüstung vor dem Surveyor-General's Inn in Berrima und sah zum zweiten Stock hinauf. Die Silhouetten von Joseph Bloom und Leslie Ross bewegten sich vor den Vorhängen hin und her. Bestimmt arbeiteten sie an Keziahs Verteidigung.

Daniel nahm seinen letzten Mut zusammen, um an dem Treffen teilzunehmen, das Keziahs Verteidiger anberaumt hatten. Er wollte ihre Freunde auf den neuesten Stand bringen. Während er die Treppe hinaufstieg, betete er zur Jungfrau Maria und bat sie um Vergebung für sein verbrecherisches Schweigen in England und seine elende Feigheit in Gideon Park.

Heilige Muttergottes, du weißt um meine Sünden. Der Tod hat mich daran gehindert, das große Unrecht, das ich Saranna und ihrem Vater angetan habe, wiedergutzumachen. Gib mir die Kraft, einmal in meinem Leben wirklichen Mut aufzubringen.

Daniel wusste, dass es auch ein heimlicher Liebesbeweis wäre, wenn er die Frau, die Jake gehörte, vor dem Gefängnis rettete. Er schloss die Augen und bewegte die Lippen in einem fiebrigen Gebet. Würde Gott ihm eine letzte Chance auf Sühne geben? Er wartete, doch es kam keine Antwort auf seine inneren Qualen, man hörte nur das Gelächter der Betrunkenen im Saloon unten.

Als er das Zimmer betrat, saßen Joseph Bloom und Leslie Ross an einem Klapptisch aus Mahagoni, auf dem sich Gesetzesbücher und amtliche Dokumente stapelten. Joseph kam sofort zur Sache. »Sie dürfen die wahre Identität Ihrer Frau nicht einmal im Schlaf erwähnen«, warnte er Daniel. »Vergessen Sie nie, sie bei dem Namen zu nennen, unter dem sie angeklagt wird, Saranna Browne.«

Leslie pflichtete ihm bei. »Stellen Sie sich nur vor, was die lokalen Blättchen aus der Sache machen würden, wenn sie erfahren, dass sie in Wirklichkeit eine Zigeunerin ist, die obendrein einer Toten die Identität gestohlen hat!«

»Theoretisch sind Frauen – weiße Frauen – und Männer vor dem britischen Gesetz gleichgestellt«, fügte Joseph hinzu. »Aber die Wirklichkeit sieht anders aus. Wenn eine Frau einen Mord begeht, ist es unweigerlich ein abscheuliches Verbrechen.«

Leslie nahm kein Blatt vor den Mund. »Aye. Gewalttätigkeit ist gleichbedeutend mit Verrat am schönen Geschlecht.«

Joseph nickte. »Jeder weiß, dass Lucretia Dunkley ebenso wegen Ehebruchs wie wegen Mordes verurteilt wurde. Eigentlich war es ihr irischer Liebhaber Beech, der ihren Mann umbrachte, aber ich vermute, dass die Geschworenen sie schon verurteilt hatten, als sie auf der Anklagebank Platz nahm. Jetzt wird sie wahrscheinlich die erste Frau, die man in Berrima aufhängt. Aber wer weiß schon, wer der eigentliche Schuldige ist. Das Paar hatte nicht einmal einen Verteidiger.«

»Saranna hat Sie«, warf Daniel hastig ein. »Wäre versuchte Vergewaltigung nicht ein triftiger Grund für Notwehr?«

»Wir müssen der Realität ins Auge sehen«, erklärte Joseph Bloom ruhig. »In unserer Kolonie steht auf Vergewaltigung die Todesstrafe, und trotzdem werden nur selten Männer gehängt, die sich an *un*verheirateten Frauen vergreifen.«

»Weil man davon ausgeht, dass die Frauen selbst schuld daran sind«, sagte Leslie.

Daniel schnappte nach Luft. »Wollen Sie sagen, das Gericht könnte behaupten, sie hätte den Teufel in Person gereizt?«

»Ihre Frau ist jung, schön, und sie ist schwanger.« Joseph Bloom hielt inne. »Verheiratet mit einem Mann, der zu jener Zeit *in Sydney Town wohnte*. Wenn die Presse Wind davon bekommt, dass sie mit einem Gefangenen der Krone, Jakob Andersen, entschuldigen Sie den Ausdruck, auf Reisen war, wird man sie in der Luft zerfetzen. Der Richter wird sie als Musterbeispiel der Unmoral hinstellen. Es sei denn …«

Seine Frage hing in der Luft. Daniel zögerte nur ganz kurz.

»Jake ist mein Freund. Ich bin bereit zu beschwören, dass meine Frau niemals Ehebruch begangen hat. Ich werde zu ihr halten, als hingebungsvoller Ehemann und Vater von Jakes – ich meine – meinem ungeborenen Kind.«

Leslie packte ihn dankbar an den Schultern. »Sie sind ein guter Mann!«

Als Daniel nach dem Brief fragte, den Keziah Kenwood ausgehändigt hatte, erklärte Joseph, er sei ein äußerst wichtiger Beweis, der allerdings in den Augen der Jury sowohl für als auch gegen sie sprechen könnte.

»Er wirft Fragen auf. Warum hätte sie Iago töten sollen, nachdem er den Brief unterschrieben hatte? Es wäre für sie besser gewesen, wenn er am Leben geblieben wäre, um ihn zu bestätigen. Was also hat sich in diesen letzten Stunden seines Lebens ereignet? Wenn ich recht verstehe, ist es Ihnen beiden diesbezüglich nicht gelungen, ihr Vertrauen zu gewinnen, oder?«

»Saranna kann sich einfach nicht erinnern«, antwortete Daniel verzweifelt.

»Aye, die Kleine kann sich an nichts erinnern, weil sie ein traumatisches Erlebnis verdrängt. Sie leidet an Amnesie.«

»Keziah ist die stärkste Frau, der ich auf Erden je begegnet bin. Wieso kann sie sich dieser Sache nicht stellen?«

»Selbst der stärkste Mensch ist irgendwann am Ende seiner Kräfte«, sagte Leslie. »Seit sie bei mir in Behandlung ist, beobachte ich ihr Verhalten, aber es ist schwierig, ein Urteil zu fällen. Ihre Vorstellungskraft ist zu stark. Sie lebt in einer Traumwelt. Kleine Dosen Laudanum wirken üblicherweise beruhigend, aber es ist auch bekannt, dass jeder Mensch anders darauf reagiert. Eine längere Einnahme führt unweigerlich zur Sucht, trotzdem kommt es im Moment vor allem darauf an, dass sie diesen Prozess durchsteht, ohne sich selbst an den Galgen zu liefern.«

»Ich stimme Ihnen zu.« Über den Rand seiner Brille hinweg warf Joseph Daniel einen Blick zu. »Der Schwachpunkt in der Beweisführung der Anklage ist die fehlende Tatwaffe.«

Daniel schwieg, spürte aber ein nervöses Zucken in der Wange, als sei ihm klar, dass der Anwalt ihn für ihr Verschwinden in Verdacht hatte.

Leslie Ross äußerte sich irritiert über den vor Kurzem in der Kolonie übernommenen English Prisoners' Counsel Act. »Was kann das für meine Patientin bedeuten?«

»Meine Frau«, setzte Daniel hastig hinzu.

»Die Gesetze hinsichtlich schwerer Verbrechen werden gerade geändert. Früher durfte ein Angeklagter sich äußern und sich verteidigen, seine Aussage stand nicht unter Eid und war auch nicht Gegenstand eines Kreuzverhörs. Jetzt behaupten manche Richter, dass der Angeklagte nicht mehr das Recht habe, sich selbst zu äußern, wenn er einen Verteidiger hat. Manche Richter halten sich an die alten Regeln und erlauben beides. Manche nicht.«

»Und wie wird unser Richter entscheiden?«, fragte Leslie.

Joseph Bloom zuckte die Schultern. »Er ist ganz neu hier. Ich werde es erst bei der Verhandlung erfahren.« An Daniel gewandt fuhr er fort: »Ich werde alles in meiner Macht Stehende tun, um Ihre Frau davor zu bewahren, in den Zeugenstand treten zu müssen.«

Daniel stellte eine Frage, die ihm auf der Seele brannte: »Wäre es für Saranna vielleicht besser, wenn die Geschworenen Frauen wären?«

»Die Präzedenzfälle in der Kolonie legen das Gegenteil nahe«, entgegnete Joseph. »In den Gründungsjahren der Kolonie verurteilte eine Jury, die ausschließlich aus Frauen bestand, eine Angeklagte namens Davis wegen einfachen Diebstahls zum Tode.«

»Aber jetzt leben wir in einer viel aufgeklärteren Zeit«, wandte Daniel ein.

Doch Joseph war skeptisch. »Das heißt noch lange nicht, dass die Frauen heute barmherziger wären. Denken Sie an den Fall Sarah McGregor. Das Mädchen behauptete, sie sei von ihrem Master zum Geschlechtsverkehr gezwungen worden. Sie wehrte sich mit bloßen Händen, und ihr Master kam dabei um, wahrscheinlich erlitt er einen Herzinfarkt. Das Gericht stellte eine Jury aus zwölf ehrbaren Matronen zusammen, die sie körperlich untersuchten und mündlich befragten. Und wie lautete ihr Urteil? ›Nach bestem Wissen und Gewissen nicht schwanger.‹ Sarah McGregor entging dem Galgen nur, weil Gouverneur Bourke sie begnadigte.«

Joseph machte eine viel sagende Pause. »Sieben Monate später brachte sie ein Kind zur Welt. Eine Jury aus anständigen Frauen hatte es in der Hand gehabt, sie zu retten, aber sie entschied dagegen.«

Den Tränen nahe dachte Daniel daran, wie Iago ihn im Namen des Gesetzes drangsaliert hatte.

»Und wenn die Geschworenen aus Adligen, Großgrundbesitzern und gebildeten Männern bestehen, die als freie Männer in die Kolonie kamen?«

»Dann helfe ihr Gott!«, murmelte Leslie.

»Geschworene stellen immer ein Risiko dar«, erklärte Joseph beruhigend. »Ich muss es schaffen, Ihre Frau so zu verteidigen, dass ich die Geschworenen für sie einnehmen kann.«

Daniel sprach noch einen weiteren Punkt an, der ihm Sorgen machte. »Was würde passieren, wenn sie behaupten, Saranna hätte Iagos Hütte absichtlich in Brand gesteckt?«

Joseph seufzte. »Das wäre ein schwer wiegendes Verbrechen, auf das zwingend die Todesstrafe steht. Wegen vorsätzlicher Brandstiftung, obwohl sich in dem fraglichen Haus Menschen befanden.«

Daniel sah von einem zum anderen. »Zwingend. Was heißt das?«

»Dass der Richter per Gesetz gezwungen ist, die Todesstrafe auszusprechen.«

Erregt sprang Daniel auf. »Heißt das, man könnte sie gleich zweimal zum Tode verurteilen?«

»Ich versuche, Ihnen klarzumachen, dass es sich um einen höchst komplizierten Fall handelt«, erklärte Joseph. »Aber es gibt ein altes deutsches Sprichwort: Ausnahmen bestätigen die Regel.«

»Aye, Sie sind der Mann, der diese Ausnahme finden wird!«, rief Ross. »Und als Sarannas Arzt werde ich mich an Ihre Anweisungen halten und das aussagen, was Sie mir auftragen, selbst unter Eid!«

Daniel war sich bewusst, dass die beiden Männer dasselbe Bekenntnis auch von ihm hören wollten, aber die Angst war so groß, dass er kein Wort herausbrachte.

Das Pochen an der Tür erlöste ihn von einer Stellungnahme. Er ging hin, um zu öffnen. Die Frau des Wirts entschuldigte sich.

»Es tut mir wirklich sehr leid, Mr. Bloom stören zu müssen, aber dieser Gentleman besteht darauf, ihn zu sehen.«

In tadelloses Hellgrau gekleidet trat Caleb Morgan ein, ging, ohne Daniel eines Blicks zu würdigen, direkt auf Joseph Bloom zu und überreichte ihm seine Visitenkarte.

»Mr. Bloom, Sie kennen mich aus der Rechtsangelegenheit Gabriel Stanley. Ich bin gekommen, um Ihrer Mandantin meine Hilfe anzubieten, soweit es in meiner Macht steht. Ich darf Ihnen bei meiner Ehre versichern, dass ich keine anderweitigen Interessen hege. Ich stehe Ihnen gänzlich zur Verfügung, Gentlemen.« Morgan verbeugte sich vor ihnen, sein Respekt wirkte aufrichtig.

Leslie Ross bot ihm als Erster die Hand an. »Willkommen an Bord, Morgan.«

Daniel nickte nur, beschämt über sein eigenes zwiespältiges Verhalten und die freimütige Art des Mannes, der, wie er wohl wusste, Gabriels leiblicher Vater war.

Mit einer Handbewegung forderte Joseph den Engländer auf,

Platz zu nehmen. »Nun, meine Herren. Jetzt haben wir noch einen im Team. Und ich habe einige interessante Entlastungszeugen aufgetan. Lassen Sie uns unser taktisches Vorgehen besprechen, wenn es Ihnen recht ist.«

Nach außen war Daniel einverstanden, aber im Innern war er sich noch nie so feige vorgekommen.

NEUNUNDVIERZIG

Die letzten Tage vor der Eröffnung des Verfahrens gegen Keziah kamen Jake Andersen wie ein Albtraum vor.

Offenbar waren ihre Freunde so sehr damit beschäftigt, Joseph Bloom zu helfen, den unzähligen Berichten über Saranna Browne und den Mord an Iago in den Sensationsblättern etwas entgegenzusetzen, dass sie ihn völlig vergessen hatten.

Während er nun in der sengenden Mittagssonne Sandsteinblöcke klopfte, heckte er seinen eigenen Plan aus, um seiner Frau zu helfen. *Zuerst muss ich herausfinden, wo die verfluchten Gefängniswärter sie eingesperrt haben.*

Er vergegenwärtigte sich sämtliche Details, die er über das Gefängnis von Berrima in Erfahrung gebracht hatte. Seine Kapazität von dreihundert Häftlingen war weit überschritten. *Das wird schon daran deutlich, dass die verdammten Wärter sich ständig beklagen, sie wären überarbeitet.*

Wie Mosaiksteine setzte er die Informationen zusammen, die er von anderen Häftlingen und Wärtern über den Grundriss des Gefängnisses bekommen hatte. Während der kurzen Pausen, in denen seine Mitgefangenen einen Becher Wasser tranken oder sich erleichterten, zog sich Jake in den Schatten zurück, studierte heimlich den Plan, den er gezeichnet hatte, und fügte neue Erkenntnisse hinzu. Die von Zellen gesäumten Gänge waren angeordnet wie Speichen in einem achteckigen Rad. *Aber wo liegen die Zellen der Frauen? In Berrima sitzen weit weniger Frauen als Männer ein. Vielleicht haben sie Kez in einer Einzelzelle untergebracht. Besser als mit einer skrupellosen Mitgefangenen wie Lucretia Dunkley.*

Plötzlich überkam ihn Panik. *Jesses! Die Dunkley weiß, dass sie am Galgen enden wird. Sie hat nichts zu verlieren, wenn sie noch jemanden umbringt!*

Jake zwang sich zur Ruhe und dachte weiter über seinen Plan nach.

Er vermutete, dass es im Gefängnis von Berrima einen Mann gab, der ahnte, warum er von der »mordenden Lehrerin« derart besessen war, doch da er Pfaffen nicht über den Weg traute, ging er ihm aus dem Weg. Als er ins Büro des Seelsorgers gerufen wurde, zuckte er die Achseln. *Kez würde wahrscheinlich sagen, dass es ein Wink des Schicksals ist.*

Vor ihm saß ein untersetzter Mann mit breiter Brust, der Ähnlichkeit mit einer kirchlichen Version von John Bull aufwies, allerdings ohne die Union-Jack-Weste. Der Kaplan sah ihm in die Augen, als akzeptierte er ihn, so wie er war, mit seinen guten und schlechten Seiten.

»Frederick Parsons, mein Sohn, ich vertrete meinen Kollegen, der in Urlaub ist.« Er legte beiläufig eine Bibel auf den Tisch. »Ich vermute, dass du kein regelmäßiger Kirchgänger bist, Jakob.«

»Da haben Sie Recht, Rev. Ich weiß, dass Sie es gut meinen, aber Sie vergeuden nur Ihre Zeit. Bei mir ist Hopfen und Malz verloren.«

»Ich glaube nicht, dass der Schöpfer dir da zustimmen würde. Außerdem will ich dich darauf hinweisen, dass ich als Priester der Schweigepflicht unterstehe und alles, was du mir anvertraust, vor Gericht nicht verwendet werden darf.«

Jake erzählte ihm, wie er verurteilt worden war, weil er befreundeten Buschräubern geholfen hatte. Er hoffte, den Kaplan damit abzuschrecken. Stattdessen weckte er sein Interesse.

»Ah, der Schwadroneur. Ein junger Quäker, der sich mit der Bibel bestens auskennt. Ich war einmal mit meinem römisch-katholischen Kollegen Father Dennis Declan unterwegs, als er uns überfiel. Da er Geistlichen partout kein Geld abknöpfen wollte, führten wir eine lebhafte Diskussion über den heiligen Matthäus, der bekanntlich Steuereintreiber war.«

Jake wurde bewusst, dass er mit harten Bandagen kämpfen musste, wenn er den lästigen Bibelfritzen loswerden wollte.

»Es kommt noch schlimmer, Rev. In Ihren Augen bin ich ein Ehebrecher. Zwei Jahre war ich mit der Frau eines anderen unterwegs und habe jede verfluchte Minute genossen.«

Der Kaplan überlegte einen Augenblick und sagte dann leise: »Ich sollte dich warnen, Jakob, es ist verdammt schwer, mich zu schockieren. Im Übrigen ist mir die Frau, um die es geht, bekannt. Eine Dame, die es nicht verdient hat, hier zu sein. Die sogenannte mordende Lehrerin.«

Jake war überrascht und versuchte, ihn niederzustarren. »Ich habe nicht behauptet, dass sie es ist.«

»Das musstest du auch nicht, Jakob. Ich bin schon so lange in Gefängnissen, dass ich einem bloß in die Augen schauen muss, um zu wissen, ob er schuldig oder unschuldig ist.«

»Man klagt sie des Mordes an«, sagte Jake hastig, »aber sie ist unschuldig!«

Jake blickte dem Geistlichen in die Augen und legte die Hand herausfordernd auf die Bibel. »Ich schwöre bei Gott, wenn ich auch nur die geringste Chance hätte, würde ich jemanden umbringen, um sie hier herauszuholen. Sehen Sie, Rev, Sie vergeuden bloß Ihre Zeit mit mir!«

»Nein. Du brauchst mich jetzt mehr als jemals zuvor.« Der Kaplan stand auf. »Gottes Wege sind unergründlich. Ich habe eine Bibelstelle unterstrichen. Lies sie, wenn du allein bist!«

Da Jake nichts zu verlieren hatte, packte er die Gelegenheit beim Schopf. »Es hätte wohl keinen Zweck, Sie zu bitten, Saranna Browne eine Botschaft zu überbringen, wie?«

Der Kaplan zwinkerte ihm zu. »Lies. Danach reden wir weiter.«

Jake war plötzlich alarmiert. *Was ist das für ein Witzbold?*

Er kehrte in seine Zelle zurück, die kaum größer war als eine

Hundehütte. Er teilte sie sich mit einem sanftmütigen, alten Mann, der behauptete, Jesus zu sein. Hier entdeckte Jake in der Bibel ein leeres, um einen Bleistift gewickeltes Blatt. War das etwa ein Trick, um ihn zu zwingen, die Bibel zu lesen, nachdem er sein Leben lang erfolgreich einen großen Bogen darum gemacht hatte? Mühsam buchstabierte Jake die Verse, die der Priester im Johannisevangelium unterstrichen hatte.

In meines Vaters Hause sind viele Wohnungen. Wenn's nicht so wäre, hätte ich dann zu euch gesagt: Ich gehe hin, euch die Stätte zu bereiten?

Und wenn ich hingehe, euch die Stätte zu bereiten, will ich wiederkommen und euch zu mir nehmen, damit ihr seid, wo ich bin.

Neben dem Wort »Wohnungen« war ein Sternchen eingezeichnet, und am Rand stand die mit Bleistift geschriebene Erklärung: »Ein Wort, das falsch übersetzt wurde. Die ursprüngliche Bedeutung ließe sich am ehesten mit Ebenen übersetzen.«

Sind die verschiedenen Stockwerke im Gefängnis gemeint? Der Keller? Das Dachgeschoss?

Ganz unten hatte der Priester mit Bleistift vermerkt: »Ich werde sie morgen besuchen. Wenn du ihr etwas mitteilen willst, stehe ich dir zur Verfügung.«

»Ich will verflucht sein! Ein Priester, der Briefe schmuggelt!«

Auf der Stelle machte er sich daran, Keziah einen heimlichen Liebesbrief zu schreiben, und achtete darauf, weder ihren noch seinen Namen zu erwähnen, für den Fall, dass er abgefangen wurde.

In einem kleinen Gefängnishof schlug Jake mit seiner Picke auf die Steinplatten, die er ausgraben sollte. *Was für eine dämliche Stelle für einen Brunnen. Und wozu diese verdammte Eile?*

Er vermutete, dass eine derart sinnlose Arbeit dazu gedacht war, Häftlinge wie ihn heute rund um die Uhr zu beschäftigen. Jeder wusste, dass am heutigen 22. Oktober Lucretia Dunkley und ihr Liebhaber Martin Beech öffentlich hingerichtet würden.

Seit dem Morgengrauen hatte Jake die Ankunft der Kutschen und Pferdewagen gehört. Es hieß, Berrimas Bevölkerung hätte sich über Nacht verdoppelt. Von überall in den umliegenden Dörfern waren die Menschen in die Stadt geströmt, um zu sehen, wie der Finisher die Mörder am Galgen draußen vor den Gefängnismauern hinrichtete.

Jake wusste genau, was diese erste Hinrichtung einer Frau in Berrima bedeutete. *Die verfluchten Behörden könnten auf die Idee kommen, den Finisher direkt dazubehalten, um anschließend Kez aufzuknüpfen.* Niemand sonst war so tief gesunken, dass er eine solche Aufgabe übernehmen würde, und Kez' Prozess würde innerhalb von achtundvierzig Stunden beginnen.

Während er die Steinplatten hochhob, ging er im Geist jedes Detail des Falles noch einmal durch. Daniel hatte ihm berichtet, dass bei Iagos Beisetzung auf dem Familienfriedhof der Jonstones niemand eine Träne verloren hatte, am wenigsten seine Frau, die noch vor der Bestattung aus Gideon Park verschwunden war. Doch auch das konnte ihn nicht trösten. Der alte Priester war offensichtlich schockiert gewesen, als der erste Spaten Erde auf den Sarg polterte und Iagos ehemalige Strafgefangene spontan in Jubel ausbrachen. Soll er in der Hölle schmoren! Jake dachte nur an Keziah. Eine Hoffnung blieb. Die gute Lucretia hatte keinen Verteidiger gehabt, und ihr Verfahren war von dem Präsidenten des Obersten Gerichtshofs geführt worden. Keziahs Prozess dagegen wurde von einem neuen Richter geleitet, und sie hatte Joseph Bloom, der Tag und Nacht zusammen mit dem Doc und Daniel an dem Fall arbeitete.

Als Jake einen zweiten triumphierenden Aufschrei vor den Mauern hörte, wusste er, dass der Finisher seines Amtes gewaltet hatte. Wenn Joseph scheiterte, würde Keziah vielleicht am selben Galgen enden, unter dem Beifall desselben blutrünstigen Mobs.

Am Vorabend des Prozesses gegen Keziah wurde Jake vor lauter Angst fast wahnsinnig. Während sein Zellengenosse, der

Sanfte Jesus, selig vor sich hin schnarchte, setzte er sich im Mondlicht, das durch das schmale Fenster fiel, hin und schrieb Keziah einen weiteren Brief, in dem er ihr versicherte, dass Joseph Bloom ihre Unschuld beweisen würde. Und wenn alles schiefliefe, würde er selbst kommen, um sie aus dem Gefängnis zu holen.

In der letzten Woche hatte der Gefängnisseelsorger ihr Jakes Briefe gebracht und sie verbrannt, nachdem Kez sie in seiner Anwesenheit gelesen hatte.

Der Priester hatte ihm anvertraut, dass eine einflussreiche Dame sich dafür einsetzte, seine Strafe herabzusetzen, doch er traute dem Braten nicht. Die einzige Frau aus der höheren Gesellschaft, die er kannte, war Jenny, und sie würde lieber sterben, als in aller Öffentlichkeit seine Existenz zuzugeben.

Als er das Knirschen eines Schlüssels im Schloss hörte, versteckte er den Brief hastig in seinem Hemd, aber zum Glück war es nur der Priester. Er gab ihm ein stummes Zeichen, um den Sanften Jesus nicht zu wecken.

Jake folgte ihm durch ein dunkles Labyrinth von Gängen zwischen endlosen Reihen von Zellen. Gelegentlich zerrissen Stimmen oder Pfiffe die Stille. Ihre Schritte hallten wider, als sie eine steile Treppe hinaufstiegen. Jakes Nerven waren derart angespannt, dass sich seine Frage fast wie eine Anklage anhörte. »Hey, wo bringen Sie mich hin?«

»Keine Sorge. Ich bin es, der einen Kopf kürzer gemacht wird, wenn du ausbüxt. Also sei so nett und bleib in meiner Nähe, ja?«

Jake bemerkte, dass die Zellen in diesem Gang leer waren. Am fernen Ende rahmte ein vergittertes Fenster einen Teil des Mondes ein, der den schwarzen Himmel zerriss. Der Anblick brachte schmerzhafte Erinnerungen zurück. *Keziahs Mond. Werde ich jemals wieder frei sein, um sie unter den Sternen zu lieben?*

Vor einer großen Tür mit einem Gitterfensterchen blieb der Geistliche stehen. Es war eine Tür wie jede andere, nur hörte Jake plötzlich jemanden dahinter atmen. Keziah.

Der Priester warf ihm einen entschuldigenden Blick zu. »Ich fürchte, hineinlassen darf ich dich nicht. Mehr kann ich nicht für dich tun, Jakob. Ich lasse dich jetzt ein paar Minuten allein.«

Jake hörte, wie sich die schweren Stiefel entfernten, und sah, dass die schwarze Silhouette des Priesters am Ende des Gangs vor einem vergitterten Fenster stehen blieb, als wollte er zusehen, wie hinter den Gefängnismauern der Mond aufging.

Das Schattennetz der Zelle schien leer zu sein. Doch nachdem sich seine Augen an die Dunkelheit gewöhnt hatten, erkannte er, wie sich etwas auf einer Bank bewegte. Er umklammerte die Gitterstäbe und sagte leise: »Kez, ich bin's!«

Sie stand auf und kam auf die Tür zu wie eine Schlafwandlerin. Sie stand unter starken Beruhigungsmitteln, und Jake fluchte auf den übereifrigen Doc. Sie hatte dunkle Ringe unter den Augen, und ihre Pupillen waren glasig. Ihre Haut hatte bereits die typische Gefängnisblässe angenommen: wie jemand, der lange Zeit unter der Erde verbracht und keine Sonne gesehen hat. Das Haar hing ihr wie ein nasser Schleier ins Gesicht, als hätte sie nicht die Kraft, sie aus dem Gesicht zu streichen. Man hatte ihn zwar gewarnt, dass Keziah sich verändert habe, aber auf diesen Anblick war er nicht gefasst gewesen. Kein Wunder, dass der Seelsorger ihm die Wahrheit verschwiegen hatte.

»Alles wird gut, Kez. Ich bringe es wieder in Ordnung. Lass den Kopf nicht hängen.«

Sie steckte die Finger durch die Gitter und fuhr ihm über den geschorenen Schädel.

Doch dann schaute sie plötzlich überrascht auf seinen Kopf. »Sie haben dir das Haar abgeschnitten, Jake. Was ist passiert?«

Jake bemerkte erst, dass er weinte, als er ihre Finger küsste und sah, wie seine Tränen auf ihre Hand fielen.

»Ich hole dich hier raus, Liebling. So oder so. Ich schwöre es, ich werde nicht zulassen, dass unser Kind im Gefängnis zur Welt kommt.«

Keziah war offensichtlich verwirrt. »Wieso darf ich nicht zu dir, Jake? Und warum sagen alle, Daniel wäre mein Mann? Ich gehöre doch zu dir.«

Jake hatte nur wenige Minuten Zeit, um ihr einzubläuen, dass sie das nicht sagen durfte.

»Natürlich, Liebling, aber das ist unser Geheimnis. Du musst so tun, als sei Daniel der Vater unseres Kindes. Die Richter wollen, dass alles seine Ordnung hat und mit dem Gesetz übereinstimmt.« Dann fügte er geduldig hinzu, als hätte er ein kleines Kind vor sich: »Vergiss nicht, dass du im Gericht weiterhin so tun musst, als wärst du Saranna Browne. Das verstehst du doch, nicht wahr?«

Aber Keziah schien ihm zu entgleiten. »Ich kann mich nicht erinnern. Ich weiß, dass Iago tot ist. Die anderen sagen, ich hätte ihn umgebracht. Glaubst du das?«

»Du hast nichts Unrechtes getan, Kez. Denk daran. Iago war ein Ungeheuer.«

Sie sah ihn erschrocken an. »Ich erinnere mich an die kleine Pistole! Das war sehr klug von dir, mir beizubringen, wie man damit umgeht, Jake.«

»Nein, Kez. Du darfst die Pistole nicht erwähnen. Du musst dir immer wieder klarmachen, dass du unschuldig bist!«

Er steckte die Hände durch die Gitter, um sie an sich zu ziehen und sie zu küssen, doch sie war schon wieder unterwegs zur Bank. Und dann musste er sehen, wie sie vor seinen Augen einschlief.

Der Geistliche nahm ihn am Arm. »Tut mir leid, Jakob. Die Zeit ist um.«

Jake war, als risse man ihm das Herz aus dem Leib, trotzdem taumelte er schockiert über Keziahs geistige Verfassung hinter dem Kaplan her. Hatte Iagos Tod sie in den Wahnsinn getrieben? Oder lag es an den Medikamenten? Jetzt leuchtete ihm ein, warum Joseph Bloom unter allen Umständen hatte verhindern wollen, dass sie in den Zeugenstand gerufen wurde. Keziah war so verwirrt, dass sie die beste Zeugin der Anklage wäre.

Zurück in seiner Zelle ging Jake erneut den verzweifelten Plan durch, an dem er in den vergangenen Wochen gearbeitet hatte. Doch inzwischen lag sein Zellkumpan, der Sanfte Jesus, hellwach im Bett und zitierte unermüdlich aus der Bibel.

»Leg mal eine kleine Verschnaufpause ein, Kumpel«, bat ihn Jake. »Bei dem Lärm kann man ja keinen klaren Gedanken fassen!«

Der Alte drehte sich zum Schlafen um. »Ich sehe dich im Paradies wieder, mein Sohn.«

»Nicht, wenn ich es verhindern kann, Kumpel«, murmelte Jake leise.

Als der Alte endlich ruhig war, überflog Jake im Geist seinen Plan. Bei ihrem letzten Treffen hatte Will Martens ihm die Stelle verraten, wo sich der Stein befand, den er gelöst und danach wieder in die alte Stelle geschoben hatte, damit »ein anderes armes Schwein« denselben Fluchtweg benutzen konnte. Damals hatten sich Wills Worte wie ein Scherz angehört.

»Wer weiß, vielleicht kannst du diese Information selbst mal gebrauchen!«

Im Dunklen schwor Jake bei seinem eigenen Leben. *Ich hole dich hier raus, Kez. So oder so.*

FÜNFZIG

Als Keziah in ihrer Zelle aufwachte, war sie fest davon überzeugt, dass sie Jake nur im Traum begegnet war. Mit seinem geschorenen Schädel und dem abgezehrten Gesicht hatte er völlig anders als sonst ausgesehen. Vor langer Zeit hatte sie eine Vision gehabt und Jakes kahlen Kopf hinter diesen Gittern an der Zellentür gesehen. Und da wurde ihr bewusst, dass die letzte Nacht kein Traum gewesen war. Die Wirklichkeit unterschied sich in einem wichtigen Punkt. Sie waren alle beide Gefangene.

Könnte es sein, dass ich Iago tatsächlich ermordet habe? Keziah versuchte, den Grund für die Angst herauszubekommen, die ihr Gedächtnis blockierte. Jedes Mal, wenn sie im Geist die Tür zu Iagos Hütte öffnete, versank sie in diesem schrecklichen schwarzen Loch. Jetzt aber schossen ihr plötzlich bruchstückhafte Erinnerungen durch den Kopf. Scham und Schrecken überwältigten sie, nicht, weil ihr bewusst wurde, dass sie tatsächlich Iago getötet hatte – er hatte nichts anderes verdient –, sondern weil sie mit ihrer Gewalttat Jakes Leben und das ihrer Kinder zerstört hatte.

Sie klammerte sich an einen einzigen Gedanken. Den Brief. Sie musste einen kühlen Kopf bewahren und die Wahrheit sagen, damit Jake freikam. Sie musste die *gaujo* im Gericht mit ihren eigenen Waffen schlagen.

Als der Wärter ihr eine Schüssel mit Wasser brachte, wusch sie sich das Gesicht, in der Hoffnung, das kalte Wasser würde sie erfrischen. Bis zur Geburt würde es noch länger als einen Monat dauern, aber die Gefängniskluft spannte jetzt schon über dem Bauch.

Wenig später erschien Leslie Ross mit einem Päckchen.

»Joseph Bloom bittet Sie, Ihr Haar so zu tragen wie die junge Ehefrau und Mutter, die wir alle kennen. Und Janet Macgregor sagt, dies würde Ihnen bei Gericht am besten stehen. Außerdem soll ich Ihnen bestellen, dass Sie den Kopf nicht hängen lassen dürfen.«

Das Päckchen enthielt ein mit feinen Spitzen besetztes, rosafarbenes Kleid, an dessen Kragen Sarannas Kamee-Brosche steckte. Es war eine Geste der Solidarität unter Gefangenen. Keziah musste sich zwingen, Leslie in die Augen zu sehen.

»Meine Freunde sind wirklich ein Segen Gottes. Verzeihen Sie, Doc, aber ich will kein Laudanum mehr nehmen. Ich bekomme schreckliche Albträume davon. Und ich will mich erinnern können. Ich glaube, dass ich gesehen habe, wie Iago gestorben ist.«

»Aye, ich dachte mir schon, dass es eines Tages so weit käme«, sagte er vorsichtig. Dann nahm er eine silberne Phiole aus seiner Arzttasche und schenkte etwas von der Flüssigkeit in einen Becher ein.

»In einer Stunde beginnt Ihr Prozess. Das ist eine neue Teesorte aus Indien. Ihr Engländer glaubt ja, mit Tee ließen sich alle Probleme lösen, und so wird es sein.«

Keziah warf ihm ein schräges Lächeln zu. »Ich bin zwar eine walisische Roma, aber ich will es trotzdem probieren.«

Er beobachtete sie beim Trinken. »Er braucht etwas Zeit, um seine Wirkung zu entfalten, aber er wird Sie beruhigen, Mädchen.«

Nachdem der Doc gegangen war, zog Keziah das Kleid an. Sie kaschierte die versengte Stelle an ihrem Kopf und flocht ihr Haar sorgfältig zu einem Zopf, um den sittsamen Eindruck zu erwecken, den sich Joseph Bloom erbeten hatte, damit er ihrem Ruf als »mordende Lehrerin« etwas entgegenzusetzen hatte.

Während sie neben dem Wärter saß und darauf wartete, in den Gerichtssaal geführt zu werden, fühlte sich Keziah ungewöhnlich ruhig. Am liebsten wäre sie allein mit ihren Gedanken gewesen, doch der geschwätzige Mann hielt es für seine Pflicht, sie mit den Gerüchten der Strafgefangenen über die Hinrichtung von Dunkley und Beech zu unterhalten.

»Lucretia war auch Waliserin. Aber Sie unterscheiden sich wie Tag und Nacht.«

»Ich stamme aus Cheshire«, berichtigte ihn Keziah, was aber den Wärter nicht davon abhielt weiterzuplappern.

»Sie hatte ein hartes, pockennarbiges Gesicht wie ein Mann. Hielt sich offenbar für besonders schlau, als sie ihren Liebhaber, einen Freigelassenen, dazu anstachelte, den alten Dunkley umzubringen, um an seine Farm zu kommen. Am Ende landete sie vor dem Finisher. Ihren Schädel hat man nach Sydney Town geschickt, damit die Phrenologen da ihn mal richtig unter die Lupe nehmen.«

»Sie haben ihr den Kopf abgetrennt?«, fragte Keziah entsetzt.

»Aye«, prahlte der Mann stolz. »Ich selbst war bei der Bestattung der enthaupteten Leiche dabei. Ein Strafgefangener hat hier im kleinen Hof ein Loch unter den Pflastersteinen gegraben. Da steht sie jetzt aufrecht drin, damit sie niemals Frieden findet in der Hölle!«

Als er Keziahs zu Tode erschrockenes Gesicht sah, fügte er hastig hinzu: »Aber machen Sie sich keine Sorgen, Mrs. Browne. Dass Sie eine Dame sind, sieht doch jeder Trottel. Sie wird man ganz anders behandeln.«

Tot oder lebendig? Sie spürte, wie sie erneut in den unnatürlichen Ruhezustand hinüberglitt, der sie seit der Feuernacht von der Realität isoliert hatte. Dann fielen ihr Leslies Worte ein: »Er braucht etwas Zeit, um seine Wirkung zu entfalten, aber er wird Sie beruhigen, Mädchen.«

Zu spät erkannte sie die Bedeutung, die dahintersteckte. *Tee? Er hat etwas hineingetan!*

Der Wärter führte sie über die kleine Gasse außerhalb der Gefängnismauern zum Gerichtsgebäude. Sie sah die Welt um sich herum wie durch einen Schleier. Die ersten Gaffer, die der Prozess gegen eine Frau angelockt hatte, starrten sie aus leeren Gesichtern an und zeigten mit den Fingern auf sie. Um ihren Blicken auszuweichen, sah sie zu der wuchtigen Kuppel hinauf, an die sie sich noch aus Jakes Prozess erinnerte und die die einzige natürliche Lichtquelle im Gerichtssaal bildete. In die steinerne Fassade waren nur blinde Fenster eingelassen.

Der Wärter folgte ihrem Blick zu einem asiatisch bunten Wagen in der Gasse. Davor saßen ein Chinese mit einem dünnen Zopf und eine Eingeborene. Nerida und Sunny Ah Wei winkten ihr zaghaft zu, und Keziah bedankte sich mit einem Lächeln.

»Merkwürdige Freunde!«, meinte der Wärter verächtlich.

Keziahs Gefühle waren völlig abgestumpft, trotzdem zwang sie sich, sie zu verteidigen. »Meine Freunde zeigen Mut.«

»Schwarze dürfen sowieso nicht in den Gerichtssaal!«, erwiderte der Wärter, als wollte er damit einen Schlussstrich ziehen.

Als er sie dann von ihrer Zelle im Gerichtssaal zur Anklagebank brachte, verfolgte Daniel sie mit seinem Blick. Man hatte keinen Stuhl für Keziah bereitgestellt.

»In ihrem Zustand kann meine Frau unmöglich stehen!«, protestierte Daniel.

Keziah warf einen Blick auf die weiblichen Gaffer, die in der zweistufigen Zuschauerbank saßen. Sie sah aus wie die Miniaturausgabe einer Ehrentribüne bei einem Kricket-Spiel. In der hinteren Reihe erkannte sie eine Frau, die ihr Gesicht unter den Zipfeln einer eleganten Haube verbarg. Es war die Frau, von der Daniel ihr im Prozess gegen Jake erzählt hatte, Richter Hambertons Gattin.

Keziah sah sich die Gesichter der »zwölf ehrenwerten Geschworenen« an. Obgleich sie darin keine Spur von Mitgefühl erkennen konnte, empfand sie keine Angst. Was hatte sie mit ihnen zu schaffen? Die Welt fühlte sich angenehm an und auf unnatürliche Art unscharf.

Vor der Bank der Gerichtsdiener stand ein wuchtiger Tisch aus

Mahagoni, bedeckt mit Stapeln von Schriftrollen, die mit rosafarbenen Schleifen verschlossen waren.

Solche Schleifen brauche ich für Pearls Haar. Wo ist sie? Und wo ist Gabriel? Die Antworten bedurften einer gewissen Konzentration, zu der sie nicht in der Lage war, also ließ sie ihren Gedanken freien Lauf.

Ein Gerichtsschreiber schrieb mit kratzender Feder, Gestalten mit weißen Perücken und schwarzen Roben versammelten sich um den großen Tisch in der Mitte wie Marionetten in einem Puppentheater. Allein Joseph Bloom sah menschlich aus. Seine Augen lächelten sie über den Rand seiner Brille hinweg an.

Sie sah, wie Daniels Knöchel weiß wurden, als er die Brüstung, die sie von ihm trennte, so nervös umklammerte, als stünde er selbst vor Gericht. Seine Augen schienen ihr eine heimliche Botschaft senden zu wollen, doch dann lenkte der Richter in seiner scharlachroten Robe sie ab. Er blinzelte zwischen den beiden Seiten einer kunstvoll gearbeiteten Perücke hervor, die ihm viel zu groß war. Keziah lächelte. *Er guckt genauso streng wie der Gott der* gaujo, *wenn sich ein Roma versehentlich in sein Himmelreich verirrt hätte.*

Sie war dankbar, als man ihr »wegen ihrer labilen Verfassung« einen Stuhl brachte.

Als Daniel in den Zeugenstand gerufen wurde, versuchte sie abermals, sich zu konzentrieren. Trug er denselben Anzug, den er sich von Mac Mackie für ihre Hochzeit ausgeliehen hatte? Überrascht stellte sie fest, dass er sich den Schnurrbart abrasiert hatte. Josephs Worte fielen ihr wieder ein: »Ein rasierter Zeuge hat gegenüber einem bärtigen immer einen Vorteil, weil die Geschworenen so die kleinste Regung in seinem Gesicht erkennen können.«

Während sie Daniels Aussage lauschte, empfand sie ein vages Gefühl von Stolz, ihn zum Freund zu haben. Er wirkte respektvoll, aber nicht unterwürfig.

»Jetzt bin ich ein freier Mann, aber ich kam als Strafgefangener in diese Kolonie und wurde Mr. Jonstone in Gideon Park zugewiesen. Er war ein guter und gerechter Master. Ich war seinem Aufseher direkt unterstellt, einem Mann, dem man es beim besten Willen nicht recht machen konnte. Jahrelang schuftete ich wie ein Hund, um der Peitsche zu entgehen. Wegen des kleinsten Vergehens wurde man bestraft. Der Tod war die einzige Hoffnung, dieser Hölle zu entgehen. Bis meine geliebte Saranna mich zum Mann nahm.«

Daniel beschrieb, wie hingebungsvoll sich Saranna um ihn, ihre Kinder und ihr Ungeborenes gekümmert hatte. Dass sie Gewalt derart verabscheute, dass sie einmal einen hysterischen Anfall bekommen hatte, als jemand ein Känguru schoss. In den Augen der Geschworenen erkannte Keziah, wie beeindruckt sie von Daniels leidenschaftlicher Aussage waren.

»Meine sanfte Saranna ist nicht fähig, einen Mord zu begehen!«

Keziah spürte einen Schwall von Schuld, weil sie mit ihrer Tat den Namen der toten Saranna besudelt hatte.

Die nächste Zeugin war eine junge Frau, die sich als Lizzie Fleet identifizierte und auch unter dem Namen Lizzie Jones bekannt war. Sie hütete sich, in Keziahs Richtung zu sehen, als man sie aufforderte, die Frau zu beschreiben, der sie in der Tatnacht Iagos Hütte gezeigt hatte.

»Sie hatte schwarzes Haar, einen dicken Bauch und eine arrogante Stimme, als wäre sie etwas Besseres als wir. Sie wollte unbedingt zum Teufel in Person, und wir wissen ja alle, dass der hinter jedem Rock her war!«

Als sie gefragt wurde, ob sich die Betreffende im Gerichtssaal befand, zögerte sie einen Augenblick, antwortete dann jedoch: »Sie sitzt da auf der Anklagebank.«

»Haben Sie einen Schuss gehört? Oder gesehen, wie Mrs. Browne mit einer Waffe die Hütte verließ?«

»Darüber weiß ich nichts. Mehr kann ich Ihnen nicht sagen.«

Keziah bemerkte, wie die Frau ihrem Blick auswich, als sie den Zeugenstand verließ.

Als nächster Zeuge wurde Sean Kerby aufgerufen, ein nervöser junger Kerl, der, eingeschüchtert vom Staatsanwalt, ständig an seiner Stirnlocke herumzupfte. Keziah konnte sich nicht erinnern, ihn jemals zuvor gesehen zu haben.

Der Ankläger verhakte zuversichtlich die Daumen in den Falten seiner Robe und erinnerte den jungen Mann an die harten Strafen, die auf Meineid standen.

»Sie haben ausgesagt, dass Sie die Angeklagte unweit von Iagos brennender Hütte am Boden liegen sahen. Halten Sie es für möglich, dass sie eine Mordwaffe versteckte?«

Der junge Kirby schwitzte. »Ich habe lediglich gesehen, dass sie einen Brief in der Hand hielt, Sir.«

»War es dieser Brief?« Der Staatsanwalt wedelte mit dem Beweisstück, als wäre es etwas Abstoßendes.

»Das weiß ich nicht, Sir. Ich kann nicht lesen. Nur mein Zeichen machen, Sir.«

»Ich wiederhole meine Frage. Ist es möglich, dass diese Frau eine Tatwaffe versteckte?«

»Keine Ahnung. Wir sind alle hingelaufen, um das Feuer zu löschen, damit es nicht auf die anderen Häuser übersprang. Aber sie hielt in beiden Händen einen Brief und klagte.«

Der Staatsanwalt schien überrascht. »Klagte?«

»Ja, Sir, so wie unsere irischen Frauen die Toten beklagen.«

Der Ankläger wirkte gereizt, als er den Zeugen entließ. Joseph Bloom hingegen befragte ihn genauso respektvoll wie einen freien Mann.

»Mr. Kirby, hatten Sie vor besagter Brandnacht Mrs. Browne jemals gesehen?«

»Einmal, Sir. Kurz nach ihrer Hochzeit mit Daniel Browne kam sie eines Tages nach Gideon Park, während ich dort im Garten arbeitete. Sie überreichte Mrs. Jonstone ein Päckchen. Und die Mistress sagte: ›Frauen verstehen mehr von diesen Dingen. Besuchen Sie uns doch, wenn Sie in der Gegend sind, Mrs. Browne. Ich würde mich freuen.‹«

»›Besuchen Sie uns doch, wenn Sie in der Gegend sind, Mrs. Browne. Ich würde mich freuen‹«, wiederholte Joseph Bloom langsam für die Geschworenen. »Also könnte eine persönliche Einladung von Seiten Mrs. Jonstones die Erklärung für Saranna Brownes Anwesenheit während der fraglichen Nacht in Gideon Park sein. Danke. Keine weiteren Fragen.«

Mittlerweile begriff Keziah das Verfahren etwas besser. Dennoch fühlte sie sich so distanziert, als säße sie in der hintersten Reihe eines Theaters und sähe sich ein Stück an.

Als Julian Jonstone in den Zeugenstand gerufen wurde, bemerkte sie seine Verärgerung. Er lobte den Charakter seines verstorbenen Aufsehers über den grünen Klee.

Joseph Bloom blieb höflich. »Es hat den Anschein, als wäre Iago ein Vorbild an Tugend gewesen, wenn Sie in Gideon Park residierten, aber wie Sie selbst ausgesagt haben, waren Sie gelegentlich monatelang fort. Sie sind in der Kolonie als eine tragende Säule der Kirche von England bekannt, Sir, wir können also davon ausgehen, dass Sie es nicht geduldet hätten, wenn Ihr Aufseher einer Frau Gewalt angetan hätte, nicht wahr?«

Trotz seiner Überheblichkeit spürte Keziah, dass Jonstone kein Lügner war.

»Sämtliche weibliche Strafgefangenen, die mir zugewiesen wurden, schlafen unter meinem Dach. Ich habe darüber hinaus Anweisungen gegeben, dass in Gideon Park keine Frau misshandelt werden darf.«

Joseph wartete, als wollte er dem Zeugen genügend Zeit lassen, die Antworten zu bekommen, die er sich wünschte.

Jonstone geriet ins Wanken. »Nun ja, wie Sie selbst wissen, haben weder die Kirche noch das Gesetz das Recht, einzugreifen, wenn ein Mann seine Ehefrau wegen eines Fehlverhaltens züchtigt.«

In Josephs Stimme schwang nicht der geringste Anflug von Sarkasmus mit. »In der Tat, im britischen Recht ist die Grausamkeit gegen Ehefrauen eine Grauzone.« Abrupt drehte er sich noch einmal zu ihm um. »Eine letzte Frage noch, Sir. Es wurde unter Eid behauptet, dass Mrs. Browne Ihrer Gattin ein Päckchen gebracht hat. Könnten Sie uns die Umstände schildern?«

Jonstone wurde nervös. »Ich sehe keinen Zusammenhang, aber bitte. Meine Frau hatte drei Fehlgeburten hinter sich. Diese Frau, Saranna Browne, kam unaufgefordert zu uns und brachte ihr Kräuter, von denen sie behauptete, sie würden eine weitere Fehlgeburt verhindern. Völliger Unsinn. Billiger Hokuspokus.«

»Mein Mitgefühl, Sir. Aber hat Ihre Gattin diese Kräuter zufällig auch eingenommen?«

»Wider mein besseres Wissen!«

»Gewiss. Trotzdem dürfen wir Sie zur Geburt Ihres Sohnes Julian Jonstone junior vor einem Jahr beglückwünschen. Dem Kleinen geht es doch hoffentlich gut?«

»Er gedeiht prächtig. Dank sei Gott und nicht etwa diesen heidnischen Kräutern!«

»Wie auch immer«, entgegnete Joseph Bloom höflich. »Jedenfalls hat Mrs. Browne einige Mühe auf sich genommen, um Ihrer Gattin zu helfen, nicht wahr?«

Nachdem Jonstone nur stumm genickt hatte, fuhr Bloom fort: »Man könnte Mrs. Brownes Handlung für selbstlos halten. Ich gehe davon aus, dass keine Entlohnung erfolgte? Würden Sie es als einen Akt der Freundlichkeit bezeichnen?«

»Nein, es erfolgte keine Entlohnung«, gab Jonstone zu. »Sicher war es gut gemeinte, allerdings fehlgeleitete Freundlichkeit.«

»Danke, das ist alles.«

Keziah spürte einen unerwarteten Funken von Ergriffenheit. Die Kräuter hatten geholfen! Charlottes Sohn gedieh prächtig! Sie sah, dass Joseph Bloom mit Jonstones Aussage äußerst zufrieden war. Doch ihre Erleichterung wich einem unguten Gefühl, als sie den Namen des nächsten Zeugen hörte.

Caleb Morgan! Wird er die Gelegenheit ausnutzen, dass ich im Gefängnis bin, um mir Gabriel wegzunehmen?

Morgan schien die Situation gänzlich im Griff zu haben, als er mit lauter Stimme auf die Bibel schwor. Keziah war überzeugt, dass er seine angeborene Überheblichkeit eines Tages noch mit ins Grab nehmen würde.

»Mrs. Browne ist in meiner Familie in England gut bekannt. Vor ihrer Heirat hieß sie Saranna Plews und war Hausgast auf dem Anwesen meines Vaters, Morgan Park, in Lancashire. Mein Vater, John Morgan, ist ein Freund von Gouverneur Gipps.« Er machte eine Pause, damit diese Informationen beim Richter und den Geschworenen sacken konnten.

Keziah war hin- und hergerissen. *Ich soll Hausgast bei den Morgans gewesen sein! Das ist doch gelogen, aber er scheint auf meiner Seite zu sein. Was führt er im Schilde?*

Caleb beantwortete Joseph Blooms Fragen weiterhin bis ins kleinste Detail.

»Dank Sarannas Fürsorge und ihren pharmazeutischen Kenntnissen besserte sich der Gesundheitszustand meiner Stiefmutter merklich. Und ich kam in die Kolonie mit dem ausdrücklichen Wunsch, Mrs. Browne für die selbstlosen Dienste, die sie meiner Familie erwiesen hatte, zu entschädigen. Wir Morgans sind ihr zu großem Dank verpflichtet. Mrs. Browne ist eine von ihrem ganzen Wesen her vornehme und ehrbare Dame; finanzielle Erwägungen sind ihr fremd. Sie wäre vollkommen unfähig, das Verbrechen zu begehen, um dessentwillen sie hier vor Gericht steht!«

Als der Ankläger die Hand hob, um Morgan zu befragen, blieb dieser mitten im Gerichtssaal stehen und verbeugte sich zu Keziahs größter Verwunderung in ihre Richtung.

Obwohl der Verteidiger mit Calebs Ausführungen zufrieden zu sein schien, wurde Keziah immer nervöser. *Was für eine Farce! Und dann haben die* gaujo *auch noch die Frechheit, uns Roma Lügner zu nennen!*

Dr. Leslie Ross' beeidigte Aussage wurde in seiner Abwesenheit laut vorgelesen. Sie enthielt eine präzise Aufstellung von Gründen, aus denen seiner Meinung nach Keziah nach einem traumatischen Erlebnis nicht in der Lage war, eine verlässliche Aussage zu machen.

Innerlich tobte Keziah, als sie den Doc in einer der hinteren Bänke erkannte. Was geht hier vor? *Ich werde nicht zulassen, dass man mich mit Medikamenten mundtot macht. Das Gesetz behandelte meinen Vater damals wie einen Vagabunden und Zigeunerlügner. Ich werde ihnen zeigen, dass eine Roma genauso ehrlich ist wie die besten von ihnen.*

Als Joseph Bloom den formellen Antrag stellte, sie von einer Zeugenaussage zu entbinden, schien der Richter dem zuzustimmen, bis Keziah plötzlich dazwischenfuhr.

»Das ist ein Irrtum. Ich kann sehr wohl aussagen, Euer Ehren!«

Zum ersten Mal wirkte Joseph Bloom sprachlos.

Als der Gerichtsdiener Keziah die Bibel brachte, war ihre Reaktion höflich, aber bestimmt.

»Ich respektiere Eure Bibel, Euer Ehren, aber es wäre Selbstbetrug, wenn ich auf sie schwören würde.«

Der Richter beugte sich vor. »Sie sind doch Christin, Mrs. Browne, oder nicht?«

»Natürlich ist sie Christin! Wir haben in der Kirche geheiratet!«, rief Daniel.

»Ich darf Sie bitten, jegliche Störung zu unterlassen, Mr. Browne, sonst muss ich Sie aus dem Gerichtssaal entfernen lassen! Mrs. Browne, würden Sie so freundlich sein, uns das zu erklären.«

»Ich bin eine Roma!«, sagte Keziah laut und stolz.

Der Richter war verwirrt. »Soll das heißen, dass Sie in Rom geboren wurden?«

»Nein. Mein Vater war ein Rom vom wahren schwarzen Blut, mein Volk kam vor langer Zeit aus Indien. Ich schwöre bei dem Eid, der meinem Volk am wichtigsten ist, bei der Hand meines Vaters, dass ich die Wahrheit sagen werde und nichts als die Wahrheit. Als Allererstes, Euer Ehren, muss ich gestehen, dass ich nicht Saranna Browne bin.«

»Was soll dieser Unsinn?«, entgegnete der Richter und stieß den Zeigefinger auf seine Dokumente.

»Ich habe einer toten jungen Frau ihren Namen gestohlen. In Wirklichkeit heiße ich Keziah Stanley.«

Sie sah, dass ihre Enthüllung unterschiedliche Reaktionen hervorrief.

»Meine Frau ist krank!«, schrie Daniel Browne. »Sie weiß nicht, was sie sagt.«

Die Perücke des Richters rutschte über seine Brille.

»Was, zum Teufel, soll das nun wieder, Bloom?«, zischte der Staatsanwalt.

Joseph Bloom murmelte leise auf Deutsch vor sich hin.

Dr. Ross und Caleb Morgan wechselten entsetzte Blicke.

In den Zuschauerbänken brach Fassungslosigkeit aus. Keziah beobachtete, wie die elegante, in Blau gekleidete Dame in Ohnmacht fiel und ihre Nachbarin versuchte, sie mit Riechsalz wiederzubeleben.

Es kam ihr vor, als wäre sie die einzige Person im Gerichtssaal, die einen klaren Kopf behielt. Nachdem sie sich ganz offen zu ihrer wahren Identität bekannt hatte, war sie erleichtert, weil Sarannas guter Name nun endlich reingewaschen war. Jetzt konnte sie darum kämpfen, Jake frei zu bekommen.

Nachdem der Richter die Ruhe im Gerichtssaal wiederhergestellt hatte, beratschlagte er mit seinen Gerichtsdienern, ob das Verfahren mit Bezug auf die geltende Rechtsprechung fortgeführt werden konnte. Als Joseph Bloom ihn darauf aufmerksam machte, dass der Name, den die Angeklagte benutzt hatte, ihm als ihr Alias bekannt gewesen und es überdies eine gängige Praxis sei, mehrere Namen zu haben, beschloss der Richter, das Verfahren fortzusetzen.

Während Keziah kühl ihre Aussage machte und die Fakten rekapitulierte, registrierte sie, wie Joseph Bloom die Gesichter der Geschworenen studierte, um zu sehen, welche Wirkung ihre Worte auf sie hatten.

Der Richter schien irritiert zu sein. »Mal sehen, ob ich Ihre bemerkenswerte Geschichte richtig verstanden habe. Sie gaben Iago diesen Brief, in dem er die Anschuldigungen, die er gegen Jakob Andersen vor Gericht gemacht hatte, widerrief. Sie behaupten, Iago hätte den Brief unterschrieben und anschließend hätten Sie mit Ihrer Taschenpistole auf ihn geschossen!«

Er warf dem Staatsanwalt einen strengen Blick zu. »Einer Waffe, die spurlos verschwunden ist.«

Joseph Bloom sprang auf. »Von dieser oder auch jeder anderen angeblichen Waffe gibt es keinerlei Spur, Euer Ehren! Darf ich darauf hinweisen, dass sie nur in der Einbildung einer jungen Frau existiert, die hochschwanger ist und sich seit den Ereignissen in jener Nacht in einem akuten Schockzustand befindet.«

Der Richter rückte seine Perücke zurecht. Sein Gesicht war erhitzt und gereizt. »Das Gericht wird Ihre dreisten Unterbrechungen nicht mehr dulden.«

Dann wandte er sich wieder Keziah zu. »Sie behaupten also, Sie hätten Iago in besagter Nacht nur aufgesucht, um Jake Andersen wieder frei zu bekommen?«

»Nein. Um seine Unschuld zu beweisen. Iago hatte eine Falschaussage gemacht!«

»Und jetzt wollen Sie uns weismachen, dass Ihre Aussage der Wahrheit entspricht, gute Frau? Nicht umsonst haben sich die Zigeuner in Jahrhunderten den Ruf von Lügnern erworben.«

Keziah war wie entfesselt, sie fühlte sich nicht länger an Sarannas bürgerliche Manieren gebunden. »Ich habe bei der Hand meines Vaters geschworen. *Ich lüge nicht!*«

»Wir haben Iagos unterschriebenen Widerruf schwarz auf weiß. Trotzdem behaupten Sie, Sie hätten ihn erschossen. Dann schildern Sie dem Gericht die Ereignisse, die Sie zu dieser Tat veranlassten, die Sie ja selbst gestanden haben. Warum haben Sie das getan?«

In diesem Augenblick wusste Keziah es selbst nicht. Sie war sich nur einer Sache sicher. Jakes Zukunft stand auf dem Spiel. Sie versuchte, sich im Geist in die Vergangenheit zurückzuversetzen. In Iagos Hütte mit dem Geruch nach Rum und dem Öl der Lampe. Wie sie mit der kleinen Taschenpistole auf sein Gesicht zielte, wie er sie ihr aus der Hand riss und damit herumspielte.

Und da fiel es ihr plötzlich wie Schuppen von den Augen. Das dunkle Loch in ihrer Erinnerung verschwand. Sie hörte, wie sie Iagos sanfte Worte aussprach, als redete der Tote durch sie.

»Ich war derjenige, der Will Martens gebrochen hat. Er hatte eine Haut wie ein Mädchen, bis er Bekanntschaft mit meiner Peitsche machte. Wie ein Mädchen hat er geschrien. Du glaubst nicht, was ein Mann alles tut, wenn man ihn nur hungrig genug macht und seinen Willen bricht.«

Alle Blicke waren auf Keziah gerichtet und keiner so aufmerksam wie Joseph Blooms.

Sie stockte und sprach dann mit vor Grauen gesenkter Stimme weiter. »Iago lachte, als er sagte: ›Schwächlinge machen mir keinen Spaß. Ich mag ganze Kerle. Mit einem echten Willen. Mit Kampfgeist. Wie Gypsy Gem Smith. Vier Mann waren nötig, um ihn zu fesseln. Und dann haben sie es ihm besorgt wie einem Weib!‹«

Keziah geriet ins Wanken, und Joseph Bloom sprang auf.

»Meine Mandantin ist nicht in der Lage fortzufahren, Euer Ehren. Ich bitte Euch, sie aus dem Zeugenstand zu entlassen.«

Bevor der Richter dies verfügen konnte, schrie Keziah: »Dieser Teufel hörte nicht auf zu lachen. Ich schoss auf ihn, aber die Kugel streifte ihn nur am Hals. Und als er sich auf mich stürzte, ließ ich die Klinge an der Pistole aufspringen. Er hatte den Tod verdient. Ich muss ihn getötet haben. Niemand sonst war dort.«

Die Zeit im Gerichtssaal schien stillzustehen. Schließlich sah der Richter mit versteinertem Gesicht zu Joseph Bloom hinüber, der, über den Tisch gebeugt, mit einem seiner Berater flüsterte.

»Dürfte ich den Anwalt der Verteidigung darauf hinweisen, dass er sich nicht auf deutschem Territorium befindet. In britischen Gerichten ist man gewohnt, die Richter Ihrer Majestät zu respektieren!«

Keziah bebte vor Wut angesichts dieser Beleidigung ihres Freundes, der wie sie in den Augen des Richters ein Ausländer war und es immer sein würde.

Ehe Joseph Bloom auf den Rüffel des Richters antworten konnte, wandte sich dieser an die Geschworenen.

»Iago sind Abscheulichkeiten unterstellt worden, die kein weiterer Zeuge bestätigt hat. Sein Arbeitgeber, Julian Jonstone, sprach voller Hochachtung von ihm. Wir haben nichts weiter als die Spekulationen einer Zigeunerin, die angeklagt wird, ihn getötet zu haben und jetzt seinen guten Ruf beschmutzt.«

In den hinteren Reihen der Zuschauer brach Unruhe aus. Eine schwarz gekleidete Frau rief: »Guten Ruf? Wollen Sie die Wahrheit hören? Dann fragen Sie mich mal!«

Der Staatsanwalt warf Joseph Bloom einen resignierten Blick zu. »Was haben Sie sonst noch für Tricks im Ärmel, Bloom?«

»Gelehrter Freund, auf diese Frage weiß nur der liebe Gott eine Antwort.«

»Das Gericht zieht sich für eine Stunde zur Beratung zurück!«, fauchte der Richter den Anwälten zu.

Als die schwarz gekleidete Frau den Gerichtssaal verließ, nickte sie Keziah anerkennend zu. Und da erkannte Keziah sie. Es war die Frau, die vor Freude geweint hatte, als die Tarotkarten den Tod ihres Mannes voraussagten. *Mary Iago.*

Keziah war entsetzt, weil sie den verhängnisvollen Haken nicht bemerkt hatte, als sie die Karten las. *Das* baxt *hatte mich dazu ausersehen, den Teufel in Person hinzurichten.*

EINUNDFÜNFZIG

Minuten nachdem die Tore des Gerichtssaals von Berrima erneut geöffnet worden waren, drängelte eine Horde von lärmenden Zuschauern auf die Stehplätze zu.

Auf dem Weg zum Zeugenstand versuchte Daniel Browne, die Panik, die ihn zu verschlingen drohte, unter Kontrolle zu halten. In der Pause hatte er Joseph Bloom versichert, dass er zu allem bereit war. Jetzt ging es nicht nur um Keziahs Freiheit, sondern um ihr Leben. Würde er Manns genug sein, um seine elenden Ängste vor dem, was vor ihm lag, zu überwinden?

Im Geiste wurde er immer noch von den Erinnerungen an Iago verfolgt. Wieder und wieder sagte er sich, dass das attraktive, böse Gesicht nur noch eine verkohlte Masse war und Iago ihn aus dem Grab heraus nicht mehr peinigen konnte, trotzdem hatte er weiche Knie. *Muttergottes, hilf mir, den Weg der Erlösung zu finden.*

Als er im Zeugenstand aufgefordert wurde zu beschreiben, wie Iago die ihm unterstellten Strafgefangenen behandelte, antwortete er mit fester Stimme: »Er hieß nicht umsonst der Teufel in Person. Die Jüngsten waren höchstens dreizehn. Er brach ihren Willen, und dann belohnte er sie mit dem Essen, das ihnen gesetzlich ohnehin zugestanden hätte.«

»Haben Sie persönlich gesehen, wie er Strafgefangene misshandelt hat?«

»Nein, nur wenn er sie auspeitschte.« Er zögerte. »Aber es war ein offenes Geheimnis, dass er die Jüngsten zur eigenen Befriedigung missbrauchte.«

»Verstehe ich Sie richtig? Sprechen Sie von Sodomie? Auf

dieses widerliche Verbrechen steht die Todesstrafe«, vergewisserte sich der Richter.

Daniel zögerte nur einen Augenblick, ehe er antwortete: »Daran besteht kein Zweifel. Ein Junge aus Killarney beging Selbstmord, um Iago zu entkommen.«

Er warf Keziah einen Blick zu, um Mut zu schöpfen, ehe er die Worte aussprach, die sie verletzen würden. Sie erwiderte seinen Blick und ermutigte ihn fortzufahren.

»Wir alle wussten, dass Gem Smith erst zu den Waffen griff, nachdem er Iagos Sonderbehandlung unterzogen worden war.«

Der Ankläger tobte. »Ich mache Sie fertig, Browne, Ihre Aussage hält keiner gerichtlichen Überprüfung stand. Sie ist eine ungeheuerliche Verleumdung. Sie waren keineswegs Zeuge dieses widerlichen Verbrechens, das allein Ihrer Aussage nach ein toter und in dieser Gemeinde allseits respektierter Mann begangen haben soll.«

»Wollen Sie behaupten, ich wäre ein Lügner?«, erwiderte Daniel.

Das Achselzucken des Staatsanwalts war wie eine lässige Beleidigung. »Sie wären nicht der erste Ehemann, der einen Meineid begeht, um seine Frau vor dem Strick zu retten.«

Nach der Entlassung aus dem Zeugenstand stolperte Daniel zu seinem Platz zurück. Hatte seine Aussage in den Augen der Jury Keziah eher genützt oder geschadet? Er war sicher, dass er sie enttäuscht hatte. Und Jake auch. Joseph Blooms aufmunternde Geste war kein Trost.

Keziah starrte resolut vor sich hin, eine Hand auf dem Rücken, als Gegengewicht zu ihrem schweren Bauch.

Als Mary Iago in den Zeugenstand stieg, nickte Daniel ihr aufmunternd zu. Sie trug zwar Schwarz, doch es war keine echte Trauerkleidung. Das nervöse Lächeln offenbarte eine Zahnlücke.

Daniel beobachtete, wie Joseph Bloom jede ihrer Gesten und jede Nuance in ihrem Tonfall aufmerksam verfolgte. Nach dem anfänglichen Zornausbruch schien die Witwe sich in den Panzer ihrer Schüchternheit verkrochen zu haben, doch Joseph Bloom gelang es, sie mit seinen verständnisvollen Fragen wieder aus der Reserve zu locken.

»Neun Jahre habe ich in ständiger Angst vor meinem Mann gelebt. Er hatte mich nur geheiratet, weil ich als Freie aus Cornwall gekommen war. Das stellte ihn in ein gutes Licht bei seinem Master, der ebenfalls aus Cornwall stammte. Mein Mann hat mich so heftig verprügelt, dass ich mich auf einer der Farmen des Masters im Busch versteckte.«

Daniel bemerkte, wie Keziah sich wachsam vorbeugte.

»Mein Mann schleppte mich nach Gideon Park zurück und peitschte mich regelmäßig aus, an Stellen, wo man die Narben nicht sehen kann. Er sagte, das wäre die einzige Lust, die ich ihm bieten könne: mich auszupeitschen.«

Joseph wartete, bis das Gemurmel im Saal verebbt war, ehe er fortfuhr.

»Ihre Ehe war nicht von Kindern gesegnet, Mrs. Iago?«

»Wie denn?«, flüsterte sie. »Nach der Hochzeitsnacht hat er mich nie wieder angerührt.«

Der Richter schob seine Perücke wieder zurecht. »So, das reicht. Genug schmutzige Wäsche, die in aller Öffentlichkeit gewaschen wurde. Muss ich die Verteidigung abermals darauf hinweisen, dass wir uns hier nicht vor einem preußischen Gericht befinden? Kann Ihre Zeugin die Behauptung erhärten, Iago hätte seine Untergebenen misshandelt?«

Joseph wandte sich an seine Zeugin. »Ich bedaure den Kummer, den meine Fragen Ihnen zufügen müssen, Mrs. Iago. Ist Ihnen bekannt, was die Gesellschaft unter widernatürlichen Handlungen versteht?«

Mary Iago blickte zu der Lichtkuppel auf, als suchte sie nach einem Schutzengel. Dann sah sie Joseph Bloom an, der ihr ermutigend zunickte.

»Eines Abends erklärte mein Mann, ich hätte mir eine besondere Strafe verdient, weil ich beim Bügeln sein bestes Hemd versengt hatte. Er band mich auf einem Stuhl fest und knebelte mich. Dann rief er einen jungen Kerl, der immer nach seiner Pfeife tanzte. Mein Mann zwang mich zuzusehen, wie sie miteinander verkehrten. Alles, was ein Mann mit einer Frau macht, und mehr.« Ihre Stimme überschlug sich. »Nachdem er fertig war, band er mich los. Und dann musste ich ihnen das Abendessen servieren.«

Daniel beobachtete, wie Joseph Bloom jeden Geschworenen einzeln ansah, ehe er seine nächste Frage stellte.

»Können Sie den Partner Ihres Mannes identifizieren?«

»Nein!«, rief sie. »Das werde ich nicht tun!«

Daniel hörte, wie jemand rief: »Er ist hier im Gerichtssaal!«

Kreideweiß blickte sich Daniel im Saal um, bevor ihm bewusst wurde, dass es seine eigene Stimme gewesen war. Er stand auf.

»Mrs. Iago hat die Wahrheit gesagt, Euer Ehren. Ich war Iagos Partner. An diesem Abend und an vielen weiteren. Ich war zu feige, ihn zu töten.«

Als Mary Iago aus dem Gerichtssaal geführt wurde, rief sie Daniel mit schluchzender Stimme zu: »Vergib mir, dass ich dir nicht helfen konnte!«

Im Saal brach Tumult aus. Daniel stand wie angewurzelt da, die Muskeln seines Gesichts verkrampften sich vor Angst, während die Zuschauer entweder ihrem Unmut, ihrem Mitgefühl oder ihrer blanken Ungläubigkeit Luft machten. *Habe ich mit dieser Aussage mein eigenes Todesurteil unterschrieben?*

Keziah streckte die Hand nach ihm aus, mit einem Ausdruck des Mitgefühls, an den er sich gut erinnerte. Das war seine Keziah – weniger und doch mehr denn je seine Ehefrau.

Joseph Bloom vergaß seine Professionalität, beugte sich über die Brüstung und legte Daniel schützend den Arm um die Schulter.

Daniel bekam nicht einmal Gelegenheit, die Gefährlichkeit seines Geständnisses einzuschätzen. Er hatte geglaubt, dass sich die Geschworenen zurückziehen würden, um ihr Urteil zu fällen. Er war schockiert: Sie erhoben sich nicht einmal von ihren Sitzen, sondern steckten nur die Köpfe zusammen, um miteinander zu tuscheln. Dann verkündete ihr Sprecher genüsslich das Urteil. *Schuldig.*

Das Urteil traf Daniel mit einer Wucht, als ginge es um sein eigenes Leben. Sein Geständnis war umsonst gewesen.

Schuldig. Keziah hatte keine Zeit, um das ganze Ausmaß des Urteils zu begreifen. Während der Urteilsverkündung hatte die in Blau gekleidete Frau, die von ihrem Platz in der Zuschauerbank aufgestanden war und sie anstarrte, ihre ganze Aufmerksamkeit beansprucht. Es war, als würde Keziahs Körper und Seele von einem lodernden Feuer verschlungen. Jetzt erkannte sie die Wahrheit. Mrs. Hambertons Gesicht war das einer Fremden, aber sie hatte die unverwechselbaren Augen von Stella, der Hure.

Lebendige Kindheitserinnerungen verschmolzen mit der Anwesenheit dieser Frau bei Jakes Prozess und jetzt auch ihrem. Dann schrie sie vor Schmerz auf. Ihr Körper ließ sie im Stich. Taumelnd erhob sie sich und suchte verzweifelt nach dem Gesicht des Arztes.

»Leslie!«, rief sie in einem merkwürdig erstickten Flüsterton. »Es ist so weit!«

Sie raffte den Rock um die Schenkel in dem vergeblichen Versuch, es zu verbergen. Zum zweiten Mal war ihre Fruchtblase vorzeitig geplatzt. Jakes Baby wollte geboren werden.

Ein wildes Durcheinander brach aus, als der Saal in aller Eile geräumt wurde. Dr. Ross wies zwei Männer an, Keziah aus dem Gerichtssaal ins nächstgelegene Wirtshaus zu tragen, doch ein englischer Gefängniswärter stellte sich quer.

»Und ihr wollt Männer sein!«, schrie Keziah. »Soll ich mein Kind auf der Straße zur Welt bringen?«

Der Wärter nahm es peinlich genau mit dem Gesetz. »Ich muss Sie in Ihre Zelle zurückbringen. Der Richter hat das Urteil noch nicht verlesen.«

Keziah packte den Mann mit beiden Händen an den Ohren

und zog sein Gesicht an sich heran. »Einen Mann habe ich bereits getötet. Wollen Sie der Nächste sein?«

»Verdammt noch mal! Tun Sie, was die Dame sagt, oder ich zeige Sie wegen unterlassener Hilfeleistung an!«

Keziah bohrte ihre Fingernägel in die Ohren des Mannes. »Bringen Sie mich auf der Stelle ins Surveyor-General's Inn oder ich verfluche Sie bis in alle Ewigkeit. Wollen Sie, dass Ihr Gesicht von Blattern verunstaltet wird?«

Die Kinnlade des Mannes klappte herunter. Leslie brüllte erneut seine Anweisung. »Sie haben gehört, was sie gesagt hat. Also, worauf warten Sie noch?«

Mit halsbrecherischem Tempo stürmten sie durch die Tür des Gasthofs. Keziah schrie vor Schmerz, und die Gäste stoben in alle Richtungen auseinander, um ihnen Platz zu machen.

Keziah hielt sich mit beiden Händen am Billardtisch fest und ließ nicht mehr los. »Es ist gleich da!«

Die Gefängniswärter legten sie auf den Tisch und suchten das Weite. Die Frau des Wirtes eilte herbei, um dem Doc zur Hand zu gehen.

Leslie krempelte die Ärmel hoch. »Heißes Wasser, Handtücher! Los, schnell!«

Während Leslie Keziah die Unterwäsche abstreifte, streckte ein Betrunkener den Kopf durch die Tür. Er warf einen ungläubigen Blick auf die Szene und rief: »Frauen haben keinen Zutritt zum Billardraum!«

Als Keziah den Kerl anschrie, machte der sich schnell wieder davon.

Keziah erinnerte sich an Gabriels Geburt und ließ sich von den Wehen wie auf Wellen treiben, die sie an den Strand spülen würden. Während einer kurzen Pause ergriff sie Leslies Hand.

»Bitte! Erzählen Sie niemandem, was für schreckliche Dinge ich gesagt habe! Versprechen Sie es mir!«

»Glauben Sie mir, Mädchen, ich habe Priester auf dem OP-Tisch Schlimmeres sagen hören. Im Moment sollten Sie Ihr

Möglichstes tun, nicht zu pressen, auch wenn Sie meinen, es tun zu müssen. Das Kind kommt mit den Füßen zuerst, und ich muss ein bisschen nachhelfen.«

»*Mi-duvel*, das auch noch?« Sie biss sich auf die Lippe und zügelte das überwältigende Verlangen, zu pressen. »Ach was, mir ist es egal, wie es kommt, Hauptsache, es kommt!«

Seine Antwort vermittelte eine beruhigende Zuversicht. »Recht so, mein Kind.«

Als sie spürte, wie etwas Großes sich mit aller Macht einen Weg aus ihrem Unterleib bahnte, betete sie zu ihren Ahnen: *Bitte, lasst Jakes Baby nicht sterben!*

Leslies Gesicht war rot angelaufen und sein Bart feucht von Schweiß, als er sich bemühte, das quirlige, nasse Bündel zwischen ihren Schenkeln zu befreien.

Keziah hob den Kopf, um zu sehen, was er zwischen ihren aufgestemmten Knien anstellte. »Es ist mir egal, ob es ein Mädchen oder Junge ist. Lebt es?«

Wie als Antwort hörte sie einen kräftigen Schrei, süßer als ein ganzer Engelschor. Der Arzt wickelte den glitschigen Körper in ein Handtuch und erwiderte ihr glückseliges Lächeln. Anschließend legte er das gesunde, rothaarige Kind in ihren Armen, eingehüllt in ein Handtuch, auf dem das Markenzeichen von Albion Ale prangte.

Keziah blickte in ein winziges, vor Empörung rot angelaufenes Gesicht.

»Ich weiß nicht, wer du bist, mein Kleiner, aber es war sehr klug, dir ausgerechnet den Billardtisch in der Lieblingsschenke deines Papas auszusuchen, um dein Leben zu beginnen.«

»Aye, das haben Sie gut gemacht, Mädchen. Ein gesunder Bursche, der sich schreiend und strampelnd ins Leben befördert hat – er scheint genauso stur und entschlossen zu sein wie Jake.«

Keziah gab dem Kleinen die Brust, um ihn zu beruhigen, und flüsterte ihm seinen wahren Roma-Namen ins Ohr. »Das wird das *beng* täuschen, falls der Teufel hinter dir her sein sollte.«

Mr. Harper, der Wirt, stand an der Tür und verschränkte die Arme vor der Brust wie ein stolzer Vater. Sein Angebot, die Geburt des Kindes zu begießen, nahm Dr. Ross gern an.

»Danke, Sir. Ein Whisky wäre keine schlechte Idee. Es war ein verdammt anstrengender Tag, so oder so.«

Harper brachte zwei doppelte Whiskys und die dazugehörige Flasche. Leslie hob sein Glas in Richtung Gefängnismauer.

»Auf dich, Jake! *Sláinte!*«, rief er auf Gälisch und kippte das erste Glas hinunter, ehe er nach dem zweiten griff. Dann sagte er mit leiser Stimme, um Keziah von ihrer unausweichlichen Strafe abzulenken: »Aber vor allem auf die Freiheit!«

Keziah war so erschöpft, dass sie kaum die Kraft hatte, das Kind zu halten. »Wir wissen beide, was vor mir liegt, Doc. Ich habe die Wahrheit gesagt und mir dabei die Schlinge um den Hals gelegt.«

Sie packte ihn so fest am Arm, dass sich ihre Fingernägel in sein Fleisch bohrten. »Um Himmels willen, lassen Sie nicht zu, dass Jake den Helden spielt und versucht, mich zu befreien! Sie würden ihn wie einen Hund niederschießen!«

»Es wird ihm nichts geschehen, ich verspreche es Ihnen. Und jetzt schlafen Sie ein wenig, Mädchen, Sie haben es sich verdient.«

»Nichts habe ich mir verdient. Ich habe das Leben aller ruiniert!«

Behutsam nahm er ihr das Kind ab. »Morgen sieht alles ganz anders aus.«

»Ein Morgen wird es nicht geben«, erwiderte Keziah.

ZWEIUNDFÜNFZIG

Jake hatte das Gefühl, im Innern der Erde zu stecken, während er auf dem feuchten Boden des dunklen Kellerraumes im Gefängnis von Berrima lag und die letzten Zentimeter herauskratzte, um den Sandsteinblock zu lösen. Will Martens' Fluchtweg.

Seine Augen tränten von dem feinen Staub, als er den großen Stein wegschob und hörte, wie er draußen mit einem dumpfen Schlag auf den Rasen fiel. Die frische Luft war süßer als Wein. Vorsichtig inspizierte er das entstandene Loch.

Für Will kein Problem, er ist schlank wie ein Mädchen. Aber ob es auch für mich groß genug ist?

Zentimeter um Zentimeter quetschte er sich durch die rechteckige Öffnung. Und als er endlich auf der anderen Seite landete, fluchte er triumphierend, wenn auch mit gesenkter Stimme.

Der Nachthimmel war von Sternen übersät; hinter den Wolken ging gerade die Mondsichel auf. Jake wartete, bis sich seine Augen an die Dunkelheit gewöhnt hatten, die hier ein wenig heller war als im Kellerraum. Erst dann sah er das Stiefelpaar. Bekam den Duft einer Pfeife in die Nase. Und hörte eine Stimme.

»Dachte ich mir, dass du den Fluchtweg des Schwadroneurs benützen würdest.«

Jake warf dem Geistlichen einen trotzigen Blick zu. »Ich habe Sie gewarnt, dass ich jemanden umbringen würde, um meine Frau hier rauszuholen, und ich meine es ernst. Ich werde Sie zum Schweigen bringen müssen, wenn Sie so dumm sind, mich aufhalten zu wollen, Rev.«

»Dann lass es darauf ankommen, Jakob. Du verlässt diesen

Ort nur über meine Leiche.« Und unterstrich: »Jedenfalls heute Nacht.«

Jakes Zorn verwandelte sich in Sarkasmus. »Wäre es dann morgen genehm, Rev?«

»Sei kein Narr, Andersen, streng dein Köpfchen an. Du musst am Leben bleiben. Das bist du deiner Frau und den Kindern schuldig. Was hast du schon für eine Chance, wenn du jetzt türmst? Mit viel Glück bekommst du deine Frau kurz zu sehen, ehe man dich wieder einlocht und nach Norfolk Island deportiert. Dann kannst du als Wiederholungstäter deine Ketten mit ins Grab nehmen.«

»Sie haben doch die Geschworenen gehört, Rev. Schuldig. Und ich hatte ihr versprochen, dafür zu sorgen, dass sie das Kind nicht im Gefängnis zur Welt bringen muss.«

»Nun, da kann ich dich beruhigen. Dein Wunsch ist in Erfüllung gegangen.« Der Seelsorger erzählte ihm die Details der Geburt, so, wie Dr. Ross es ihm aufgetragen hatte.

»Jesses, ein Sohn! Warum, zum Teufel, haben Sie mir das nicht gleich gesagt?«

Jetzt verlor der Geistliche die Beherrschung. »Weil du dich aus dem Staub gemacht hattest, du elender Dummkopf! Ich habe dich überall da drin gesucht, um dir zu sagen, dass du ja nichts unternehmen sollst! Ich hatte dir doch von den Gerüchten berichtet, dass du freikommen sollst! Aber nein, Jakob Andersen muss unbedingt den Helden spielen und mit dem Kopf durch die Wand! Willst du, dass die Trooper dir das bisschen Hirn, das du hast, auch noch wegpusten, Herrgott noch mal?«

»Achten Sie auf Ihre Ausdrucksweise, Reverend, sonst zieht Ihnen der Bischof noch das Fell über die Ohren!«

Jake grinste von einem Ohr zum anderen, als die frohe Botschaft endlich sackte. »Ein Sohn, ja?«

»Jetzt müssen wir dich nur noch an den Wärtern vorbei wieder in deine Zelle schleusen. Und das wird nicht leicht, denn die sind nicht besonders gut auf Kerle zu sprechen, die mit Buschräubern gemeinsame Sache machen und obendrein türmen wollen.«

»Ich kann denselben Weg zurücknehmen, den ich gekommen bin«, schlug Jake vor.

»Wir machen es lieber auf meine Art. Wenn ein Wärter uns fragen sollte, werde ich behaupten, du wärst bei mir gewesen, um die Beichte abzulegen. Bei den unzähligen Sünden, die du auf dem Kerbholz hast, kann das ewig dauern.«

»Gut, aber warten Sie, bis ich den Stein wieder an seinen Platz gerückt habe, damit der nächste arme Teufel ausreißen kann.«

»Treib es nicht zu weit, mein Sohn!«

Der Himmel war eine wolkenlose, eisblaue Fläche und so hoch, dass er jenseits des Universums zu liegen schien. Jake kniff die Augen vor dem grellen Sonnenlicht zusammen, als er in Handschellen über den Gefängnishof geführt wurde.

Sein kahl geschorener Schädel juckte, und er hätte ein Mittel gegen Läuse fast genauso gut brauchen können wie ein kaltes Albion Ale. Eine Woche hatte er in einem dunklen Loch in Einzelhaft verbracht wegen einer »Gotteslästerung«, die ihm herausgerutscht war, als ein Wärter ihm einen Knüppel in den Unterleib gestoßen hatte.

Erst vor einer Stunde hatte der Gefängnisleiter angeordnet, dass Jake aus dem Bau geholt und entlassen wurde. Offensichtlich hatten die Aussagen von Daniel und Iagos Witwe während der Verhandlung gegen Keziah Iagos frühere Aussage widerlegt.

Jake konnte es nicht fassen. *Was soll ich mich mit ihnen anlegen. Am besten sehe ich zu, dass ich das Weite suche, ehe sie es sich anders überlegen.*

Dann stand er mit dem Rücken zu den geschlossenen Gefängnispforten und wusste nicht, wohin er gehen sollte.

Keziah und ihr Baby waren bereits nach Parramatta gebracht worden. Mit einer dreijährigen Haftstrafe in der dortigen Frauenstrafkolonie war sie glimpflich davongekommen. Dass sie ein Kind zu stillen hatte und vom Teufel in Person auf widerlichste Weise provoziert worden war, hatte sich auf das Urteil ausgewirkt. Trotzdem waren drei Jahre kein Trost für Jake, wenn er doch wusste, dass Keziah in der Unfreiheit wahrscheinlich endgültig den Verstand verlieren würde.

Er wollte schon zu Fuß ins Surveyor-General's Inn, als er den Einspanner des Arztes sah, mit einem gesattelten Pferd im Schlepptau. Horatio!

Er versteckte seine Überraschung und Dankbarkeit hinter einem beiläufigen Gruß. »Was hat Sie denn so lange aufgehalten, Doc?«

»Ich habe eine kleine Runde gedreht, um Ihre Entlassung zu feiern, mein Junge.«

Im Surveyor-General's Inn bestellte der Arzt eine Flasche Scotch. Beide akzeptierten Jakes Anspannung wortlos. So war es, wenn man im Gefängnis gesessen hatte, ganz gleich, wie mutig man war.

»Trinken wir auf Ihren erstgeborenen Sohn! Keziah geht es gut!«

»Gott sei Dank!« Jake machte die Zukunft seines Sohnes Sorgen. Nur wenige Kinder überlebten eine Frühgeburt. Seine Mutter hatte zwei verloren. »Wird er es schaffen, Doc?«

»Schaffen? Es ist der gesündeste Bengel, den ich je auf die Welt geholt habe!«

Mit Genugtuung kippte Jake seinen ersten Whisky. Leslie schenkte ihm nach und beobachtete ihn aufmerksam, während er ihm von Keziahs und Daniels Aussagen berichtete.

»Ich kann mir denken, wie Sie sich gefühlt haben müssen, mein Junge. Schließlich waren Gem und Will Martens Ihre Freunde. Daniel musste seinen ganzen Mut zusammennehmen, um Iago zu belasten und sich selbst in Gefahr zu bringen.«

Jake kochte vor Wut, weil nicht er derjenige gewesen war, der Gem gerächt hatte. »Schade, dass das Gesetz noch keinen Weg gefunden hat, um Kerle wie Iago zweimal um die Ecke zu bringen.«

»Aye, früher ging das. Vor einigen Jahrhunderten wäre er aufgehängt, zu Tode geschleift und gevierteilt worden.«

Nach dem dritten Glas spekulierten sie darüber, wie Iago zu einem solchen Ungeheuer hatte werden können. War er bereits von Geburt an verrückt oder böse gewesen oder hatte es an einer brutalen Kindheit oder gar der Gesellschaft gelegen?

»Ich bin im Leben vielen Sadisten wie ihm begegnet«, erklärte der Doc. »Aber ich habe herausgefunden, dass Iago von vornehmer Herkunft war. Er wurde von einer Familie verstoßen, die Jonestone bekannt ist. Man gab ihm einen anderen Namen und verbannte ihn ans Ende der Welt, um ein abscheuliches Verbrechen zu vertuschen. Ein durch und durch verdorbener Mensch, der seine Gefangenen auf grausamste Art misshandelte, um Instinkte zu verbergen, denen er sich nicht stellen konnte.«

Jake machte ein finsteres Gesicht. »Es ist mir scheißegal, warum er so wurde. Er hat es nicht verdient, dieselbe Luft zu atmen wie der Rest der Menschheit.«

»Ein Priester würde behaupten, dass jeder Mann es wert ist, erlöst zu werden.«

»Ach ja?« Jake dachte kurz nach. »Das Beste, was man über Iago sagen kann, ist, dass er jetzt auf ewig unter seinem Grabstein liegt.«

Später, auf dem Weg nach Ironbark, erzählte der Doc, dass ihm Daniel ein besonderes Geschenk zu seiner Rückkehr hatte machen wollen.

»Eine neue Taschenpistole aus Belgien mit einem eingebauten Bajonett. Ich konnte dem Dummkopf das Ganze gerade noch ausreden, denn wenn man Sie mit einer Waffe erwischt, wären Sie geliefert.«

»Mit einem Bajonett, wie? Käme nicht ungelegen, um Kez aus diesem Arbeitslager zu befreien.«

Leslie warf ihm einen weisen Eulenblick zu. »Bran hat einen Wilkommensschmaus organisiert, um Ihre Entlassung zu feiern.«

Jake schüttelte den Kopf. »Das ist nett von ihm, aber was nützt mir die Freiheit, wenn Kez nicht bei mir ist? Ich will erst einmal die Kinder von der Ironbark Farm holen. Die Ärmsten müssen sich ja vorkommen wie Waisenkinder.«

»Darum habe ich mich bereits gekümmert. Die Kinder und Ihr *vardo* warten in Brans Schmiede auf Sie.«

Sie trennten sich an der Wegkreuzung. Leslie fuhr in westliche Richtung, um jemanden zu operieren. Die zweite Whiskyflasche, die der Doc in Jakes Satteltasche verstaut hatte, sorgte dafür, dass Jake wohlig entspannt war, als er bei Sonnenuntergang Brans Schmiede erreichte. Pearl und Gabriel saßen auf der Mauer wie zwei kleine Vögel auf der Stange und hießen ihn kreischend willkommen.

Die Wohnräume der Schmiede waren mit Luftschlangen geschmückt. Der Doc hatte nicht übertrieben, was den Willkommensschmaus anging. Bran röstete einen Spießbraten über einem offenen Feuer. Daniel bekam kein Wort heraus, er grinste Jake nur an und drückte ihm einen Becher Wein in die Hand.

Jake trank ihn in einem Zug aus und zeigte mit dem leeren Becher auf den Braten. »Tja, das ist wohl mein Abendessen. Und was esst ihr?«

Die Kinder ließen gar nicht mehr von ihm ab, sie lachten und fragten ihn nach Mama und dem Leben im Gefängnis aus, und ihretwegen gab er sich entspannt und zuversichtlich. Unzählige Flaschen Albion Ale und Wein wurden benötigt, um das Essen hinunterzuspülen. Danach stimmten sie einen lauten Gesang an. Gabriel begleitete sie auf seiner neuen Geige, die ihm ein Freund von Scotty, dem Schäfer, geschenkt hatte, ein Geiger, der in Gideon Park Strafgefangener gewesen war und sich auf diese Weise für Iagos Tod bedankte.

Jake versuchte, die Trostlosigkeit zu unterdrücken, die der Alkohol ausgelöst hatte.

»Vielleicht könnte man aus Scottys Meute eine Armee aufstellen, um Kez zu befreien.«

Es war nur halb als Scherz gemeint. Daniel warf ihm einen ernsten Blick zu.

»Es gibt mehrere Methoden, einer Katze das Fell über die Ohren zu ziehen, Jake.«

Jake sah, dass Pearl und Gabriel die Augen zufielen, und scheuchte sie in Brans riesiges, schmiedeeisernes Bett, wo sie aussahen wie zwei verlorene Kinder im Wald. Als er zu seinen Freunden zurückkam, reichte Daniel ihm die belgische Pistole mit dem Bajonett. Jake bedankte sich aufrichtig und wog sie in der Hand, um ein Gefühl für sie zu bekommen.

»Das ist die beste Waffe, die ich je hatte. Ich kann es kaum abwarten, sie zu benutzen.«

Daniel und Bran beobachteten ihn. Irgendetwas führten sie im Schilde. Sie wussten, dass er alles tun würde, um Kez aus dem Gefängnis zu holen und ihren Kindern gleichzeitig ein Familienleben zu bieten, bis ihre Mutter zurückkam.

»Na, macht schon, ihr beiden. Raus mit der Sprache!«

»Bran und ich haben uns einen kühnen Plan ausgedacht. Es klingt völlig verrückt, aber hör ihn dir an, bevor du dich totlachst.«

»Na schön, ich bin ganz Ohr«, erwiderte Jake skeptisch. Halbe Sachen konnte er nicht gebrauchen.

»Wir können bestenfalls darauf hoffen, dass man Kez vorzeitig aus der Haft entlässt, nicht wahr? Daher müssen wir vor den Augen des Gesetzes die Fassade einer glücklichen Ehe aufrechterhalten. Wir werden also für dich und die Kinder eine Hütte auf deinem verwahrlosten Grundstück bauen und danach eine Schmiede am Ende, da, wo die Sydney Road an dein Land grenzt. Bran hört auf, für Gilbert Evans zu arbeiten, und zieht dorthin. Er kann die Gemeinde auch von dort aus versorgen, und du kannst deinen Traum verwirklichen und reinrassige Pferde züchten. Natürlich wird Bran sämtliche Schmiedearbeiten übernehmen, die für dich anfallen. Und ich? Ich werde ein kleines Atelier in der Schmiede haben und dir, wann immer es nötig ist, zur Hand gehen.«

Jake johlte spöttisch. »Das sind ja schöne Luftschlösser! Und wie soll ich dieses Dorf bauen, von dem du da faselst? Soll ich etwa anfangen, mein eigenes Geld zu drucken?«

»Ich werde es finanzieren.«

Jake staunte. »Aha, und wann raubst du die erste Bank aus?«

Daniel beugte sich vor. »Hör zu, es ist alles völlig legal. Nachdem ich vor Gericht ausgesagt und Mary Iago über die abartigen Praktiken ihres Mannes berichtet hatte, glaubte ich schon, meine Karriere wäre zu Ende, weil mich die Oberschicht meiden würde. Am allerwenigsten hatte ich mit Jonstones Unterstützung gerechnet. Aber vielleicht fühlt er sich verantwortlich, weil er Iago so viel Macht gewährt hatte – schließlich hatte er ihn als Aufseher eingestellt. Wie auch immer, jetzt rührt Jonstone die Werbetrommel für mich. Nächstes Jahr will er eine große Ausstellung mit meinen Bildern organisieren, und Lady Gipps wird sie eröffnen. Jonstone hat bereits zwei seiner adligen Freunde überredet, bei mir Porträts ihrer Gattinnen zu bestellen. Und Terence Ogden feiert die Tatsache, dass er seine Frau für immer nach England verfrachtet hat, indem er mich beauftragt hat, lebensgroße Porträts seiner siegreichen Rennpferde zu malen.«

Daniel schnappte nach Luft. »Siehst du? Der Teufel in Person hat mit seinem Tod meine Karriere erheblich gefördert.«

Jake wusste, dass Daniel hinter dem spöttischen Lachen nur seine Verlegenheit versteckte.

»Ich werde ein gutes Einkommen haben«, fuhr Daniel fort. »Und Bran auch. Wenn wir dir helfen, was hast du dann noch zu verlieren?«

Die beiden waren von ihrer grandiosen Idee so beseelt, dass Jake nichts anderes einfiel, als erneut ihre Gläser zu füllen.

»Sieht ganz danach aus, als hättet ihr euch dieses Geschäft gründlich überlegt.«

»Das haben wir. Ich werde dein stiller Teilhaber sein. Später, wenn du deine Pferde verkaufst und Rennen gewinnst, kannst du mir das vorgestreckte Geld zurückzahlen. Na? Was sagst du dazu?«

Bran schob ihm bedeutungsvoll schweigend die Baupläne über den Tisch.

Jake studierte sie. »Und wo ist der Haken?«

»Es gibt keinen. Deine Farm bleibt in deinem Besitz, nur für die Gemeinde sind wir Geschäftspartner. Ich stelle bei den Behörden den Antrag, mir Keziah zuzuweisen, schließlich bin ich vor dem Gesetz ihr Ehemann. Wer wird schon hinter die Wahrheit kommen? In Wirklichkeit schlafen Mrs. Browne und ihre Kinder unter Jake Andersens Dach am anderen Ende des Grundstücks.«

»In welchem Bett?«, fragte Jake wie aus der Pistole geschossen.

»In deinem, du Dummkopf.« Daniels Gesicht war vom Alkohol gerötet. »Vor dem Gesetz und der Öffentlichkeit muss Keziah meine Frau sein. Privat gehört sie natürlich zu dir.«

Bran nickte einfühlsam. Daniel tat wie ein Meisterzauberer, der soeben seinen besten Trick aus dem Hut gezaubert hatte, trotzdem registrierte Jake, dass er vor Nervosität die Fingerknöchel knacken ließ. Ihrer aller Zukunft hing in der Schwebe, während sie auf Jakes Entscheidung warteten.

Jake fühlte sich schachmatt gesetzt. »Das Ganze ist völlig verrückt. Irgendwo muss es einen Haken geben. Was passiert, wenn Keziah noch mehr Kinder will? Und das wird ziemlich sicher der Fall sein!«

Daniel breitete die Arme aus, als machte er sich über sich selbst lustig. »Na, die Leute in Ironbark werden mich für einen echten Zuchtbullen halten. Ich lasse sie unter meinem Namen eintragen, so wie den kleinen Bengel jetzt auch. Und wenn Keziahs Strafe beendet ist, können wir uns in aller Ruhe legal scheiden lassen.«

Jake sah ihn missmutig an. »Man kann sich nicht in Ruhe und obendrein legal scheiden lassen. Wenn das möglich wäre, hätte ich es längst getan. Solange Jenny am Leben ist, werden unsere Kinder Bastarde sein.«

Daniel fühlte sich nach seinem fünften Glas wie der König der Welt. »Nein! Sie werden geborene Brownes sein. Aber zuerst müssen wir Keziah aus diesem verdammten Arbeitslager herausholen, damit ihr wie eine richtige Familie zusammenleben könnt.«

Jake fühlte sich nicht wohl in seiner Haut, als er die Frage stellte, aber er konnte nicht anders. »Und wenn du eine andere Frau findest?«

Daniel sah ihn ernst an. »Was immer ich tue, es wird nicht hier geschehen. Ich werde niemandem Anlass für Gerüchte bieten. Um unser aller willen.«

Jake sah erst Bran und dann Daniel an. »Ehrlich gesagt, kommt mir das Ganze ziemlich verrückt vor. Aber wir probieren es!«

Alle drei sprangen auf und stießen an.

»Auf die Sarishan-Ménage und den großen Schwindel, den wir dem Sitz der Verwaltung für Strafgefangene und dem gesamten verdammten System spielen werden!«

DREIUNDFÜNFZIG

Während Daniel auf dem Brumby zum Gefängnis von Parramatta ritt, dachte er darüber nach, wie frustriert Jake sein musste, jeden Monat auf der Sarishan-Farm warten zu müssen, bis Daniel mit Neuigkeiten von Keziah zurückkehrte.

Trotz des Urteils, das der Richter im Prozess gegen Keziah gefällt hatte, vollzog die Presse, die Keziah anfangs verteufelt hatte, eine Kehrtwendung und vertrat nun zum größten Teil die Meinung, dass der Schock über Iagos Gräueltaten die zarte Seele einer Frau aus dem Gleichgewicht gebracht hatte. Die inoffizielle Armee anständiger Frauen in der Kolonie hatte Keziah zur Volksheldin ernannt. Die Frauen hatten Jake bei der Unterschriftensammlung für eine Petition, in der gefordert wurde, dass Keziah ihrem Ehemann zugewiesen wurde, tatkräftig unterstützt.

Jetzt tauchte die dreistöckige Anstalt vor Daniel auf. Ihre ebenmäßige Backsteinfassade wirkte nicht im Geringsten abweisend. Ein gefeierter Strafgefangener des Gouverneurs Macquarie, der Architekt Francis Greenaway, hatte sie im Jahr 1821 entworfen, das viele Leute noch zur »guten alten Zeit« zählten.

Daniel kannte sich im Gebäude etwas aus. Im Erdgeschoss wurden die Mahlzeiten ausgegeben. In den beiden oberen Stockwerken lagen die Schlafräume der weiblichen Strafgefangenen, die in drei Kategorien aufgeteilt waren. Als verurteilte Mörderin gehörte Keziah in die dritte. Normalerweise wäre sie zu Schwerstarbeit verurteilt worden. Schwangeren Frauen wurden jedoch leichtere Arbeiten zugeteilt. Sie mussten spinnen, nähen und genossen gewisse Sonderrechte, darunter die Erlaubnis, Besuche von ihren Ehemännern zu empfangen.

Daniel warf einen Blick auf die Nebengebäude: die Häuser des Pförtners, des Gefängnisdirektors und seiner Familie sowie seiner Stellvertreterin, die Lagerhäuser, Küche, Backstube, Spinnstube und Toiletten für die Gefangenen. Und als er daran dachte, dass dies nun die Grenzen von Keziahs Welt waren, wurde er traurig.

Er ging direkt in das Büro der Stellvertreterin des Gefängnisdirektors. Er wusste, dass sein Besuch an einem strategischen Ort stattfinden würde, an dem eine Beamtin sie im Auge behalten konnte. Wie üblich durchsuchte man seine Tasche aus Sackleinen nach versteckten Waffen. Keziah hatte ihn angewiesen, nicht einmal eine Schere mitzubringen, weil die Strafgefangenen sie auseinanderbrachen und als Messer benutzten.

»Nur etwas zu essen, Ma'am, und Nähzeug«, versicherte Daniel der Direktorin. »Wie geht es meiner Frau?«

Die Beamtin nickte. »Ganz gut, jedenfalls macht sie mir keinen Ärger wie die meisten anderen Insassinnen.«

Daniel wartete in einem trostlosen kleinen Hof auf Keziah. Wenigstens bot er ein Mindestmaß an Privatsphäre. Niemand würde sie hören können. Er fragte sich, ob der heutige Besuch wie alle vorangegangenen abliefe. Keziah hatte Jake mit keinem Wort erwähnt, und Daniel hatte nach seiner Rückkehr irgendetwas erfinden müssen, um Jakes Hunger nach Nachrichten von seiner Frau zu befriedigen.

Schockiert von dem körperlichen Verfall seit seinem letzten Besuch vor einem Monat stand er auf, als er sie sah. Keziah kam über den Hof auf ihn zu, und er erkannte in ihren Augen denselben lustlosen Blick, den er gehabt hatte, als er noch in Gideon Park gewesen war.

Er beugte sich vor, um sie auf die Wange zu küssen, und steckte ihr verstohlen Jakes tintenfleckigen Brief zu.

»Der Kuss ist von Jake. Den Brief musste ich reinschmuggeln. Wäre nicht besonders gut, wenn ein Wärter die Lust zwischen den Zeilen lesen würde. Du weißt ja, wie Jake ist!«

Keziah erstarrte und zog ihr Gesicht zurück, sodass der Kuss an ihrer Wange abglitt.

Jakes Ängste sind berechtigt. Sie wirkt so, als hätte sie jede Hoffnung fahren lassen.

Als Daniel verzweifelt versuchte, sie aufzuheitern, hörte Keziah zu, empfand aber nur ein vertrautes Gefühl der Leere, das sie Tag und Nacht begleitete.

Sie bemerkte, dass Daniel sich das Haar wachsen ließ und seine blasse englische Haut etwas Farbe bekommen hatte. Er hatte bei jedem Besuch ein bisschen mehr Ähnlichkeit mit einem Einheimischen.

Plötzlich wurde sie des Briefes gewahr, den er ihr gegeben hatte, und seine Worte hallten durch ihren Kopf. »Du weißt ja, wie Jake ist!«

Daniel wartete einen Augenblick, dann sagte er: »Die Kinder reiten auf dem Pony in die Schule. Gabriel hat sich selbst beigebracht, wie man *The Wild Colonial Boy* auf der Geige spielt. Pearls neue Brille hat ihr eine vollkommen neue Welt eröffnet. Diese rote Rose hat sie im Garten für dich gepflückt und dann gepresst, weil sie weiß, dass Rot deine Lieblingsfarbe ist.«

Keziah warf einen Blick auf die Rose. Sie wusste, dass sie etwas sagen musste, fand jedoch keine Worte. Stattdessen verschlang sie den Käse und das Obst, das er ihr mitgebracht hatte, erleichtert, dass sie nichts erklären musste. Daniel wusste, dass sie diese Luxusgüter sofort aufessen musste, wollte sie nicht, dass ihre Mithäftlinge sie ihr wegnahmen. Bei jedem seiner Besuche beobachtete sie, wie viel Mühe er sich gab, vor ihr zu verstecken, dass sie immer weniger menschlich wirkte. Sie wich dem Schmerz in seinen Augen aus.

Ich weiß, was er denkt. Dass ich wie ein gieriges Tier bin. Aber das ist mir egal. Hauptsache, ich habe genug Milch, um meinem Kind die Brust zu geben.

Als Daniel die Neuigkeiten ausgingen und er zu stottern begann, fragte er, ob er sie zeichnen dürfte. Sie versuchte nicht daran zu denken, wie er mit seinem künstlerischen Auge jedes Detail ihres Verfalls auf das Papier bannen würde. Die vom Brand versengte Haarsträhne war nachgewachsen, aber ihre Häftlingskleidung aus ungebleichter Baumwolle war fadenscheinig, und sie wusste, dass sie dunkle Ringe unter den Augen hatte. Daniel war es peinlich, sie in diesem ausgemergelten und heruntergekommenen Zustand zu malen, das ahnte sie, aber er musste die Wahrheit festhalten.

»Schon gut, es macht mir nichts aus«, sagte sie. »Du bist deiner Geliebten verpflichtet.«

»Ach ja, der Kunst.« Offensichtlich verwundert über ihr Verständnis, versuchte Daniel sie abzulenken. »Letzte Woche hatte Jake schon wieder in Terence Ogdens Stall zu tun. Habe ich dir erzählt, dass Ogden aus dem Häuschen war, als er nach seiner Rückkehr aus Cornwall erfuhr, dass sein Verwalter sich geweigert hatte, Jungs von hier Arbeit zu geben? Jetzt überschüttet er Jake mit Aufträgen, um ihn für die Lohnausfälle zu entschädigen. Als neulich eine der Stuten ein Fohlen mit einem lahmen Bein warf, nahm Jake das Fohlen statt Geld. Ich soll dir sagen, dass er deine magischen Kräfte brauchen wird, um die kleine Stute zu heilen.«

Als Daniel das lahme Fohlen erwähnte, schien Keziahs Interesse kurz aufzuflackern.

Daniel senkte die Stimme. »Du weißt doch, wie gern Jake dich sehen würde, oder? Er arbeitet wie wahnsinnig an deiner Entlassung, sammelt Unterschriften für seine Petition, korrespondiert ständig mit Joseph in Sydney, hängt im Büro des Richters herum. Als Nächstes will er Mrs. Hamberton für deine Freilassung gewinnen.«

»Kommt nicht infrage!«, schrie Keziah ihn wütend an.

Daniel sah sie fassungslos an, fuhr aber fort: »Ich muss Jake andauernd daran erinnern, dass er diese Fassade des Anstands wahren muss und dass ich dein Mann bin.« Er lachte viel sagend. »Falls man mich überhaupt anständig nennen kann.«

»Du bist ein echter Freund!« Die heisere Stimme, mit der sie für ihn Partei ergriff, erstaunte ihn.

»Ich bin es, der dir für seine Freiheit danken muss, Keziah. Ich werde alles Menschenmögliche tun, um mich zu revanchieren, damit Jake und du wieder zusammen sein könnt.«

Mi-duvel, wann hört er endlich auf, von Jake zu reden?

Als sie den Kopf abwandte, ging Daniel auf Konfrontation.

»Ich möchte etwas klarstellen, Keziah. Ich mache mir große Sorgen, weil du in den sieben Monaten, die du jetzt hier bist, nicht ein einziges Mal Jakes Namen erwähnt hast. Warum nicht? Weil ich dir von meinen Gefühlen für ihn erzählt habe? Damals war es wahr, und daran hat sich nichts geändert. Vielleicht wird sich nie etwas daran ändern. Aber du müsstest wissen, dass ich die Beziehung zwischen uns dreien nie gefährden würde.«

Keziah beobachtete ihn und aß stumm das letzte Stück Obst.

Daniel versuchte es erneut. »Ich liebe Jake als das, was er ist: ein Mann, der Frauen liebt. Eine Frau. Dich. Ich schätze mich sehr glücklich, sein Freund zu sein. Und er akzeptiert mich als seinen Freund.« Er hielt inne. »Muss ich noch deutlicher werden? Ich werde niemals zulassen, dass meine Gefühle sich zwischen uns stellen. Meine Liebe, meine Begierde, nenn es, wie du willst. Stell sie dir so vor wie einen unterirdischen Bach in der Wüste – niemand kann ihn sehen. Nur du und ich wissen, dass er da ist. Jake braucht jetzt all seine Freunde. Und ich werde nicht mehr und nicht weniger sein als das – sein Freund. Ich bin zufrieden, wenn ich in seiner Nähe sein kann. Ihr seid meine Familie, Keziah, ich würde euch niemals schaden. Ich habe weder dich noch Jake noch die Kinder jemals verletzt. Bitte, schick mich nicht fort.«

Wütend wischte er sich eine Träne weg. »Um Gottes willen, Keziah, sag endlich was!«

Keziah sah ihn lange und aufmerksam an. »Ich beneide dich, Daniel.«

»Wie kannst du das sagen? Ich bin noch weniger als ein Mensch. Ich bin eine lebende Lüge.«

»Aber du kannst lieben und Lust empfinden. Es spielt keine Rolle.« Sie beugte sich vor. »Ich fühle gar nichts mehr!«

Daniel wollte sie in die Arme nehmen, doch Keziah wich zurück.

»Darf ich dieses Mal wenigstens das Baby sehen?«, fragte er.

Keziah stand auf und wappnete sich gegen das, was kommen würde. Sie führte ihn in ein Zimmer, in dem neben jedem Bett ein Kinderbett mit Gittern stand. Nur eine Frau saß in dem Raum, die einen Säugling stillte.

Keziah war beunruhigt, weil ihr Sohn viel zu klein für seine sieben Monate war. Sie hatte hart kämpfen müssen, um den Kleinen am Leben zu erhalten, und sein leises Geschrei signalisierte, dass er die Milch seiner Mutter riechen konnte. Sie legte das Bündel in Daniels Arme.

Das Kind packte seinen Finger derart fest, dass Daniel lächeln musste. Sanft strich er ihm durch das flaumige rote Haar.

»Du bist Jake wie aus dem Gesicht geschnitten, mein Kleiner. Ich werde dir das Haar färben müssen, damit du als mein Sohn durchgehen kannst.«

Als Keziah nicht reagierte, versuchte er es erneut. »Jake fragt, ob du schon einen Namen für ihn hast. Ich weiß, dass du ihm nach der Geburt einen geheimen Roma-Namen gegeben hast, aber er braucht auch einen, mit dem man ihn rufen kann.«

»Yosef – Joseph Blooms hebräischer Name. Glaubst du, dass Joseph etwas dagegen hätte?«

»Er wird sich geschmeichelt fühlen«, antwortete Daniel. »Ich bitte Jake, es ihm zu sagen.«

Wieder vermied sie es, Jakes Namen in den Mund zu nehmen, als wäre er für sie tot. Doch dann zwang sie sich, die Worte zu sagen, die sie seit Tagen eingeübt hatte.

»Ich werde Yosef jetzt die Brust geben, und danach sollst du ihn mitnehmen. Ich will es so. Such eine Amme für ihn. Pearl hat mütterliche Instinkte, sie wird dir helfen, auf ihn aufzupassen.«

Daniel sah sie erschrocken an. »Die Gefängnisleiterin hat gesagt, die anderen Gefangenen dürften ihre Kinder bis zum vierten Lebensjahr bei sich behalten.«

»Ich bin nicht die anderen Gefangenen. Yosef soll nicht sehen, wie tief seine Mutter gesunken ist.«

Daniel wusste nicht, wie er reagieren sollte. »Das ist doch nicht dein Ernst!«

Als Antwort drückte sie das Kind an ihre Brust. Daniel wandte den Blick ab. *Er glaubt, ich würde nicht wollen, dass er mich sieht. Was spielt das schon für eine Rolle?* Yosefs gieriges Nuckeln an ihrer Brust, die kleine Hand, die zum letzten Mal in ihr Gesicht patschte, hätten sie zu Tränen rühren müssen. Doch der Ausdruck in ihren Augen veränderte sich nicht. Sie spürte nur einen dumpfen Schmerz in ihrem leeren Körper. *Er ist das einzige unschuldige Wesen an diesem grausamen Ort. Und ich kann es kaum abwarten, ihn los zu sein.*

Sie wickelte den Kleinen in eine Windel aus einem alten Handtuch, um ihn auf die lange Reise vorzubereiten. Dann hüllte sie ihn in ihre Gefängnisdecke und steckte ihn in die Tasche, die Daniel um die Schultern trug.

Daniel hatte Angst. »Wird man dich nicht bestrafen, wenn die Decke fehlt?«

»Und wenn schon!«, sagte sie gleichgültig und wandte sich ab. »Wenn er unterwegs hungrig wird, klopf einfach an die Tür irgendeines armen irischen Bauern. Seine Frau hat bestimmt ein Baby in der Wiege. Sie wird ihm die Brust geben. Auf arme Frauen kann man sich immer verlassen. Sie würden ein Baby niemals hungern lassen.«

Daniel blieb vor der Tür stehen. »Wie bringst du das nur fertig, Keziah?«

Die Art, wie sie ihn ansah, zwang ihn, den Blick zu senken. »Schaff ihn mir aus den Augen, Daniel!«

Daniel machte einige Schritte und blieb dann erneut stehen, als wartete er darauf, dass sie es sich anders überlegte.

Keziah stand da und beobachtete, wie Yosefs rotes Köpfchen in

Daniels Tasche hin- und herschaukelte. Sie war wie versteinert, unfähig, Daniels Gruß zu erwidern. Ihre Brüste hatten keine Milch mehr. Jetzt gehörte ihr Körper nur noch ihr. An der offenen Tür zum Büro der Gefängnisleiterin blieb sie stehen.

»Es ist vollbracht«, sagte sie und ging weiter.

VIERUNDFÜNFZIG

Es war Samstagvormittag, und Jake hämmerte gerade Schindel auf sein Dach, nicht gerade seine dringlichste Aufgabe, denn seit Silvester hatte es kaum geregnet. Überrascht sah er, wie eine Kutsche voller Matronen mit Hauben auf dem Kopf vor der Koppel seines Hauses anhielt. Janet Macgregor führte die Gruppe mit einem Teeservice aus Silber auf einem Tablett an. Sie fragte nach Daniel Browne.

Jake erklärte ihr, dass sein Partner nach Parramatta geritten sei, um seine Frau im Gefängnis zu besuchen. Ob er etwas für sie tun könne?

Janet räusperte sich. »Ja, das können Sie in der Tat. Wir sind von der Wesleyanischen Frauengruppe gegen Alkohol. Wir haben gesammelt, um Mrs. Browne eine Auszeichnung für ihre Tapferkeit zu verleihen. Es ist eine Beleidigung aller australischen Frauen, wenn man eine Heldin wie sie dafür einsperrt, dass sie sich gegen ein betrunkenes Ungeheuer gewehrt hat!«

Jake verzog keine Miene. Es war offensichtlich, dass die anderen Damen sich weit weniger über Iagos perverse Neigungen aufregten als darüber, dass er diese Welt unter Alkoholeinfluss verlassen hatte. Doch Janet hatte sich als echte Verbündete erwiesen. *Seltsam, wie sanft sie geworden ist, seit sie den Doc geheiratet hat.*

Er bedankte sich bei den Abstinenzlerinnen. »Ich glaube, dass sie sich geehrt fühlen würde, wenn Sie das Teeservice einweihten.«

Die Frauen nickten einträchtig. »Wir werden für Mrs. Brownes baldige Entlassung beten.«

Jake ergriff die Gelegenheit beim Schopf. »Würden die Damen auch meine Petition an den Gouverneur unterschreiben, mit der er aufgefordert wird, Mrs. Browne ihrem Ehemann zuzuweisen?«

Er zog einen Bleistift aus der Tasche, um ihre Namen aufzuschreiben. Die meisten konnten nur ein Zeichen machen.

Janet erklärte, dass keine der anderen Frauen Keziah jemals gesehen hatte.

»Dem kann abgeholfen werden!« Er lief ins Haus, ging hastig an Keziahs nacktem Porträt vorbei, das über seinem Bett hing, und holte Daniels früheres Porträt von ihr mit dem kleinen Gabriel.

Die Damen zerflossen vor Bewunderung, und eine fragte Jake vertraulich, ob Mrs. Browne ihren Ansichten über Abstinenz zustimmen würde.

»Sie rührt keinen Tropfen Alkohol an!«, erklärte er feierlich und versuchte, dem Lächeln in Janets Augen auszuweichen.

Die Kutsche mit den Damen war kaum am Horizont verschwunden, da sah Jake einen Reiter über den Kamm des Hügels auf die Farm zukommen. Es verschlug ihm die Sprache, als er in Daniels Tasche etwas strampeln sah.

Daniel drückte sie Jake in den Arm. »Keziah möchte, dass du einen richtigen Mann aus deinem Sohn machst. Ich habe auf dem ganzen Weg von Parramatta kein Auge zugetan. Bin völlig erledigt.« Dann ging Daniel auf die Schmiede zu. »Keziah schickt dir viele Grüße.«

Jake warf einen Blick auf seinen Sohn, den er jetzt zum ersten Mal sah. Der rote Flaum auf dem Köpfchen sah aus wie die Tonsur eines Mönchs. Unbewegte dunkelblaue Augen starrten zurück. Der Kleine wirkte zufrieden, obwohl ihm etwas Milch aus dem Mund sabberte.

Jakes erste Worte an seinen Sohn lauteten: »Kein Wunder, dass du kotzen musstest, mein Kleiner. Das kann jedem passieren, wenn er auf dem Rücken eines Pferdes sitzt.«

Dann rief er Daniel nach: »Hey! Hat unsere Frau ihm schon einen Namen gegeben?«

»Ja, Yosef Jakob Andersen Browne. Tut mir leid, aber um das bisschen Browne kommt er nicht herum.«

»Es hätte schlimmer kommen können«, gab Jake zurück.

Eine Woche später wurde Jake in Mrs. Hambertons Wohnzimmer in Goulburn geführt. In der vornehmen Umgebung fühlte er sich zwar nicht ganz wohl, aber er war fest entschlossen, seinen Fall vorzutragen.

Daniel hatte ihm erzählt, dass die Gattin des Richters eine »nicht mehr junge«, aber sehr attraktive Frau war. Jetzt konnte sich Jake vergewissern, dass er nicht übertrieben hatte. Sie wirkte um einiges jünger als ihr Mann. Feingliedrig und nach der neuesten Mode gekleidet, das Haar wie eine Prinzessin zu einem Knoten auf dem Kopf geschlungen. Irgendwie irritierten Jake ihre dunkelblauen Augen. Als sie ihm die Hand entgegenstreckte, wusste er nicht, ob er sie schütteln oder küssen sollte. Also berührte er sie nur und trat dann einen Schritt zurück.

»Jake Andersen, Ma'am. Leider habe ich Ihren Gatten, den Richter, nicht angetroffen. Zugegeben, ich war ein wenig verzweifelt, deshalb bin ich hergekommen, um Ihnen meine Petition an den Gouverneur zu zeigen.«

»Sie sind der junge Mann, der neulich begnadigt wurde, nicht wahr? Aufgrund dieser Falschaussage hätten Sie niemals verurteilt werden dürfen.«

»Das ist sehr höflich ausgedrückt, Ma'am!«

»Und Sie sind mit Mrs. Keziah Browne befreundet?«

»Sie ist die Frau meines Partners, Daniel Browne. Sie ist wegen Mordes verurteilt worden, aber in Wahrheit hat sie den Teufel in Person wegen der Misshandlung erschossen, die er meinem Roma-Freund Gem Smith angetan hatte. Damit hat sie mich davor bewahrt, dieses Schwein selbst zu erschießen.«

Erschreckt durch die Wahl seiner Worte fügte Jake hastig hinzu: »Verzeihen Sie meine Ausdrucksweise, Ma'am. Aber kein Wort ist niederträchtig genug, um diesen Kerl zu beschreiben.«

Mrs. Hamberton nickte zustimmend. »Ich war beim Prozess gegen Ihre Freundin anwesend. Die englische Sprache hat keine geeigneten Ausdrücke, um diesen Mann zu beschreiben. Er war die Verkörperung des Bösen.«

Dann fragte sie spontan: »Wie kommt Ihre Freundin mit den Bedingungen von Parramatta zurecht?«

»Keziah ist eine vorbildliche Gefangene, Ma'am. Man hat ihr Sonderrechte eingeräumt, sie darf Besuch von ihrem Mann empfangen. Ich selbst habe sie natürlich nicht gesehen«, fügte er hastig hinzu.

»Und wie schaffen Sie das mit den Kindern?«

»Sehr gut, danke. Yosef hat sich an Kuhmilch gewöhnt, als hätte er nie etwas anderes gekannt. Die beiden anderen helfen auf der Farm. Und in der Schule kommen sie auch sehr gut mit.«

»Und dieser hübsche Junge, den ich bei seiner Mutter sah? Während Ihres Prozesses«, setzte sie taktvoll hinzu. »Wie Mr. Browne mir erzählte, hat seine Frau ihn adoptiert.«

Jake versenkte sich in den Anblick der Tapete. *Jetzt wird es knifflig. Mrs. Hamberton war im Gerichtssaal, als Pearl mich als ihren Vater identifizierte und man Gabe den Mund zuhalten musste. Was führt sie im Schilde?*

»Gabriel Stanley ist fast sechseinhalb und so lebhaft, wie man in dem Alter nur sein kann. Er spielt Soldat, am liebsten die Schlacht bei Waterloo. Er hat ein Händchen für Pferde und weiß immer, was sie denken. Und er ist verdammt musikalisch. Es gibt nichts, was der Junge auf seiner Geige nicht spielen könnte, wenn er es darauf anlegt.«

Mrs. Hambertons Stimme klang sonderbar. »Ach ja, musikalische Begabungen werden oft von den Großeltern weitervererbt.« Sie zog an einem Glockenstrang. »Ich bestelle uns Tee. Bitte, erzählen Sie mir von Ihrer Petition.«

Das ließ Jake sich nicht zweimal sagen. Das Gesetz war ihm keine Hilfe, also schüttete er ihr sein Herz aus. Wer weiß, vielleicht hatte Mrs. Hamberton genügend Einfluss. Jake hatte gelernt, die Macht anständiger Frauen nicht zu unterschätzen. Das Gesetz verschaffte dem schönen Geschlecht keine Vorteile, also musste es auf verschlagenere Methoden zurückgreifen, um sich die Welt untertan zu machen.

Mrs. Hamberton ließ Jake nicht aus den Augen, während dieser ihr erzählte, wie er jede Farm, jeden Kramladen und jedes Wirtshaus in der Gegend aufgesucht und sechshundertneunundvierzig Unterschriften gesammelt hätte. Einmal war er sogar über einen reißenden Fluss geschwommen, um ein entlegenes Gehöft zu erreichen.

»Die meisten Männer und Frauen sind auf ihrer Seite, Ma'am. Ich möchte nur erreichen, dass man sie ihrem Ehemann zuweist. Sie ist eine wunderbare Mutter, und ihre Kinder brauchen sie.«

»Ihre Petition hat mich beeindruckt, ich will sie gern unterschreiben.«

Jake grinste, während er beobachtete, wie sie ihre Unterschrift darunter setzte, und stellte sich vor, welche Überraschung es für den Richter wäre, wenn er auf der Petition den Namen seiner Frau entdeckte: Stella Hamberton.

»Ihre Freundin darf die Hoffnung nicht aufgeben. Als Frau braucht man eine Menge Courage, um sich ein neues Leben aufzubauen. An dem Tag, als ich Keziah Stanley im Gerichtssaal sah, wusste ich, dass ich eine mutige Frau vor mir hatte.«

»Sie hat mehr Mumm als so mancher Mann. Hat mir das Leben gerettet, und ich würde für sie sterben.«

Mrs. Hamberton nickte elegant. »Sie kann sich glücklich schätzen, jemanden wie Sie zum Freund zu haben. Ich bin sicher, dass mein Mann sich die Zeit nehmen wird, damit Sie ihm Ihren Fall ausführlich darlegen können, ehe er sich mit Gouverneur Gipps trifft. Und wenn Sie wieder einmal hier vorbeikommen, bringen Sie doch Gabriel mit. Mein Mann besitzt ein Miniaturmodell der Schlacht bei Trafalgar, die den Jungen interessieren dürfte.«

Jake verließ das Haus zufrieden und auch ein wenig verwirrt. Verdammt, ich weiß zwar nicht, warum, aber ich habe das Gefühl, dass sie sich für uns einsetzen wird. Und dann fiel es ihm wie Schuppen von den Augen. Sie hatte sich verplappert. *Keziah Stanley. Sie hat Kez zum ersten Mal während meines Prozesses gesehen, als die ganze Welt sie nur unter dem Namen Saranna Browne kannte. Und so wie sie es sagte, klang es, als kennt sie Kez aus einem anderen Leben.*

Jake ritt nach Hause. Dieses sonderbare Gefühl nach dem Treffen mit Mrs. Stella Hamberton war kein Zufall. Es war, als hätte er Keziah in ihren Augen gesehen.

FÜNFUNDFÜNZIG

Der Westwind brachte die unverwechselbare Bedrohung durch ferne Buschbrände mit sich. Jake hatte sich damit abgefunden. Dieser Geruch nach Gefahr war eng verbunden mit dem Land und würde es ewig bleiben.

Er stand auf der Koppel und beobachtete voller Stolz, wie Gabriel Alintas Fell striegelte. Das lahme Fohlen war die große Liebe des Jungen. Dass er die Verantwortung für die Stute übernehmen durfte, war Jakes Weihnachtsgeschenk gewesen, nachdem er sie aus Ogden Park mitgebracht hatte. Gabriel kannte Alintas Geschichte, aber er schien nicht müde zu werden, sie immer wieder zu hören.

»Nun ja, ich hatte eins von Ogdens Rennpferden behandelt. Und er bot mir einen anderen seiner Vollblüter als Bezahlung an. Er meinte, ein lahmes Pferd wie Alinta könnte nie an einem Rennen teilnehmen und würde weder mir noch ihm etwas nutzen. Und jetzt sieh sie dir an, Kumpel! Ich hatte sie sofort ins Herz geschlossen.«

Gabriels Augen glänzten, als er Jake bat fortzufahren. »Und dann hast du und Onkel Bran ihr einen falschen Huf gebastelt, nicht wahr?«

»Ja, und auch diese speziellen Trainingsschuhe. Wir haben lange probieren müssen, bis wir es raushatten. Aber jetzt ... hast du sie gestern beim Training gesehen?«

»Klar. Dick Gideon reitet sie wie der Wind. Er meint, sie würde noch eine Menge Rennen gewinnen, so wie Sarishan.«

»Sieh dir genau an, wie Dick sie reitet. Er ist ein großartiger Jockey. Eines Tages wirst du in seine Fußstapfen treten.« Jake tippte sich mit einem Finger an die Schläfe. »Ich weiß, wovon ich rede.«

Gabriel aalte sich in diesem Vertrauensvorschuss und striegelte Alinta noch kräftiger als zuvor. »Du hattest Recht, Papa! Sie hat das Zeug zum Sieger. Sie wird es diesem Mr. Ogden schon zeigen!«

»Keine Sorge, er ist bereits beeindruckt.« Jake wollte fair sein. »Weißt du, ein Adliger, der Pferde liebt, kann nicht nur schlecht sein. Irgendein anderer Pferdezüchter hätte sie aufgegeben und zum Schlachter gebracht. Alinta wird immer ganz besondere Fürsorge brauchen.«

»Warte nur, bis Mama sich um sie kümmert!« Sie grinsten sich an. Beide glaubten fest daran, dass sie jeden Tag entlassen werden könnte.

Jake warf einen Blick zum Haus, wo Pearl den kleinen Yosie auf der Veranda in einer Blechwanne badete. Dass seine zehnjährige Tochter bereits die Rolle eines Kindermädchens spielen musste, machte ihm Kummer. Er sorgte dafür, dass Gabriel und sie jeden Tag auf dem Pony zur Schule ritten, aber der Gedanke, dass sich die Geschichte wiederholen könnte, machte ihm zu schaffen. Sein Vater hatte ihn damals aus der Schule genommen, weil er auf der Farm gebraucht wurde.

Plötzlich sah er, wie Daniel quer über die Koppel auf sie zugaloppierte. »Jesses! Der tut ja gerade so, als wären die Trooper hinter ihm her!«

Daniel fiel fast aus dem Sattel, als er ihm ein Schreiben reichte.

Jake las es langsam. Gabriel stand neben ihm, und Jake wappnete sich gegen die Möglichkeit, einen Fehler zu machen. Obwohl er sich für seine ärmlichen Lesekünste schämte, wollte er unbedingt derjenige sein, der die frohe Botschaft verkündete.

»Hör dir das an, mein kleiner Rom. *›Hiermit entbindet Seine Exzellenz, der Gouverneur, Keziah Browne, auch unter den Namen Smith, Stanley und Saranna Plews bekannt, von jeglicher Zwangsarbeit.‹*«

»Das ist Mama!«, schrie Gabriel.

»O ja, dann geht es weiter mit dem Datum ihres Prozesses und so weiter. ›*Es wird ihr gestattet, während der Bewährungsfrist zu ihrem eigenen Vorteil innerhalb des Hoheitsgebietes von New South Wales jeder rechtmäßigen Tätigkeit (außerhalb der Anstalt) nachzugehen, oder aber, bis Seine Exzellenz, der Gouverneur, eine andere Entscheidung trifft. Beurkundet im Sitz ...*‹« Jake stockte, und Daniel setzte hastig hinzu: »›*der Obersten Verwaltung für Strafgefangene.*‹«

»Ja!«, sagte Jake. »Die Urkunde trägt Datum und Stempel. Sieht mir verdammt amtlich aus!« Er wandte sich Daniel zu. »Ihr Entlassungsschein. Jetzt gibt es kein Zurück mehr, was, Dan?«

Gabriels Augen flitzten von einem zum anderen auf der Suche nach einer Erklärung.

»Das bedeutet, dass deine Mama bald nach Hause kommt, Gabe!«, bestätigte Jake.

Gabriel fuhr ehrfürchtig mit dem Finger über das Wachssiegel. Der vertraute britische Löwe und das Einhorn standen wie zwei Buchstützen auf jeder Seite des Ordensschilds, über dem die britische Krone prangte. Gabe lief zur Veranda.

»Hey, Pearl! Sie kommt nach Hause!«, schrie er.

Jake umarmte Daniel und löste sich dann unbeholfen von ihm. Überglücklich kehrten sie ins Haus zurück. »Jesses! Heute Abend trinken wir den Keller leer. Du und Bran kommt zum Essen zu uns, bevor ich die Kinder ins Bett bringe. Das ist ihre große Nacht!«

»Unsere auch! Und ich bringe einen guten Tropfen mit, den ich eigens für diesen Tag aufbewahrt habe.«

Plötzlich blieb Jake stehen. »Ich träume wohl nicht, oder, Dan?«, fragte er ganz ernst. »Diese Schweine und Seine Exzellenz, der Gouverneur, werden es sich doch nicht etwa anders überlegen, oder?«

»Nein, bestimmt nicht. Das ist kein Traum. Solange Keziah keine Fehler macht. Die Gefängnisleiterin sagt, sie sei eine vorbildliche Gefangene.« Und als Daniel davonritt, rief er: »Dann bis heute Abend mit allem, was dazugehört!«

Jake wollte, dass die Kinder diesen Tag für immer in Erinnerung behielten. »Heute fällt die Schule aus!«, verkündete er. »Wir müssen das Haus auf Hochglanz bringen!«

Jake empfand eine große Erleichterung, als wäre es nicht nur Keziah, die aus der Haft entlassen wurde. Er stand jeden Tag im Morgengrauen auf, bereitete das Frühstück für die Kinder, kümmerte sich um die Pferde und molk die Kühe. Die Kinder fütterten die Hühner und gossen das Gemüsebeet, ehe sie auf ihrem Pony in die Schule ritten. Erst spät nachts fiel Jake erschöpft ins Bett. Außer am Samstagabend. Dann ging er mit Yosie auf den Schultern und Pearl und Gabriel in die Schmiede am Ende der Sarishan-Farm, wo Bran ihnen ein Festmahl auftischte. Erst dann genehmigte sich Jake eine Flasche Albion Ale, um nicht zu vergessen, dass er ein freier Mann war.

Sonntags brachte er die Kinder in die Sonntagsschule. Nicht etwa aus religiösen Gründen. Während der Gesang der Kinder durch die Dorfkirche hallte, drückte sich Jake den Hut in die Stirn und holte etwas Schlaf nach.

Obwohl er völlig erschöpft war, wollte er nicht auf seine Freunde hören, die ihm rieten, einen Antrag zu stellen, um eine Strafgefangene als Haushälterin zugewiesen zu bekommen. Er wollte keine Ersatzmutter für seine Kinder. Und Keziah sollte niemals befürchten müssen, dass eine andere Frau ihm das Bett warm hielt.

Um sechs Uhr tauchten Daniel und Bran auf. Daniel hatte eine Kiste Wein dabei und Bran eine große Schüssel mit der Lieblingsspeise der Kinder: Pudding mit Brombeermarmelade und Sauerrahm.

Jake hatte beschlossen, in dieser glorreichen Nacht die strengen Schlafenszeiten für die Kinder außer Kraft zu setzen. Bald waren die drei Männer berauscht – vor lauter Erleichterung ebenso wie vom Wein. Und als sie keine zweibeinigen Wesen mehr hatten, auf die sie ihre Gläser heben konnten, stießen sie auf ihre Pferde an.

Gabriel kletterte auf seinen Stuhl und erhob sein Glas auf das Porträt, das Daniel von Keziah gemalt hatte und direkt neben dem gerahmten Bild von Königin Victoria an einem Ehrenplatz hing.

»Auf Mama! Gott segne sie und Königin Victoria auch!«

Alle sprangen auf. In dieser Nacht pfiff Jake sogar auf seine republikanische Gesinnung und wiederholte den Spruch: »Auf Mama und Königin Victoria! Möge Gott beide segnen!«

Dann wandte er sich Hilfe suchend an Daniel. »Du kennst dich doch aus mit dem Prozess der Freilassung. Klär uns auf. Ich werde Kez im Auge behalten und dafür sorgen müssen, dass sie keinen falschen Schritt macht, nicht wahr?«

Jake bemerkte die ängstlichen Mienen der Kinder, doch Daniel sorgte rasch für Beruhigung.

»Es ist ganz einfach. Viermal im Jahr muss eure Mama zur Obersten Verwaltung für Strafgefangene, um ihre Bewährung verlängern zu lassen.« Er zwinkerte den Kindern zu. »Also könntet ihr so lange nicht zum Urlaub nach England segeln, klar?«

»Ich denke, das verkraften wir«, entgegnete Jake. »Und was noch?«

Daniel leierte die Bedingungen einer Bewährung auswendig herunter. »Sie muss jeden Sonntag die Messe oder eine andere Form der Andacht besuchen, andernfalls verliert sie ihre Bewährung und kommt sofort wieder in eine Anstalt.« Er stieß die Faust in die Luft. »Na, wie war das? So steht es Wort für Wort in den Vorschriften.«

Jake grunzte. »Jeden Sonntag zur Messe! Jesses! Das wird Kez ganz und gar nicht gefallen!«

»Wem sagst du das! Es war schon schwer genug, sie zu unserer Hochzeit in die Kirche zu schleppen.«

»Kein Wunder bei dem Bräutigam!«, rief Jake lachend.

Als Daniel in gespielter Entrüstung auf ihn losging, grinste Gabriel verständnisvoll.

Jake vermutete, dass der Junge sich allmählich Gedanken darüber machte, warum er drei Väter hatte und schließlich herausbekommen hatte, dass es Caleb gewesen war, der den Storch gerufen hatte.

Jake schenkte ihnen nach. »Da führt kein Weg dran vorbei. Wir müssen dafür sorgen, dass Kez in die Kirche geht, sonst landet sie wieder im Gefängnis.«

Bran schlug mit der Faust so heftig auf den Tisch, dass das ganze Geschirr klapperte. Dann versuchte er, mit aller Macht etwas zu sagen: »Kez, eine, wir f-f-f...«

Jeder hielt den Atem an. Bran stieß fünf Finger in die Luft, woraufhin Daniel erklärte: »Er meint, dass wir zu fünft sind! Und er hat Recht! Wir sind in der Mehrzahl.«

Nachdem Jake die schläfrigen Kinder ins Bett gebracht hatte, holte er die Flasche Portwein.

»Ihr seid echte Freunde! Ohne euch hätten wir es niemals geschafft.«

Er sah Daniel mit der Aufrichtigkeit eines Betrunkenen an. »Wenn meine Frau einen rechtmäßigen Mann braucht, dann könnte sie keinen besseren bekommen haben!«

Bran lachte so tief, dass es widerhallte wie das gewaltige Dröhnen seiner Schmiede. Daniel war formell wie immer, wenn er betrunken war.

»Es ist mir eine große Ehre, offizieller Gatte deiner Frau sein zu dürfen.«

Als das Trio schließlich das Seemannslied *Bound for South Australia* anstimmte, bildete die Morgendämmerung bereits einen zarten, rosa Streifen am Horizont.

Bran musste Daniel auf seinem Pferd festhalten, als dieser beim Abschied Jake zurief: »Heute wird kein Auge zugetan, Kumpel. Gleich mache ich die Kutsche fertig, und dann geht's auf nach Parramatta, um unsere Frau abzuholen.«

Jake nahm sich vor, Daniel ein Paket mit Kleidungsstücken für Keziah mitzugeben, als er sah, wie sich das Paar singend in Richtung Schmiede entfernte.

Und da fiel ihm etwas auf. Wenn Bran sang, war von seinem Stottern nichts zu hören. Seine Stimme erhob sich so fröhlich wie die eines walisischen Tenors.

Nachdem sie verschwunden waren, torkelte Jake in den Stall, um nach seinem Willkommensgeschenk zu sehen. Das arabische Hengstfohlen war das schönste Pferd, das er jemals zu Gesicht bekommen hatte. Um es zu bezahlen, hatte er dreizehn qualvolle Runden gegen einen Maori durchstehen müssen, den härtesten Gegner, den er jemals gehabt hatte – abgesehen von Gem Smith.

Er fuhr mit der Hand durch die schneeweiße Mähne des Tieres und sagte: »Deine Besitzerin wird in spätestens zwei Wochen eintreffen. Ich überlasse es Kez, dir einen Namen zu geben. Weißt du was, mein Junge? Du bist das schönste Geschenk, das ein Mann seiner Roma machen kann!«

SECHSUNDFÜNFZIG

Keziah lag wach auf ihrer Pritsche. Sie hatte das Abendessen ausfallen lassen müssen, und ihr Magen war immer noch verkrampft vor Nervosität, wenn sie daran dachte, was vor ihr lag. Die Gefängnisleiterin hatte keine Miene verzogen, als sie Keziah die Nachricht überbrachte.

»Du wirst auf Bewährung freigelassen und deinem Ehemann zugewiesen. Offensichtlich stimmt es, dass du mächtige Freunde bei Gericht hast.«

Dann hatte sie auf dem Absatz kehrtgemacht und war verschwunden.

Seit sie Daniel den eingepackten kleinen Yosie mitgegeben hatte, war es zu schmerzhaft gewesen, sich daran zu erinnern, wie er aussah, trotzdem konnte sie in ihren Träumen seinem Anblick und seinem Geruch nicht entkommen. Oft wachte sie auf und war sicher, dass sie ihn hatte weinen hören. Und jedes Mal, wenn sie sah, wie eine Gefangene ihr Kind im Arm hielt, überkam sie ein schreckliches Gefühl der Leere.

Sie sagte sich, dass man im Gefängnis nur überleben könne, wenn man alles mit sich geschehen ließe, ohne irgendetwas zu fühlen.

Bestimmt hatte Daniel die Sarishan-Farm bereits verlassen und war auf dem Weg zu ihr. Sie konnte die Tage, die ihr bis zur Entlassung verblieben, an einer Hand abzählen. Dann würde sie zum letzten Mal durch das Haupttor der Anstalt treten. Sie wäre frei, um den Wind in ihrem Haar und die Sonne auf ihrem Gesicht zu spüren, um zu laufen, zu tanzen und die Nacht willkommen zu heißen. Zum ersten Mal konnte sie den Schmerz nicht unterdrücken, Jakes geliebtes Gesicht vor sich zu sehen. Er würde sie unter den Sternen lieben wollen.

Sie drehte ihr Gesicht der Wand zu, erstaunt über ein Gefühl, das sie seit einem Jahr nicht mehr kannte, aber waren es Tränen der Freude oder der Angst?

Am nächsten Morgen schlüpfte sie hastig in ihre Häftlingskleidung und stand als Erste in der Schlange im Speisesaal, um ihr Frühstück entgegenzunehmen: ein Stück Brot und eine Schale Haferschleim. Heute war die übliche Spannung eskaliert. Sie setzte sich zu der ruhigsten Frauengruppe – zu jenen, die entweder zu apathisch waren, um Ärger zu machen, oder wie die den Rädelsführerinnen aus dem Weg gehen wollten. Eine alte Frau flüsterte Keziah eine Warnung zu, ohne den Blick von ihrem leeren Teller zu heben.

»Nimm dich heute in Acht, Mädchen. Oola heckt irgendwas aus, eine Meuterei. Das hab ich im Gefühl.«

Keziah nickte. »Ich werde aufpassen.«

»Jeder weiß, dass sie ein Auge auf dich geworfen hat. Sie kann zwar jede andere ins Bett kriegen, aber sie will dich, dein wildes Haar, was?« Die Alte gackerte verständnisvoll und setzte dann leise hinzu: »Tu alles, was du tun musst, schließlich brauchst du nur noch ein paar Tage in diesem Loch auszuhalten.«

Keziah legte der Frau ihr Brot auf den leeren Teller. »Danke, ich werde es dir nicht vergessen.«

Kaum hatte sie es gesagt, als sie im Korridor lautes Geschrei und Gefluche hörte. Sie spürte die Angst und die Erregung, die in der Luft lag, als die Frauen auf den Ausgang zuliefen, blieb aber sitzen, um ihre Entlassung nicht zu gefährden.

Dann stürmte eine Gruppe von weiblichen Häftlingen in den Speisesaal, manche stießen die Fäuste in die Luft, andere schwangen abgebrochene Stuhlbeine. Vorneweg ging die Rädelsführerin, Oola, deren muskulöse Arme mit Tätowierungen bedeckt waren. Man hatte ihr vor Kurzem den Schädel kahl geschoren, eine

Strafe, die die meisten Frauen hassten. Sie sah aus wie ein Kriegsmatrose, und ihre Augen funkelten vor Kampfgeist.

»Wer nicht für mich ist, ist gegen mich! Mein Feind! Die verdammte Gefängnisleiterin kümmert sich nur noch um ihre Schützlinge. Los, mir nach, ihr Memmen! Geben wir dieser Hexe, was sie verdient: eine ordentliche Tracht Prügel!«

So gut wie alle Insassinnen liefen Oola in die Richtung nach, in der sich die Leiterin zu dieser Tageszeit gewöhnlich aufhielt. Keziah aber hatte gesehen, dass sie heute ausnahmsweise noch in ihrem Büro saß und Papierkram erledigte, und rannte los, um sie zu warnen.

Die Fenster im Büro der Gefängnisleiterin waren geschlossen. In wenigen Minuten würde Oola ihren Irrtum bemerken. Keziah stürzte durch die Tür. »Eine Meuterei! Oola und ihre Bande laufen Amok!«

Die Gefängnisleiterin schien zu schrumpfen. Wie angewurzelt saß sie an ihrem Schreibtisch und rührte sich nicht, während das Geschrei und die Schritte immer näher kamen. Keziah übernahm die Initiative.

»Verstecken Sie sich unter dem Schreibtisch. Ich verriegele die Tür. Wenn die glauben, dass Sie nicht hier sind, ziehen sie vielleicht weiter.«

Als Keziah die Frau unter den Tisch schob, spürte sie, wie sie am ganzen Leib zitterte. Sie wollte nicht den Helden spielen, aber sie war ihr etwas schuldig. Diese Frau mit dem harten Gesicht hatte ihr heimlich Essen in die Zelle gebracht, damit sie dem kleinen Yosie die Brust geben konnte.

In einem chaotischen Rhythmus schlugen sie mit Stangen und Knüppeln gegen die Gitter und die Tür. Doch nicht einmal das war laut genug, um Oolas Schrei zu übertönen: »Bringt die Schlampe um!«

Mehrmals rammten sie die Tür mit einem harten Gegenstand, bis sie aus den Angeln sprang. Dann stürzte Oola an der Spitze einer schreienden Meute herein. Keziah stellte sich ihnen entgegen.

»Jetzt denkt doch einmal nach! Wir alle wollen bessere Haftbedingungen, aber die erreichen wir nie, wenn wir jemanden umbringen! Die Militärpolizei wird gleich da sein!«

Doch die ansteckende Wut hatte ihren Verstand bereits ausgeschaltet. Oola war ihr Sprachrohr.

»Hört euch an, was das Schoßhündchen der Leiterin sagt. Nun, jetzt kann die Schlampe dich nicht mehr vor mir schützen, Zigeunerin!«

Oola holte mit ihrer Stange aus, um Keziah den Schädel einzuschlagen. Diese wollte dem Schlag ausweichen, duckte sich und stürzte. Die Gesichter, die sie schreiend umringten, waren ihr alle vertraut, aber die Rage hatte sie derart verzerrt, dass Keziah sie nicht wiedererkannte.

»Die Schlampe ist unsere Gefangene!«, schrie Oola. »Und die Zigeunerin auch. Bringt sie in den Gang, damit wir unseren Spaß mit ihnen haben können.«

Als Oola sie an den Haaren in den Gang zog, bekam Keziah die wimmernde Gefängnisleiterin einen Augenblick zu sehen.

Vier Gefangene trugen sie an Beinen und Armen wie ein gefangenes Tier, das über einem Feuer geröstet werden soll. Andere traten und schlugen der wehrlosen Frau ins Gesicht.

Keziah war davon überzeugt, dass sie so gut wie tot waren. Oola brauchte den anderen nur den Befehl zu erteilen, und sie würden sie aufknüpfen, weil niemand den Mut aufbrächte, sich ihr zu widersetzen.

Während sie versuchte, den Kopf, so gut es ging, vor ihren Schlägen zu schützen, erkannte sie das Rot der Uniformen. Nie im Leben war sie über den Anblick des Militärs so erleichtert gewesen. Die Frauen ließen die Direktorin und sie einfach fallen und richteten ihre Wut gegen die Soldaten, obwohl sie mit ihren Knüppeln und Stangen nur wenig gegen deren Musketen ausrichten konnten.

Sie sah, wie die Soldaten geschlossen auf sie zukamen. Als die Frauen mit ihren Knüppeln auf sie einschlugen, drängten sie sie mit vorgehaltenen Musketen zurück. Nur ein einziger Schuss wurde als Warnung über die Köpfe der Frauen hinweg in die Luft abgegeben.

Die Wut der weiblichen Insassen verebbte bald. Keziah wusste, dass sich viele von ihnen mit den Soldaten angefreundet hatten und das Geld oder die grobe Zuneigung schätzten, die sie bekamen. Jede Frau hatte ihren Preis.

Einer der Soldaten rief mit blutigem Gesicht, aber nicht ohne Humor: »Jetzt beruhigen Sie sich, meine Damen! Wäre doch jammerschade, wenn wir Ihnen allen Ihr schönes Haar abschneiden müssten.«

Keziah half der Gefängnisleiterin beim Aufstehen. Sie hatte eine geplatzte Lippe, konnte aber noch sagen: »Das werde ich dir nie vergessen.«

Keziah blieb keine Zeit zu antworten. Oola beobachtete sie schwer atmend. Sie versuchte, die kalte Angst zu verbergen, die sie bei ihrem anzüglichen Grinsen spürte.

»Du glaubst, du kannst in die Zukunft sehen, was? Dann weißt du auch, was ich mit dir machen werde, Zigeunerin!«

SIEBENUNDFÜNFZIG

Keziah saß allein in dem kleinen Gefängnishof. Zwei Wochen waren seit dem Aufstand vergangen. Am Morgen sollte Daniel sie abholen und nach Hause bringen, nachdem die Behörden dem Antrag, sie ihrem Mann zuzuweisen, zugestimmt hatten. Sie hatte alles für ihre Entlassung vorbereitet und saubere Häftlingskleidung angezogen. Ihr Roma-Tuch bedeckte den Kopf mit Ausnahme des Zopfs, der ihr über der Schulter hing. Trotzdem war sie völlig gefühllos. Jetzt endlich war der Tag gekommen, vor dem sie sich wochenlang gefürchtet hatte. Es gab kein Entkommen. Durch das Fenster im Büro der Gefängnisleiterin sah sie, wie die Frau den Kopf über den Schreibtisch beugte. Sie trug einen Verband. Ihr Mund war verzogen, nachdem die geplatzte Oberlippe hatte genäht werden müssen. Einen Moment lang kreuzten sich ihre Blicke. *Wird sie Wort halten?*

Keziah wusste, dass der Schlussbericht positiv ausfallen würde, schließlich hatte sie ihr das Leben gerettet. Aber die Wut ihrer Mitgefangenen war gewachsen, je öfter ihr Name von der Dienstliste gestrichen und sie von Arbeiten befreit worden war. Befreit, um Angst zu haben. *Oola ist zwar offiziell in Isolationshaft, aber das hat sie nicht davon abgehalten, eine Wärterin zu bestechen, die sie während der Nacht aus der Zelle lässt.*

Als die Gefängnisleiterin sie hereinwinkte, stand sie wortlos da und sah, wie die Frau mit kratzender Feder Einträge in ein Journal machte. Sie reichte Keziah eine Zeitung und sagte mit einiger Mühe: »Ein Zeitungsbericht über die Revolte. Lies ihn.« Dann entließ sie sie mit einer Handbewegung.

Keziah nickte zum Dank, aber sie fühlte keine Dankbarkeit,

sie fühlte gar nichts. Oolas Revolte hatte ihr Leben für immer verändert.

Sie las den *Sydney Monitor* wie eine Unbeteiligte. Einzelne Zeilen sprangen ihr ins Auge und weckten die Erinnerung an die Gewalt zu neuem Leben. » *... war die schlimmste Revolte in der Geschichte von Parramatta ... das Militär verdient Lob, dass es keinen Gebrauch von der Waffe machte ... nur zwei Verletzte ... die Haftstrafen von zweiundachtzig weiblichen Gefangenen wurden verlängert ... der Rädelsführerin wurde das Haar abgeschnitten.*«

Keziah fühlte sich wie betäubt. *Es gibt keine gerechte Strafe für Oola. Man hat ihr den Schädel so oft geschoren, dass sie auch noch stolz darauf ist. Es ist ein Symbol ihrer Macht.*

Dann sah sie Daniel kommen und zuckte zusammen. Er wechselte einige lebhafte Worte mit der Gefängnisleiterin und kam anschließend über den Hof.

»Wie geht es dir, Keziah? Ich habe erst in Parramatta von dem Aufstand gehört und hatte Angst, man würde deine Entlassung verschieben. Und jetzt erzählt mir die Leiterin von deinen Heldentaten. Was ist passiert?«

Sie zog die Schultern hoch und sah weg. »Ich habe mich selbst gerettet.«

»Gott sei Dank. Ich hätte Jake niemals mit leeren Händen unter die Augen treten können.« Er küsste sie auf die Wange und versuchte, fröhlich zu klingen, während er ihr das große Paket gab.

»Die Gefängnisleiterin hat alles gründlich durchsucht. Eigentlich müsste sie mittlerweile wissen, dass ich keine Waffen ins Gefängnis schmuggle.« Mit strahlendem Gesicht zeigte er ihr eine Urkunde. »Und hier der Augenblick, auf den wir alle gewartet haben. Deine Entlassungsurkunde!«

Keziah hielt sie wortlos in den Händen und erinnerte sich an Neridas triumphierenden Satz vor langer Zeit, *»die Sache mit der Freiheit«*. Aber diese kam zu spät. Sie würde nie wieder frei sein. Daniel versuchte, sie aufzuheitern, indem er ihr erzählte, wie sich

Jake und Pearl wegen des Pakets in die Haare bekommen hatten. Das Mädchen hatte sämtliche Kleidungsstücke, die er ausgesucht hatte, abgelehnt und gemeint, sie wüsste besser, was ihrer Mutter stand.

Plötzlich drückte sie ihm das Paket wieder in die Hände. »Ich kann nicht mit dir gehen, Daniel.«

»Wie bitte? Jetzt sag bloß nicht, dass die Gefängnisleitung deiner Entlassung doch nicht zugestimmt hat. Du hältst deine Entlassungsurkunde in der Hand!«

»Nicht die Gefängnisleitung. Ich selbst. Ich kann niemandem mehr unter die Augen treten.«

Daniel wirkte betroffen, gab jedoch nicht auf. »Sieh mal, Pearl hat dir dein rotes Lieblingskleid eingepackt. Deine Unterröcke sind gestärkt, sie hat auch dein Jäckchen, Unterwäsche, Strümpfe und Schuhe eingepackt. Und in deiner Handtasche findest du dein silbernes Amulett und einen Kamm. Und ein Halstuch oder ist es ein Schal? Der Strohhut liegt im Wagen. Und von Jake soll ich dir bestellen, dass auf der Farm ein ganz besonderes Geschenk auf dich wartet.«

Als sie immer noch schwieg, fuhr Daniel begeistert fort: »Leider haben wir es nicht geschafft, alle Zäune rechtzeitig zu reparieren. Aber Jake hat Bran und mich damit beauftragt, ein Eingangstor aus Schmiedeeisen herzustellen. Darüber steht ›Willkommen auf der Sarishan-Farm‹. Das war Jakes Idee. Das ist doch ein Roma-Gruß, oder nicht?«

Sie wusste, dass sie sich freuen müsste, brachte jedoch nur ein Nicken zu Stande.

Daniel legte ihr den Arm um die Schulter. »Zieh dich erst einmal um, du Dummchen. In deinen eigenen Kleidern wirst du dich viel besser fühlen.«

»Daniel, sieh mich an! Willst du nicht verstehen? Nichts passt mir mehr. Ich bin eine Vogelscheuche geworden!«

»Unsinn! Eine Woche frische Luft auf dem Land und gutes Essen, und du bist wieder schön wie das Modell eines Malers.

Los, steig schon ein. Nichts löst weibliche Probleme besser als ein neues Kleid!«

Als Keziah die neue Filiale von Joseph Farmer's Emporium in Parramatta sah, wäre sie am liebsten davongelaufen. Nachdem sie mehr als ein Jahr Häftlingskleidung getragen hatte, klang alles fremd. *Textilien, Kurzwaren, Leinen.*

Daniel suchte ein indisches Baumwollkleid aus. »Blau passt zu deinen Augen«, sagte er.

Was ist das schon für ein Trost?

Sie zog sich in der Umkleidekabine aus und blickte in den Spiegel. Und als Daniel zufällig vorbeikam und ihren nackten Körper im Spiegel sah, schreckte sie zusammen. Eine Sekunde sahen sich beide schockiert an.

Ihre Hände zitterten so sehr, dass sie das Halstuch fallen ließ. Daran angesteckt war ein langer Zopf ihres Haars. Sie starrte niedergeschlagen in den Spiegel. Ihr Schädel war völlig kahl. Daniel wandte sich wortlos ab.

Als sie ihn draußen vor dem Laden wiedertraf, trug sie das blaue Kleid, aber sie mied seinen Blick.

»Du bist wunderschön, Keziah.« Er half ihr auf den Kutschbock. »Jetzt brauchst du nur noch das hier, um alles perfekt zu machen.« Er reichte ihr das Geschenk, das er gerade gekauft hatte.

»Für dein Haar«, sagte er. »Setz den Hut auf. Wir haben eine lange Reise vor uns, und ich will nicht, dass du einen Sonnenstich bekommst.«

Keziahs Augen leuchteten schwach auf, als sie das Päckchen öffnete.

Während sie den Hut über dem Kopftuch aufsetzte, wandte Daniel den Blick ab. Über die Schulter hing ihr Zopf, der mit Daniels scharlachroter Glücksschleife geschmückt war.

»So, jetzt kennst du die Wahrheit«, sagte sie reglos.

Er nickte. »Ich weiß, wie wichtig euch Frauen das Haar ist. Du musst dir sehr erniedrigt vorkommen, aber es wird schnell nachwachsen, und Jake wird es ohnehin egal sein. Er kann es kaum abwarten, dass du wieder nach Hause kommst.«

Und ich kann es kaum abwarten, irgendwo anders zu sein, dachte sie, behielt es jedoch für sich.

»Zugegeben, es wird dir nicht leichtfallen, dich wieder an die Freiheit zu gewöhnen, aber diese Erfahrung haben wir alle gemacht. Wir kamen zwar wieder frei, aber wir mussten auch Freunde im Gefängnis zurücklassen.«

»Ich hatte keine Freunde!«, erwiderte sie mit harter Stimme.

Er nickte. »Als ich Gideon Park verließ, fühlte ich mich wertlos. Wie ein schäbiger Feigling für das, was ich Maynard Plews und Saranna angetan hatte. Und auch das, was Iago aus mir gemacht hatte. Als ich dann auch noch anfing, dich zu erpressen, war mir bewusst, dass ich meine Seele an den Teufel verkauft hatte!«

Keziah fiel ihm ins Wort. »Deine Seele war nur tief verletzt. Sie brauchte Zeit, um zu heilen.«

»Du hast Recht. Die Zeit hat meine Wunden geheilt. Und sie wird auch deine heilen, Keziah.«

»Nein. Nichts in der Welt kann das wiedergutmachen, was ich angestellt habe. Du hast niemanden ermordet, Daniel. Du hast keine Kinder verraten, die dir vertrauten.«

»Weißt du, wer mich geheilt hat?«, fragte Daniel. »Gabriel.«

»Kinder erkennen den wahren Menschen in uns.«

»An einem Sonntag redete der Priester in der Kirche von Ironbark über Daniel und die Höhle des Löwen und die Botschaft des Erzengels Gabriel. Es waren unsere Namen, verstehst du? Und da wurde mir klar, wie sehr ihr beide mich brauchtet. Ich werde dir immer ein Freund sein, Keziah, aber im Augenblick ist es Jake, der dich am meisten braucht.«

Keziah wandte den Kopf ab und musterte den Horizont, an dem sich dunkle Sturmwolken zusammenbrauten.

»Nein! Ich kann ihm nicht in die Augen sehen!«

»Hör zu, Keziah. Die Vergangenheit ist tot. Jake braucht dich, um ein neues Leben zu beginnen. Bei Gott, ich habe noch nie jemanden gesehen, der so liebt, wie Jake dich liebt!«

»Er liebt die Frau, die ich einmal war. Aber ich habe Dinge getan, die nicht einmal Jakes Liebe heilen könnte.«

Schließlich verlor Daniel die Geduld. »Gib dem Mann eine Chance, Keziah. Verdammt noch mal, das hat der arme Kerl verdient!«

Am Morgen versammelte Jake die Kinder auf der Veranda, überprüfte, ob Hände, Gesichter und Hälse sauber waren, und bläute ihnen ein: »Jede Art von dummen Witzen oder Schabernack ist tabu! So was könnt ihr euch für den ersten April aufheben.«

Seit dem Morgengrauen hatte er strenge Anweisungen erteilt. Die Kinder waren durch das ganze Haus geschwirrt, um die ihnen aufgetragenen Pflichten zu erfüllen. Seit zwei Tagen war der Tisch mit einer Spitzendecke geschmückt, um Mama zum Mittagessen oder Abendmahl zu empfangen, wann immer die unbekannte Stunde der Wiedervereinigung schlug.

Jake war gerade dabei, eine Lammhälfte aus der Speisekammer zu holen, als eine Postkutsche von Rolly Brothers vor der Koppel zum Stehen kam. Mac Mackies kleiner Abstecher von seiner üblichen Route hatte die männlichen Fahrgäste leicht verwirrt.

»Gleich geht es weiter. Ich bin ein Engel der Barmherzigkeit!«, rief ihnen Mac über der Schulter zu. »Sie können sich in der Zwischenzeit die Beine vertreten und Ihr Geschäft verrichten.«

Jake musste Pearl keine Anweisungen geben. Sie war stolz auf ihre Rolle als Farmerstochter und kannte die ungeschriebenen Gesetze der Gastfreundschaft im Busch. Schon kam sie mit einem Tablett voller Getränke und Biskuits für die Fahrgäste, die in der ungewöhnlichen Frühjahrshitze schwitzten.

Mac stapelte einen Haufen Kisten auf Jakes Veranda.

»Der Proviant ist von Janet Macgregor und Polly Doyle. Obst und Gemüse von den Ironbark-Farmern. Scotch und Drambuie vom Doc. Und alle haben dieselbe Botschaft. Sie können es kaum erwarten, Keziah zu sehen, aber sie wissen, dass ihr beide etwas Zeit braucht.« Er zwinkerte ihm nicht gerade diskret zu, und der zottelige Bart zitterte vor unterdrücktem Lachen.

»Das reicht, um ein ganzes Regiment zu verpflegen. Ich bin verdammt überwältigt«, erklärte Jake.

»Hoffentlich nicht so sehr, dass du vergisst, was du heute Nacht zu tun hast, mein Junge. Wenn du ein paar Tipps brauchst, um dein Gedächtnis aufzufrischen, dann frag Onkel Mac.«

»Fahr zum Teufel!«, erwiderte Jake gerührt.

Mac kletterte wieder auf seinen Kutschbock und zeigte mit dem Finger auf ihn. »Das ist wie beim Reiten, mein Junge. Sobald du wieder im Sattel sitzt, kommt alles zurück!«

Die Nachmittagssonne warf lange Schatten auf das verdorrte Gras. Jake und die Kinder warteten auf der Veranda und hielten Ausschau nach Daniels Pferdewagen und seiner wertvollen Fracht. Jake hatte Keziahs Gesicht zuletzt vor mehr als einem Jahr gesehen. Im Gefängnis von Berrima, hinter Gittern, als der Geistliche ihn eines Nachts zu ihr geschmuggelt hatte, damit er mit ihr reden konnte.

Jetzt lief er nervös hin und her und schielte mit einem Auge auf die Straße. Er hatte seine saubere, aber abgetragene Hose aus Moleskin-Baumwolle in die Reitstiefel gesteckt. Das rote Hemd fiel offen über seinen Gürtel. Sein Körper war hart, braungebrannt und sehr angespannt.

Yosie war mittlerweile zwölf Monate alt und längst über das Krabbelalter hinaus. Jake hatte ihn in seinen Kinderstuhl gesetzt und holte ihm immer wieder frisches Gerstenwasser aus dem Kühlraum. Regelmäßig überprüfte er die Windeln des Kleinen. Er wollte ihn Keziah trocken übergeben. Doch Yosies unersättlicher Durst machte es ihm nicht gerade leicht.

Pearl hatte sich aus Keziahs altem Arbeitskleid einen Rock geschneidert. Erst jetzt erkannte Jake, wie sehr sie aus ihren Kleidern herausgewachsen war. Sie waren knapp bei Kasse, und Pearl bat mit Ausnahme der drei Pence fürs Schulgeld und einer Münze für die Sonntagsschule nie um Geld.

Gabriels Haar klebte an seinem Schädel, nur der Haarwirbel stand wie ein Fragezeichen hoch, als er unermüdlich wie ein Musiker im Orchestergraben seine Geige stimmte.

Schließlich konnte er nicht mehr an sich halten. »Mama kommt doch heute nach Hause, oder?«

»Na, hoffentlich. Ich will mir dein Gedudel morgen nicht noch einmal anhören müssen!« Als Jake die Sehnsucht in seinem Gesicht sah, bereute er seine Worte. »Deine Mama würde uns nie enttäuschen, mein Junge. Wenn sie sich verspätet hat, dann wird es einen triftigen Grund dafür geben.«

»Buschräuber?«, flüsterten beide Kinder ängstlich.

»Ach was, mit Buschräubern wird eure Mutter spielend fertig. Deswegen braucht ihr euch nicht zu sorgen!«

Fünf Minuten später brach die Hölle los. Mit lautem Geschrei sprang Gabriel wie eine Gazelle über den Zaun, und seine Schwester rannte durchs Tor. Und als Daniel den Pferdewagen zum Stehen brachte, hingen die beiden bereits wie Kletten an Keziah und überhäuften sie mit Fragen, ohne ihr die geringste Möglichkeit zu lassen, sie zu beantworten.

Jakes Herz hämmerte, und sein Mund war wie ausgetrocknet, als er mit Yosie auf dem Arm auf sie zulief und kein Wort seiner Rede herausbekam, an der er seit Wochen gebastelt hatte.

»Hier. Man kann ihn ruhig auf den Arm nehmen, er ist ausnahmsweise trocken!«, platzte er heraus.

»Bis später«, rief Daniel und machte sich aus dem Staub, so schnell er konnte.

Die Uhr schlug sieben. Endlich waren Jake und Keziah allein. Während des gemeinsamen Abendessens hatte sie Gabriels Geigenspiel beklatscht und sich bei Pearl für die selbst gemachten Geschenke bedankt, doch als Jake Yosie in sein Bettchen im Elternschlafzimmer legte, beobachtete er Keziahs seltsamen

Ausdruck, als sie das neue Bett sah, das sie heute einweihen würden.

»Die Schnitzereien am Bettrahmen sind von Daniel. Sieh mal. Um diesen Knoten hier ranken sich unsere Initialen.«

»Ein Liebesknoten«, sagte sie und verließ das Zimmer.

Seitdem hatte sie eher zurückhaltend auf seine Versuche reagiert, ins Gespräch zu kommen. Jake musterte sie schweigend. Seit ihrer Ankunft hatte Keziah weder das Kleid gewechselt noch den Schal abgenommen.

»Blau hat dir schon immer besonders gut gestanden«, sagte er hoffnungsvoll.

»Daniel hat es mir in Parramatta gekauft. Meine alten Kleider passen mir nicht mehr.«

Jake konnte sehen, dass sie blass und ziemlich hager war, was nach einem Jahr Gefängnis nicht verwunderte. Er würde dafür sorgen, dass sie wieder vernünftiges Essen bekam. Lammfleisch, Obst, Gemüse, Eier, Milch und Sahne, alles aus eigener Produktion. Verdammt noch mal, *was mache ich falsch?*

»Schmeckt dir der Wein?«, fragte er. »Er stammt von einem neuen Weingut hier in der Nähe. Der Sohn eines Seebären hat sich mit einem ehemaligen Strafgefangenen zusammengetan. Und dabei ist ein ziemlich guter Tropfen herausgekommen, findest du nicht?«

»Ich bin Wein nicht mehr gewohnt. Ich werde schnell betrunken.«

»Ich hätte nichts dagegen«, sagte er halb im Scherz. »Wein weckt Gefühle.«

Keine Spur von einem Lächeln. Jake war verunsichert, ständig wich sie seinen Berührungen aus. Er war wütend auf sich selbst, weil er nach der langen Trennung nicht wusste, was er sagen sollte.

Seine Augen wanderten über den dicken Zopf über ihrer Schulter. Sie sah aus wie ein Schulmädchen. Unter den Augen zeigten sich dunkle Schatten. Die Wangen waren blass. Doch all das spielte keine Rolle. *Wo waren Keziahs Lebensgeister?*

Er beschloss, das Kommando zu übernehmen. »Komm, ich möchte dir mein Geschenk überreichen.«

Er griff nach der Laterne und führte Keziah an der Hand an ihrem geliebten *vardo* vorbei, der im Schutz eines riesigen Feuerbaums stand. Im Stall blieb er stehen.

»Da!« Er wartete auf eine Reaktion, so selbstsicher wie ein Spieler, der einen Royal Flush in den Händen hält.

Das prächtige Fohlen scharrte mit den Hufen. Seine Augen glänzten wie Feuer, es war das anmutigste Pferd, das Jake jemals gesehen hatte. Dick Gideon hatte es wie einen Champion gestriegelt, der an der jungen Königin Victoria vorbeimarschieren sollte.

»Er gehört dir, Kez. Ein vollblütiger Araber. Eher sterbe ich, als dass ich ihn verkaufe. Reite ihn, mach ihn zu einem Deckhengst oder einem Rennpferd. Du musst ihm nur noch einen Namen geben. Was meinst du?«

Das Fohlen kam näher. Jake gab Keziah ein paar Zuckerwürfel, doch sie fütterte das Fohlen nur aus der Hand, ohne Roma-Zauber.

Jake zog sie an seine Brust, seine Stimme hungerte nach ihrer Anerkennung. »Und? Gefällt es dir, Kez?«

Er küsste die Schulter des Kleids, dann den Zopf, doch Keziah wich ihm aus.

»Danke, mehr als ich ausdrücken kann. Es war eine lange Reise.«

»Was bin ich für ein Esel«, rief Jake. »Natürlich, du bist erschöpft.«

Er folgte ihr ins Haus zurück. Als sie am *vardo* vorbeikamen, drehte sie sich zu ihm um, doch ihre Augen schienen ein anderes Land zu sehen.

»Ich schlafe heute Nacht lieber im *vardo*.«

»Wo immer du willst, Kez. Ich will dich nur in den Armen halten. Nicht mehr. Ehrenwort. Alles andere wird sich ergeben, wenn du so weit bist.«

Keziah nickte. »Heute Nacht muss ich allein schlafen.«

Sie stieg die Stufen in den *vardo* hinauf. Und als sie den Riegel hinter sich zuschob, hatte das Geräusch etwas beunruhigend Endgültiges.

Dieses Ritual hielt zwei Wochen an. Zuerst sagte Jake sich, es läge nur daran, dass sie jetzt gewohnt war, in einer Zelle zu schlafen. Aber er wusste, dass es nicht stimmte. Sie erlaubte ihm nicht einmal, einfach wie ein guter Freund neben ihr zu liegen.

Offenbar dienten die Kinder ihr als Schild. Jeden Tag knüpfte sie alte Fäden ihres Lebens an, las ihnen Geschichten vor, überprüfte ihre Hausaufgaben, verlängerte Pearls Rock, damit ihre Tochter nicht zu viel Bein zeigte – ihr Roma-Instinkt. Ohne auch nur ein Wort darüber zu verlieren, nahm sie Jake die Aufgabe des Kochens für die Familie ab. Er spürte, wie sie mit aller Macht versuchte, sich wieder in ihr Leben einzugliedern, und doch war sie eine Fremde in Keziahs Schuhen. Wenn sich ihre Blicke gelegentlich notgedrungen kreuzten, waren ihre Augen wachsam. Warum?

Seit ihrer Rückkehr hatte Jake sie kein einziges Mal ohne das Kopftuch gesehen. Trotz des Zopfs vermutete er, dass man ihr im Gefängnis das Haar kurz geschoren hatte. Er hatte Angst, das Thema anzusprechen und ihr den wenigen Roma-Stolz, den sie noch hatte, zu nehmen. Unternahm er aber nichts, konnte Keziah es missverstehen und glauben, dass ihm ihr Anblick nicht gefiel. Dann würde sie sich so lange zurückziehen, bis ihr Haar nachgewachsen war. *Liebe Güte, das könnte eine Ewigkeit dauern!*

Er überlegte sich seine Worte ganz genau und trat in die Küche, wo Keziah mit Yosie allein war, der in seinem Kinderstuhl saß. Durch den brennenden Ofen war die Hitze noch unerträglicher. Der Schweiß lief ihr über das Gesicht und hinterließ feuchte Flecken unter den Achseln, trotzdem nahm sie auch hier nicht das Kopftuch ab. Der Zopf wippte hin und her, während sie den Teig für das Brot knetete.

Als sie Jake mit der Axt in der Hand sah, schreckte sie zusammen.

»Ich habe Holz für den Herd gehackt«, sagte er und ging direkt zum Angriff über.

»Was ist los mit dir, Kez? Es ist mir verdammt egal, was du anhast. Für mich bist du genauso schön, wenn du dich in Sack und Asche kleidest, aber seit du aus der Frauenstrafkolonie gekommen bist, hast du nicht ein einziges Mal dein Kopftuch abgenommen. Man muss nicht besonders schlau sein, um den Grund zu erahnen. Die verdammten Gefängniswärterinnen haben dir den Kopf geschoren, um dich zu bestrafen, stimmt's?«

Sie antwortete nicht. Er hasste den Schmerz in ihren Augen.

»Wovor hast du Angst, Kez? Glaubst du, ich würde dich ohne Haar nicht mögen? Mein Gott, hältst du mich wirklich für so oberflächlich? Nichts könnte mich daran hindern, dich zu lieben.«

Mit einer schnellen, aber sanften Bewegung streifte er ihr das Tuch vom Kopf. Der Zopf war an ihm angenäht. Jake fuhr zusammen, als er ihren gequälten Ausdruck sah, ließ sich aber seinen Schock nicht anmerken. Ihr geschorener Schädel war von einem dunklen Flaum bedeckt wie der Stoppelbart eines Mannes.

»Es wird im Nu wieder nachwachsen. Verzeih mir, Kez. Ich weiß, was dir dein Haar bedeutet, aber mir ist es egal.« Er streckte die Hand aus, um ihren Kopf zu streicheln, doch sie wehrte sie ab.

»Wage es nicht, mich zu bemitleiden!«

Dann riss sie ihm das Tuch aus der Hand, nahm Yosie aus dem Hochstuhl und lief zu ihrem *vardo* zurück, wo sie die Tür hinter sich zuknallte und den Riegel vorschob.

»Das hast du gründlich vermasselt, du elender Dummkopf«, schimpfte Jake. Er verließ die Küche und schwang die Axt gegen einen Gummibaum, um seinen Frust abzureagieren.

Doch während er auf den Stamm einschlug, wuchs sein Ärger. Er hatte versucht, Kez das Gefühl der Erniedrigung zu nehmen, so wie man gegen ein Furunkel vorgehen würde. Ein kurzer schmerzvoller Stich, auf den ein Gefühl der Erleichterung folgt, wenn der Eiter herausfließt und die Heilung einsetzt. Stattdessen hatte er nur alles verschlimmert.

Und als er daran dachte, wie kühl Keziah auf sein Geschenk reagiert hatte, schlug er noch härter auf den Baumstamm ein, sodass das dumpfe Geräusch durch den Busch hallte. Der Araber stand immer noch ohne Namen im Stall. Er konnte nicht vergessen, wie sehr sie sich damals über Gems Brumby gefreut hatte.

Das Problem lag tiefer als an dem geschorenen Schädel. Was aber war los mit ihr? Sie machte keinen Hehl daraus, dass ihre Tür für ihn weiterhin verschlossen blieb. Und warum verstieß sie sogar Yosie bei Nacht? Lag es daran, dass er Jakes Sohn war? Er hatte niemals Unterschiede gemacht. Seine, ihre, ihrer beider Kinder, alle waren seine Kinder. Als er den Gummibaum vollkommen zerhackt hatte, fiel es ihm wie Schuppen von den Augen. *Yosie schläft neben mir, nicht ihn weist sie ab, sondern mich und meinen Körper. Ich muss Geduld haben.*

Schließlich beschloss er, es sei an der Zeit, Keziah wieder unter Menschen zu bringen. In der Küche trieb er sie in die Enge.

»Ich habe Gabriel versprochen, ihn morgen nach Goulburn mitzunehmen. Pearl und Yosie können so lange bei Bran bleiben. Er kocht gern für sie, und Pearl ist so selbstständig, dass sie das Krankenhaus von Goulburn führen könnte.« Dann fügte er halb im Scherz hinzu: »Wir nehmen Dan mit, sozusagen als Anstandsdame.«

Keziah nickte vorsichtig.

»Ich will dich nicht belügen, Kez. Gabriel will Mrs. Hamberton besuchen, die Frau des Richters. Irgendwie hat er einen Narren an ihr gefressen. Mein Gefühl sagt mir, dass sie die Unbekannte ist, die hinter den Kulissen an meiner Entlassung gearbeitet hat. Übrigens auch an deiner. Ich stehe tief in ihrer Schuld.«

Er sah ihr in die Augen. »Ich glaube, du weißt, worum ich dich bitten will, aber es ist deine Entscheidung.«

ACHTUNDFÜNFZIG

Es war ein dunstiger, grauer Tag. Ein drückender Westwind peitschte der schweigenden Gruppe ins Gesicht und zerrte an ihren Nerven. Keziah fühlte sich, als würde sie in einem Karren zum Schafott gefahren.

Um den Schein zu wahren, hatte Jake eine Art Rangordnung für die Öffentlichkeit aufgestellt. Er selbst war der Kutscher, während Mr. und Mrs. Daniel Browne wie ein Königspaar auf dem Rücksitz saßen.

Keziah war gerührt, als sie sah, dass Gabriel sich neben Jake setzte und wie ein Schießhund aufpasste, um von seinem Vater zu lernen, wie man die Pferde lenkt.

Als sie das brodelnde Stadtzentrum von Goulburn erreichten, blieb Keziah lieber in der Kutsche sitzen, während die beiden Männer ihren Geschäften nachgingen. Gabriel, der ihre Angst gespürt hatte, setzte sich schweigend neben sie. Um unerkannt zu bleiben, drückte Keziah die Haube tief ins Gesicht. Wie gelähmt war sie vor Scham. Seit Wochen war sie Jakes Bemühen ausgewichen, sie wieder in die Rolle als seine Frau und damit in sein Bett zu locken. *Mi-duvel! Wie lange kann ich ihn noch auf Abstand halten?*

Plötzlich erschien Jake wie ein Springteufel auf dem Kutschbock und riss sie aus allen Gedanken.

»So, das wäre erledigt. Daniel ist in eine Schenke gegangen, um sich ein Bier zu genehmigen. Ich stoße später hinzu.« Er reichte Gabriel eine kleine Flöte. »Die ist für dich, Kumpel.«

Dann fuhr Jake sie zu einer Straße, an der die elegantesten Geschäfte für die Adligen lagen, und hielt vor einem eindrucksvollen, doppelstöckigen Sandsteingebäude. Die L-förmige Veranda und der französische Balkon waren mit Schmiedeeisen geschmückt, das aussah wie Zuckerguss auf einer Hochzeitstorte.

Dass Gabriel dieses Haus und die Hausherrin mochte, war eine Sache, doch Jake konnte nicht einschätzen, was Keziah dieser Besuch kostete. Und sie dachte gar nicht daran, es ihm zu verraten.

Erneut ging Jake in die Offensive. »Du hast den Mut, sie zu treffen, Kez. Ich weiß es.« Als wäre damit alles gesagt, streckte er sich auf dem Kutschbock aus und drückte sich den Hut in die Stirn, um ein Nickerchen zu halten.

Keziah nahm Gabriels Hand, als er ihr beim Aussteigen half. Es erinnerte sie an die Stunde seiner Geburt, als sich seine winzige Hand an die ihre geklammert und ihr Mut gegeben hatte.

Auf der von Efeu überwucherten Veranda zeigte sie auf einen schmiedeeisernen Stuhl. »Setz dich dort hin. Ich bin gleich zurück.«

Der Junge nickte und hob die neue Flöte an die Lippen, um sich zu beschäftigen.

Ein Dienstmädchen führte sie den mit schwarzem und weißem Marmor gekachelten Gang entlang. Keziah betrachtete sich in einem Spiegel. Ihr blaues Baumwollkleid war von der Reise zerknittert, der Zopf unter dem Roma-Halstuch verborgen. Auf ihren Wangen zeigten sich nach einigen Wochen Landlebens wieder die ersten Spuren von Farbe. Doch die malvenfarbenen Ringe unter den Augen waren noch da. Ihre Botschaft wäre unmissverständlich. Es würde auf beiden Seiten schonungslos gekämpft. Was geht es mich an, was diese *gaujo*-Frau von mir denkt? Sie hat nicht das Recht, über andere zu richten.

Einen Augenblick später fand sich Keziah in einem vornehmen Salon wieder, Auge im Auge mit der Gattin des Richters. Mrs. Hamberton saß auf einem Stuhl mit gerader Rückenlehne und trug ein einfaches schwarzgraues Kleid aus Seide – dasselbe verräterische Grau wie die dunklen Ringe unter ihren Augen.

Offenbar bin ich nicht die Einzige, die keinen Schlaf findet. Als sie sie im Gerichtssaal in einem Geistesblitz wiedererkannt hatte, war sie schockiert gewesen. Jetzt hatte sie Zeit, um die Frau zu studieren. Das feine Haar war aus der Stirn frisiert, aber es wirkte nicht gekünstelt. Kein Schmuck. Die schön geformten Hände lagen fest gefaltet im Schoß, die vornehme, melodische Stimme klang ruhig.

»Danke, dass Sie mich aufsuchen. Ich weiß, wie schwer Ihnen diese Entscheidung gefallen sein muss, Mrs. Browne.«

»Das bezweifle ich.« Keziah hatte sich vorgenommen, stehen zu bleiben, doch dann begannen ihre Knie zu zittern, und sie setzte sich in einen Sessel. Sie hielt ihren Blick auf die Standuhr gerichtet, die in diesem Augenblick zweimal schlug.

Mrs. Hamberton schenkte ihr Tee aus einer silbernen Kanne ein. Keziah musste an die Ehrung von Janet Macgregors Wesleyanerinnen denken. Was für eine bittere Ironie das Geschenk nun war. Noch nie hatte sie sich so sehr wie ein Feigling gefühlt.

»Sie müssen wissen, dass ich nur aus einem Grund hier bin. Mein … Freund Jake Andersen glaubt, die Gattin des Richters habe Freunde an hoher Stelle und Gouverneur Gipps schenke ihr Gehör. Er behauptet, dass Sie eine entscheidende Rolle bei seiner Haftentlassung gespielt hätten und vielleicht auch bei der meinigen.« Ihre Stimme war wie Eis. »Stimmt das? Ich möchte nicht in Ihrer Schuld stehen!«

Mrs. Hamberton winkte verächtlich ab. »Sie stehen in niemandes Schuld. In beiden Fällen wurde nur der Gerechtigkeit Genüge getan.«

Keziahs Kehle war trocken, doch sie wagte es nicht, nach ihrer mit Gold umrandeten Tasse aus feinstem Porzellan zu greifen. *Weiße Teetassen bringen Unglück.*

»Ich habe gehört, dass Jake Andersen meinen Sohn Gabriel zu Ihnen gebracht hat.«

Auf die Frage brachte die Frau ein mattes Lächeln zu Stande. »Ja, Ihr Sohn ist ein außergewöhnlich aufgewecktes Kind, genau wie seine Mutter.«

Keziah sträubte sich gegen ihre Vertraulichkeit. »Vielleicht glauben Sie, mich zu kennen. Sie täuschen sich. Mein Vater, Gabriel Stanley, war ein echter Rom. Er starb im Gefängnis, angeblich an den Verletzungen einer Schlägerei, aber in Wahrheit war er schon Jahre vorher an seinem gebrochenen Herzen gestorben, nachdem seine *gaujo*-Frau ihn betrogen hatte. Sie war schuldig an seinem Tod, so sicher, als hätte sie ihm ins Herz geschossen. Meine *Puri Dai* erzählte, die Frau meines Vaters sei in den Schoß ihrer *gaujo*-Familie zurückgekehrt und hätte ihren Platz in der Gesellschaft der *gaujo* wieder eingenommen. Eine großzügige Mitgift sorgte dafür, dass sie wieder gesellschaftsfähig wurde und innerhalb ihrer eigenen Schicht heiraten konnte. Um die Verfehlungen ihrer Jugend zu verstecken. Mich!«

In Keziahs Worte mischte sich die Galle, die ihr hochkam. Mrs. Hamberton war kreidebleich geworden. Sie hüstelte kurz nervös.

»Ihre Großmutter hat Ihnen die Wahrheit erzählt, die sie kannte. Sie war eine stolze Frau und hat das Geld, das ich ihr für Gabriels kleine Tochter schickte, mehrmals ausgeschlagen.«

Keziah sah sie verächtlich an. »Wir Roma nehmen kein Blutgeld an.«

Mrs. Hamberton schwankte leicht. »Ich bin sicher, dass sich das junge Ding, Ihre Mutter, die schreckliche Wahl, die sie getroffen hatte, niemals verziehen hat.«

Keziah blieb ungerührt. »Ich war fünf, als sich diese *gaujo* über mich beugte, mich auf den Mund küsste und sagte: ›Denk daran, dein Vater ist unschuldig. Sei ein braves Mädchen, Keziah, ich komme dich bald holen.‹ Sie hat gelogen. Ich sah sie nie wieder.«

Mrs. Hambertons Hand fuhr zu ihrem Mund. Sie zitterte leicht. Ihr Ehering funkelte im Schein des Feuers. Der Anblick dieses verhassten Symbols machte Keziah noch entschiedener als zuvor.

»Für mich ist meine Mutter gestorben. Die Hure Stella wird nicht wiederauferstehen.«

Der Ausdruck in den Augen der Frau zeugte von Alter und Niederlage.

»Die Hure Stella. So nennen sie mich also. Wer kann es ihnen verdenken?« Dann fasste sie sich. »Ich habe verstanden, Mrs. Browne. Es war sehr mutig von Ihnen, zu mir zu kommen und mir das ins Gesicht zu sagen. Während Ihrer Verhandlung haben Sie der Welt gezeigt, dass Sie die Wahrheit über alles stellen. Ich bin mir sicher, dass *meine* Version der Wahrheit Ihnen nichts bedeutet, trotzdem bitte ich Sie, mich anzuhören. Ich habe keine Rechtfertigung anzubieten. Ich war das verwöhnte Einzelkind älterer Eltern. In dem Sommer, in dem ich dreizehn wurde, lief ich fort, um mit den Zigeunern im Wald zu spielen; die Musik und ein leidenschaftlicher junger Roma hatten mich verführt. In den Armen Ihres Vaters fand ich das vollkommene Glück. Es hätte für ein ganzes Leben gereicht.«

Ihre Augen schienen nach innen zu blicken, auf eine Vergangenheit, die so bittersüß war, dass Keziah den Blick nicht abwenden konnte.

»Nachdem Gabriel ins Gefängnis gekommen war, habe ich getan, was ich getan habe. Das kann ich nicht mehr ungeschehen machen. Ich habe Sie niemals vergessen. Nachdem Ihr Vater gestorben war, bat ich Ihre Großmutter um die Erlaubnis, Sie adoptieren zu dürfen. Aber sie verfluchte mich, so wie nur eine Roma-Frau einen verfluchen kann. Sie sagte, Sie wären das einzige Kind auf der Welt, das ich niemals haben würde. Und sie sollte Recht behalten. Jahrelang habe ich Sie aus der Ferne beobachtet. Ihre Kindheit. Ihre Liebe zu Gem, Ihre Hochzeit. Und als ich erfuhr, dass Sie in diese Kolonie gefahren sind, war ich verzweifelt.«

Das sich selbstverachtende Lachen ging in einen kleinen Hustenanfall über. »Ich musste meine ganze weibliche List aufwenden, damit meine enge Freundin Elizabeth, ihren Mann, Sir George Gipps, dazu brachte, meinen Mann als Richter nach New South Wales zu holen.«

»Den Gouverneur!«, fuhr Keziah dazwischen. »Dann habe ich Ihnen also doch meine Freiheit zu verdanken!«

»Das war das Wenigste, was ich tun konnte. Ich weiß, dass ich die Vergangenheit niemals ungeschehen machen kann. Sie haben mein Wort. Ich werde nie wieder versuchen, Sie oder Gabriel zu sehen.«

Keziah erkannte, dass das Gesicht der Frau fahl geworden war, als hätte sie jede Hoffnung fahren lassen. Doch als Keziah ihren Sieg auskosten wollte, empfand sie nur Leere.

Dann setzte Stella Hamberton leise hinzu: »Es steht mir nicht zu, trotzdem würde ich Sie gern um etwas bitten. Würden Sie mir erlauben, mich von Gabriel zu verabschieden?«

Jahrelang hatte Keziah die Erinnerung an ihre betörend schöne Mutter mit dem goldenen Haar gehasst, deren oberflächliche Liebe verflogen war, als man ihren Rom ins Gefängnis gesteckt hatte. Hatte das halbe Kind, das sich nicht von einem reichen Mann, sondern dem Luxus und den Annehmlichkeiten ihrer *gaujo*-Welt hatte verführen lassen, aus ganzem Herzen verachtet.

Keziahs Urteil war unwiderruflich. »Für mich ist die Hure Stella gestorben, aber für Gabriel ist seine Großmutter nicht tot. Ich schwöre bei der Hand meines Vaters, dass ich ihn niemals daran hindern werde, seine Großmutter zu besuchen. Und ich werde auch seine Liebe zu Ihnen nicht mit meiner Verachtung färben.«

Stella Hamberton schien nach Worten zu ringen. Dann sprach sie das aus, was sie insgeheim spürte. »Sie sind wirklich die Tochter Ihres Vaters.«

»Ich wünschte, ich wäre es.« Keziahs Ehrlichkeit war stärker als ihr Schmerz. »Das Leben, das ich geführt habe, ist der Beweis, dass ich kein bisschen besser bin als meine Mutter. Huren bringen nur Huren zur Welt.«

Die blauen Augen der Frau blitzten auf. »Ich erlaube nicht, dass Sie sich in meiner Anwesenheit verurteilen. Ich war schwach, beeinflussbar, eine Närrin, die sich an die Sicherheit meiner Klasse klammerte und das Glück derjenigen zerstörte, die ich liebte. Sie haben nichts von mir geerbt – bis auf die Augen. Sie sind eine echte Roma! Im Gerichtssaal habe ich die Wahrheit erkannt. Sie sind außergewöhnlich mutig, loyal und ehrlich, Gabriel Stanleys wahre Tochter!«

Dann brach ihre Stimme, und sie wandte sich ab, um ihre Schwäche zu verbergen.

Keziah stand auf. »Ich glaube daran, dass man Kindern die Wahrheit sagen muss. Gabriel hat viele wechselnde Loyalitäten erlebt. Er braucht Zeit, um diese neue Wahrheit zu verdauen.«

Keziah verließ den Raum so majestätisch wie eine Königin, die ihr Gegenüber einfach stehen lässt.

Kurz darauf kehrte sie zurück und ließ Gabriel sich höflich vor Mrs. Hamberton verbeugen. Keziahs Herz schlug im Einklang mit dem ihres Sohnes. Sie wusste genau, was er dachte, als seine dunkelblauen Augen unter den wirren blonden Locken hindurch jene Frau musterten, mit der er sich auf seltsame Art verbunden fühlte.

»Guten Morgen, Mrs. Hamberton. Ich hoffe, es geht Ihnen gut.«

»Ja, danke, Gabriel.« Sie hustete in ihr Taschentuch.

Gabriel zuliebe versuchte Keziah, sich freundlich zu geben. »Ich habe gehört, dass Sie Gabriels Schwäche für Bleisoldaten teilen und mit ihm die Schlacht von Waterloo nachspielen.«

Gabriels Augen schossen zwischen ihnen hin und her. »Ich lasse Mrs. Hamberton immer die erste Wahl, und sie entscheidet sich immer für Napoleon.«

Mrs. Hamberton lächelte lakonisch. »Ja, aber aus irgendeinem Grund verliere ich jedes Mal.«

Keziah spürte, wie sich etwas in ihr regte. Schnell wandte sie sich Gabriel zu.

»Papa hat dir erzählt, dass Mrs. Hamberton die Gattin des Richters ist, aber sie ist auch viel mehr als das. Lange bevor du geboren wurdest, kannte sie deinen Roma-Großvater, Gabriel Stanley. Wenn du sie höflich darum bittest, wird sie dir bestimmt wundervolle Geschichten von ihm erzählen.«

Keziah beugte sich herab und gab ihm einen Kuss auf die Stirn. »Ich hole dich um vier wieder ab. Sei schön brav. Und vergiss nie, dass du ein Rom bist, Gabriel«, sagte sie und warf ihrer Gastgeberin einen Blick zu.

Dann verabschiedete sie sich mit einem höflichen Nicken und rauschte durch den Gang zurück, während das Dienstmädchen vorauslief, um ihr die Haustür aufzuhalten.

Keziah wollte so schnell wie möglich fort, trotzdem blieb sie auf der Veranda stehen.

»Wie lange hat deine Herrin schon diesen Husten, Mädchen?«

Das Dienstmädchen sah sie erschrocken an. »Ich bin erst seit einigen Wochen im Dienst, Ma'am. Aber oft muss sie die ganze Nacht husten.«

Keziah haderte mit sich. »Wenn mein Sohn sie nächstes Mal besucht, wird er einen Beutel mit Kräutern mitbringen. Koch ihr einen Tee daraus und sorg dafür, dass sie viermal am Tag davon trinkt.«

Dann eilte sie den Pfad hinunter zum Wagen.

Jake wartete, bis sie sich neben ihn gesetzt hatte, und fuhr los.

»Wie war es?«, fragte er schließlich.

In Keziahs Stimme schwang ein Hauch von Selbsthass mit. »Ich habe soeben meinen Vater verraten.«

Jake sah ihr in die Augen. »Ich glaube, dass du dich zwischen Rache und Gabriel entscheiden musstest. Du hast dem kleinen Rom ein Geschenk gemacht, das er sein Leben lang nicht vergessen wird.«

Dann knallte er mit der Peitsche, um die Spannung zu zerreißen. »Fahren wir zu Dan. Du weißt ja, wie ungern dein anderer Ehemann allein trinkt.«

Auf dem Weg nach Hause war Keziah nicht sonderlich erstaunt, dass Dan sich auf dem Rücksitz zusammengerollt hatte und eingeschlafen war. Er vertrug keinen Alkohol. Gabriel erzählte fröhlich, was ihm Mrs. Hamberton alles erzählt hatte. Wie sein Großvater Stanley die Leute mit seiner Geige entweder zum Tanzen oder zum Weinen gebracht hatte. Wie gut er Pferde hatte zähmen können. Wie sauber er gekämpft und dass er alle Faustkämpfe gewonnen hatte.

Keziah kochte vor Wut, sagte aber kein einziges Wort.

»Dein Großvater muss ja ein richtiger Tausendsassa gewesen sein«, rief Jake und verzog das Gesicht zu einer Grimasse, als er Keziah in die Augen schaute.

Den Rest des Weges wirkte Jake niedergeschlagen. Keziah wusste den Grund genauso gut wie er. Das aufgebrochene Eis zwischen ihnen war wieder zugefroren.

NEUNUNDFÜNFZIG

Keziah schreckte in ihrem *vardo* aus dem Schlaf, als sie das Knallen der Türen im Haus hörte. War Jakes irisches Temperament nun endgültig mit ihm durchgegangen?

Sie band sich ein Handtuch wie einen Turban um den Kopf und warf einen Blick durch eine Ritze in der Tür. Wie ein Wikinger, der einem Schlachtruf folgt, marschierte Jake auf den Wagen zu. Abgesehen von seiner Moleskin-Hose war er nackt. Auf der Hüfte trug er den kleinen Yosie, dessen Nachthemd in der Luft flatterte.

»Mach die verdammte Tür auf, hörst du?« Er drückte ihr Yosie in die Arme. »Hier, ich gehe davon aus, dass er dein Sohn ist. Ich mache ihn schon seit Monaten sauber. Jetzt habe ich die Nase voll. Ich brauche einen Drink. Ich will dir nichts vormachen, ich werde mich gründlich volllaufen lassen.« Dann rief er ihr über die Schulter hinweg sarkastisch zu: »Warte nicht auf mich.«

Als er kurz darauf am *vardo* vorbeiritt, feuerte er noch eine letzte Breitseite ab. »Du brauchst dir keine Sorgen zu machen. Ich werde für die Rechnungen aufkommen und für die Kinder da sein. Das habe ich dir versprochen, und ich halte mein Wort. Du brauchst deine Tür nicht mehr zu verriegeln. Du kannst getrost im Haus schlafen. Ich werde dich nicht mehr behelligen!«

Dann ritt er los, als sei ein Buschfeuer mit neunzig Meilen pro Stunde hinter ihm her. Keziah sah, dass er auf dem Weg nach Bolthole Valley war. Bestenfalls zu einem ordentlichen Besäufnis. Und schlimmstenfalls? Die rothaarige Lily Pompadour hatte sich vor einigen Jahren mit Jakes Unterstützung aus dem Staub gemacht und in Melbourne Town ein neues Leben aufgebaut, aber Keziah wusste, dass es einen großen Nachschub an gefallenen Mädchen geben würde, die darauf brannten, Lilys Platz einzunehmen.

Keziah spürte einen Stich im Magen. War es Angst? Oder Eifersucht? Sie redete sich ein, es sei gerechtfertigte Wut. Jake war verschwunden und hatte sie mit drei Kindern sitzen lassen. Ihr blieb nichts anderes übrig, als die ganze Last der Farm auf sich zu nehmen. *Ich werde ihm zeigen, was es heißt, eine starke Roma-Frau zu sein. Ich brauche ihn nicht!*

In den folgenden Tagen versuchte Keziah Yosie beizubringen, so lange wie möglich in Hosen, wie große Jungs sie tragen, trocken zu bleiben. Die bei der Oberschicht so beliebte Babykleidung wurde abgeschafft.

Das Taktgefühl der Kinder überraschte sie. Gabriel und Pearl sprachen das Verschwinden ihres Vaters kein einziges Mal an und zeigten ihr geduldig, welche Arbeiten auf der Farm erledigt werden mussten, als wäre sie ein kleines Kind.

Sie ging Daniel aus dem Weg, und er schien sie ebenfalls zu meiden. Bran aber kam jeden Tag vorbei, unter dem Vorwand, er müsse die Hufe der Pferde überprüfen und die beschädigten Geräte mitnehmen, die in der Schmiede repariert werden sollten. Als er ihr einen Strauß Wildblumen mitbrachte, zeigte der Ausdruck in seinen Augen, dass er den Status quo verstand. Keziah war zu stolz, um ihn um Hilfe zu bitten, also bot sie ihm Hilfe an.

»Bran, wir wissen alle, wie intelligent du bist. Wenn du lesen und schreiben lernen willst, würde ich es dir gern beibringen. Aber es wird unser Geheimnis bleiben, ja? Und eines Tages kannst du Daniel mit einem Brief überraschen. Was hältst du davon?«

Bran strahlte über das ganze Gesicht.

Keziah sprach jeden Buchstaben aus, während sie BRAN auf eine Schieferplatte schrieb und die Pfeile kennzeichnete, um ihm die Richtung der Striche zu zeigen. Und als er es ihr nachmachte, war sie voller Lob.

»Siehst du, wie leicht es ist? Im Nu kannst du das Vaterunser schreiben.«

Als Bran in die Schmiede zurückkehrte, umklammerte er Kreide und Schiefertafel, als wären es die Kronjuwelen.

Keziah molk die Kuh, aber die Versorgung der Pferde überließ sie dem jungen Dick Gideon. Er striegelte sie und trainierte sie nach dem Schema, das er mit Jake ausgearbeitet hatte. Den Regeln der Wiradjuri entsprechend fragte er nicht nach Jakes Verbleib.

Sie wusste, dass weder Leslie Ross, Janet Macgregor noch Mac Mackie oder Polly Doyle unangemeldet zu Besuch kommen würden.

Im Hühnerstall fuhr sie die Hennen an, die vom Kap der Guten Hoffnung stammten und fleißig Eier legten. »Diese romantischen Dummköpfe glauben, wir wollten allein sein, um Tag und Nacht im Bett zu verbringen.«

Ihr Stolz erlaubte ihr nicht, sich einzugestehen, dass sie nicht als Jakes Frau zurückgekehrt war.

Sie hielt ihre Wut im Zaum, bis der Hahn arrogant zwischen die Hennen herumstolzierte. »Ihr Männer seid doch alle gleich! Wetten, dass Jake im Augenblick im Four Sisters hockt!«

Tatsächlich versuchte Jake, seinen Ärger im Shanty with No Name zu ertränken.

In dem gesprungenen Spiegel erkannte er sein Gesicht kaum wieder. Es sah so zerknittert aus wie die Schale einer Mandarine, und seine Augen waren nur schmale Schlitze. War er wirklich erst dreißig? Er fühlte sich eher wie neunzig. Im Spiegel sah man auch das schäbige Gesicht eines alten Schafscherers, dem Jake schon öfter auf der Treppe des Four Sisters begegnet war.

»Was macht das Leben?«, fragte der Alte.

»War schon mal besser«, antwortete Jake mürrisch.

Der Scherer blickte ihn an wie ein weiser Mann. »Ah! Ein Familienvater!«

»Ich lerne einfach nicht dazu. Hatte mir geschworen, mich nie wieder auf eine anständige Frau einzulassen.«

»Dann hat dich jemand angelächelt, und schon war alles vergessen, nicht wahr?«

»Nicht ganz so. Ich wurde von Buschräubern überfallen, und sie rettete mir das Leben.«

»Frauen! Es gibt nichts, was sie nicht tun würden, um einen Mann in die Falle zu locken.« Der Scherer kippte sein Ale hinunter. »Tja, ich muss machen, dass ich nach Hause komme, sonst zieht mir die Missus das Fell über die Ohren.«

Jake trank weiter und redete sich ein, wie großartig es war, wieder Junggeselle zu sein. *Ich werde Kez beweisen, dass ich sie genauso wenig brauche wie ein Loch im Kopf.*

Es dauerte nicht lange, bis er merkte, dass der Alkohol die gewünschte Wirkung verfehlte, und sich in der Bar umsah. *Niemand hier für einen Faustkampf. Ich frage mich nur, wie die Kinder ohne mich zurechtkommen.*

Als der Morgen dämmerte, schlug Jake ein Auge auf und stutzte. Er lag auf der hinteren Veranda von Brans Haus. Im nächsten Moment flog die Tür auf. Brans nackter Körper erschien mit einem Nachttopf in der Hand, den er im Busch ausleeren wollte, und stolperte über Jake. Von der Türschwelle aus musterte ihn Daniel in alten, mit Ölfarbe beschmierten Kleidern.

»Was für ein feiner Vertreter der menschlichen Spezies«, sagte er freundlich. »Aber glaub bloß nicht, du kämst hier rein, solange du dich nicht ordentlich gewaschen hast.«

Er kehrte mit einem Wassereimer zurück und kippte ihn über Jake aus.

»Mist!« Jake schüttelte sich wie ein nasser Pudel.

»Hast dich wohl aus dem Staub gemacht, was?«

Jake versuchte, zu seinem alten Tatendrang zurückzufinden. »Ich habe große Pläne, aber im Augenblick brauche ich eine Bleibe für ein oder zwei Nächte.«

»Wasch dich zuerst im Trog. Ich hole dir saubere Klamotten. Stell den Kessel auf den Herd, Bran. Der Länge seines Schnurrbarts nach zu urteilen hat er seit Tagen nichts in den Magen bekommen.«

Jake zog das Hemd aus. »Ja, ich könnte tatsächlich ein Frühstück vertragen«, gab er zu.

Nachdem er die stinkenden Sachen ausgezogen hatte, spürte er, wie seine Würde zurückkehrte. »Wenn einer von euch Kez erzählt, dass ich hier gelandet bin, seid ihr beide für mich gestorben!«

»Das ist dein Problem, Kumpel. Wenn deine Frau mich nicht fragt, werde ich auch nichts sagen.«

»Sie ist viel zu stolz, um zu fragen. Wetten?« Jake wechselte das Thema, es war allzu schmerzhaft. »Was gibt es denn zum Frühstück?«

Von der unerschöpflichen Teekanne gestärkt, machte sich Jake über einen Haufen von Brans berühmten Pfannkuchen her und bestrich sie mit kanadischem Ahornsirup. Und als Bran zur Schmiede aufbrach, sagte Daniel: »Jetzt darfst du dir dein Abendessen verdienen. Mein Atelier ist oben. Zieh dich aus. Ich male gerade einen Körper, für den du das ideale Modell bist.«

»Einen Faustkämpfer etwa?«, wollte Jake wissen.

»Einen Buschräuber. Er liegt in einer Höhle und schläft. Nackt bis auf die Stiefel und neben ihm in Reichweite seine Flinte, falls Trooper auftauchen. Die Pose passt dir wie angegossen, und du kannst dich ausstrecken, deinen Hut in die Stirn drücken und schlafen.«

Sobald der Pinsel über die Leinwand flog, sah Jake, dass sich Daniel in jene Welt zurückgezogen hatte, für die er wirklich lebte.

Unter seinem Hut dachte er darüber nach, wie er sein eigentliches Problem angehen sollte. Was würde er als Nächstes tun? Er versuchte, seine Gedanken zu entwirren.

Ich bin zu jung, um mich in Enthaltsamkeit zu üben. Seien wir ehrlich, ich bin ein Mann, der nur mit einer Frau auf einmal zusammen sein kann. Ich gehe ja sogar zur selben Nutte. Ich kann notfalls ohne Frau leben, aber Kinder brauche ich als eine Art Anker. Ganz gleich, wie gut man im Bett ist – oder auch außerhalb –, man kann es einer Frau nie so ganz recht machen. Und gegen eine anständige Roma-Frau kommt ohnehin niemand an. Das Einzige, dem man im Leben trauen kann, ist sein Gaul.

Aber eins steht fest, nie wieder werde ich im Gefängnis landen! Und bevor ich sterbe, will ich einen Champion züchten!

Die Ehrlichkeit zwang ihn zuzugeben: *Ich bin ein schlechter Sohn. Ma und Pa habe ich nur Kummer bereitet. Ich laufe mir die Hacken ab und löse anderer Leute Probleme, nur um vor meinen eigenen zu flüchten.*

Genau das hatte Lily Pompadour ihm auch vorgeworfen.

Gerade als er einen roten Faden in diese wirren Gedanken bringen wollte, unterbrach ihn Daniel.

»Willst du mir nicht verraten, was mit euch beiden los ist, mit dir und Keziah?«

»Es ist zu Ende. Aus und vorbei.«

Daniel erstarrte mit dem Pinsel in der Hand. »Heißt das, dass Keziah jetzt nur noch einen Ehemann hat?«

Jake warf ihm einen schrägen Blick unter dem Hut hervor zu. »Wozu willst du das wissen? Du interessierst dich doch nicht für Frauen.«

»Deine Frage wundert mich. Ich male sie furchtbar gern, je üppiger, desto besser. Nur kriege ich keines der Mädchen hier im Dorf dazu, sich vor mir auszuziehen.«

»Ich meinte als Mann.«

»Worauf willst du eigentlich hinaus? Schönheit erregt mich, als Künstler wie auch als Mann.«

»Und was ist mit Kez? Du hast sie nackt gemalt. Ich kann mir nicht vorstellen, dass es auf der Welt einen Mann geben könnte, der nicht gern mit ihr ins Bett gehen würde.«

Daniel überlegte sich seine Antwort. »Nach der Hölle von Gideon Park wollte ich nur allein sein. Dann sehnte ich mich nach menschlicher Wärme. Ich war neugierig, wollte mich testen. Keziah war eine Frau, die ich mochte und der ich vertrauen konnte. Manchmal war sie sanft, manchmal aggressiv – fast wie ein Mann. Diesen Kontrast fand ich sehr aufregend.«

Jetzt war Jake noch niedergeschlagener als vorher. »Das ist dir also auch aufgefallen?«

»Ich wusste, wenn ich jemals mit einer Frau schlafen könnte, dann wäre sie diejenige welche gewesen, aber ich wusste auch, dass es nicht von Dauer sein würde. Ich wollte nicht, dass der kleine Gabriel in einem Durcheinander aufwächst. Also hielt ich mich an den Bruder-Schwester-Pakt und befriedigte meine Bedürfnisse anderweitig.«

Daniel tat so, als sei damit alles zwischen ihnen geklärt. »Beantwortet das deine Frage?« Er warf einen Blick auf seinen Pinsel. »Können wir jetzt weiterarbeiten?«

Jake schloss die Augen, aber sein Kopf steckte immer noch voller Fragen. *Und wie soll ich meine verdammten Bedürfnisse befriedigen? Wo, zum Teufel, ist mein Zuhause? Nirgendwo. Ich bin einfach nicht zum Familienmenschen gemacht. Zweimal habe ich es versucht – und beide Male bin ich gescheitert. Was kommt als Nächstes? Dabei war ich früher ein Mann der Tat.*

Ein Mann der Tat! Plötzlich fiel es ihm wie Schuppen von den Augen. Ein Plan, der die Grundlagen ihrer Dreiecksbeziehung ins Wanken brachte. Doch ehe er darüber weiterdenken konnte, holte ihn das ferne Läuten der Kirchenglocken aus allen Gedanken. *Keziah! Verdammt. Heute ist Sonntag.*

Bran kam in den Raum gestürmt. In seiner ganzen Mimik zeigte sich die Sorge darüber, dass Keziah die Messe verpassen könnte.

Jake gab sich gleichgültig. »Kez muss wissen, was sie tut. Ihr ist klar, dass sie wieder in die Frauenstrafkolonie muss, wenn sie die Messe schwänzt.«

Bran knallte die Tür hinter sich zu und lief zu Jakes Haus hinüber, während er irgendwas über die Schulter brüllte.

Jake wandte sich Daniel zu. »Jesses! Ich hätte schwören können, dass er uns ›ihr Mistkerle‹ zugerufen hat.«

»Das hast du ganz richtig gehört«, antwortete Daniel.

Als Bran später das traditionelle Sonntagslamm schmorte und Daniel seinem Räuber den letzten Schliff gab, schrieb Jake emsig Einladungen.

Er fluchte über seine mangelnde Rechtschreibung, wollte aber Daniel trotzdem nicht um Hilfe bitten. Die erste ging an Reverend Parsons, ins Gefängnis von Berrima. Während er die zweite an Caleb Morgan in Melbourne Town schrieb, knirschte er mit den Zähnen. *Gefällt mir ganz und gar nicht, dass ich diesen eingebildeten Schnösel einladen soll, aber ich bin es Gabe nun mal schuldig.*

Als Bran mit einer riesigen Platte Lammfleisch und Röstkartoffeln aus der Küche kam, brach ein Gewitter los. Gierig machten sich die drei Männer über das Essen her, während draußen der Regen auf das Blechdach prasselte. Wenn der Wind durch die Ritzen in den Wänden blies, flackerte das Feuer im Herd auf, und die Öllampen schaukelten an den Balken hin und her.

»Du kannst verdammt gut kochen, Bran«, sagte Jake. »Und danke auch für das Nachtlager. Ich gebe ein Fest beim Doc, um meinen großen Plan zu verkündigen. Ihr beide solltet euch das nicht entgehen lassen.«

»Wird es nicht schwer werden, Kez dazu zu bewegen, sich unseren Freunden zu stellen?«, fragte Daniel. »Seit sie zurück ist, hat sie niemanden sehen wollen.«

»Doch, aber darum kümmere ich mich.«

Daniel sah ihn irritiert an. »Entschuldige, wenn ich nachhake, aber was spiele ich für eine Rolle in deinem großartigen Plan? Unsere Ménage soll nicht nur sie schützen, sondern auch mich, vergiss das nicht.«

»Kez ist deine Tarnung, sie würde dich nie im Leben verraten.«

»Und warum dann diese Geheimniskrämerei? Wieso kannst du mich nicht jetzt schon einweihen?«

»Noch steht nicht alles fest. Sorg dafür, dass du an dem Tag da bist, und du wirst alles erfahren.«

Jake schenkte Bran nach. »So hart wie du zu arbeiten, müsste per Gesetz verboten werden, Bran. Wirst du deine Schmiede rechtzeitig schließen können? Und was ist mit dir, Dan?«

Bran zeigte seinem Freund den nach oben gerichteten Daumen, während Daniel zögerte.

»Ich werde kommen, aber nur weil ich als Keziahs Ehemann dazu verpflichtet bin.«

Als Jake beide Daumen in die Luft stieß, brach Brans Gelächter das Eis.

Jetzt musste Jake den schwierigsten Brief verfassen. Er wusste, dass die Rechtschreibung ungewöhnlich war, trotzdem hoffte er, dass die Botschaft zwischen den Zeilen eindeutig war.

Liebe Ma, lieber Pa,
dieser Brief ist der Beweis, dass ich ein Heuchler bin. Als wir uns das letzte Mal gesehen haben, waren wir uns darüber einig, dass ich für die Familie gestorben war. Jenny hat sich mit ihrem neuen Kerl nach Cape Town abgesetzt. Ich habe Pearl. Sie ist erst zehn, gibt sich aber solche Mühe, eine fleißige Farmerstochter zu sein, dass es Dir das Herz brechen würde, Pa.

Wahrscheinlich habt Ihr eine Menge Gerüchte gehört, was mich betrifft. Ich lebe mit einer Frau zusammen, die gerade aus dem Gefängnis entlassen wurde. Ich glaube, dass unter bestimmten Umständen jeder zum Mörder werden kann, also haltet es ihr nicht vor. Sie ist eine verdammt gute Mutter. Ihr Sohn Gabriel ist fast sieben, ein aufgewecktes Kerlchen. Zusammen haben wir noch einen Jungen auf die Welt gesetzt. Yosie lernt gerade laufen. Der Ärmste ist Dir wie aus dem Gesicht geschnitten, Ma. Rotes Haar und jede Menge Sommersprossen. Kann nicht einmal nachts ohne Hut aus dem Haus.

Ich weiß, dass Ihr nicht zu meinem Fest auf der Haunted Farm kommen werdet, weil niemand so nachtragend ist wie die Iren und niemand so stur wie die Wikinger. Aber wenn Ihr trotzdem kommt, würdet Ihr die Kleinen sehr mögen. Vergesst nicht, dass meine Frau eine harte Zeit hinter sich hat. Noch ist sie nicht dieselbe wie früher.

Das schwarze Schaf der Andersens

Und nun blieb nur noch die allergrößte seiner Herausforderungen: Kez.

SECHZIG

Keziah kniete im Gemüsebeet und jätete Unkraut, während Yosie neben ihr mit einer Spielzeugkutsche spielte. Als sie den Kopf hob und sah, wie Jake mit Horatio im Schlepptau auf sie zukam, ärgerte sie sich, weil ihre Hände zu zittern begannen. Sie sah ihn zum ersten Mal, seit er vor drei Wochen einfach verschwunden war.

Zumindest wirkte er gesund, war rasiert und trug saubere Sachen. Das frischgewaschene Haar glänzte im Sonnenlicht. Keziah spürte, wie ihr Herz schneller schlug, zuerst vor Erleichterung, weil es ihm gut ging, dann vor Wut, weil die Trennung ihm offensichtlich kein bisschen zu schaffen machte.

»Wir fahren zum Essen zum Doc. Mach die Kinder fertig. Ich will nicht, dass sie wie Schmuddelkinder aussehen«, sagte Jake kühl und ging, ohne die Antwort abzuwarten, weiter in den Stall.

Keziah machte sich daran, die Kleinen zu schrubben und zu kämmen. Das blaue Kleid, das ihr nun als einziges passte, hing nass auf der Leine. Also zog sie ein altes Kleid mit einer Schärpe an. Sie blieb vor dem Spiegel stehen und band sich ein frisches Halstuch um den Kopf. Als sie bemerkte, wie sich das Haar allmählich wieder zu kleinen Locken kräuselte, empfand sie einen leichten Anflug von Freude. Aus einem Impuls heraus nahm sie den falschen Zopf ab und ließ einige Strähnen des neuen Haars unter dem Tuch hervorlugen, um ihr Gesicht einzurahmen. Dann zwickte sie sich in die Wangen, damit sie Farbe bekamen. Um sich gegen den Stress, der sie erwartete, zu wappnen, legte sie sich das Silberamulett ihrer Großmutter um den Hals. Janet Macgregor wäre die erste ihrer alten Freunde, die sie nach ihrer Entlassung sah. Und Keziah wollte kein Mitleid.

»He, ich habe nicht den ganzen Tag Zeit!«, rief Jake vom Kutschbock des *vardo* aus.

Keziah ignorierte ihn und nahm Pearl den kleinen Yosie ab.

»Ich bin so stolz auf dich, Pearl. Du warst uns eine große Hilfe, aber jetzt will ich, dass du wieder ein kleines Mädchen wirst.«

Keziah flocht ihr Zöpfe und band sie mit blauen Schleifen zu Affenschaukeln, um die elfenartig abstehenden Ohren zu verbergen. Und als die Kleine sich ihr an den Hals warf und ihre ganze kindliche Verwirrung und ihren Schmerz offenbarte, erschrak sie.

»Meine wirkliche Mama wollte mich nicht. Sie brachte mich zu den Nonnen. An Weihnachten durften alle Kinder nach Hause, aber meine Mutter sagte, ich wäre ein hässliches Entlein. Gabriel und Yosie sind genauso hübsch wie du. Ich werde immer hässlich sein, Mama, aber ich wünschte, du hättest mich auch lieb.«

Keziah hörte, wie Jake sie rief. »Beeilt euch, hier draußen ist es brütend heiß!«

»Wir kommen gleich!«, rief sie durch die Tür.

Sie wusste, dass sie sich an Ort und Stelle Pearls Kummer widmen musste. Sie spürte ihn wie einen körperlichen Schmerz in ihrer eigenen Brust. *Wenn ich nur ihr Vertrauen gewinnen könnte, dann würde ich sie heilen können.*

Sie setzte Yosie in seinen Hochstuhl und gab ihm die Holzkängurus zum Spielen, die Daniel ihm geschnitzt hatte. Dann kniete sie sich hin und zog Pearl an sich.

»Hör mal, ich glaube, dass du etwas falsch verstanden hast. Jetzt bin ich deine Mama, für immer. Als Jenny nach Cape Town ging, hat sie ein Papier unterschrieben, mit dem sie dich deinem Papa anvertraut hat, weil er ohne seine kleine Prinzessin sehr traurig war.«

Die Wahrheit behielt sie für sich. Für dreißig Silberlinge *hat sie dich an Jake verkauft.*

Pearl hörte ihr zu. Sie war zu konzentriert, um zu weinen.

Keziah fuhr fort: »Du bist genau wie ich, Pearl. Als ich fünf war, hat mich meine Mutter bei meinem Papa zurückgelassen. Ich habe sie nie wieder gesehen. Ich kann mir denken, wie traurig du darüber bist, aber deine Familie und die Menschen, die dich lieben, wissen, was für ein braves kleines Mädchen du bist!«

Als Pearls Augen leuchteten, küsste Keziah sie auf die Wange. »Vergiss nie, dass Papa und ich euch alle drei gleich lieb haben.«

Aus einem Impuls heraus zog sie Pearl vor den Spiegel und legte ihr das silberne Amulett um den Hals.

»Meine Großmutter hat mir dieses Amulett gegeben, damit es mich beschützt. Und jetzt gebe ich es an dich weiter, meine Tochter. Siehst du? Was soll denn das heißen, du bist hässlich? Sieh nur, wie hübsch du bist! Es ist wie ein Zauber. Wenn du daran glaubst, ist es wahr. Sag dem Spiegel: ›Ich bin Pearl – ich bin schön, klug und brav. Ich bin eine Prinzessin.‹«

In dem Augenblick, als Pearl diese Worte flüsterte, lächelte ihr Spiegelbild sie an.

»Hey, wer ist denn diese hübsche kleine Prinzessin?«, fragte Jake, als Pearl auf den *vardo* zulief. Er sprang hinunter und hob sie auf den Kutschbock neben Gabriel. Keziah ließ er allein aufsteigen.

»Was braucht ihr so lange?«, zischte er sie an.

»Frauengeheimnisse!«, antwortete sie. Yosie lächelte glückselig zu ihr auf, während sich auf ihrem Rock ein nasser Fleck ausbreitete. Doch sie hatten keine Zeit mehr, um seine Hose zu wechseln. Jake war wie ein Vulkan kurz vor dem Ausbruch.

Mit Genugtuung betrachtete Jake das Willkommenskomitee, das sich auf der Veranda der Haunted Farm versammelt hatte. Leslie und der neue, ihm zugewiesene Gärtner trugen ihre Schottenröcke. Janet stand stocksteif daneben, mit einer Schürze über dem Haushälterkleid. Doch als sie Keziah spontan und herzlich umarmte, so wie es ehemalige Häftlinge zur Begrüßung tun, war er beruhigt.

Die Kinder liefen in den Garten, wo sie ihr eigenes Fest veranstalten würden. Janet warf einen Blick auf Keziahs feuchten Rock und nahm sie mit in die Küche, wo sie das Kleid mit einem Schwamm säuberte und trocken bügelte.

Während der Mahlzeit hielten Jake und Leslie die Konversation aufrecht, um Keziahs Einsilbigkeit zu überdecken. Jake machte seiner Frustration Luft, indem er über den neuen Gefängnisdirektor auf Norfolk Island herzog.

»Major Childs war noch keine fünf Minuten im Amt, da hatte er bereits sämtliche Reformen von Alexander Maconochie abgeschafft. Dieser Schotte war so aufgeklärt und menschlich, dass die verdammte Verwaltung ihn einfach feuern musste.«

Leslie Ross stimmte ihm zu. »Aye, ich bin zwar kein Freund von Meutereien, aber in diesem Fall glaube ich auch, dass die Gefangenen ihr Schicksal selbst in die Hand nehmen sollten.«

Jake sah, wie Keziah zusammenzuckte, als sie an ihr eigenes Schicksal erinnert wurde, und verfluchte sich, das Thema angesprochen zu haben. *Jesses, was bin ich für ein Esel.*

Er war heilfroh, als Janet seinen Fauxpas ausbügelte, indem sie Keziah mit in die Küche nahm, um ihr ein paar ungewöhnliche Kräuter zu zeigen. Er folgte dem Doc in sein Arbeitszimmer.

Leslie zündete seine Pfeife an und sagte: »Ihre Kinder können bei uns bleiben, so lange es dauert, mein Junge.«

»Sie kennen mich, Doc. Ich glaube nicht an Wunder. Und die Zeit läuft mir davon.«

»Ich hatte keine Gelegenheit, Keziah unter die Lupe zu nehmen, seit sie zurück ist.«

»Machen Sie sich keine falschen Hoffnungen, Doc. Sie wird weder Sie noch einen anderen Arzt an sich heranlassen.«

»Es ist sehr wohl möglich, dass ihr mehrere Dinge zu schaffen machen. Das Trauma nach Iagos Tod. Das brutale Leben im Gefängnis. Und eine Depression, an der manche Frauen nach einer Geburt erkranken. Ich würde ihr ja etwas verschreiben, aber ich glaube nicht, dass sie es anrühren würde. Meiner Meinung nach hat Keziah eine Mauer um sich gebaut, um sich vor *irgendetwas* zu schützen.«

»Vor mir!«, sagte Jake und lachte bitter.

Leslie Ross sah ihn unbehaglich an. »Ich bin an ihrem Zustand nicht ganz unschuldig, fürchte ich. Während ihres Prozesses gab ich ihr Tee und Wein mit etwas Laudanum, damit sie sich nicht selbst um Kopf und Kragen redete. Nur wirkt Laudanum sehr unterschiedlich. Manchen Patienten nimmt es den Schmerz und die Melancholie. Andere sind wie betrunken, wieder andere ganz klar im Kopf und voller Energie, sodass sie tagelang keinen Schlaf brauchen. Es kann auch außergewöhnliche Träume und Halluzinationen auslösen. Das Laudanum könnte für ihren jetzigen Zustand verantwortlich sein. Ich hatte noch nie zuvor eine Patientin wie Keziah. Sogar in ihrem normalen Leben scheint sie mit anderen Welten Kontakt zu haben.«

»Ja, sie behauptet, dass sie mit Geistern kommuniziert. Und dass sie in ihren Träumen die Zukunft voraussieht.«

»Weiß sie denn, was sie heute erwartet?«

»Um Gottes willen, nein!«

Durch das Fenster sah Jake seine Gäste kommen.

Nerida und Sunny Ah Wei wurden von dem aufgeschossenen jungen Murphy angeführt. Mac Mackie folgte nervös hinter Polly Doyle und George Hobson. Und vor dem ängstlichen Daniel ging Bran Penrose mit langen Schritten voran und grinste von einem Ohr zum anderen. Die Nachhut bildete Reverend Parsons aus Berrima mit einem schneeweißen Chorhemd über der Soutane.

Als Jake nach draußen trat, um seine Gäste zu begrüßen, kam auch Keziah aus dem Küchengarten. Als sie die vielen Menschen erkannte, sah es im ersten Augenblick so aus, als würde sie auf der Stelle die Flucht ergreifen, doch Jake legte ihr sanft den Arm um die Taille, um sie daran zu hindern.

»Gabe und Pearl wollten Yosies Taufe erst feiern, wenn du zurück bist. Der Rev weiß, dass ich nicht viel von dem ganzen Hokuspokus halte, trotzdem werde ich nie vergessen, dass er meine Briefe an dich geschmuggelt hat.«

Die Begrüßungsumarmungen waren herzlich, doch als Keziah ein elegant gekleidetes Paar sah, fuhr sie Jake entsetzt an: »Wie konntest du mir das antun?«

Jake blieb nicht lange Zeit zum Überlegen. »Gabriel hat mich gebeten, ihn einzuladen, aber die Dame ist auch für mich eine Überraschung. Sie lebte früher in Bolthole Valley. Aber vergiss nicht, *ich habe sie noch nie zuvor gesehen!*«

Morgan drückte Jakes ausgestreckte Hand mit aufrichtiger Herzlichkeit. »Ich kann Ihnen nicht sagen, was mir Ihre freundliche Einladung bedeutet, Jake. Darf ich Ihnen Mademoiselle Liliana du Pont vorstellen?«

Jake verneigte sich vor dem rothaarigen Modepüppchen in dem aprikosenfarbenen Seidenkleid und erkannte an Keziahs starrem Ausdruck, dass sie sich denken konnte, wer sie war. Lily Pompadour, jene Prostituierte, die Jake Geld einmal für den Kauf eines Pferdes geschickt hatte.

»Es ist mir eine Ehre, Sie kennen zu lernen, Mademoiselle …«, sagte er mit tadelloser Höflichkeit.

»Liliana. Caleb hat mir so viel von Ihnen erzählt, dass ich das Gefühl habe, als wären wir bereits enge Freunde.«

In einem Geistesblitz sah Jake vor sich, wie Lily nur mit seinem Hut bekleidet nackt auf ihm saß. »Calebs Freunde sind auch meine Freunde«, antwortete er höflich und lächelte Lily zu, um ihr anzudeuten, dass ihr Geheimnis bei ihm in guten Händen war. Beide wussten, welches Risiko sie mit ihrem Kommen einging. Lily suchte in den Gesichtern der Gäste hastig nach früheren Kunden. Doch zum Glück war Jake der einzige.

»Liliana hat vor Kurzem die Klosterschule absolviert«, erklärte Caleb. »Daher sind ihr die Widrigkeiten des Lebens noch ganz neu.«

»Meine Tochter Pearl war auch im Kloster«, sagte Jake aufrichtig. »Und ich muss zugeben, dass die Schwestern dort den jungen Damen eine vortreffliche Erziehung mit auf den Weg gegeben haben.«

Schwestern. Four Sisters. Lily musste würgen, als sie versuchte, ein Lachen zu unterdrücken. Sie hakte sich bei Caleb ein, doch ihr Lächeln galt Jake.

Gerade als Jake sie in Sicherheit wähnte, tauchte ihr Gastgeber auf.

»Doc, das ist Mademoiselle Liliana du Pont. Eine Freundin von Caleb aus Melbourne Town.«

Leslie Ross zuckte nicht mit der Wimper. Er hieß Caleb wie einen alten Freund willkommen und ließ sich die Dame zum »ersten Mal« vorstellen, obwohl Jake wusste, dass der Doc sie im Four Sisters einmal wöchentlich auf Geschlechtskrankheiten untersucht hatte. Liliana lächelte dem Doc dankbar zu, als dieser Caleb und sie mitnahm, um ihnen das Haus zu zeigen.

Als Jake und Keziah allein waren, sagte er: »Es ist nicht so, wie du denkst.«

»Deine Vergangenheit geht mich nichts an«, erwiderte sie kühl.

Jake suchte nach der passenden Antwort, gab aber auf. Als er eine schwere Hand auf seiner Schulter spürte, zuckte er zusammen. *Jesses! Nicht schon wieder der Arm des Gesetzes!*

Er drehte sich um und sah Isaac und Molly Andersen vor sich, die die Phalanx seiner acht blonden Wikinger-Brüder im Alter von sieben bis fünfundzwanzig anführten. Neben den Eltern stand seine raubeinige Schwester Miriam, die sich in ihrem besten Sonntagsstaat, einem Kleid, sichtlich unwohl fühlte.

Stammelnd stellte Jake sie vor. Keziah sah aus, als wäre sie überwältigt. Und sogar Jake selbst fehlten die Worte.

Doch Molly Andersen rettete die Situation. Sie streckte die Arme weit aus und drückte Keziah fest an die Brust.

»Meine Tochter! Sei gesegnet, dass du mir drei Enkelkinder geschenkt hast. Wo sind die Kleinen denn?« Dann hakte sie sich bei Keziah ein und führte sie fort.

Jake traute seinen Ohren nicht, als er hörte, wie seine Mutter sagte: »Sei willkommen in unserer Familie, liebste Keziah. Ich kann mir denken, wie du dich fühlst. Auch ich war heilfroh, als ich aus der Frauenstrafkolonie entlassen wurde, diesem abscheulichen Ort! Du bist ein braves Mädchen, denn du hast dich meines Sohnes angenommen. Er ist zwar ein guter Junge, aber er flucht wie ein Trooper. Er brauchte unbedingt jemanden, der ihm Zügel anlegt.«

Isaac Andersen musterte den Himmel mit seinem fachmännischen Blick. »Tja, mein Sohn. Da hast du ja den richtigen Riecher gehabt. Der Tag verspricht wunderschön zu werden.«

»Sollten wir uns darauf nicht ein Albion genehmigen, Pa?«

»Keine schlechte Idee, deine Mutter scheint Gott sei Dank anderweitig beschäftigt zu sein.« Er zögerte einen Augenblick und setzte dann hinzu: »Schön, dich wiederzusehen, mein Sohn.«

Jake legte seinem Vater den Arm um die Schultern. »Ich glaube, dass hiermit das Seemannsgarn über verlorene Söhne widerlegt ist, was, Pa?«

Der Reverend stand unter der Krone eines dichten Eukalyptus vor einem Klapptisch, der mit einem schneeweißen Altartuch gedeckt und mit einem Messingkreuz und den orange- und karminroten Blüten des Zylinderputzers geschmückt war.

Jakes Schwester Miriam und Leslie Ross leisteten ihre Schwüre als Paten vom kleinen Yosie. Als der Reverend den Jungen mit Wasser bespritzte und das Zeichen des Kreuzes machte, hielt Yosie das für ein neues Spiel, tauchte seine Hand ebenfalls in das Taufbecken und bespritzte seinerseits den Priester.

Jake strahlte vor Genugtuung und murmelte: »Das ist mein Sohn!«

Als dann Pearl an der Reihe war, wurde die Zeremonie kurz unterbrochen, bis Father Dennis Declan mit der Bibel unter dem Arm den Pfad hinaufmarschiert war. Unterwegs schloss er hastig seine Robe. Als Erstem reichte er dem Gefängnisseelsorger die Hand.

»Wunderschönen guten Morgen, Fred. Verzeihung, ich habe mich etwas verspätet. Man hat mich unerwartet gerufen, um einer alten Dame die Letzte Ölung zu erteilen, die dann allerdings entschieden hat, dass sie doch noch keine Lust hatte, vor unseren Schöpfer zu treten.«

Auf die leise Antwort des Reverends hin warf Father Declan den Kopf zurück und lachte mit ihm über irgendeinen privaten Kirchenscherz.

Jake bot ihnen einen Whisky an, und Father Declan schlug ihm freundlich auf den Arm.

»Freut mich, dass du dich schließlich doch noch entschieden hast, sesshaft zu werden und eine Familie zu gründen, Jake. Und dass deine Tochter nun zu meinen Schäfchen gehören wird, statt Atheistin zu werden wie du, nicht wahr?«

»Nun, Father, ich mache mir nicht viel aus all den Bücklingen und Kratzfüßen, wie Ihnen der Reverend versichern kann, aber die Kleinen finden das Brimborium spannend, deshalb sollen sie frei entscheiden.«

Während Jake Father Declan zum Altar begleitete, raunte der Priester ihm zu: »Ich habe es schon immer gesagt, Junge: Es ist eine wahre Freude, dich kämpfen zu sehen. Wir wollen in Tagalong einen Gemeindesaal bauen. Könnte ich dich nicht irgendwie überreden, ein letztes Mal in den Ring zu steigen?«

»Ich wäre sofort wieder dabei, Father, aber ich habe meiner Frau versprochen, nie wieder einen Faustkampf zu bestreiten.«

Jake blieb die Sprache weg, als er sah, wie Pearl in dem neuen weißen Kleid, das er ihr eigens zu diesem Anlass gekauft hatte, und Keziahs Silberamulett um den Hals auf ihn zukam. Sie war ein echter Blickfang, wie eine kleine Blüte, die plötzlich aufgegangen war.

Polly und Mac traten vor, sie waren ihre Paten.

Father Declan ließ sich keine Gelegenheit entgehen. »Und du,

Mac Mackie, wann bringst du endlich den Mut auf, Polly Doyle zu einer ehrbaren Frau zu machen?«

Mac lief rot an, doch Polly sagte bissig: »Er müsste mich nur fragen!«

Schließlich fasste sich Mac ein Herz. »Ja, richtig. Also, Polly, wie wäre es mit uns beiden?«

Jetzt lief Pollys sommersprossiges Gesicht rot an. »Na gut. Nächsten Samstag habe ich noch nichts vor, wenn du eine Sondergenehmigung bekommst.«

Jake pfiff erleichtert durch die Finger, woraufhin alle in Beifall ausbrachen. Er warf einen Blick zu Keziah hinüber, um zu sehen, ob sie irgendeine Regung zeigte. Zumindest lächelte sie in Neridas Richtung.

Gabriel war der Letzte, der an diesem Tag getauft wurde. Jake war sehr stolz auf seinen kleinen Rom-Sohn, während der Junge seine zweite Mutter Nerida zum Altar begleitete. Sie hatte die Hände auf den geschwollenen Bauch gelegt, um allen zu zeigen, dass sie Sunny Ah Weis erstes Kind unter dem Herzen trug.

Der Priester kannte Neridas Geschichte und nahm ihr die Nervosität. »Keziah hat mir erzählt, dass Sie Gabriel auf die Welt geholt haben, Mrs. Ah Wei. Nun, der Junge hätte sich keine geeignetere Patin wünschen können.«

»Der kleine *gubba* ist wie mein eigener Sohn«, versicherte Nerida.

Jake betrachtete besorgt Keziahs Reaktion, als Caleb Morgan durch die Menge zum Altar schritt, und beeilte sich, ihrem Einwand zuvorzukommen.

»Das ist meine Schuld. Ich habe ihn gebeten, Gabriels Pate zu sein. Wir mussten ihn irgendwie *einbinden*, schließlich ist Gabriel sein Sohn.«

Ärgerlich fuhr ihn Keziah an: »Ich bin nicht Jenny. Ich werde Gabriel nicht vorschreiben, wen er zu lieben hat.«

Jake verspürte einen Anflug von Hoffnung. »Das spricht für dich, Mädchen!«

Von der anderen Seite des Gartens warf Daniel Keziah ein aufmunterndes Lächeln zu, erleichtert, dass sie nach ihrer Entlassung aus dem Gefängnis die erste Feuerprobe in der Öffentlichkeit gut überstanden zu haben schien. Er ging durch die Menge mit dem unbehaglichen, ambivalenten Gefühl als Keziahs Ehemann, das ihm so vertraut war. Er hatte den Plan für ihr Leben entworfen und ihre Dreierbeziehung niemals bereut. Sie hatte ihm zum ersten Mal im Leben das Gefühl gegeben, eine Familie zu haben. Zärtliche Bande mit einer Frau und Kindern, die er sonst niemals erlebt hätte. Und sie hatte ihm erlaubt, auf einer komfortablen Grundlage seine Freundschaft mit Jake aufrechtzuerhalten. Er sah sich ihre Gäste an. *Ah, da ist der Haken. Wie viele von ihnen ahnen, dass ich eine Lüge lebe? Dass eines Tages mein geheimes Leben am Galgen enden könnte? Nur Keziah und Jake akzeptieren mich so, wie ich bin. Und selbst Jake geht dem Thema aus dem Weg.*

Er kippte einen weiteren Whisky, bevor er sich einen Weg durch die Menschenmenge zu Jake bahnte. »Heute willst du wohl nicht, dass dir einer in die Karten guckt, was, Jake?«

»Nur noch fünf Minuten, Kumpel, dann lasse ich die Katze aus dem Sack.«

Doch damit wollte sich Daniel nicht zufriedengeben. »Ich lege meine Karten lieber gleich auf den Tisch. Ich werde nach Sydney Town reisen. Dank Jonstone warten dort mehrere Aufträge auf mich.«

»Freut mich, aber du verlässt doch die Sarishan-Farm nicht ganz, oder?«

»Nein. Ich werde mich nicht noch einmal aus dem Staub machen. Nicht, solange ich hier noch gebraucht werde.«

Jake sah ihm in die Augen. »Tja, wir jedenfalls werden dich immer brauchen, Kumpel.«

»Ich euch auch«, antwortete Daniel. Dann versuchte er, lässig zu wirken, um seine tieferen Gefühle zu verbergen. »Du kennst mich ja. Die Kunst ist meine Gebieterin. Sobald sie ruft, muss ich ihr folgen.«

Jake nickte. Und Daniel erkannte, dass er froh war, dass sie sich wieder in seichteren Gewässern befanden.

Jake hatte noch etwas auf dem Herzen. »Wie wäre es mit einem Whisky, Dan? Bevor ich meinen großen Plan verkünde. Du weißt ja, lieber würde ich mich dreizehn Runden mit einem Krokodil balgen, als solche Dinge in Worte fassen zu müssen.«

Solche Dinge? Daniel fragte sich, was er meinte, sagte aber nur: »Bring mir einen doppelten mit, Kumpel.«

Und als Jake auf die Bar zuschlenderte, musste Daniel lächeln. Er erinnerte sich an Keziah, die einmal gesagt hatte: »Wir können nichts dafür, wen wir lieben.«

Sie hatten ihre Drinks gekippt, und jetzt war der Zeitpunkt gekommen. Jake musste sich seiner Aufgabe stellen. Er schnappte sich einen weiteren Whisky und sprang auf eine Bank.

»Ein Dankeschön an den Doc für seine legendäre schottische Gastfreundschaft. Sogar ein Agnostiker wie ich sieht, dass unsere Freunde, der Reverend und Father Declan, dieser begeisterte Faustkampfanhänger, vortreffliche Arbeit geleistet haben. Jeder, der eine Meute so großartiger Freunde hat, kann sich glücklich schätzen. Ihr haltet zu Dan, Kez und mir, komme, was wolle, sogar, wenn wir auf die falsche Seite des Gesetzes geraten.«

Mac pfiff durch die Zähne, bis Polly Doyle ihm sanft den Ellbogen in die Rippen stieß.

»Und da wir gerade beim Gesetz sind«, fuhr Jake fort, »ich habe den Buschtrommeln entnommen, dass Will Martens es wieder einmal geschafft hat. Er ist aus dem Gefängnis in Van Diemen getürmt und wurde zuletzt auf dem Weg zu einem Schiff gesehen, das nach Amerika auslaufen sollte. Auf deine Freiheit, Will!«

Alle applaudierten, doch tief im Innern wusste Jake, dass am Ende des Weges nur wieder Norfolk Island auf Will wartete.

Als er das Glas in Pearls Richtung hob, wurde Jake ernst. »Meine kleine Prinzessin ist wieder da, wo sie hingehört, dank meines Freundes, dem Yankee Benjamin Rogers, der heute leider nicht bei uns sein kann. Wie soll man sich bei einem Mann bedanken, der einem die verlorene Tochter wiederbringt?« Jake berührte die silberne Schnalle seines Gürtels. »Und obendrein seinen Glücksbringer schenkt?«

Er holte tief Luft. »Ich habe euch heute hierhergebeten, um euch eine frohe Botschaft zu verkünden.« Er wandte sich den beiden Gottesmännern zu. »Bloß keine Aufregung. Mit eurer Bibel hat es nichts zu tun!«

Die Priester grinsten sich an.

Jake warf seiner Mutter Molly einen bedeutungsvollen Blick zu. »Mein letztes Besäufnis ist lange her. Ich habe beschlossen, meinen Plan endlich umzusetzen und Rassepferde zu züchten.«

Trotz der freudigen Zustimmung verzog Jake keine Miene.

»Für 1845 habe ich mir einiges vorgenommen. Nachdem wir mit dem Doc das berühmte Hogmanay gefeiert haben, werde ich das neue Jahr damit beginnen, zwölf Monate in Ogden Park zu arbeiten. Jupiter's Darling zeigt offensichtlich wenig Neigung, die Stuten dort zu beglücken. Terence Ogden meint, ich sei der Einzige, der das Problem lösen und ihm helfen könnte, eine neue Generation von siegreichen Rennpferden zu züchten.«

Er sah, wie Daniel angesichts dieser überraschenden Neuigkeit die Stirn runzelte. Ogden Park war so weit entfernt, dass Jake gezwungen wäre, die Sarishan-Farm aufzugeben. Jake warf Keziah einen Blick zu, doch ihr Gesicht war wie eine Maske.

»Das Geld, das ich in Ogden Park verdiene, will ich in die Sarishan-Farm investieren. Ich habe ein Riesenglück, dass sich der junge Dick Gideon mit Brans Hilfe um die Farm kümmern wird. Und die Bücher wird mein Partner Dan führen.«

Er nickte George Hobson zu. »Dank George hat der Riese aus Glasgow, Sholto, seine Entlassungspapiere bekommen, daher kann er auf meiner Farm und in Ironbark zugleich arbeiten. Und ich? Nun ja, ich werde eben eine Weile weg sein.«

Aus dem Augenwinkel sah Jake, dass Keziah kreidebleich wurde. War das ein gutes oder ein schlechtes Zeichen?

»Ich danke Dan Browne und Bran Penrose dafür, dass sie während all der Probleme meine rechte und linke Hand waren. Unser Anwalt, Joseph Bloom, konnte heute leider nicht kommen.« Er nickte Keziah zu. »Er lässt dich herzlich grüßen. Er muss in Sydney Town darum kämpfen, einen weiteren armen Teufel vor dem Galgen zu retten. Wenn ich euch sage, dass Joe die Urkunde aufsetzte, die ich in der Hand halte, dann könnt ihr euch darauf verlassen, dass sie wasserdicht ist. Darin überschreibe ich Bran Penrose und seinen Erben das Land, auf dem die Schmiede steht. Hier, Kumpel, du hast es verdient!«

Brans Augen waren verdächtig feucht, daher fuhr Jake schnell fort: »Für Dan kann ich nichts tun. Er ist vollauf damit beschäftigt, die Adligen zu porträtieren, und ihr wisst ja, dass es an ihnen keinen Mangel gibt!«

Nachdem das Gelächter verebbt war, fuhr Jake fort: »Was Yosef Jakob Andersen Browne angeht, hier habe ich eine wichtige Botschaft für seine Mama.«

Die Stille knisterte vor Spannung, als er auf Daniel zuging, der Mühe hatte, Yosie zurückzuhalten. Jake sah ihm in die Augen, seine Worte waren nur scheinbar beiläufig.

»Ich sehe, dass du eine Menge zu tun hast, Dan. Wie wäre es, wenn ich dir das hier abnehme?«

Dann band Jake dem Kleinen eine rote Schleife um den Hals. »Da, mein kleiner Rom. Hiermit erkennt *dein* Vater *seinen* Sohn an.«

Daniel lächelte, er war dankbar, dass die Wahrheit über ihre Dreierbeziehung nicht offen ausgesprochen worden war, obwohl keiner von ihnen daran zweifelte, dass ihre engsten Freunde sie akzeptierten.

Jake beobachtete, wie Keziah sich auf die Lippen biss. *Verbirgt sie ihre Freude oder ihren Zorn? Mir wäre jede Reaktion recht.*

Er hörte, wie sein Pa flüsterte: »Molly, was ist los? Jake ist doch der Vater des Jungen, oder?«

Woraufhin Molly ihn anzischte: »Was geht uns das an? Wir

sind doch selbst nicht kirchlich getraut und haben zehn Kinder aufgezogen.«

Jake war durchaus bewusst, dass sich seine Rede am Ende unterschiedlich interpretieren ließ.

»Was meine Freundin Keziah Browne angeht, so glaube ich, dass Daniel ein Glückspilz ist. Ich will jetzt mit euch auf Keziahs Entlassung anstoßen. Auch sie hat große Pläne, die sie euch beizeiten verraten wird. So, das war's! Und jetzt trinken wir Leslies Keller leer.« Jake hob das Glas. »Auf das Land, in dem wir leben! Auf Australien!«

Keziah fuhr erschrocken und verwirrt zusammen, als alle sie erwartungsvoll ansahen, nachdem Jake seine Rede beendet hatte. Sie krallte sich an Daniels Arm fest.

»Was, zum Teufel, hat Jake gemeint? Was sind das für große Pläne?«

»Was fragst du mich?«, erwiderte er und trat zurück. »Du bist doch die Hellseherin.«

Morgan kam mit ernster Miene auf sie zu. »Es ist mir eine Ehre, Gabriels Pate sein zu dürfen. Dank dieser Beziehung werden wir jetzt in Verbindung bleiben, Keziah.«

»Es war Jakes Idee, nicht meine«, entgegnete sie hastig. Und als sie sah, wie Liliana du Pont allein über den Rasen auf das Haus zuging, war sie auf seltsame Weise beunruhigt. Sie fragte sich, ob Caleb wusste, dass seine »französische« Begleiterin früher in einem Bordell gearbeitet hatte. Hatte Lily ihn täuschen können? Oder spielte er das Spiel mit, in dem er nur so tat, als glaubte er an die Geschichte mit der Nonnenschule?

Es entging ihr nicht, dass Caleb sie eindringlich musterte. »Liliana tut mir wirklich gut. Niemand kann sie aufhalten, wenn sie sich erst einmal etwas in den Kopf gesetzt hat. Stell dir vor, sie will unbedingt, dass ich in die Politik gehe.« Er hielt inne. »Ich habe in dieser Kolonie das Abenteuer gefunden, hier, wo ich es am wenigsten erwartete. Warum also geht mir immer noch nicht dieses

Sonett von John Donne aus dem Kopf, das ich einmal vor einem Roma-Mädchen zitierte?«

»Bitte, hör auf, Caleb. Ich habe zu viele Menschen verletzt, die es nicht verdienten.«

»Erlaube mir, es noch einmal zu sagen. ›*I must love her, that loves not me.*‹«

Caleb küsste ihr zärtlich die Hand und verließ sie mit einem schiefen Lächeln.

Verwirrt über die unerwarteten Ereignisse des Tages und voller Angst vor dem, was ihr in der Nacht noch bevorstand, lief Keziah über den Rasen in einen verlassenen Teil des Rosengartens, wo die Stimmen der Gäste nur ein leises Murmeln waren. Auf einer Gartenbank hatte eine junge Frau mit einem altmodischen Umhang Trost gesucht. In ihren Augen lag unbeschreibliche Traurigkeit.

Keziah erstarrte. »Wartest du auf jemanden?«

Das Mädchen antwortete nicht, doch Keziah hörte sie im Geiste antworten: »Auf meinen Geliebten. Padraic.«

Keziah erschrak zu Tode. Ein *mulo*! Es war Maggie Barnes, die so sehr unter der Knute ihres Mannes gelitten hatte, bis der junge Strafgefangene Padraic ihn getötet hatte. Keziah wusste, dass ihre *Puri Dai* ihr diesen Geist geschickt hatte.

Wer bin ich, um über einen Mörder zu richten? Sie führte Maggie zum Brunnen. Dort wartete Padraic auf sie. Als seine Geliebte sich an ihn schmiegte, erhellte die Freude sein verhärmtes Gesicht.

Keziah kämpfte gegen ihre Angst, schloss die Augen und rief verzweifelt *Del*, *Shon*, den Gott der *gaujo*, Jesus, ihre Großmutter und alle an, die vielleicht zuhörten.

Bitte, bestraft Padraic und Maggie nicht länger. Gebt sie frei, auf dass sie zueinander finden.

Als sie die Augen wieder aufschlug, sah sie, wie die Liebenden im Busch verschwanden, Maggies Kopf ruhte an Padraics Schulter. Sie sahen sich um und lächelten ihr zu, dann lösten sie sich im Sonnenlicht auf.

Heftig zitternd lief Keziah ins Haus zurück. Wo war Jake?

Jake wartete im Wohnzimmer des Arztes. Alle Gäste waren im Garten, nur Lily stand aufreizend im Türrahmen. Selbstsicher rauschte sie in ihrem aprikosenfarbenen Kleid auf ihn zu.

»Und? Behandelt dich Caleb gut, Lil? Wenn nicht, schicke ich ihn für dich zum Teufel.«

»Du hast dich kein bisschen verändert, Jake. Läufst du immer noch vor deinen Problemen weg?«

»Nein. Ich bin wieder einmal verlassen worden. Aber so ist das Leben.« Er wusste, dass sie noch eine offene Rechnung zu begleichen hatten. »Ich freue mich, dass es dir gut geht, Lil. Caleb ist ein Glückspilz.«

»Wir waren auch kein schlechtes Paar, Jake, aber wir hatten keine Chance. Du hast im Schlaf von Keziah gesprochen.«

»Ich hätte dir nie das Leben bieten können, das du verdienst. Das beste.«

»Ich hatte den Besten, den es gab, Jake. Dann ging er«, sagte sie leise. »Trotzdem machte er mir ein unbezahlbares Geschenk. Er brachte mir bei, an mich zu glauben und Bolthole Valley zu verlassen, um ein neues Leben zu beginnen. Und das werde ich tun, Jake, warte nur ab!«

Sie zog seinen Kopf hinunter und küsste ihn dankbar auf den Mund. »Viel Glück, Jake.«

Ihr Kleid rauschte leise, als sie in den Garten hinaustrat und auf Morgan zuging.

Als Jake sich umdrehte, stand Keziah an der gegenüberliegenden Tür. Er war fest entschlossen, den Blick nicht abzuwenden. Schließlich brach sie das Schweigen.

»Leslie sagt, die Kinder würden heute Nacht hier schlafen.«

»Stimmt«, antwortete er. »Du kommst mit mir.«

Er sah die Angst in Keziahs Augen. Jetzt wusste sie die Wahrheit. Heute war nur ein Teil seines Plans gewesen. Und vor ihr lag die Nacht der Abrechnung, vor der Keziah nicht länger weglaufen konnte.

EINUNDSECHZIG

Die sterbende Sonne färbte den Himmel mit ihrem Blut.

Unaufhaltsam zog Horatio den *vardo* auf den Abgrund zu, der bei den weißen Siedlern Blind Man's Bluff hieß. Jake wusste, dass nur die Wiradjuri den ursprünglichen Namen dieses magischen Ortes kannten. Seit der Traumzeit hatten die Stammesältesten ihre Weisheit an die jungen Männer weitergegeben, die bereits in die geheimen Angelegenheiten der Männer eingeweiht waren. Jake hoffte, dass sie den *gubba* zum Trotz daran festgehalten hatten.

Während er darauf zusteuerte, kam ihm die Idee, dass er vielleicht einen Hauch dieser uralten Weisheit aufsaugen könnte. Jede Hilfe war willkommen. Heute Nacht war jener Punkt erreicht, an dem es kein Zurück mehr gab. Er warf Keziah einen Blick von der Seite zu. Sie wirkte immer noch ohne jedes Interesse, wie ein gleichgültiges Blatt, das vom Wind verweht wurde.

Sie fuhren durch ein Labyrinth aus einheimischen Pinien, die sich inmitten der Eukalyptusbäume ihren Platz erkämpfen mussten. Jake bog vom Hauptweg ab und lenkte sie ins dichte Buschland. Die merkwürdige Ironie der Situation war ihm wohl bewusst. Auf ihrer langen Odyssee durch den Busch hatte sich Keziah mit Händen und Füßen dagegen gewehrt, dass ihr geliebter *vardo* auch nur eine Schramme abbekam. Inzwischen schien sie nicht einmal mitzubekommen, dass ihre ganze Familie auseinandergerissen wurde.

In einer Lichtung hielt Jake den Pferdewagen an. Horatio stand still wie ein Wachtposten, der ganz auf seinen Herrn eingestellt war.

Jake sah, wie Keziah auf die kleine belgische Pistole in seinem Gürtel schielte. Daniels kostbares Geschenk war eine Vorsichtsmaßnahme, denn Buschräuber konnten überall lauern. Er ging zu einem breiten Felsvorsprung und stellte es Keziah frei, ihm zu folgen.

Die transzendente Schönheit des Panoramas schnürte ihm wie immer den Hals zu. Weit unter ihnen lag ein versunkenes, steiniges, mit riesigen tropischen Farnbäumen und Palmen übersätes Tal, so alt wie die Zeit selbst. Von dieser Höhe aus erweckte es den Eindruck eines vom Wind aufgepeitschten, wogenden Ozeans, der sich erstreckte, so weit das Auge reichte. Spektakuläre Bögen aus orangefarbenen Sandsteinklippen erhoben sich aus der Talebene und rahmten die Szene ein wie die Schultern eines Riesen. Am fernen Horizont fingen die schieferroten Berge die letzten Sonnenstrahlen ein.

»Wenn es einen Gott *gäbe* und er einen Ort suchte, um die Welt zu erschaffen, so wäre er hier genau richtig«, sagte Jake so stolz, als hätte er dieses Tal eigenhändig aus dem Felsen gemeißelt. »Ich wette, dass es auf den Britischen Inseln keinen vergleichbaren Ort gibt.«

»Das stimmt«, nickte Keziah.

»Nachdem Gott hiermit fertig war, muss er wohl eingesehen haben, dass er sich nicht mehr übertreffen könnte. Also legte er sein Werkzeug – oder den Zauberstab – beiseite und erklärte den siebten Tag zum Ruhetag. Wahrscheinlich hat er sich ein Glas Ale gegönnt, die Beine hochgelegt und sich selbst auf die Schulter geklopft.«

Keziah sah ihn verstohlen an. »Klingt fast so, als hätte die Sonntagsschule der Kinder auf dich abgefärbt.«

»Für gute Geschichten bin ich stets zu haben. Ich muss ja nicht daran glauben, oder?«

Jake versuchte, sich eine Zigarette zu drehen, doch der Wind blies ihm den Tabak immer wieder von dem Blättchen. Schließlich gab er brummend auf.

»Warum hast du mich hierhergebracht, Jake?«

Er wandte sich ab, um seine Freude zu verbergen. Sie hatte ihn beim Namen genannt und ihn sogar etwas gefragt. Das war doch wenigstens ein guter Anfang.

»Wir werden die Nacht hier verbringen. Ich glaube, dass wir miteinander reden müssen. Nur du und ich. Vielleicht zum letzten Mal.« Er versuchte, sie sanft zu berühren. »Du kannst ruhig zetern, wenn es dir danach ist. Ich habe eine Frau vermisst, die mich hin und wieder zurechtstutzt.«

»Mir fehlt die Wut dazu. Tut mir leid. Ich kann gar nichts mehr fühlen.«

»Außer für die Kinder. Bei ihnen bleibt alles beim Alten, nicht wahr?«

»Ja. Ich sehe ja, wie sehr sie mich brauchen.«

Das war sein Stichwort. »Und ich etwa nicht? Kannst du mir in die Augen sehen und mir sagen, *ich brauche dich nicht*? Was ist mit dir los? Hast du deinen Verstand in der Strafkolonie gelassen?«

Jake war außer sich, trotzdem kam von Keziah keine Regung. Es war, als wäre sie zu einem Stein erstarrt.

Der Schmerz über ihre Zurückweisung war unerträglich, und jetzt sprudelte er nur so aus Jake heraus.

»Glaubst du, dass du die Einzige bist, die im Gefängnis war? Ich hatte meine eigene private Zelle auf der Farm. Nicht einmal zwei Stunden am Tag blieben für mich, als du im Gefängnis warst. Ich habe mich zu Tode gesorgt, weil ich wusste, was es dir antun konnte. Ich habe gesehen, wie es Männer zerstört, sie von innen her auffrisst.«

»Dir stand es frei zu lieben«, sagte sie leise.

»Was meinst du, was habe ich getan? Mich in Bordellen herumgetrieben? Jedes Mal, wenn ich an dich dachte, habe ich Holz gehackt. Am Ende hatten wir so viel davon, dass wir Angst hatten, es könnte in Brand geraten.«

Keziah öffnete den Mund, um etwas zu sagen.

»Jetzt halt den Mund, Kez, oder ich komme nie dazu, es zu sagen. Wenn ich fertig bin, kannst du von mir aus eine Woche ununterbrochen reden. Hör mir zu. Es hat keinen einzigen Tag gegeben, an dem du nicht in mir warst.«

Er unterstrich seine Worte mit der geballten Faust. »In meinem Kopf, in meinem Herzen, in meinem Bauch und auch hier.« Er zeigte zwischen seine Beine. »Ich hätte meine Seele verkauft, nur um zu sehen, wie du dir das Haar wäschst, oder diesen Duft nach Rosmarinöl auf deinem Körper zu riechen. Sogar nach einer deiner Standpauken habe ich mich gesehnt, so einsam fühlte ich mich!«

Jake lachte. Wie dumm Männer waren! Doch jetzt konnte ihn nichts mehr aufhalten.

»Glaubst du, ich hätte nicht gewusst, dass du die Hölle durchmachst? Wie du darum kämpfen musstest, deine Würde zu behalten und die Hoffnung nicht zu verlieren? Deshalb habe ich dir jede Woche geschrieben, was die Kinder machen, welcher Hengst welche Stute gedeckt hat, wie viel dies und das kostet und was man so tratscht. Alles, was mir in den Kopf kam, habe ich dir erzählt, um dich daran zu erinnern, dass ich um dein Leben kämpfte.«

»Ich weiß, du hast an alles gedacht«, sagte sie gleichgültig.

»Und wie kommt es dann, dass du mir keinen einzigen verdammten Brief zurückgeschrieben hast? Schließlich bist du die Gebildete von uns.«

Beschämt ließ sie den Kopf hängen, als gäbe es keine angemessene Entschuldigung dafür.

Jake war nicht zu besänftigen. »Hast du eine Vorstellung, wie ich mich gefühlt habe, wenn ich deinen Ehemann beknien musste, damit er mir von dir erzählt? Glaubst du, ich hätte nicht gewusst, dass Daniel nur versucht hat, nett zu sein, und dir Worte in den Mund legte, die du niemals gesagt hattest?«

»Vergib mir, Jake. Nachdem ich Yosie gehen ließ, habe ich mich selbst verloren. Ich habe nicht mehr daran geglaubt, dass ich eines Tages freikäme. Ich konnte weder die Erde noch den

Wind fühlen. Ich lag lebendig in einem Grab aus Ziegelsteinen. Und Frieden fand ich nur des Nachts, wenn ich für ein paar Stunden einschlief.«

Er nahm sich zusammen. *Sei jetzt still. Hör ihr zu.*

»Es tut mir leid, wenn ich dir kalt erscheine, Jake. Aber ich *bin* kalt. Ich kann dir die Liebe, die du verdienst, nicht zurückgeben, weil ich nichts mehr fühle. *Nichts fühlt sich echt an.*«

Er nickte. »Sprich weiter.«

»Die ganze Welt ist mir fremd geworden. Als hätte sie jegliche Farbe verloren. Alles ist grau. Ich kann es dir nicht erklären.«

Grau. Jake erinnerte sich an den Morgen, als er aus seinem Haus am Nepean in eine graue Welt getreten war, nachdem Jenny ihn verlassen und seine Prinzessin mitgenommen hatte. Als sie seine Familie und damit sein ganzes Leben zerstört hatte.

»Ich bin innerlich tot«, erklärte Keziah, »aber in meinem Kopf bist du noch lebendig. Du bist ein leidenschaftlicher Mann. Du brauchst eine Frau. Daher will ich mich an mein Versprechen halten. Wann immer du mich willst, kannst du mich haben. Ich werde dir mehr Kinder gebären, wenn es das ist, was du willst, aber die Frau, die ich einmal war, oder den Körper, der dir früher Lust verschaffte, kann ich dir nicht zurückgeben.«

Jake hörte den Schmerz in ihren Worten. War es weiblicher Stolz? Er spürte einen Hauch von Hoffnung, der jedoch von ihren nächsten Worten gleich wieder zerstört wurde.

»Ich schäme mich meines Körpers. Sieh ihn nicht an, Jake. Nimm mich nur *im Dunkeln.*«

Die zunehmende Dämmerung hüllte sie ein, getragen vom Wind. Keziah zog Kleid und Mieder aus. Es waren mechanische Bewegungen, als würde sie am Ende eines harten Arbeitstages ihre Kleidung waschen. Ihr hagerer Körper war von den Hüften bis zu den Knöcheln unter einem Unterrock verborgen. Die Farbe des Kopftuchs verstärkte das Einzige, was sich nicht verändert hatte: die wundervollen violettblauen Augen.

Jakes Stimme war nicht länger wütend. »Dich nicht ansehen?

Dich nur im Dunkeln lieben? Für wen hältst du mich? Bin ich kein bisschen besser als die Kerle, die im Bordell Schlange stehen, um ihren Spaß zu haben und anschließend zu verschwinden?«

»Wie kannst du mich noch begehren? Ich bin nicht mehr dieselbe Frau.«

Er war unerbittlich in seiner Aufrichtigkeit. »Nein, das bist du nicht. Du hast schon mal besser ausgesehen.«

Sie zuckte zusammen, doch jetzt war es ausgesprochen.

»Natürlich haben mich dein wildes Haar und deine schönen Brüste verrückt gemacht. Schließlich bin ich ein Mann. Aber wenn du glaubst, dass das alles war, was ich wollte, dann kennst du mich nicht. Zum ersten Mal im Leben hatte ich eine Frau, die mir gehörte. Eine echte Frau, die sich wie ich danach sehnte, alles miteinander zu teilen.«

Er ließ sich nicht unterbrechen. »Du hältst dich für besser als die *gaujo*, aber du bist keine Heilige. Wenn du Fehler machst, dann sind sie gewaltig, trotzdem gibt es keine Frau wie dich. Du gehst durch die Hölle für den Mann, den du liebst. Du kümmerst dich um gebrochene Existenzen – mich, Nerida, Daniel, Bran –, und du kittest uns wieder zusammen. Sogar Pearl hast du dazu gebracht, wieder an sich zu glauben. Ich will, dass sie so wird wie du. Eine Überlebende – ganz gleich, was sich dein verdammtes *baxt* für sie ausdenkt!«

Bei dem Ausdruck in ihren Augen erstarrte er innerlich. Er hatte das Gefühl, im Brunnen ihrer Verzweiflung zu ertrinken. Und er hatte keine Worte mehr, keine Hoffnung. Nur noch eine Wahrheit musste ausgesprochen werden.

»Ich will meine stolze Roma-Frau zurück, mit weniger gebe ich mich nicht zufrieden. Aber wenn du mich für immer loswerden willst, brauchst du es nur zu sagen. Ich gebe dich frei, Kez.«

Er wappnete sich gegen eine heftige Windböe, die sie beinahe umwarf. Jake glaubte, sie hätte einen Schritt auf ihn zugemacht. Und ehe sie zurückweichen konnte, nahm er ihr Gesicht in die

Hände und küsste sie so leidenschaftlich, dass ihr Kopftuch sich löste und vom Wind verweht wurde.

»Lass es. Du musst deinen Kopf nicht mehr bedecken, Liebling, du bist jetzt sicher. Diese Hundesöhne können dich nicht länger verletzen. Und dein Haar wird wieder wachsen. Es ist sowieso nur ein Teil von dir. Für mich bist du immer noch wunderschön – so wie du bist.«

Sie schob ihn weg. Die Bitterkeit in ihrem Lächeln war schockierend.

»Warum lügst du? Warum sagst du, es wäre dir egal?« Sie riss sich die Unterwäsche vom Leib und sah ihn mit gespreizten Beinen herausfordernd an.

Erst da verstand Jake.

Auf einem Schenkel prangte die halb verheilte Narbe einer Tätowierung. Ein raues Herz, das von einem Pfeil durchstoßen war, und darin: »AS liebt KB.«

Jakes Aufschrei hallte wie der eines gefangenen Tiers durch das Tal.

Er wandte sich von ihr ab und trat gegen einen Felsen, um wieder zu sich zu kommen. Er hatte versucht, das, was alle wussten, aus seinen Gedanken zu vertreiben, die Tatsache, dass Militäroffiziere die Frauenstrafkolonie als Bordell missbrauchten. Doch kein Mensch hatte jemals behauptet, dass sie die Gefangenen vergewaltigten. Es gab stets Sträflinge, die sich den Soldaten für Geld hingaben, Essen, Alkohol oder auch nur, um einen männlichen Beschützer zu haben. Hatte Keziah ihren Körper an einen dieser Soldaten verkauft? Er empfand nichts als wilde Eifersucht beim Anblick der Initialen.

Als er sich wieder umdrehte, um sie anzusehen, stand Keziah einige Schritte von ihm entfernt und hielt ihre Unterwäsche als Schild vor ihren Körper. Wie eine verlorene, vom Wind zerzauste Vogelscheuche.

»Du hast es für Essen gemacht, um Yosie ernähren zu können. Sag mir, dass das der Grund ist«, rief Jake verzweifelt.

»Nein. Es war eine Gefangene, so stark wie ein Mann. Oola nahm sich die Frauen, die ihr gefielen. Und wehe, sie wiesen sie ab. *Mein Haar* hatte es ihr angetan.« In ihrem Lachen schwang ein schmerzhaft sarkastischer Unterton.

»Als sie etwas von mir wollte, schlug ich ihr in den Magen und trat auf sie ein, als sie am Boden lag. Gewalt war an der Tagesordnung. Aber Oola drohte, sie würde Yosie die Arme brechen, wenn ich ihr nicht das Bett wärmte.«

Jake ballte die Fäuste. »Es war richtig, ihr nachzugeben, um unser Kind zu beschützen. Wie könnte ich dir das vorhalten?«

»Ich habe ihr nicht nachgegeben. Ich flehte die Gefängnisleiterin um Hilfe an. Sie verlegte mich mit Yosie in eine andere Zelle, wo Oola uns nicht gefährlich werden konnte. Sie gab mir genug zu essen, um ihn stillen zu können. Eine Zeit lang war ich sicher. Bis Oola damit drohte, ich würde eines Morgens aufwachen und feststellen, dass Yosie mit einem Kopfkissen erstickt worden war.«

»Ich bringe diese Schlampe um!«

»Ich konnte ihn nicht Tag und Nacht beschützen. Ich konnte nicht mehr schlafen. Meine Milch vertrocknete. Deshalb habe ich ihn Daniel mitgegeben, damit er ihn zu dir bringt. In Sicherheit.«

Jake schoss ein Gedanke durch den Kopf. Keziah nickte und berührte ihren Schenkel.

»Ja, Jake. Nicht Oola. Es sind die Initialen der Leiterin.«

»Du hast dich von ihr verführen lassen, für ein bisschen zu essen?«

»Nein, Jake. Nachdem ich Yosie weggeschickt hatte, wollte ich nicht mehr leben. Niemand brauchte mich mehr. Ich bedankte mich für ihre Freundlichkeit und gab ihr, was sie glücklich machte. Es bedeutete mir nichts.«

»Wenn sie so nett war, warum hat sie dir dann diese Tätowierung verpasst?«

Keziah schüttelte den Kopf. »Das war Oolas Rache, weil ich

die Gefängnisleiterin während des Aufstands beschützt hatte. Sie ließ mich von ihren Vasallen festhalten und tätowieren. Sie lachte. ›Mal sehen, wie dein verdammter Kerl das findet!‹«

»Jesses«, sagte Jake leise.

»Die Gefängnisleiterin konnte Oola im letzten Augenblick daran hindern, mich mit einem Messer zu vergewaltigen.«

Jake stieß den schlimmsten Fluch aus, den er kannte.

»Ich kenne dich, Jake. Du hast gelernt, mit Gems Schatten zu leben, aber diesen Makel würdest du niemals vergessen können!«

Jakes Mund schmeckte bitter. Wo waren die richtigen Worte, wenn er sie brauchte?

»Siehst du, Jake? Ich bin es nicht wert, geliebt zu werden. Gem hatte Recht. Ich bin die Tochter einer Hure und selbst eine Hure. Ich habe dich genauso betrogen wie ihn.«

Plötzlich erschraken sie, als Horatio mit weit aufgerissenen Augen laut schnaubte und begann rückwärtszustampfen und dabei den Pferdewagen auf den Abhang zuschob.

Keziah war wie gelähmt. Eine tödliche braune Schlange richtete sich vor ihr auf, bereit, sie anzuspringen.

Jake zog die kleine Pistole und schoss der Schlange den Kopf ab. Horatio bäumte sich auf, der *vardo* rutschte weiter auf den Abgrund zu. Jake lief zu ihm und versuchte, das Geschirr loszumachen.

»Geh zurück. Ich versuche, den *vardo* zu retten.«

»Rette lieber Horatio!« Keziah hängte sich mit voller Kraft an das Pferd, damit der *vardo* es nicht mit sich in die Tiefe riss.

»Lass los, sonst zieht er dich mit!«, schrie Jake, ließ aber Horatio ebenfalls nicht los.

»Niemals!« Keziah zog mit aller Kraft an den Zügeln. In Horatios Augen erkannte sie, dass er um die Gefahr wusste, die sie einging, als er plötzlich vor der Klippe zum Stehen kam. Endlich gelang es Jake, ihn auszuschirren. Dann klopfte er ihm auf den Hintern, und Horatio galoppierte in die Sicherheit.

Einen Augenblick lang hing der *vardo* halb über dem Rand des

Abgrunds. Bis das *baxt* einen heftigen Windstoß schickte und der Pferdewagen von der Bildfläche verschwand.

Jake schirmte Keziah mit seinem Körper ab, während beide über die Klippen in die Tiefe blickten. Ihr wunderschönes kleines Haus auf Rädern prallte wie ein Kinderspielzeug von einem Felsen zum anderen. Dann tauchte es mit einem schrecklichen Krachen aus zerberstendem Holz und Metall im Farnwald unter.

»Es ist alles meine Schuld!«, sagte Jake mit heiserer Stimme. »Ich hätte die Bremse richtig anziehen sollen. Ich weiß doch, dass du diesen *vardo* wie dein eigenes Leben geliebt hast!« Er war den Tränen nah. »Ich verspreche dir, dass ich dir einen neuen baue. Und wenn ich dafür eine Bank ausrauben muss!«

»Aber wir haben Horatio gerettet. Der Pferdewagen ist nicht wichtig.«

»Doch ist er wichtig, verdammt noch mal! Ich habe mein ganzes Herzblut hineingesteckt. Ich wollte dir das, was du verloren hattest, zurückgeben. Dein Roma-Leben oder was auch immer. Ich habe keine Ahnung!«

»Aber ich!« Zaghaft streckte sie die Hand nach ihm aus. »Deshalb habe ich dich geliebt. Deshalb werde ich dich immer lieben. Du hast mich so akzeptiert, wie ich bin.«

Sie blickten sich an wie zwei Fremde, die sich gerade erst entdecken.

Keziah sah einen gut aussehenden jungen Mann, nackt bis auf ein zerrissenes rotes Hemd. Einen heidnischen Gott.

Jake sah ein Mädchen mit den violettblauen Augen einer Zauberin.

Seine ausgestreckte Hand war wie ein Rettungsfloß zwischen ihnen. Seine Worte klangen gequält. »Verdammt! Ich – liebe – dich. Ich kann es nicht ändern!«

Auf dem Grasstreifen vor dem Abgrund zog Jake sie zu sich hinab und küsste sie auf den Mund, als wäre es das erste Mal. Ihre Augen veränderten sich, als würde das Licht wieder durch sie hindurchscheinen so wie früher, wenn sie sich geliebt hatten.

Eine heftige Windböe wehte ihre Kleider über den Rand der Klippen in die Tiefe. Sie lachten wie Kinder. Ihre weißen Unterröcke und sein rotes Hemd flatterten wie Kinderdrachen auf wechselnden Windstößen über das Tal.

Nur seine Stiefel lagen noch da.

»Eines wollen wir von Anfang an klarstellen«, sagte Jake und zeigte mit dem Finger auf ihre Tätowierung, wie zum Beweis, dass er die Macht besaß, die Narbe ebenso verschwinden zu lassen wie die Scham in ihrem Kopf.

»Ich will verdammt sein, wenn ich zuließe, dass ein paar Buchstaben unser Glück zerstören. Das Einzige, was zählt, ist, dass du überlebt hast. So wie immer. Du bist zu mir zurückgekommen, Kez. Zu mir!«

Jake brachte sie dazu, sich rittlings auf ihn zu setzen, und bewegte sich rhythmisch, um sie anzuspornen. Er wollte diese Galionsfigur zurück, die er während ihrer ersten gemeinsamen Nacht gesehen hatte, wollte die Lust neu entfachen, die sie für tot hielt.

Keziah beugte sich über ihn und übersäte sein Gesicht mit kindlichen Küssen und ihren Tränen. »O ja, Jake. Bring mich nach Hause. Jetzt«, flüsterte sie.

Er umfasste mit beiden Händen ihre Hüften und vollzog eine geradezu übermenschliche Anstrengung, um die Kontrolle zu behalten.

»Zuerst will ich, dass du sagst: *Ich bin Jake Andersens Frau!*«

Keziah lächelte, ihre Augen leuchteten voller Magie. »Ich bin doch Jake Andersens Frau!«

»Das war gut, Liebling«, sagte er geduldig. »Aber da unten im Tal lebt eine alte Wiradjuri-Frau, die so taub ist wie ein Baum. Sie hat kein einziges Wort gehört.«

Keziah fühlte sich auf wundersame Weise frei, obwohl ihr Körper fest mit Jakes verbunden war. Sie wusste nicht mehr, wo der seine aufhörte und ihrer begann. Sie warf die Arme in die Luft und schrie in den Wind: »*Ich – bin – Jake – Andersens – Frau*!«

Und während ihre Worte triumphierend durch das Tal hallten, lächelte Jake.

Im Busch neben der Sydney Road lagen zwei Räuber auf der Lauer. Einer war bewaffnet, der andere hockte wie ein Kakadu auf einem Baum und hielt nach potenziellen Opfern Ausschau. Als sie das Stampfen eines Pferdes hörten, sprang der Jüngere in die Mitte der Straße.

»Stehen bleiben oder ich puste euch das Hirn aus dem Schädel!« Young Rory richtete seine Pistole in den Himmel, in perfekter Imitation seines Helden, des Schwadroneurs.

Aber beim Anblick seiner Opfer hätte er fast seine veraltete Feuerwaffe fallen lassen. Auf einem struppigen schwarzen Gaul saßen ein langhaariger Mann und ein junger Kerl mit kahl geschorenem Schädel, beide splitternackt. Der Junge saß mit dem Gesicht zum Mann und umarmte ihn, sein schlanker Rücken und das Hinterteil glänzten weiß im Mondlicht.

Als der Mann Rorys Waffe sah, hielt er dem Jungen die Hand schützend vor Kopf und Herz.

Rory war gerade von einer Farm ausgebüxt, wo nackte Männer, die sich umarmten, gang und gäbe waren, aber die gelassene Reaktion des Mannes auf den Überfall erstaunte ihn doch.

»Guten Abend, Kumpel«, rief sein Opfer. »Tut mir leid, wenn wir dir keine große Hilfe sein können. Eine Böe am Blind Man's Bluff hat uns die Kleider weggepustet, samt unserem Geld.«

Heilige Muttergottes, fluchte Rory leise. *Was für ein Pech bei meinem ersten Auftritt.* »Der Gaul scheint mir aber nicht schlecht zu sein. Den behalte ich.«

Der Junge mit dem kahl geschorenen Schädel drehte sich um. Und dann hörte der verblüffte Rory eine Frauenstimme.

»Du wirst doch eine Dame nicht nötigen, in dieser Aufmachung zu Fuß nach Hause zu gehen, mein Junge, oder?«

Die junge Frau lächelte ihm charmant zu. Und als sie sich auf dem Sattel umdrehte, sah er ihre Brüste im Mondlicht glänzen.

Plötzlich sprang Rorys Freund, der Kakadu, von seinem Baum und rief: »Du Schwachkopf! Das ist Jake Andersen, der hat in Berrima gesessen, weil er Gypsy und dem Schwadroneur geholfen hat! Und das ist seine Frau, das hübsche Ding, die hat dem Teufel in Person den Garaus gemacht! Lass sie durch, du Idiot! Wir werden doch nicht unsere eigenen Leute ausnehmen!«

Rory sah sie zerknirscht an. »Der Schwadroneur war dein Kumpel? Tut mir ehrlich leid, dass ich euch nicht erkannt habe! Macht, dass ihr weiterkommt. Und viel Glück!«

An der nächsten Biegung blickte Jake Keziah in die Augen und sagte mit sanfter Stimme: »Eins muss man dir lassen, Kumpel. Jedes Mal, wenn wir Buschräubern über den Weg laufen, sind deine Brüste wirklich nützlich.«

Horatio schritt gemächlich voran und brachte seine eng umschlungenen Reiter sicher heim nach Ironbark und zu den Kindern. Über ihnen Jakes Sterne – die Milchstraße.

DANKSAGUNG

Dass Sie mein Buch in der Hand halten, ist vor allem den bewundernswerten Fähigkeiten meiner Agentin, Selwa Anthony, zu verdanken, die mich von der ersten Fassung des Manuskripts bis zu dessen Veröffentlichung vier Jahre später beraten und unterstützt hat. Besonders danken will ich auch Bastian Schlück von der Thomas Schlück Agentur in Deutschland, der mit dem Wilhelm Goldmann Verlag den Vertrag für die deutsche Fassung des Romans aushandelte.

Mein aufrichtiger Dank gilt Francois McHardy, Managing Director bei Simon and Schuster, Australia, und seinem wunderbar kreativen Team für ihr leidenschaftliches Engagement.

Eine passionierte Gruppe von Verwandten und Freunden hat das Manuskript während seiner verschiedenen Phasen gelesen. Ihre treffenden Kommentare waren von unschätzbarem Wert (wenngleich ich gelegentlich zusammenzuckte), ihre spontanen Reaktionen so, als hätte man dem Buch den Puls gefühlt. Dafür bin ich Kristine Forrester, Joan Nicholls und Toni Donald zu großem Dank verpflichtet. Anne Robinson stand mir über mehrere Versionen des Manuskripts mit klugen Notizen und historischen Recherchen über den Westen Australiens bei. Der Autor Ian Jones und mein erster Mentor, der Historiker Ned Kelly, brachten ihre außergewöhnlichen Kenntnisse über australische Buschräuber ein. Noel O'Shea, begeisterter Historiker und Forscher, verschaffte mir einen tiefen Einblick in diese Ära und machte mich auf *Cliefden*, Mandurama, aufmerksam.

Für Brian Nicholls fällt mir keine passende Kategorie ein. Er verdient einen Eintrag ins Guinness-Buch der Rekorde für seine unermüdliche, einfühlsame Bearbeitung aller zwölf Fassungen des Buches. Für seinen Zuspruch und seinen professionellen Rat als Produzent von Dokumentarfilmen bei ABC-TV und als Autor bin ich ihm zu größtem Dank verpflichtet.

Uneingeschränkte Unterstützung erhielt ich von dem Melbourner Lustspielautor und Graham-Kennedy-Biografen Mike McColl Jones, einem Freund aus der Hinterlassenschaft meines Vaters. Seine klugen Ratschläge und fröhlichen E-Mails brachten mich zum Lachen und machten mir in den »schwarzen Nächten der Seele« immer wieder Mut.

Mein aufrichtiger Dank gilt vielen Freunden und Familienangehörigen, darunter Nicholas Cassim, Niki Owen, Donna Ristitsch, Marilyn Harvey, Ailsa McPherson, Rhonda Nadas, Michael Cassim, Ron Way, Marion McCabe und Enid Morrison. Sie unterstützten mich von der ersten bis zur letzten Zeile mit ernsthaften Ratschlägen, Tee und Sympathie. Philip Brays Ratschläge in puncto Veröffentlichung, die großzügige Hilfe des Journalisten Jan Goldie sowie der Autoren Cheryl Hingley und Craig Collie waren von unschätzbarem Wert.

Dieses Buch ist eine Mischung aus Fiktion und Phantasie vor einem historischen Hintergrund. Ironbark, Tagalong, Bolthole Valley, Gideon Park und Ogden Park wurden von Buschdörfern inspiriert, die heute längst Geisterstädte sind. Meine Reisen führten mich an viele historische Quellen wie Berrima, Gunning, Goulbourn, Bathurst, Carcoar, Gulgong, Litghgow und Parramatta.

Rückblickend lässt sich eine Verbindung zwischen dem vorliegenden Buch und den Geschichten erkennen, die mir mein Vater Fred Parson über den Buschräuber Captain Moonlite erzählte, der in der Gegend von Blackwool, Victoria, Goldtransporte überfiel. Die Geschichten meiner Mutter über ihren geheimnisvollen Vorfahren wiederum führte zur Entdeckung des jungen Rom und Geigenspielers, der mir als Vorbild für Gabriel Stanley diente.

Alle Protagonisten entspringen der Phantasie, trotzdem will ich erwähnen, dass die Figur von Will Martens durch das tragische, kurze Leben des Buschräubers William Westwood inspiriert wurde. Ich danke Denise Quintal, der Norfolk Island Historical Society und den dortigen Bewohnern, die meine Recherche-Reise zu ihrer magischen Insel zu einem unvergesslichen Erlebnis machten, bei dem ich ihm eine Gedenktafel auf dem Friedhof der Strafgefangenen widmete. Ich erschuf Will Martens in dem Versuch, William Westwood die wahren Freunde zu geben, die er im wirklichen Leben nicht hatte, aber verdient hätte – Jake, Keziah und Daniel. Ihre manchmal leidenschaftlich radikalen Überzeugungen sind nicht immer die meinen. Sie spiegeln ihre Zeit wider, ihre Welt. Ich lieh ihnen nur eine Stimme.

Für die Wahl, die ich aus den widersprüchlichen historischen Quellen traf, und die Fehler, die ich möglicherweise begangen habe, bin allein ich verantwortlich, nicht die Historiker, weder lebende noch tote. Doch viele Historiker, Autoren und Experten, die mir ihre Zeit und ihre Kenntnisse schenkten, verdienen einen besonderen Dank, vor allem:

Professor John Pearn, Dept. of Pedriatics and Child Health im Royal Children's Hospital von Brisbane, für seine Ermutigung und weil er mich auf wichtige medizinische Quellen aufmerksam machte.

Alison Dalby und Maryann O'Harae, Bibliothekarinnen an der Australian Medical Association, deren Büchersammlung ich benutzen durfte, vor allem aber für die Erläuterungen zu den unterschiedlichen Wirkungsweisen von Laudanum.

Den Mitgliedern der Independent Scholars Association of Australia, von denen ich während eines entsprechenden Workshops ein unschätzbares Feedback erhielt.

Dem Historiker Walter Stackpool für seine profunden Kenntnisse über Buschräuber und Feuerwaffen.

Colin Gelling, Direktor des Berrima Courthouse Museums, für die historischen Fakten über das Gericht und das Gefängnis von Berrima sowie für die Kopie der Akten im Mordprozess Lucretia Dunkley.

Suzanne Rutland, außerordentliche Professorin, Dept. of Hebrew, Biblical and Jewish Studies, University of Sydney, für ihre faszinierende Melton-Reihe über die Geschichte der Juden in Australien.

Für den Hintergrund meines deutschstämmigen Protagonisten Joseph Bloom gilt mein aufrichtiger Dank dem Historiker und Autor Rabbi John Levi für seine Kenntnisse und Vorschläge; Peta Jones Pellach, Sophie Caplan, Helen Bersten, der Australian Jewish Historical Society, Shmuel und Greta Abrahams; Russel Stern für entscheidende Vorschläge bezüglich der Gerichtsszenen und Dr. Michael Abrahams-Sprod für seine Erläuterungen zur europäischen Geschichte des neunzehnten Jahrhunderts.

Ich danke Warwick Harvey, Fellow der National Herbalists Association of Australia; Dr. Nick Lomb, Kurator von Astronomy and Time, Sydney Observatory, für die Einzelheiten über den Großen Kometen von 1843; Jim Kohen, außerordentlicher Professor, Dept. of Biological Sciences, Macquarie University, für seine Hilfe bei der Recherche; dem Künstler Charles Gosford für seine Informationen zu englischen Künstlern, die australische Landschaften malten; Reverend Marcia Quinten für die Hilfe während meiner parapsychologischen Recherchen und der Spiritualist Church of Enmore. Archivarische Unterstützung erhielt ich von Fabian LoSchiavo, State Records NSW; Wendy Borchers, Archivrechercheurin, Australian Broadcasting Corporation; State Library of NSW; Art Gallery of NSW; Power House Museum; Justice and Police Museum; Elizabeth Bay House; Old Government House, Parramatta und dem Sydney Maritime Museum. Dank gebührt auch der Balmain Library dafür, dass sie seltene Bücher und Material über Zigeuner in Australien ausfindig machte; dem Tasmanian Archive and Heritage Office für die faszinierenden Dokumente über Strafverfahren in der Kolonie; dem

Lancashire und Cheshire Records Office und der British High Commission, Canberra, für die prompte Beantwortung meiner Anfragen.